프랑수아 모리악의

작품에 나타난 타자의 문제

M | a | u | r | i | a | c

프랑수아 모리악의
작품에 나타난 타자의 문제

김모세

서구의 오랜 사상적 전통은 흔히 '동일성'의 사상으로 정의내려진다. 서구의 사상은 언제나 모든 것의 근간에 있는 '실체'를 중심으로 이루어져 왔으며, '자기 동일성'이라는 규정 하에 그 실체의 본질적인 성격을 파악해 왔다고 할 수 있다.

한국학술정보㈜

차 례

I.

머리말

20세기 프랑스의 대표적인 기독교 작가로 분류되는 프랑수아 모리악François Mauriac은 기독교적 관점을 바탕으로 인간 본연의 내적 갈등과 고통의 문제를 깊이 있게 파고들어 그 내부에 감추어진 비밀을 밝혀낸 작가로 알려져 있다. '외관 너머에 있는 것을 볼 수 있고, 그것을 보여줌으로써 진실에 이르는 길을 밝히는 것'[1]을 작가의 사명으로 여겼던 그는 누구보다도 치열하게 혼란의 시기에 맞서 싸웠던 시대의 지식인이기도 했다. 그가 편력했던 길은 시와 소설 그리고 희곡에 이르기까지 모든 종류의 문학 장르를 망라할 만큼 다양하며, 신문과 잡지 등 보다 직접적인 매체들에서도 우리는 진실을 향한 그의 여정을 찾아볼 수 있다.

모리악이 남긴 수많은 작품과 저작들 사이를 관통하는 한 가지 중심 주제를 찾는다는 것은 어려운 일이 아닐 수 없다. 모리악은 자신이 남긴 여러 작품 속 인물들이 겪는 다양한 고통과 갈등을 그들과 함께 겪었던 작가이다. 모든 문학 작품이 그러하겠지만, 특히 모리악의 작품에는 그가 체험했던 고통스러운 상황과 개인적 슬픔, 고민들이 고스란히 녹아 있다.[2] 출생과 더불어 시작되었던 부르주아 가정에 대한 모순적 감정,[3] 그의 인생에서 가장 힘겨웠던 경험 중 하나인 믿음의 상실과 회복, 사랑하는 사람들과의 고통스런 이별, 작가로서의 삶과 신앙인으로서의 삶의 갈등 등 모리악의 인생은 끊임없이 충돌과 투쟁이 일어나는 갈등의 장이었다고 할 수 있다. 이러한 갈등의 시기마다 그는 어김없이 자신의 내면을 글로 풀어냈으며, 우리는 그의 저작들 속에서 때로는 서로 모순되기까지 하는 수많은 내적인 호소와 마주치게 된다.

---

1) Jean Lacouture, 『프랑수아 모리악2*François Mauriac 2*』, Seuil, 1980, p.79.

2) N. Cormeau, 『프랑수아 모리악의 예술*L'Art de François Mauriac*』, Grasset, 1951, p.43. "모리악의 소설들이 우리에게 전해 주는 모든 것은 본질적으로 그 자신에 대한 이야기이고, 그 자신으로부터 나온 이야기이다."

3) 뒤에서 더욱 자세히 살펴보겠지만 모리악에게 있어서 독실한 신앙에 기초한 부르주아 가정은 평생에 걸쳐 그를 짓누르는 억압의 주체이자 반항의 대상이며, 동시에 수많은 고통 속에서 그를 지켜 주었던 보이지 않는 힘이기도 했다.

La vie…… bien sûr, elle est dure, amère, tragique; et pourtant telle qu'elle est, magnifique pour qui sait la dominer. On a souvent reproché à ton papa d'avoir écrit des livres trop sombres. Mais on n'a pas compris que pour lui, aimer la vie, c'est l'aimer sans la déguiser – comme on aime une créature fût – elle pleine de misères. Rien n'est si beau ni si grand que la vie d'un homme; elle est belle jusque dans ses défaites.[4]

삶이란…… 물론 힘들고 쓰라리며, 비극적인 것이란다. 하지만 그것을 지배할 수 있는 사람에게는 있는 그대로의 삶의 모습이란 경이로운 것이기도 하지. 사실 아빠는 너무 어두운 작품들을 썼다는 이유로 많은 사람들로부터 비난을 받아 왔단다. 하지만 사람들이 이해하지 못하는 것이 있어. 바로 아빠에게 있어서 삶을 사랑한다는 것은 그 삶을 위장시키지 않고 있는 그대로의 모습으로 사랑한다는 것이지. 마치 온갖 비참함으로 가득 차 있는 누군가를 사랑하는 것과 같단다. 한 인간의 삶보다 더 아름답고 위대한 것은 없어. 그 삶은 그것이 겪는 패배들에 있어서까지도 아름다운 것이지.

1940년 1월에 당시 열다섯 살이던 아들 장에게 보낸 모리악의 편지에서 우리는 수많은 혼란과 갈등 속에서도 그의 삶과 작품 세계를 지탱해 주었던 것이 무엇이었는가를 엿볼 수 있다. 그것은 곧 삶에 대한 사랑, 인간에 대한 사랑이다. 물론 모리악에게 있어서 모든 사랑의 근원은 창조자의 피조물에 대한 사랑에 있다. 모든 인간적인 사랑은 신의 사랑, 인간을 위해 대신 목숨을 던진 그리스도의 사랑 속에서 완벽하게 구현될 수 있다는 것이다. 그리고 이러한 종교적 차원, 신적인 차원의 사랑을 통해 '비참함으로 가득 차 있는 세상'과 '실패의 절망 속에 있는 인간' 그 자체를 사랑하는 것이야말로 모리악이 자신의 삶과 작품을 통해 끊임없이 추구해 온 절대적인 가치였다.[5]

---

4) J. Lacouture, *op.cit.,* p.462.

5) F. Mauriac, 『소설*Le Roman*』, L'Artisan du livre, 1928, p.97. "문학가라는 직업, 특히 소설가라는 직업을 가진 사람은 누구나 사회보다는 개인을 더 사랑하게 마련이다. 우리는 항상 어떤 법칙에 의해 억압받는 존재들을 그릴 뿐이다." p.132. "소설가는 인간에 대한 이해라는 사명으로부터 약간이라도 눈을 돌리는 것이 거의 불가능하다…… 인간과 관련된 것 중 어떤 것도 그들을 분노하게 하거나 불쾌하게 하는 것은 없다."

여기에서 우리는 한 가지 어려운 문제와 만나게 된다. 그것은 곧 모리악이 말하는 사랑, 그것이 어떠한 차원에 속하는 것이든지, 그 사랑이 과연 어떠한 것인지, 다시 말해 그것은 구체적으로 어떠한 형태로 나타나는가가 그것이다. 더 나아가 이 세계에서 과연 그러한 사랑의 구현이 가능한 것인가에 대한 문제가 또한 제기될 수 있다. 모리악이 살았던 시기는 역사적으로 유례를 찾아볼 수 없을 만큼 참혹했던 혼란의 시기였다. 두 차례에 걸친 전쟁이 전 세계의 모든 나라와 민족을 폭력과 광기에 휩쓸리게 했던 것이 바로 그 시기였다. 수많은 사람들이 영문도 모른 채 서로를 죽여야 했고, 무고한 사람들이 아무런 이유 없이 죽어 가야 했던 시기였다. 민족과 문화, 인종을 가릴 것 없이 온통 살육의 논리와 광적인 폭력의 논리의 지배를 받았던 시대, 나라와 나라들 사이에, 개인과 개인 사이에 '힘'에 의한 억압과 배척만이 횡행하던 시대였다. 이러한 상황 속에서 사람들은 더 이상 '신'에 대해 이야기하지 않았다. 그들 앞에 펼쳐진 세계의 모습은 신의 존재를 인정하기 어렵게 만들었다. 오히려 '사랑의 신'이 존재한다는 사실과 실제 세계의 모습은 양립할 수 없는 모순적인 극단의 항이 되어버렸다. 과연 이러한 상황 속에서 모리악이 말하는 '사랑'은 무엇을 의미하는가? 그것은 단지 무기력한 지식인의 공허하고 추상적인 외침에 불과한 것은 아니었던가? 전쟁의 포화 속에서 한갓 인간의 내적 심리를 해부하는 일은 온당한 일이었던가?

물론 모리악은 안전한 곳에 앉아서 추상적인 이론만 쏟아놓는 지식인은 아니었다. 반대로 그는 약 30여 년에 걸쳐 ≪르 피가로Le Figaro≫, ≪렉스프레스L'Express≫지 등에서 당시의 정치, 사회적인 여러 현안들에 맞서 적극적인 활동을 펼친 저널리스트이기도 했다. 그는 평생에 걸쳐 주위에서 일어나는 모든 형태의 불합리한 폭력에 맞서 싸웠던 행동하는 지식인이었다. 2차 대전 당시의 항독 운동에서부터 반유대주의에 대한 반대, 나아가 전후에 있었던 대규모 숙청작업과 드 골 정권의 모로코 전쟁에 이르기까지 그는 언제나 폭력의 반대편에 서 있었다.

그러나 동일한 시대에 그가 남겼던 문학 작품들 속에서는 행동하는 지식인으로서의 모리악의 모습을 찾아보기 어렵다. 그의 작품들은 그가 과연 그 시기를 살았던 사람이었는지조차를 의심스럽게 만든다. 그가 남긴 여러 작품들 중 어느 하나도 전쟁과 같은 사회·정치적 상황을 구체적으로 그린 것은 없다. 물론 몇몇 작품들의 경우 당시의 사회를 암시하고 있는 것으로 해석되기도 하지만, 적어도 겉으로 드러나는 모습에 있어서 그의 작품과 시대적 상황은 무관하게 보이는 것이 사실이다. 더불어 전쟁이라는 극한의 상황 속에서 느끼는 인간 존재의 부조리와 더 이상 본질을 찾을 수 없게 되어버린 인간의 실존 문제 등 당시에 프랑스를 위시하여 전 유럽의 문학과 사상계를 주도했던 철학적 담론도 그의 작품 속에는 나타나지 않는다. 오히려 그는 이 시기의 수많은 작가들이 이미 포기했던 기독교적 사랑과 종교적 차원의 구원이라는 전통적인 주제에 천착하여 작품을 쓰고 있다. 그렇다면 수많은 지면을 통해 여러 사회적 현안들에 대해서 특유의 논리와 열정적인 어조로 시대의 양심에 호소했던 모리악, 사회적 '악'에 맞서 싸웠던 모리악과 종교적 측면에서의 악과 구원의 문제를 다룬 작가로서의 모리악 사이의 거리는 어떻게 설명될 수 있는가? 혼란한 시대를 대표했던 저널리스트 모리악과 작가 모리악은 전혀 별개의 인물이라고 생각해야 하는가?

저널리스트 모리악과 작가 모리악은 결코 분리하여 생각할 수 없다. 일견 시대와는 무관해 보이는 그의 작품 속에는 시대에 대한 사회인 모리악의 고뇌가 고스란히 녹아들어 있다. 그의 작품 속에서 우리는 여러 가지 혼란스러운 사안들의 외관을 넘어 그 본질을 파악해 내고자 하는 뚜렷한 노력을 읽을 수 있다. 모리악은 겉으로 드러난 현상보다는 그 현상의 이면에 있는 실체를 파악하고자 했던 작가이다. 모리악에게 중요한 것은 바로 '인간적인 것'의 정체였다. 한 개인이나 작은 집단 속에서 일어나는 사건들을 통하여 보편의 문제를 다루는 것이야말로 모리악이 생각하는 소설가의 첫 번째 자질이기도 했다.[6] 그는 시대와 사회에 따라 여러 가지 형태로 변하는 사회적 관심사들, 즉 사회의 표면에 나타나는 외관적 현상을 파악하

---

6) N. Cormeau, *op.cit.,* p.156. "소설가의 재능이란 정확히 말해 우리가 태어난 세상, 우리가 사랑하고 고통받는 법을 배운 이 좁은 세상의 보편성을 명백히 보여주는 능력이라고 할 수 있다."

는 것은 진정한 작가의 작업이 아니라고 생각했다. '직접적인 것', 다시 말해 눈에 보이는 것을 넘어서 그 이면에 그러한 현상들의 원인이 되는 '인간'의 문제를 파악해 내는 작품이야말로 모리악이 보기에 영원히 살아 있는 진정한 작품이었다.[7] 그에게 있어서 문학은 '인간', 그것도 '살아 있는 인간'의 몫이다. 그 인간의 숨결을 담아내는 데 문학의 본질이 있다. 그에게는 상징도 어디까지나 구체적 인간 존재를 내포하고 있어야 그 본질적인 의미를 가질 수 있다. 인간의 생명이 담겨 있지 않은 상징은 공허한 표상에 불과하다. 인간에 대한 이야기가 곧 문학이기 때문이다. 물론 이때 인간은 구체적 인간을 의미한다. 추상적 개념의 틀에 갇혀 있는 인간의 이야기는 또 다른 허상을 창조해 내고 말 것이다. 따라서 그는 그 자신의 문학에서뿐만 아니라 다른 사람들의 글 속에서도 언제나 '현존'하는 인간, 땅 위에 발을 딛고, 세계 속의 모든 갈등을 한 몸에 안고 사는 인간을 보고자 노력했다.[8] 추상적 인간은 항상 누군가에 의해 개념 지어진 인간, 표상화된 인간으로 환원된다. 그것은 유아론의 자양분을 제공할 뿐이다. 단순한 개념적 인간은 '대상'에 불과하다. 모리악은 바로 그 '대상'으로서의 인간의 초월을 추구해 나간다. 구체적 인간의 현존을 통해서만이 '얼굴'을 가진 인간, 나와 대면적인 대화를 나눌 수 있는 인간이 드러날 수 있기 때문이다.

---

7) 이러한 점에서 그는 문학 자체를 궁극적인 목적으로 하는 관점을 인정하지 않는다. 예술로서의 예술은 어디까지나 추상적인 관념에 불과하기 때문이다. 그러한 예술과 문학은 그가 보기에 결국 극단적인 '유아론'으로 귀착될 수밖에 없었다. F. Mauriac, 『일기Ⅲ *Journal Ⅲ*』, Grasset, 1940, p.49.

8) B. C. Swift, "클로델과 모리악: 상징주의의 증인Claudel et Mauriac: témoin du Symbolisme", in 『모리악－클로델, 무한의 욕망*Mauriac －Claudel, le désir de l'infini*』, Association internationale des amis de François Mauriac, L'Harmattan, 2003, pp.61－62. "한편 다음과 같은 시적 세계의 비전, 오직 그 자체만을 목적으로 삼는 듯이 보이고, 절망한 시인의 죽음과 함께 중지되며, 벽을 향해 눈을 돌려 버리는 시적 세계의 비전을 모리악은 궁극적인 유아론의 표현으로 여기는 듯이 보인다…… 자기 자신의 글에서와 마찬가지로 타인들의 글 속에서도 그의 관심을 끄는 것은 인간적인 성격들이었다. 즉 그는 작품 속에서 무엇보다 인간의 현전을 발견해 내고자 했던 것이다."

- 연구의 지평

지금까지 모리악에 대해 행해진 연구의 흐름을 살펴본다면 크게 5가지 정도로 분류해 볼 수 있을 것이다. 우선 작가 모리악에 대한 전기적 연구가 있으며, 글쓰기와 문체와 관련된 연구, 그리고 참여 지식인, 저널리스트로서의 모리악에 대한 연구, 몇 가지 주요 작품들에 대한 해설서들, 모리악 작품의 주요 테마들을 중심으로 이루어진 주제 연구들이 있다. 주제 연구로는 종교적 테마를 중심으로 한 연구들과 작품 속 여러 이미지들에 대한 연구, 심리학적, 정신분석학적 연구 등이 주를 이루고 있으며, 최근에는 타 작가들과의 비교 연구도 활발히 진행되고 있다.9) 이

---

9) 전기적 연구로는 장 라쿠튀르Jean Lacouture(1980)와 비올렌 마스네Violaine Massenet(2000)에 의해 집필된 모리악의 전기가 대표적이며, 여기에 1972년 에바 퀴슈네르Eva Kushner가 쓴 『프랑수아 모리악*François Mauriac*』도 중요한 전기적 연구서로 들 수 있다. 다음으로 문체와 글쓰기의 문제를 다룬 연구로는 모리악 작품의 수사와 문체에 대한 장 투조Jean Touzot의 연구서(『프랑수아 모리악, 소설의 한 형식: 수사학과 문체*François Mauriac, une configuration romanesque: rhétorique et stylistique*』, Minard, 1985)와 모리악의 문학에 대한 종합적 연구서인 넬리 코르모 Nelly Cormeau의 『프랑수아 모리악의 예술*L'Art de François Mauriac*』을 들 수 있다. 참여 지식인 과 『블록-노트*Bloc-notes*』로 대표되는 저널리즘에 대한 연구 역시 많은 양을 차지하고 있다. 구체적으로는 『블록-노트』에 대한 베르나르 쇼숑Bernard Chochon의 연구서 『모리악의 『블록 -노트』, 시대의 시학*Le Bloc-notes de Mauriac, une poésie du temps*』(L'Harmattan, 2002)과 모리악의 저널리즘 전반을 다룬 연구서들(대표적으로는 슬라바 마리아 퀴슈니르Slava Maria Kushnir 의 『저널리스트 모리악*Mauriac journaliste*』(Minard, 1979) 등을 들 수 있다)과 대독 저항 운동과 이후 현실 정치의 문제와 관련한 연구서들(자크 로랑Jacques Laurant의 『드 골 정권에서의 모리 악*Mauriac sous de Gaulle*』(La Table ronde, 1964), 『좌파와 우파 사이에서의 모리악*Mauriac entre la gauche et la droite*』(Association internationale des amis de François Mauriac, 2000), 장 투조의 『독일 점령기의 모리악*Mauriac sous l'Occupation*』(La manufacture, 1990) 등) 그리고 논쟁가 모리 악을 주제로 국제 모리악 학회에서 출간된 『모리악과 논쟁*Mauriac et la polémique*』(2001) 등을 들 수 있다. 종교적 측면에 대한 주제적 접근으로는 조르쥬 우르댕Georges Hourdin의 『기독교 소설가 모리악*Mauriac, romancier chrétien*』(1945)과 조제 카바니스José Cabanis의 『모리악, 소설 과 신*Mauriac, le roman et Dieu*』(1991), 클로드 에스카이에Claude Escallier의 『모리악과 복음서 *Mauriac et l'Evangile*』(1993), 모리악 학회에서 발간된 『악의 문제 앞에서의 모리악*Mauriac devant le problème du mal*』(1994) 등을 들 수 있다. 최근에 들어서는 주로 국제 모리악 학회를

중에서도 저널리스트로서의 모습에 대한 연구와 종교적인 주제를 중심으로 다룬 연구들에서 우리는 '인간'의 문제에 대한 구체적인 접근을 볼 수 있다. 하지만 저널리스트 모리악에 대한 연구의 경우 대부분 정치, 사회적 주제에 천착한 나머지 그의 작품 세계 속에 함축되어 있는 '인간'의 문제와 시대적 현안 사이의 연결을 도외시하고 있으며, 종교적 주제에 대한 연구들의 경우 분석의 방법이나 실천에 있어서 주로 모리악의 작품이 보여주는 전통적인 주제, 즉 인간의 내면, 특히 신에 대한 열정과 인간적 열정 사이에서 방황하는 인물들의 문제에 많은 관심을 기울여 왔다고 할 수 있다. 이러한 점에서 인간의 내면에 대한 종교, 심리학적인 여러 연구의 성과들을 바탕으로 하여 이제 우리에게는 인간과 인간, 인간과 신의 관계, 집단 속에서의 개인의 문제 등 그의 작품 세계와 현실의 공간 사이를 연결시킬 수 있는 관점과 동시대에 위치한 사상들과의 소통을 가능하게 해 주는 연구의 관점을 모색할 필요성이 주어져 있다.

모리악의 문학은 연대기적으로 서구 사회에서 이른바 주체의 위기, 인간의 위기가 본격적으로 거론되기 시작했던 시기에 속해 있다. 전쟁이 가져다준 인간성의 말살과 끔찍한 피해들로 인해 당시의 지식인들은 전통적인 인간의 가치에 대해 회의를 가지게 되었으며, 자신들을 둘러싼 무수한 한계 상황으로부터의 탈출구를 모색하기 시작했다. 암담한 현실 속에서 그들은 인간과 세계의 본질이나 원리를 탐구하는 시도들에 대해서는 더 이상 관심을 기울이지 않게 되었다. 그들은 자신의 생명과 안위를 위협하는 당면 문제들을 해결해야만 했고, 이러한 상황은 이른바 실존의 문제에 집중하는 경향으로 나타났다. 전쟁을 전후한 기간 동안 실존주의의 선구자들에 대한 관심이 높아졌으며, 새로운 세대의 지식인들 또한 이 문제에 초점을 맞추기 시작했다. 자연히 사람들은 전통적인 세계관, 특히 기독교적인 세계관에 입각

중심으로 파스칼, 클로델, 지드, 사르트르 등의 작가들과 모리악 사이의 비교 연구가 활발히 진행되고 있다. 이러한 연구들은 다양한 시각을 통해 주제의 측면과 글쓰기의 측면, 또한 현실 참여의 측면, 전기적 측면 등이 종합적으로 다루어진다는 점에서 새로운 비평의 관점을 제시해 주고 있다.

한 인간 내면의 문제에 대해서는 등을 돌리기 시작했다. '본질'보다는 '실존'이 시대의 패러다임을 장악한 것이다. 주지의 사실이다시피 이러한 경향 속에는 인간의 본질에 대한 불신이 함축되어 있었으며, 이러한 불신은 이후 이른바 '구조주의'의 열풍 속에서 인간이 차지하고 있던 중심의 자리를 해체시키는 시도에까지 이르게 된다.

이러한 시대적 흐름 속에서도 모리악은 여전히 인간에 대해서만 이야기한다. 사람들의 관심이 인간의 외부로 향할수록 그는 더욱더 인간 내면의 심연을 탐색하는 일에 집중한다. 그 역시 실존의 문제, 즉 구체적이고 개별적인 삶의 모습을 그리는 데 많은 지면을 할애했지만, 그것은 사르트르식의 실존주의가 이미 포기해 버린 본질의 탐구를 위한 것이었다. 모리악에게는 언제나 인간을 인간이게끔 하는 것, 즉 본질이 중요했다. 그가 보기에 문학은 이러한 인간의 본질을 대상으로 할 때에만 그 의미를 가질 수 있는 것이었다. 모리악이 형식의 문제에 집중했던 새로운 문학 사조들에 대해 거부감을 보였던 것도 이러한 점에 기인한다. 그에게 이와 같은 문학적 시도들은 그 '고유의 대상을 상실한' 실패에 불과했다.[10]

한편으로 우리는 인간과 관련된 시대적 상황과 철학적 사유의 반향을 모리악의 작품 속에서도 찾아볼 수 있다. 실제로 모리악은 문학과 철학적 성찰과의 관계, 특히 그 자신의 작품과 형이상학의 관계에 대해서도 비교적 명확한 입장을 보여준다.[11] 모리악에 따르면 문학과 철학은 철저히 상호 보완적인 관계 속에 있다. 특히

---

10) F. Mauriac, 『말은 남아 있다Les Paroles restent』, Grasset, 1985, pp.122‒123. "오늘날 얼굴 없는 그림과 마찬가지로 인물 없는 소설이 생겨났습니다. 인물이 있어도 어떤 성격을 부여하기에는 턱없이 부족한 소설들도 있지요. 제 생각에는 만약 소설의 위기가 존재한다면, 그것은 본질적으로 이러한 상황과 관련된 것일 겁니다. 즉 소설적 기술이 문제가 되는 것이지요. 소설은 자신의 대상을 잃어버렸습니다. 이것이 가장 심각한 문제입니다."

11) Ibid., p.68. "어떤 가치를 가진 작품이건 간에 하나의 소설 작품은 일단 완성되고 나면 철학에 예상치 못한 비자발적 증거들을 제공해 주기 마련입니다. 제가 보기에 소설은 철학으로부터 출발하거나, 처음부터 철학적 세계의 이해를 돕기 위한 예증으로 사용될 목적으로 쓰여서는 안 됩니다. 그것은 개인적이고 그 무엇으로도 대체할 수 없는 증언

문학 작품은 추상적인 개념들의 집합으로 이루어진 철학에 철학 스스로도 기대하지 못했던 구체적인 증거를 제시해 줌으로써 그것이 가진 한계를 보충해 줄 수 있다. 물론 그렇다고 해서 문학 작품이 처음부터 철학적 개념으로부터 출발해서는 안된다. 모리악이 생각하기에 작가는 자신의 삶이라는 배경을 바탕으로 예술적인 영감에 의해 자신의 세계를 창조해 내는 사람이다. 하지만 그러한 영감을 바탕으로 작품이 완성되고 나면 그것은 철학이 제시하는 관점과 개념들의 더 없이 훌륭한 증인이 될 수 있다. 왜냐하면 문학은 처음부터 구체적인 인간의 현실로부터 출발하기 때문이다. 따라서 문학이 보여줄 수 있는 증명은 더 없이 개별적이면서도 그 무엇으로도 대체할 수 없는 특별한 위치를 점하게 되는 것이다.[12] 오늘날 우리가 그의 작품 속에서 동시대 사상의 주요 흐름들을 찾아볼 수 있는 근거도 바로 이러한 점에서 기인한다. 모리악의 작품이 기독교적 사상을 근간으로 인물들의 심리를 치밀하게 묘사하는 데 초점을 맞추고 있으며, 그 안에 시대와 사유의 흐름을 포괄하는 문제의식을 담고 있다면, 동일한 시대·사상적 배경을 바탕으로 하는 여러 사유들과의 비교 연구를 바탕으로 작품과 현실 세계의 실질적인 문제들 사이를 오갈수 있는 또 다른 연구의 지평을 확보해야 할 필요성이 우리에게 주어진다.

으로서만이 가치를 가질 수 있는 것으로 보입니다."

12) P. Gaxotte, "기독교인은 사랑에 대한 깊은 욕구를 가지고 있다 Le chrétien a un profond besoin d'amour", 『르 피가로 Le Figaro』, 1970년 9월 5~6일: "인간의 진리 안에 머무는 것, 자기에게 주어진 어떤 것 앞에서도 물러서지 않는 것, 자신의 삶을 추상적 개념 속에서 제기되고 해결될 수 있는 일련의 잘 정리된 문제들의 집합으로 만들지 않는 것, 이것이야말로 그의 지속적인 의지였다. 그는 베르나노스 식의 예언자가 아니다. 그는 교조주의자가 아니다. 그는 이치를 따지기 좋아하는 사람도 아니다. 또한 그는 통계나 자료들을 수집하는 사람도 아니다. 감성이 그를 인도한다. 그는 자신의 마음을 신뢰한다. 소설이라는 예술에 대해서 그는 자신의 적을 묘사하고자 하는 경향을 견지한다. 그의 소설들에서 어떤 정확한 것, 저널리스트적인 편리함에 그가 의지하는 모습을 볼 수 없는 것과 마찬가지로, 그는 자신이 좋아하는 체제나 자신이 옹호하는 정당의 가치를 허황되이 자랑하지 않는다."

- 연구 목표와 방법

우리는 모리악의 문학 세계를 지탱하고 있는 문제와 시대적 상황, 그리고 새로운 사유의 흐름을 종합적으로 고찰하기 위해 다음과 같은 부분에 집중하고자 한다. 수 많은 세월 동안 기독교 복음을 중심으로 살아온 대륙에서 그와 같이 무자비한 폭력이 자행될 수 있었던 이유는 무엇인가, 전쟁과 같은 극단적인 폭력은 과연 무엇에서부터 시작되며, 그러한 폭력에 완전한 종지부를 찍을 수 있는 해결책은 무엇인가에 대한 성찰이 바로 그것이다.13) 모리악의 문학이 근본적으로 '인간적인 것'의 문제에 집중한다고 할 때, 그리고 그 '인간'의 문제가 현실 세계에서 나타나는 전쟁과 같은 폭력의 근본적인 원인을 제공한다고 할 때, 그것은 곧 '타자'14)의 문제와 직결된다는 것이 우리의 생각이다. '인간이 다른 인간을 어떻게 대하는가 Comment des hommes traitent d'autres hommes'15)에 대한 문제, 즉 우리의 일상

---

13) 바로 이와 같은 문제제기에서부터 모리악과 레비나스 사상과의 상호연관성을 짐작해볼 수 있다. cf. 강영안, 『주체는 죽었는가』, 문예출판사, 1996, p. 224.

14) '타자'라는 용어는 사실상 매우 광범위한 의미를 가지고 있다. 흔히 '타자'는 인간의 삶을 둘러싸고 있는 익명적 존재들인 환경적 요소로부터 인간 내면의 또 다른 자아, 인간의 인식 범위를 초월해 있는 무한한 시간성과 신등을 총칭하는 의미로 사용된다. 또한 서양의 오래된 동일자 중심의 이분법적 사상 속에서 중심의 반대편에 위치함으로 억압과 배척의 대상이 되어 왔던 것들, 예컨대 여성, 동양, 유색인, 광기, 무의식 등등의 요소들도 '타자'의 부류에 포함될 수 있다. 이처럼 광범위한 '타자'의 여러 가지 의미들을 전부 포괄하는 작업은 본 연구의 주제를 벗어나는 영역이 될 것이다. 따라서 우리는 우선 '타자'라는 용어의 의미를 나 외의 다른 사람, 즉 나와 마주하고 있거나 그 너머에 있는 다른 사람을 지칭하는 의미로부터 출발하여 그로부터 파생될 수 있는 다양한 '타자'의 문제로 접근할 것이다.

15) F. Mauriac, 『잃어버린 말과 되찾은 말Paroles perdues et retrouvées』, Grasset, 1986, p.179. "사회를 한번 살펴보십시오. 동, 서양을 두루 살펴보십시오. 그리고 이 말들에 근거해 세계를 평가해 보십시오. 이 말이 어떤 사람에게 해당되는지 생각해 보십시오. 오늘날 세계를 지배하는 자들은 아우구스투스 시대와 마찬가지로 평화주의자나 온화한 자들의 부류에 들지 않습니다…… 인간이 다른 인간을 어떻게 대하는가, 이것은 우리의 몽테뉴를 놀라게 했던 커다란 주제였을 뿐만 아니라, 오늘날 우리 모두에게 있어서

적 삶과 관련된 구체적인 타자의 문제야말로 모리악 문학의 핵심적 주제들 중 하나이기 때문이다.

흔히 모리악의 작품 세계에 대한 핵심어로 '사랑의 사막le désert de l'amour'이 이야기된다면[16] 그 안에서 우리가 볼 수 있는 것은 바로 '인간', 그것도 사막의 한가운데 내던져진 채로 '고통받고 있는' 인간의 모습이다.[17] 모리악의 문학 세계에서 '사막의 고통'은 곧 타인들로부터의 고립이며, 타자와의 소통에 대한 목마름이라고 할 수 있다. 모리악이 말하는 '사막'이란 개인들 사이의 투쟁, 즉 타자의 주인이 되고자 하는 욕망, 타자를 나에게로 '환원réduire'시키고자 하는 욕망에서 비롯된 갈등의 세계이다.[18] 따라서 모리악의 작품에 나타나는 모든 인간적 갈등과 고통의 문제 속에 함축되어 있는 '타자'에 대한 탐색을 바탕으로 할 때 그가 제시하는 기독교적 해결책 역시도 그 정당성을 입증받을 수 있을 것이다. 모리악이 보여주는 종교적 사유는 전통적인 분석의 한계를 넘어 그것이 적용되는 장과 그 사유가 근본적으로 지향하는 바에 대한 더욱 확대된 관점에서의 접근을 요구하며, 이러한 접근을 통해서 작품 분석의 지평 확대뿐만 아니라 모리악이 보여주는 기독교적 사유의 새로운 영향력을 찾아볼 수 있을 것이다.

이러한 점에서 서구의 전통적인 동일자 중심 사상을 극복하고 타자를 위한 주체의 의미를 정초한 엠마뉘엘 레비나스Emmanuel Levinas의 사유는 모리악의 작품

도 여전히 중요한 문제입니다."

16) F. Mauriac, 『되찾은 기억들Souvenirs retrouvés』, Fayard, 1981, p.90. "제 생각에 제가 창조한 인물들 대부분의 진정한 비극은 바로 제 소설들 중 하나의 제목이기도 한 '사랑의 사막'이라는 말로 집약될 수 있을 겁니다. 이 제목은 사실 제가 쓴 다른 책들에도 해당되는 것이지요."

17) 『모리악-클로델』, op.cit., p.30. 인간의 고통에 집중한 것은 모리악과 동시대의 다른 기독교 작가들을 구분지어 주는 특징이기도 하다. 예를 들어 모리악과 가장 많이 비교의 대상이 되기도 하는 작가인 클로델의 경우 고통을 통해 도달하는 승리와 종교적 영광에 초점을 맞추고 있다면, 모리악은 '고통' 그 자체에 초점을 맞추었던 작가라고 할 수 있다.

18) F. Mauriac, 『하나님과 마몬Dieu et Mammon』, Édition du Capitole, 1929, p.160.

연구에 새로운 관점을 제시해 줄 것으로 보인다. 타자를 중심으로 한 사유의 흐름은 모리악 작품의 주제와 그의 전기적 요소, 그리고 현실 참여 지식인으로서의 모습을 함께 연결짓는 문제, 특히 주제적인 측면에서 인물들 내면의 꺼지지 않는 정열과 그로 인한 고독과 갈등, 그리고 개인과 집단의 문제, 개인과 개인 사이의 문제, 나아가 이러한 문제들이 종합적으로 나타나는 폭력의 문제와 그 해결책으로 제시되는 종교적 사유들을 그 근본에서부터 새롭게 고찰할 수 있는 단초를 제공해 줄 수 있다.

사실상 타자와의 폭력과 갈등의 관계를 극복하기 위해 모리악이 제시하는 해결책은 레비나스가 보여주는 철학적 사유와 맥을 같이하는 듯이 보인다. 타자를 오직 의식 작용의 대상으로, 즉 나의 의식에 비친 표상으로 간주하는 존재 방식에서 타자의 아픔과 고통을 직접 체험하고 함께 나눌 수 있는 존재, 모든 것을 환원시키는 이성보다는 외부를 향해 완전히 개방되어 있는 감성적 존재, 전체에의 무조건적인 흡수보다는 자기 자신과의 관계를 통해 스스로의 진정한 위치를 찾고자 애쓰는 존재, 추상적 관념보다는 구체적 행위 속에서 타자와의 만남을 추구하는 존재, 더 나아가 이러한 모든 면들을 바탕으로 타자를 위한 희생에 이를 수 있는 존재에 대한 추구는 곧 레비나스 사유의 주된 요소들임과 동시에 모리악의 문학 세계에서 구체적으로 증명되는 세계의 모습이기도 한 것이다. 실제로 우리는 모리악의 작품 속에 나타나는 개인들 사이의 적대적인 관계와, 시선의 문제, '우리'와 '그들'을 구분하는 집단과 그 집단에 의한 이방인의 배척과 억압의 모습을 통해 레비나스가 지적하는 바 서구 사상의 전통적인 폭력의 근원이었던 개인과 집단의 동일자 중심적 사상과 그것의 구체적인 발현을 찾아볼 수 있다. 특히 우리는 모리악의 작품 세계에서 이른바 그리스도의 모방자들로 제시되는 인물들과, 타자를 향한 희생의 전형을 보여주는 인물들이 구체적인 희생의 실천 이전에 고통받는 타자의 '얼굴visage'과의 만남을 체험하고, 그로부터 신, 곧 절대적 타자의 명령을 수용하는 모습을 찾아볼 수 있다. 적대적인 타자와의 관계에서 압도적인 '시선'이 부각되는 것에 반해 갈등을 넘어 희생과 공존의 가능성을 보여주는 관계 속에서는 시선에 대한 언급 대신 눈물에 젖은 고통받는 '얼굴'의 모습이 부각되는 점에 우리는 주목하고자 한다. 이러한 얼굴과의 대면을 체험한 인물들이 타자에 대한 무한한 책임을 진 존재들로 변화하고, 자신에게 도움을 호소하는 이들뿐만 아니라 자신을 박해하는 이들을 위해서도 적극적인 희생을 실천하는 모습은 모리악의 작품이 레비나스의 사상과 그 핵심적인 부분에 있어서 동일한 목적을 지향하고 있음을 보여준다.

모리악의 작품과 마찬가지로 레비나스의 저서들 역시 역사적, 정치적 현실들과 별개로 쓰인 것이 아니다. 레비나스 사상의 기저에는 실제 세계에서 이루어진 폭력, 그 자신이 몸으로 체험했던 폭력, 즉 2차 세계 대전 중 유대인 학살의 문제가 자리잡고 있다. 실제로 레비나스는 『존재와 다르게 또는 본질을 넘어서*Autrement qu'être ou au-delà de l'essence*』를 홀로코스트의 희생자들에게 바치기도 했다.[19] 레비나스가 극복하고자 하는 전체성의 전형을 나치 독일에서 볼 수 있다면, 반대로 '살인하지 말 것'을 명령하는 타인의 얼굴, 이방인이자 헐벗은 자로서의 얼굴은 곧 유대인에 해당될 수 있다. 그리고 바로 이러한 점이 레비나스의 개념들을 통해 모리악의 작품을 분석할 수 있는 근거를 마련해 준다. 모리악이 말하는 '인간', 그것도 '개별적인 인간'의 문제는 그 근본에 있어서 '고통받는 타자'의 문제, 즉 '비참함으로 가득 차 있는 세상' 속에 위치한 '실패와 절망 속에 있는 인간'의 문제이기 때문이다.

이러한 틀을 바탕으로 우리는 본 연구를 다음과 같이 진행하고자 한다. 먼저 동일자 중심의 세계, 즉 타자성이 받아들여지지 않는 자아중심의 세계와 그 안에서 일어나는 여러 가지 폭력의 양상들을 살펴볼 것이다. 타자와의 궁극적인 화해와 공존의 가능성을 논하기 위해서는 타자에 대한 폭력과 갈등이 드러나는 방식과 그 결과에 대한 면밀한 분석이 선행되어야 한다. 타자와의 갈등은 항상 타자가 가진

---

19) E. Levinas, 『존재와 다르게 또는 본질을 넘어서*Autrement qu'être ou au-delà de l'essence*』, Martinus Nijhoff, 1978, p.120.

특징, 즉 타자성을 흡수하고 억압하는 자기중심적 인물들의 존재 방식으로부터 생겨난다. 근본적인 결핍을 가진 자기 존재의 유한성을 극복하기 위해 타자를 수단이나 도구로만 여기는 것이 곧 자기중심적 주체들의 존재 양식이다. 우리는 모리악의 작품 속에서 시선의 문제가 타자와의 중요한 갈등의 매개체로 작용하는 것을 볼 수 있다. 서구의 사상적 전통 속에서 흔히 타자를 환원시키는 특권적인 방법으로 이야기되어 온 '시선'의 문제는 모리악의 문학 세계에서도 그 모습을 찾아볼 수 있다. 특히 적대적인 시선이 내재화된 인물들의 내부에서 일어나는 자기경멸과 고독, 그리고 그것에 대한 반작용으로 생겨나는 원한과 증오, 주인이 되고자 하는 의지는 타자를 향한 왜곡된 욕망에 사로잡힌 주체들의 모습을 특징적으로 보여준다. 다음으로 우리는 개별적 주체들 사이의 갈등이 집단의 차원으로 확대되는 모습과 집단적 차원에서 이루어지는 폭력의 양상들을 살펴볼 것이다. 이를 위해서 모리악의 작품 세계에서 가장 기본적인 사회적 공동체이자 개별적 인물들에 대해 절대적인 권위를 가진 집단으로 나타나는 '가족'의 문제를 분석할 것이다. 특히 가족이라는 닫힌 집단의 특성과 그 집단의 동일자 중심적인 성격, 즉 흡수와 배척, 중심과 주변의 이분법적 대립 구조를 살펴보고자 한다. 모리악의 작품 속에서 우리는 개별적 인물들 사이에서 시작된 갈등이 집단적인 차원으로 확대되어 결국에는 그 갈등이 집단의 이방인에게로 집중되는 모습을 흔히 볼 수 있다. 모리악의 시각에서 볼 때 기본 집단인 가정 내에서 이루어지는 폭력은 인간 세계의 존립 자체를 위협할 수도 있는 문제, 즉 전쟁이나 학살과 같은 형태의 사건을 일으키는 본질적인 원인을 내포하고 있다.

전체성의 상징으로 그려지는 집단적 차원에서의 폭력을 예방하기 위해서 모리악은 개인의 문제, 즉 자기중심적 주체들의 존재 변화의 과정에 초점을 맞춘다. 따라서 우리는 자기중심적 사고방식으로부터 벗어나 타자를 위한 존재로 변화하기 위한 각 주체들의 내적 갈등의 모습과 그 단계들, 그리고 그들이 느끼는 역설과 부조리의 감정들을 살펴보고자 한다. 모리악의 작품에 등장하는 대다수의 인물들이 한결같이 집단으로부터의 배척에 기인한 극도의 고립으로 인해 고통받으며, 그 과정을 통해 결정적인 존재 변화를 체험한다는 점을 고려할 때, 우리는 무엇보다도 배척과 그 결과로 주어지는 고통의 요소들이 자기성 확립의 가능성으로 이어지는 과정에 집중해야 할 것이다. 다음으로는 그들이 자기 존재에 대한 부조리의 감정을 극복해 열린 주체로서 스스로를 정립시키는 모습과 그 결과로 나타나는 타자의 수용과 관련한 문제를 살펴볼 것이다. 우선 모리악의 작품 세계에서 개방성을 보여주는 인물들의 공통적인 특징으로 제시되는 감성의 문제를 분석해야 할 것이다. 우리는 타자와의 대면적인 관계를 근원적으로 가능하게 해 주는 것으로서의 감성을 통해 노출과 수용성을 바탕으로 이루어지는 관계들의 가능성을 살펴볼 것이다. 이어서 우리는 타자를 향해 자신을 노출시킨 주체들이 레비나스가 말하는 바와 같은 타자의 얼굴의 계시와 대면하는 모습을 분석할 것이다. 우리는 모리악의 작품 속에서 얼굴의 개념이 구체적인 상황 속에서 어떻게 나타나고 새로운 관계를 가능하게 하는가를 살펴봄으로써 모리악이 특히 고통받는 타자의 모습을 통해 이야기하고자 하는 바를 탐색할 수 있을 것이다.

마지막으로 우리는 얼굴의 개념을 더욱 확장시켜 모리악이 보여주는 기독교적 윤리의 가장 적극적인 단계에 대해 살펴볼 것이다. 모리악은 헐벗고 고통받는 타인의 얼굴 속에서 구체적인 신의 명령을 읽어 내고자 했으며, 이러한 계시의 경험을 바탕으로 개인의 존재 변화를 타자를 향한 무조건적인 자기포기와 희생의 가능성으로 연결짓고 있는 듯이 보인다. 이러한 과정을 통해 박해자까지도 포함하는 보편적 타자에 대한 무한한 책임이 이야기될 수 있으며, 모리악이 보여주는 구체적 실천으로서의 기독교적 윤리관이 지향하고 있는 바를 살펴보게 될 것이다.

II.

자기중심적 주체

1. 타자의 대상화

서구의 오랜 사상적 전통은 흔히 '동일성'의 사상으로 정의 내려진다. 서구의 사상은 언제나 모든 것의 근간에 있는 '실체'를 중심으로 이루어져 왔으며, '자기동일성'이라는 규정하에 그 실체의 본질적인 성격을 파악해 왔다고 할 수 있다. 서구철학의 근간이 되었던 플라톤과 아리스토텔레스의 사상으로부터 오늘날에 이르기까지 우리는 동일자의 역사가 서양의 사상 체계를 지배해 왔음을 알 수 있다. 플라톤이 모든 현상의 궁극적인 근본으로 제시한 이데아의 성격을 무엇보다 '변치 않음'과 '영원함'으로 규정했다는 것은 주지의 사실이다. 아리스토텔레스 역시 여러 가지 변화의 와중에도 자기동일성을 유지하는 것을 '제1실체'로 규정한 바 있다. 이후 스피노자는 실체를 규정하는 데 있어 '자기 자신 안에 존재하며 자신을 통해 파악되는 것', 즉 '그 본질이 실존을 포함하는 자기 원인적 존재'로 정의 내림으로써 이후 주체의 절대화를 낳는 근간을 제공한 것으로 알려져 있다. 특히 근대 철학의 아버지라고 할 수 있는 데카르트는 존재하기 위해 자기 자신 이외의 것을 필요로 하지 않는 것을 실체로 정의하면서 '생각하는 자아', 즉 이성 주체를 모든 것의 기반이 되는 '주체subjectum'의 위치에 올려놓았다. 그 이후 특히 독일의 관념 철학을 거치면서 서구의 사상 속에는 이성과 주체, 그리고 자기동일성이 하나의 중심을 이루는 전통이 뿌리내리게 되었음은 잘 알려진 사실이다.[20]

Cette histoire(l'histoire de la philosophie) peut être interprétée comme une tentative de synthèse universelle, une réduction de toute l'expérience, de tout ce qui est sensé, à une totalité où la conscience embrasse le monde, ne laisse rien d'autre hors d'elle, et devient ainsi pensée absolue.[21]

철학의 역사는 보편적 종합의 시도로 해석될 수 있다. 그것은 모든 경험, 이치에 맞

---

20) 강영안, 『주체는 죽었는가』, *op.cit.*, pp. 12-15.
21) E. Levinas, 『윤리와 무한*Éthique et Infini*』, Fayard, 1982, p.69.

는 모든 것을 전체성으로 환원시키는 것이다. 이 전체성 속에서는 의식이 세계를 포괄하고, 의식 외의 다른 어떤 것도 인정되지 않는다. 이렇게 하여 의식은 절대 사고가 된다.

엠마뉘엘 레비나스는 서양의 전통 사상을 철저하게 동일자 중심으로 전개되어 온 것으로 판단하고 그것이 전체성의 철학이었다는 점에서 비판한다. 그의 주장에 따르면 서구 사상은 언제나 바깥에 있는 것을 자신에게로 흡수하는 동일자를 중심으로 전개되어 왔다. 서양의 사상은 동일자가 우위성을 확보한 자아론이었으며, 존재의 전체성totalité이 이타성altérité을 통합하는 것을 우선시했다는 것이다.

이러한 동일자 중심의 사상은 언제나 외부의 것을 사유의 대상으로 삼아 그것이 가진 다름을 무시하고 자기화하는 형태로 나타났다. '나'의 존재 정립을 위해 '타자'는 소용되어야 할 대상이며, 그 과정에서 그가 가진 '다른' 특성은 소멸되어야만 했다. 동일자의 폭력은 좁게는 '나'의 '너'에 대한 폭력이며, '우리'들의 '그들'에 대한 폭력이기도 하다. 유아론적인 입장에서 볼 때 '나'와 '우리'는 언제나 '중심'이며, 상대적으로 '너'와 '그들' 혹은 '너희들'은 '주변'일 수밖에 없기 때문이다. 이러한 점에서 동일자 중심의 세계관은 주체의 이기적이고 자기중심적인 세계관으로 집약될 수 있다.[22] 자기중심적 주체들은 타자를 자신의 취향에 따라 임의대로 재구성할 수 있는 대상으로 간주한다. 이러한 주체들에게 타자와의 직접적인 소통은 불가능하다. 그들은 서로에 대해 철저하게 닫힌 주체들로 남을 뿐이며, 그들의 세계는 고립과 소통불능의 세계가 될 수밖에 없다.

프랑수아 모리악의 작품 속에서도 우리는 이와 같은 인물들, 즉 타자를 자신의 대상으로 삼아 그가 가진 이타성을 소멸하고, 그를 자신의 존재 확립을 위한 도구로 바라보는 자기중심적 주체들을 쉽게 만날 수 있다. 사실상 모리악의 작품 세계는 이러한 인물들로 가득하다. 일일이 열거하기도 어려울 만큼 모리악의 작품 세계에 등장하는 수많은 인물들이 자기중심적 세계 속에서 방황한다. 예를 들어 베르나

---

22) E. Levinas, 『전체성과 무한Totalité et Infini』, Martinus Nijhoff, 1971, p.27.

르 데케루Bernard Desqueyroux, 브리지트 피앙Brigitte Pian, 쿠튀르Coûture 등과 같이 자만심에 가득 찬 위선자들, 펠리시테 카즈나브Félicité Cazenave, 루이Louis 등과 같이 소유와 지배욕에 사로잡혀 있는 자들, 마리아 크로스Maria Cross와 같이 타인의 속성을 취함으로써 존재의 결핍을 충족시키고자 하는 인물들은 한결같이 타자를 대상으로 자기 앞에 세우는 주체들의 모습을 보여주고 있다. 나아가 이브 프롱트낙Yves Frontenac, 장 펠루예르Jean Péloueyre 등과 같이 고통스러운 자기발견의 과정을 통해 타자를 위한 주체로서 스스로를 정립하는 인물들에게도 타자를 대상으로 삼아 소유하고자 하는 자기중심적 세계의 유혹은 극복하기 힘든 내적 갈등의 주된 요인으로 작용한다.23) 나아가 모리악의 작품 속에서 나타나는 여러 종류의 갈등은 모두 타자의 다름을 전체성 속으로 흡수하고자 하는 동일자의 의지와 그러한 의지에 저항하는 개별자들 사이의 갈등으로 집약될 수 있다.

La terrible silhouette de l'empoisonneuse domine les monstres les plus inquiétants d'une humanité déshéritée, les Virelades, les Gradères, les Coûtures. Même les êtres plus purs comme Yves Frontenac, comme Elisabeth Gornac dans Destins, Elisabeth de Virelade dans Les Mal aimés, ou Marcelle de Barthas dans Asmodée sont proche de cette créature inquiéte et insatisfaite, qui dès l'enfance selon son propre aveu, était un ange plein de passions.24)

남편을 독살하려고 했던 여인의 끔찍한 실루엣이 불우한 인류의 끔찍한 괴물들, 즉 비를라드, 그라데르, 쿠튀르와 같은 인물들을 지배한다. 심지어 가장 순수하게 그려지는 인물들, 이브 프통트낙, 『운명들』의 엘리자베스 고르낙, 『사랑받지 못한 자들』의 엘리자베스 드 비를라드, 『아스모데』의 마르셀 드 바르타스 등도 이 불안하고 만족하지 못하는 피조물, 스스로 고백하듯이 태어날 때부터 정열로 가득한 천사였던 이 여인과 닮아 있다.

---

23) A. Séailles, 『모리악Mauriac』, Bordas, 1972, p.169.
24) Ibid., p.65.

모리악의 문학 세계 속에서 자기중심적 주체들의 세계를 대표하는 인물로 우리는 이 '불안하고 만족하지 못하는 피조물, 정열로 가득한 천사'인 테레즈 데케루를 들 수 있을 것이다. 사실상 테레즈는 모리악의 문학 전체를 대표하는 인물이라고도 할 수 있다. 우선 그녀가 직접적으로 등장하는 작품들만 해도 모리악의 문학 세계의 큰 줄기를 이루고 있을 정도이다.[25] 1927년에 출간된 『테레즈 데케루Thérèse Desqueyroux』에서 처음 모습을 나타낸 테레즈는 1938년에 출판된 (실제로는 1933년부터 쓰기 시작한) 단편집 『플롱제Plongées』에 수록된 두 편의 단편 "의사에게 간 테레즈Thérèse chez le docteur", "호텔에서의 테레즈Thérèse à l'hôtel"를 거쳐, 1935년에 나온 『밤의 끝La Fin de la nuit』에 이르기까지 그 모습을 드러낸다.

테레즈는 이같이 여러 작품에 등장할 때마다 그 모습이나 성격이 변화하지 않고, 더욱 상세하게 다듬어지고 존재의 깊이를 더해 간다.[26] 뿐만 아니라 테레즈는 직접 등장하지 않는 작품에도 영향을 미친다. 위 예문에서 볼 수 있듯이 테레즈의 그림자는 이른바 '괴물monstre'과 같은 인물들의 모습뿐만 아니라, 그들보다 더욱 순수한 영혼을 가진 것으로 그려지는 인물들의 모습에도 스며들어 있다. 다시 말해 모리악이 창조해 낸 거의 모든 인물들 속에 테레즈의 모습이 스며들어 있다고 할 수 있으며, 모든 작품에 걸쳐 그녀의 존재가 편재해 있다고 할 수 있다. 모리악의 문학 세계가 선과 악을 축으로 한 갈등과 화해의 세계로 정의될 수 있다면, 테레즈라는 인물은 이처럼 양분된 세계가 가진 극단의 성격을 함께 지니고 있으며, 따라서 모리악의 문학 세계 전체를 일별할 수 있는 특징을 제시해 주고 있다. 우리 논의의 맥락에서 말하자면 테레즈는 자기중심적 사고에 사로잡힌 '괴물'임과 동시에, 그러한 타인들에 의해 박해를 받는 희생양이기도 하며, 그 과정을 통해 존재의 내적 성찰을 끊임없이 시도하는 영혼의 소유자이기도 한 것이다. 따라서 본격적인 논의의 시작과 더불어 우리는 무엇보다도 모리악 문학의 중심인물이라 할 수 있는

---

25) 이와 관련해 세아이유는 '테레즈 데케루의 작품군le cycle de Thérèse Desqueyroux'이라는 표현을 사용하기도 한다. *Ibid.,* p.64.

26) *Ibid.,* p.171.

테레즈의 모습을 분석해 보고자 한다.

- 환원의 세계

『테레즈 데케루』에서 남편 베르나르에 대한 독살 기도로 재판을 받은 후 다시 집으로 돌아온 테레즈는 철저하게 고립된 상황에 처하게 된다. 그녀에게 주어진 자유라고는 없으며, 그녀는 자신을 감시하는 가족들의 시선 속에서 평생을 억눌러야만 할 것이다. 이러한 상황 속에서 테레즈는 타자와의 소통 자체를 포기하기에 이른다.

> Elle ne l'entendait pas, le corps et l'âme orientés vers un autre univers où vivent des êtres avides et qui ne souhaitent que connaître, que comprendre.[27]
> 그녀는 남편의 이야기를 듣지 않았다. 그녀의 몸과 영혼은 오직 인식하고 이해하기만을 바라는 탐욕스러운 존재들이 사는 다른 세계로 향해 있었다.

우리는 작품의 첫 부분, 즉 재판을 마치고 집으로 돌아오는 장면에서부터 줄곧 자신의 머릿속에서 지금까지의 일들과 앞으로의 일을 재구성하고자 노력하는 테레즈의 모습을 볼 수 있다. 즉 그녀는 자신에게 닥쳐온 극도의 위기 상황에서 더욱더 자신만의 세계 속으로만 침잠하고, 자신의 인식 세계에만 의존하는 모습을 보인다. 위 예문에서 우리는 이러한 그녀의 모습을 단적으로 살펴볼 수 있다. 그녀는 가족들, 특히 남편의 이야기를 들으려고도 하지 않는다. 테레즈의 몸과 마음은 온통 타인들의 세계와는 고립된 '다른 세계un autre univers'로 향해 있다. 그녀는 초월과 신의 은총을 갈구하기도 하지만 여전히 그녀의 내면세계, 그녀만의 '다른 세계'는 욕망으로 가득 찬 사람들의 세계, 즉 테레즈 자신의 내적인 욕구가 지향하는 세계이다. 또한 그 세계는 '인식하고, 이해하기만을 바라는qui ne souhaitent que connaître, que comprendre' 사람들의

---

27) F. Mauriac, 『테레즈 데케루Thérèse Desqueyroux』, Grasset, 1927, p.93.

세계이다. 그리고 이러한 특징은 테레즈가 가진 자기중심적 주체로서의 성격을 보여주는 지표로 작용한다.

　인식과 이해를 중심으로 세계를 바라보는 것은 곧 세계의 모습을 대상으로 삼아 그것의 존재 의미와 가치를 나의 의식 속에서 규정하고자 하는 것을 의미한다. 이러한 존재에게 있어서 세계는 그 자신의 실현과 존재 정립에 기여할 뿐, 그 외의 다른 어떠한 의미도 가지지 못한다. 이러한 흡수의 과정을 우리는 타자의 자아로의 '환원réduction'이라고 부른다. 인식과 이해의 주체, 즉 의식의 주체는 자기 밖에 있는 다른 어떤 것의 존재를 인정하려고 하지 않으며, 모든 것을 자신의 의식 안에 포섭하고자 한다. 이러한 주체들에게 있어서 환원의 대상은 사물의 세계에서 그치지 않는다. 그들은 자신과 같이 의식을 가진 주체들까지도 대상으로 포섭하고, 그들의 다름을 흡수하고자 한다. 자신들에게 익숙하지 않은 이질적인 특징을 자기 안에서 재해석하여 자신이 받아들일 수 있는 특징으로 변화시키는 것이다.

　레비나스는 이러한 의식의 작용을 '흡수absorber의 작용'이라고 주장한다. 특히 후설Husserl의 현상학을 넘어서는 과정에서 그는 지향성intentionnalité으로 정의되는 의식의 본질을 철저하게 자기중심적인 사고의 발현으로 간주한다. 그에 따르면 의식과의 관계에서 의식 외의 세계는 독립해서 존재할 수 없으며, 언제나 의식에 의해, 의식에 대해서만 나타날 수 있다. 그러한 조건하에서만 세계는 비로소 의미를 가지게 된다는 것이다. 즉 의식 외적인 것, 정신 외부의 것은 언제나 주체인 의식에 대한 '대상'으로만 존재하며, 그럼으로써 그것이 가진 고유의 의미를 잃어버리고 의식으로 흡수된다는 것이다. 특히 현상학의 관점에서 볼 때 사물의 본질을 발견하기 위해서는 사물 그 자체가 아니라 그것에 의미를 부여하는 의식으로 되돌아가야 하는데, 이러한 과정이 바로 '환원'이다.

La connaissance a toujours été interprétée comme assimilation. Même les découvertes les plus surprenantes finissent par être absorbées, comprises, avec tout ce qu'il y a de <prendre> dans le <comprendre>.[28]

인식은 항상 동화작용으로 해석되었다. 아무리 놀라운 발견이라고 해도 결국은 <이해>를 통해 <손에 넣는> 모든 것과 함께 흡수되고 포함될 것이다.

위 예문에서도 볼 수 있듯이 '인식connaissance'은 곧 '동화작용assimilation'이다. 우리가 무엇인가를 '이해한다comprendre'라고 할 때, 그것은 언제나 이해의 대상을 사로잡아서prendre 흡수하는absorber 행위이다. 이해란 곧 의식의 활동을 말하며, 의식의 활동하에서는 모든 관계가 이해를 통한 환원으로 귀착되기 때문이다.[29]

테레즈의 내면이 지향하는 세계, 즉 인식하고 이해하기만을 바라는 사람들의 세계는 곧 '환원'의 세계라고 할 수 있다. 이러한 세계에 대한 동경은 테레즈의 자기 중심적 세계관에서 비롯된 것이다. 환원이 의식의 활동에서 기인하는 것이라면 의식의 주체는 언제나 '나'이기 때문이다. 레비나스 역시 의식에 의한 환원 작용을 모든 의미의 근거로서의 자아의 주체화로부터 비롯된 현상이라고 설명한다. 이처럼 모든 의미를 자아로부터 구성하는 태도로부터 인간 세계의 모든 불화가 시작된다.

여기에서 우리는 테레즈가 처한 고립의 상황이 일차적으로 테레즈 자신에게서 비롯된 상황이라는 점을 생각해 볼 수 있다. 모든 것을 자신에게로 흡수하고자 하는 세계관은 어떠한 식으로든 항상 타인들과의 갈등으로 귀착될 수밖에 없기 때문이다. 물론 테레즈가 받는 고통에는 그녀의 주변 사람들이 차지하고 있는 역할도 포함되어 있다. 남편인 베르나르를 비롯하여 테레즈의 아버지에 이르기까지 이 작품에 등장하는 모든 인물들은 한결같이 자기중심적 사고로부터 벗어나지 못하는 인물들이다. 그들은 상대적으로 '다른' 속성을 소유한 테레즈에 대항하여 하나의 거대한 동일성의

---

28) E. Levinas, 『윤리와 무한』, *op.cit.*, p.53.

29) *Ibid.*, p.85. "물론 유한한 존재인 우리는 앎의 사명을 완수하지 못할 것이다. 하지만 이 사명이 완수된다는 가정 속에서 볼 때, 그것은 곧 타자를 동일자로 만드는 작용을 의미한다."

집단을 형성하기도 한다. 그러나 테레즈가 주위 사람들과의 치유할 수 없는 갈등관계를 형성하게 된 근본적인 원인은 그녀 자신의 자기중심적 사고에서 찾아야 할 것이다. 우리는 『테레즈 데케루』의 거의 절반을 이루는 부분이 테레즈의 의식 속에서 일어나는 생각의 묘사임을 볼 수 있다. 마차를 타고 집으로 돌아오는 동안 줄곧 테레즈는 과거와 현재, 미래의 상황을 정리하고 해석하고자 노력한다. 남편의 독살 기도에 이르기까지의 과거 사건을 재구성하는 것 역시 철저하게 테레즈의 관점에서 이루어진다. 독자들은 과거의 사건들에 대해서뿐만 아니라 다른 인물들에 대해서도 테레즈의 눈을 통해서만 알 수 있을 따름이다. 다시 말해 작품 속의 모든 상황 묘사가 철저하게 테레즈의 주관적 관점을 중심으로 이루어지고 있는 것이다.[30] 과거의 회상을 통해 테레즈는 사건의 있는 그대로의 모습을 발견하기보다는 그 사건 속에서 자신의 역할을 정당화시키기 위해 노력한다. 특히 3인칭 서술의 중간에 자주 개입되곤 하는 1인칭 직접화법은 과거의 고비가 되었던 시기마다 스스로가 보였던 행동의 의미를 정당화하려는 테레즈의 시도를 보여준다. 이러한 과거 상황의 묘사를 통해 우리는

---

30) 대부분의 경우 테레즈의 독백은 3인칭 시점의 간접화법으로 제시된다. 그러나 실제 3인칭으로 서술되는 과거의 상황은 대부분 테레즈의 내면 속에서 일어나는 의식의 활동을 표현하고 있다. 작품 곳곳에서 우리는 "테레즈가 상상하기로는Thérèse imagine……"(p.13), "테레즈는……이라고 생각한다Thérèse songe……"(p.79), "테레즈가 기억하기로는…… Thérèse se souvient que……"(p.93), "테레즈가 보기에는il semble à Thérèse que ……"(p.19) 등과 같은 표현을 찾아볼 수 있다. 물론 경우에 따라서는 시점이 완전히 테레즈에게로 넘어가는 경우도 있으며, 6장의 경우에는 전체가 테레즈의 1인칭 시점에서 서술되고 있다. 작품의 화자, 즉 작가는 테레즈의 행동과 생각을 설명하며, 때로는 그녀가 잊고 싶어 하는 기억, 그녀가 모르는 상황 등을 가르쳐 주기도 한다. 이러한 화자의 시선은 이야기에 객관성을 확보해 주고, 테레즈가 찾고자 하는 갈등의 본질을 가르쳐 주기 위한 목적을 가지고 있다. 하지만 이러한 화자의 존재 역시 테레즈의 자기중심적인 시선을 상쇄하지는 못한다. 특히 타인들과의 관계와 관련해서는 화자 역시도 철저하게 테레즈의 시점과 관점을 따라가며 객관적인 사실들, 예를 들면 "테레즈는 의자에 앉아 있었다", "테레즈는 창문으로 다가갔다"와 같은 사실들을 부연해 주는 역할만을 수행할 뿐이다. Cf. V. Anglard, 『테레즈 데케루 연구Thérèse Desqueyroux: Études Littéraires』, P.U.F., 1992, p.42.

테레즈의 삶 자체가 자기중심적으로 이루어져 왔음을 알 수 있다. 결혼에 이르는 과정과 결혼 생활, 가족들, 특히 남편과의 관계, 안느의 애정 행각에 개입하는 과정들은 이러한 사실을 증명하는 예로서 충분하다. 뿐만 아니라 테레즈는 앞으로 닥쳐올 미래의 상황에 대해서도 동일한 의식의 구성 작업을 수행한다. 자신이 집에 도착했을 때 남편이 자신에게 어떠한 태도로 어떠한 말을 건네올지, 그리고 자신은 어떠한 대답을 하게 될 것인지, 다른 가족들의 모습은 어떠할지 등, 앞으로 일어날 모든 일의 방향을 자신의 의도대로 결정짓고 있는 것이다. 이러한 모습은 물론 가족들과의 화해와 소통을 바라는 그녀의 희망에서 비롯된 것으로도 볼 수 있지만, 그러한 희망조차도 타자를 있는 그대로 받아들이려는 개방적 수용성이 배제된 상태에서는 동일한 결과만을 가져올 뿐이다. 테레즈의 미래에 대한 예상은 과거와 현재에 대한 객관적 성찰의 산물이라기보다는 자신의 입장과 이익에 초점이 맞추어져 있는 왜곡된 시선의 결과물이다.

한편 작품 속 다른 인물들의 관점 역시도 자기중심적인 한계를 벗어나지 못한다. 7장의 경우 우리는 베르나르와 안느, 드 라 트라브 부인의 눈을 통해 테레즈의 모습을 살펴볼 수 있으며, 9장에서는 클라라 고모의 눈을 통해 테레즈가 남편에게로 고개를 돌리고 미소 짓는 모습을 볼 수 있다. 하지만 이처럼 테레즈를 제외한 다른 인물들에게로 관점이 옮겨가는 경우는 매우 드물며, 이들에게 관점이 옮겨간 경우에도 테레즈의 경우와 마찬가지로 직접적인 타자와의 만남이 아닌 각자 자신의 '이해'와 '해석'만을 볼 수 있을 뿐이다. 한 예로 우리는 작품의 7장에서 복수의 관점으로 이야기가 진행되는 모습을 볼 수 있다. 여러 증인들의 관점을 제공하면서 화자는 우리에게 보다 종합적이고 총괄적인 이해의 근거를 마련해 준다. 하지만 관점의 이동만 있을 뿐 타자와의 소통과 만남의 가능성은 여전히 닫혀 있다. 테레즈, 드 라 트라브 부인, 안느, 베르나르 등은 각자 자기를 위해chacun pour soi서만 바라보고 듣고 생각할 뿐이다.

La seule approche de cet homme avait réduit à néant son espoir de s'expliquer, de se confier. Les êtres que nous connaissons le mieux, comme nous les déformons dès qu'ils ne sont plus là![31]

남편이 단 한 걸음 다가오는 순간 스스로를 설명하고 고백하려 했던 희망이 무화되었다. 우리가 잘 알고 있다고 생각하는 존재들을 실제로 그들이 없을 때 우리가 얼마나 왜곡하여 생각하고 있는가!

Que sais-je de Bernard au fond? N'y a-t-il pas en lui infiniment plus que cette caricature dont je me contente, lorsqu'il faut me le représenter?[32]

내가 베르나르에 대해 실제로 알고 있는 것이 무엇인가? 그의 모습을 재현해야만 할 때 나 스스로 만족하는 그의 캐리커쳐 말고도 실제로 그의 속에는 훨씬 무한한 것이 있는 것은 아닌가?

집에 도착한 테레즈는 자신이 머릿속으로 구성했던 상황과 실제 가족들의 반응이 상이하다는 사실에 당황한다. 가족들은 그녀가 그들에게 일방적으로 부여한 이미지와 일치하지 않는다. 무엇보다 남편인 베르나르는 테레즈의 예상과는 달리 일말의 화해의 가능성도 제공하지 않는다. 그러한 베르나르의 모습 앞에서 테레즈가 마차 속에서 상상했던 모든 미래의 상황들은 현실화되지 못하는 환상으로 전락해 버린다. 스스로를 정당화하고, 나아가 자신의 마음을 고백하고자 했던 테레즈의 계획이 순식간에 무화되는 것이다. 테레즈가 그러하리라고 생각했던 베르나르, 테레즈의 고백과 설명을 받아들여 줄 수 있을 것으로 기대했던 베르나르는 단지 테레즈의 의식 속에서만 존재하는 베르나르일 뿐이다. 이제 테레즈는 자신이 남편에 대해 가졌던 모든 생각이 허상이라는 사실을 깨닫는다. 그것은 테레즈가 스스로의 만족을 위해 만들어 낸 이미지였을 뿐이다. 테레즈는 있는 그대로의 타자로서 베르나르를 대한 적이 없다. 반대로 그녀는 항상 그를 대상으로 삼아 자신의 의도대로 그

---

31) F. Mauriac, 『테레즈 데케루』, *op.cit.*, p.125.
32) *Ibid.*, p.89.

의 모습을 재구성하여 왔다. 즉 그녀는 베르나르를 '표상représentation'으로 대해 왔던 것이다. 테레즈의 의식 속에서 재구성되는 베르나르는 실제 그의 모습과는 다른 왜곡된 모습으로 존재해 왔다.

- 표 상

타자의 다름을 환원시키는 주체들은 언제나 타자를 자기 앞에 세워진 하나의 상, 즉 '표상'[33])으로 간주한다. 그렇게 함으로써 실제 타자가 가지고 있는 진실은 가려지고, 자기중심적 주체들의 눈과 귀에는 그들의 의식 속에서 재구성된 타자의 허상만이 남게 된다. 그들은 타자의 모습을 있는 그대로 대하는 것이 아니라, 자신의 의식에 비친 모습으로만 대하는 것이다.

사실상 『테레즈 데케루』에 등장하는 거의 모든 인물들은 이러한 식으로 자신의 의도에 맞추어 타자를 왜곡시키는 모습을 보여준다. 그들 각자에게 있어서 타인은 언제나 이방인으로 받아들여진다. 자신의 의식 속에서 표상된 타자와 실제 타자의 모습 사이에는 언제나 극복할 수 없는 차이가 존재하며, 그들은 각자가 만들어 낸 타자에 대한 환영 속에만 머물기 때문이다.[34]) 데케루가의 사람들은 자신들이 정해 놓은 범주에 합당한 인물과 상황만을 받아들인다. 이러한 범주로부터 벗어나는 자, 즉 환원을 거부하고 저항하는 테레즈와 같은 인물은 그들에게 있어서 철저한 이방인으로 인식된다.[35])

---

33) '표상'의 철학적 의미와 관련해서는 강영안, 『주체는 죽었는가』, op.cit., pp.73 - 78, 서동욱, 『차이와 타자』, 문학과 지성사, 2000, pp.7 - 17, G. Deleuze, 『차이와 반복Différence et répétition』, p.U.F., 1968, p.79를 참조할 것.

34) V. Anglard, op.cit., p.46 - 47. "존재들은 한 번도 그들의 이미지와 일치되지 않는다. 그들은 다른 사람들이 만들어 내는 그들의 이미지에 대해 항상 낯선 존재로 머물 뿐이다······ 존재들은 단 한 번도 서로를 진실하게 알지 못한다. 그들은 자기 자신의 환상의 먹이로 존재할 뿐이다."

35) Cf. F. Mauriac, 『테레즈 데케루』, op.cit., pp.82 - 89.

이처럼 테레즈를 비롯한 작품 속 거의 모든 인물들이 타자를 '표상'으로 대하는 주체들이며, 바로 그러한 점에서 그들의 본질적인 고립과 고통이 연유한다면 과연 '표상'이란 구체적으로 무엇을 말하는 것인가? 자기중심적인 입장에 있을 때 우리는 우리 자신이 상대하고 있는 타인의 모습에 우리가 그에 대해 미리 가지고 있는 관념들을 덧입힌다. 그래서 실제로 우리가 그의 얼굴을 보고 그의 이야기를 들을 때마다 우리가 보고 듣는 것은 이 관념, 우리가 지어낸 관념에 지나지 않는 것이다. 결국 실제 타자의 진실은 가려지고 우리의 눈과 귀에는 우리의 머릿속에서 만들어진 타자의 허상만이 드러나게 된다.

레비나스는 타자의 실제 모습, 타자의 '이타성'을 지워버리고 타자를 '내 안에서 재구성하여' 환원시키는 방식을 '표상'이라고 정의 내린다. 타자를 나의 인식의 '대상'으로 삼아 주체인 내 앞에 세운 '표상'으로 이해하는 것은 타자로부터 '다름', 곧 '차이'를 소멸시키는 행위이다.[36]

La lumière qui permet de rencontrer autre chose que soi, la fait rencontrer comme si cette chose sortait déjà de moi. La lumière, la clarté, c'est l'intelligibilité même, elle fait tout venir de moi, elle ramène toute expérience à un élément de réminiscence. La raison est seule. Et dans ce sens, la connaissance ne rencontre jamais dans le monde quelque chose de véritablement autre.[37]

자기 자신과 다른 사물을 만나게 해 주는 빛은 그 사물이 마치 나에게서 나온 것처럼 그렇게 만나게 해 준다. 빛과 명확성은 이해가능성 그 자체이다. 그것은 모든 것을 나로부터 유래하도록 만들며 모든 경험을 기억의 한 요소로 환원시킨다. 이성은 홀로 있다. 이러한 점에서 세계 안에서 인식은 결코 다른 어떤 것과 만날 수 없다.

타자를 동일자로 환원시키는 과정에서 타자가 가진 특성은 '변형'되고 '왜곡'된다. 타자가 가진 다름, 즉 타자성이 표상 작용에 의해 제거되면서 타자는 자아의

---

36) E. Levinas, 『전체성과 무한』, *op.cit.,* p.184.
37) E. Levinas, 『시간과 타자』, Fata Morgana, 1979, p.53.

의식에 의해 구성되는 하나의 대상으로 전락한다. 자아와 타자 사이의 대등한 관계는 불가능하게 되고, 자아 외부의 타자는 자아 안의 개념으로 전환되는 것이다. 이러한 입장은 『테레즈 데케루』의 인물들을 통해 모리악이 보여주는 입장과도 일치한다. 인물들이 타자를 대하는 태도, 특히 테레즈의 태도는 이성의 '빛'을 통해 타자를 자기 안에서 재구성하는 '표상'에 다름 아니다. 그리고 테레즈가 베르나르를 만났을 때 느끼는 감정, 즉 자신의 모든 계획을 수포로 만들 만큼 낯선 감정, 작품 속 인물들이 타자를 이방인으로 느끼는 감정 등도 이러한 설명을 통해 이해할 수 있다. 이러한 형태의 관계 속에서는 나와 다른 진정한 타자와의 만남은 불가능하다. 표상은 타자와 직접적으로 만나는 것이 아니라 타자를 이해하고 인식의 대상으로 삼는 간접적인 방식에 지나지 않기 때문이다.[38)]

C'est notre douleur de voir l'être aimé composer sous nos yeux l'image qu'il se fait de nous, abolir nos plus précieuses vertus, mettre en pleine lumière cette faiblesse, ce ridicule, ce vice······ Et il nous impose sa vision, il nous oblige de nous conformer, tant qu'il nous regarde, à son étroite idée.[39)]

우리가 사랑하는 사람이 우리 눈 아래서 우리의 이미지를 마음대로 만들어 낸다면, 그러면서 우리가 가진 가장 고귀한 미덕들을 지워버리고 약점과 우스꽝스러운 부분, 악덕만을 드러낸다면 그것은 고통스러운 일이다······ 그가 우리를 바라보는 한 그는 우리에게 그 자신의 관점을 강요하고, 우리로 하여금 그의 좁은 생각에 우리 자신을 맞추도록 요구한다.

『사랑의 사막Le Désert de l'amour』의 한 구절인 위 예문은 타자를 표상으로 대하는 것, 그럼으로써 타자를 자신에게로 환원시키는 구체적인 양상을 잘 보여주고

---

38) E. Levinas, 『윤리와 무한』, op.cit., p.50. "타인과 직접적인 관계를 맺는다는 것, 그것은 그 타인을 주제화하거나 잘 알고 있는 대상을 인식하는 방식으로 인식하는 않는 것을 말한다. 그것은 또한 타인에게 지식을 전달하는 것과도 다르다." p.53. "사회성이란 인식과는 다른 방법을 통해 존재로부터 벗어나는 것이라고 할 수 있다."

39) F. Mauriac, 『사랑의 사막Le Désert de l'amour』, Grasset, 1925, p.209.

있다. 자기중심적 주체는 언제나 자신이 대상으로 삼은 타자의 미덕을 소멸시킨다. 그리고 그 대상이 가지고 있는 가장 약한 면만을 드러낸다. 그럼으로써 타자를 대상으로 삼아 흡수할 수 있으며, 그에 대해 절대적인 우위를 점할 수 있기 때문이다. 위 예문에서 언급되는 우리의 귀중한 미덕들, 즉 흡수의 대상이 되는 타자의 고유한 미덕은 곧 그가 가진 타자성에 다름 아니다. 이러한 미덕, 곧 타자성을 소멸시킨 후에 동일자는 타자에게 자신이 가지고 있는 관점을 강요하고, 자신의 생각에 복종시킨다. 이와 같은 환원의 과정은 고통 그 자체이다. 타자를 환원하는 것은 곧 폭력이기 때문이다. 특히 우리를 환원의 먹잇감으로 삼아 폭력을 행사하는 상대가 바로 우리가 사랑하는 사람일 경우 그 고통은 더욱 배가된다. 그리고 바로 여기에 모리악 작품의 비극이 존재한다. 모리악의 작품이 인간 내면의 가장 깊은 심연을 파고드는 이유도 여기에 있을 것이다. 사랑의 대상으로부터 우리에게로 다가오는 환원의 시선과 폭력, 형에 의한 아우의 살해는 인간 세계를 지배하는 갈등과 폭력의 심연 그 자체이기 때문이다.

Les être évoluent sous le regard d'autrui et cette perception reste étrangère à leur vérité profonde. La relation à soi passe, d'une certaine manière, par le regard d'autrui, miroir trouble dans un roman de la dissimulation······ Le plus souvent l'individu demeure prisonnier de la représentation que les autres veulent avoir de lui. Le regard d'autrui prend dès lors une valeur existentielle: il faut exister les individus ou les efface des mémoires.[40]

인물들은 타인의 시선하에서 살아간다. 그리고 이러한 지각은 그들의 내밀한 진리에 대해서는 낯선 것으로 남아 있다. 자기와의 관계는 타인의 시선을 통해서만 이루어진다. 은폐의 소설 속에서 그것은 희미한 거울과 같다······ 대부분의 경우 개인은 타인들이 그에 대해 가지고자 하는 표상의 노예로 머문다. 이때부터 타인의 시선은 실존적인 가치를 갖게 된다. 즉 개인들을 존재하도록 할 것인지 아니면 그들을 기억으로부터 지워버릴 것인지가 그것이다.

---

40) V. Anglard, *op.cit.,* p.37.

『테레즈 데케루』의 인물들은 각자 '고립된 섬'과 같은 영역 속에 갇혀 있다. 그들이 사는 공간인 아르쥴르쥬에 대한 묘사에서도 볼 수 있듯이 그들은 '외딴 섬'에 각자 '홀로' 존재하는 삶의 방식을 가지고 있다. 비록 사건과 인물을 바라보는 시점이 여러 인물들에게로 배분되고 있다고는 하나 각자의 관점은 '말해진 것' 속에 머무를 뿐이며, 자기중심성으로부터 벗어나지 못한 채 궁극적 소통에의 가능성에는 이르지 못한다. 달리 말하자면 인물들은 각자 타자를 자신이 원하는 대로의 '표상' 으로서만 받아들인다. 그들은 서로를 판단하고 존재의 의미를 규정하며 자기만의 세계에 안주하고자 한다. 사실상 이러한 특징은 모리악의 거의 모든 작품에서 드러난다고도 할 수 있다. 3인칭의 전지적 시점을 가진 화자를 중심으로 경우에 따라 여러 인물들에게 관점이 부여되지만 그것은 서로 간에 소통을 이룰 수 없는 외딴 존재들의 모습만을 부각시킬 뿐이다.

- 측면적 관계

『독사들의 매듭Le Nœud de vipères』은 『테레즈 데케루』와 더불어 모리악의 작품 세계 중에서도 갈등의 양상을 구체적으로 보여주는 대표적인 작품이라고 할 수 있다. 작품의 주인공이자 서술자인 루이는 소유욕의 화신이자 이기적인 탐욕가로 그려진다. 명석한 이성을 바탕으로 타인들과 대립하며, 자기 외의 모든 것을 소유하고자 하는 욕망, 즉 흡수와 환원의 주체로서의 강렬한 욕망을 가지고 있다는 점, 그리고 가족으로 대변되는 전체성에 저항하는 '괴물'로 묘사된다는 점에서 루이는 앞서 살펴본 테레즈와 많은 유사점을 가진 인물이다. 또한 루이는 테레즈와 마찬가지로 다른 작품들에 등장하는 유사한 인물들의 모델이 되기도 한다.[41]

루이는 가족들로부터 철저하게 고립된 인물로 나타난다. 오직 유산상속만을 기다리는 자녀들의 탐욕과 그러한 자녀들에게만 관심을 가지고 자신에게는 침묵과 적

---

41) A. Séailles, *op.cit.,* p.55.

대감만을 나타내는 부인 사이에서 루이는 아무런 소통의 통로도 갖지 못한 채 고립되어 있다. 가족들은 기회만 있으면 루이가 유산을 남겨 주지 않을 경우를 대비하고자 '그들만의' 모임을 가진다. 그들은 심지어 아버지 루이를 정신 요양소에 가두어 버릴 계획까지도 마련한다. 한편 루이는 이들이 모여서 계략을 꾸미는 것을 몰래 엿들으며, 그들에 대한 증오심과 함께 복수의 계획을 세워 나간다.

이와 같은 상황의 원인으로는 무엇보다도 루이를 비롯한 그의 가족들 전체가 각자 자신들의 욕망에만 이끌리는 인물들이라는 점을 들 수 있다. 그들은 한결같이 자기중심적 사고에 사로잡혀 있는 자들로, 그들에게 있어서 타자는 자신의 욕망을 충족시켜 줄 수 있는 '수단'에 불과하다. 이러한 인물들의 세계 속에서 진정한 타자의 모습을 대하는 것은 불가능하다. 각자의 필요에 따라 임의대로 재구성한 모습으로서의 타자, 즉 '표상'으로서의 타자만이 존재할 뿐이다. 그들은 서로를 마주하고 있는 상황에서도 자신들만의 세계를 넘지 못하는 '측면적 관계'만을 유지한다.

레비나스는 언어를 통한 타자와의 관계에서 '대면적(de front, de face) 관계'와 '측면적(de biais, à côté) 관계'를 구분한다. 대면적 관계에서 형성되는 대화dialogue는 타자를 정면으로 마주하면서 그와 근원적 관계, 즉 나의 존재를 변화시킬 수 있는 관계를 형성한다. 이러한 관계에서는 어느 한쪽으로의 환원이나 흡수가 불가능하다. 그것은 미리 구성된 논리의 전개가 아니라 외재적 존재가 가진 다름의 경험이기 때문이다. 대면적으로 형성되는 관계에서 자아는 절대적으로 다른 타자의 외재성을 체험한다. 이러한 점에서 대면적 대화는 타자의 환원을 통한 전체성을 형성하지 않는 관계이며, 전적으로 다른 것에 대한 경험이다. 대면적 대화에서 대화 주체들은 언제나 자신을 중심으로 이루어지는 독백이 아닌 상대방의 언술에 응답해야 할 의무를 가진다. 뒤에서 다시 살펴보겠지만 대화의 성립 조건은 나의 발화 행위 이전에 타자에게 대답하는 것이며, 이것이 바로 타자를 향한 윤리적 책임의 근본인 것이다.[42] 반

---

42) E. Levinas, 『윤리와 무한』, op.cit., p.93. "말하는 것은 타인을 맞아들이는 한 방법이다. 그런데 타자를 맞아들인다는 것은 이미 그에게 응답하는 행위이다. 누군가의 면전에서 입을 다물고 있기란 어려운 것이다."

면에 측면적인 관계는 타자와 더불어 있으면서도, 심지어 그와 이야기를 나누면서도 그를 대면하지 않고, 내 안에서만 받아들이며, 타자로서의 그의 말을 듣지 않는 것이다. 이러한 방식으로는 타자에 대한 진정한 이해에 도달할 수 없다. 나아가 타자를 측면으로 대하는 것은 그 자체로서 타자에 대한 환원의 시도이자 폭력이다.[43] 이와 같이 타자를 '측면적'으로 대하는 상황에서 타자는 나와는 다른 존재로서 나의 존재에 충격을 던져주고, 내 존재의 심연에 변화를 불러일으킬 수 있는 자가 아니라, 단지 옆에 있는 존재, 즉 나의 필요에 의해 사용되기만을 기다리는 도구와 같은 존재가 된다. 타자를 측면으로 대하는 경우 그의 진정한 모습을 바라보고, 그가 가진 타자로서의 미덕, 즉 이타성을 발견하기란 근본적으로 불가능하다. 측면적 관계는 언제나 주체들의 고립을 불러오고, 타자와의 소통을 어렵게 만든다.

> Il faut que je vive encore assez de temps pour achever cette confession, pour t'obliger enfin à m'entendre⋯⋯ Ce que tu écartais ainsi, c'était bien moins mes caresses que mes paroles.[44]
> 이 고백을 완성하고 당신이 내 말을 듣도록 하기 위해서는 아직도 많은 시간을 살아야 할 거요⋯⋯ 이렇게 하여 당신이 피하려고 했던 것은 나의 애무가 아니라 나의 말이었소.

> Ton indifférence à mon égard, ton détachement de tout ce qui me concernait t'empêchaient d'en souffrir et même de la sentir.[45]
> 나에 관한 모든 일에 대해 무관심하고 냉담했던 당신은 그것(집안의 무거운 공기)으로부터 고통을 느끼지도, 심지어 그것을 느끼지도 못했던 거요.

위의 예문에서 우리는 가족들, 특히 아내와의 소통에 목말라하는 루이의 모습을

---

43) E. Levinas, 『전체성과 무한』, *op.cit.,* p.42.
44) F. Mauriac, 『독사들의 매듭 *Le Nœud de vipères*』, Grasset, 1932, p.23.
45) *Ibid.,* p.60.

볼 수 있다. 루이와의 관계에서 아내인 이자Isa가 멀어진 것은 무엇보다도 그의 말 parole에 대해서이며, 이는 곧 소통의 불가능성을 의미한다. 작품 자체의 기본적인 구조를 이루고 있는 루이의 '편지' 혹은 '내면고백' 역시 이러한 소통불능의 세계로부터 벗어나려는 노력에서 비롯되었음을 알 수 있다. 이러한 상황은 루이를 제외한 다른 가족들 사이에서도 마찬가지로 나타난다. 비록 그들이 루이라고 하는 공동의 '적'을 상대로 하나의 굳건한 집단을 이루고 있는 것처럼 보일지라도, 그들 사이를 연결짓고 있는 관계 역시 각자의 자기중심적 욕망에 기인하는 측면적 관계로 진정한 타자와의 소통을 이룰 수 있는 관계가 아님을 알 수 있다. 그들의 관계는 루이라는 '희생양'의 존재에 의해서만 이루어지는 관계일 뿐이다.

> La conjoncture entre le Même et l'Autre……est l'accueil de front et de face de l'Autre par moi. Conjoncture irréductible à la totalité car la position de <vis‐à‐vis> n'est pas une modification de l<à‐côté‐de>.[46]
> 동일자와 타자 사이의 결합은……내가 타자를 정면으로, 대면적으로 맞아들이는 것이다. 이것은 전체성으로 환원되지 않는 관계인데, <대면적인> 입장은 <측면적인> 것의 변형이 아니기 때문이다.

자아와 타자 사이의 대면적인 입장vis‐à‐vis이 타자를 받아들이는accueil 일임과 동시에 전체성으로 환원될 수 없는irréductible 관계인 반면, 측면적 관계à‐côté‐de는 변형modification을 전제로 하는 관계이다. 다시 말해 타자를 측면으로 대할 때, 나는 나의 입장에서 필요한 타자만을 바라보는 것이고, 필요에 따라서는 타자를 나에게로 환원시키기에 적당한 형태로 변형시키게 된다. 이것은 곧 타자를 '표상'으로 대하는 것이며 그 자체로 폭력이다.

이와 같은 측면적 관계에서 진정한 대화나 소통은 근원적으로 불가능하다. 타자는 단지 내 옆에 있는 존재일 뿐이기 때문이다. 이러한 관계 속에 있는 주체들은

---

46) E. Levinas, 『전체성과 무한』, *op.cit.,* p.79.

고립된 주체들이다. 그리고 이들의 존재 양식은 곧 고독이다. 모리악의 작품에 나타나는 수많은 인물들, 소통에 목말라하며 극도의 고독이라는 형벌 속에서 살아가는 인물들이 느끼는 고통과 이러한 고통의 근본적인 원인을 우리는 여기에서 찾아볼 수 있다. 그들의 고립은 타자와의 측면적인 관계에서 기인하는 것이다.

『테레즈 데케루』 역시 인물들 사이의 측면적 관계와 그로 인한 고립된 세계를 자세히 보여주고 있다. 이 작품 속에 등장하는 거의 모든 인물들에게 있어서 타자는 필요에 따라 재구성되어야 하는 대상에 불과하다. 당연히 이러한 인물들의 세계에서 진정한 소통은 불가능하다. 측면적인 만남만이 그들의 관계를 지배한다. 테레즈와 그녀를 둘러싼 인물들의 자기중심적 태도는 『독사들의 매듭』에서와 마찬가지로 테레즈의 고립이라는 결과로 나타난다.

Et rien ne peut arriver de pire que cette indifférence, que ce détachement total qui la sépare du monde et son être même.[47]
그녀를 세계와 자신의 존재 자체로부터 떼어놓는 이 무관심, 이 완전한 분리보다 더 끔찍한 일은 없을 것이다.

예문에서 나타나듯이 테레즈에게 가장 큰 고통을 가져다주는 것은 바로 고독과 무관심이다. 주위의 세계로부터 완전히 고립된 상황 속에서 살아가야 한다는 사실이 극심한 고통을 가져다준다. 재판을 받고 돌아온 테레즈가 베르나르와의 첫 만남에서 느끼는 것은 다름 아닌 소통의 불가능성이다. 집으로 돌아오는 길에 테레즈가 상상하고 재구성했던 가족들과의 관계는 자신의 고백이 진심으로 받아들여질 수 있는 관계, 즉 대면적 대화의 관계에 다름 아니다. 테레즈는 남편에 대한 독살기도와 재판 등의 일련의 사건과 더불어 소통이 가능한 세계로의 초월을 열망하지만, 그러한 희망은 현실에서 좌절된다.

사실상 『테레즈 데케루』에서 묘사되고 있는 세계, 이 작품에 등장하는 인물들의

---

47) F. Mauriac, 『테레즈 데케루』, *op.cit.,* p.121.

관계는 모두 측면적 관계를 보여주고 있다. 베르나르는 오직 자신의 건강을 비롯한 물질적 삶의 영유와 가족의 명예만을 중요시한다.[48] 그는 자신과 자신의 가족의 관점에서만 모든 것을 바라보고 판단한다. 그의 눈에 비친 세계와 타인들은 그가 가지고 있는 이러한 관점에 의해 흡수되고 환원된다. 그는 테레즈의 고백을 들어줄 귀를 가지고 있지 않으며, 그녀의 진정한 모습을 볼 수 있는 눈도 가지고 있지 않다. 장 아제베도와 그에 대한 안느의 열정적인 사랑도 진정한 대면적 관계에 이르지 못한다. 안느는 과도한 열정으로, 아제베도는 냉철한 이성으로 서로를 자신들의 관점에서만 해석할 뿐이다. 이들에게, 특히 이성을 무기로 하는 아제베도에게 상대방은 하나의 대상일 뿐이며, 이들 사이의 관계는 대면적일 수 없다.[49] 심지어 테레즈의 아버지도 자신의 출세욕에만 사로잡혀 있을 뿐, 딸의 고통을 이해하고자 하는 조금의 노력도 보이지 않는다. 그는 딸의 얼굴을 똑바로 바라보지도 않고, 그녀의 말을 듣지도 않으며, 그녀가 느끼는 바에 대해서는 철저한 무관심으로 일관한다. 그의 관심은 오직 딸의 범죄 시도로 인해 자신의 상원 진출의 길이 방해를 받지 않을지에 쏠려 있다.[50]

> Il demande: <Est‐ce que j'ai pris mes gouttes?> et sans attendre la réponse, de nouveau il en fait tomber dans son verre. Elle s'est tue par paresse sans doute, par fatigue.[51]
> 그는 <내가 약을 먹었던가?>라고 묻고는 대답도 듣지 않은 채 다시 한 번 자신의 잔에 약방울을 떨어뜨렸다. 그녀는 귀찮아서 또는 피곤해서 입을 다물었다.

---

48) *Ibid.*, p.128.

49) *Ibid.*, p.85. "안느의 열정과 청년의 냉담한 태도 사이에 놓여 있는 그 심연이란……"

50) *Ibid.*, p.14. "그는 딸의 이야기를 듣지 않는다. 그녀를 바라보지도 않는다. 테레즈가 어떤 감정을 느끼는지가 그에게 뭐 중요한 일이란 말인가? 중요한 것은 단 한 가지이다. 이 딸자식으로 인해 상원 진출에의 길이 막혀버리고 위태롭게 되었다는 것이다."

51) *Ibid.*, p.113.

인물들 사이의 소통의 단절은 직접적인 대화체의 사용에 있어서도 마찬가지로 나타난다. 자기중심적 주체들 사이의 대화는 철저하게 측면적인 상태로 유지된다. 위 예문에서 볼 수 있는 바와 같이 베르나르는 상대방에게 질문을 던지면서도 그 대답을 들으려 하지 않는다. 그가 '묻는demander' 행위 속에는 '자문se demander'의 의미만이 함축되어 있을 뿐이다. 이른바 '말함', 즉 타자와의 소통이 '응답'으로부터 시작된다면 응답에 대한 거부는 일방성의 강요일 뿐이며 대화의 형태를 띤 독백에 불과하다. 모든 대화에 있어서 상대방은 마치 듣지 못하는 자와 같다.

우리는 사실상 모리악의 거의 모든 작품에서 이러한 측면적 관계의 양상과 그로 인한 고립과 고독의 모습들을 찾아볼 수 있다. 『제니트릭스Génitrix』에 나타나는 카즈나브 모자 사이의 관계, 펠레시테와 마틸드Mathilde, 마틸드와 페르낭Fernand 사이의 관계는 철저히 각 주체들의 자기중심적 욕구에 근거한 관계이다. 『사랑의 사막』에서는 쿠레쥬Courrèges 부자 사이의 관계, 이들 각자와 다른 가족들 사이의 관계, 특히 이들이 공히 사랑하는 마리아 크로스와의 관계 등을 통해 측면적 관계의 전형적인 특징들이 드러난다. 『검은 천사들Les Anges noirs』의 주인공 그라데르Gradère는 마치 『독사들의 매듭』의 루이의 모습을 옮겨놓은 듯한 '괴물'과 같은 인물로 묘사되며, 그를 둘러싼 모든 관계 역시 자기중심적 사고에 근거한 측면적 관계들이다. 『문둥병자에게 입맞춤Le Baiser au lépreux』의 장 펠루예르는 추한 외모로 인해 타인들로부터 조롱과 따돌림의 대상이 되며, 소통에의 갈망 속에서 고통받는다. 『사구앵Le Sagouin』의 불쌍한 아이 기유Guillou 역시 가족들로부터 버림받은 아이로 나타나며, 그를 둘러싼 모든 인물들의 관계 역시 측면적인 모습만을 보여준다. 이처럼 모리악의 작품 세계 전체가 타자와의 소통이 단절된 세계, 측면적 관계를 중심으로 한 고립된 세계로 이루어져 있으며, 이를 통해 우리는 자기중심적 주체들의 모습이 모리악의 문학 세계에서 차지하고 있는 위치를 다시 한번 가늠해 볼 수 있다.

– 도구로서의 타자

자기중심적 주체들이 보여주는 또 하나의 특징은 바로 타자를 자신의 존재를 충족시키기 위한 하나의 수단이자 도구로 바라본다는 것이다. 자기중심적 주체들의 욕망, 타자의 존재를 '나'를 위해 소유하고 흡수하고자 하는 욕망은 언제나 나와 타자에 대한 진실을 왜곡한다. '진정으로 원하는 것이 무엇인지 모르는' 나는 대상을 찾아 방황하는 나의 욕망에 그 궁극적인 본질을 알지 못한 채 끌려 다닐 수밖에 없다. 동시에 이 욕망은 내가 대상으로 선택한 존재의 본질까지도 왜곡시키고 변형시킨다.

Le désir transforme l'être qui nous approche en un monstre qui ne lui ressemble pas.[52]
욕망은 우리에게 다가오는 사람을 그와 전혀 닮지 않은 괴물로 변형시킨다.

테레즈의 고백처럼 우리의 욕망은 대상이 되는 존재를 실제 그 존재와 전혀 닮지 않은 괴물로 변형시킨다. 이것은 곧 타자를 '표상'으로 대하는 방식을 의미한다. 타자와의 측면적 관계하에서는 언제나 타자의 불분명한 모습만을 바라볼 수 있을 뿐이며, 측면에서 바라본 그의 한 단면을 그의 전체와 대치시키기 마련이다. 욕망은 항상 대상에게서 자신이 원하는 특성만을 포착하여 그것을 중심으로 타자를 재단하고 고착화시켜 나를 섬기기에 적당한 존재로 변형시키는 것이다.

오직 '나'의 생존과 '나'의 존재 정립을 위해서만 타자를 필요로 하는 것은 동일자로의 환원이며 폭력이다. 이때 타자는 나와 같은 주체로서의 존재가 아닌, 하나의 사물에 지나지 않는 존재 가치를 부여받게 된다. 도구로 사용되는 사물에 대해 타자성을 논할 수 없음은 물론이다. 그 도구를 사용하는 주체의 목적에 부합하지 않는 '다름'은 쓸모없음의 지표로 여겨질 뿐이다.

---

52) *Ibid.,* p.48.

C'est le pire des conditions basses qu'elles nous font voir les êtres sous l'aspect
de l'utilité et que nous ne cherchons plus que leur valeur d'usage.[53]
(삶의) 가장 저속한 조건은 우리들로 하여금 존재들을 유용성의 관점에서 바라보고,
그들의 사용가치만을 바라보게끔 만드는 것이다.

『제니트릭스』에 등장하는 카즈나브 모자와 마틸드 사이의 관계는 서로의 필요에
의해 적과 동지가 차례로 변화하는 순환적 갈등의 세계를 그리고 있다. 예문에서
볼 수 있듯이 이 작품의 인물들을 지배하고 있는 관념 중의 하나는 바로 존재들을
그 유용성utilité의 관점에서 바라본다는 것이다. 이러한 관점은 타인을 포함한 자기
외부의 모든 존재들에게서 그것의 '사용가치valeur d'usage'만을 찾는 태도를 의미
한다. 유용성과 사용가치란 곧 타자를 하나의 도구로 바라보는 태도와 맥을 같이한
다. 타자 그 자체의 모습이 중요한 것이 아니라 타자가 가지고 있는 쓸모 있음의
정도가 중요한 것이다. 쓸모 있음이란 물론 철저히 '나'의 관점에서 '나'의 필요에
의한 것임은 두말할 여지가 없다.

라틴어로 '어머니'를 의미하는 『제니트릭스』는 아들에 대한 지나친 소유욕에 빠
져 있는 폭군적이고 질투심이 강한 펠리시테와 아들 페르낭, 며느리 마틸드 사이의
끊이지 않는 갈등을 보여준다. 그들의 타자에 대한 관심은 '이기주의'와 '잔인성'에
근거하고 있다. 즉 그들이 형성하는 타자와의 관계는 철저하게 자기중심적 존재 양
식에 기인하며, 타자를 자신의 존재 확립을 위한 수단으로 사용하고자 하는 '환원'
의 세계관에 기인한다. 어머니 펠리시테의 아들에 대한 집착은 『독사들의 매듭』의
루이가 물질에 집착하는 것과 유사한 의미를 가지고 있는 것으로 보인다. 그녀는
모성적인 사랑을 넘어 아들을 일종의 우상화된 대상으로 삼아 그를 소유함으로써
자신의 존재를 확인하려 한다.

'아들을 빼앗기느니 차라리 아들이 불구가 되길 바랄 만큼'[54] 펠리시테의 아들

---

53) F. Mauriac, 『제니트릭스*Génitrix*』, Grasset, 1923, p.37.
54) *Ibid.,* p.89.

에 대한 집착은 정상적인 범위를 넘어선 것으로 그려진다. 아들은 펠리시테 자신이 가지고 있지 않은 것, 그녀의 내면에 자리잡고 있는 근본적인 결핍에 대한 대체물의 역할을 하고 있다. 모리악은 펠리시테의 아들에 대한 과도한 집착을 일종의 우상 숭배에 비교하기도 한다. 그녀는 아들을 남편, 사랑하는 사람, 더 나아가 신의 대리물로 여기고 있다는 것이다.55) 즉 그녀의 욕망은 아들 자체에 대한 것이 아니라 자신에게 결핍된 것의 대체물로서 대상을 선택한 일종의 매개된 욕망이며, 타인을 대상화하여 존재 확립의 수단으로 이용하고자 하는 욕망이다.

한편 어머니와 아내 사이에서 끊임없이 갈등의 대립각을 이루는 페르낭 역시 동일한 욕망의 지배를 받는 인물의 전형적인 모습을 보여준다. 그는 자신의 욕망의 대상을 알지 못하며, 언제나 타인의 욕망에 스스로를 동일시하는 인물로 그려진다. 그는 끊임없이 자신을 지켜 줄 수 있는 사람을 찾고, 그 사람이 가진 욕망의 뒤에 숨어서 보호받고자 한다. 단지 그의 욕망을 매개하는 중개자만이 어머니에서 부인으로, 부인에게서 다시 어머니로 변할 뿐이다. 다시 말해 페르낭은 주위에 있는 타자를 완벽한 모델로 이상화하여 그의 욕망에 자신을 완전히 동일시함으로 자기 존재를 정당화하고자 하는 인물이다. 어머니의 욕망을 모방하여 아내를 적대시하는 상황에서 페르낭의 눈에 비치는 어머니의 모습은 강력한 권위를 가진 이상적인 어머니이자 아버지의 역할까지도 대신할 수 있는 권력의 상징처럼 나타난다. 반대로 아내인 마틸드가 세상을 떠난 후 그녀와 자신을 동일시하여 어머니를 적대하는 때는 죽은 마틸드가 마치 '자신이 한 번도 경험해 보지 못한 평화'56)를 전해 주는 인물인 것처럼 생각한다. 욕망의 모델이 되는 순간 모델은 언제나 우상과 같은 존재가 되는 것이다.

---

55) F. Mauriac, 『되찾은 기억』, op.cit., p.151.
56) F. Mauriac, 『제니트릭스』, op.cit., p.92.

Il existe des hommes qui ne sont capables d'aimer que contre quelqu'un. Ce qui les fouette en avant vers une autre, c'est le gémissement de celle qu'ils délaissent.[57]
누군가를 적대시하면서만 사랑할 수 있는 사람들이 있다. 그들로 하여금 타자에게로 향하도록 만드는 것은 그들이 저버린 자의 신음이다.

페르낭은 언제나 어떤 대상을 적으로 여기면서만 누군가를 사랑할 수 있는 인물이다. 그는 한 '적'에게 공통된 적대감을 가지고 있는 사람과 스스로를 동일시한다. 더욱 정확히 말하자면 그가 누군가를 적대시하는 것 자체가 그 대상을 먼저 적대시하는 다른 누군가의 욕망에 스스로를 동일시한 결과라고 할 수 있다. 그는 어머니 펠리시테의 욕망과 하나가 되어 마틸드라는 적에게 대항하고, 반대로 펠리시테가 적이 되었을 때에는 그녀에 대해 누구보다 강한 적대심을 가지고 있었던 마틸드에게로 다가간다.

그는 단 한 번도 자신의 고유한 욕망을 가져 보지 못한 인물이다. 결혼 이전까지 그는 절대적인 권위를 가진 어머니의 지배로부터 한 번도 벗어나 본 적이 없다. 아내의 죽음 이후 어머니의 지배를 벗어날 수 있는 가능성이 주어진 순간에도 그는 자신의 진정한 모습을 바라보거나, 주체성을 회복하는 데에 이르지 못한다. 욕망을 모방하는 모델만 바뀔 뿐 누군가에게 자신을 동일시하여 그의 욕망을 자신의 것으로 만들고, 그로부터 자기 존재의 정당성을 유지하려고 하는 모습은 동일하게 지속된다.

다시 『테레즈 데케루』로 돌아가 보자. 남편의 집에서 고립된 테레즈는 심지어 자신의 친아버지로부터도 버림받는다. 테레즈의 아버지는 오직 자신의 사회적 명성에만 관심을 가지고 있다.

Votre père? mais nous sommes entièrement d'accord. Il a sa carrière, son parti, les idées qu'il représente: il ne pense qu'à étouffer le scandale, coûte que coûte.[58]

---

57) *Ibid.,* p.97.
58) F. Mauriac, 『테레즈 데케루』, *op.cit.,* p.133.

당신의 아버지 말인가? 어쩌지, 우리는 이미 완전히 합의를 했거든. 당신 아버지도 경력과 당, 자신이 대표하는 사고들을 가지고 있으니까. 어떻게 해서라도 스캔들을 무마시키는 일만 생각하고 있지.

그에게는 딸로 인해서 비롯된 스캔들을 어떠한 수단을 사용해서라도 무마하는 것만이 중요한 일로 여겨진다. 테레즈가 재판에서 무죄를 선고받도록 노력한 것도 딸을 위해서가 아니라 자신의 명예를 위해서이다. 그리고 무죄가 선고된 이후 아버지는 더 이상 딸에게 어떠한 관심도 나타내지 않는다. 오히려 베르나르의 가족들과 테레즈를 완전히 고립시키는 데에 동의한다. 그에게 테레즈는 더 이상 어떠한 유용성도 찾아볼 수 없는 용도 폐기된 도구에 불과하기 때문이다. 자신의 사회적 성공과 금전적 이득을 위해 딸을 베르나르가에 시집보냈던 그녀의 아버지는 끝까지 자신의 딸을 '도구'로서만 바라보고 있는 것이다.

가족들을 바라보는 관점과 특히 안느와의 관계에서 나타나는 상황을 미루어 볼 때 테레즈 역시 타자를 수단으로 생각하고 있음을 알 수 있다. 하지만 주체와 대상, 이용하는 자와 이용당하는 자의 관계는 항상 일방적인 것이 아니다. 테레즈가 타자를 도구로 여기는 만큼, 그녀 자신도 타인에 의해 도구 이외의 다른 의미를 부여받지 못한다. 이러한 점에서 우리는 『테레즈 데케루』의 세계 전체가 소통의 가능성이 차단된 철저하게 닫힌 세계로 그려지는 이유를 다시 한번 발견할 수 있다. 측면적 관계에 의하여 서로가 상대방을 자신의 도구로만 생각하는 세계에는 언제나 갈등과 폭력의 가능성만이 존재할 뿐이다.

－ 독백과 과거

타자에 대한 환원과 갈등, 고립으로 특징지어지는 자기중심적 주체들의 세계는 독백과 과거의 세계로의 유폐로 연결된다. 『독사들의 매듭』에서 루이의 편지는 시간이 지남에 따라 내면 회고록의 형태를 띠게 된다. 애초의 목적과는 별개로 수신자와의 대면적인 만남이 배제된 그의 편지는 철저한 독백에 그치고 만다. 물론 그의 독백이 이후 존재 변화를 가져오는 내면 성찰의 도구가 되기는 하지만, 동시에 그것은 자기 발견을 넘어선 타자와의 화해와 소통을 어렵게 만드는 장애물이기도 하다. 『독사들의 매듭』에서 우리는 루이가 쓰는 편지의 수신자가 여러 번에 걸쳐 바뀌는 모습을 볼 수 있다. 첫 번째 수신자로 '정해졌던' 루이의 부인 이자는 갑작스러운 죽음으로 인해 그가 쓴 글을 읽어 볼 기회조차 갖지 못한다. 이 우연적 사건으로 수신자를 잃어버린 루이는 그의 사생아와 자녀들, 법적인 상속인들에 이르기까지 잠재적인 수신자를 변화시킨다. 하지만 그는 결코 그 누구에게도 자신의 고백을 전달하지 못한다. 작품의 마지막에서 우리는 루이의 편지가 진정한 하나의 내면 회고록이 되었음을, 즉 루이 자신이 화자이자 수신자인 독백으로 마무리되었음을 볼 수 있다.

> Sur la base d'un système de monologue philosophique, il ne saurait y avoir d'interaction essentielle des consciences et il ne saurait donc y avoir de dialogue essentiel.[59]
> 철학적 독백의 체계 위에서 의식들의 본질적인 상호 작용이 있기란, 즉 본질적인 대화가 있기란 불가능하다.

독백에서는 어떠한 상호 작용이나 근본적인 의미에서의 대화, 즉 소통의 가능성을 찾아볼 수 없다. 특히 1인칭의 시점에서 '쓰인 글'로 구성된 『독사들의 매듭』은 그 구성에서부터 소통이 불가능한 닫힌 세계의 모습을 보여주고 있다. 독백의 세계로부터 벗어나고자 시작한 글이 그를 또 다시 독백의 세계로 밀어 넣는 역설이 루이를 괴롭힌다. 닫힌 세계로부터 벗어나기 위해 루이는 첫 문장에서부터 '너tu'라는 2인칭 대명사를 사용하면서 수신자인 부인을 직접적으로 호명한다. 하지만 이러한 tu의 사용 역시 독백의 기술에 불과하다. 그의 글 속에 나타나는 '너'는 그와 얼굴

---

59) M. Bakhtine, 『도스토예프스키의 시학La Poétique de Dostoïevsky』, l'Âge d'homme, 1973, p.96.

을 맞대고 마주한 '타자'가 아니라 그의 내면 속에서 '재구성'되고 '표상'된 그의 '타아alter ego'에 불과하기 때문이다. 루이 자신이 표현하듯 직접적인 만남 없이 '관습적인 행동'으로만 일관된 측면적 만남[60]이 그의 글 속에서도 그대로 모습을 드러내고 있는 것이다. 모리악의 작품에서 인물들의 독백 가운데 자주 사용되는 '의문문' 역시 독백의 한계를 드러낸다. 그들의 의문은 언제나 자신을 대상으로 하는 '자문'에 그치고 마는 것이다. 이제 대화의 도구로 사용되길 원했던 '말'은 타자를 규정짓고 공격하는 수사적 도구로서의 의미만을 가지게 된다.

모리악의 작품에서는 종종 독백을 통해 인물 자신이 스스로를 상대로 말을 건네는 장면을 볼 수 있다. 이러한 '나'와 '너'의 혼합된 사용은 인물들이 직면한 소통 불능의 세계를 더욱 생생하게 표현하고 있다.[61] 보통 이러한 표현은 인물들의 내적 갈등이 그 정점에 이르렀을 때 사용된다. 그 누구와도 소통할 수 없는 절대적 독백의 세계의 표현인 것이다. 물론 자기 자신과의 대화dialogue avec soi-même는 인물들의 자기성 확립과 존재 변화의 근거로 작용하기도 하지만, 그 이전에 벗어날 수 없는 고립과 자기동일성의 세계를 상징하고 있다. 루이의 경우에서도 살펴보았듯이 말을 거는 행위는 항상 '타자'를 전제로 한다. 발화된 말은 발화주체로부터 떠나 타자인 수신자에게 맡겨진다. 이때 발화자는 더 이상 모든 것의 중심이 아니다. 그의 외부로 나간 말은 그의 주체성과 함께 타자의 처분에 맡겨지기 때문이다. 타자는 그 자신의 뜻대로 응답할 것이고 이에 대해 발화주체는 아무것도 할 수 없다. 발화자로부터 출발한 말이 그 자신도 어찌할 수 없는 다름의 세계, 즉 이타

---

60) F. Mauriac, 『독사들의 매듭』, *op.cit.,* p.51. "우리는 관습에 의해서 몸을 움직이는 제의적 행동을 통해서만 서로를 마주할 수 있었을 뿐이오. 한 남자와 한 여자가 각자의 고유한 몸으로부터 수천 리나 떨어져 있는 제의적 행동 속에서만 말이오."

61) N. Cormeau, *op.cit.,* p.276. "인물이 자기 자신에게 갑작스럽게 '너'라는 호칭을 사용하는 순간 그의 독백에는 보다 비장하고 가슴을 짓누르는 듯한 분위기가 스며든다. 이러한 분위기는 그의 내적인 갈등을 더욱 생생하고 격렬하게 만든다…… 이처럼 '나'와 '너'라는 지칭이 한 이야기 속에서 서로 뒤섞일 때, 우리는 자기 자신과의 대화의 순간들이 얼마나 강렬한 색채를 덧입게 되는지를 알 수 있게 된다."

성을 향해 떠나는 것이다. 하지만 수신자가 자기 자신이 된다는 것은 나로부터 출발한 무엇인가가 결국 타자를 가장한 나, 곧 '타아'에게로 돌아옴을 의미한다. 자기 동일성의 전형적인 형식이 재현되는 것이다.

Tu seras étonnée de découvrir cette lettre dans mon coffre, sur un paquet de titres…… Mais c'est que, pendant des années, j'ai refait en esprit cette lettre et que je l'imaginais toujours, durant mes insomnies, se détachant sur la tablette du coffre, d'un coffre vide, et qui n'eût rien contenu d'autre que cette vengeance, durant presque un demi-siècle, cuisinée.[62]

아마 당신은 내 금고 속 증서들이 든 상자 위에서 이 편지를 발견하고는 놀라게 될 거요. 하지만 오랫동안 나는 이 편지를 내 머릿속에서 다시 써 왔고, 불면에 시달릴 때마다 이 편지가 금고, 그것도 텅 빈 금고 위에 놓여 있는 모습을 상상해 왔소. 거의 반세기에 걸쳐서 준비된 이 복수 외에 다른 아무것도 들어 있지 않은 금고 위에 말이오.

『독사들의 매듭』은 먼저 주인공 루이가 부인인 이자를 대상으로 쓰는 편지의 형태로 시작된다. 작품의 첫 부분을 장식하는 위 예문에서도 알 수 있듯이 편지를 쓰는 주체이자 작품의 시점을 제공하는 인물은 루이로, 작품 전체가 그의 관점으로 전개되고 있다. 루이는 자신이 가진 관점의 한계를 넘어 주위의 모든 인물들의 생각과 상황을 마치 위에서 내려다보는 듯이 스스로 전지적 서술자의 위치에 자리한다. 서두에서부터 드러나듯이 그는 자신이 쓰는 편지의 수신자뿐만 아니라, 그 수신자가 언제 어디에서 자신의 글을 발견하게 될지, 그리고 그가 어떠한 반응을 보이게 될지 등 미래의 모든 일까지 예견하고 있다.

루이가 편지를 쓰는 목적은 분명하다. 오랜 세월 동안의 고립과 고독에 시달려 온 그는 자신을 적대시하는 가족들에게 자신의 정당성을 알리고, 나아가 대화에 이르고자 하는 목적을 가지고 있는 것이다. 그가 쓰는 편지 혹은 내면 회고록이 무엇

---

62) F. Mauriac, 『독사들의 매듭』, *op.cit.,* p.19.

보다 부인과 가족들의 '침묵'과 그로 인한 소통단절의 세계로부터 벗어나기 위한 내적인 노력의 산물이라는 것은 앞서 살펴본 바와 같다. 하지만 루이는 작품의 마지막에 이르기까지 가족들과의 진정한 소통에 이르지 못한다. 게다가 부인의 갑작스러운 죽음으로 인해 편지의 일차적인 수신자마저도 잃어버리게 된다. 이에 덧붙여 이러한 외적인 요인보다 더욱 근본적인 문제가 그의 소통가능성을 가로막고 있다. 바로 그의 글 자체가 철저하게 그 '자신'의 관점에서만 이루어지는 '일방적인', 다시 말해 '측면적인' 방식으로 구성되어 있다는 점이다.

> Mais liras‐tu seulement ma lettre? Tout cela t'intéresse si peu! …… Je reprendrai pour quelques semaines une place dans ta vie. Ne serait‐ce que par devoir, tu liras ces pages jusqu'au bout; j'ai besoin de le croire. Je le crois.[63]
> 하지만 당신이 내 편지를 읽기나 할까? 당신에게 이 모든 것은 별다른 흥미를 끌지 못하겠지! …… 아마 몇 주 동안 당신의 삶 속에 내가 한 자리를 차지하게 될 거요. 의무로라도 당신은 이 편지를 끝까지 읽게 될 테니. 나는 그러리라 믿을 필요가 있소. 나는 그렇게 믿소.

루이의 1인칭 시점은 처음부터 전지적인 입장, 즉 자기중심적 주체의 전형적인 모습을 보여주고 있다. 그는 단순히 '자신이 보는 것'만을 서술하는 데 그치지 않고 수신자, 즉 타인의 생각까지도 자신의 관점에서 재단한다. '나는 그렇게 믿는다 Je le crois'라는 표현을 통해 드러나듯이 그는 부인과의 소통을 '바라는' 것에서 벗어나 자신의 글을 본 부인에게 자신의 존재가 각인될 미래의 사실을 현재의 시점에서 '확신'하고 있다.

대화란 기본적으로 소통의 상대자를 내 '앞에' 두고 시작된다. 그리고 레비나스가 이야기하는 바와 같이 말하기, 즉 타인과의 대면적인 대화는 나의 말을 전달하는 것보다는 타인의 이야기를 '듣고', '수용하며', '응답하는' 것을 목적으로 한다.

---

63) *Ibid.,* p.24.

하지만 루이의 글은 소통의 상대자와는 동떨어져 있다. 이 편지 형식의 글이 후에 내면 회고록의 형식을 띠게 되는 것도 이러한 이유에서이다. 작품 속에서 드러나는 혹은 그려지는 진리는 언제나 대화의 틀을 벗어나 있다. 루이의 궁극적 목적인 대화는 작품의 결말에 이르기까지 끊임없이 '지연'된다. 자연히 루이의 이야기는 대면적인 대화가 아닌 '쓰인 글texte écrit'의 측면적 관계 속에만 머물게 된다. 쓰인 글이란 발화 자체가 고정된 의미 속에 갇히게 되는 것으로 자기중심적인 진리의 한계를 벗어나기 힘들다.

레비나스는 말함le Dire과 말해진 것le Dit을 철저히 구분한다. 이것은 앞서 언급한 대면적 대화와 측면적 대화의 구분과 맥을 같이하는 것으로 말해진 것 속에는 기존의 원칙이나 관습에 의해 이미 고정되어 버린 의미가 자리잡고 있다. 말해진 것은 철저하게 말한 사람의 사유와 관점을 전달할 뿐이다. 따라서 말해진 것 속에서는 있는 그대로의 타자를 만날 수 없다. 그 속에서 드러나는 타자는 나에게 연구와 지식의 대상으로 존재하며, 결국 타자가 아닌 타아로 변형된다.

> Mais le dire, c'est le fait que devant le visage je ne reste pas simplement là à le contempler, je lui réponds. Le dire est une manière de saluer autrui, mais saluer autrui, c'est déjà répondre de lui.[64]
> 하지만 말하기라는 것은, 얼굴 앞에서 내가 단지 그 얼굴을 응시하기만 하는 것이 아니라, 얼굴에 응답하는 것을 의미한다. 말하기는 타인을 맞아들이는 방식이며, 그것은 이미 그에 대해 응답하는 것이다.

반면에 말함은 그 자체로 타자와의 만남이 발생하는 자리이다. "말함은 이웃에게 다가가는 것이고, 모든 의사소통에 대한 조건으로서의 의사소통이요 노출로서의 의사소통이다."[65] 즉 말함은 말하는 주체의 위치보다는 말을 하는 행위, 다시 말해 타

---

64) E. Levinas, 『윤리와 무한』, *op.cit.*, p.82.
65) E. Levinas, 『존재와 다르게 또는 본질을 넘어서』, *op.cit.*, pp.81 - 82.

자를 대면하여 그에게 응답하는 행위의 역동성 자체를 가리킨다.66) 이러한 의미에서 루이의 편지는 비록 그것이 하나의 수신자를 가정하는 대화의 시도라고 할지라도, 수신자, 즉 타자와의 직접적인 만남에는 이를 수 없는 자기독백에 그칠 뿐이며, 레비나스식으로 표현한다면 '말해진 것'의 한계를 넘지 못하는 것이다. 그의 편지는 끊임없이 수신자를 가정하지만, 그 수신자는 철저하게 루이의 시각에서 결정지어진 상상의 수신자에 불과하다. 결과적으로 그의 편지는 부재하는 자들les absents 혹은 죽은 자들les morts과의 대화에만 이를 뿐이다. 그것은 "거부되고 영원히 다시 찾을 수 없는 행복에의 애가이자 의식들 상호 간의 소통불가능성에 기초한 이야기이다."67)

모리악의 작품에서 이러한 독백은 항상 과거를 중심으로 이루어진다. 예를 들어 『테레즈 데케루』에서는 현재 시제의 사용이 빈번한 가운데 유독 테레즈의 청소년기에 대한 회상과 그녀가 감금 상태에 처한 상황의 묘사는 과거로 되어 있다. 모리악은 직접화법을 통해 과거의 회상 부분에서도 현재의 역동성을 불어넣지만 적어도 이 두 부분에 있어서만큼은 과거가 지배적이다. 내용상으로 볼 때도 작품 속에서 실제적인 현재의 사건이 드러나는 것은 9장, 즉 테레즈가 아르쥴르쥐에 도착한 다음부터이다. 이전 8장까지의 내용은 주로 테레즈의 관점에서 이루어지는 과거에 대한 회상으로 구성되어 있다. 그녀가 B시에서 아르쥴르쥐의 남편의 집으로 돌아오는 길은 과거를 거슬러 올라가는 길과 동일시된다. 작품의 전반부에서 끊임없이 사용되는 플래쉬백 기법이 이를 증명해 주고 있다. 테레즈의 청소년기와 결혼, 베르나르와의 신혼 생활 등으로 거슬러 올라가는 과거의 기억들은 그 자체로 그녀가 현재 처한 상황들과 그녀의 미래까지도 결정짓는다.

『독사들의 매듭』에서도 마찬가지의 모습을 볼 수 있다. 특히 작품의 전반부에서

---

66) 말함과 말해진 것에 대한 자세한 설명은 E. Levinas, 『후설, 하이데거와 함께 실존을 발견하면서En découvrant l'existence avec Husserl et Heidegger』, Vrin, 1978, pp.203–216 참조.

67) H. Shillony, 『모순적 소설: 모리악의 『독사들의 매듭』 읽기Le Roman contradictoire: une lecture du Nœud de vipères de Mauriac』, Archives des lettres modernes, 1978, p.24.

는 과거 시제의 사용이 두드러진다. 시간의 배열 순서도 외면적으로는 현재와 과거 사이를 오가며 무질서한 모습을 보이지만 내적으로는 철저하게 연대기적인 순서를 따르고 있음을 볼 수 있다. 루이 자신의 유년기와 학생 시절에서부터 부인 이자와의 만남과 결혼, 환멸, 아이들의 출생과 이어지는 갈등의 상황들이 시간적 순서에 따라 기술된다.

시간은 단순히 흘러가는 것이 아니라 우리를 우리가 지니고 있는 것, 우리에게 익숙한 것, 우리와 동일한 것으로 향하지 않도록 다른 곳으로 데려 가는 역동성이다. 시간 속에는 '우리와 같은 것'을 넘어서는 운동이 있다. 이러한 점에서 레비나스는 시간과 타자의 개념을 연관시키기도 한다. 우리와 같지 않은 것이란 곧 타자가 될 수 있으며, 시간이란 이처럼 내 손이 닿지 않는 타자성과의 관계일 수 있는 것이다. 하지만 한 가지 주목해야 할 점은 이때의 시간, 타자성과의 직접적인 만남이 가능하고 '굳어진' 나의 존재를 넘어 자기성의 홀로서기를 이룰 수 있는 시간은 철저히 현재와 관련된다는 것이다. 즉 타자성의 만남과 관련된 시간은 규칙적인 순환이나 반복과의 단절인 것이다. 규칙적이고 선적인 시간은 그 자체로 아무런 역동성도 가지고 있지 못하다. 그것은 '다른 것'과의 만남을 내포하고 있지 못하며, '익숙한 것' 속에 정착하는 시간이다. 모리악의 작품에서 인물들의 회상 부분에서 주로 사용되는 '반과거' 시제는 이러한 점에서 정착적이고 고정된 의미의 담지자이다. 과거가 새로운 의미를 가질 수 있는 것 역시 현재와의 상관성 속에서이다. 과거 그 자체는 어떠한 의미의 생성도 가져다주지 못한다. 작품 속에서 과거로 기술된 사건들은 이러한 점에서 '죽은' 사건들이다. 그 사건의 의미는 이미 고정되어 움직이지 않는다. 그것은 독백의 시간이고, 자기동일적인 시간인 것이다.[68]

---

68) 레비나스에 따르면 자아중심성에 근거한 진리 추구의 구체적인 경우로 '회상réminiscence'을 들 수 있다. 회상은 어떤 새로움과의 만남의 경험이 아니라 내가 이미 알고 있는 것을 내 안에서 기억해 내는 것을 말한다. 레비나스는 이 같은 진리관은 모든 초월의 가능성을 배제하고 자기 자신의 자유로운 사유에 의해서 재생산될 수 없는 모든 진리들, 즉 계시를 배제한다고 비판한다. 이러한 사유 형태에서 진리는 개념적 통찰에 의해 존재로 통합되며 흡수된다.

주의할 점은 『독사들의 매듭』에서 1부의 거의 전체가 이러한 과거로 기술되고 있다는 사실이다. 우리가 알고 있듯이 이 작품의 1부는 '편지'의 형식을 띠고 있다. 특히 최초의 수신자로 결정된 부인 이자의 죽음이 있기 전까지의 모든 글은 철저하게 수신자의 존재를 전제로 쓰인 글이며, 화자인 루이의 소통에의 욕구를 담고 있다. 그런데 이러한 편지의 시제는 온통 과거이다. 그 편지가 기술하는 내용, 화자로부터 표출되는 '말'은 과거의 틀 속에 갇혀 있다. 타자를 마주한 대화는 철저히 '현재'적일 수밖에 없다. 대화는 '지금', '여기', '내 앞에' 있는 타자를 상대하는 것이기 때문이다. 그리고 그로부터 오는 담화에 '응답'해야 하는 것이기 때문이다. 하지만 루이의 대화, '글로 쓰인' 대화는 과거 속에 묻혀 있다. 과거는 '말해진 것'의 시간일 뿐 '말함'의 시간은 되지 못한다. 루이의 편지가 결코 타자와의 만남에 이르지 못한 채 자기독백에 그치고 마는 또 하나의 근거를 여기에서 찾아볼 수 있다.

- 바리새인

모리악의 작품 세계에서 자기중심적 주체의 또 다른 유형으로 우리는 흔히 '바리새인'이라고 일컬어지는 종교적 형식주의에 빠져 있는 사람들과 그들에 의해 실천되는 왜곡된 기독교의 모습을 볼 수 있다. 타자에 대한 소유와 지배욕에 사로잡혀 있는 바리새인들에게 있어서 종교는 타인을 위한 희생의 매개체가 아니라 자신의 존재 근거를 정당화시키기 위한 욕망의 대상이거나 타인에 대한 억압을 행할 수 있는 수단으로 여겨진다.

모리악의 작품 중에서도 특히 종교적 위선자의 모습을 적나라하게 드러내고 있는 작품으로는 『바리새 여인La Pharisienne』을 들 수 있다. 제목에서부터 '바리새인'으로 지칭되고 있는 이 작품의 주인공 브리지트 피앙은 전형적인 형식적 신앙인

레비나스는 진리 전체가 자신의 지평 안에 가두어지는 한 그것은 자아론의 범주를 벗어날 수 없음을 지적한다. Cf. E. Levinas, 『시간과 타자』, op.cit., p.53.

의 모습을 보여준다. 그녀는 스스로 신의 대변자임을 자처하면서 모든 사람들의 삶에 간섭하여 그들의 영혼을 자신의 뜻대로 지배하고자 한다. 그녀는 타인들 사이에서 일어나는 모든 사건에 자신이 개입하여야 한다고 생각하며, 자신의 뜻을 신의 뜻과 동일시한다. 그녀는 자신의 보호 아래 있는 가난한 두 교사의 순수한 사랑을 불순한 것으로 규정짓고, 그들이 결혼 후 물질적인 도움을 필요로 할 때 그들로 하여금 굴욕감을 맛보게 함으로써 자신의 지배욕을 충족시킨다. 또한 자신의 의붓딸인 미셸Michel과 장 드 미르벨Jean de Mirbel 사이의 사랑에까지도 어두운 영향력을 행사한다. 그녀는 온갖 오만함과 냉혹함으로 가족들 사이의 불신과 갈등을 유발한다. 딸에 대한 사랑이 넘치는 남편에게 상처를 입히기 위해 미셸에게 갖은 방법으로 박해를 가하기도 하는 그녀는 결국 남편이 첫 부인의 부정을 알게 함으로써 그의 고통을 가중시켜 그를 죽음에까지 몰아넣는다. 이처럼 주위 사람들에게 비인간적인 율법을 적용시켜 고통스럽게 하는 피앙은 사랑이 결여된 종교의 모습을 구현하고 있다.

Quand ma belle‑mère avait précipité une créature dans un abîme d'affliction, il lui plaisait de l'en retirer aussitôt par une grâce toute gratuite.[69]
계모는 어떤 사람을 비탄의 심연으로 밀어 넣었을 때 그 사람에게 즉시 완전 무상의 은혜를 베풀어 끌어내는 데에서 쾌감을 느꼈다.

Elle se reconnaissait un droit de surveillance sur toute soutane qui passait à sa portée.[70]
그녀는 자신의 영향권에 있는 모든 성직자들에 대한 감시의 권한을 스스로에게 부여하고 있었다.

---

69) F. Mauriac, 『바리새 여인La Pharisienne』, in 『소설, 희곡 전집 III Œuvre romanesques et théâtrales complètes III』, Gallimard, Bibliothèque de la Pléiade, 1981, p.728.
70) Ibid., p.769.

위 예문에서 우리는 브리지트 피앙으로 대표되는 바리새인들에게서 찾아볼 수 있는 첫 번째 특징을 보게 된다. 그것은 곧 '신의 이름'을 내세워 자기 자신이 '신'과 같은 위치를 점하고자 하는 것이며, 그러한 힘을 이용해 타인을 지배하고자 하는 욕망이다. 피앙은 스스로 신의 대변자임을 자처하여 주위의 모든 사람들이 자신의 세력권하에 있다고 생각한다. 그녀는 타인을 자신이 생각하기에 올바른 길로 인도할 의무가 자신에게 주어져 있다고 확신하며, 그렇게 하기 위해서는 수단을 가리지 않고 감시와 억압을 행사한다. 심지어 그녀는 성직자들에게까지도 감시의 영역을 뻗친다. 그녀는 작품 속에서 마을의 본당 신부로서 문제아로 여겨지는 장 드 미르벨을 도맡아 마치 아들과 같은 사랑을 전해 주며 이상적인 성직자의 모습을 구현하는 칼루 Calou 신부와 끊임없는 대립관계를 형성한다. 칼루 신부의 생각과 행동들이 자신이 생각하는 신앙의 기준과 어울리지 않는다는 이유만으로도 그녀는 신부를 정죄할 충분한 이유가 있다고 생각한다. 흔히 신의 뜻을 대변하는 사람들로 여겨지는 성직자들까지도 그녀 앞에서는 더 이상 그러한 특권을 유지하지 못한다. 오직 자신만이 모든 계층을 뛰어넘어 신의 뜻에 가장 가까이 도달해 있는 사람이라는 확신, 신의 권력을 모방하고자 하는 욕망이 그녀의 내부에 자리잡고 있다. 이처럼 막강한 종교적 권한을 행사하는 피앙은 주위의 여러 사람들을 '비탄의 심연'으로 밀어 넣는다. 그럼으로써 그녀는 그들에 대한 절대적 지배력을 확인하고 주인이 되고자 하는 욕망을 만족시킨다. 특히 위 예문에서 우리는 피앙이 타인에게 '은혜를 베푸는' 행위조차도 주인이 되고자 하는 욕망의 일부분임을 알 수 있다. 그녀에게는 타인을 절망의 한복판으로 밀어 넣은 후 그에게 손을 내밀어 비참한 상황으로부터 건져내는 것이 하나의 메커니즘을 구성하여 지배욕을 충족시키는 수단으로 사용되는 것이다.[71]

---

71) 모리악은 이른바 바리새인의 문제와 관련하여 무엇보다도 왜곡된 신앙의 모습이 타인에 대한 지배욕으로 변질되는 것을 경계한다. 예를 들어 『파리 - 마치Paris - Match』지의 1961년 성탄 특별호에서 모리악은 왜곡된 기독교가 보여주는 '힘에의 의지'에 대해 비판의 목소리를 높인다. 독자들로 하여금 마치 니체의 외침을 듣는 듯한 착각을 불러일으킬 만큼 그의 비판은 신랄하게 전개된다. 그는 무엇보다도 인간들의 잘못에 의해

Les apparences du mal, à ses yeux, comptent autant que le mal, lorsqu'elle y trouve son intérêt······ Si jamais cette puissance de jugement et de condamnation qu'elle tourne contre autrui devait se retourner contre elle-même, qu'elle souffrirait!······ Mme Brigitte cherche moins à comprendre notre pensée qu'à en retenir ce qu'elle estime pouvoir nous faire du tort aux yeux de l'autorité, et au besoin nous perdre.[72)]

자기가 이익을 얻어낼 수 있다고 보면 그녀는 악의 외관도 악 자체만큼 중요하게 생각한다······ 남에게로 향하는 그 힘 있는 판단과 단죄를 언젠가 자기 자신에게로 돌리는 날이 온다면 그녀는 얼마나 괴로워할 것인가!······ 브리지트 부인은 우리의 생각을 이해하려 하기보다는 그 생각에서 교회 당국자의 눈에 우리를 해할 수 있다고 생각하는 것만을 기억해 두려고 한다.

브리지트 피앙에게 있어서 중요한 것은 '신의 뜻'이 아니라 바로 자신의 '이익'이다. 신의 뜻은 자신을 이롭게 하기 위한 수단으로 사용될 뿐이다. 그녀가 타인의 행동에 대해 무차별적으로 들이대는 선과 악의 구분 기준도 같은 의미의 도구에 불과하다. 자신의 이익과 관계된 부분이라면 그녀는 '악의 외관'도 '악' 자체만큼이나 중요시한다. 브리지트 피앙은 타인과의 관계에 있어서 언제나 상대방이 가진 약점을 기억해 둔다. 그것도 상대방을 파멸에 이르게 할 수 있는 약점을 파악하기에 힘쓴다. 바로 이러한 약점이야말로 그녀로 하여금 타인들을 지배하는 위치에 자리

기독교가 변질되었고, 그 힘이 극도로 약화되었다고 주장한다. M. Droit, "원자폭탄 시대에 남아 있는 성탄의 메시지는 무엇인가? 프랑수아 모리악이 미셸 드루아의 질문에 대답한다A l'âge atomique que reste-t-il du message de Noël? François Mauriac répond aux questions de Michel Droit", in 『파리 마치Paris-Match』, spécial Noël, 12, 1961, pp.88-93, F. Mauriac, 『말은 남아 있다』, *op.cit.,* p.181에서 재인용: "아! 바로 이 점에 있어서 기독교는 이 종교를 대표해 온 사람들에 의해 이용되고 착취당했던 것입니다. 그들의 모든 야망, 인간의 본성에 내재된 모든 힘에의 의지에 사로잡혀 버린 것이지요. 하나님은 사람들을 필요로 하셨습니다. 그런데 사람들은 하나님을 이용해 버렸지요."

72) F. Mauriac, 『바리새 여인』, *op.cit.,* p.796.

잡게 하는 구체적인 수단인 것이다. 그녀가 타인을 '이해'하기보다는 타인을 해할 수 있다고 생각되는 것에 집착한다는 사실은 그녀의 신앙 자체가 철저하게 '힘의 의지'에 근거하고 있음을 가르쳐 준다. 그녀가 타인들에게 행사하는 억압과 폭력은 바로 그녀 내부에 자리잡고 있는 절대적인 '자기중심적' 사고방식에 근거한 것으로, 이는 곧 '다르게 생각하는' 것 자체를 받아들일 수 없음을 의미한다. 다르게 생각하는 사람들이란 '타자'를 말하며, 그들의 다른 생각은 타자가 가진 '이타성'에 다름 아니다. 이처럼 타자의 다름을 인정하지 못한다는 점에서 피앙은 오직 자신의 생각과 자신의 길만이 '신의 뜻'에 부합하는 길이라고 확신하며, 그 길에서 조금이라도 벗어난 생각과 행동들을 '죄'로 간주하게 된다. 즉 브리지트 피앙으로 대표되는 '바리새인'의 모습에서 우리는 '타자성'을 환원하고자 하는 동일자 중심의 폭력이 자리잡고 있음을 엿볼 수 있는 것이다.

> Mais Mme Brigitte ne voulait rien entendre…… bien loin de le reconnaître et de se frapper la poitrine, elle tendait la joue gauche, protestait qu'il était excellent qu'elle fût ainsi méconnue et calomniée, et ajoutait une maille à ce tissu serré de perfection et de mérite dont elle s'enveloppait tout entière et à quoi elle ne s'interrompait jamais de travailler. Attitude qui avait pour effet d'exaspérer les gens et de les pousser à des paroles méchantes dont Mme Brigitte tirait derechef avantage, devant sa propre conscience et devant Dieu…… Mais elle ne voulait rien entendre et prétendait garder le bénéfice de son geste: les frais en étaient faits et il ne lui coûtait rien d'aller à l'extrémité d'une humiliation qui obligeait sa victime à lui rendre les armes et qui la grandissait à ses propres yeux (une maille de plus au tissu de perfection).[73]
>
> 그러나 브리지트 부인은 아무 말도 들으려고 하지 않았다…… 잘못을 인정하고 가슴을 치기는 고사하고 계모는 왼쪽 뺨을 내밀고, 자기가 그렇게 오해를 받고 모함을 당하는 것은 훌륭한 일이라고 주장하며, 이렇게 함으로써 자기의 온몸을 휘감는 완

---

73) *Ibid.,* pp.757-758.

덕과, 공로의 그 탐탁한 천, 결코 중단하는 일이 없이 짜는 그 천에 한 코를 더 보태는 것이었다. 이러한 태도는 결과적으로 사람들을 자극해서 악의에 찬 말을 하게끔 했는데, 그렇게 함으로써 브리지트 여사는 자기 자신의 양심과 하나님 앞에서 또한 번 이익을 얻어내는 것이었다…… 그러나 계모는 아무 말도 들으려 하지 않고 자기 행동에서 오는 이익을 놓치려 하지 않았다. 어려운 고비는 이미 넘겼으니 겸손의 극치에까지 간다고 해서 조금도 힘들 것이 없었다. 이 겸손의 극치는 그 희생자로 하여금 그녀에게 항복하지 않을 수 없게 만들고 자기 자신의 눈에 자기를 더 위대하게 만드는 것이었다(완덕의 천에 또 한 코).

자기중심적 세계관 속에서 신의 이름을 빌려 타인들에게 막강한 권력을 행사하는 브리지트 피앙에게는 '겸손'의 모습까지도 자신의 이익을 위한 수단으로 사용된다. 그녀의 겸손은 스스로의 모습을 바라보고 타인 앞에서 자신을 낮추기 위한 의도에서 기인하는 것이 아니라 타인으로 하여금 자신에게 항복할 수밖에 없도록 만들고 그럼으로써 자신이 가진 힘과 자신의 위대함을 다시 한번 확인하기 위한 수단인 것이다. 또한 그녀는 자신에 대한 충고의 말은 어느 것도 들으려고 하지 않는다. 그녀에게 주어지는 타인의 충고는 스스로를 바라보게끔 하는 원래의 목표에서 벗어나 오히려 그녀의 자만심을 강화시키고, 그녀 스스로 자신의 온몸을 휘감고 있다고 생각하는 덕의 천에 한 코를 더 보태는 결과만을 가져온다. 모리악은 브리지트 피앙이라는 인물에 대하여 "스스로 진정한 종교의 길을 실천하고 있다고 믿고 있으며, 주위의 어느 누구도 속이려는 의도는 없지만 중요한 것은 그녀가 자기 자신을 속이고 있다는 것"[74]이라고 이야기한다. 즉 모리악은 바리새인들이 보여주는 위선과 그들이 그러한 위선의 함정으로부터 벗어나지 못하는 이유에 대해 그들이 자기 자신에 대한 '자각'에 이르지 못한다는 점을 들고 있는 것이다.

모리악은 『독사들의 매듭』에 관한 한 대담에서 루이와 그의 가족들의 '종교'에 대해 정의 내린 바 있다. 우선 그는 루이를 자신의 정열에 사로잡혀 있으면서도 특

---

74) F. Mauriac, 『되찾은 기억』, *op.cit.,* p.247.

히 '반종교적인' 기질을 가지고 있는 인물로 정의 내린다. 특히 그의 반종교적인 감정은 성직자에 대한 것anticlérical으로서 이는 위선적인 성직자의 모습과 무관하지 않다. 그런데 여기에서 주목할 점은 모리악이 이처럼 종교에 대해 적대감을 가진 루이를 그 본성에 있어서 '그 누구보다도 신의 사랑으로 향하기에 적합한 인물'로 정의하고 있다는 것이다.

C'est l'histoire d'un homme, violemment anticlérical, aveuglé par ses passions, qui croit haïr sa femme et ses enfants et n'aimer que l'argent, alors que sa nature, s'il l'avait suivie, l'aurait conduit à l'amour de Dieu. Sa femme et ses enfants sont des catholiques médiocres; leur petitesse l'irrite et il paraît avoir beau jeu d'attaquer leur ombre de foi; et cependant, il serait, dans son égarement même, plus près de Dieu que sa propre famille, dont les défauts contribuent à lui cacher le véritable esprit de la religion.[75]

이것은 성직자에 대해 큰 반감을 가지고 있으며, 자신의 정열에 눈이 먼 한 남자의 이야기이다. 그는 스스로가 부인과 아이들을 증오하고 있으며, 돈만을 좋아한다고 생각한다. 하지만 만약 그가 자신의 본성을 따랐더라면 그는 신의 사랑에 도달했을지도 모른다. 그의 부인과 자녀들은 하찮은 신자들이다. 그들의 저속함에 그는 분노하며, 그들의 어두운 신앙을 공격하기에 좋은 위치를 차지하고 있다. 그는 자신의 일탈 속에서도 가족들보다 더 신에 가까이 다가가 있을 것이다. 가족들의 결점이 그로 하여금 진정한 종교의 정신을 보지 못하게 만들고 있다.

사실상 루이가 가지고 있는 명철함과 자신을 둘러싼 현실에 무조건적으로 순응하지 않는 모습, 주위의 적대적인 시선을 통해 끊임없이 자신에 대해 성찰하고, 그 누구의 삶이 아닌 바로 자기 자신의 존재의 근본에 이르고자 하는 노력은 신의 사랑을 체험하고 진리에 이를 수 있는 필연적인 조건들이기도 하다. 모리악의 작품 속에서 종종 신의 사랑을 발견하고 존재 변화의 경험을 하는 특권이 이른바 바리

---

75) F. Mauriac, 『독사들의 매듭』, op.cit., p.167.(작품에 대한 일별, 마르셀 오가뇌르(Marcel Auganneur)와의 대담, 『그랭그와르Gringoire』, 1932년 1월 22일에 게재.)

새인들이 아닌 오히려 루이와 같이 '악'의 소굴에서 몸부림치던 이들에게 주어진다는 것 역시 이러한 점과 무관하지 않다. 그런데 우리는 위 예문에서 모리악이 루이에 대해 신의 사랑을 향해 '나아갈 수도 있었다sa nature l'aurait conduit à l'amour de Dieu'라고 이야기하는 것을 볼 수 있다. 이것은 실제로 루이의 삶에 있어서 그러한 가능성이 무엇인가에 의해 억제되었다는 것을 의미하며, 바로 그러한 역할을 담당한 것이 그의 아내와 가족들이라는 것을 알 수 있다. 모리악은 루이의 가족들을 '하찮은médiocre' 신앙인이라는 경멸적인 표현으로 비난한다. 그들의 형식적인 신앙은 루이를 격분시키며, 루이가 접할 수도 있었던 진정한 복음의 정신véritable esprit을 감추어버리는 결과를 가져온다. 기독교의 진정한 정신이 신의 사랑과 단절되어 있는 자들을 그 사랑의 영역 안으로 안내하는 데에 있다면, 루이의 가족들은 스스로 '신앙인'임을 자처하면서도 오히려 신의 사랑에 가까이 접근해 있는 자를 그로부터 멀어지게 만드는 것이다.76)

루이와 마찬가지로 테레즈 역시 외면적으로 볼 때 '신과 인간의 분리를 나타내는 상징'적인 인물이다.77) 하지만 그녀는 주위의 어느 누구보다도 더욱 신의 사랑에 접근해 있는 인물인 것 역시 사실이다. 단지 그녀는 자신의 앞에 놓인 장애물을 넘어서지 못하고 자신이 끊임없이 갈구하는 '초월적인 사랑'을 향유하지 못하는 것이다. 우리는 『독사들의 매듭』에서와 같이 『테레즈 데케루』에서도 '괴물'과 같은 테레즈를 둘러싼 가족들의 형식적인 신앙의 모습과 만나게 된다. 사람들은 테레즈의 내면에서 일어나는 갈등과 고통에는 아무런 관심도 가지지 않는다. 그녀가 사랑, 특히 절대적인 사랑에 목말라하며, 그런 만큼 신의 사랑에 가까이 다가서 있다는 사실을 그들은 인정하려 하지 않는다. 그들은 '그녀가 신을 믿었다면si elle avait cru en Dieu'78)이

---

76) F. Mauriac, 『잃어버린 말과 되찾은 말』, *op.cit.,* p.142.

77) E. Kushner, 『모리악*Mauriac*』, Desclée de Brower, 1972, p.193.

78) F. Mauriac, 『테레즈 데케루』, *op.cit.,* p.133. "그 이유는 지금 이 사람들이 더 이상 원칙을 고려하고 있지 않기 때문이다. 그들은 더 이상 테레즈가 받은 것과 같은 교육의 위험성에 대해서도 생각하지 않는다. 그녀는 분명 하나의 괴물이다. '그녀가 신을 믿었

라는 식으로 그녀의 삶을 신과 단절된 삶으로 단정 짓고, 그럼으로써 그녀가 진정한 사랑에 이를 수 있는 가능성 자체를 부정한다. 특히 베르나르로 대표되는 데케루가의 종교적 형식주의는 이른바 '바리새인'의 전형적인 모습을 보여준다. 그들은 일종의 '보험'과 같은 의미로 신앙을 가지고 있다. 그들이 신을 믿는 이유는 단지 그들에게 닥쳐올지 모르는 재앙을 막기 위한 수단에 불과하며, 나아가 타인의 눈에 지극히 정상적이고 사회적 가치에 순응하는 모습을 보여주기 위한 수단에 불과하다.

> L'orgueil de certaines personnes très 'avancées' dans la voie parfaite, ou qui croient l'être, dépasse de loin la vanité des mondains. Si quelqu'un les en avertit avec douceur, au lieu de s'examiner, elles offrent cette injure à Dieu, et leur orgueil se gonfle d'un mérite de surcroît.[79]
> 완전한 길에 있어서 매우 '앞서 있는' 혹은 스스로 그렇다고 믿는 사람들의 자만심은 사교계의 허영심보다도 더한 것이다. 만약 누군가가 그들에게 부드러운 태도로 이러한 사실을 일러준다면 그들은 스스로를 돌아보는 대신에 이 모욕을 신에 대한 것으로 돌리고 그것으로 또 하나의 공덕을 삼아 자만심을 키워 나간다.

흔히 '바리새인'이라고 불리는 인물들은 스스로 완전한 존재라는 확신을 가지고 있다. 그들은 '절대성'에 이르는 길에 있어서 그 누구보다도 자신이 앞서 있다avancé고 여긴다. 그들은 자신에 대한 어떠한 비판도 순수하게 받아들이지 못하며, 비판에 직면할수록 그들의 내면에는 복수심이 자리잡는다. 자신에 대한 비판을 신에 대한 불경을 범하는 것으로 간주하며, 때로는 그것을 일종의 '박해'로 받아들여 자신들의 종교적 허영심을 더욱 강화시키는 계기로 삼는다. 그들은 모든 비난과 책임을 타인들에게로만 돌릴 뿐, 정작 자기 자신의 모습은 바라보지 못한다. 모리악은 여러 작품을 통해 이러한 위선적인 신앙인의 모습을 매우 강도 높게 비판한다. 그가 보기에 바리새인들은 자기 자신뿐만 아니라 타인들까지도 신의 사랑으로부터 멀어지게 만드는

더라면……'이라도 이야기해도 소용이 없다…… 두려움은 지혜의 시작이다."

79) F. Mauriac, 『예수의 생애Vie de Jésus』, Flammarion, 1936, pp.88 - 89.

장애물의 역할을 한다. 특히 '신의 이름'을 빌려 타인의 세계를 자신에게로 환원시키고자 하는 사람들의 부정적인 영향력은 무엇보다 심각한 상황을 초래한다. 신의 이름을 빌린 그들은 타인에게 '절대적'인 힘을 행사하려고 하기 때문이다. 실제로 모리악은 이와 같은 바리새인들의 위선적 모습을 평생에 걸쳐 비판하고 폭로해 왔음을 고백하기도 한다.[80)]

2. 시선의 내재화

서구의 사상에서 시선은 흔히 타자의 대상화에 있어서 특권적인 수단으로 일컬어진다. 시선이란 단순한 감각적 차원의 인지 작용을 넘어서 그 자체로 의식의 흐름을 상징한다.[81)] 시선을 통해 바라보는 행위는 곧 내 앞에 무엇인가를 세우는 표상의 행위이며, 나의 시선에 사로잡힌 대상을 나의 의식으로 환원시키는 행위이다. 시선의 힘으로 타자를 판단하고, 타자의 존재 의미를 임의로 구성하면서 자기중심적 주체들은 소유욕과 지배욕을 충족시키고 자기 존재의 정립에 이르고자 한다.[82)] 바라보는 주체가 바라봄을 당하는 대상에게 부여하는 것만큼 대상은 존재의 의미

---

80) F. Mauriac, 『되찾은 기억』, *op.cit.*, p.267. "분명한 것은 제가 바리새주의에 반대되는 교육을 받았다는 것이며, 작가 인생 전체에 걸쳐 그것을 비판했다는 것입니다."

81) J. p.Sartre, 『존재와 무: 현상학적 존재론의 시론*L'Être et le néant: Éssai d'ontologie phénoménologique*』 Gallimard, 1943, pp.303 - 304.

82) 우리는 『성서』를 통해서도 인간이 가진 주체가 되고자 하는 욕구, 나아가 신과 같은 존재가 되고자 하는 '힘에의 욕구'와 '시선' 사이의 밀접한 관계를 엿볼 수 있다. 창세기 3장에 보면 태초의 인간으로 하여금 신의 명령을 어기고 선악과를 따먹도록 유혹한 사탄은 "그것을 먹는 날에는 너희 눈이 밝아 하나님과 같이 된다."라고 주장한다. 그리고 이러한 유혹에 빠져 금지된 열매를 먹은 인간에게 처음으로 나타난 현상 역시 "눈이 밝아 자기들의 몸이 벗은 줄 아는" 것으로 기록되어 있다. 여기에서 '눈이 밝는다'는 것은 '본다'는 것, 다시 말해 주체로서의 '시선'을 의미하는 것으로 이것은 '하나님과 같은' 존재가 되고자 하는 욕망과 직접적으로 연결된다.

를 가지게 되며, 주체가 그것을 바라보고 의식의 빛을 비추는 각도에 따라 그 대상의 의미가 달라지는 것이다. 이러한 의미에서 바라보는 행위는 지적인 행위에 비견될 수 있다. 외부의 대상을 바라볼 때 내가 그것을 보고 있다는 의식이 나와 그 사물 사이에 자리잡는다. 이러한 의식의 개입은 나와 대상간의 직접적인 만남을 방해한다. 바라봄을 당하는 대상은 이미 나의 의식에 의해 표상된 것이기 때문이다.

한편 시선이 나와 마찬가지로 의식을 가진 다른 사람과 관계될 때 그 의미는 더욱 복잡해진다. 내가 나의 시선으로 누군가를 본다는 것은 내가 가진 의식의 힘으로 그가 가진 주체성을 벗겨내고 그를 나의 대상으로 삼는다는 것을 의미한다. 반대로 타인의 시선에 내가 보임을 당한다는 것은 나의 세계의 상실을 의미하며, 그가 바라보고 평가하는 대상으로의 전락을 의미한다. 그런데, 중요한 문제는 단순히 바라봄과 바라보임의 관계를 통해 주객관계가 형성되는 그 사실 자체에 있기보다는, 바로 이러한 관계가 언제든지 '역전가능하다'는 사실에 있다. 내가 타자에게 보내는 시선은 언제든지 나에게로 되돌아올 수 있다. 한 순간 시선을 통해 타자를 대상으로 만들었던 나는 다음 순간에는 그의 시선에 포착당할 수 있는 위험을 항상 가지고 있는 것이다.[83]

이러한 점에서 자기중심적 주체들은 항상 타인들에게 보이는 자신의 이미지에 대해 두려움을 가지고 있다. 그들은 항상 타인의 시선이 자신의 빈약한 존재를 적나라하게 폭로하는 것에 대한 두려움 속에서 살아간다. 타인에 의해 보임을 당할 수 있다는 사실은 자기중심적 주체들에게 있어서 언제나 그들의 내면에 내재된 가능성으로 존재한다. 특히 실제로 그들을 바라보고 판단하는 타자의 시선이 없는 상황에서도 그들은 자신들의 내부에서 시선을 의식한다. 자신의 모습을 감시하는 시선이 내재화되어 있는 것이다. 일단 타인의 시선이 내재화되면 그는 실제 자신을 둘러싸고 있는 상황과 상관없이 줄곧 타자의 '응시' 속에 살아가게 된다. 그들은 그들 내부에 있는 시선을 의식한 나머지 실제 자기 자신과의 내적인 관계를 정립

---

83) J. p.Sartre, *op.cit.,* p.344.

하지 못하고, 타자의 눈에 비칠 자신의 이미지만을 걱정하게 되며, 자기 외부의 것에 자신의 존재를 내어 맡기게 된다.

- 익명의 시선

모리악의 작품 세계에는 보이지 않는 타자의 시선에 사로잡혀서 타인에게 보이는 자신의 이미지에만 집중하는 인물들이 자주 등장한다. 그들은 타자의 시선 속에서 항상 자기의 모습이 반영되는 것을 바라보며, 자신이 잘못된 이미지로 비칠 것을 두려워한다. 특히 모리악의 여러 작품 속에서 공통된 배경으로 등장하는 탐욕스럽고도 안락한 삶을 추구하는 부르주아 사회와 가정들에서 우리는 이와 같은 모습을 쉽게 찾아볼 수 있다. 대부분의 경우 모리악은 부르주아 가정이라는 집단을 내적인 것의 추구보다는 외적인 요소의 추구를 통해 살아가는 집단으로 묘사한다. 이 집단의 구성원들에게는 자신들의 '명예'와 '결속'을 외부에 '나타내 보여주는' 것이 무엇보다 중요하게 여겨진다. 물질적 재산에 대한 집착이나 정략결혼과 같은 상황들이 작품 속에 자주 나타나는 것도 이러한 이유에 기인한다. 그들은 언제, 어디에서나 타인의 시선을 의식하는 삶을 살아가며, 우리는 이들을 타인의 시선이 '내재화된' 인물들이라고 할 수 있다.[84]

> Il importe, pour la famille, que le monde nous croie unis et qu'à ses yeux je n'aie pas l'air de mettre en doute votre innocence.[85]
> 가족을 위해서 중요한 일은 세상 사람들로 하여금 우리가 잘 단결되어 있다고 믿도록 하는 거지. 그리고 그들에게 나는 당신이 무죄하다는 사실을 결코 의심치 않는 것으로 보여야 해.

---

84) p.H. Simon, 『모리악이 쓴 모리악*Mauriac par lui-même*』, Seuil, 1953, p.80 참조. 시몽은 이러한 유형의 인물들을 '죽은 영혼들les âmes mortes'이라고 표현하고 있다.

85) F. Mauriac, 『테레즈 데케루』, *op.cit.,* p.128.

Et il se disait encore que tout le bourg, impatient de savourer leur honte, serait bien déçu, chaque dimanche, à la vue d'un ménage aussi uni! Il lui tardait presque d'être à dimanche, pour voir la tête des gens![86]

그는 매주 일요일마다 이렇게 하나 된 부부의 모습을 보여주어서 그들의 수치심을 즐기려고 안달하는 고장 사람들을 실망시킬 것이라고 다짐했다. 그는 사람들의 표정을 보려고 일요일이 되기를 기다렸다.

베르나르의 관심은 오직 테레즈로 인해 발생한 일련의 사건들이 타인들의 눈에 어떻게 비치는가에만 집중되어 있다. 외부에 정상적인 가정의 모습을 보여주는 일만이 중요하게 여겨진다. 사실상 베르나르가 테레즈의 무죄 석방을 위해 노력했던 것도 바로 이러한 이유에서이다. 그는 테레즈의 범죄가 세상에 알려지는 것을 무엇보다 두려워한다. 이처럼 정상적인 가정의 모습을 보여주기 위한 기회로 그는 주일 미사를 이용한다. 미사에는 고장의 사람들 거의 전부가 한자리에 모이기 때문이다. 예문에서 우리는 베르나르와 테레즈가 느끼는 수치심을 즐기고자 하는 타인들과 그러한 그들에게 정상적인 모습을 보임으로써 적대적인 시선을 피하고자 하는 베르나르의 의지를 볼 수 있다. 베르나르의 관점에서 쓰인 위 예문은 그가 적대적인 타인의 시선에 의해 스스로의 모습이 있는 그대로 드러나고 판단되는 것을 얼마나 두려워하고 있는가를 보여주고 있다. 타인들이 자신의 수치심을 보고 싶어 한다고 짐작하는 것은 곧 그 자신이 타인의 시선 앞에서 겪는 수치심의 정도를 증명하고 있다. 베르나르는 타인의 시선, 자신의 모습을 드러내고 지적해 낼 수 있는 시선을 이미 자신의 내면에 간직하고 있는 것이다. 실제로 타인들이 그의 가정의 수치심을 즐기고자 하는지 여부는 중요하지 않다. 베르나르의 내부에 이미 적대적인 시선이 내재화되어 있기 때문이다. 또한 우리는 위 예문에서 베르나르가 특정한 타인을 예로 들어 이야기하지 않고 있음을 볼 수 있다. 타인을 지칭함에 있어 그는 '모든 사람들tout le monde'이나 '고장 전체tout le bourg'와 같은 집합적 의미를 가진 표현을 사용한다.

---

86) *Ibid.,* p.134.

즉 그는 익명의 시선regard anonyme과 정체 없는 관찰자spectateur sans identité에 사로잡혀 있는 것이다.[87] 이처럼 베르나르가 익명의 시선에 의한 보편적인 위험péril universel을 두려워하는 것은 그 시선 자체가 그 자신의 내면에 자리잡은 것이기 때문이다. 가족의 명예와 관련한 '정상'이라는 보편적 기준은 어느 특정한 대상으로부터 주어질 수 있는 것이 아니며, 이처럼 적대적인 타자가 특정한 누군가가 아닐 경우 그것은 자연히 잠재적인 모든 사람들이 될 수밖에 없다.[88] 베르나르에게 있어서 타인들에게 수치심을 드러내는 것은 가족의 명예를 실추시키는 일종의 죄악으로 여겨진다. 따라서 실제적인 비난의 눈길이 그에게로 향하기 전에 그의 상상력이 앞서 나가야 하며, 타인의 눈으로부터 자신에게로 향할 비난을 미리 알아챌 수 있어야 한다. 즉 타인의 시선이 내재화되어야 하는 것이다. 일단 시선이 내재화된 이상 그 시선은 맞닥뜨려 극복해야 할 위험이기보다는 그가 앞으로 행할 모든 행위에 선행하여 그 행위의 방향을 결정짓는 역할을 하게 된다.[89]

> ……il était réellement, celui qui ne s'est jamais mis, fût-ce une fois dans sa vie, à la place d'autrui; qui ignore cet effort pour sortir de soi-même, pour voir ce que l'adversaire voit.[90]
> ……실제로 그는 삶 속에서 단 한 번도 타인의 입장에 자신을 위치시켜 보지 못한 사람이었다. 그는 자기 자신으로부터 벗어나려는 노력을 몰랐으며, 상대방이 보는 것을 보고자 노력하지도 않았다.

베르나르가 의식하는 타인의 시선이 그의 내부에서 만들어진 내재화된 시선이라는 사실은 위의 예문을 통해서도 다시 한번 확인할 수 있다. 베르나르는 타인에 대

---

87) Cf. J, Starobinski, 『살아 있는 눈L'Œil vivant』, Gallimard, 1999, p.132.
88) *Idem.*: "특정한 개인이 아닌 적대적인 증인은 잠재적으로 '모든 사람들'이 된다."
89) *Ibid.,* p.134. "증인의 악의는 극복해야 할 위험이 아니며, 차후에 있을 모든 행동에 선행하고, 영향을 끼치는 확실성이다."
90) F. Mauriac, 『테레즈 데케루』, *op.cit.,* p.125.

한 이해나 관용을 찾아보기 힘든 인물이다. 그는 일생동안 단 한 번도 타인의 입장에 스스로를 위치시켜 본 적이 없는 인물로 그려진다. 나아가 그는 자기 자신으로부터 벗어나 타인의 눈으로 자신을 바라본 적도 없다. 여기에서 말하는 '상대방이 보는 것ce que l'adversaire voit'은 실제 타자의 적대적인 시선을 의미한다. 타자의 시선은 나에게 적대적이기에 앞서 나의 진정한 모습을 드러내 주는 긍정적인 역할도 수행할 수 있다. 이와 같이 자신의 모습을 바라보기 위해 타인의 시선을 빌리는 경우 선행해야 할 조건은 바로 '자신으로부터 벗어나는 일'이다. 하지만 베르나르는 결코 '자신으로부터 벗어나 타인에게로 눈을 돌려본 적이 없는' 인물이다. 오히려 그는 지나칠 정도로 자신 안에 갇혀 있는 폐쇄적인 모습을 보여준다. 그가 의식하는 시선 역시 그의 모습을 드러내 보여줄 수 있는 것이 아니라 스스로가 만들어 낸 허상에 불과하다. 그가 무엇보다 두려워하는 것은 실제 타인들에 의해 자기의 진실이 드러나는 것이기 때문이다.

타자의 시선이 개인의 내면에 자리잡아 그의 모든 선택과 행위를 결정짓는 모습을 우리는 테레즈의 경우에서도 볼 수 있다.

Elle n'aurait osé franchir aucun seuil; elle sortait de chez elle par une porte dérobée, évitait les maisons; un cahot lointain de charrette suffisait pour qu'elle se jetât dans un chemin de traverse. Elle marchait vite, avec un cœur angoissé de gibier, se couchait dans la brande pour attendre que fût passée une bicyclette.[91]
테레즈는 어떤 집 문지방도 감히 넘을 수 없었다. 자기 집에서도 감춰진 문으로 남몰래 나와 다른 집들을 피해 다녔다. 멀리서 마차소리만 들려도 그녀는 옆길로 재빨리 숨곤 했다. 사냥감의 가슴 졸이는 심정으로 그녀는 빠르게 걸었으며, 자전거가 지나갈 때까지 숲속에 엎드리곤 했다.

테레즈는 베르나르와는 달리 명철한 이성과 비판 정신을 가진 주체로 그려진다.

---

91) *Ibid.,* p.146.

베르나르의 가정이 보여주는 위선적인 모습에 강한 거부감을 느낀 테레즈는 끊임없이 존재의 의미와 자신이 알지 못하는 삶의 궁극적 목표를 찾기 위해 노력한다. 자신이 이성을 바탕으로 타인을 대상으로 삼을 수 있는 만큼 자신도 타인의 시선에 사로잡힐 수 있다는 사실을 테레즈는 잘 알고 있다. 특히 베르나르에 대한 범죄시도가 있은 이후부터 테레즈는 타인의 시선에 대해 극심한 두려움을 가지게 된다. 이 사건 이후 테레즈 역시 익명적 타인의 감시에 짓눌리게 된다. 아르쥴르쥬에서 그녀는 어느 곳도 자유롭게 다니지 못한다. 어디에나 자신을 감시하는 시선이 있다고 믿기 때문이다. 집 안에서나 밖에서도 그녀는 자신을 감시하는 시선으로부터 벗어나지 못한다. 그녀는 누군지 정확히 알 수 없는 익명의 시선으로부터 스스로를 숨기는 일에 익숙해져 간다.

> De sa table, au café ou au restaurant, Thérèse, pendant des années, avait épié des êtres qui ne la voyaient pas⋯⋯ Voici maintenant qu'elle attire tous les regards comme la bête inconnue du troupeau.[92]
> 몇 년 동안 테레즈는 카페나 레스토랑에 앉아 자신을 바라보지 않는 다른 사람들을 엿보곤 했다⋯⋯ 이제 그녀는 무리가 알지 못하는 낯선 동물처럼 모든 시선들을 끌어당기고 있다.

이른바 테레즈 연작의 마지막 편이라고 할 수 있는 『밤의 끝』에서도 우리는 여전히 타인의 시선이 가져다주는 위협으로부터 벗어나지 못하고 있는 테레즈의 모습을 볼 수 있다. 『테레즈 데케루』의 마지막 부분에서 그녀는 아르쥴르쥬에서의 고통스러운 생활에서 벗어나 파리에서 혼자만의 자유로운 삶을 시작한다. 『밤의 끝』은 그 후로 수많은 세월이 지나간 후 어느덧 중년의 나이에 이른 테레즈의 모습을 보여주고 있다. 하지만 예문에서 볼 수 있듯이 환경과 세월의 변화에도 불구하고 테레즈의 삶의 모습은 크게 달라진 것이 없다. 실제로 파리에서 테레즈라는 여성,

---

92) F. Mauriac, 『밤의 끝La Fin de la nuit』, Grasset, 1935, p.16.

지방의 한 부르주아 가정에서 남편을 독살하려고 했던 여인을 알아보는 사람은 없다. 파리에서 테레즈는 아무도 관심을 기울이지 않는 익명의 한 여인에 불과하다. 그럼에도 그녀는 여전히 자신에게로 향하는 타인들의 시선을 의식하며 두려움 가운데 살아간다. 특히 카페나 레스토랑과 같이 사람들이 많은 장소에 있을 때마다 그녀는 주위에 있는 사람들을 바라보곤 한다. 이때 바라보는 행위는 단순한 시각의 작용이 아니라 의식을 통한 '시선'의 작용이다. 위 예문에서도 테레즈가 사람들을 바라보는 것이 그들을 감시의 눈으로 엿보고épier 있는 것임을 가르쳐 주고 있다. 물론 테레즈가 엿보는 사람들은 그녀가 누구인지 모르며, 그녀에게 반대의 시선을 던지지 않는다. 자연스럽게 테레즈는 스스로 남의 시선에 노출되지 않은 채 그들에게 시선을 던질 수 있는 것이다. 이러한 상황은 타자를 표상으로서 의식하는 테레즈의 태도가 파리에서도 여전히 계속되고 있음을 보여준다. 또한 '엿보다'라는 동사를 통해 우리는 그녀가 타인의 시선을 여전히 두려워하고 있다는 사실 역시 알 수 있다. 타인의 시선을 자신에게로 향하게 하지 않기 위해서는 문자 그대로 그들을 엿보는 수밖에 없다. 자신은 보이지 않은 채 남을 바라보는voir sans être vu 행위야말로 환원의 주체, 즉 자기중심적 주체들의 공통된 특징이기도 하다.[93]

Thérèse sentait sur elle des regards insistants⋯⋯ Il faudrait vivre en recluse désormais. Pour être sûre de ne plus nuire, pour éviter aussi les représailles, car tous ceux à qui elle avait fait du mal finiraient par se rejoindre.[94]
테레즈는 끊임없이 자신에게로 향하는 시선을 느꼈다⋯⋯ 이제부터는 은둔생활을 해야 할 것 같았다. 해를 끼치지 않기 위해서, 그리고 복수를 피하기 위해서는 그렇게 해야만 했다. 그녀가 피해를 입힌 모든 이들을 결국에는 다시 만나게 되기 때문이다.

예문에서 볼 수 있듯이 테레즈는 여전히 자신에게 집중되어 있는 타인들의 시선

---

93) *Ibid.*, p.33. "각자는 다른 모든 사람들을 속속들이 알고 있으며, 오직 자기 자신만이 존재의 비밀을 드러내지 않은 상태로 머무르고 있다고 주장했다."
94) *Ibid.*, p.183.

을 느끼고 있다. 이제 그녀는 마치 은둔자와 같이 타인과의 접촉을 피해서 살아갈 수밖에 없다고 생각한다. 테레즈에게 있어서 적대적인 타인의 시선을 피하고 그들과의 갈등을 피할 수 있는 유일한 방법이 그것이기 때문이다. 테레즈가 타인의 시선을 의식한다는 것은 곧 타인과의 시선을 통한 갈등관계에 있다는 것을 의미한다. 그녀는 베르나르와 같이 타인의 시선, 즉 그 시선이 자신에게 가져다주는 평가와 판단 속에 안주하는 인물이 아니다. 그녀는 타인에 의해 결정되는 명예가 허상에 지나지 않음을 알고 있다. 테레즈가 남편의 모습, 그와 함께 하는 아르쥘르쥬에서의 삶을 받아들이지 못하는 이유도 바로 여기에 있다. 그녀가 결코 인정할 수 없는 베르나르의 모습은 바로 그가 '정신'이 부재한 상태에서 살고 있다는 것이다.[95] 단순히 물질적 풍요로움에 만족하며 타인이 내려주는 만족스러운 판단 기준 안에서 머문다는 것은 '정신', 곧 '의식'을 가지지 못한 사람의 삶과 다를 바가 없다. 타인의 시선 속에서 발견한 자기 자신의 모습 속에 안주한다는 것은 타자 앞에서 객체로서의 삶에 만족한다는 것을 의미한다. 그것은 타인, 즉 외부로부터 주어진 존재의 의미에 스스로를 내어 맡기는 것을 말한다. 그렇기 때문에 더 이상 내 존재의 의미를 내 안에서 찾는 일이 불가능해지며, 내 스스로가 내 삶의 주인이기를 멈추는 것이다.

테레즈와 같이 타인의 시선이 가져오는 판단 앞에서 수치심과 고통을 느끼는 주체는 결코 그 시선의 판단 속에 안주할 수 없으며, 그것에 저항한다. 타인의 존재를 '이해하고', '파악하는' 이성의 힘으로 타인을 '표상', 즉 '대상'으로 대하는 것에서 자기 존재의 의미를 구축하려고 하는 테레즈는 분명 객체화된 대상의 지위에 머무를 수 없는 의식 주체이다. 예를 들어 『테레즈 데케루』에서 우리는 가족들의 감시와 억압 속에 고립되어 아무런 존재의 의미도 가질 수 없게 된 테레즈에게서 오직 그녀의 시선만큼은 타인들에게 힘을 행사하는 모습을 볼 수 있다. 타인의 시선, 즉 고정된 명예와 안정을 가져다주는 시선 속에 안주하고자 하는 베르나르 역

---

95) V. Anglard, *op.cit.*, p.44.

시 자기 존재의 본질을 꿰뚫고 들어오는 테레즈의 시선은 피하고자 한다.96) 이처럼 자신에게 가해지는 끊임없는 타인들의 판단과 환원의 폭력 속에서도 자신이 가진 의식 주체로서의 능력과 시선의 힘을 잃지 않고자 노력하는 테레즈에게 있어서 타자와의 관계는 언제나 갈등으로 귀착된다. 타인의 시선이 가진 의미를 정확히 알고 있는 테레즈에게 있어서 타인은 자신을 대상으로 전락시키고 자신의 의식으로서의 자유를 파괴하고 부정하는 존재이다.

테레즈의 내면에 내재된 적대적인 시선은 딸의 일에 개입하는 과정을 통해 내면 깊숙이 숨겨져 있던 예전의 '괴물'과 같은 자신의 모습을 발견하게 됨에 따라 더욱 그녀를 괴롭힌다. '괴물'과 같은 모습이 고개를 들수록 이러한 모습을 억압하고자 하는 내재화된 시선의 힘 역시 강하게 작용하기 때문이다. 마침내 아르쥘르쥬로 돌아가기로 결심하는 순간에 이러한 시선의 억압적 영향력은 절정에 이른다.

> Plus jamais dans la rue en plein jour. Elle ne s'exposerait plus jamais à ces regards qu'elle sentait sur sa nuque.97)
> 결코 대낮에 길거리에는 나가지 않을 것이었다. 테레즈는 자신의 목덜미에서 느껴지는 이 시선들에 결코 스스로를 노출시키지 않을 것이었다.

> Plus jamais elle ne respirerait librement. D'abord, ne pas sortir. Ici, elle est surveillée.98)
> 그녀는 더 이상 자유롭게 숨 쉴 수 없을 것이다. 무엇보다도 밖으로 나가지 말아야 한다. 이곳에서 그녀는 감시당하고 있다.

예문을 통해 볼 수 있듯이 테레즈는 감시하는 시선에 대한 두려움으로 인해 거

---

96) F. Mauriac, 『테레즈 데케루』, *op.cit.*, p.176. "그는 눈을 피했다. 이 여인의 시선을 견뎌낼 수 없었기 때문이었다."

97) F. Mauriac, 『밤의 끝』, *op.cit.*, p.184.

98) *Ibid.*, p.188.

의 정신병적인 히스테리 상태에 사로잡히게 된다. 그녀는 더 이상 자유롭게 숨을 쉴 수도 없으며, 사람들의 눈에 잘 띄는 거리에 나설 수도 없다고 생각한다. 그녀의 목덜미는 항상 타인의 시선에 노출되어 있다. 어디를 가든지 그녀는 항상 감시당하고 있음을 느낀다. 우리는 특히 테레즈의 '목덜미nuque'에 집중되는 시선에 주목할 필요가 있다. 이 표현은 『밤의 끝』에서 몇 번에 걸쳐 사용되고 있는데, 곧 자신의 뒤에서 누군가가 자신을 감시하고 있다는 생각의 표현이다. 이처럼 뒤에서 감시하는 시선은 테레즈에게는 철저하게 감추어진 시선이다. 테레즈는 자신에게 눈길을 향하는 타자를 볼 수 없으며, 그가 누구인지조차 알 수 없다. 즉 그녀가 목덜미에서 느끼는 시선의 주체는 누구인지 알 수 없는 익명의 주체이며, 이 사실을 통해 우리는 테레즈가 구체적인 대상이 없는 익명의 시선의 위협에 두려움을 느끼고 있음을 확인할 수 있다. 앞서 레스토랑에서의 예를 통해 보았듯이 테레즈가 감시당한다고 느끼는 적대적인 증인들은 실제로는 그녀에게 아무런 관심도 없는 사람들이다. 하지만 실제 타자들의 의도와는 상관없이 테레즈는 그들에게서 계속하여 적대적인 시선을 느낀다. 자신은 알지도 못하는 사람들에게까지 적대의 대상이 되고 있다는 생각이 그녀를 사로잡고 있으며, 이러한 감정의 구체적인 형태가 바로 그녀의 뒤에서 느껴지는 시선인 것이다. 그녀가 목 뒤에서 느끼는 시선, 뒤에서 누군가로부터 감시당하고 있다는 그녀의 생각은 그녀의 내면에 내재된 시선의 결과이다. 결혼생활에서의 환멸과 남편에 대한 독살 기도, 그리고 극단적인 고립과 고독에 빠져 있던 그녀 자신이 내부에서 만들어 낸 감시의 시선인 것이다.

> Esquiver le regard du témoin n'est que l'une des eventualités, la plus impulsive, mais aussi assurée du succès. Ce n'est jamais pour longtemps que le témoin disparaît de l'horizon: vouloir à tout prix lui échapper. C'est provoquer le risque de son retour imprévu.[99]
>
> 증인의 시선을 피하는 것은 여러 가지 중의 하나의 가능성에 불과하다. 그것은 가장

---

99) J. Starobinski, *op.cit.*, p.143.

충동적이지만 성공이 보장된 가능성이다. 하지만 증인은 결코 오랫동안 모습을 숨기지 않는다. 어떻게 해서라도 증인의 시선으로부터 피하고자 하는 것은 예기치 못한 순간에 그 증인이 되돌아올 위험을 유발하는 것이기도 하다.

타자의 시선이 내재화된 주체들은 끊임없이 그 시선으로부터 스스로를 숨기고자 노력한다. 하지만 적대적인 증인의 시선을 피하는 것은 거의 불가능에 가깝다. 그 시선 자체가 감시당하는 주체의 내부에 자리잡은 것이기 때문이다. 일단 적대적인 시선이 내재화되면 주체는 결코 그것으로부터 벗어나지 못한다. 자신의 내부에서 자신을 사로잡고 있는 시선을 외부로 투영하고, 그것으로부터 피하고자 하는 노력은 궁극적인 해결책이 될 수 없다. 그러한 시선으로부터 피하고자 하는 노력은 반대로 그만큼 주체가 내부에 자리잡은 시선을 두려워하고 의식하고 있다는 반증이며, 나아가 그 시선으로부터 스스로를 숨기는 데 성공했다고 생각하는 순간에도 실제로는 내재된 시선이 그 주체를 사로잡고 있는 것이기 때문이다. 따라서 내재화된 시선으로부터 도피하고자 하는 시도는 언제나 실패로 끝날 수밖에 없다. 테레즈가 오랜 기간의 파리 생활에도 불구하고 도처에서 타인의 적대적인 시선을 느끼고 고통받는 것도 이러한 점에 기인한다. 테레즈는 아르쥴르쥬를 떠나기 전부터 이 시선에 고통받아 왔고, 그것으로부터 피하고자 노력해 왔다. 그녀가 파리에서의 생활을 시작한 것도 같은 노력의 결과라고 할 수 있다. 『테레즈 데케루』의 마지막 부분에 나오는 그녀와 베르나르 사이의 대화를 통해 우리는 그녀가 파리로 향하는 이유를 알 수 있다. 그녀는 매 순간마다 진정한 자신의 모습, 즉 자기 자신이기를 거부해야 하고 정해진 하나의 역할을 수행해야만 하는 생활로부터 도피하고자 하는 것이다.[100] 테레즈가 피하고자 하는 것, 정해진 공식과 같은 대화와 행동 속에 갇혀 사는 것은 곧 타인들로부터 강요받은 관습, 그것을 바라보는 타인의 시선 속에 갇히

---

100) F. Mauriac, 『테레즈 데케루』, op.cit., p.181. "나는 한 인물의 역할을 하는 일, 정해진 행동을 하고, 정해진 말을 하고, 매 순간 한 명의 테레즈이기를 거부하는 것을 원치 않아…… 나는 진실한 존재가 되기만 바랄 뿐이야."

는 것을 의미한다. 그 속에서 그녀가 수행해야만 하는 역할은 스스로의 모습과는 상관없이 타인이 정해 준 것에 불과하다. 이처럼 타인에 의해 결정되는 삶의 방향과 존재의 의미는 언제나 적대적인 시선을 매개로 한다. 특히 남편에 대한 독살 기도 이후 그녀에게 집중되었던 감시의 시선은 그녀의 존재 자체를 무화시키는 힘을 가지고 있는 것이었다. 결국 진실한 자기 자신이 되고자 하는 테레즈의 의지는 자신을 판단하고 규정짓는 타인들의 시선으로부터 피하기 위한 의지에 다름 아니다. 타인의 시선은 자기 자신과 관계할 수 있는 권리, 자기 자신일 수 있는 권리를 박탈하기 때문이다. 그러나 이와 같이 타인의 시선으로부터 스스로를 숨기고자 하는 테레즈의 노력은 성공하지 못한다. 아르쥴르쥬에서의 생활 속에서 이미 그 시선이 내재화되었기 때문이다. 더 이상 그녀는 자신을 괴롭히는 내부의 시선으로부터 피하지 못한다. 시선으로부터 피하고자 하는 노력은 오히려 그녀의 내부에서 시선의 자리를 더욱 강화하는 결과만을 낳기 때문이다.

지금까지 우리는 타자의 적대적인 시선이 내재화된 주체들의 상황을 베르나르와 테레즈의 예를 통해 살펴보았다. 비록 이 두 인물 사이에 놓여 있는 근본적인 차이에도 불구하고[101] 우리는 이들 모두가 자신에게로 향하는 익명의 시선에 사로잡혀 있다는 사실을 알 수 있다. 그렇다면 이처럼 내재화된 시선은 구체적으로 어떠한 형태로 표출되는가?

---

101) 사실상 이 두 인물 사이의 차이는 모리악이 궁극적으로 추구하는 구원과 타자와의 소통의 문제에 있어서 결정적인 것으로 드러난다. 타인의 시선에 스스로를 내어 맡기고 그 시선이 부여하는 허상의 가치에 순응하는 베르나르와 달리 테레즈는 그 시선을 통해 끊임없이 자신을 되돌아보는 모습을 보인다. 그러기에 테레즈에게 있어서 타인의 시선은 극심한 고통을 가져다주는 수단이 되는 것이다. 베르나르가 타인들이 부여하는 가치에 스스로를 맞추어 나가기 위해 노력하는 자기기만적인 모습을 보이는 인물이라면 테레즈는 그 시선의 본질적인 의미, 즉 자기의 자기됨을 무화시키는 적대적인 힘을 인식하고 있는 주체로 등장한다. 우리는 이들 사이의 차이가 어떠한 결과를 가져오는지에 대해 다음 장에서 자세히 살펴볼 것이다.

– 자기경멸과 증오

시선의 내재화는 개인의 내면에서 타인과의 비교 의식을 생겨나게 한다. 그리고 비교 의식은 우선 타인의 눈에 비치는 자신의 모습에 대한 두려움의 형태로 표출된다. 타인의 시선에 대한 두려움에 사로잡혀 있는 인물들은 무엇을 하든지 자신이 '죄인'으로 비칠 수 있는 것처럼 생각한다. 이처럼 타인과의 비교 의식을 통해 생겨난 열등감과 죄책감은 자기경멸로 이어진다.

자신에 대한 경멸감 속에 살아가는 인물들 중에서 우리는 『독사들의 매듭』의 루이를 생각할 수 있다. 그는 불우했던 과거의 기억을 토대로 강한 소유욕에 사로잡혀 있는 인물이다. 그는 지나칠 정도의 소유욕으로 인해 타인들과의 갈등을 불러일으키고, 자신 또한 끊임없이 불안감 속에서 고통받는다. 비천한 가문과 타인에게 불쾌감을 주는 용모는 어린 시절부터 루이의 내면에 깊은 상처로 자리잡는다. 이 상처는 루이의 일생 전체를 사로잡는 알 수 없는 정열로 나타나게 되며, 결코 충족되지 않는 루이의 욕망을 구성하게 된다. 그는 작품의 말미에서 자신이 일생 동안 하나의 정열, 결코 충족되지 않으며, 그렇기 때문에 자기 자신을 완전히 지배하지 못하는 정열의 포로로 살아왔음을 고백한다.[102]

Plus je sentais que je leur déplaisais et plus j'accentuais tout ce qui, en moi, leur faisait horreur. Ma jeunesse n'a été qu'un long suicide. Je me hâtais de déplaire exprès par crainte de déplaire naturellement.[103]

내가 그들에게 불쾌감을 준다고 느낄수록 더욱 나는 그들에게 혐오감을 줄 만한 점들을 강화시켜 나갔다. 내 젊은 시절은 하나의 긴 자살에 불과했다. 나는 내 모습이 자연스럽게 타인들을 불쾌하게 할 것을 두려워한 나머지 일부러 그들에게 불쾌감을 유발하려고 애썼다.

---

102) F. Mauriac, 『독사들의 매듭』, *op.cit.,* p.142.
103) *Ibid.,* p.28.

그의 이러한 정열을 태동시킨 것이 바로 위 예문에서 지적하고 있는 바와 같은 유년기의 음울한 기억들이다. 여기에서도 우리는 루이의 어린 시절의 기억이 철저하게 1인칭 시점으로 기록되고 있으며, 루이의 주관적 관점에 의지하고 있다는 사실에 주목할 필요가 있다. 예문을 자세히 살펴보면 그의 용모가 타인들에게 혐오감을 주었다는 사실, 다시 말해 타인을 대할 때마다 자신을 바라보는 타인들의 시선이 곱지 않았다는 사실은 전적으로 루이가 '느낀' 사실이다. 스스로가 그러한 감정을 느낄수록 그는 더욱더 타인들에 대한 증오심에 사로잡혀 일부러 그들에게 불쾌감을 주는 모습을 나타내곤 했다. 중요한 점은 이러한 악순환의 과정이 전적으로 루이의 내면에서 이루어진 사실이라는 점이다. 자의식이 강한 인물인 루이에게 있어서 자신의 비천한 신분과 추한 외모는 중요한 장애물로 작용했으며, 그럴수록 그는 자신에게로 향한 타인의 시선을 내면화하여 스스로 벗어날 수 없는 정열의 포로가 되어버린 것이다. 자신의 젊은 시절이 일종의 '기나긴 자살un long suicide'에 불과했었다는 루이의 고백은 이러한 사실을 뒷받침해 준다. 자살이란 곧 내면의 결정에 의한 것으로, 루이의 삶을 지배해 온 악순환의 고리가 철저하게 그의 내면 속에서 일어난 갈등의 결과였음을 보여준다.

루이의 경우에 있어서 시선의 내재화는 자신과 타인의 처지를 비교하는 태도에서 시작된 것이라 할 수 있다. 루이는 끊임없이 타인들과의 비교를 통해 자신의 내면에 자리잡은 경멸의 시선을 강화시켜 왔다. 그리고 이러한 비교 의식은 루이 자신의 시선을 스스로에게서 떼어내 '보는 나'와 '보이는 나'를 분리시키는 자아의 이중화를 가져온다. 이를 통해 자신의 시선은 항상 자기 자신에게로 거꾸로 돌아오게 된다. 이처럼 자신에게로 돌아오는 시선은 루이에게 수치심을 불러일으키고, 자기 존재의 정당성을 입증해야 할 필요를 느끼게 한다.[104] 그러나 자신의 정당성을

---

104) J. Starobinski, *op.cit.,* p.148. "바라보는 자들의 입장에 있을 때는 모든 것이 즐거울 뿐이다. 하지만 바라봄을 당하는 자의 입장에 서게 되자마자 그는 자기 존재를 정당화해야만 한다. 그리고 자기의 존재가 유죄인 것처럼 느껴진다. 수치심이 그를 마비시키는 것이다."

입증할 아무런 근거도 가지지 못한 루이는 이러한 타인의 시선을 자기의 내면 속에 가두어 두어야 하고, 그것을 통해 익명의 타인들, 즉 세상에 대한 복수심만을 키워 왔던 것이다. 그에게 있어서 외부는 적대적인 증인과 조롱의 시선으로 가득차 있는 위험한 곳이며, 그곳에서 루이는 자신을 방어할 만한 아무런 수단도 가지고 있지 못하다. 따라서 루이는 자신의 내면 속에서 서서히 자리잡아 가는 증오와 끝없는 욕망을 해결하지 못한 채 그것에 사로잡혀 고통받게 된다.[105] 내재화된 시선의 힘이 강해질수록 루이는 언제나 '보는 나'에 침투된 타인의 시선을 우회해서만 타인들과 자신의 모습을 바라볼 수 있게 된다. 즉 그는 자신도 모르는 사이에 타인의 시선을 내재화시켜 자기 스스로를 대상으로 규정하고 타인의 기준을 통해 세계를 바라보는 데 익숙해진 것이다. 그리고 그의 내부에 자리잡은 시선이 그 자신의 가치를 인정해 주는 것이 아니라 오로지 조롱과 적대감만을 표시하는 시선이기 때문에 그는 항상 동일한 적대감을 가지고 외부로 눈을 향할 수밖에 없다. 항상 타인의 시선을 의식해야만 하는 루이는 결코 외부의 타자를 있는 그대로의 모습으로 바라볼 수 없다. 그에게 있어서 타자는 자신에게 적대감을 표출하는 '적'일 뿐이다. 이러한 점은 자기 자신에 대해서도 마찬가지이다. 자신의 내면에서 왜곡된 타인의 시선을 통해 바라보는 자기의 모습 역시 왜곡될 수밖에 없기 때문이다. "스스로가 진정으로 원하는 것을 알지 못한 채 살아왔다."는 루이의 고백은 곧 자기 자신의 모습을 제대로 바라볼 수 없었다는 사실을 의미하며, 이는 루이의 내면에 내재화된 타인의 시선으로부터 기인하는 것이다.

루이의 경우와 같이 적대적인 시선이 내재화된 인물들은 항상 스스로에 대한 경멸감에 시달리게 된다. 그들은 항상 자신을 경멸의 눈으로 바라보는 타인의 시선을 통해 스스로를 비추어 본다. 앞의 예문에서도 우리는 타인에게 불쾌감을 주는 자신의 모습을 증오하는 루이를 볼 수 있다. "자연스럽게 타인으로부터 오는 조롱의 시

---

105) *Ibid.,* p.46. "외부가 적대적인 증인들이 즐비한 위험한 영역이라고 할 때, 욕망이 차지할 수 있는 유일한 '공간'은 자아의 내밀함이다."

선을 피하기 위해 일부러 불쾌감을 주는 모습을 표출했다."는 사실은 다시 한번 타인의 시선에 사로잡힌 루이의 내면, 자기경멸에 사로잡힌 내면을 들여다볼 수 있게 해 준다. 루이는 자신이 언제나 경멸 어린 시선을 받을 수밖에 없는 존재라고 생각한다. 정확히 말하면 루이는 스스로를 그런 식으로 규정하고 있는 것이다. 하지만 그는 그러한 사실에 견딜 수 없는 수치심과 고통을 느끼며, 그러한 상황을 회피하기 위해 오히려 일부러 타인에게 경멸감을 주는 행위를 자초한다. 그럼으로써 타인이 자신에게 보내올 경멸을 자신이 일부러 행한 행위의 탓으로 돌리고자 하는 것이다. 하지만 이러한 행위 역시 그의 근본적인 문제를 해결하지는 못한다. 반대로 그것은 그만큼 더 자기 자신에 대한 경멸감만을 강화시킬 뿐이다.

> ……un adolescent morne, sans fraîcheur. Je glaçais les gens, par mon seul aspect. Plus j'en prenais conscience, plus je me raidissais…… Il était inimaginable que je puisse m'agréger à aucune bande joyeuse: j'appartenais à la race de ceux dont la présence fait tout rater…… A tort ou à raison, j'en voulais à ma mère de ce que j'étais.[106]
>
> ……음울하고 생기 없는 청년이었던 나는 내 모습만으로도 사람들을 얼어붙게 만들었다. 그러한 사실을 인식하면 할수록 더욱 나는 강경한 태도를 취하곤 했다…… 즐거운 무리 속에 내가 자리잡는다는 것은 상상할 수 없는 일이었다. 나는 그 존재 자체로도 모든 것을 어긋나게 만드는 종류의 사람이었다…… 어찌되었건 나는 이러한 내 모습에 대해 어머니를 원망하기도 했다.

루이는 애초부터 스스로 사람들을 즐겁게 해 줄 수 없는 존재라고 규정짓고 있다. 그는 자신이 즐거운 무리에 속할 수 있다는 것 자체가 상상할 수 없는 일이라고 고백한다. 심지어 그는 자신을 그러한 모습으로 낳아준 어머니에 대한 원망까지도 이야기한다. 이처럼 루이는 타인의 시선 앞에서 느끼는 위축감, 자신이 쓸모없는 존재로 판단되는 것에 대한 강한 거부감을 통해 스스로에 대한 경멸심을 키워

---

106) F. Mauriac, 『독사들의 매듭』, *op.cit.,* pp.28 - 29.

나간다. 루이의 내면에 자리잡은 비교 의식과 타인의 시선은 익명의 대상에 대한 복수의 감정과 함께 스스로에 대한 증오심으로 표출되는 것이다.

『사랑의 사막』은 제목에서부터 암시하듯이 모리악의 작품 중에서도 '고독한 운명'을 가진 인물들의 모습을 그려내는 대표적인 작품이다. 이 작품 속에 등장하는 주요 인물들인 쿠레쥬 의사와 아들, 그리고 그의 부인, 쿠레쥬 부자로부터 동시에 사랑을 받는 존재인 마리아 크로스는 하나같이 고립된 섬과 같은 자신만의 세계에서 방황하는 인물들로 묘사된다. 그들은 각자의 진정한 모습을 발견하지 못하는 측면적 관계로 얽혀 있으며, 진정한 사랑을 찾고자 하는 이들 각자의 열망과는 달리 실제로는 타자와의 소통이 단절된 고독한 삶을 살아간다. 그러한 관계 속에서 각 인물들은 타자를 통해, 더 정확히 말하자면 타자를 이용해 고독한 삶으로부터 탈출하고자 노력하지만, 그 역시 실패로 끝나고 만다. 그것은 곧 타인을 환원시키고자 하는 욕망의 결과물로 그러한 자기중심적 태도를 통해서는 진정한 소통에 이를 수 없기 때문이다. 사실상 이 작품의 인물들은 앞서 살펴본 테레즈와 루이의 모습과 여러 면에서 공통점을 가지고 있다. 테레즈, 루이, 쿠레쥬 의사는 진정한 사랑을 향해 끊임없이 방황하는 '사랑받지 못하는 자les mal-aimés'의 유형에 속한다. 이들은 타자와의 소통 단절과 그로 인한 고립 속에서 고통을 받는 자들이며, 충족되지 못한 사랑에의 욕구를 저마다 다른 곳에서 얻고자 한다. 특히 루이와 쿠레쥬 의사는 부인과 가족들로부터 소외된 가장의 모습을 보여주고 있다. 작품 속에서 성실하고 사려 깊은 인물로 그려지는 쿠레쥬 의사는 언제나 자신과 가족들 사이에서 넘지 못할 장벽을 느낀다. 그는 이러한 장애물을 걷어내고, 가족들과의 진정한 소통에 이르기 위한 노력 자체를 포기한 채 스스로 고독 속에 빠져들곤 한다. 또한 그의 아들인 레몽 쿠레쥬는 앞서 살펴본 루이의 어린 시절과 유사성을 보인다. 무엇보다 타인의 시선이 내재화되어 경멸의 눈빛으로 스스로를 바라본다는 점에서 그러하다.

……ses ennemis, à leur insu, avaient été les plus forts: la défaite d'un adolescent vient de ce qu'il se laisse persuader de sa misère. A dix – sept ans, il arrive que le garçon le plus farouche accepte bénévolement l'image de soi – même que les autres lui imposent…… il ne discernait pas les lignes pures de sa face, mais était assuré de ne pouvoir rien exciter chez autrui que le dégoût. Il se faisait horreur et croyait qu'il n'atteindrait jamais à rendre au monde l'intimité qu'il y faisait maître. Et c'est pourquoi, plus fortement que le désir d'évasion, il éprouvait celui de se cacher, de dérober son visage, de ne point essuyer la haine des inconnus.[107]

……그의 적들이 자신들도 모르는 사이에 이긴 것이었으니, 한 청년의 패배는 어느 틈엔가 자신의 불행을 스스로 믿어버리는 데에서 온다. 열일곱 살의 나이로는 아무리 무뚝뚝한 성격을 가진 사람이라도, 남들이 덮어씌워 주는 자기 자신의 이미지를 무조건 받아들이는 법이다…… 그는 자기 얼굴의 맑고 깨끗한 면을 분간치 못하고 있는데다가 남에게 불쾌감만 일으킨다고 확신하고 있었다. 그는 스스로를 혐오스럽게 생각했으며 그로 인하여 생겨난 친밀감을 세상에 되돌려주는 것조차 불가능하다고 생각했다. 탈출도 불가능하다고 여긴 그는 오히려 몸을 숨기고, 자기의 얼굴을 남의 눈에 띄게 하지 않으려 했으며, 낯선 사람들로부터 미움을 받고 싶지 않은 욕구를 더욱 강하게 느꼈다.

위 예문은 외면적으로도 앞서 살펴보았던 루이의 고백과 동일한 내용을 이야기하고 있다. 유년기를 떠나 성년기에 들어서는 레몽은 사춘기에 찾아오는 알 수 없는 공포와 수치심에 사로잡혀 다른 사람들 앞에 나서거나 자기에게로 남의 시선을 끌어들이는 일 자체를 극도로 꺼린다. 그런 한편 그는 자신의 무질서하고 추한 모습을 오히려 남들에게 과시하고자 하는 욕망을 가지고 있다. 그는 타인의 시선으로부터의 도피와 타인에게 두려움을 가져다주는 존재에 대한 허상 속에서 청소년기를 보내고 있는 인물이다. 루이와 마찬가지로 레몽은 타인의 시선을 통해 자신이 타인에게 불쾌감만을 주는 존재라는 점만을 받아들인다. 이러한 시선에 사로잡힌 그는 스스로를 경멸하게 되며, 끊임없이 그러한 타인의 시선으로부터 벗어나고자

---

107) F. Mauriac, 『사랑의 사막』, *op.cit.,* p.40.

하는 강박에 시달린다. 위 예문은 특히 타인의 적대적인 시선이 한 주체의 내면 속에 자리잡게 되는 상황과 그 결과에 대해 매우 정확한 분석을 제공해 주고 있다. 우선 우리는 레몽이 자신에 대해 느끼는 감정이 자신과의 진실한 관계로부터 비롯된 것이 아니라 타인들이 부여한 이미지를 그대로 받아들임으로써 형성된 것임을 알 수 있다. 즉 타인의 적대적인 시선이 내재화된 것이다. 이 시선은 레몽으로 하여금 자신의 진정한 모습과 자신이 진정으로 바라는 것을 볼 수 없게끔 한다. 실제 레몽은 '잘생긴 용모'를 가진 청소년으로 그려지지만, 정작 그 자신은 그러한 자기의 모습을 알지 못하고 오직 적대적인 시선이 그에게 제공하는 이미지, 즉 타인에게 불쾌감을 불러일으키는 존재라는 이미지만을 바라볼 뿐이다. 그는 오직 자신의 '적'으로서의 타자만을 알 뿐이며, 그의 적들은 그의 내면 속에서 갈수록 강한 영향력을 행사한다. 이처럼 강한 적들과의 싸움에서 그의 패배는 정해져 있다. 이미 그 적들은 외부의 실제적인 대상이 아닌 그 자신이기 때문이다. 그의 속에 내재화된 적들은 끊임없이 그 자신으로 하여금 자신의 비참함 속에 빠져들게 만든다. 정확히 말하자면 "그 스스로가 비참한 존재로서 설득당하도록 자신을 유도하고 있는 것이다se laisser persuader de sa misère." 그리고 이러한 내재화된 시선의 힘이 강해질수록 알 수 없는 타자들로부터 도피하고자 하는 욕구désir d'évasion, 스스로를 숨기고자se cacher 하는 욕구가 그의 내면을 지배하게 되며, 타자들과 자신에 대한 증오심이 커지게 된다. 물론 이때 그가 상대하는 타자는 알지 못하는 사람들, 즉 익명의 타자l'inconnu인 것이다.

- 지배의 욕망

자신에 대한 경멸과 세계에 대한 증오 속에서 살아가는 인물들은 흔히 타인이 소유하고 있는 대상에 대한 과도한 욕망을 표출한다. 이것은 곧 타인의 것을 소유함으로써 경멸스러운 자신의 존재를 타인과 동일하거나 비슷한 존재로 격상시키고자 하는 욕망의 표현으로, 이로부터 타인을 지배하고자 하는 욕망이 생겨난다.

타인의 시선이 불러일으키는 수치심에 사로잡혀 있는 청소년인 레몽은 다른 한편으론 자신의 추한 모습을 과시하고자 하는 허영심을 가지고 있다.

> Il avait méprisé tout ce qui ne lui semblait pas objet de possession et, enfant goulu, il aurait pu dire: <Je n'aime que ce qui se dévore>······ Il aimait aussi se prouver à soi-même qu'il les dominait, les dirigeait; il avait la passion de l'influence et se flattait de démoraliser avec méthode.[108]
> 그는 소유의 대상이 되지 않을 듯싶은 것은 모두 경멸했었다. 마치 걸신들린 아이처럼 '마구 삼킬 수 있는 것만이 좋다.'고 생각했을지도 모른다······ 그는 속으로 친구들을 지배하고 휘두르고 있는 것이 자기임을 스스로 입증하는 것이 기뻤다. 남에게 영향을 주는 데만 정열을 가지고 있었으며, 친구를 계획적으로 타락시키는 것을 자랑으로 여기고 있었다.

우리는 레몽의 내면에서 일어나는 이러한 감정의 변화가 결코 다른 차원의 문제가 아님을 알 수 있다. 타인의 적대적인 시선이 내재화된 주체들은 자기 자신에 대한 적대감과 경멸감을 극복하기 위한 수단으로 그러한 감정을 외부로 투사하고자 한다. 이것은 곧 경멸의 대상이 될 수밖에 없는 자신의 존재를 타인들로부터 인정받고 싶어 하는 욕망의 발현으로, 인정을 받을 만한 별다른 수단이 없는 이들은 주로 강한 소유욕이나 타인에 대한 지배욕에 사로잡히게 된다. 레몽의 허세에 찬 과시욕 역시 이러한 차원에서 이해할 수 있다. 위 예문에서 우리는 레몽이 가진 이른바 '지배'하고자 하는 욕망의 구체적인 모습을 볼 수 있다. 그는 언제나 자신이 소유할 수 있는 대상에만 관심을 기울인다. 여기에서 '소유'라는 것은 곧 자신의 마음대로 움직일 수 있는 대상에 대해 자신이 가진 지배력을 행사하는 것을 의미한다. 그는 타인을 '지배하고dominer', 그들을 '움직일 수 있는diriger' 힘을 스스로 입증해 보이고자 노력하며, 그러한 내면의 활동 속에서 만족감을 얻는다. 이 부분

---

108) *Ibid.,* p.9.

88

에서 우리는 레몽의 이러한 지배욕이 궁극적으로 지향하는 방향은 외부의 대상이 아닌 레몽 자신을 향한 것이라는 점에 주목할 필요가 있다. 그는 누군가를 지배한 다는 사실을 그 누구도 아닌 바로 '자기 자신soi-même'에게 증명해 보이고자 한 다. 그가 타인들을 지배하고자 하는 것은 어떠한 외부의 필요에 의한 것이 아니라 자신의 내면의 요구에 부응하기 위한 것이다. 즉 내면에 자리잡은 적대적인 시선과 자기경멸감의 반작용으로서 이러한 지배욕이 생겨난 것이다.

> Si je ne te donne rien pour ta fête depuis des années, ce n'est pas que je l'oublie, c'est par vengeance…… Plus j'étais enclin à croire à mon importance, plus tu me donnais le sentiment de mon néant.[109]
> 수년 전부터 당신의 생일에 아무것도 주지 않았던 것은 내가 그것을 잊어서가 아니라 복수심에 의해서였소…… 내가 스스로의 중요성을 믿으려 하면 할수록 당신은 내 존재가 쓸모없다는 느낌만을 주어 왔소.

> Ma haine est née, peu à peu, à mesure que je me rendais mieux compte de ton indifférence à mon égard, et que rien n'existait à tes yeux hors ces petits êtres vagissants, hurleurs et avides.[110]
> 나에 대한 당신의 무관심을 알게 되어 감에 따라, 그리고 당신의 눈에는 저 울부짖고, 소리 지르며, 탐욕스러운 조그만 존재들밖에는 보이지 않는다는 사실을 알게 됨에 따라 내 증오심은 조금씩 커져 왔던 거요.

자신의 비천한 외적 조건에 대한 수치심과 그로 인해 타자의 적대적인 시선을 내재화한 루이는 지방의 명문가인 퐁도데쥬가의 아름다운 여인 이자와 결혼을 하면서 인생에서 가장 큰 기쁨을 맛본다. 이 결혼은 그동안 자기에 대한 경멸감을 품고 살아가던 루이의 폐쇄적인 자아를 변화시킬 수도 있는 사건으로 제시된다. 하지

---

109) F. Mauriac, 『독사들의 매듭』, *op.cit.,* p.21.
110) *Ibid.,* p.56.

만 루이의 이러한 기쁨은 그리 오래가지 못한다. 부인인 이자가 그와 결혼하기 전 이미 로돌프Rodolphe라는 매력적인 청년과 약혼을 했던 사이였음을 알게 된 것이다. 이자가 루이와 결혼하게 된 것은 오로지 그의 재산 때문이었다. 이러한 사실을 알게 된 루이는 자신과 타인들에 대해 공히 깊은 환멸감을 느끼게 되고 동시에 그의 내면에 자리잡고 있던 뿌리 깊은 자기경멸감과 타인에 대한 적대감은 더욱 강화된다. 스스로가 그 누구로부터도 사랑받을 수 없는 존재라는 사실을 더욱 확신하게 되는 것이다.[111] 이처럼 진정한 사랑 없이 루이와 결혼한 이자는 루이가 느끼는 소통에의 욕구와 사랑에의 목마름에는 무관심한 채 오로지 아이들과 가사 일에만 전념한다. 그녀와 루이 사이에는 '무관심indifférence'과 '침묵silence'만이 존재할 뿐이다. 자신을 해방시켜 줄 수 있을 것으로 믿었던 사랑과 행복에 대한 배반과 동시에 가족, 특히 부인의 철저한 무관심에 직면한 루이는 그들에 대한 증오와 복수의 감정을 키워 나가는 동시에 자신의 모든 관심을 오직 물질에 대한 소유로 향하게 된다. 위 예문에서 우리는 자기경멸감에서 타인에 대한 복수심으로 이행하는 루이의 모습을 볼 수 있다. 그는 스스로에 대한 적대적인 시선으로부터 벗어나기 위해 자기 자신이 중요한 존재라는 점을 끊임없이 인식하고자 하지만, 그럴수록 부인이 보여주는 무관심과 침묵은 그의 존재를 더욱 '무의 감정le sentiment de mon néant'으로 빠져들게 한다. 그리고 자신에 대한 부인의 무관심이 커질수록, 루이의 내면에 자리잡은 자기경멸감과 증오심도 더불어 증가하고, 이러한 상황은 악순환의 고리를 형성한다.

Un vieillard n'existe que par ce qu'il possède. Dès qu'il n'a plus rien, on le jette au rebut. Nous n'avons pas le choix entre la maison de retraite, l'asile, et la fortune······ j'ai peur de m'appauvrir. Il me semble que je n'accumulerai jamais

---

111) *Ibid.*, p.45. "모든 것이 거짓이었다고 나는 생각했소. 그녀는 내게 거짓말을 했다. 나는 해방된 것이 아니었다고 말이오. 한 소녀가 나를 사랑할 수 있을 거라고 어떻게 믿을 수 있었는지! 나는 누구의 사랑도 받지 못하는 사람이었소!"

assez d'or. Il vous attire, mais il me protège.[112)]

노인은 자신이 소유한 것으로만 존재하오. 그가 아무것도 가지지 않게 되면 사람들은 그를 쓰레기처럼 취급하곤 하오. 양로원과 보호소, 그리고 재산 사이에서 우리에게 선택의 여지란 없소…… 나는 가난해지는 것이 두렵소. 아무리 돈을 벌어도 만족할 수 없을 거요. 그 재산이 당신들을 매료시킬 것이지만, 동시에 그것은 나를 보호해 줄 것이오.

사랑에 대한 환멸감과 자기경멸감은 루이로 하여금 부인을 비롯한 가족들을 자신의 '적'으로 간주하게 만들고, 그들에 대한 복수와 자기방어의 수단을 찾도록 한다. 그에게 있어서 복수와 자기방어를 위한 수단은 곧 물질에 대한 소유의 형태로 나타난다. 어린 시절부터 타인의 적대적인 시선에 고통받아 온 루이는 자신의 증오와 내적 경멸감을 오직 재산을 모으는 일에 투사시켜 왔다. 물질에 대한 루이의 지나친 집착은 타인들에게 스스로의 존재 의미를 강화시킬 수 있는 유일한 수단이 그것이었기 때문에 생겨난 것이다. 게다가 가족과 부인으로부터도 버림받은 루이의 소유욕은 더욱 강화되어 맹목적인 성격을 띠게 된다. 물질의 소유는 자신의 존재 가치에 대한 확인일 뿐만 아니라 적대자들로 가득한 세계에서 스스로를 보호할 수 있는 유일한 수단이자 안식처로 여겨지는 것이다.

Mon goût de posséder, d'user, d'abuser, s'étend aux humains. Il m'aurait fallu des esclaves.[113)]

소유하고, 사용하며, 남용하는 내 취향은 사람들에게까지 확대되었소. 아마도 나는 노예들을 필요로 했는지도 모르오.

루이의 소유욕은 물질을 대상으로 하는 것에서 그치지 않는다. 그의 욕망은 인간을 소유하고 지배하고자 하는 상황으로 이어진다. 예문에서 우리는 노예를 필요로

---

112) *Ibid.,* p.41.
113) *Ibid.,* p.62.

한다는 루이의 고백을 볼 수 있다. 노예가 필요하다는 것은 소유할 누군가를 필요로 한다는 것이고, 이는 타인으로부터 '인정'을 받고자 하는 욕망에 다름 아니다. 우리의 시각에서 볼 때 루이의 이러한 욕망은 결국 그의 내면에 자리잡고 있는 자기경멸감과 증오로부터 기인한다고 할 수 있다. 애초부터 루이의 소유욕은 '소유'라는 행위를 통해 스스로의 존재를 확인하고, 인정받고자 하는 기대의 표출이었으며, 이제 루이는 스스로의 존재 가치를 확인함에 있어서 물질이라는 대상이 근본적인 한계를 가지고 있음을 알게 된 것이다.

『문둥병자에게 입맞춤』에서 장 펠루예르는 아버지의 서가에서 우연히 발견한 니체의 책을 읽고 깊은 내적 갈등에 빠진다. 통상적인 개념을 해체시키는 니체의 강한 어조는 그에게 큰 충격을 가져다준다.

> Qu'est‐ce qui est bon? – Tout ce qui exalte en l'homme le sentiment de puissance, la volonté de puissance, la puissance elle‐même. Qu'est‐ce qui est mauvais? – Tout ce qui a sa racine dans la faiblesse. Périssent les faibles et les ratés: et qu'on les aide encore à disparaître! Qu'est‐ce qui est plus nuisible que n'importe quel vice? – La pitié qu'éprouve l'action pour les déclassés et les faibles: le christianisme.[114]
> 선이란 무엇인가? 인간에게 힘의 감정을, 힘에의 의지를, 힘 그 자체를 북돋아 주는 일체의 것이다. 악이란 무엇인가? 약함에 근거를 둔 모든 것이다. 약자들과 낙오자들은 멸망하라. 우리는 그들이 사라지도록 도와야 할 것이다. 그 어떤 악덕보다 유해한 것은 무엇인가? 낙오한 자들과 약자들에게 베푸는 연민, 즉 기독교이다.

위 텍스트에서 니체는 '약함faiblesse'을 '힘의 감정sentiment de puissance' 혹은 '힘에의 의지volonté de puissance'와 대립되는 것으로 간주한다. 니체에 따르면 그것은 단순히 대립되는 것뿐만 아니라 세상에서 없어져야 할 가치들로 공격받아 마땅하

---

114) F. Mauriac, 『문둥병자에게 입맞춤Le Baiser au lépreux』, Grasset, 1922, p.33.(원문은 "니체의 유작 단편집Fragments posthumes de F. Nietzsche", 『철학 전집Œuvres philosophiques complètes』, t. ⅩⅢ, Gallimard, 1976, pp.364‐365.)

다. 니체가 주인과 노예, 혹은 귀족적인 것과 천한 것의 도덕을 이야기할 때, 장이라는 인물은 전자에 속할 수 있는 어떠한 특징도 가지고 있지 못하다. 장은 니체가 말하는 '초인'의 부류에 속하기는커녕 일반적이고 평범한 사람들로부터도 조롱의 대상이 되곤 하는 나약한 존재이다. 모든 면으로 볼 때 그는 영락없이 니체가 말하는 '노예'의 부류에 속해 있는 사람인 것이다.[115)

이와 같은 니체의 글은 장으로 하여금 자신의 내면에 자리잡은 타인의 시선을 다시 한번 환기시키고, 스스로에 대한 경멸의 감정을 더욱 부추기는 결과를 가져온다. 니체의 글을 접하고 난 후 그는 거울 속에서 자신의 모습을 바라보지만 스스로를 사랑할 만한 어떠한 면도 찾지 못한다. 거울 속의 얼굴은 조롱과 멸시의 대상일 뿐이다. 자신의 얼굴에서 그는 비난의 징후만을 볼 수 있을 뿐이다.

나아가 장은 가족들에 의해 정략적으로 계획된 노에미Noémi와의 결혼에 대해서 역시 막연한 두려움을 느낀다. 그에게 있어서 젊은 처녀, 그것도 그처럼 아름다운 처녀와 결혼한다는 것은 도저히 믿을 수 없는 환상처럼 여겨진다. 그는 자신의 추한 용모가 결혼 생활에도 장애가 될 것이라고 생각한다. 그는 자신의 용모가 상대방에게 혐오감을 가져다줄 것이라고 확신한다. 그의 내면에 내재화된 시선과 그로 인한 자기경멸감이 다시 한번 그를 사로잡는다. 실제 타인의 감정과 의지와는 무관하게 그 자신이 자기 존재에 대해 이와 같은 점을 설득하고 있는 것이다. 그에게 결혼의 날과 그날 밤은 영원히 현실로 다가오지 못할 것으로 여겨진다.[116)

자기경멸감에 시달리고 있는 장으로 하여금 결정적으로 노에미와의 결혼을 결심하게끔 한 것은 바로 앞서 인용한 니체의 글이다. 장은 니체의 글을 통해 노예의 신분으로부터 벗어나고자 하는 강한 욕구를 느낀다. 즉 니체의 글은 그의 내부에

---

115) *Ibid.*, p.36. "그는 니체가 비난하는 노예들에 속한 사람이었다…… 그의 존재 전체가 패배를 위해 만들어져 있는 것처럼 보였다."

116) *Ibid.*, p.57. "그는 머리를 흔들었다. 그녀가 그의 품에 안기게 될 9월의 그날 밤을 생각하지 않기 위해서였다. 그 밤은 결코 오지 않으리라. 전쟁이 터지거나 누군가가 죽을 것이다. 아니면 지진이라도 날 것이다……"

자리잡고 있는 자기경멸감을 자극함과 동시에 그러한 감정이 주인이 되고자 하는 욕망으로 발전하게끔 한 것이다.

N'était - ce pas enfin l'instant de s'échapper du troupeau des esclaves et d'agir en Maître? Cette minute unique lui était donnée pour rompre sa chaîne, devenir un homme…… Plus tard, songeant à cette seconde où se noua son destin, il s'avoua que dix pages de Nietzsche mal comprises le décidèrent.117)
말하자면 이것은 노예의 신분에서 벗어나 주인으로서 행세하는 순간이 아닐까? 이 결정적인 순간은 그의 쇠사슬을 끊어버리고 인간이기 위해 주어진 것이었다…… 나중에 그의 운명을 결정한 그 순간을 되새겨 본 그는 자신이 잘못 이해한 10여 페이지의 니체의 글이 그로 하여금 결심하도록 만들었다고 생각했다.

장은 니체가 비난하는 약자들, 노예들의 처지에서 벗어나 스스로를 주인으로 만들고자 한다. 그리고 노에미와의 결혼이 바로 그에게 이러한 기회를 제공할 수 있을 것으로 생각한다. 결혼은 노예가 아닌 주인으로 행세하는 순간이 되어 줄 것이다. 이 순간은 그를 경멸과 조롱의 시선 속에 사로잡고 있는 사슬을 끊어버리고 진정한 인간으로서의 삶을 시작하도록 하기 위해 주어진 순간이다. 그리고 그는 자신이 주인이라는 사실을 부르짖는다.118) 물론 '장'이 말하는 '주인'은 결과적으로 타인에 대한 맹목적인 환원의 시도로 귀착되지 않는다. 그는 니체가 말하는 주인의 개념을 타인을 위한 희생이라는 기독교적 개념으로 승화시켜 진정한 소통의 가능성을 보여주는 인물로 그려진다. 그는 루이의 경우에서와 같이 맹목적인 갈등으로 빠져들지 않는다. 하지만 적어도 이 부분에서만큼은 그 역시 유사한 욕망에 유혹당하고 있음을 볼 수 있다. 그것은 내재화된 적대적인 시선과 함께 자기에 대한 경멸감에 빠진 주체들이 가장 쉽게 빠져들 수 있는 유혹이기 때문이다. 작품의 곳곳에서 우리는 장이 이러한 소유의 욕구, 타자를 '적'으로 대하는 사고방식과 힘겹게

---

117) *Ibid.,* p.49.
118) *Ibid.,* p.50. "나는 주인이다, 주인, 주인이다!"

투쟁하는 모습을 볼 수 있다.

- 상상의 세계로의 도피

타인의 적대적인 시선을 내재화하여 자기경멸에 빠진 인물들의 또 다른 행동 양식으로 우리는 스스로를 외부 세계에 대하여 폐쇄적으로 만들어 외부와의 직접적인 접촉이 필요 없는 상상의 세계로 도피하는 모습을 볼 수 있다. 타인에게 자신의 손을 내밀지 못하는 이러한 인물들은 상상 속에서 자신의 욕망을 타인에게 투사하는 것으로 만족하며, 타자에게서 다름이 아닌 자기 자신의 욕망만을 바라본다. 일종의 나르시시즘이 그들을 지배하는 것이다.

『사랑의 사막』의 의사 쿠레쥬는 고장 사람들로부터 평판이 좋지 않은 마리아 크로스에 대한 정열로 고통받는다. 그는 마리아 크로스에게 자신의 사랑을 고백할 수 없다. 이 여인에게 있어서 자신은 의사라는 신성한 직업, 사회적으로 명망 있는 직업을 가진 사람이자 정신적 보호자로서 여겨진다는 사실을 잘 알고 있기 때문이다. 그녀로부터 받는 존경 때문에 그는 자신의 내적인 정열을 고백하지 못한다. 그리고 이러한 내적인 모순으로부터 그는 말할 수 없는 고통을 느낀다. 그는 자신의 내면을 사로잡고 있는 정열과 그것을 억압하는 현실 사이를 오가며 내적인 갈등에 시달린다.

Que c'est difficile d'introduire un mot plus tendre, une allusion amoureuse dans une canserie avec une femme déférente et qui impose à son médecin un caractère sacré, le revêt d'une paternité spirituelle![119]
의사라면 신성한 인간인 줄만 알고 마치 정신적 보호자와 같이 여기는 그런 겸허한 여인을 앞에 놓고, 좀 더 다정한 말을 건네며, 어렴풋이나마 사랑을 고백하자니 얼마나 어려운 일이었던가!

---

119) F. Mauriac, 『사랑의 사막』, *op.cit.,* p.52.

Le culte forcé que lui vouait cette femme désespérait son amour. Son désir était muré par cette admiration. Le malheureux se persuadait, lorsqu'il était loin de Maria Cross, qu'il n'existait point d'obstacles qu'un amour comme le sien ne pût traverser.[120)

이 여인이 억지로 달갑지도 않은 숭배를 하는 바람에 그의 사랑을 절망적인 것으로 만들고 있었다. 그의 욕망은 이러한 존경 때문에 터놓을 길이 없어졌다. 마리아 크로스와 멀리 떨어져 있을 때면, 이 불행한 사람은 자기의 사랑에 넘어서지 못할 장애란 있을 수 없다고 스스로 다짐해 보기도 했다.

쿠레쥬 의사는 자신의 내적 갈등을 타인의 눈에 드러나지 않도록 은폐하기 위해 노력한다. 심지어 가족들까지도 그의 내부에서 일어나는 이러한 갈등을 전혀 눈치채지 못한다. 가족들에게 그는 사회적 지위에 충실한 가장일 뿐이다. 이러한 가족들의 시선은 그로 하여금 자신의 정열을 드러내는 일로부터 더욱 멀어지게 한다. 의사로서의 사회적 신분과 가족들의 눈에 비친 고귀한 가장으로서의 이미지가 그를 지배한다. 쿠레쥬 의사 역시 타인의 시선에 사로잡혀 있는 것이다.

Il était encore dans l'escalier du client que déjà, comme un chien retrouve l'os enterré, il revenait à ses imaginations dont parfois il avait honte et où ce timide goûtait la joie de palier les êtres et les choses selon sa volonté toute–puissante.[121)

환자의 집 계단을 미처 다 내려서기도 전에 그는 마치 개가 땅 속에 묻어 둔 뼈다귀를 다시 찾아내듯이 상상의 세계로 돌아오는 것이었다. 때로는 그런 몽상이 수치스럽기도 했지만, 그래도 상상의 세계에서만큼은 이 소심한 사람도 사람들과 사물들을 전능해진 자신의 의지대로 다루어 보는 것을 즐거워했다.

쿠레쥬 의사와 같이 사회적으로 인정받는 위치에 있으면서도 자신의 내적 욕망에 대한 적대적인 감시의 시선을 내면에 간직하고 있는 인물들은 대부분 상상의

---

120) *Ibid.,* p.54.
121) *Ibid.,* p.86.

세계로 도피하곤 한다. 내적인 고통에 시달리는 쿠레쥬는 경우에 따라서는 마리아 크로스를 죽은 사람처럼 생각하기도 하며, 스스로의 욕망을 체념하기 위해 의사로서의 일에 몰두해 보기도 하지만 자신도 모르는 사이 마치 개가 땅 속에 묻어둔 뼈를 다시 찾아내는 것과 같이 상상의 세계로 돌아가곤 한다. 그는 이러한 상상에 대해 수치심을 느끼기도 하지만, 그보다는 상상 속에서 모든 존재들을 자신의 의지 하에 굴복시키는 기쁨을 맛보는 경우가 더욱 많다. 적어도 상상 속에서만큼은 타인의 시선을 의식하는 그의 소심함이 사라지고 그 자신이 모든 것을 지배할 수 있는 힘을 소유할 수 있기 때문이다. 이처럼 은밀한 욕망으로 가득한 상상에 잠겨서 그는 자신의 가정과 지위, 사회적인 위치 등에 신경 쓰지 않고 오직 자신의 정열에 몸을 내어 맡기고, 마침내 한 여자를 정복할 수 있는 남자가 된다. 그에게 있어서 상상은 타인들의 눈에 비치는 '성인'과 같은 이미지와 은밀한 욕망에 사로잡혀 있는 자아와의 갈등으로부터 그를 해방시켜 주는 일종의 도피처이다. 타인의 시선에 의해 억압된 욕망은 그에게 있어서도 역시 익명의 대상에 대한 지배욕으로 변화한다. 하지만 그의 경우에서 지배욕은 오직 '상상' 속에서만 활동하는 것이다.

쿠레쥬 의사와 같이 타자의 시선이 내면화되어 있으면서 사회적으로는 그 타인들에 의해 인정받는 자신의 모습 속에 안주함과 동시에 내면의 욕망을 은밀한 가운데 키워 나가는 인물들은 흔히 일종의 자기기만적인 수단에 의지하게 된다. 타인들로부터 인정받는 의사로서의 사회적 위치와 타인의 적대적인 시선의 감시하에 있는 은밀한 욕망을 동시에 만족시키기 위하여 그는 자신의 내면 속에 또 하나의 자리를 마련한다. 그에게 있어서 우선 자기의 외부 세계는 마리아 크로스에 대한 정열을 만족시키기에 부적절하다. 외부로부터 자신에게 가해지는 감시의 시선 속에 살고 있는 그에게 외부 세계는 적대적인 증인의 세계일 뿐이기 때문이다. 그의 은밀한 욕망이 외부로 새어 나갔을 때 그는 외부의 타인들로부터 인정받던 지위를 잃게 될 것이며, 그와 동시에 타인들이 부여해 준 존재의 가치로부터 멀어짐으로써 죄인 취급을 받게 될 것이다. 따라서 이러한 인물의 욕망이 숨 쉴 수 있는 곳은 오

직 그의 내면일 수밖에 없다.122)

Une vérité première de la psychologie affirme que le recours à l'imaginaire vise à compenser les échecs rencontrés dans la quête des possessions tangibles.123)
상상에 의지하는 것은 실제로 구체적인 소유를 추구하는 데에서 맞닥뜨린 실패를 보상하고자 하는 것이라는 점이 심리학의 첫 번째 진리이다.

타인의 비난을 피할 수 있을 뿐만 아니라 은밀한 욕망과 지배욕을 '누릴' 수 있는 장소 역시 그의 상상의 세계이다. 상상의 세계에 의지하는 것은 곧 실제 세계에서 맞본 실패를 보상하고자 하는 것을 의미한다. 쿠레쥬 의사의 모든 희망과 환상은 마리아 크로스와의 실제 대면에서 무참히 깨어져 버린다. 그의 정열은 현실에서는 언제나 무기력하다. 그녀와 멀리 떨어져 있을 때에는 스스로에 대한 자신감과 넘지 못할 장애란 있을 수 없다는 확신을 가지기도 하지만 막상 그녀 곁에 있게 되면 자신의 '회복할 수 없는 불행'을 절감하게 되는 것이다. 이처럼 현실 속에서 넘지 못할 장애에 부딪히는 것은 곧 마리아라는 타인이 자신을 바라보는 시선, 가족들의 시선, 더 나아가 마리아 크로스를 대하는 주위 사람들의 곱지 않은 시선 등이 복합적으로 만들어 낸 결과라고 할 수 있다. 이러한 장애 앞에서 그가 향하는 도피처는 곧 상상의 세계인 것이다.

Ce qu'il affirme à travers Maria, c'est un phénomène spirituel; l'état de celui qui voue une nostalgie infinie à ce qui, par sa nature même, ne saurait la satisfaire······ et d'une manière plus générale, c'est l'éternisation d'un désir qui, ayant perdu son objet véritable, erre à travers le monde sans pouvoir se fixer; car il n'est rien au monde qui soit capable de le fixer.124)

---

122) J. Starobinski, *op.cit.*, p.146.
123) *Ibid.*, p.160.
124) E. Kushner, *op.cit.*, pp.79 – 80.

그가 마리아를 통해서 주장하는 것은 하나의 영적인 현상이다. 즉 본성상 결코 만족시킬 수 없는 것에 대해 무한한 향수를 느끼는 사람의 상태인 것이다…… 일반적으로 말하면 진정한 대상을 잃어버린 채 어느 한곳에 머무르지 못하고 세계를 떠도는 욕망의 영속화라고 할 수 있다. 사실상 세계에서 그 욕망을 만족시킬 수 있는 것은 아무것도 없다.

『사랑의 사막』에서 마리아 크로스는 현실적이며 동시에 이상적인 존재로, 그녀의 마음속에는 쾌락과 그것에 대한 혐오가 함께 섞여 있다. 그녀는 만족시킬 수 없는 욕망에 사로잡혀 있는 인물이다. 즉 자신이 욕망하는 것의 본질을 알 수 없는 상태에서 끊임없이 대상에 대한 욕구와 혐오를 반복할 수밖에 없는 것이다. 작품 속에서 그녀의 이러한 이중적 성격은 특히 레몽 쿠레쥬와의 관계에서 잘 드러난다. 그녀는 레몽에게서 무엇보다도 청소년기의 천사 같은 얼굴, 즉 자신이 소유하고자 했던 영혼의 반영을 바라본다. 하지만 동시에 그녀는 이러한 순수한 영혼에 대한 정열로 인해 갈등한다. 레몽에게서 자신에게는 존재하지 않는 것, 즉 그녀의 욕망이 결코 도달할 수 없는 순결성을 바라본 그녀는 이러한 레몽을 통해 자신의 고독한 삶으로부터 탈출하고자 한다. 즉 그녀는 레몽이 가지고 있는 속성, 동시에 자신에게는 결핍되어 있는 속성을 욕망하며, 그러한 속성을 가진 그를 소유함으로써 자신의 존재 정립에 이르고자 하는 것이다. 하지만 그녀의 이러한 바람과는 반대로 레몽은 오히려 그녀에 대한 육체적인 욕망에 빠져 마치 야수와 같은 소년의 행동을 내보인다. 그러한 레몽에게서는 더 이상 순결한 영혼의 모습은 찾아볼 수 없으며, 오직 충족되지 않은 욕망으로 추해진 인간의 얼굴만을 볼 수 있을 뿐이다. 이처럼 애초에 자신이 가졌던 환상과는 너무나 다른 모습을 보이는 레몽을 마리아는 결국 외면하기에 이른다. 그러면서 그녀는 전적으로 소유하고 또 소유당할 수 있는 어떤 존재를 이야기한다. 그녀의 이러한 욕망은 이 세상에서는 만족시킬 수 없는, 인간적 사랑을 통해서는 결코 다다를 수 없는 욕망이다. 그러기에 그것은 진정한 대상을 찾지 못해 끝없이 방황하고 떠돌아다닐 수밖에 없는 욕망이다. 그것은 진정한 대상을 잃어버리고 방황하는 욕망의 영속화l'éternisation d'un désir인 것이다.

『사랑의 사막』의 중심인물들인 마리아 크로스와 쿠레쥬 부자는 한결같이 자신의 만족과 존재 정립을 위해 타인을 욕망의 대상으로 삼는다. 그들 사이에는 서로를 욕망하면서도 그 누구도 만족을 얻지 못하는 관계가 형성된다. 그들이 서로에게서 만족을 얻고자 하는 수단과 목적 자체가 각자의 위치에 따라 모두 다르기 때문이다. 의사 쿠레쥬는 세상의 시선 속에서 잃어버렸던 자신, 더 정확히 말해 타인들의 시선에 의해 내면 깊숙이 숨겨둘 수밖에 없었던 은밀한 정열을 마리아 크로스라는 여인을 대상으로 하여 다시 발견한다. 나아가 그는 이러한 정열을 육체적으로 만족시키면서 한 명의 타자를 자신의 완전한 노예로 만들고자 욕망한다. 하지만 이러한 그의 욕망은 내면에 내재화된 감시의 시선에 부딪혀 언제나 상상 속에서만 머물 뿐이다. 한편 그의 아들 쿠레쥬 역시 아버지와 동일한 대상인 마리아를 욕망하지만, 아버지와는 반대로 사납고 거친 소년의 욕망만을 내비칠 뿐이다. 그 역시 같은 여성을 제물로 삼아 진정한 성인으로서의 자신을 정립시키길 원하지만 이러한 시도는 그에 대해 정반대의 모습을 욕망했던 마리아의 의지에 부딪혀 거부된다. 마리아 크로스 역시 끝없이 현실과 이상 사이를 오가며 이 둘을 대상으로 삼아 욕망한다. 이들은 서로가 욕망하는 상대방을 자신의 목적과 상황에 맞추어 나름대로 재단하고, 판단하며, 스스로의 '노예'로 삼고자 하지만 서로 다른 욕망의 충돌만을 가져온다. 동일한 대상을 사이에 둔 아버지와 아들은 때로는 그 대상을 매개로 하여 전에 없던 동질감을 느끼기도 하지만 결국 경쟁 관계에 빠지고 만다. 또한 이 둘과 마리아 크로스의 관계 역시 결국에는 갈등으로 치닫게 된다. 그녀에 대한 정열을 상상 속에 감추어 두었던 아버지에 비해 구체적인 정열의 표현을 거절당한 아들 쿠레쥬는 증오심과 복수심만을 간직하게 된다.

앞에서 살펴본 바와 같이『문둥병자에게 입맞춤』의 장 펠루예르는 타인의 경멸 어린 시선에 끊임없이 고통받는 인물이다. 그는 언제나 자신을 바라보는 시선이 없는 곳, 즉 시선으로부터 안전히 피할 수 있는 장소를 찾고자 노력한다. 아무도 그를 바라보지 않는 곳이야말로 그에게 가장 소중한 장소이며, 그곳에서 그는 유일한 도피처이자 만족의 세계인 명상의 세계에 잠길 수 있다.[125] 장의 '명상'은 쿠레쥬 의사의 '상상'의 세계와 동일한 의미를 가지고 있다. 이미 타인들의 적대적인 시선이 내재화되어 있는 현실 속에서 그 시선을 피할 수 없게 된 장에게 주어진 유일한 자유의 세계는 그의 상상에만 존재할 수 있기 때문이다.

> Il voyageait par la pensée sur ce corps que jamais il n'avait contemplé qu'endormi. Dans le sommeil, au long des nuits de septembre et quand le clair de lune coulait sur le lit, le triste faune avait mieux appris à connaître ce corps que si amant heureux, il l'eut possédé dans un mutuel délire.[126]
> 그는 자고 있을 때 외에는 한 번도 제대로 보지 못한 이 육체 위를 마음속으로 여행했다. 취침 중 9월의 긴긴 밤에 달빛이 침대 위까지 흘러 들어올 때 서글픈 목신은 행복한 연인으로서 서로 간의 기쁨 속에서 소유했을 수도 있을 그 몸을 아는 방법을 배웠던 것이다.

이와 같은 장의 성격은 노에미와의 결혼 이후에도 지속된다. 위 예문에서 볼 수 있듯이 장은 자신의 추한 용모로 인해 노에미가 느낄 혐오감을 두려워하여 부부가 되었음에도 불구하고 그녀의 얼굴을 감히 정면으로 바라보지도 못한다. 그가 유일하게 아내를 바라볼 수 있는 시간은 그녀가 잠들었을 때이다. 실제로 사랑을 표현하는 어떠한 행위도 하지 못한 채 오직 그의 생각 속에서만 모든 것이 이루어진다. 상호 간에 사랑의 기쁨에 잠겨 그녀를 '소유하고' 싶지만 그것 역시 그의 머릿속에서만 가능한 바람일 뿐이다. 그의 사고 활동, 즉 상상력은 실제의 세계에서 벗어나 그의 내적인 욕망이 만들어 내는 아름다운 그림을 그에게 제공하고, 현실에서 결핍

---

125) F. Mauriac, 『문둥병자에게 입맞춤』, *op.cit.,* p.32. "그곳으로 가는 길은 그에게 무척 소중한 것이었다. 왜냐하면 그곳에는 어떤 시선도 숨어 있지 않으며, 마음껏 명상에 잠길 수 있기 때문이었다."

126) *Ibid.,* p.84.

된 행복을 보상해 준다. 어린 시절부터 스스로를 경멸하는 시선에 익숙해 있던 그에게 있어서 상상적인 것은 무엇보다도 그가 태어난 땅이며, 그의 근원적인 고장이자 그가 실제 사람들의 세계로 가기 위해 거쳐야만 하는 영역인 것이다.

모리악에게 있어서 이처럼 상상 속으로 자신의 욕망을 도피시켜 왜곡되고 편향된 타자의 모습만을 받아들이는 것은 종교적인 관점에서 '우상'의 문제와도 연결된다. 1939년 1월 18일에 있었던 강연에서 모리악은 인간 세계의 여러 우상들에 대해 언급한다. 앞서 살펴본 바와 같이 모리악이 생각하는 우상이란 우리의 욕망이 지향하는 대상, 그것도 우리의 모든 존재를 집중시키는 대상이라고 할 수 있다. 루이에게는 물질이, 펠리시테에게는 아들이 곧 우상인 것이다.

Ces dieux humains, trop humains, incarnaient nos passions. Quand l'Enfant de la crèche exigeait que nous luttions contre eux, c'était contre nous-mêmes qu'en réalité il nous obligeait de nons battre. Il attendait de nous que nous dominions notre propre cœur.[127]

이 인간적인 신들, 너무도 인간적인 이 신들은 우리의 정열들을 구현하는 것이었습니다. 아기 예수가 우리에게 그것들에 대항해 싸울 것을 요구했을 때 그것은 바로 우리 자신에 대해 싸울 것을 의미합니다. 실제로 우리는 우리 자신과 싸워 이겨야 합니다. 예수는 우리가 우리 자신의 마음을 지배하기를 바랐던 것입니다.

모리악은 인간적인 우상들이란 곧 우리의 정열을 구현하는 것이라고 정의 내리고 있다. 따라서 우상과 맞서 싸우는 일이란 단지 겉으로 드러나는 대상을 파괴하는 것만을 의미하지는 않는다. 그 대상 자체가 우리의 내적인 정열, 즉 욕망의 발현이기 때문이다. 우상과 싸우기 위해서, 우상에 맞서서 승리하기 위해서는 무엇보다도 그 우상에 스스로를 동일화시킨 우리 자신과의 싸움을 벌여야만 한다. 우리의 내면을 지배할 수 있을 때에서야 비로소 우상과의 싸움, 욕망의 대상과 그로 인한

---

127) F. Mauriac, 『잃어버린 말과 되찾은 말』, *op.cit.,* p.180.

갈등의 문제를 해결할 수 있다는 것이다.

이른바 자기중심적 주체들이 자신의 존재 정립을 위해서 추구하는 대상은 항상 기만적이다. 그들의 삶 자체가 무엇보다도 자기 자신을 벗어난, 자기 자신과의 만남을 이룰 수 없는 삶이기 때문이다. 대상의 소유만을 추구하는 삶은 참된 자기를 가질 수 없다. 이러한 인물들의 목적은 건강, 물질, 지위 등 자기 자신의 밖에 있는 것을 향해 있기 때문이다. 자기 외부의 것, 자기로서는 어떻게 할 수 없는 것을 추구하는 이러한 삶은 필연적으로 모순을 불러일으키게 되며, 진정한 충족을 얻지 못한 채 절망으로 끝나게 된다. 하지만 절망한 인간은 그것으로부터 벗어나기 위해 더 큰 쾌락을 구하게 된다. 그리고 이러한 삶이 반복될수록 그는 점점 더 깊은 절망과 권태 속에 빠져든다. 끊임없는 변화의 추구는 그것이 자기 자신과의 관계에서 비롯되지 못하고 외부의 대상만을 교체하는 것으로 그칠 때 인간의 자기상실과 절망을 가져온다.

이러한 삶에 있어서 때로는 공상이나 상상력이 매우 중요한 역할을 수행하기도 한다. 앞서 살펴본 『사랑의 사막』의 주인공들처럼 적대적인 시선의 내재화와 내적 갈등 속에서 상상 속으로 도피하는 인물들을 통해 이러한 사실을 확인할 수 있다. 이들은 끝없이 욕망의 대상만을 쫓아가는 삶에는 한계가 있으며 무한한 변화란 현실에서는 결코 실현될 수 없다는 사실을 알고 있다. 그리하여 그들은 공상이나 상상을 통해 현실에서 체험한 것, 혹은 체험하길 바라지만 현실적으로 불가능한 것을 이상화하여 그 안에서 안주하며 즐거움을 추구한다. 이러한 삶은 필연성과 현실적인 유한성의 제약을 상상이라고 하는 수단을 통해 잊어버리고 이른바 '가능성의 거울'에 비치는 반영을 무한히 추구하는 삶이다. 하지만 이때 이들의 상상 속에 그려진 상은 그 매력적인 모습에도 불구하고 이미 과거 속에 묻힌 것으로서, 혹은 실제적인 만족에 이를 수 없는 것으로서 정립된다. 이러한 점에서 과거의 추억이나 미래의 환영 속에서만 안주하고자 하는 인물들은 자기 자신과 관련한 현재를 가지지 못한 삶을 살아간다. 그들은 언제나 자기 자신에 대해서 부재하며 결코 현재를 가지지 못한다.

3. 가족의 법

　모리악의 작품 세계에서 자기중심적 주체들의 문제는 언제나 그들이 속한 집단과 관련되며, 점차 넓은 영역으로 확대된다. 모리악은 전통적인 프랑스의 지방 부르주아 사회와 그 안에 소속된 가장 기본적인 집단인 '가정'을 중심으로 집단의 차원에서 발생하는 갈등의 양상을 근원적인 면에서부터 탐색하고 있다. 그리하여 집단과 집단 사이의 대립, 집단과 개인 사이의 대립, 집단에 저항하는 개인에 대한 폭력과 그 폭력을 당하는 개인들의 고통과 존재 변화의 모습 등은 모리악이 남긴 거의 모든 작품에 나타나는 공통적인 주제로 자리잡는다.[128]

> Qu'il existe entre les crimes individuels et les crimes collectifs un lien étroit, je l'ai toujours cru－et le journaliste que je suis ne fait que déchiffrer au jour le jour, dans l'abomination quotidienne de l'histoire politique, la conséquence visible de l'histoire invisible qui se déroule au secret des cœurs.[129]
>
> 저는 개인적인 죄악과 집단적인 죄악 사이에 밀접한 관계가 있다고 항상 생각해 왔습니다. 그리고 저와 같은 저널리스트는 매일 매일 정치사의 가증스러운 일상 속에서 사람들의 가슴속에 비밀스럽게 자리잡고 있는 비가시적인 역사의 가시적인 결과를 해독할 뿐입니다.

　모리악은 1952년 스톡홀름에서 있었던 노벨 문학상 수여식에서 행한 연설을 통해 자신의 문학이 가진 본질적인 면을 밝히고 있다. 그것은 곧 인간 세계에서 일어나는 여러 형태의 '죄악'에 관련된 것으로, 개별적 주체들의 죄악과 집단적 측면의

---

128) N. Takenaka, 『프랑수아 모리악의 소설에 나타난 희생과 성도의 교제*Le Sacrifice et la communion des saints dans les romans de François Mauriac*』, Letters Modernes, Minard, 1996, p.5.

129) F. Mauriac, "작가의 그의 작품Un Auteur et son œuvre" in 『잃어버린 말과 되찾은 말』, *op.cit.,* p.160.

죄악을 포괄하는 것이다. 모리악은 이 두 차원의 문제를 결코 분리해서 생각하지 않았다. 그가 생각할 때 이 두 차원은 밀접한 관계로 연결되어 있으며, 서로 간에 직접적인 영향을 주고받는다. 개인의 '악'은 각 개인들 사이의 갈등으로 번져 나가는 가운데 자연스럽게 집단의 문제로 확대된다. 반대로 집단은 '전체성'이라는 이념적 무기로 그 집단에 속한 개인들로 하여금 집단이 저지르는 '악'의 실천에 참여하도록 만든다. 또한 이러한 개인과 집단의 문제는 단지 작가 모리악의 지배적인 관심사만이 아니었음을 우리는 위 예문을 통해 알 수 있다. 모리악은 자신의 저널리스트로서의 활동 역시 이 문제에 근거하고 있음을 밝히고 있다. 저널리스트 모리악이 관심을 두었던 '가증스러운 일상의 정치적 사건들'은 그의 작품 속에 나타나는 사건들과 무관하지 않다. 모리악은 항상 겉으로 드러나는 결과들 이면에는 그러한 결과를 불러일으킨 보이지 않는 원인이 존재한다는 확신을 가지고 있었으며, 인간의 내면 깊숙한 곳에 자리잡은 이러한 '독사들의 매듭', 즉 '악의 근원'들을 파헤침으로써 인간 사회의 보편적인 갈등에 대한 해결책을 찾고자 했던 것이다. 한 개인이나 작은 집단 속에서 일어나는 사건들을 통하여 보편의 문제를 다루는 것이야말로 모리악이 생각하는 소설가의 첫 번째 자질이기도 했다.[130]

– 닫힌 세계

전체주의적 힘에 대한 경계는 모리악의 작품 속에서 우선 가족이라는 이름으로 나타난다. 모리악이 작품의 배경으로 선택하는 공간과 그 공간이 암시하는 분위기에서부터 우리는 가족 집단의 전체성에 대한 그의 경계심을 느낄 수 있다. 모리악에게서는 인간 영혼의 내부 세계와 그를 둘러싼 외부의 세계가 매우 긴밀한 상관관계를 가지고 있다.[131] 특히 그의 작품의 외적인 배경은 종종 모리악 자신이 태어났고 유년

---

130) *Ibid.*, p.156.
131) N. Cormeau, *op.cit.*, p.288.

시절을 보냈던 지역을 중심으로 이루어져 있다.[132] 그의 고향인 보르도Bordeaux와 지롱드Gironde 지방, 인접해 있는 랑드Landes 지방, 광야, 소나무숲, 포도밭, 작열하는 여름의 태양 빛, 갑작스러운 폭우 등이 바로 모리악 문학의 외적 배경을 이루고 있는 주된 요소들이다. 모리악은 평생에 걸친 저작 활동 속에서 결코 자신이 자랐던 고향과 가족들에 대한 기억 등으로부터 분리될 수 없었으며, 그 자신 또한 그렇게 되기를 원하지도 않았다. 그는 언제나 고향의 풍경들, 그 지방 사람들의 삶의 방식들, 그가 자란 가정의 분위기 등에 대한 기억을 충실하게 간직하고 있었으며, 그러한 기억들을 고스란히 작품 속에 투영시켰다.[133]

> Il n'a qu'un seul décor géographique, le pays des landes et des vignes; et qu'un seul milieu social, la bourgeoisie provinciale.[134]
> 모리악은 오직 하나의 지리적 배경만을 사용했다. 곧 광야와 포도밭이 그것이다. 그리고 사회적 배경으로는 지방 부르주아 사회가 유일하다.

모리악은 작품의 배경으로 자신이 유년 시절을 보낸 지역, 즉 사람들의 관습과 생활 습관, 그들을 둘러싼 외부적 환경 등에 대해 누구보다 잘 알고 있는 공간을 주로 선택한다. 그는 자신에게 익숙한 지역 이외의 다른 곳을 배경으로 선택하려고 시도조차 하지 않았다. 물론 이러한 반복적인 배경의 선택에는 일상적 삶의 구체성 속에서 보편적 진리를 발견하고자 했던 그의 세계관과 그러한 구체적 삶의 모습을 그리기 위하여 무엇보다도 그 지역에서 보냈던 유년의 기억이 강렬하게 각인되어 있었다는 사실, 작가로서 자신의 실제 경험을 토대로 하여서만 매우 미세한 부분까

---

132) p.H. Simon, *op.cit.,* p.40.

133) *Ibid.,* p.122. "프랑수아 모리악은 결코 그가 자란 환경으로부터 벗어날 수 없었으며, 또 그러길 원하지도 않았다. 그의 가슴은 거의 강박적으로 자신이 자란 도시인 보르도와 가스코뉴 지방, 유년기의 풍경, 청소년기에 맺은 우정, 가족의 추억, 특히 어머니에 대한 추억에 충실히 머물러 있다."

134) *Ibid.,* p.46.

지 구체적으로 글을 쓸 수 있다는 확신을 들 수 있을 것이다.[135] 하지만 이보다 더욱 근본적인 이유를 들자면, 모리악에게 있어서 지방이야말로 그가 목표로 하는 인간과 세계의 본질, 다시 말해 전체성과 개별적 주체들 사이의 문제에 더욱 쉽게 접근할 수 있는 근거를 제공해 주었기 때문일 것이다.[136]

La famille: elle est un des personnages les plus constants, les plus puissants, les plus autoritaires de cette œuvre(œuvre de François Mauriac) et l'un des ressorts les plus efficaces du drame. La famille c'est‐à‐dire des parents, une maison, un passé, un nom et des biens. Entité collective éminemment réelle et tyranique, qui engendre, qui choie, qui en serre puis qui brime et martyrise l'individu, patiemment ou férocement dévoratrice de sa personnalité. Au vrai, dans cette tragédie mauriacienne, si essentiellement personnelle, qui toujours se creuse en profondeur dans les limites et le fond secret d'une créature isolée, la famille, parce que constituée d'éléments sociaux, représente l'ennemi le plus cruel de l'individu.[137]

가정은 모리악의 작품 속에 항상 등장하며, 가장 강력하고도 전제적인 등장인물들 중 하나이다. 또한 가정은 비극의 가장 효과적인 원동력이기도 하다. 가정이란 곧 부모, 집, 과거, 이름, 재산을 말한다. 매우 실제적이며 압제적인 이 집단적 실체, 개인을 만들어 내고 선택하고, 쥐어짜고, 박대하며, 희생시키는 이 집단은 끈기 있게 혹은 잔인하게 개인성을 집어삼킨다. 사실상 근본적으로 개인을 대상으로 하는 모리악의 비극, 항상 고립된 개인의 비밀스러운 내면과 한계 속으로 깊숙이 파고 들어가는 이 비극 속에서 사회적인 요소들로 구성된 가정은 개인의 가장 잔인한 적을 나타낸다.

---

135) F. Mauriac, 『소설가와 작중인물Le Romancier et ses personnages』, Corréa, pp.85‐86. "아주 낯선 지역에서 오랫동안 산다고 해도 별 소용이 없을 것이다. 어떤 드라마이건 내가 직접 체험했던 환경에 위치시키지 않고는 내 정신 속에서 생동감을 가질 수 없을 것이다."

136) F. Mauriac, 『지방La Province』, in 『소설과 희곡 전집 IIŒuvre romanesques et théâtrales complètes II』, Pléiade, 1979, p.726. "지방은 우리에게 사람들을 이해하는 법을 가르쳐 준다. 지방은 전형들을 제공해 준다. 지방은 또한 여러 풍경들을 우리에게 전해 준다. 파리는 지방이 드러내 보여주는 전형들을 파괴한다. 반면에 지방은 차이들을 만들어 낸다."

137) N. Cormeau, op.cit., p.141.

인간 세계의 전형을 보여주고, 인간 세계의 가장 깊숙한 곳에 숨겨진 갈등의 비밀을 밝혀내는 것을 일차적인 목적으로 한 모리악은 '지방'의 사회 중에서도 그 사회에 속한 하나의 '가정'이라는 최소 집단을 면밀히 분석한다. 사실상 모리악의 소설에 있어서 '가정'은 가장 핵심적인 요소라고 할 수 있다. 가정은 항구적이면서도 가장 전제적인 '힘'을 가진 집단으로 묘사된다. 물론 모리악의 작품 세계에서 가정은 보호와 보살핌의 근원인 '안식처'로서의 의미 또한 가지고 있다. 그러나 가정이 이러한 안식처의 모습으로 묘사되는 경우는 다른 경우에 비해 비교적 드문 것 역시 사실이다. 대부분의 가정은 매우 현실적이고 전체적인 집단적 실체로서 개인에게 무조건적인 복종을 강요하는 집단으로 그려진다. 가정은 끈기 있고 잔인한 방식으로 각 개인들의 개성을 소멸시킨다. 다시 말해 가정은 개인을 둘러싸고, 그 개인의 존재 가치와 삶의 범위를 제한함으로써 그의 존재를 흡수하는 '집단적 실체'이며, 모리악의 작품 세계에서 '개인'의 가장 잔인한 '적'으로 종종 그려진다.

모리악이 작품의 배경으로 제시하는 지역에서 볼 수 있는 일련의 사건들, 지역 사람들, 특히 부르주아 가정의 구성원들의 일상은 어느 작품에서나 같은 모습으로 제시되어 단조로운 일상과 관습의 틀을 실감하게 한다. 또한 모리악의 작품에서는 인물들의 내적인 세계와 그들을 둘러싸고 있는 외부 세계가 매우 밀접하게 연관되어 있다는 점을 상기할 때 배경이 직접적으로 보여주는 닫힌 세계의 모습과 인물들의 자기중심적이고 닫힌 내면의 모습, 그로부터 발생하는 갈등의 모습은 중요한 상관성을 갖게 된다. 예를 들어 보르도 지방의 황량한 광야나 모래밭은 소통불능의 세계 속에 버려진 '사막'과 같은 인물들의 내면의 상태를, 울창한 소나무 숲과 포도밭은 가족의 재산과 이익에만 집중하는 사회적 관습을, 숨 막히게 하는 여름의 태양 빛과 정적 속에 묻힌 밤의 묘사는 가족과 세계, 심지어 자기 자신으로부터 버림받은 인물들의 헤어날 수 없는 고독을, 갑작스럽게 밀려오는 폭풍우는 인물 내면의 갈등과 인물들 사이의 폭력의 세계를 암시한다. 『제니트릭스』의 초반부에 묘사되는 마틸드의 방, 철도가 지나가는 길가에 위치해 마틸드가 경험하는 죽음의 고통을 상징하는 방138)이나, '세상의 끝'으로 묘사되며, '그곳을 지나서는 한 걸음도 더 갈 수 없는 곳', '생 - 클레르 읍에서 단 하나의 길로 10킬로미터나 떨어져 있으며 교회나 군청, 묘지도 없고 다만 호밀 밭 주위에 몇 채의 소작농가가 흩어져 있을 뿐'[139]인 『테레즈 데케루』의 아르쥴르쥬 등은 그 대표적인 예를 보여준다.

한 작품 내에서 제시되는 공간의 이동 역시 단조롭기 그지없다. 모리악의 작품에서 나타나는 공간의 이동이래야 주된 배경을 이루는 보르도 인근 지역에서 욕망과 인위적 성격을 상징하는 파리로의 왕복 정도가 주로 제시된다. 예를 들어 『테레즈 데케루』에서 그려지는 테레즈와 베르나르의 삶의 동선은 아르쥴르쥬를 중심으로 10여 킬로미터를 넘지 않는다. 심지어 가장 가까이 있는 도시인 보르도에도 변호사나 저명한 의사를 찾는 등의 급한 용건이 없으면 가지 않는 것으로 묘사된다. 데케루가가 유산으로 물려받는 아르쥴르쥬의 땅은 그 자체로 그 가정 사람들의 삶의 조건을 이루고 있다. 사람들은 자신들에게 운명 지어진 그 공간 밖에서의 삶에 대해서는 상상조차 하지 못한다. 아르쥴르쥬는 모든 것이 관습에 의해 질서 지어지는 고립된 추방의 장소이다. 그곳은 새장과 같이 한번 발을 들여놓으면 나갈 수 없는 공간이다.[140]

『테레즈 데케루』의 배경을 이루는 아르쥴르쥬는 침묵이 지배하는 소통불능의 세계로 묘사된다. '침묵'은 테레즈의 내적 고통을 불러일으키는 주된 요소이며, 그녀가 소속되어 있는 세계가 철저하게 '닫힌 세계'임을 가르쳐 준다. 그곳은 생기를 불러올 수 있는 신선한 물 한 방울도, 바람 한 점도 없는 메마른 '사막'과 같다.[141]

Et c'était le silence: le silence d'Argelouge! Les gens qui ne connaissent pas cette lande perdue ne savent pas ce qu'est le silence: il cerne la maison, comme

138) F. Mauriac, 『제니트릭스』, *op.cit.,* pp.9 - 10.

139) F. Mauriac, 『테레즈 데케루』, *op.cit.,* p.31.

140) *Ibid.,* p.45.

141) *Ibid.,* p.128.

solidifié dans cette masse épaisse de forêt où rien ne vit, hors parfois une chouette ululante······ et parfois je me demandais si j'atteindrais enfin l'air libre avant l'asphyxie.[142]

그리고 침묵, 아르쥘르쥬의 침묵! 이 황량한 황야를 모르는 사람은 이 침묵이 어떤 것인지 알 수 없다. 이 침묵이 온통 집을 감싸고 있다. 가끔씩 울어대는 부엉이 이 외에는 아무것도 살고 있지 않은 듯 모두가 이 크고 두꺼운 숲 속에 엉겨붙어버린 것 같았다······ 때로 나는 질식하기 전에 언젠가 자유로운 공기 속에 숨 쉴 수 있게 될까 자문하곤 했다.

이러한 세계 속에서 테레즈는 '자유로운 공기l'air libre'를 맛볼 수 있기를 간절히 소망하지만 이러한 바람은 공허한 욕망에 지나지 않는다. 그녀를 둘러싸고 있는 모든 것은 그녀로부터 자유의 가능성을 빼앗아갈 뿐이다. 테레즈는 이곳에서의 삶을 통해 자신에게 돌아오는 것은 집단에의 순응과 복종일 뿐이며, 그녀의 내면에 자리잡고 있는 자기실현의 욕망은 애초부터 불가능하다는 사실을 느낀다. 사막과 같은 자연적 배경의 묘사 또한 베르나르와 그의 가족이 행사하는 집단적 억압을 상징한다.

사실상 이 작품에 나타나는 갈등의 뚜렷한 양상은 결혼을 통해 데케루 집안의 일원이 된 테레즈라는 한 여성이 느끼는 숨 막히는 억압과 부조리에서 비롯된다고 할 수 있다. 그것은 남편인 베르나르로 대표되는 가족이라는 조직, 나아가 그 지방의 사회적 인습에 대한 순응과 한 개인으로서의 자기 정체성의 탐색 및 자아실현을 통한 자유의 추구 사이의 부조화와 불균형을 의미한다. 이 작품에서 베르나르와 그의 가족은 테레즈를 둘러싸고, 그녀를 억압하는 세계를 구성하고 있다. 집단적인 실체로서 개인을 박해하고 개인의 개성을 파괴하는 개인의 '적'으로서의 모습, 부정적 의미의 '가정'의 모습을 보여주고 있는 것이다.

---

142) *Ibid.,* pp.97 - 98.

Peut-être cherchait-elle moins dans le mariage une domination, une possession, qu'un refuge. Ce qui l'y avait précipitée, n'était-ce pas une panique? Petite fille pratique, enfant ménagère, elle avait hâte d'avoir pris son rang, trouvé sa place définitive, elle voulait être rassurée contre elle ne savoir quel péril.[143]
어쩌면 그녀는 결혼에서 지배나 소유보다는 피난처를 찾았는지도 모른다. 그녀를 서둘러 결혼하게 만든 건 일종의 공포가 아니었을까? 실질적인 소녀, 가정적인 아이였던 그녀는 자기 집단의 일원이 되고, 결정적인 제자리를 찾기에 조급했었다. 그녀는 알지 못하는 그 어떤 위험으로부터 자신을 안심시키고 싶어 했다.

테레즈의 삶에 있어서 베르나르와의 결혼은 그녀의 삶 전체를 지배하는 결정적인 순간이 된다. 예문에서 볼 수 있듯이 사실상 그녀가 결혼을 통해 얻고자 했던 것은 바로 알 수 없는 '공포panique'로부터 피할 수 있는 '안식처refuge'였다. 그녀는 '가정'이라는 질서 속에 정착함으로써 항상 그녀를 괴롭히고 있던 막연한 고통과 혼란스러움으로부터 벗어날 수 있으리라 기대한다. 이러한 관점에서 그녀는 베르나르 역시 자신에게 필요한 '안정'을 제공해 줄 수 있는 사람으로 여긴다. 이에 덧붙여 어린 시절부터 자신의 유일한 대화 상대자나 다름없었던 안느와 한 가정에 속할 수 있다는 기쁨과 베르나르가 가진 2000여 헥타르의 땅에 대한 소유욕 등이 그녀로 하여금 결혼을 결심하게끔 하는 주된 요인으로 작용한다. 하지만 테레즈의 결혼에 있어서 무엇보다 중요한 동기가 된 것은 가정이라는 집단에 소속되어 그 집단을 피난처 삼아 그 안에서 보호받고, 안정된 자리를 찾고자 했던 그녀의 내적 욕망이라고 할 수 있다.[144] 또한 우리는 위 예문에서 테레즈의 결혼 생활이 결국 부조화의 갈등으로 귀결될 수밖에 없었던 중요한 원인을 찾아볼 수 있다. 그녀가 결혼을 일종의 '피난처'로 인식하게 된 데에는 그녀 스스로도 무엇이라고 정의 내리기 어려운 위험과 공포로부터 피하고자 하는 욕망이 주된 원인이 되었다. 여기에

---

143) *Ibid.,* p.42.

144) *Idem.*: "그녀는 가정이라는 집합체 속에 정착하여 자리를 잡았다. 그녀는 질서 속에 편입되었다. 결국 그녀는 구원을 받게 된 것이었다."

서 그녀가 느낀 '위험'의 구체적인 내용은 찾아볼 수 없지만, 우리는 그것과 대비를 이루고 있는 요소들을 통해 그 '위험'의 성격을 짐작해 볼 수 있다. 예문에서 '위험'은 결정적인 자신의 위치, 즉 고정된 위치를 찾아내고 일정한 질서 속에 편입되어 안심할 수 있는 상황과 대립을 이루는 요소로 그려지고 있다. 이러한 점을 고려할 때 우리는 테레즈가 느낀 '알 수 없는 위험'이란 곧 그녀의 내면에서 끊임없이 요동치는 '탈출'에의 욕구이자 테레즈라는 인물의 성격 자체를 이루고 있는 자기발견과 자기실현에의 욕구에 다름 아님을 알 수 있다. 스스로가 누구인지를 알지 못하는 상황에서 스스로를 찾기 위해 부단히 노력하는 것, 자아의 실현을 위해 알지 못하는 세계로 떠나고자 하는 내적 충동은 그 자체로 위험이자 두려움을 자아내는 요소이기에 충분하다. 하지만 이러한 내적 욕망은 테레즈의 본질적인 성격을 구성하고 있는 것으로, 이러한 위험을 피해 '안정' 속으로 피하고자 했던 그녀의 선택은 처음부터 어울릴 수 없는 것이었음을 알 수 있다.

> Le jour étouffant des noces…… ce fut ce jour‑là que Thérèse se sentit perdue. Elle était entrée somnambule dans la case, au fracas de la lourde porte refermée, soudain la misérable enfant se réveillait.[145]
> 그 숨이 막힐 것 같던 결혼식 날…… 테레즈는 바로 그날 자기 자신을 잃은 듯한 느낌을 받았다. 그녀는 몽유병자처럼 새장 안으로 들어갔고 무거운 문이 닫히는 요란한 소리에 갑자기 정신이 들었던 것이다.

테레즈가 가졌던 결혼을 통한 '안정'에의 환상은 이내 깨어진다. 결혼식이 행해진 순간부터 그녀는 '숨이 막히는' 억압적 분위기에 짓눌리게 되며, 바로 그 순간부터 그녀는 자기 자신을 잃어버리게 되었음을 깨닫는다. 테레즈는 결혼의 선택이야말로 스스로 '새장 안으로 들어간 것'이나 다름없는 선택이었음을 알게 되고, 새장 문이 닫히는 소리를 듣고서야 자신이 어떠한 상황에 처하게 되었는지를 알게

---

145) *Ibid.,* p.45.

된 것이다. 테레즈에게 있어서 한 가정의 일원, 특히 데케루가와 같이 관습에 복종하는 것을 가장 중요한 덕목으로 생각하는 전형적인 지방 부르주아 사회의 일원이 된다는 것은 곧 새장 속에 갇힌 새와 같이 자신의 정체성을 영원히 포기하고 숨막히는 닫힌 세계를 자신의 것으로 인정해야만 하는 고통인 것이다.

- 흡수와 배척

모리악의 작품 속에 나타나는 가족은 그 어느 개인이나 집단보다도 강력한 힘을 행사하는 공동체로 제시된다. 가정에 소속된 각각의 개인들은 가족의 이름, 명예를 위해 자신들의 모든 것을 포기해야만 한다. 가정의 이익을 지킨다는 명분은 그 어느 것보다 우위에 있어서 악덕까지도 미덕으로 변하게 할 정도이다.

> Effectivement, dans la société bourgeoise bordelaise ou landaise de la fin du siècle dernier et du début de notre siècle décrite par Mauriac, la famille, dans sa primauté, forme la spécificité du sacrifice au sens profane. Elle est revêtue d'une valeur absolue contre laquelle rien ni personne ne prévaut. L'art de vivre consiste à tout sacrifier au nom, à l'honneur et à l'intérêt de la famille.[146]

모리악이 그리고 있는 19세기 말과 20세기 초의 보르도나 랑드 지방의 부르주아 사회 속에서 가정은 그것이 가진 우월성 속에서 세속적 의미에 있어서 특별한 형태의 희생을 보여준다. 가정은 절대적인 가치를 덧입고 있어서 그 어떤 것이나 어느 누구도 그것에 대항해서는 더 우월한 가치를 가질 수 없다. 가정의 이름과 명예, 그리고 이익을 위해 모든 것을 희생하는 것이 삶의 방법을 구성한다.

가족의 재산이나 명예를 위한 구실만 있으면 모든 것이 허용되고 정당화된다. 이와 반대로 가정의 이름에 피해를 줄 수 있는 경우에는 그 어떤 진실이나 정의도 받아들여지지 않는다. 가족의 이름에 부정적인 영향을 끼칠 수 있는 모든 것은 억

---

146) N. Takenaka, *op.cit.,* p.10.

압되고 잊혀야 하는 것이다.[147] 이러한 가족의 이름에 자신의 모든 존재 가치를 내어 맡긴 구성원들 사이에는 가족의 이익을 사이에 둔 강한 연대감이 존재한다. 간혹 억압적인 가족의 힘에도 불구하고 이에 저항하고자 하는 인물들도 있지만, 그들의 시도는 언제나 실패로 끝날 뿐이다.[148]

『독사들의 매듭』의 루이 역시 집단에 저항하는 개인의 전형적인 모습을 보여준다. 그는 무엇보다도 '가족의 명예'라는 우상을 위해 희생하기를 거부하고,[149] 관습과 사회적인 의미만을 가지고 있는 부르주아 계층의 종교, 그 형식적인 의식rite을 거부한다.[150] 『독사들의 매듭』의 마리네트Marinette는 부모에 의해 강요된 결혼을 받아들이지만, 그녀의 늙은 남편이 사망한 이후부터는 더 이상 가족의 이익이 자신의 개인적인 의지를 지배하는 것을 받아들이지 않는다. 그녀는 전 남편으로부터 남겨진 유산을 포기하면서 새로운 결혼 생활을 시작하고, 이러한 그녀의 결정은 가족들의 이익에 반하는 결과를 가져온다. 결국 마리네트의 이러한 시도는 그리 오래 지속되지 못하고, 그녀는 죽음을 맞이하게 된다.

『프롱트낙 가의 신비Le Mystère Frontenac』의 그자비에Xavier는 언제나 가족을 위한 마음으로 가득한 인물이지만, 그 역시 자신의 인생에 결정적인 선택의 순간에 있어서 가족이라는 이름이 가진 권위에 저항한다. 형의 죽음으로 인해 보르도에 있는 가족에 대한 책임이 자신에게 맡겨지지만, 그는 앙굴렘에서의 공증인 수입과 특히 숨겨 놓은 연인의 곁을 떠나지 못하고 가족의 기대를 저버린다. 하지만 그 역시 시간이 흐른 뒤에는 끊임없이 지속될 양심의 가책을 느끼게 되며, 이러한 그의 가

---

147) *Ibid.*, p.13. "자신들의 추악한 면을 덮어 버리고, 감추는 데 의견을 같이하는 부르주아 가정들은 심지어 법 앞에서도 진실을 모른 척하고 만장일치적인 거짓에 암묵적인 동의를 한다." (이탤릭체 부분은 『테레즈 데케루』, p.44에서 재인용)

148) F. Mauriac, 『테레즈 데케루』, *op.cit.*, p.95. "이 음울한 공동의 운명에 복종해야만 한다. 간혹 저항하는 사람들도 있다. 그로 인해 비극이 일어나고, 가정들은 이 비극에 대해 침묵을 지킨다."

149) F. Mauriac, 『독사들의 매듭』, *op.cit.*, p.42.

150) *Ibid.*, p.36.

책은 '가족'에 의해 부과된 '정당한 형벌'로서 주어진다.

자기중심적 세계 속에 고립된 인물들, 자신들을 둘러싼 세계로부터 배척당하며, 그 세계의 법칙과 동떨어져 있는 많은 인물들에게는 주로 '이방인'이라는 칭호가 따라다닌다. 그들에게 붙은 이러한 칭호는 그 자체로 닫혀 있는 외부 세계 혹은 집단으로부터의 배척과 동시에 배척당한 인물들의 자기 자신 속으로의 침잠이라는 이중적 '닫힘'의 의미를 가지고 있다. 가정이라는 집단에 속해 있으면서도 동시에 이방인으로서의 특징을 가지고 있거나, 다른 가족 구성원들에 비해 특별한 '다름'을 가진 인물들이 주로 이러한 부류에 속한다. 모리악의 작품 속에서 가정의 이익을 근거로 배우자들 사이에 어떠한 개인적 감정이나 의지의 개입 없이 단지 가정에 의해 성립된 정략결혼이 자주 나타나고, 이러한 결혼과 함께 가정 속에 갈등이 시작되는 모습이 자주 그려지는 것도 이와 관련하여 생각할 수 있다. 테레즈와 노에미, 마틸드 등은 모두 '결혼'으로부터 고통을 겪게 된다. 결혼, 특히 지방 부르주아 사회에서의 결혼이란 다른 무엇보다도 '이방인 여성'의 희생을 의미하기 때문이다.

Il n'avait pas fallu deux mois pour que le fils bien-aimé revînt dormir dans son petit lit de collégien tout contre la chambre maternelle. Et l'intruse était presque toujours seule dans l'autre pavillon.[151]
이 사랑받는 아들이 어머니의 방에 붙어 있는 중학교 시절의 작은 침대에서 다시 잠을 자기 시작하는 데에는 두 달도 채 안 걸렸다. 그리고 침입자는 거의 항상 별채에서 혼자 지낼 따름이었다.

『제니트릭스』의 한 부분인 위 예문은 모리악의 작품에서 '다름'을 상징하는 '이방인'의 존재가 어떻게 그려지는지, 그리고 작품의 배경을 이루는 세계의 '닫힘'의 정도가 어느 정도인지를 짐작하게 해 준다. 작품은 카즈나브 집안으로 시집 온 마틸드가 남편과 시어머니의 일종의 집단적인 폭력을 견디지 못하고 생을 마감하게

---

151) F. Mauriac, 『제니트릭스』, *op.cit.,* p.20.

되는 것으로 시작한다. 예문에서 볼 수 있는 바와 같이 마틸드가 집안에 들어온 지 얼마 지나지 않아 페르낭은 자신이 어린 시절부터 사용해 온 어머니의 침실 곁에 있는 방으로 잠자리를 옮긴다. 모리악의 작품에서는 이방인에 대한 격리가 단순히 정신적인 차원에서 머물지 않고 실제적으로 이루어지는 모습이 자주 나타난다. 실제적인 공간에 있어서도 '분리'와 '닫힘'이 그 위력을 발휘하는 것이다. 테레즈와 루이를 비롯해 『속죄양L'Agneau』의 롤랑Roland, 『사랑의 사막』의 마리아 크로스, 『밤의 끝』에서의 테레즈, 『검은 천사들』의 그라데르 등은 모두 실제로 타자로부터 격리된 '공간'에 위치한다.

한편 위 예문에서 더욱 우리의 주목을 끄는 것은 바로 마틸드가 '침입자intruse'로 지칭되고 있다는 점이다. 이 사실은 그녀가 집단의 차원에서 볼 때 '타자'의 위치에 놓여 그 집단의 자기동일성 유지를 위한 배척의 대상이 되었다는 사실을 가르쳐 준다. '침입자'라는 말은 '외부로부터 들어온 자', 즉 원래 자기 집단에 소속된 구성원이 아니라는 점을 명백히 하고 있다. 나아가 '침입자'라는 표현은 집단이 가진 모든 갈등의 책임을 떠넘김을 의미한다. 이 순간 이방인은 단순히 '다른' 자가 아니라 집단으로부터 반드시 '격리'되어야 할 '죄인'으로 평가받게 되는 것이다. '침입자'로 규정되는 순간 마틸드는 카즈나브 집안의 모든 문제에 대한 원인 제공자가 된다. 순식간에 마틸드는 자신과는 무관하게 발생했던 어머니와 아들 사이의 갈등을 한 몸에 떠안게 되고 이 집단을 위기로 몰아넣은 모든 '죄'를 떠맡게 된 것이다.

테레즈 역시 결혼을 통해 '다른 사람들'의 집단 속에 일원이 되지만, 그녀가 가진 '다름'에 의하여 집단으로부터 배척당하는 인물이다. 그녀를 받아들이는 사회와 집단의 구성원들은 그녀가 '자신들과 닮지 않았다'는 사실, 그녀가 '다른 사람'이라는 사실을 강조한다. 그들에게 중요한 것은 오직 테레즈가 가진 '차이'이다. 한 집단의 '관습적 가치'에 의해 테레즈는 '주변적 인물'로 분류된다. 나아가 집단의 구성원들은 그녀가 가진 차이와 다름을 죄악시하기까지 이른다. 마틸드가 결혼과 함께 '침입자'가 되었듯이 테레즈 역시 그녀가 가지고 있는 '차이'만으로도 집단의 갈등을 한 몸에 짊어질 '죄인'으로 둔갑하는 것이다.

『독사들의 매듭』의 루이 역시 타인들과의 공통점보다는 '차이'로 특징지어질 수 있는 인물이다. 앞서 살펴보았듯이 그는 어린 시절부터 타인들과 어울리는 법을 배우지 못하고, 자신만의 고립된 세계 속에서 살아간다. 타인의 존재는 그에게 '적대적'인 시선의 힘으로만 다가오며, 이러한 힘에 맞서 그 역시 타인들과의 끊임없는 대립관계를 형성한다. 그는 외모에서부터 다른 사람들을 얼어붙게 만들 만큼 그들과 '다른' 모습을 가지고 있다. 타인들이 자신의 외모에 대해 적대적인 시선을 보낼수록 그의 외면적인 모습 역시 일반적인 모습과는 더욱 거리가 멀어진다. 그는 타인들의 마음에 들게끔 옷을 입거나 넥타이를 맬 줄도 모른다. 타인들의 무리 속에 스스로를 내던져 그 안에서 그들과 함께 웃고 즐기는 법을 그는 알지 못한다. 그에게는 한 집단에 속해 정상적인 일원으로서 타인들과 어울리는 것 자체가 '생각할 수도 없는 일'로 여겨진다. 무심코 던진 농담마저도 타인들로 하여금 그를 용서할 수 없게 만드는 상처를 주곤 한다. 자연히 그는 타인들로부터 동떨어진 '이방인'의 삶을 살아가게 되며, 마치 불구자와 같이 어느 무리에서건 침묵을 지킬 수밖에 없는 조롱의 대상으로 전락한다.[152] 이처럼 루이는 모든 면에서 타인들과 '다른' 특징들을 지니고 있는 인물이다. 즉 그는 어린 시절부터 '다름'을 특징으로 하는 주변적 인물로 배척의 대상이 되어 온 것이다. 루이의 이러한 특징은 자신의 가족들과의 관계에서도 마찬가지로 나타난다. 마틸드나 테레즈가 근본적으로 '외부'의 사람이었던 것과는 달리, 루이는 한 가정의 가장으로서 집단의 핵심적인 위치를 차지하고 있으면서도 집단에 의한 폭력의 대상이 되는 이유를 바로 이러한 점에서

---

152) F. Mauriac, 『독사들의 매듭』, *op.cit.*, p.20. "나는 오직 외모만으로도 사람들을 얼어붙게 만들었소. 이 사실을 인식하면 할수록 나의 태도는 더욱 경직되었지…… 나는 존재만으로도 모든 일을 그르치게 만드는 그런 종족이었던 거요…… 내가 농담이라도 하려고 하면 결코 용서받을 수 없는 타격을 다른 사람들에게 가하는 결과를 초래하곤 했소. 내 의도와는 상관없이 말이오. 나는 입을 다물고 있어야만 하는 우스운 놈, 불구자나 다름없었소…… 내 존재가 그들을 불쾌하게 만든다고 느낄수록, 나는 더욱더 내 안에 있는 두렵게 만드는 요소들을 강화시켜 나갔던 거요."

찾아볼 수 있다. 비록 그가 집단의 중심에 위치해 있다고 할지라도 그가 가진 '다른' 성격은 그가 자리하고 있는 '중심'조차도 '주변'으로 만들어 버리기에 충분하기 때문이다.

『테레즈 데케루』의 안느 드 라 트라브Anne de La Trave는 장 아제베도Jean Azévédo라는 청년에 대한 사랑으로 인해 이른바 '정략결혼'을 시키려는 부모의 뜻을 거역한다. 하지만 안느에게 있어서도 이러한 거역의 결과는 가혹한 형벌로 이어진다. 집안 식구들 전체로부터 감시를 당하게 되고, 가정이라는 커다란 감옥 속에 '감금된' 그녀는 결국 가족들의 의지와 부르주아 사회의 법에 복종하고 자신의 개인적인 자유를 포기하기에 이른다. 이렇듯 모리악의 작품 세계 속의 가정은 각각의 구성원들의 존재 가치를 결정짓는 실체로서 작용하며, 오직 집단의 명예와 규칙만이 강요되는 닫혀 있는 공간으로 나타난다. 『독사들의 매듭』의 루이의 고백에서 볼 수 있는 것처럼 이러한 가정이라는 집단 속에서 각 개인들은 숨 막힘에 고통스러워하면서도 그 집단의 테두리 밖으로 벗어나는 것 자체를 불가능하게 느끼며,[153] 동시에 서열화되고 잘 조직된 부르주아 가정의 '힘'은 개인들을 속박하는 일종의 '감옥'과 같은 역할을 하게 된다.[154]

L'esprit de famille l'inspire, le sauve de toute hésitation. Il sait toujours, en toute circonstance, ce qu'il convient de faire dans l'intérêt de la famille.[155]
가정의 정신이 그를 인도하여 모든 주저함으로부터 끌어낸다. 그는 어떤 상황 속에서도 가정의 이익을 위해 무엇을 해야 하는지를 아는 사람이다.

베르나르로 대표되는 데케루가는 '가족 정신'으로 결속된 닫힌 집단이다.[156] 특

---

153) *Ibid.*, p.21.

154) *Ibid.*, p.25. "……강력하고 수많은 사람들로 이루어진 부르주아 가정이라는 감옥, 위계화되어 있고, 잘 조직되어 있는 감옥이었소."『사랑의 사막』, op.cit., p.119. "벌써 그 chacha한 감옥이 모습을 드러내는 것이었다. 한 가정의 구성원들이 서로 뒤섞여 살면서도 동시에 서로 분리되어 있는 그 감옥이 말이다…… 아! 이 새장이란……"

155) F. Mauriac,『테레즈 데케루』, *op.cit.*, p.102.

히 이 집안의 가장인 베르나르는 가족의 명예와 이해관계에 의해 모든 행동과 사고가 결정되는 인물이다. 앞서 살펴본 바와 같이 관습과 타인의 시선에 자신의 모든 존재를 내어 맡기고, 그 안에 안주하는 성격을 가진 베르나르는 가족의 이익과 관련된 일에 있어서는 조금의 주저함도 보이지 않는다. 주저할 수밖에 없는 일이 생길 경우에도 그는 '가족들의 이야기와 판단'에 의지한다. 이처럼 가족의 법은 자신의 자아를 자기 외적인 것에 투사한 채 자기상실의 삶 속에 안주하고 있는 베르나르의 절대적인 기준이 된다.

> Moi, je m'efface: la famille compte seule. L'intérêt de la famille a toujours dicté toutes mes décisions. J'ai consenti, pour l'honneur de la famille, à tromper la justice de mon pays.[157]
> 나, 나는 사라지고 없어. 중요한 건 가정이야. 나는 항상 가정의 이익을 위해 모든 결정을 내릴 뿐이야. 나는 가정의 명예를 위해서 내 나라의 법을 속이는 일에도 동의했어.

베르나르의 가족들은 테레즈의 범죄 사실이 발각된 후 그녀를 구하기 위해 매우 신속한 노력을 기울인다. 하지만 이 노력 역시 테레즈라는 가족 구성원을 위한 것이 아니라 그들 가족의 '명예'를 지키기 위한 것에 불과하다. 실제로 그들은 '가정의 정의'라는 이름으로 매우 혹독하게 그녀를 단죄한다. 테레즈가 법정에서 돌아오기 이전에 이미 가족들은 모든 합의를 끝내고 그녀에게 내릴 형벌을 결정짓는다. 다만 그들에게 있어서 중요한 것은 테레즈에 대한 이러한 억압이 외부로 드러나서

---

156) 모리악이 처음 생각했던 이 작품의 제목은 『가정의 정신L'Esprit de la famille』이었다고 한다. 그는 이 작품의 첫 번째 원고 첫 페이지에서 이 제목을 언급한 뒤 이렇게 적고 있다. "'남편을 독살한 부인'의 일화는 프랑스 부르주아 가정에서 이름의 명예, 가족이라는 이름을 위해 끊임없이 바쳐지는 희생을 보여주기 위해 사용되었을 뿐이다. 모든 것을 덮어 버리고, 모든 것을 감추어 버리는 그 힘을 묘사하기 위해서 말이다." F. Mauriac, 『전집 Ⅱ』, *op.cit.,* p.929.

157) F. Mauriac, 『테레즈 데케루』, *op.cit.,* p.128.

는 안 된다는 것이다. 그것이 드러날 경우 그녀가 남편을 독살하려 했다는 사실을 외부에 인정하는 것과 마찬가지이며, 이것은 그들 가문에 커다란 '오점'을 남기게 될 것이기 때문이다. 위 예문에서 우리는 이처럼 가족의 불명예를 드러내지 않기 위해 노력하는 베르나르의 모습을 볼 수 있다. 테레즈에 대한 개인적인 감정과 상관없이 그는 오로지 가족을 위해 '자신을 지우는 일'에 중점을 둔다. 적어도 타인들 앞에서는 진실이나 자신의 감정과는 무관하게 '평범한' 부부의 모습을 보여야 한다는 것이다. 가족의 명예를 위해서라면 '법'이나 '진실'마저도 왜곡시킬 수 있다는 것이다.

가족을 위해 사실까지도 숨기고자 하는 데케루가의 모습은 『밤의 끝』에서도 다시 한번 확인된다. 테레즈는 느닷없이 자신을 찾아온 딸 마리와의 대화를 통해 딸이 어머니가 저질렀던 죄와 그에 대한 주위의 좋지 않은 평판에 대해 모르고 있다는 사실에 놀란다. 그녀의 시어머니와 남편은 딸에게까지도 이 사실에 대해서는 침묵으로 일관했던 것이다.

> Elle s'étonnait que sa belle-mère, son mari se fussent tus. Il fallait s'incliner devant cette charité imprévue. Oh! ce n'était pas pour Thérèse qu'ils avaient consenti au silence, mais pour l'honneur de la famille, pour ménager la sensibilité du Marie.[158]
>
> 시어머니와 남편이 잠자코 있었다는 사실에 테레즈는 놀랐다. 이 뜻하지 않은 자비 앞에 경의를 표해야 할 것이었다. 물론 두 사람이 침묵하기로 동의했던 것은 테레즈를 위해서가 아니었을 것이다. 그것은 가정의 명예를 위해서였고 마리의 예민한 감수성을 건드리지 않기 위해서였다.

그러나 위 예문에서 볼 수 있듯이 가족들의 이러한 침묵에는 테레즈에 대한 이해와 배려가 아닌 오직 가족의 명예를 지키기 위한 노력만이 있을 뿐이다. 관습의 질서

---

158) F. Mauriac, 『밤의 끝』, *op.cit.,* p.39.

를 무엇보다 중요시하는 집단은 구성원 개인들 사이에 이성적으로 설명하기 어려운 연대감을 만들어 낸다. 이러한 연대감은 한 가정에만 해당되지 않고 더 넓은 차원의 사회로 확대되어 가며, 그로부터 사회적 위계라든지 불평등을 불러일으킨다. 자연히 집단의 이익을 위한 커다란 메커니즘 속에서 개인의 정체성은 말살되고, 이해할 수 없는 집단의 규칙만이 모든 것을 지배한다.

베르나르를 대표로 한 데케루가는 테레즈에게 자기들 가정의 질서와 관습을 상기시키고 강요한다. 또한 가족의 구성원으로서 오직 가족의 '이익'만을 위해 자기를 포기할 것을 강요한다. 그들은 자신들이 속한 사회의 모든 여성들에게 공통적으로 강요되는 덕목, 즉 단순함, 남편과 자식에 대한 헌신, 가족의 이익을 위한 희생만을 테레즈에게 강요하는 것이다. 결혼식 날부터 자신의 '안정'에 대한 욕구가 잘못된 것이었음을 느꼈던 테레즈는 이러한 집단의 관습 앞에서 다시 한번 자신의 '정체성'에 대해 생각하게 된다. 이제 그녀는 자신이 데케루가의 자손을 남기기 위한 도구이며, 집안을 영속시키기 위한 수단에 불과하다는 사실을 깨닫게 된 것이다.

Les La Trave vénéraient en moi un vase sacré; le réceptacle de leur progéniture; aucun doute que, le cas échéant, ils m'eussent sacrifiée à cet embryon. Je perdais le sentiment de mon existence individuelle. Je n'étais que le sarment; aux yeux de la famille, le fruit attaché à mes entrailles comptait seul.[159]
라 트라브 부부는 내 몸속의 성스러운 그릇을 애지중지했다. 그들의 자손의 집합소였기 때문이다. 만일의 경우 그들이 태아를 위해 나를 희생하리라는 것은 의심할 여지가 없었다. 나는 개인적 실존의 감정을 잃어 가고 있었다. 나는 다만 덩굴에 지나지 않았다. 가족의 눈에는 그 덩굴에 매달려 있는 결실만이 중요했다.

가정이라는 이름에 대해 맹목적인 남편과 관습적인 가정의 질서 속에서의 삶은 테레즈에게 어떠한 의미도 제공해 주지 못한다. 물질적인 가치관과 인습이 모든 것

---

159) F. Mauriac, 『테레즈 데케루』, *op.cit.,* pp.104‒105.

을 지배하는 가정 속에서 테레즈는 점차 개인으로서의 존재 가치가 상실되는 것을 느낀다.[160] '가지에 달려 있는 결실le fruit attaché à mes entrailles'만을 중시하는 가족들에게 그녀는 단지 보잘것없는 '넝쿨le sarment'에 지나지 않는다. 이러한 사실을 인식한 테레즈는 자신이 가족들의 관점에서 무시되는 것처럼 자신 역시 모성을 부정하기에 이른다. 모성 역시도 자신의 자아를 말살하고 집단의 부속물로 전락하게 만드는 수단으로 이용되기 때문이다.

De même qu'ici toutes les voitures sont 'à la voie', c'est-à-dire assez larges pour que les roues correspondent exactement aux ornières des charrettes, toutes mes pensées, jusqu'à ce jour, avaient été 'à la voie' de mon père, de mes beaux-parents.[161]
이곳의 모든 마차들이 '길에 맞게' 되어 있듯이, 다시 말해 바퀴가 마차의 차철에 꼭 맞을 정도로 넓게 되어 있듯이, 그날까지의 내 모든 생각들은 내 아버지와 시부모의 '길에 맞게' 되어 있었다.

안느의 연인이었던 장 아제베도와의 만남을 통해 내적인 각성과 자기확립의 욕구를 되찾은 테레즈는 자신의 모든 사고가 타인들에 의해 주어진 '길'에 맞추어져 있었음을 깨닫는다. 그녀는 자신의 존재가 말살되도록 내버려둔 채 가정의 요구에 맹목적으로 복종해 왔던, 또한 앞으로도 그럴 수밖에 없는 자신의 삶에 대한 깊은 회의에 빠져든다. 특히 자신에게 새로운 삶에 대한 동경을 일깨워 주었던 아제베도가 떠나고, 딸 마리를 해산하고 난 뒤 그녀의 내적인 갈등과 고통은 견딜 수 없는 수준에 달한다. 이러한 내적 갈등은 닫힌 세계 속에 안주하면서 자신의 자유를 가로막는 장애물과 같은 남편과 가족들에 대한 증오심으로 심화된다. 절망적인 내적 갈등의 상태에서 테레즈는 탈주의 돌파구를 찾게 되는데, 그것이 바로 베르나르에

---

160) A. Séailles, *op.cit.,* p.208. "테레즈 데케루의 비극은 이러한 개성의 말살과 억압을 받아들이지 못하는 데에서 비롯된 것이다."

161) F. Mauriac, 『테레즈 데케루』, *op.cit.,* p.89.

대한 독살 시도이다. 그녀의 범죄 행위 역시 내면에 자리잡은 탈출과 자유에 대한 갈망의 표현이자, 그러한 자유를 가로막는 현실과 집단에 대한 투쟁의 의미를 가지고 있는 것이다.

모리악의 작품 속에서 가정은 이처럼 절대적인 힘을 가지고 각 구성원들의 운명까지도 결정짓는다. 구성원의 운명을 결정짓는 가족의 우월성은 모리악의 작품 세계에서 자주 만나게 되는 '정략결혼mariage de raison'의 모습에서도 명백히 드러난다. 정략결혼이란 두 개인 사이의 결합이 아닌, 이익관계로 맺어진 두 가족의 결합을 의미한다. 『테레즈 데케루』에서 나타나는 안느의 결혼, 『독사들의 매듭』의 마리네트, 『검은 천사들』의 카트린느Catherine와 앙드레Andrès의 결혼, 『문둥병자에게 입맞춤』의 장과 노에미의 결혼 등은 한결같이 경제적인 이해관계에 근거하여 가족들에 의해 결정된 결혼을 보여준다. 이러한 결혼에서 개인들의 의지와 정체성은 철저하게 억압되고 소멸된다.

『문둥병자에게 입맞춤』에서 모리악은 타자를 향한 숭고한 희생이라는 중심 주제 외에도 당시 프랑스의 지방 부르주아 사회에서 빈번하게 일어나던 타산적인 정략결혼의 관행을 비판하고 있다. 외형상으로도 극단적인 부조화를 이루는 장과 노에미의 결혼은 두 가정 사이의 물질적 이해관계를 통해 이루어진다. 장의 아버지인 제롬Jérôme은 아들과 노에미 사이의 결혼 생활이 행복하리라고 생각하지는 않지만, 끊임없이 가정의 재산을 탐내는 카즈나브로부터 가족의 이익을 지키기 위한 방법으로 아들의 결혼을 계획한다.162) 이와 동시에 노에미의 부모 역시 딸을 장에게 결혼시킴으로써 장차 그의 앞으로 돌아오게 될 재산으로 경제적인 위기에 처한 가정을 구할 수 있으리라는 생각에서 딸의 결혼에 동의한다.163)

---

162) F. Mauriac, *Le Baiser au lépreux, op.cit.,* p.48. "……펠루예르 가문이 이어지게 해야 한다. 이 가문이 고모 펠리시테나 사촌 페르낭 카즈나브에게 넘어가게 해서는 안 된다…… 그는 한 번도 사랑받아 보지 못한 아들이 이 행복을 누릴 수 있을 거라고는 생각하지 않는다…… 나는 제가 성공적인 결혼을 하고 카즈나브 집안으로부터 안전한 모습을 봐야만 평화롭게 죽을 수 있을 것이다……"

Satire du mariage d'intérêt d'abord: la société bourgeoise ne marie pas deux personnes, Jean et Noémi, mais deux familles, deux positions sociales. L'énorme fortune de Jean Péloueyre compense les disgrâces physiques dont il est accablé et qui font horreur à Noémi.164)

무엇보다도 정략결혼에 대한 풍자를 볼 수 있다. 부르주아 사회는 장과 노에미라는 두 개인을 결혼시키는 것이 아니라 두 가정, 두 가지의 사회적 지위를 결혼시키는 것이다. 장 펠루예르는 육체적인 결점 때문에 스스로 억압되어 왔고, 노에미에게도 혐오감을 주었지만 그가 가진 막대한 재산은 그러한 결점을 보상하기에 충분했다.

결혼의 모든 과정은 당사자들인 두 젊은이의 의지와는 전혀 무관하게 이루어진다. 양가의 부모들은 가정의 이익을 내세워 자녀들이 가지고 있는 두려움과 망설임을 억압한다. 이에 덧붙여 그들의 결혼을 주선한 신부도 물질적 이해관계의 차원을 벗어나지 못하는 모습을 보여준다. 그 역시 장과 노에미라는 두 젊은 영혼의 결합보다는 펠루예르가의 재산이 카즈나브가로 넘어가는 것을 방지하는 데에만 중점을 두고 있다.

Jean sourit, grimace; le coin de sa lèvre frémit et il dit: <Je lui ferai horreur.> Le père ne songe pas protester······ Mais complaisamment il rappelle les vertus de Noémi: que M. le curé a choisie entre toutes et qui édifie la paroisse. Elle appartient à cette race qui ne cherche dans le mariage aucune joie charnelle; femme de devoir, soumise à Dieu et à son époux.165)

장은 얼굴을 찡그리며 웃었다. 한쪽 입술을 부르르 떨며 그는 말했다. "저는 그녀에게 혐오감을 줄 겁니다." 아버지는 대꾸할 생각을 하지 않았다······ 하지만 그는 호의롭게 노에미의 미덕을 늘어놓았다. 신부님이 많은 처녀들 중에서 골랐고 교구에

---

163) *Ibid.,* p.56. "삶의 여러 곡절을 겪고 재산을 탕진한 그녀의 아버지는 막대한 돈이 굴러 들어온다는 이 명백한 사실이 재앙을 막아 줄 것이라는 점에 대해 조금도 의심하지 않았다."

164) A. Séailles, *op.cit.,* p.28.

165) F. Mauriac, 『문둥병자에게 입맞춤』, *op.cit.,* p.48.

모범이 되는 여자라는 것이다. 그녀는 결혼 생활에서 어떤 육체적인 쾌락도 찾지 않을 여자이다. 하나님과 남편에게만 순종하는 의무에 충실한 여자이다.

반면 결혼의 당사자들은 이와 같이 정략적으로 이루어지는 결혼에 대해 막연한 거부감과 두려움을 느낀다. 애초부터 가족의 이익이라는 원칙 앞에 자신들의 개인적인 감정은 받아들여질 여지가 없기 때문이다. 장에게는 흉한 외모로 인해 타인들의 경멸 어린 시선의 대상이 되어 온 자신의 품안에 젊은 처녀, 그것도 아름다운 얼굴을 가진 여인이 들어온다는 사실이 일종의 '환상'처럼 느껴진다. 항상 타인들의 적대적인 시선을 내면에 간직하고 있던 장은 자신이 노에미에게 '혐오감을 주게 될 것'을 두려워한다. 아버지인 제롬 역시 아들이 노에미의 남편으로서 어울리지 않는다는 사실만큼은 인정한다. 하지만 제롬은 신부의 말, 즉 노에미가 갖춘 미덕에 대한 말을 상기시키며 아들의 마음을 설득한다. 그녀는 결혼 생활에서 어떠한 육체적 쾌락도 추구하지 않으며, 가정과 남편 그리고 신에 대해 전적으로 복종하는 전형적인 어머니의 모습, 이른바 여성으로서의 의무에 충실한 여자라는 것이다. 이러한 제롬의 말에는 결혼을 앞둔 아들에 대한 진지한 배려가 담겨 있지 않음은 명백하다. 아울러 그는 노에미에 대해서도 전형적인 사회의 원칙, 특히 여성에 대해 억압적인 가족의 법을 적용시키고 있을 뿐이다.

Elle regarde son destin, le sachant inéluctable: on ne refuse pas le fils Péloueyre. Les parents de Noémi, s'ils vivent dans l'angoisse que le jeune homme se dérobe, n'imaginent même pas qu'aucune objection viennent de leur fille; elle n'y songe pas non plus.[166]
그녀는 자기의 운명을 바라보며 그것이 피할 수 없는 일이라는 것을 알고 있다. 펠루예르의 아들을 거절할 수는 없다. 노에미의 부모는 청년이 거절할지도 모른다고 불안해할망정 딸 쪽에서 불만을 가질 거라고는 꿈에도 생각지 않는다. 딸 역시 그렇게 생각하지는 않는다.

---

166) *Ibid.,* p.53.

노에미의 부모 역시 딸의 결혼에 있어서 딸이 느끼는 감정에 대해서는 고려하지 않는다. 그들은 혹시라도 장이 결혼에 동의하지 않을 것을 걱정하면서도, 정작 자신들의 딸에 대해서는 어떠한 관심도 기울이지 않는다. 그들은 가족의 이익만을 앞세워 딸의 결혼을 강요한다. 이에 덧붙여 신부가 그녀를 위해 결혼을 선택해 주었다는 점을 들어서 그녀를 타이른다. 의무와 신앙심에 충실한 노에미는 자신에게 주어지는 이러한 가족의 원칙을 '피할 수 없는 운명'으로 받아들이기에 이른다.[167]

- 허무의 왕국

동일성에 기반을 둔 집단의 구성원들은 대부분 칭호에 지나칠 정도로 집착한다. 그것이 바로 그들의 동일성을 근거 짓는 요소라고 생각하기 때문이다. 이러한 점에서 모리악의 작품 속에 나타나는 집단, 부르주아 사회의 가정들, 혹은 귀족 칭호를 간직하고 있는 가정들은 대부분의 경우 프루스트의 『잃어버린 시간을 찾아서A la recherche du temps perdu』에서 묘사되는 이른바 '속물 집단'의 모습과 유사하다. 그들은 일정한 사회적 계층이나 그 계층을 지칭하는 이름, 그리고 그것을 구성하고 있는 관습 등에 대한 막연한 동경과 집착에 사로잡혀 있다. 르네 지라르René Girard는 '속물'을 '타락한 성스러움'의 세계를 구성하는 개인들이라고 정의 내린다.[168] 즉 아무런 구체적인 내용도 담고 있지 않은 허무의 대상을 경이로운 눈으로 바라보며 욕망하는 자들이 그들이다. 『잃어버린 시간을 찾아서』에서 알맹이가 없는 허무의 왕국인 포부르-생-제르맹의 귀족 계급에 대한 환상에 빠져, 그곳을 마치

---

167) *Ibid.,* p.58. "펠루예르의 아들을 거절할 수는 없다. 소작지와 농지, 양떼, 은화, 크고 넓고 크며 향기가 나는 옷장 속에 잘 개어져 있는 열 세대에 걸친 내의들을 포기할 수는 없다. 이 지역에서 가장 좋은 것을 가지고 있는 집안과의 관계를 포기할 수는 없는 것이다. 펠루예르의 아들을 거절할 수는 없다."

168) R. Girard, 『낭만적 거짓과 소설적 진실*Mensonge romantique et vérité romanesque*』, Pluriel, 1961, p.231.

전설의 왕국처럼 생각하는 부르주아 사교계의 구성원들이 '속물'의 전형을 보여준다면, 모리악의 작품 세계에서는 '가족의 법'이라는 내용 없는 형식에 사로잡혀 타인의 시선에 비치는 자신의 모습에 자기 존재의 모든 것을 내어 맡기는 자기기만적 인물들이 이에 해당한다.

<La baronne de Cernès. La baronne Galéas de Cernès. Paule de Cernès……> Un sourire détendit sa bouche sans éclairer ce visage bilieux…… Ce mariage, c'était une porte, croyait-elle, ouverte sur l'inconnu, un point de départ vers elle ne savait quelle vie.[169]
<세르네 남작 부인. 갈레아 드 세르네 남작 부인. 폴르 드 세르네……> 침울한 얼굴빛은 여전한 가운데 한 줄기 미소가 그녀의 입가에 번졌다. 이 결혼은 미지의 세계를 향한 열린 문이라고 생각했었다. 그녀 자신도 알지 못하는 새로운 삶의 출발점이라고 생각했었던 것이다.

『르 사구앵』의 무정한 어머니 폴르Paule는 귀족 계급에 집착하여 오직 그 '칭호'를 얻기 위해서 자신의 삶 전체를 바치고자 한다. 예문에서 볼 수 있듯이 '남작 부인'이라는 칭호는 항상 그녀의 입가를 맴돌며 미소를 자아낸다. 그녀의 미소는 귀족 칭호에 대한 내적 욕망의 발현이다. 모리악 작품 속의 여러 인물들과 마찬가지로 그녀 역시 이러한 '외적인 허상'에 사로잡혀 결혼을 선택한다. 그녀에게 있어서 결혼은 자신이 열망하는 대상에 다가갈 수 있는 유일한 수단이었던 것이다. 결혼은 그녀 자신도 경험해 보지 못한 미지의 삶, 즉 귀족으로서의 삶으로 다가갈 수 있게 해 주는 관문이자 출발점이다. '칭호를 숭배하는 것vénérer les titres', 이것이 바로 폴르의 모든 욕망과 삶의 방향을 결정짓는 '허무의 왕국'인 것이다.

Avoir perdu sa vie pour ça! Ce n'était pas un regret qui lui vînt de temps à autre et c'était beaucoup plus qu'une obsession: une présence, une contemplation

---

169) F. Mauriac, 『르 사구앵Le Sagouin』, Plon, 1951, pp.10-11.

de tous les instants, irréparable destin.[170]
이것을 위해 자신의 삶을 잃어버리는 것! 때때로 그녀에게 찾아오는 감정은 후회는 아니었다. 그것은 강박보다도 훨씬 더한 것이었다. 하나의 현전, 모든 순간에 대한 성찰, 되돌릴 수 없는 운명이었다.

폴르는 귀족의 칭호를 얻기 위해 자신의 삶을 잃어버리는 것도 주저하지 않는다. 예문에서 설명하고 있듯이 자신의 삶 전체를 귀족의 칭호와 맞바꾼 것에 대한 공허감을 느끼기도 하지만 그것은 후회라기보다는 '강박'에 가까운 것이고, 강박보다도 더한 것이다. 그리고 그녀가 강박적으로 매달리고 있는 대상은 그녀의 존재를 충족시켜 줄 수 있는 무엇인가를 가지고 있지 않은 대상이다. 그것은 곧 그 자체로 '어리석은 허영심vanité imbécile'에 불과하다. 이러한 범죄적이고도 어리석은 허영심이 그녀의 운명을 움직이는 '열쇠', 그것도 '되돌릴 수 없는' 운명의 열쇠가 되어 버린 것이다.

'칭호'에 대한 욕구, 즉 알맹이 없는 공허한 형식에의 욕구는 단지 폴르의 문제만은 아니다. 작품 속의 거의 모든 인물들이 동일한 욕망에 사로잡혀 있다. 폴르에게 자신이 가지고 있는 '남작 부인'의 칭호를 빼앗기지 않기 위해 애쓰는 '사구앵'의 할머니에게서도 우리는 동일한 '허영심'과 '허무에 대한 욕망'을 느낄 수 있다. 또한 이 작품뿐만 아니라 이른바 '가정'이라는 집단과 그 집단으로부터 배척당하는 개인의 문제를 다룬 모든 작품에서 우리는 동일한 욕구를 찾아볼 수 있다. 이른바 '가족의 이름', '가족의 법'이라는 것은 곧 '알맹이 없는 형식', 즉 '허무한 대상에의 욕구'를 상징하고 있기 때문이다.

이러한 '속물근성', 즉 '허무한 대상에의 욕구'에 물든 개인들은 공통적으로 언제나 타인들의 눈을 통해 자신의 모습을 비추어 보고자 한다. 그들의 모든 행동과 언어활동, 그리고 그들의 모든 사고는 오직 타인에게 '잘 보이는 것', 그럼으로써 자기가 가진 형식의 '명예'를 지키는 것을 목적으로 한다. 바로 이러한 이유 때문에

---

170) *Ibid.,* pp.11 – 12.

집단은 언제나 자기 집단의 규칙에 어긋나는 모습을 보이는 '낯선 이'들, 즉 그들과 다른 '타인'들에 대해 절대적으로 '닫힌' 집단으로 나타난다. 그들에게 있어서 '이방인'을 받아들이고 인정하는 것은 곧 자기들이 가진 '명예'에 대한 침해이자, 자기들의 존재 근거를 이루고 있는 '관습'이라는 기반을 흔드는 것이기 때문이다. 따라서 개인과 집단을 막론하고 이른바 '속물'의 부류에 포함될 수 있는 모든 이들은 항상 '나'와 '우리'의 범주로 귀착되는 자기중심적이고 자기동일적인 특징을 가지고 있다. 그들에게는 오직 '전체성totalité'의 법칙만이 군림하고 있는 것이다.

La vieille dame protesta vivement: non, pas d'étranger······ Elle tremblait à l'idée d'un témoin de leur vie à Cernès, de ce que la vie de Cernès était devenue depuis que Galéas avait donné son nom à cette furie.[171]

노부인은 강하게 반박했다. 낯선 사람은 안 된다······ 이 노부인은 세르네에서의 삶, 그것도 이 사나운 여자에게 갈레아라는 이름이 주어진 이후 세르네의 삶에 대한 증인이 생길지도 모른다는 생각에 치를 떨었다.

『르 사구앵』의 배경을 이루는 세르네Cernès 가는 귀족으로서의 가문의 이름과 사회 계층에 대한 관념에 있어서 철저하게 '닫힌' 집단으로 묘사되고 있다. 이 가문의 사람들, 특히 남작 부인의 칭호를 가지고 있는 '사구앵'의 할머니는 이러한 닫힌 사고의 전형적인 예를 보여준다. 그녀가 생각하기에 사회란 저마다의 단절된 계층으로 구성되어 있고, 각자는 태어나면서부터 부모가 차지하고 있는 계층에 속하고 예외적인 요행을 만나지 않는 한 그 계급의 틀에서 벗어나 다른 사회, 다른 계층으로 들어가지 못하는 것이 원칙이다. 그리고 이러한 계층 사이의 '단절'이 깨어지고, 사람들이 자신이 출생한 신분을 벗어나 다른 신분의 계층에 속하고자 하는 것을 무엇보다도 위험한 것으로 생각한다.[172] 이처럼 닫힌 세계인 세르네가에서는 모든 사람과 사건, 상황들이

---

171) *Ibid.,* p.41.

172) *Ibid.,* p.46.

그들에게 '익숙한 것'이나 그들이 '아는 것'으로 귀착되어야만 한다. 그들에게 '이방인'이나 '다른 계층에 속한 사람'은 처음부터 신뢰할 수 없는 사람으로 치부되며, 심지어 그러한 사람들의 출현이 집단 전체에 위기를 가져올 수 있는 요소인 것처럼 생각한다. 위 예문에서 우리는 이방인에 대한 배척을 원칙으로 하는 이 집단의 모습을 살펴볼 수 있다. 이 가문에 역시 '이방인'의 입장으로 들어온 폴르는 '사구앵'을 가정교사에게 보내고자 한다. 그런데 그녀가 생각하는 가정교사 역시 세르네 가문의 입장에서 볼 때 또 한 명의 '이방인'으로 남작 부인은 이러한 폴르의 결정에 강하게 반대한다. 그들에게 있어서 '이방인'이란 곧 그들의 삶의 모습을 바라보고 판단할 수 있는 '증인'으로 여겨지기 때문이다. 앞서 언급했듯이 닫힌 집단의 구성원들은 철저하게 '형식'에 얽매이는 삶을 살아간다. 그리고 그들이 집착하는 형식이란 구체적인 내용이 없는 것으로, 철저하게 타인의 시선에 의존하는 것이다. 그런데 이때 '타인의 시선'이란 그 자체로 기만적인 원칙에 근거하고 있다. 타인의 시선은 '나'를 판단하고 평가함으로써 나의 의식을 반성적 의식으로 만드는 기능을 가지고 있다. 하지만 이러한 집단의 구성원들에게 있어서 '시선'은 자신의 모습을 바라보도록 해 주는 기능과는 멀리 떨어져 있다. 그것은 있는 그대로의 시선이 아니라 이미 그 시선을 받는 자들, 즉 집단의 구성원들의 내면에 내재화된 시선이기 때문이다. 그들이 의식하는 시선은 그들이 가지고 있는 명예욕, 즉 칭호에 대한 욕망을 인정해 주는 역할만을 가지고 있다. 따라서 그들은 이러한 시선 속에 스스로의 모든 존재를 내어 맡김으로써 그 안에서 안주하는 기만적인 삶을 선택하는 것이다. 그런데 이들에게 '이방인'의 출현은 바로 이러한 위선적인 모습을 있는 그대로 드러낼 수 있는 '적대적인 시선'의 출현을 의미한다. 그들이 의지하고 있는 계층과 가족의 법이 '이방인'의 시선하에서는 적나라한 실체를 드러낼 수밖에 없는 것이다. 그들이 존재의 모든 의미를 내어 맡기고 있는 대상의 '허무'가 드러나게 되는 것이다. 위 예문에서도 세르네가의 남작 부인은 가정교사라는 이방인의 출현을 그들의 삶에 대한 증인, 즉 폴르라는 이방인이 들어온 이후로 위기에 싸여 있는 삶의 모습을 있는 그대로 드러낼 수 있는 증인으로 여기고 있다. 이러한 사실, 즉 자신들의 실체가 적나라하게 드러날 수 있다는 가능성 자체가 그들에게는 집단 전체의 존립을 좌우할 수 있는 위기로 작용하는 것이다. 그들의 존재 자체가 이미 거짓된 외관에 의지하고 있기 때문이다.

– '우리'와 '그들'

모리악의 작품 속에 나타나는 집단, 특히 부르주아 사회의 가정은 개인과 집단 사이의 관계를 가능하게 해 주는 매개로 개인적 의지의 포기와 집단적 의지에의 참여를 내세운다. 개인들은 집단적 의지에의 종속을 통해 보다 우월한 가치를 향한 초월과 타자와의 일종의 사회적 연대를 보장받는다는 환상에 빠지게 된다. 이러한 환상 속에는 일정한 목적을 가지고 연대를 이룬 집단에 소속됨으로써 자연스레 타자와 관계를 맺을 수 있고, 이 타자들 혹은 동지들 간의 만남을 통해 이른바 개인의 차원을 넘어선 '초월'에 이를 수 있을 것이라는 가정이 담겨 있다. 이때 참여는 단순히 '나의 것'이나 '너의 것'이 아닌 나와 너 공동의 것에 대한 참여이며, 나와 너의 가치 또한 이 공동의 것을 기준으로 가늠된다. 즉 '나'를 넘어선, 다수의 '나'로 이루어진 '우리'가 형성되는 것이다.

하지만 이와 같은 개념의 '참여'를 통한 타자와의 관계는 진정한 타자, 즉 나와 '다른' 존재로서의 타자와의 관계가 아님을 알 수 있다. 그것은 나와 타자 사이의 대면적인 관계가 아니라 매개자를 통한 간접적인 관계, 즉 측면적 관계에 불과하다. 레비나스의 표현에 따르면 이처럼 공동의 것을 매개로 집단에 참여한 개인들은 '옷을 입은 존재들êtres habillés'로서, 이들은 타자 자체로서의 타자가 아니라 전체성이 제시하는 이념이나 특정한 가치의 옷을 입은 존재로서의 타자와만 관계를 가질 수 있을 뿐이다. 이것은 곧 전체로의 합일, 즉 '환원'의 도구로 작용하며, 공동의 이념이 각자의 개별성보다 우월한 전체주의적 이념을 구성하게 된다.

어느 시대나 사회를 막론하고 하나의 집단 속에는 구성원들을 일정한 관계로 맺어주는 '통일'의 원리가 존재했던 것이 사실이다. 대부분의 경우 이러한 '전체'의 원리는 각 개인들 사이의 '수평화' 작업을 수반한다. 즉 개인들 사이에 존재하는 '차이'의 소멸을 공동체의 성립과 유지의 전제 조건으로 삼아 온 것이다. 이러한 전체성 속에서 개인들은 사고나 생활 방식에 있어서 자신이 다른 사람과 '같다'는 점을 무엇보다 중요시하게 된다. 사람들은 모두가 동일하고 어느 누구도 자기보다 더 뛰어나지 않다는 데에 평안을 느낀다. 이와 더불어 그들은 어느 누구도 이러한 전체성의 기준으로부터 벗어나는 것을 허용하지 않는다. 즉 집단 속에서 '다름'을 표현하고, 자신의 자아를 탐색하고자 하는 개인들에게는 집단 차원의 '폭력'이 행사되는 것이다.

우리는 『성년 의복La Robe prétexte』에서 그려지는 가정의 모습을 통해 이러한 '우리' 집단의 특징들을 살펴볼 수 있다. 이 가정에서도 '차이'란 철저하게 배척되어야 할 대상으로 여겨진다. 심지어 조그마한 움직임조차도 그것이 '낯선' 것일 경우에는 불안의 조건으로 작용한다. '타인'이나 그들의 삶과 '다른 세계'에 대한 이야기도 금기시된다. 이 가정 속에서는 최소한의 일탈이 허용될 만한 '축제'까지도 '익숙한' 사람들과 '익숙한' 배경 속에서만 이루어진다. 최소한의 변화와 차이의 가능성까지도 이 집단 내에서는 흡수되고 마는 것이다.

C'était une soirée comme les autres, les mêmes figures grises, les mêmes pauvres formules. Rien ne paraissait changé.[173]
다른 때와 같은 야회였다. 똑같이 생기 없는 얼굴들, 똑같이 초라한 문구들. 변한 것은 아무것도 없어 보였다.

Or, la voiture s'arrêta devant notre porte. Les dames s'étonnèrent et firent mille suppositions. Mon Dieu, mon Dieu, était-ce l'aventure? Puis, le son d'une voix trop connue emplit l'antichambre. Mon oncle entra sans crier gare.[174]

---

173) F. Mauriac, 『성년 의복La Robe prétexte』, Grasset, 1914, p.93.

자동차 한 대가 우리 집 문 앞에서 멈췄다. 할머니들은 매우 놀라서 오만 가지 추측을 하곤 했다. 오 하나님, 이 무슨 뜻밖의 일이란 말인가? 곧이어 너무도 낯익은 목소리가 부속실을 가득 채웠다. 삼촌이 예고 없이 오신 것이었다.

자크의 가족 구성원들은 자신들과 다른 존재에 대해 단순히 귀를 막는 것으로 그치지 않는다. 그들을 놀래게 만드는 '이방인'의 출현이 있을 때마다 그들은 그 낯선 자를 어떤 방식으로든 자신들이 '아는 사람'의 범주 안에 포함시키지 않고는 견디지 못한다. 낯선 이가 자신들과 어떤 식으로든 관련이 있거나 적어도 자신들의 '이해'의 범주 안에 포함될 수 있을 때에만 안정을 되찾는다. 가끔씩 이 가족들을 놀래게 만드는 '이방인'의 기습적인 출현이 있을 때에도 오히려 이 '사건' 자체가 가족들의 연대를 더욱 강화시키는 역할을 한다. 가족들의 일상은 거의 '의례'와 같이 동일한 말과 행동의 반복으로 이루어져 있다. 거기에는 '다름'이 개입할 자리가 없다. 그렇기 때문에 가족들에게는 어느 날 문밖에서 들리는 자동차 소리와 같이 그들의 일상적 관습에 어울리지 않는 사건은 그것이 아무리 사소한 것이라 할지라도 일종의 충격으로 다가온다. 예문에서 볼 수 있듯이 이러한 일이 있을 경우 할머니를 비롯한 집안의 부인들은 놀라움을 숨기지 못하고, 이 일에 대해 가능한 수많은 해석들을 늘어놓는다. 자신들의 집 문 밖에서 자동차 소리가 들렸다는 것, 즉 자신들이 알지 못하는 누군가가 찾아왔다는 사실 자체가 그들에게는 하나의 '모험'인 것이다. 하지만 이러한 모험도 방문객의 정체가 밝혀지면 이내 끝나고 만다. 방문객은 다름 아닌 자크의 삼촌이며, 불시에 자신들을 습격한 '이방인'이 곧 자신들의 가족 중 한 명이라는 사실을 알고 나서야 가족들은 비로소 안정을 되찾는다.

작품 속에서 자크의 삼촌은 관습에 사로잡혀 있는 다른 가족들과는 달리 끊임없이 외부 세계를 방황하는 존재로 그려진다. 가족들이 가정이라는 울타리 속에서 '안주'하고 '정착'하는 인물의 전형이라면 자크의 삼촌은 알 수 없는 시기에 그들을 찾아왔다가 이내 그들이 알지 못하는 미지의 세계를 향해 떠나는 일종의 '일탈'

---

174) *Ibid.*, p.95.

을 상징하는 존재이다. 어린 자크에게 있어서 삼촌의 방문은 가정이라는 틀 속에서 억압되어 온 유년의 호기심과 일탈에의 욕구를 자극하기에 충분한 사건으로 기억된다. 실제로 자크는 삼촌의 존재를 통해 '관능', '향유', '욕망'으로 대표되는 '육'의 세계에 대한 떨쳐버리기 어려운 유혹을 경험한다.175) 하지만 다른 가족들에게 있어서는 이러한 삼촌의 존재 역시 '전체성' 속에 포함된 '위반'으로만 받아들여진다. 불시에 자신들을 방문하고, 예상치 못한 시기에 어디론가 떠나는 삼촌의 행위 또한 그들의 입장에서는 일종의 '습관적인' 행사처럼 여겨지는 것이다. 문밖에서 들리는 자동차 소리에 놀라는 순간부터 삼촌의 등장, 그와의 토론, 그리고 그의 떠남까지가 하나의 '공식'으로 자리잡게 된다. 게다가 이러한 삼촌을 대하는 가족들의 마음가짐 역시 이미 정형화되어 있는 것을 볼 수 있다. 따라서 그들 사이에서 이루어지는 대화 역시 타자에 대한 접근으로서의 기능을 가지지 못한다. 그들의 대화는 형식적인 것에 불과하며, '소통'이 이루어질 수 없는 '독백'에 그치고 마는 것이다.

이처럼 자크의 가족 집단 내에서는 어쩔 수 없이 일어나는 '변화'까지도 모조리 전체성 속에로 병합되고 만다. 변화와 일상의 틀을 깨는 '사건'이 가지는 본질적 의미의 '차이'나 '다름'은 무시되고, 전체 속의 일부로서의 변화, 더 큰 전체성을 구성하는 요소로서의 변화만이 남게 되는 것이다. 나아가 삼촌의 등장과 같은 변화

---

175) 일탈의 상징적인 존재로 그려지는 자크의 삼촌 역시 진정한 의미의 '외재성'과 '무한성'에 이르는 인물은 아니라는 점에 주의해야 할 것이다. 그는 닫힌 세계 속에 있는 가족들에게 마치 니체의 주장과 유사한 논리를 펼친다. 즉 '생'의 욕구와 '정열의 성스러운 권리'에 대한 주장이 그것이다. 하지만 이러한 그의 사상과 이 사상에 입각한 행동 역시 큰 틀에서 볼 때 '동일성'의 또 다른 모습에 불과하다. 그 역시 자신과 '다른' 사람들에 대해서만큼은 철저하게 측면적 관계만으로 일관하고 있기 때문이다. 다시 말해 그 또한 '다름'이나 '차이'를 인정하지 못하는 자기중심적 주체에 불과하며, 진정한 외재성으로서의 '타자'를 발견하는 데까지는 이르지 못하는 것이다. 그가 보여주는 일탈과 탈주의 모습이 결국 끊임없이 새로운 대상을 추구하는 '욕망'의 한 단면으로서 비추어질 수밖에 없는 것도 비로 이러한 점에서 연유한다고 할 수 있다. *Ibid.*, pp.101 - 102.

는 가족 구성원들이 가진 동질성, '우리'라는 집단의 동일성을 더욱 강화시키는 결과를 가져온다. 가족들에게 있어서 삼촌의 존재는 그 자체로 '악'을 상징한다.[176] 이 '악'은 신비스러우면서도 그들 내부에 잠재되어 있는 은밀한 욕망을 자극하는 역할을 한다. 그렇기 때문에 가족들은 자신들이 '악'으로 판단하는 이 '다름'에 대해 더욱더 배타적인 태도를 취하게 된다. 삼촌의 등장 이후로 가족들은 이른바 '악'에 대하여, 그리고 그 '악'을 가져다주는 이방인에 대하여 더욱 경계하며, 이러한 과정을 통해 삼촌의 방문은 닫힌 집단 내에서 일종의 '강력한 유대'를 만들어 내는 도구로 사용된다. 가족들은 이날의 변화를 잊지 않도록 서로를 부추기면서 그들 사이의 연대의 힘을 시험하고, 이를 통해 자기들 집단에 대한 '소속감'의 발현을 이끌어 낸다. 즉 삼촌의 방문은 차이로서의 기능이 아니라 일상의 습관 속에 파묻혀 있던 집단의 동일성을 환기시키는 기능을 하는 것이다.

지금까지 살펴본 바와 같이 모리악의 작품 세계에서 '인간 집단'을 대표하는 것으로 제시되는 부르주아 사회의 '가정'과 그 가정의 구성원들은 대부분 타인에 대해 폐쇄적이고 닫힌 집단으로 나타난다. 어느 집단이건 자신들의 교리에 어긋나는 행위를 하는 '이방인'에 대한 태도는 냉혹하다. 단지 정도와 방법에 있어서의 차이만 있을 뿐, 모든 집단은 자신의 '동일성'을 유지하는 일을 최우선으로 한다. 이러한 상황은 집단을 구성하는 개인들에게 있어서도 마찬가지이다. 한 집단 속에는 다양한 형태의 개인들이 존재하지만 그들의 다양성은 오직 한 가지 목적을 향한 방법의 다양성일 뿐이다. 그 목적이란 곧 자기동일성의 확립이며, 나아가 자신들이 존재의 근거로 삼고 있는 집단의 '법'을 위해 봉사하는 것이다. 이러한 목적을 위해서는 타자를 희생시키는 것도 어려운 일이 아니다. 모든 집단과 모든 구성원들이 동일성의 구축을 위해서는 서슴지 않고 타자를 억압하고 배척한다. 타인들이 가진 이타성은 인정되지 못한다. 자기중심적 주체에게 있어서 타자가 가진 차이를 인정하는 것은 곧 자기동일성의 상실과 타자의 존재에 흡수당할 수 있는 위험을 의미

---

176) *Ibid.,* p.96.

하기 때문이다. 이러한 인물들 모두가 자신의 존재를 적나라하게 드러낼 타자의 시선을 두려워하는 이유도 여기에 있다. 이들에게 있어서 타자는 '공존'의 대상이 아니라 나의 존재를 무력화시킬 수 있는 '적'일 뿐이다. 나의 시선으로 타자의 존재를 흡수하지 못하면 내가 타자의 시선 아래에서 무력한 대상이 되는 것이 이들의 이분법적인 존재 양식이다. 타자의 시선 속에 스스로를 내어 맡기는 기만적인 존재들까지도 이러한 이분법적인 자기중심적 주체의 범주로부터 벗어나 있지 못하다. 결국 자기동일성에 집착하는 개인들이나 그러한 개인들로 이루어진 집단에 있어서 타자는 '지옥'일 수밖에 없는 것이다. 이러한 점 때문에 경쟁과 갈등도 끊이지 않고 계속된다. 평화의 시기에도 그것은 항상 잠재된 가능성으로 남아 있다. 동일한 자기중심적 주체들 사이의 관계 속에서 이른바 '주인'과 '노예'의 두 항은 영원불변한 것이 아니기 때문이다.

모리악은 1939년 3월 18일에 있었던 『탕 프레장Temps présent』지의 첫 번째 회의에서 "그리스도의 평화와 세상의 평화La paix du Christ et la paix du monde"라는 주제로 연설을 했다. 그는 두 가지 평화 사이를 구분 지으면서 특히 세상의 평화를 우리가 우리 자신에 대해 가지고 있는 '무지ignorance'로부터 비롯된 근본적으로 거짓에 기초한 평화라고 정의 내린다. 또한 그는 그리스도의 평화가 우리의 희망이 머무를 수 있는 곳인 반면 세상의 평화는 '전체주의적 힘들puissances totalitaires'에 의해 지배당하는 것으로 묘사한다. 이처럼 그는 세상의 평화를 '전체성'에 근거한 것, 즉 '집단성collectivité'으로 정의하며 바로 이것이 그리스도인으로서의 내적 생활을 위협하고 고통스럽게 하는 '괴물'이라고 비판한다.[177] 이러한 점

---

177) F. Mauriac, 『잃어버린 말과 되찾은 말』, *op.cit.,* pp.188－189. "그리스도의 평화, 즉 영원한 삶뿐만 아니라 여기, 지금의 삶을 위한 희망이 자리잡고 있는 평화와 전체주의적 힘들에 의해 지배당하고, 갈수록 이 힘들에 맞추어 변형되는 이 세상, 우리가 그 안에서 살아가야만 하는 살인자들의 세상 사이의 모순. 우리 모두가 이 세상에서 겪고 있는 갈등은 곧 기독교인으로서의 내적인 삶과 집단성이라고 하는 이 괴물 사이의 대립에서 비롯되는 것입니다."

에서 전체성의 법에 무조건적으로 스스로를 종속시키기를 거부하는 주체의 모습은 주체의 존재 변화와 궁극적인 화해의 탐색에 있어서 우선적으로 전제되어야 하는 요소로 나타난다.

III.

열린 주체

1. 부조리의 체험[178]

자기중심적 세계로부터 벗어나 타자를 위한 개방적 주체의 세계로 이행하기 위해서 모리악은 타인과의 관계를 형성하는 개인이 먼저 자기중심적 욕망으로부터 정화된 후 타자에로의 전향을 실천해야 함을 주장한다. 전체성에 근거를 둔 하나의 원리 속에서 동일해진 개인들은 모리악의 관점에서는 모두 노예와 같은 속박 상태에 빠져 있는 존재들이며, 개인적 각성이 전제되지 않은 집단적 움직임은 언제나 우선적으로 극복해야 할 폭력의 원인으로 여겨진다. 이러한 점에서 모리악은 집단의 전체성에 무조건적으로 흡수당하기를 거부하는 인물들을 작품의 전면에 내세운다.

전체성의 법칙으로부터 벗어나 있는 인물들은 종종 무리로부터 배척당하고 조소와 미움을 받게 된다. 그들의 의지와는 상관없이 그들이 가진 차이는 전체에 대한 저항의 의미를 가진다. 그들은 집단에 대해 죄를 범하는 존재로 여겨지는 것이다. 집단의 관점에서 보자면 이와 같은 인물들은 집단에 위기를 제공하는 요소임과 동시에, 그 위기를 극복하기 위해 필요한 희생물의 역할을 부여하기에도 적합한 인물이다. 르네 지라르의 분석에 따르면 집단의 입장에서 한 개인을 희생물로 삼기 위해서는 몇 가지 전제 조건들이 따르는데, 차이를 가진 개인들이야말로 이러한 조건들을 충족시키기에 알맞은 자들이다.[179] 우선 그들은 전체성, 즉 보편성으로부터

---

178) 우리의 논의에서 '부조리'란 모리악의 인물들이 느끼는 내적 모순, 정확히 말해 존재 확립을 위한 그들의 욕망과 대상 사이의 극복할 수 없는 거리, 개인의 자기성 확립과 전체성 사이의 거리를 의미한다. 나아가 외적인 대상과 보편에 의해 덧입혀진 옷에 대한 환상을 벗어버리고 벌거벗은 자기 자신의 모습을 바라보는 순간에 인물들이 느끼는 감정, 존재의 근거에 대해 처음부터 다시 생각해야 하는 순간의 감정을 부조리의 감정이라고 할 수 있다.

179) 르네 지라르는 집단적 차원의 희생양들에게서 발견되는 공통적인 특징으로 무엇보다 '희생될 수 있는 것'은 '복수할 수 있는 것'이어서는 안 된다는 점을 들고 있다. 이는 희생양이 수행하는 '정화purification'의 기능을 가장 효과적으로 보증하면서도 집단 전체를 위기로 몰아넣을 수 있는 더 큰 폭력을 예방해야 하기 때문이다. 희생양이 복수의 가능성을 가지고 있다면, 그에 대한 폭력은 더 큰 폭력을 불러오는 수단으로 작

벗어나 있는 인물들이다. 그들이 가진 차이는 고립과 배척의 근거로 작용한다. 이 것은 그들에 대해 폭력이 집중될 경우 누구도 그들의 입장을 대변해 주지 않을 것임을 의미한다. 또한 그들이 보여주는 차이는 그 자체로 집단의 전체성에 균열을 가져올 수 있는 위기의 요소로 인식될 수 있다. 다시 말해 집단적 폭력이 행사되는 데 있어서 가장 중요한 요소인 희생물의 '유죄성'이 성립되는 것이다. 전체에 완전히 속하지 않는다는 것은 '죄'에 해당하며, 그러한 '죄'를 가진 자, 그것도 집단을 위기로 몰아넣을 수 있는 '중죄'를 범한 자에 대한 폭력은 정당성을 가질 수 있게 된다.[180]

모리악의 작품 속에서 테레즈와 루이로 대표되는 '괴물'과 같은 자들, 그자비에, 칼루, 포르카스 등으로 대표되는 '성직자'들 그리고 장 펠루예르, 기유 등으로 대표되는 '사랑받지 못한 자'들은 한결같이 집단의 전체성으로부터 동떨어진 자들로, 바로 그러한 이유로 인해 전체로부터의 폭력을 한 몸에 받는다.

> Joues creuses, pommettes, lèvres aspirées, et ce large front, magnifique, composent une figure de condamnée – oui, bien que les hommes ne l'aient pas reconnue coupable –, condamnée à la solitude éternelle.[181]

용할 것이다. 따라서 집단적 폭력이 행사되기 위해서는 어느 누구도 그 입장을 지지해 주지 않을 희생물을 선택하는 것이 중요하다. 즉 공동체에 속해 있으면서도 완전하게 속해 있지 않은 자, 공동체와 외부 세계 '사이'에 위치하는 인물, 다시 말해 집단의 입장에서 보았을 때 '주변적'인 인물들이 주로 희생물로 선택된다. 적어도 공동체 구성원들과 여러 부분에서 '다르고', '예외적'인 인물들, 즉 전쟁 포로나 노예, 어린아이, 아직 성인이 되지 못한 청소년, 불구자, 유대인, 예술가, 심지어 위대한 사상가들까지 그 대상이 되는 것이다. 모리악의 작품에서는 가정이라는 집단에 속해 있으면서도 동시에 이방인으로서의 특징을 가지고 있거나, 다른 가족 구성원들에 비해 특별한 '다름'을 가진 인물들이 주로 폭력의 희생양이 된다. R. Girard, 『폭력과 성스러움La Violence et le sacré』, Grasset, 1972, p.404, 『사탄이 번개처럼 떨어지는 것이 보이노라Je vois Satan tomber comme l'éclair』, Grasset, 1999, p.51.

180) *Ibid.,* pp.65 – 67.
181) F. Mauriac, 『테레즈 데케루』, *op.cit.,* p.20.

쑥 들어간 양볼, 광대뼈, 얇은 입술, 넓고 아름다운 이마, 이런 것들이 이 언도받은 여인의 얼굴을 이루고 있었다. 그렇다. 사람들이 그녀의 죄를 인정하지 않는다 할지라도 그녀는 영원한 고독의 삶을 언도받은 여인이었다.

『테레즈 데케루』의 첫 부분, 즉 테레즈가 재판을 마치고 아르쥴르쥐의 집으로 돌아오는 부분에 해당하는 위 예문은 이미 전체에 의해 '죄인'으로 낙인찍힌 그녀의 모습을 보여주고 있다. 마차를 타고 집으로 향하는 그녀의 모습은 그 자체로 집단의 법에 저항해 씻을 수 없는 죄를 범한 '죄인'의 모습이다. 사람들이 실제적인 그녀의 죄를 인정하지 않는다 할지라도 그것은 중요한 문제가 아니다. 베르나르를 독살하려고 했던 그녀의 실제 행위 자체는 어떠한 의미도 가지지 못한다. 마치 아랍인에 대한 실제적인 살인보다도 어머니의 주검 앞에서 보인 언행으로 인해 심판받는 『이방인L'Étranger』의 뫼르소Meursault와 같이 테레즈는 보편적인 전체의 법으로부터 벗어나려 했으며, 심지어 그 법에 저항했다는 점에서 영원한 '고독'에 처해질 '죄인'의 운명에 처해진다. 그녀가 받을 형벌인 '영원한 고독'이란 곧 집단으로부터의 배척을 의미한다.

모리악의 작품 속 인물들이 대부분 처음으로 직면하게 되는 폭력은 타자와의 소통 자체가 불가능한 절대적인 '고립'과 '고독'의 상태이다. 모리악의 작품 세계에서 '배척'과 그에 뒤따르는 '고독'은 자기중심적 인물들의 존재 변화를 가능케 하는 '경계'로서의 역할을 가지고 있다. 그것은 극도로 '닫혀 있는' 세계 속에서 더할 수 없는 형벌이자 폭력임과 동시에 그 폭력을 당하는 자들의 열린 존재를 향한 변화에 직접적인 배경으로 작용한다.

- 고 독

모리악은 대부분의 작품 속에서 자신이 사랑하는 인물들을 고독과 소통불능의 세계라는 고통스러운 상황 속에 위치시킨다. 일반적으로 자신과 타인의 구원을 향한 존재 변화를 이루어 내는 사람들에게 있어서 고독은 자신과의 만남을 이루어 내고, 무한으로의 초월의 가능성을 발견하는 계기로 작용한다.[182] 이러한 의미에서 때로는 고독이 자기 집중과 고요한 명상의 형태로 인물들을 알 수 없는 환희의 상태로 몰고 가기도 한다. 하지만 무엇보다도 고독은 전체성 속에 흡수되기를 거부하는 개별적 인물들에게 가해지는 폭력이자 형벌로서의 의미를 가진다. 모리악 문학의 주제어라고 할 수 있는 '사랑의 사막'이 함축하고 있듯이 고독은 문자 그대로 '사막'과 같이 인물들의 삶과 영혼에 깊은 슬픔과 고통을 가져다주는 장이 된다.

> Thérèse, à ce moment de sa vie, se sentait détachée de sa fille comme de tout le reste. Elle apercevait les êtres et les choses et son propre corps et son esprit même, ainsi qu'un mirage, une vapeur suspendue en dehors d'elle…… Sortir du monde…… Mais comment?[183]
>
> 그 당시 테레즈는 모든 사람들로부터, 그리고 자기 딸로부터도 분리되어 있다고 여겼다. 그녀는 사람들과 사물들, 그리고 자신의 육체와 정신까지도 마치 신기루처럼

---

182) S. Mosès, 『체계와 계시 *Système et Révélation*』, Seuil, 1982, p.105. "인간에게 있어서 하나님의 사랑에 대해 할 일이 있다면, 바로 이 사랑을 수용하는 것, 다시 말해 그 사랑에 대한 본질적인 종속의 긍정이다. 하지만 이 사랑에의 종속의 감정은 오직 비극적인 고독에서 비롯되는 자기 고유의 의식에 근거해서만 가능하다…… 즉 인간의 본원적인 벌거벗음 속에 위치할 때 가능한 것이다. 완벽한 외재성을 향한 인간의 열림은 그가 우선 분리된 상태에서 성숙한 존재가 되었다는 사실을 함축하고 있다. 그것은 곧 자기성에 대한 감정으로, 이 감정은 불연속성, 즉 언제나 새로 시작될 수 있는 고독으로 지각된다. 그리고 이 고독의 감정이 자기 자신의 존재에 대한 긍정적 의식으로 이어지는 것이다. 연속되는 순간들로부터 온전히 단절된 상태에서 자기 자신으로 존재한다는 사실을 의식하는 것은 (항상) 존재한다는 의식으로 이어진다. 계시의 경험 속에서 존재는 인간에게 주어진다. 즉 인간이 자기성의 긍정을 포기하는 순간 존재가 주어지는 것이다. 이러한 수동성은 비행동을 의미하지는 않는다. 오히려 그것은 로젠츠바이크가 영혼이라고 명명한 것을 정의하는 요소이다. 인간에게 있어서 영혼은 외재성에 대한 종속의 인식이다. 인간을 존재에 대해 각성시키는 것은 곧 그 자신 속에 현전하는 외재성 자체이다(사실상 이것이 바로 계시의 역설이라고 할 수 있다)."

183) F. Mauriac, 『테레즈 데케루』, *op.cit.,* p.110.

자기 밖에 매달려 있는 연기인 듯이 생각되었다…… 세계 밖으로의 탈출…… 하지만 어떻게?

모리악은 테레즈라는 인물을 고독의 심연으로 몰아넣는다. 테레즈는 주위의 모든 사람들로부터뿐만 아니라 자신의 딸로부터도 분리되어 있음을 느낀다. 테레즈에게 고독은 그 자체로 벗어나기 힘든 삶의 조건이자 고통스러운 운명이다. 그녀는 이러한 세계로부터 벗어날 수 있기를 꿈꾸지만, 그것을 가능하게 할 수 있는 아무런 방법도 알지 못한다. 남편을 독살하려는 시도로 표출된 극단적인 탈출에의 시도 역시 그녀를 고독으로부터 벗어나게 해 주지 못한다.

『독사들의 매듭』의 루이 역시 극단적인 고독의 상황 속에 파묻힌다. 그는 진정으로 사랑을 느꼈던 자들, 그를 이해하고, 그와의 직접적인 소통을 시도했던 자들, 즉 그로 하여금 고독으로부터 벗어날 수 있게 해 줄 수 있는 자들과도 분리된다. 그에게 진실한 웃음을 지어 보였던 유일한 인물인 어린 딸 마리는 병으로 세상을 떠난다. 가족들의 폭력에 맞서 루이가 의지하고자 했던 아들 뤼크는 전쟁터에서 행방불명이 된다. 진정한 성직자의 모습을 보여줌으로 그의 호감을 불러일으켰던 아르두앵 신부도 더 이상 그의 삶에 영향을 끼치지 못하게 된다. 고백록이나 다름없는 긴 편지를 통해 끝까지 소통을 시도했던 아내 이자 역시 그의 글을 접하지도 못한 채 갑작스레 세상을 떠나고 만다. 이제 루이는 누구와도 소통할 수 없는 철저한 고독 속에 혼자 남게 된다.

『검은 천사들』의 그라데르 역시 어느 누구에게도 자신을 열어 보일 수 없음을 고백하면서 철저한 타자와의 단절 속에 있는 자신의 상황을 묘사한다.[184] 『성년 의복』의 어린 자크는 끊임없이 어디론가 떠나고자 하는 갈망을 키워 나간다. 그에게는 먼 이국땅으로 자유를 찾아 떠났다가 그곳에서 숨진 아버지의 이미지, 매일 저녁 어딘지 알 수 없는 세상으로 떠나곤 하는 삼촌의 모습, 고정되지 않은 존재인

---

184) F. Mauriac, 『검은 천사들 *Les Anges noirs*』, Grasset, 1936, p.246.

카미유Camille에 대한 애정, 그리고 상상 속으로의 끝없는 도피 등이 복합적으로 작용하여 열려 있는 세계로의 탈주의 욕망을 구성한다.[185] 그의 고독은 열린 세계를 찾아 파리로 떠난 다음에도 지속된다. 파리는 열려 있는 세계인 반면 그 열림 속에서도 소통이 불가능한 또 다른 의미의 고독을 그에게 제공한다.[186]

『제니트릭스』의 등장인물들, 그중에서도 마틸드와 펠리시테는 차례로 고립된 세계 속에서 고통받는다. 마틸드는 펠리시테와 페르낭의 공조에 의한 고립 속에서 무서운 밤의 공포와 싸우다 혼자만의 삶을 마감한다.[187] 펠리시테 역시 마틸드의 죽음 이후 자신의 존재 자체와 같았던 아들로부터 배척당하며 이전에 자신의 적이 겪었던 것과 동일한 고독 속에 파묻힌다. 보이지 않는 적에게 아들을 빼앗긴 그녀에게는 자신을 둘러싼 무한한 고독 속에서 생을 마치는 일만이 남아 있을 뿐이다.[188] 항상 다른 누군가에게 스스로를 동일시하며 그것으로 자신의 존재 의미를 찾으려 했던 페르낭 역시 부인과 어머니가 모두 세상을 떠난 후 하녀의 가족들에게 둘러싸인 채 마찬가지의 고독을 경험하게 된다.

『문둥병자에게 입맞춤』의 장 펠루예르 역시 고독의 운명을 짊어진 인물이다. 타인들에게 혐오감만을 전해 주는 추한 외모로 인해 그는 어린 시절부터 타인의 시선을 피할 수 있는 안식처, 즉 '고독'의 장소에서만 편안함을 느낄 수 있다. 언제나 '길 잃은 강아지'의 눈으로 타인을 피해 숨을 곳을 찾아다녀야 하는 그의 삶은 그 자체로 '사막'과 같다.[189] 하지만 장은 운명적인 형벌과도 같은 고독 속에서 결국 자기 자신과의 진정한 관계를 확립하는 데 이르게 되며,[190] 이러한 자기확립은 이후 노에미를 위한 희생의 바탕이 된다.

---

185) F. Mauriac, 『성년 의복』, *op.cit.*, p.86.

186) *Ibid.*, p.225.

187) F. Mauriac, 『제니트릭스』, *op.cit.*, pp.12 - 13.

188) *Ibid.*, p.79.

189) F. Mauriac, 『문둥병자에게 입맞춤』, *op.cit.*, p.34.

190) *Ibid.*, p.32.

모리악의 문학 세계에서는 인물들 사이의 폭력이나 갈등이 전제되지 않은 작품에서도 '고독'이 피할 수 없는 굴레처럼 인물들을 둘러싸고 있다.『프롱트낙 가의 신비』의 인물들은 '어머니의 사랑'이라는 초월적이고도 강력한 힘에 의해 갈등의 가능성을 극복한다. 숭고하고 헌신적인 어머니상을 보여주는 블랑슈 프롱트낙Blanche Frontenac은 아이들을 은총의 영역 내에서 교육하기 위해 삶 전체를 헌신한다. 하지만 그녀는『제니트릭스』의 펠리시테와는 달리 자녀들을 자기 존재 확립을 위한 수단으로 사용하거나 소유의 대상으로 삼지 않는다. 그녀는 아이들의 존재를 위해 자기를 희생하는 모습을 보여준다. 이러한 어머니의 희생은 서로 다른 기질을 가지고 각자의 길을 가는 가족들 전체를 '신비스러운 융합'의 길로 안내한다. 하지만 이와 같은 프롱트낙가의 어머니에게도 '고독'은 피할 수 없는 존재의 의미와 같이 다가온다. 과부인 그녀는 아이들과의 관계, 특히 보름마다 찾아오는 그자비에 삼촌과 아이들 사이에서 때로 고립된 섬에 홀로 떨어진 듯한 느낌을 받는다. 나아가 그녀는 아이들에게 완전히 바친, 그럴 수밖에 없는 자신의 운명에 대해 고통스러운 고독감에 빠지기도 한다.[191] 그녀의 아이들 역시 유년기를 벗어남과 동시에 각자의 길을 찾아 어머니의 품을 떠나간다. 어머니의 헌신에 의해 하나로 융합되어 있으면서도 다른 한편으로 아이들은 저마다의 고독한 삶의 길 속에서 고민한다. 특히 작품 속에서 작가 모리악의 자전적 요소를 보여주는 인물로 그려지는 이브 프롱트낙은 더욱 '고독'과 분리될 수 없는 존재로 그려진다.[192]

『사랑의 사막』은 제목에서부터 알 수 있듯이 각 인물들의 '고독'으로 구성되어 있는 작품이다. 쿠레쥬가의 사람들, 그리고 그들 부자 사이에서 자신의 채울 수 없는 열정과 잃어버린 아이에 대한 애정, 순수함에의 욕구 등을 추구하는 마리아 크로스 등 작품의 모든 인물들은 각자의 고립된 '사막' 속에서 살아간다.[193] 쿠레쥬

---

191) F. Mauriac,『프롱트낙 가의 신비Le Mystère Frontenac』, Grasset, 1933, p.32.

192) *Ibid.*, p.126, p.144.

193) F. Mauriac,『사랑의 사막』, *op.cit.*, pp.119‒120,『전집』, t. Ⅱ, préface, p.Ⅲ. "혈연 관계와 주사위 놀이 같은 우연적 결혼에 의해 한 지붕 밑에서 살게 된 존재들의 고독

부인은 가족들 사이에 존재하는 소통불능의 세계 한복판에서 언제나 그들 존재의 비밀에 접근하지 못하고 측면적 관계의 주변만 맴도는 모습으로 그려진다.[194] 아들 레몽은 모리악 작품의 주된 주제 중 하나인 '고독한 유년'에 속하는 전형적인 청소년이다. 유년을 벗어나는 시점에서 그는 타인들의 시선을 자신의 내면으로 향하고, 세상을 향한 자신의 욕망과 의식을 시험해 보고자 하는 열정에 사로잡힌 인물이다. 마리아 크로스를 만나기 전까지 그는 자기 자신 외에 다른 것에는 관심이 없는 삶, 오직 자기 자신과 관련해서만 흥미를 가질 수 있는 존재로 살아간다.

고독은 전체의 법칙으로부터 벗어나 있는 주체들, 나아가서 집단에의 무조건적인 종속을 거부하는 주체들에 대한 폭력의 의미도 가지고 있다. 이러한 점에서 고독이라는 요소는 개인의 자기성 확립과 은총의 체험, 그리고 타자에 대한 개방적 존재로의 존재 변화에 적합한 상황으로 제시되기도 한다. 모리악의 작품에서 고독이 가지는 이러한 특징은 특히 성직자들과 관련된 묘사에서 두드러진다.

모리악의 작품 속에는 타인들과의 직접적인 만남을 통해 그들이 가진 고통을 함께 나누고, 그들로 하여금 신의 은총에 다가갈 수 있게끔 해 주는 성직자들, 즉 그리스도의 모방자들로 그려지는 성직자들의 모습이 자주 등장한다. 이들은 고통의 직접적인 체험을 통해 그리스도의 희생을 이해하고, 자신 역시 타인을 위한 대속적 희생의 길로 나아가는 인물들이다. 『검은 천사들』의 알랭 포르카스Alain Forcas 신부, 『바리새 여인』의 칼루 신부, 그리고 『속죄양』의 그자비에 다르티쥬롱그Xavier Dartigelongue 등이 그 대표적인 예라고 할 수 있다. 이러한 부류의 성직자들에게서는 공통적으로 찾아볼 수 있는 몇 가지 특성이 있는데, 그중에서도 이들이 한결같이 타인들, 즉 무지와 인습으로 점철된 집단으로부터 소외되어 극심한 고독에 시달리는 인물들이라는 점에 주목할 필요가 있다.

과 소통불가능성."

194) F. Mauriac, 『사랑의 사막』, *op.cit.,* pp.22-23.

Avant d'atteindre l'église, il lui faudrait fouler la jonchée ignominieuse, traverser la place sous les regards méchants. Eux qui vivaient comme des boucs…… Et lui, seul, à vingt‒six ans; seul le jour, le soir, seul la nuit.[195]

교회에 다다르기 위해서는 수치심에 싸인 채 바닥에 널려 있는 꽃과 나뭇잎들을 밟고 가야 했으며, 악의에 찬 사람들의 시선 아래로 지나가야 했다. 그들은 마치 염소들과 같이 살고 있었다…… 오직 그만, 26살의 그만, 낮이나 저녁이나 밤이나 혼자였다.

Du désespoir de ce lévite, à peine sorti d'une adolescence attardée, elle n'avait jamais très bien compris les raisons secrètes. Autant que Paule en avait pu juger (ces sortes de questions ne l'intéressaient guère), il se croyait abandonné, inutile…… L'isolement le rendait comme fou. Oui, il était à la lettre fou de solitude. Aucun secours ne lui venait du côté de Dieu. Il avait raconté à Paule que sa vocation s'était décidée sur des états de sensibilité, des <touches de la Grâce> comme il disait, qu'il n'avait plus jamais ressenties, une fois tombé dans la nasse.[196]

늦은 나이에 이제 막 청소년기를 벗어난 것 같은 이 성직자가 무엇 때문에 절망하는지 그녀는 그 내밀한 이유를 결코 이해하지 못했다. 폴르가 그것에 대해 판단할 수 있었던 만큼(이런 종류의 문제들은 전혀 그녀의 흥미를 끌지 못했다) 그는 스스로 버림받고 무용한 존재라고 생각했다…… 고립으로 인해 그는 미칠 것만 같았다. 그렇다. 그는 문자 그대로 고독으로 미쳐 있었다. 신으로부터의 어떤 도움도 그에게 다가오지 않는 듯했다. 그는 폴르에게 자신의 사명이 감성의 상태, 즉 <은총의 접촉>을 통해 결정되었다고 말했다. 하지만 덫에 빠진 이후로 그는 이 은총의 손길을 더 이상 느낄 수 없었다.

예문을 제시한 『검은 천사들』과 『사구앵』의 경우에서 볼 수 있듯이 이러한 부류의 성직자들은 주로 젊은 층에 속하며, 그만큼 신과 타인들에 대한 순수한 열정으로 가득하다. 이들은 저마다 자신에게 맡겨진 영혼들을 개별적으로 대하며, 그 영혼들 각각의 고통과 문제에 직접적으로 참여하고자 한다.

---

195) F. Mauriac, 『검은 천사들』, *op.cit.*, pp.91‒92.

196) F. Mauriac, 『르 사구앵』, *op.cit.*, pp.30‒31.

하지만 이들의 순수한 열정은 현실의 삶 속에서 형식과 관습이 지배하는 세상의 법과 충돌한다. 세상의 법이란 곧 전체성의 법칙으로, 그 법칙하에서는 신의 사도인 성직자들도 예외가 되지 못한다. 전체성의 법은 자기 아래 종속되어 있는 어떤 개인들도 빼앗기지 않으려 한다. 따라서 이들 성직자들은 자신의 존재 근거를 좌우할 수도 있는 중요한 선택에 직면하게 된다. 즉 하나의 사회로 이루어진 전체에 자신들을 내어 맡기고, 그것이 내세우는 형식적 관습과 타협할 것인지, 아니면 이러한 전체에의 종속을 단호히 거부하고 신의 사도로서의 입장을 유지할 것인지가 그것이다. 전자를 선택하게 된다면 그들은 집단 속에서 평화를 누릴 수 있을 것이지만, 신으로부터 받은 사명을 잃게 될 것이고, 그들 자신의 존재 역시 형식적 바리새주의 속에서 전체성의 한 부속품으로 전락하게 될 것이다. 반면 후자를 선택할 경우 그들은 당장 집단으로부터의 거센 저항과 폭력에 시달리게 될 것이다. 곧 그들은 사회 전체로부터 고립을 당할 것이고, 극단적인 고독에 직면하게 될 것이다. 하지만 이러한 고통을 이겨낼 경우 그들은 신의 사도로서의 역할을 감당할 수 있을 것이며, 자기 자신뿐만 아니라 타인들을 은총의 길로 인도하는 안내자의 역할을 수행할 수 있게 될 것이다.

모리악의 작품에 등장하는 대부분의 성직자들은 바로 이 후자의 경우를 선택하여 극심한 내적 갈등에 시달린다. 흡수에 저항하는 개별자로서 그들이 처한 상황과 그들에게 전해지는 고통은 앞서 살펴본 '괴물'들의 그것과 다르지 않다. 그들 역시 테레즈나 루이와 마찬가지로 전체성의 법 앞에서 먼저 자기 자신을 발견하기 위해 몸부림친다. 그들에게 한 가지 다른 점이 있다면 그들의 자기성 확립의 노력은 항상 신의 은총과 구원의 문제와 직결된다는 점이다. 격렬한 고통 속에서 그들은 때로 신의 은총에 대해 의심을 품기도 하지만, 그러한 존재의 위기 역시도 그들이 신의 모방자로서 자기를 확립하는 과정이라는 점에는 의심의 여지가 없다.

모리악의 인물들이 주로 극심한 고독감 속에서 자신과의 싸움에 몰입하고 고통스러워하는 시간적 배경은 '밤'으로 제시된다. 모리악의 작품에서 '낮'이 내리쬐는

뜨거운 태양 아래 세계의 존재가 전체성의 법칙하에 움직이는 시간이라면, '밤'은 모든 존재들이 '옷'을 벗어 던지는 시간이다. 인물들에게 있어서 낮이 외부의 대상 속에 스스로를 내어 맡기는 시간이라면 밤은 어느 것에도 의지할 수 없이 자기 자신과 대면하게 되는 시간이다.

> Le silence d'Argelouse l'empêchait de dormir: elle préférait les nuits de vent – cette plainte indéfinie des cimes recèle une douceur humaine. Thérèse s'abandonnait à ce bercement. Ces nuits troublées de l'équinoxe l'endormaient mieux que les nuits calmes.[197]
> 아르쥴르쥬의 침묵이 잠을 잘 수 없게 만들었다. 테레즈는 바람이 부는 밤을 더 좋아했다. 나뭇가지들의 막연한 호소는 인간적인 따뜻함을 가지고 있었던 것이다. 테레즈는 그 흔들림에 몸을 맡기곤 했다. 조용한 밤보다 추분 무렵의 바람 거센 밤이 잠이 들기에 더 좋았다.

밤은 모든 정형성이 깨어지는 시간이다. 전체성이 지배하는 세계의 모든 규칙적인 움직임, 덧입혀지고 강제되었던 모든 의미들이 무정형의 익명성 속에 녹아 들어가는 시간이 바로 밤이다. 위 예문에서 볼 수 있듯이 테레즈는 아르쥴르쥬의 침묵, 특히 밤의 침묵을 두려워한다. 그녀는 침묵 속에 파묻힌 고독한 밤보다는 혼란스러운 밤, 바람 소리를 들을 수 있는 밤을 좋아한다. 침묵의 밤은 그녀에게 이중의 고통을 가져다준다. 우선 밤 자체가 그녀가 처해 있는 고립의 상황을 극대화시킨다. 게다가 밤의 '침묵'은 소통불능의 세계 자체를 상징하고 있다.

> Dans cette maison immense, toujours tressaillante et dont les porte – fenêtres n'étaient pas même défendues par des volets pleins, elle avait connu des nuits de terreur folle.[198]

---

197) F. Mauriac, 『테레즈 데케루』, *op.cit.,* p.146.
198) F. Mauriac, 『제니트릭스』, *op.cit.,* p.12.

항상 진동하는 이 거대한 집 속에서, 심지어 창도 덧문에 의해 제대로 가려지지 않는 집에서 그녀는 미칠 듯한 불안의 밤을 보냈다.

『제니트릭스』의 마틸드 역시 비슷한 '밤'의 두려움을 체험한다. 가족들로부터 분리된 방에서 '홀로' 맞이해야 하는 밤은 그 자체로 그녀가 처한 고립의 상징이자 고통의 구현물이다. 심지어 죽음에 이르는 순간까지도 누구의 도움도 받을 수 없이 홀로 책임져야만 하는 밤은 익명성 그 자체로 그녀의 존재를 억누른다. 밤은 빠져나갈 수 없는 심연을 그녀의 주위에 형성한다.

모리악의 인물들, 특히 고립과 고독 속에서 고통받는 인물들에게 있어서 밤은 대부분 휴식이 아닌 투쟁의 시간으로 나타난다. 하지만 밤의 투쟁은 낮의 그것과는 다른 의미를 지닌다. 그것은 대상이 없는 싸움, 무정형적인 공허 그 자체 속에서의 싸움이다. 따라서 테레즈를 비롯한 수많은 인물들은 절대적인 침묵의 밤을 대부분 '불면'의 시간 속에서 보낸다. '불면'이란 인물들의 내적 긴장 상태, 내적인 갈등의 정도를 보여주는 하나의 징후이다. 이 대상 없는 갈등과 투쟁은 항상 자기 자신에게로 귀착된다. 사실상 인물들이 밤의 침묵 속에서 두려워하는 것은 자기 자신의 '벌거벗은' 모습과의 대면이다. 그들이 명시적 혹은 암묵적으로 갈망하는 것이기도 한 자기와의 만남은 그 긍정적인 효과 이전에 무엇보다도 갈등과 공포로서 그들에게 다가온다. 그들은 한결같이 외부의 대상 속에서 스스로의 존재를 확인하려는 일종의 '기만' 상태에 자신들도 모르는 사이에 익숙해져 있다. 그러면서도 그들은 만족을 얻을 수 없는 이러한 지향을 거부하고 자신을 찾고자 노력한다. 하지만 정작 자신과 만날 수 있는 밤의 침묵은 그들에게 낯섦과 두려움으로 다가온다. '옷'을 입지 않은 자신의 존재와 대면하는 일은 고통이자 부조리의 경험으로 작용한다.

레비나스는 인간 존재가 타자를 향해 개방된 주체로 정립되기 위해 필요한 중요한 단계로 '고독'과 '불면'의 예를 들고 있다. 레비나스에게 있어서 이른바 '존재의 고독'은 존재의 존재함 그 자체로부터 기인한다. 존재함 자체는 어느 누구와도 공유하여 가질 수 있는 것이 아니며, 그 어느 것에도 매개되지 않는 것이다. 나는 오직 나로서 존재할 뿐이다. 나의 존재함은 타인의 존재함과 소통할 수 없는 구조로 이루어져 있다. 따라서 '나의 존재를 고립시키는 것은 근본적으로 나의 존재함 자체'[199]라는 역설적인 주장이 성립될 수 있다. 특히 전체 속에 흡수되지 않은 인간, 전체로의 무조건적인 환원에 거부하는 인간은 '벌거벗은' 자신으로서의 존재함 때문에 고독하다.[200] 고독 속에 있는 인간은 그것으로부터 벗어나기 위해 자기 외부의 것에 자신을 동일시하고자 노력하기도 하지만, 이러한 시도는 그 자체로 자기기만이다. 애초부터 나의 존재함은 그 자체로 있을 뿐, 외부의 타자나 사물과 나누어 가질 수 있는 것이 아니기 때문이다. 모리악의 작품에 등장하는 인물들은 끊임없이 자신의 존재 의미를 찾기 위해 외부의 대상으로 눈을 돌린다. 하지만 그러면서도 그들은 전체에 의해 옷 입혀진 외부 대상으로의 무조건적인 흡수를 거부한다. 벌거벗은 자기 존재의 의미를 찾고자 하는 그들의 목적과 이를 위해 그들이 의지하는 수단 사이에는 이미 극복할 수 없는 단절이 놓여 있는 것이다. 그리고 그들은 이러한 모순, 나아가 그들이 모르고 있던 존재의 근본적인 진실을 막연하게나마 직접 체험하게 되는데, 곧 절대적인 침묵 속에 파묻힌 익명적 밤의 불면 속에서 그러하다.

Lorsque les formes des choses sont dissoutes dans la nuit, l'obscurité de la nuit, qui n'est pas un objet ni la qualité d'un objet, envahit comme une présence. Dans la nuit où nous sommes rivés à elle, nous n'avons affaire à rien······ il n'y a pas <quelque chose>. Mais cette universelle absence est à son tour, une présence, une présence absolument inévitable······ Elle est immédiatement là. Il n'y a pas de discours. Rien ne nous répond, mais ce silence, la voix de ce silence est entendue et effraie comme <le silence de ces espaces infines> dont parle Pascal. Il y a en général, sans qu'on puisse accoler un substantif à ce terme Il y a forme impersonelle, comme il pleut ou il fait chaud. Anonymat essentiel······ Ce qu'on

---

199) E. Levinas, 『시간과 타자』, *op.cit.,* p.21, 서동욱, 『차이와 타자』, *op.cit.,* p.317.
200) E. Levinas, 『시간과 타자』, *op.cit.,* p.35.

appelle le moi, est, lui‑même, submergé par la nuit, envahi, dépersonnalisé, étouffé par elle. La disparition de toute chose et la disparition du moi, ramènent à ce qui ne peut disparaître, au fait même de l'être auquel on participe, bon gré mal gré, sans en avoir pris l'initiative, anonymement.[201]

사물들의 형상이 밤 속에서 녹아버릴 때 대상도 대상의 성질도 아닌 밤의 어둠이 하나의 현전처럼 침범해 온다. 밤 속에서 우리는 어둠에 매여 있으며 아무것도 할 것이 없다…… <무엇인가>는 더 이상 존재하지 않는다. 그러나 이 보편적 부재는 하나의 현전, 절대적으로 피할 수 없는 하나의 현전이다. 이 현전은 직접적으로 거기에 있다. 아무런 담론도 없다. 아무것도 우리에게 응답하지 않으며, 침묵, 침묵의 목소리, 파스칼이 말했던 <이 무한한 공간의 침묵> 만이 들려오고 우리를 전율하게 만든다. 일반적으로 '있음'은 하나의 명사와 일치시킬 수 없는 것이며, 비가 온다거나 날씨가 덥다와 같은 표현에서 볼 수 있는 비인격적인 형식으로 있다. 있음은 본질적인 익명이다…… 우리가 자아라고 부르는 것은 그 자체 밤 속에 휩쓸리며, 밤에 의해 침범 당하고 비인격화되고 질식한다. 모든 사물과 자아의 사라짐 뒤에는 사라질 수 없는 것이 남는다. 즉 싫든 좋든 간에 자발적인 주도권도 없이 익명적으로 우리가 참여하는 존재의 사실 자체가 남는다.

레비나스는 인간에게 있어서 가장 원초적인 경험을 부조리에 대한 경험이라고 주장한다. 그것은 곧 존재 자체에 대한 경험을 말하며, 인간이 자기 존재의 의미를 위해 흔히 의지하는 것과 존재 그 자체 사이에 놓여 있는 분리의 경험이다. 인간들은 종종 자신이 살고 있다는 사실, 즉 존재함 그 자체보다는 그 삶의 내용과 삶을 둘러싸고 있는 것들에 관심을 기울인다. 하지만 삶이 그 내용을 상실할 때, 우리 자신이 존재의 의미를 동일시했던 사물들이 옷을 벗을 때, 그럼으로써 모든 것이 익명적이고 무의미한 상황으로 되돌려지는 것을 경험하는 순간 우리는 우리가 존재하고 있다는 사실 자체와 만나게 된다.[202] 테레즈가 밤의 무서운 침묵 속에서 경험하는 것이 바로 이러한 상태로, 모든 것이 무의미에 휩싸여 있지만, 그렇다고 그

---

201) E. Levinas, 『존재에서 존재자로De l'existence à l'existant』, Vrin, Paris, 1978, pp.94‑95.
202) 강영안, 『주체는 죽었는가』, op.cit., pp.225‑226.

것으로부터 벗어날 수도 없는 상태가 그것이다.

　레비나스는 이러한 상태를 '있음il y a'의 상태라고 명명한다. '있음'은 개체화된 인간 주체가 구성되기 이전의 익명적이고 비인격적인 '존재함'으로, 그의 표현에 따르자면 '존재자 없이 존재함'을 말한다. 그것은 부재 내부의 현존, 모든 것이 침묵을 지킬 때 듣는 소리, 존재자 없는 존재, 텅 비어 있는 것의 충만함이다.203) 레비나스는 이러한 '존재의 익명적 있음il y a de l'être'을 '근본적인 진리'라고 이야기한다.204) '있음'은 이성에 의해 알려질 수 있는 것보다 선행하는 것으로 밤의 침묵 속에서 말로 설명할 수 없이 체험하는 일종의 직관적인 인식이라고 할 수 있다.205) 레비나스가 이야기하는 '있음'의 상태는 사물의 외관이 어두운 '밤' 속에 사라졌을 때, 아무 대상도 아닌 밤의 어두움이 우리를 사로잡을 때 경험할 수 있다. '어떤 것'이 더 이상 존재하지 않지만, 이러한 부재 자체가 절대로 피할 수 없는 현존으로 우리를 억누른다. 그것에 대한 어떠한 담론 또한 있을 수 없다. 오직 '침묵'만이 있을 뿐이다. 우리를 불안하게 만드는 '무한한 공간의 침묵', 즉 다만 '있

---

203) E. Levinas, 『존재에서 존재자로』, *op.cit.,* pp.10 - 11.

204) E. Levinas, 『도피에 대하여*De l'évasion*』, Fata Morgana, 1982, p.70.

205) 레비나스의 사상에 있어서 '있음'은 그의 사상적 본원을 이루고 있는 하이데거로부터의 단절의 의미를 가지고 있다. 예를 들어 하이데거에게는 '존재자 없는 존재함'이란 있을 수 없다. 존재는 항상 존재자를 통해서만 사유될 수 있다는 것이 하이데거 사상의 본질이라고 할 수 있다. 이와는 반대로 레비나스가 제시하는 '있음'은 애초부터 존재는 존재자에 귀속되지 않고 익명적으로 있다는 것을 의미한다. 레비나스에 따르면 인식될 수 있고 대상화될 수 있는 사물들을 완전히 제거하고 나면 '무'가 나타나는 것이 아니라 존재가 부재의 방식으로 나타난다. 그는 이러한 '부재의 현재'를 밤과 불면에 관한 서술을 통해 익명적 사건으로 설명하고 있다. 하이데거는 존재의 익명성을 강조하기 위해 Es gibt라는 표현을 사용한다. 비인칭 주어인 Es와 '주다'는 의미의 동사gibt로 이루어진 이 표현은 존재는 고정된 것이 아니라 '줌'으로 이해될 수 있는 사건임을 나타낸다. 특정한 존재자가 있다는 것은 동시에 존재가 자신의 고유한 것을 내어준다는 '탈소유'의 사건이다. 이와는 달리 레비나스는 특정한 존재자를 객체화하는 존재의 존재 방식을 '있음'으로 표현하면서, 그것을 '존재 가짐'으로 이해한다. Cf. *Ibid.,* pp.15 - 18, 이진우, 『이성은 죽었는가 - 포스트모더니즘의 철학』, 문예 출판사, 1998, pp.209 - 216.

을 뿐'인 본질적인 익명성만이 존재한다. 주어진 것도, 세계도 없으며, '나'도 밤의 침묵 속에 침몰된다. 이처럼 아무런 '매개' 없이 현존하는 부재가 곧 '있음'이다. 모리악의 인물들, 고독 속에서 고통받는 인물들이 밤의 절대적인 침묵 속에서 경험하는 낯선 두려움도 바로 이것이다. 밤의 침묵 속에서 잠들지 못하는 테레즈의 경험은 바로 본질적인 익명성 앞에서 자신의 존재가 '벌거벗겨지는' 경험이다. 밤의 침묵 속에 사로잡혀 있는 순간 인물들은 이전까지 자기 존재의 의미를 구성한다고 생각했던 모든 것, 즉 자기와 세계에 '옷'을 입히는 수많은 '매개체'로부터 벗어나, 자기의 존재와 직면하게 되는 것이다.206) 이러한 맥락에서 테레즈가 등장하는 마지막 작품의 제목이 『밤의 끝』이라는 사실은 의미심장하다.

– 죽 음

모리악의 작품 속 많은 인물들은 극한의 고독 속에서 자신들의 존재가 가진 본질적인 부조리에 직면하게 된다. 그들이 존재 정립을 위해 나아가는 길 자체가 그들 자신을 그 목적으로부터 더욱 멀어지게 하는 길이기 때문이다. 자기중심적 주체성을 포기하지 않는 한 그들은 항상 눈앞에 보이는 신기루를 뒤쫓기만 할 뿐 결코 그것에 이를 수는 없다. 여기에 모리악의 작품이 보여주는 근본적인 비극의 조건이 존재한다. 중요한 것은 '뒤쫓는' 것이 아니라 한 번의 도약, 한계를 넘어서는 초월을 통해 그 목적에 다다르는 것이다. 이러한 점에서 모리악의 인물들은 한결같이 '무한'에 대한 향수를 가지고 있다고 할 수 있다. 하지만 그들이 바라는 무한은 철

---

206) 레비나스는 '있음'의 상태를 특별히 '불면'을 통해 경험할 수 있다고 이야기한다. 불면은 구체적인 어떤 것과 관계하는 것도 아니고, 무엇을 깊이 생각하는 상태도 아니다. 그것은 어느 것에도 매개되지 않은 부재의 현존과 관계하는 것이다. 불면에 시달리는 사람이 할 수 있는 것은 아무것도 없다. 테레즈를 비롯한 모리악의 인물들에게서 볼 수 있는 바와 같이 우리는 불면 속에서 부조리와 무의미에 직면하게 되고, 스스로 자신의 존재에 대해 아무것도 할 수 없다는 무력감을 체험한다. E. Levinas, 『시간과 타자』, *op.cit.*, p.27, 『존재에서 존재자로』, *op.cit.*, p.109.

저하게 '역설'에 근거를 두고 있다. 우선 그들이 바라는 무한, 완벽한 존재의 정립에 대한 목적 자체가 '환상'에 불과하다는 사실을 인식해야 한다. 그 목표 자체가 환상에 불과하다 할지라도, 그 사실, 즉 그것이 환상이라는 것, 인간은 결코 그러한 목적에 도달할 수 없다는 것을 인정하는 순간, 그것은 역설적으로 환상이 아닌 하나의 실재로 우리에게 다가온다. 각자의 욕망에 의해 왜곡되고 '옷 입혀진' 진실을 있는 그대로 드러내야 하는 것이다.

『밤의 끝』에서 우리는 여전히 자기 존재에 대해 물음을 던지고 있는 테레즈의 모습을 볼 수 있다. 하지만 자기 존재의 의미와 '진리'의 문제를 탐구하는 데 있어서 그녀의 이성은 전적으로 무력하다. 그녀는 자신의 모든 지성과 의지력을 동원하여 자신을 둘러싸고 있는 '부조리함'에 대한 답을 얻어내려 하지만, 이성의 점진적인 깨달음을 통해서는 결코 그러한 목표에 다다를 수 없음을 느낀다.

> Enterrée vive, je soulevais une pierre qui m'étouffait. Mais maintenant, quel est ce fond de mon être sur quoi toujours je retombe?⋯⋯ Je grimpe, je grimpe, je grimpe⋯⋯ et puis je glisse d'un seul coup et me retrouve dans cette volonté mauvaise et glacée⋯⋯ Il faut qu'on me rejoigne dans le désespoir. Je ne comprends pas qu'on ne soit pas désespéré.[207]
> 생매장을 당한 것 같은 나는 나를 짓누르고 있던 돌 하나를 밀어젖히려고 했던 것이다. 하지만 내가 언제나 그 속에 빠져버리곤 하는 내 존재의 심연은 과연 어떤 것인가?⋯⋯ 나는 오르고 오르고 또 오르다가⋯⋯ 단숨에 떨어져 버렸다. 그리고는 이 얼음같이 차갑고 악의에 찬 의지 속에 빠져버린 것이다⋯⋯ 사람들은 나처럼 절망에 빠져야 한다. 나는 사람들이 절망하지 않는다는 것을 이해할 수 없다.

위 예문에서 볼 수 있는 테레즈의 독백은 마치 시지프스의 끝없는 노력을 연상시킨다. 그녀는 궁극적인 목적이라 생각하는 지점을 향해 고통 속에 조금씩 올라가지만, 곧 일순간에 미끄러져 결국 원래의 상태, 부조리에 둘러싸여 있는 '있음'의

---

207) F. Mauriac, 『밤의 끝』, *op.cit.,* pp.93 - 94.

상태로 되돌아오는 자신을 보게 되는 것이다. 나아가 테레즈는 자신이 처한 고통스럽고 절망적인 상황을 보편화하기에 이른다. 그녀가 생각할 때 절망적이지 않은 사람은 없다. 절망에 빠져 있지 않을 수 있다는 것 자체가 이해할 수 없는 사실이다. 끝없이 아래로 굴러 떨어지는 테레즈의 자기성 확립에의 노력은 곧 자신과 세계 사이에 놓여 있는 근본적 단절, 이러한 단절 앞에서의 절대적인 무력감에 다름 아니며, 그녀가 보기에 이것은 모든 사람들의 문제, 즉 인간 보편의 문제인 것이다.

모리악의 인물들이 이처럼 극심한 고독과 존재의 역설적 진리로부터 탈출을 욕망하는 가운데 종종 빠져드는 유혹이 바로 '죽음'에 대한 유혹이다. 인물들이 도피하고자 하는 '고독'은 곧 변하지 않는 '동일성'과 개별자를 억압하는 '전체성'의 산물이다. 따라서 그들의 도피 욕구는 '다른 것', '변화'하는 '개별적인' 것을 대상으로 한다. 이러한 점에서 '죽음'은 매우 중요한 의미를 지닌다. '죽음'은 곧 '본래성'으로 돌아가는 것임과 동시에 누구도 알 수 없는 절대적 다름, 절대적 타자성을 상징하기 때문이다. 이처럼 절대적으로 다른 것과의 만남 가능성을 제시해 주는 '죽음'은 그 자체로 '고독'을 파괴하는 역할을 수행한다.[208]

C'était une chance que mon père eût choisi, pour son dernier sommeil, un cimetière exotique. <Un jour, me dis-je, je m'embarquerai. Je traverserai les mers jusqu'à cette tombe de mon père, fleurie de fleurs que je ne connais pas.> La mort me devenait une occasion de départs, de croisières voluptueuses, de vaisseaux frétés avec le luxe d'un Lamartine voguant vers l'Orient.[209]
내 아버지가 삶의 마지막을 맞이한 장소로 이국의 묘지를 선택했다는 것은 행운이

---

208) E. Levinas, 『시간과 타자』, *op.cit.,* pp.62-63. "죽음, 그것은 하나의 계획을 가진다는 것의 불가능성이다. 이러한 죽음에의 일별은 우리가 절대적으로 다른 어떤 것, 일시적인 이타성을 담지하고 있는 어떤 것과 관계를 맺고 있다는 사실을 가르쳐 준다. 즉 우리가 향유를 통해 동화할 수 없는 일시적인 결정작용과 같은 것이 아니라, 존재 자체가 이타성으로 구성되어 있는 어떤 것과의 관계가 그것이다. 이처럼 나의 고독은 죽음에 의해 확증되는 것이 아니라, 죽음에 의해 깨어지는 것이다."

209) F. Mauriac, 『성년 의복』, *op.cit.,* p.86.

었다. <언젠가 나도 떠날 거야. 알지 못하는 꽃들로 뒤덮인 아버지의 무덤까지 바다를 건너갈 거야.>라고 나는 생각했다. 죽음은 내게 떠남의 기회이자, 관능적인 항해의 기회, 라마르틴처럼 동방을 향해 화려한 배를 빌려 가는 여행의 기회가 되었다.

위 예문은 『성년 의복』의 주인공인 자크가 일탈에 대한 시도로서 '죽음'을 상상하는 장면을 보여주고 있다. 보르도에서의 권태로운 삶과 새로운 것에 대한 동경 사이에서 갈등하는 자크는 떠남 그 자체를 동경하는 연령기에 막 접어든 청소년이다. 게다가 자크의 부모가 부재한다는 사실, 특히 그의 아버지는 막연한 떠남에의 갈망을 실천했던 인물로, 어딘지 알 수 없는 이국에서 죽음을 맞이했다는 사실은 자크에게 더욱 강한 탈출의 욕망을 심어 준다. 자크에게 있어서 아버지를 알지 못한다는 사실은 그 자체로 자기 존재의 근원에 대한 부조리함을 가져다준다. 특히 아버지의 부재가 다른 세계를 향한 떠남과 그곳에서의 죽음에서 비롯되었다는 사실은 자크의 내면에 더욱 큰 반향을 불러일으킨다. 자연스럽게 자크의 내면 속에서는 '열린 세계'로의 '떠남'과 '죽음'의 이미지가 공존한다. 그가 고독에 휩싸일 때마다 타인들, 특히 그 자신과 가까운 인물의 죽음을 상상하며 그들을 위해 슬퍼하는 데에서 쾌락을 얻는 이상한 버릇에 사로잡혀 있는 것[210] 역시 이러한 사실과 무관하지 않다.

모리악의 작품 속에서는 '죽음'과 관련된 상황이나 이미지들을 쉽게 발견할 수 있다. 때로는 테레즈나 그라데르와 같이 타인을 죽음으로 몰아가는 인물이 있는가 하면, 타인의 죽음으로부터 존재의 근본적인 깨달음과 변화를 체험하는 자들, 『르 사구앵』에서와 같이 극도의 고독 속에서 출구를 찾기 위한 방식으로 '자살'을 생각하거나 선택하는 자들도 있으며, 또는 장 펠루예르나 그자비에처럼 타인을 위해 스스로의 목숨을 포기하는 인물들에 이르기까지 이른바 '죽음'의 이미지는 모리악의 문학 세계를 관통하는 또 하나의 중심 요소로 작용한다. 앞서 언급한 바와 같이 '죽음'이 '절대적 다름'을 나타낸다면, 그것은 죽음이 인간으로서는 결코 알 수 없

---

210) *Ibid.,* p.84.

는 것, 어떠한 지적 능력을 통해서도 완전히 흡수하고 환원시킬 수 없는 그 무엇이기 때문이다. 특히 무조건적인 흡수에 저항하는 모리악의 인물들은 그만큼 죽음의 문제에 민감하다. 자신들을 둘러싸고 있는 전체성의 감옥으로부터 벗어나기 위해 실제로 그들이 의지할 수 있는 것이 흔히 '죽음'으로 여겨진다. 또한 고독 속에서 자기 자신과의 만남을 이루고 벌거벗은 자신의 모습을 바라보게 되는 데 있어서도 죽음은 또 하나의 명확한 의미를 가진다. 그것은 곧 '벌거벗은' 인간으로서의 명확한 한계, 외부 대상의 소유 속에서 무한한 것으로 여겨졌던 존재의 한계를 드러내 주는 역할을 하는 것이다. 따라서 그것은 인물들에게 본질적인 공포의 대상이기도 하다.[211]

물론 '죽음'을 선택하는 것, 즉 타인에 대한 살해의 기도나 자기 자신을 죽이는 행위는 모리악의 시각에서 보았을 때 결코 받아들여질 수 없는 행위들이다. 그가 보기에 그것은 인간적 보편성에도 어긋날 뿐만 아니라 신의 법loi divine에도 정면으로 어긋나는 일이다. 물론 긍정적인 죽음도 있다. 타인을 위해 스스로의 존재 자체를 포기하는 것으로서의 죽음, 또는 신의 은총에 의해 쓰임 받는 죽음 등이 이에 해당될 수 있을 것이다. 이에 더해 '죽음'이 가진 본질적인 의미, 무한으로의 '탈출'과 동시에 자신의 '한계'로서의 의미 역시 한 개인의 존재 변화에 있어서 결정적인 역할을 할 수 있다. 우리는 『독사들의 매듭』의 루이가 작품의 전체적 틀을 이루는 편지를 쓰기 시작한 것도 멀지 않은 미래로 다가온 자신의 죽음에 대한 인식에서 비롯되었다는 사실을 기억할 필요가 있다. 죽음은 절대적으로 외재적인 것이다. 그것은 환원 불가능한 것으로, 그 자체 절대적인 것, 혹은 무한한 것에 대한 초월의 의지를 표현하고 있다. 죽음에 대한 성찰, 특히 무한성으로서의 그 의미에 대한 성찰 이후 인물들이 타자에 대해서 역시 절대적 외재성으로서의 의미를 받아들이기 시작한다는 점은 매우 의미심장하다.[212] 게다가 고독 속에서 경험할 수 있

---

211) F. Mauriac, 『테레즈 데케루』, *op.cit.,* p.140. "죽는다는 것, 그녀는 항상 죽는 것에 대한 공포를 가지고 있었다. 중요한 것은 죽음을 정면으로 바라보지 않는 것이다."

212) *Ibid.,* p.141.

는 '자각'의 조건으로서 죽음이라는 절대적 한계에 대한 성찰 역시 커다란 의미를 내포하고 있다. 바로 이러한 '무한성', 이성으로는 이해할 수 없는 절대적 '역설'에 대한 경험을 통해 타자를 위해 나의 존재를 '포기'하는 것까지도 가능하게 된다. 모리악의 작품 속에서 이러한 의미의 '죽음'은 곧바로 '삶'과 연결된다. 누군가의 자기포기는 다른 누군가의 '구원'으로 연결되기 때문이다. 그리스도의 '죽음'이 모든 인류에게 '삶'을 가져다준 '역설'적 진실이 그의 작품 속에서도 그대로 드러나고 있는 것이다.

─ 연결과 단절

모리악은 대부분의 작품에서 인물들이 고독으로 인해 극심한 고통을 겪는 순간 그들의 내면에서 일어나는 갈등의 모습을 창문의 이미지를 통해 암시한다. 전체에 대한 저항으로 인해 집단으로부터 고립된 인물들에게 있어서 '창문'은 그 자신의 내면세계를 보여주는 중요한 상징적 요소로 작용한다. 인물들의 존재 변화와 관련된 순간마다 반복적으로 등장하는 창문을 여는 행위는 그들이 처한 부조리의 상태 자체를 상징하고 있다. 모리악의 인물들이 겪는 부조리의 상황이 본질적으로 욕망과 대상 사이의 불일치, 즉 외부의 대상을 소유함으로 존재 정립에 이르고자 하는 욕망과 정작 그 대상을 통해서는 결코 그 목표에 다다를 수 없는 현실 사이의 괴리로 집약된다고 할 때, 창문은 이러한 이중성을 동시에 보여주는 계기로 작용한다. 절대적인 고독의 절망 속에 빠진 인물들이 창문을 여는 행위를 통해 소통이 단절된 닫힌 세계로부터 벗어나 열린 세계로 나아가고자 하는 욕망을 표현한다면, 동시에 창문, 특히 어두운 밤의 창문은 내부와 외부를 분리 짓고, 그것을 바라보는 주체의 모습만을 반영하는 것으로 인물들에게 되돌아온다.

Il arrive fréquemment qu'à un moment critique ou signifiant de son histoire le personnage mauriacien se poste à la fenêtre; exclu, reclus, il oscille entre les lieux ouverts et les lieux clos et sa psychologie, en conformité avec son mode d'inscription dans l'espace, s'exprime en un perpétuel jeu de va‐et‐vient, de désir et de répulsion. Parce que sa relation au monde et ses propres obsessions l'isolent, le héros vit un état de tension qui l'amène à rechercher une échappatoire lui permettant de s'éloigner mentalement du lieu où il se trouve.[213]

이야기의 결정적이거나 의미심장한 순간에 모리악의 인물들은 종종 창문가에 자리 잡는다. 배척당하고 유폐된 인물들은 열린 공간과 닫힌 공간 사이에서 방황한다. 그들의 심리는 그들이 공간 속에 자리잡는 방식과 유사하게 욕망과 혐오감 사이의 끊임없는 오고감 속에서 드러난다. 세계와 맺는 관계와 자신들의 강박으로 인해 고립된 주인공들은 일종의 긴장 상태 속에서 살아가며, 그로 인해 자신들이 처한 공간으로부터 정신적으로 멀어질 수 있는 탈출구를 찾고자 애쓴다.

　모리악의 인물들은 자신들이 갇혀 있는 공간에서 결코 창문을 닫는 법이 없다. 극도의 고립 속에 갇혀 있는 그들에게 있어서 창문은 그들과 외부 세계를 연결시켜 주는 상징적인 가교인 것이다.[214] 외부와 내부라는 두 세계의 경계에 위치한 창문을 여는 행위는 인물들의 자유를 향한 몸짓으로 해석될 수 있으며, 창문 밖을 내다보는 인물들의 시선 속에는 고독으로부터 벗어나고자 하는 간절한 바람이 담겨 있다. 인물들이 고립되어 있는 공간이 타인들로부터 분리되어 닫혀 있는 공간이라는 점을 고려할 때 창문이 가지는 의미는 더욱 증대된다.[215]

　남편과 가족들로부터 종신형이나 다름없는 '감금'을 선고받은 테레즈는 고통이

---

213) A. Maraud, "모리악 소설에서의 창문La fenêtre dans le roman mauriacien" in 『프랑수아 모리악의 현재성Présence de François Mauriac』, Presses Universitaires de Bordeaux, p.162.

214) Ibid., p.163. "두 세계 사이의 경계인 창문은 해방을 향한 제스처 속에서 열린다. 인물들은 내면에서 일어나는 것으로부터 벗어나고픈 욕망 속에서 외부를 향해 눈을 돌린다. 그렇게 함으로써 하나의 현전, 압력의 체험을 거부하고자 하는 것이다."

215) Ibid., p.161. "창문의 위치와 기능은 대부분의 갈등이 닫힌 공간에서 회상되는 만큼 더욱더 주목할 만하다."

찾아올 때마다 창문을 여는 행위로 자유와 소통에의 갈망을 표현한다.216) 자연스레 테레즈에게 있어서 창문은 도피의 가능성과 일치된다. 창문은 일단 넘어서기만 하면 자유로울 수 있는 고립과 탈출의 경계에 위치한 관문처럼 여겨진다.217) 이러한 테레즈의 습관은 파리 생활에서도 반복된다. 『밤의 끝』에서 그려지는 테레즈의 생활은 고독으로부터 생겨나는 고통과 외부 세계에서 마주치는 적대적인 시선이 서로 맞물려 그녀를 거의 병적인 상태로까지 몰고 간다. 그녀는 타인들의 시선이 두려운 나머지 누구와의 소통도 시도하지 못할 뿐만 아니라 집 밖으로 나가는 일조차 꺼려한다. 하지만 그녀를 타인의 시선으로부터 보호해 주는 방은 또 다시 아르쥴르쥬에서의 감금 생활을 떠올리게 하는 고독의 장소로 변화한다. 이번에도 역시 그녀는 창문을 여는 행위로 고통을 잠재우고자 한다.218)

『문둥병자에게 입맞춤』의 장 펠루예르 역시 노에미와의 결혼을 앞두고 극심한 내적 갈등에 시달린다. 스스로가 노에미와 같은 여인의 남편이 될 자격이 없다고 생각하는 장에게는 여러 사람들의 시선을 받게 될 결혼 자체가 고통의 원인이 된다. 그러면서도 그는 자신의 고민을 그 누구에게도 털어놓지 못한다. 그 역시 소통불능의 세계 속에서 살아가는 고립된 섬과 같은 존재이기 때문이다. 이러한 고민 속에 휩싸여 잠을 이루지 못하는 장의 방 창문 역시 항상 열려 있는 것으로 묘사된다. 그에게 있어서도 열린 창문은 고독을 이겨 내기 위한 수단으로서의 의미를 가지고 있는 것이다.219)

---

216) F. Mauriac, 『테레즈 데케루』, *op.cit.*, p.130. "테레즈는 중얼거린다: <아르쥴르쥬에서…… 죽을 때까지……> 그녀는 창문으로 다가가 그것을 연다."

217) *Ibid.*, p.138. "그녀는 자리에서 일어나 창문을 열고는 새벽의 차가운 공기를 느꼈다. 도망가지 못할 이유가 무엇인가? 이 창문만 뛰어넘으면 될 것이다…… 그것은 무릅써 볼 만한 일이었다. 이 끊임없는 고뇌를 멈추기 위해서라면 무슨 일이든 할 수 있으리라. 벌써 테레즈는 안락의자를 끌고 와 십자형 유리창에 몸을 기대고 있다."

218) F. Mauriac, 『밤의 끝』, *op.cit.*, p.16. "이곳에서, 적어도 이 네 개의 벽과 내려앉은 값비싼 바닥, 일어나서 팔만 뻗으면 손에 닿을 듯한 천장 사이에서 그녀는 보호받고 있다고 느낄 수 있었다. 하지만 이 경계 안에서 머무를 수 있는 힘을 찾아야 했다. 이날 밤, 그녀는 이 안에 혼자 머무를 힘이 없는 것처럼 느껴졌다. 테레즈는 창문으로 다가가 그것을 열었다."

『사랑의 사막』의 쿠레쥬 부자도 소통에의 갈망과 고독이 겹쳐질 때면 언제나 창문을 여는 행위로 내면의 표현을 대신한다. 아버지인 의사 쿠레쥬는 가족들의 무관심과 마리아 크로스에 대한 정열 가운데에서 창문을 열고 밤의 소리에 자신을 내어 맡기곤 한다.[220] 작품의 마지막 부분에서 오랜 세월 후에 다시 만나게 된 마리아 크로스에 대한 실망과 자신이 간직해 온 열정과 복수심의 좌절을 한순간에 맛보게 된 레몽 역시 창문으로 다가간다.[221]

Mathilde écarta les rideaux, et colla son front à la vitre······ Mais elle étouffait dans cette chambre fétide. L'odeur de fumée et d'urine l'asphyxiait. Une vitre la séparait de ce rafraîchissement, de ce fleuve lacté, de cette nuit ruisselante sur les derniers lilas, sur les premières aubépines. Ses doigts touchèrent l'espagnolette, hésitèrent.[222]

마틸드는 커튼을 젖히고 유리창에 이마를 갖다 대었다······ 오히려 그녀는 악취가 나는 그 방안에서 더 숨이 막힐 것만 같았다. 담배와 소변 냄새 때문에 그녀는 질식할 것 같았다. 유리창이 그녀를 그 재생하는 밤의 분위기에서, 젖빛의 강물에서, 마지막 남은 라일락과 이제 막 피어나는 산사나무 꽃들 위로 흘러내리듯이 쌓여 가는 밤의 어둠에서 분리시켜 놓는 것이었다. 그녀는 손가락으로 에스파니아산 자물쇠를 만졌으나 망설이고 말았다.

모리악의 작품에서 '창문'은 '경계'를 의미한다. 앞서 살펴본 것처럼 창문은 고립과 소통불능의 세계 속에서 고통받는 인물들의 자유와 소통을 향한 갈망의 상징적

---

219) F. Mauriac, 『문둥병자에게 입맞춤』, *op.cit.,* p.41. "장 펠루예르는 그날 밤 한잠도 자지 못했다. 그의 방 창문은 젖빛의 밤을 향해 열려 있었다."

220) F. Mauriac, 『사랑의 사막』, *op.cit.,* p.140. "이 의사는 창문으로 다가가 어둠 속으로 몸을 기울였다. 그의 정신은 밤이 속삭이는 소리를 해석하려고 집중하고 있었다."

221) *Ibid.,* p.227. "그는 더 이상 혼자 있고 싶은 마음이 들지 않을 것 같았다. 이 방이 그를 조롱하는 것처럼 느껴졌기 때문이다. 그는 창문을 열고 느지막이 떠오른 달빛 아래 비친 지붕들을 바라보았다."

222) F. Mauriac, 『검은 천사들』, *op.cit.,* p.267.

장치로서의 의미를 가진다. 반면에 창문은 자유로운 외부 세계와의 '단절'을 나타내기도 한다. 고독으로부터 벗어나려는 인물들, 외부 세계와의 접촉을 이루고자 하는 인물들에게 있어서 창문은 자유의 공간으로의 초월을 방해하는 '장애물'이기도 하다. 즉 확장의 공간과 감금의 공간 사이, 여기와 다른 곳 사이의 경계에 위치한 창문은 인물들에게 기대의 공간임과 동시에 의심의 공간으로 받아들여진다.223) 위의 예문은 창문의 이러한 두 번째의 의미, 즉 자유로운 외부 세계와의 '단절'의 공간으로서의 의미를 보여주고 있다. 고독에 지친 마틸드에게 창문은 외부 세계로의 떠남을 가로막는 장애물이다. 그녀는 적막한 밤중에 만물이 자유로운 소통을 이루는 '신선한' 세계를 갈망하지만 그녀 앞에는 이 세계와 그녀 사이를 가로막는 창이 존재하며 그 창에 비친 모습은 고독과 어둠 속에 '감금된' 자신의 모습일 뿐이다.

> L'ambivalence suscitée par le dédoublement du personnage est au cœur de la problématique du romancier dès ses premières œuvres; participant du dedans et du dehors, le personnage mauriacien jouit d'une identité factice et ne parvient jamais à coïncider avec l'image qu'il donne de lui‑même.224)
> 인물의 분열로 인해 촉발된 양가성은 모리악의 초기 작품들에서부터 핵심적인 문제로 나타난다. 내부와 외부에 공히 속한 모리악의 인물들은 꾸며낸 정체성을 가지고 있을 뿐, 결코 스스로에 대해 부여한 이미지와 일치하지는 못한다.

연결과 단절을 상징하는 창문은 모리악의 인물들에게 있어서 공통적인 특징인 내면적 양가성을 보여준다. 고독 속에 있는 인물들은 대부분 세계에 의해 옷 입혀

---

223) A. Maraud, *op.cit.,* p.163. "횡단과 장애물이라는 두 가지 가능성 사이의 공간인 창문은 양가성을 보여주는 탁월한 공간적 메타포이다. 내부와 외부, 닫힘과 열림의 변증법, 나아가 갈등, 즉 긍정과 부정의 변증법이라는 관점 속에서 열려 있는 것과 닫혀 있는 것은 위기에 빠진 인물의 메타포가 된다. 원하면서 동시에 원하지 않는 인물, 존재와 겉모습 사이에서 양분된 인물, 도덕적 요구와 감각적 충동 사이에서, 욕망과 그것의 억압 사이에서 양분된 인물의 메타포인 것이다."

224) *Ibid.,* p.166.

진 자신과 순수한 자신 사이에서 방황한다. 그들은 전체성에 의해 강요된 존재의 의미를 거부하고, 이상적이고 초월적인 자기 자신의 존재를 만들기 위해 노력한다. 고독 속에서 그들이 바라보는 창문은 그들이 갈망하는 자유롭고 소통이 가능한 외부 세계의 모습을 보여준다. 하지만 곧 창문을 바라보는 사람은 내적인 갈망의 세계인 외부의 이미지와 감금되어 있는 자신의 이미지가 겹쳐지는 것을 보게 된다. 창문은 자유로운 외부 세계로의 연결 통로임과 동시에 고독과 감금 속에서 고통받는 인물을 반영하는 거울이기도 한 것이다. 자기를 확립하기 위해 외부의 대상에 의존하는 인물들의 양가적인 모순은 바로 창문의 이미지와 일치한다. 그들은 타인과 자신이 가진 것 속에서 자기 존재의 의미를 찾아내려 하지만, 그러한 시도는 또 다른 방황과 불확실성을 가져다줄 뿐이다. 창문에 동시에 투사되는 자유로운 외부 공간과 감금을 의미하는 내부 공간의 혼란스러운 겹침, 그리고 그 이미지를 바라보는 주체의 반영은 곧 그들 내면의 모순의 모습이다.225)

창문은 또한 타자에게 시선을 던지는 공간이자 동시에 자기 자신을 바라보는 공간으로 작용한다. 루이와 테레즈에게 있어서 창문은 스스로는 보임을 당하지 않고 타인을 바라볼 수 있는voir sans être vu 장소로 이용된다. 다른 한편으로 테레즈는 아르쥘르쥬로 돌아오는 마차의 창문을 통해 오직 자기 모습의 반영만을 보게 된다. 그 창 너머에는 '밤'만이 있을 뿐이다. 이때 테레즈는 창문을 통해 자기 자신에게로 돌아오게 된다. 항상 외부의 대상 속에서 자기를 확립하고자 했던 테레즈가 그 어떤 '옷'도 입지 않은 그 자신의 모습을 보게 되는 것이다. 루이 역시 창을 통해 부인과

225) *Ibid.*, p.167. "인물들은 흔들리는 정체성의 끝없는 추구 속에서 자기 자신을 잃어버린다. 그리고 창문의 메타포는 인물들의 혼란을 표현한다. 언어 앞에서의 그리고 자기가 탐색하는 것의 불확실성 앞에서의 혼란이 그것이다…… 자기 자신과의 일치가 불가능한 장소인 창문 앞에서 인물들 각자는 또 다른 자아, 일종의 반성적 이미지를 담고 있는 자아에게로 향하게 된다. 잠재적으로 모방적 욕망을 발동시킬 수 있는 또 다른 자아로 말이다. 동시에 그들은 자신을 다른 사람들로부터 분리시키는 거리를 유지한다. 바로 이 거리를 통해 인물들은 자기 자신을 인정하게 되고, 타인들과 구별될 수 있다."

자녀들의 이야기를 엿듣던 중 의식의 방향이 자기 자신에게로 되돌아오는 경험을 하게 된다. 가족들의 계략을 간파하기 위해 창을 통해 몸을 아래로 숙이고 있던 그는 점차 가족들의 이야기 속에 그려지는 자신의 얼굴을 바라보게 되는 것이다.

모리악의 인물들은 때로는 전체성에 대한 저항의 수단으로, 때로는 집단으로부터의 폭력의 결과로 부여되는 고립과 고독 속에서 자기 자신을 바라볼 기회를 가진다. 그들은 있는 그대로의 자신의 모습과 대면한다. 그리고 그들은 결정적인 존재의 변화를 맞이하게 된다. 자유로운 외부 세계와의 경계를 이루는 창문이 동시에 갇혀 있는 자아의 모습을 투영하고 있는 것처럼 극도의 고독으로부터 벗어나고자 하는 탈출의 욕망 속에서 인물들은 역설적이게도 자신의 벌거벗은 모습의 투영을 보게 된다. 소통불능의 상황 속에서 소통의 대상은 바로 자신이 될 수밖에 없다.

모리악에게 있어서 인간의 내면과 관련된 문제는 언제나 외부의 현상들과 연관을 가진 것으로 나타난다. 작품 속에서 창문의 이미지로 상징되는 연결과 단절은 이러한 작가의 특징을 단적으로 보여준다고 할 수 있다. 내부와 외부 사이의 이러한 오고감은 항상 각 개인들의 자기 성찰, 즉 '의식의 시험examen de conscience'226)을 목적으로 한다. 모리악은 자신이 창조해 낸 인물들의 삶에 이러한 과정을 필수적인 요소로 삽입시킨다. 이러한 자기 성찰은 벌거벗은 자기의 모습, 즉 있는 그대로의 자기의 모습을 볼 수 있는 가능성으로 연결된다.

2. 존재 변화의 가능성

모리악의 작품에서 부조리의 체험은 인물들의 좌절로 이어지지 않는다. 역설의 한 가운데에서 인물들은 흔히 자신이 살아온 삶과 자기 자신의 모습을 바라볼 수 있는 기회를 가지게 된다. 그리고 진정한 자기 자신을 발견하여 존재 변화에 이를 수 있는

---

226) N. Cormeau, *op.cit.,* p.66.

기회도 가질 수 있다. 고독과 고립은 그들로 하여금 자기 자신과의 관계, 절대적 타자인 신과의 관계를 재정립할 수 있는 기회를 제공한다. 구체적인 고통을 통해 그들은 자기중심적이었던 존재를 서서히 변화시키기 시작한다. 고립된 상황 속에서 그들이 절감하는 소통에의 욕구는 타자와의 직접적인 만남의 계기로 작용한다. 고독과 절망이 궁극적인 존재의 변화를 일으키는 장으로 이용되는 모습은 모리악의 작품에서 자주 접할 수 있다. 모리악의 인물들은 존재의 역설 속에서 다시 한번 선택의 기회를 맞이한다. 그리고 역설의 한복판으로부터 그들 자신을 선택함으로써 변화의 계기를 마련한다. 그들은 자신으로부터, 즉 자기중심적이고 '옷' 입혀진 자신의 모습으로부터 끊임없이 벗어나고 초월에 이르고자 하는 노력을 통해 감추어져 있던 자기 자신과 만나게 되며, 새로운 존재를 구현해 나가게 된다. 그리고 이러한 노력 자체가 그들의 삶에 하나의 방향을 제시하는데, 그것은 곧 무한성으로의 초월과 구원의 가능성이다.227) 이러한 가능성이 타인과의 관계를 통해, 그것도 완전히 새로운 관계의 가능성을 통해 열릴 수 있는 것 역시 주목해야 할 것이다.

> Mais si peu <penseur> que nous soyons, certaines évidences à la fin de notre vie émergent et s'imposent. Et d'abord, en ce qui me concerne, celle‐ci: c'est que ce qui marque les temps forts et les temps faibles d'une destinée, c'est l'accord ou le désaccord avec soi‐même······ Ceci me répugne, chez les alittérateurs, même s'ils m'attirent et me séduisent: leur parti pris de ne pas savoir ce qu'en réalité ils veulent, de ne pas vouloir le savoir, ce refus de le chercher, cet acharnement à s'éloigner de ce qu'ils désirent (que c'est frappant chez un Bataille!) ou plutôt à nier cette volonté et ce désir.228)

---

227) F. Mauriac, 『잃어버린 말과 되찾은 말』, *op.cit.,* p.159. "제 작품의 주인공들에게 있어서 산다는 것을 그들 자신으로부터 벗어나고자 하는 무한한 운동, 무엇이라고 정의될 수 없는 초월의 운동의 경험입니다. 그들이 아무리 비천한 존재로 그려지고 있다고 해도 그것은 마찬가지입니다. 삶이 하나의 방향, 하나의 목표를 가지고 있다는 점을 의심하지 않는 사람들은 결코 절망한 사람이 될 수 없을 것입니다."

228) F. Mauriac, 『내면회고록과 새 내면회고록*Mémoires intérieurs et Nouveaux Mémoires*

우리가 '사상가'는 아니라 할지라도 인생의 황혼기에 이르면 몇 가지 분명한 점이 드러나게 된다. 나로 말할 것 같으면 바로 다음과 같은 사실을 알게 되었다. 한 사람의 인생 속에서 강렬했던 시기와 연약한 시기를 특징짓는 것은 곧 자기 자신과의 일치와 불일치에 달려 있다는 것이다…… 반 문학가들 역시 내 관심을 끌고 매력 있게 보이는 점들이 있지만, 내가 그들에게서 가장 싫어하는 점은 바로 다음과 같다. 그들은 실제로 자신들이 원하는 것을 알지 못하고 있으며, 그것을 알려고 하지도 않는다. 자기가 원하는 바를 알려는 의지의 거부, 자신들이 욕망하는 것으로부터 끈질기게 멀리 떨어지고자 하는 점 (바타이유에게서 이런 것은 얼마나 충격적인 일인가!) 혹은 이러한 욕망과 의지를 부인하는 점 등이 바로 그것이다.

모리악은 스스로에 대한 성찰이나 자신을 알고자 하는 의지까지 소멸된 채, 스스로를 외부의 대상에 동일시하는 자들에 대해 강력한 비판을 쏟아낸다. 그에게 있어서 가장 중요한 문제는 바로 '자기 자신과의 일치l'accord avec soi-même'의 문제이다. 이와 더불어 가장 문제가 되는 것은 자신과의 일치를 시도조차 하지 않는 자들의 행태이다. 스스로가 원하는 것이 무엇인지를 모르는 것, 나아가 그것을 알고자 하지도 않는 것, 끊임없이 자신이 욕망하는 것으로부터 멀어지고자 하는 것, 여기에 바로 인간과 시대를 사로잡는 위선과 거짓이 존재하는 것이다. 모리악은 비록 자신이 '존재'에 대해 성찰하는 철학자는 아니라 할지라도 삶에 있어서 한 가지 결코 떨쳐버릴 수 없는 명백한 요소를 이야기할 수 있음을 주장한다. 그것은 무엇보다도 한 사람의 인생에 있어서 자기 자신과의 관계가 중요하다는 점이다. 삶의 어떠한 순간에 있어서도 그 삶의 방향을 결정짓는 가장 근본적인 요소는 바로 자기 자신과의 일치 여부에 있다. 타자와의 관계들이나 모든 사회적 관계들에 앞서서 한 개인이 자기 자신과의 관계 정립을 할 수 있느냐가 근본적으로 요구되는 부분이다. 같은 맥락에서 그는 현실 속에서 자신이 원하는 것, 자신이 욕망하는 것으로부터 의식적으로 거리를 두려는 경향에 대해 위와 같이 반감을 표시하고 있는 것이다. 그가 보기에 실제 개별적인 인간의 삶에 있어서 가장 본질적인 점을 구성하고 있

intérieurs』, Flammarion, 1985, p.216.

는 요소들은 추상적인 성찰이 아닌 구체적 욕망들이다. 실제로 수많은 사람들이 실제의 삶 속에서 이러한 욕망들의 노예가 되어 있다. 바로 이러한 종속 상태로부터 벗어나기 위해서라도 그것에 대한 탐구를 회피해서는 안 된다. 구체적인 상황 속에서 드러나는 구체적 욕망과 의지의 구현물들을 통하여 그것의 본질을 파악해 낼 때에만 존재에 대한 진정한 이해와 변화가 가능하다는 것이다.

– 자기성의 확립

테레즈라는 '괴물'이 겪는 고통과 갈등은 남편인 베르나르로 대표되는 가족이라는 조직, 더 정확히 말해 그 지방의 사회적 인습에 대한 순응주의conformisme sociale와 개인으로서의 자아실현 및 자유의 추구 사이에서 빚어진 부조화로부터 기인한 것이라 할 수 있다.

그녀가 간직했던 소녀 시절의 순수한 행복과 즐거움은 결혼 이후 송두리째 소멸되기에 이른다. 베르나르와의 결혼은 그 자체로 테레즈의 삶에 급격한 전환점으로 작용하며, 고통스러운 내적 갈등을 시작하게 만드는 출발점이 된다. 물질적인 가치관에서 벗어나지 못하며, 인습과 전통이 모든 것을 지배하는 가정이라는 집단 속에서 그녀는 시간이 갈수록 개인으로서, 테레즈라는 한 인간으로서 자신이 가진 존재의 의미가 사라지는 것을 느낀다. 그녀가 속한 가정은 외적인 면, 즉 타인의 눈에 비치는 면에 대해서만 관심을 기울일 뿐, 정작 내면의 삶에 대해서는 신경조차 쓰지 않는다. 이처럼 권태, 고귀한 사명과 의무의 부재, 일상의 저속한 습관으로만 이루어진 가정 속에서 테레즈는 존재의 의미를 상실하게 될 위기에 빠지고 만다.

Ce que je voulais? Sans doute serait‐il plus aisé de dire ce que je ne voulais pas; je ne voulais pas jouer un personnage, faire des gestes, prononcer des formules, renier enfin à chaque instant une Thérèse······ voyez, je ne cherche qu'à être véridique; comment se fait‐il que tout ce que je vous raconte là rende un son si faux?[229]

내가 원했던 것이라고? 오히려 내가 원하지 않았던 것을 말하는 편이 더 나을 듯하네. 난 누구의 역할을 하는 것, 강요된 행동을 하는 것, 판에 박힌 이야기를 하는 것, 매 순간 진정한 나 테레즈를 배반하는 것이 싫었어…… 보다시피 난 오직 솔직 하려고 애쓰고 있어. 어째서 내가 당신에게 하는 이야기는 다 가짜로만 들리는 거지?

위의 예문은 파리로 떠나기 전 그녀가 베르나르와 나눈 마지막 대화 장면으로 가족 집단에의 흡수에 저항함으로써 자신의 존재 의미를 되찾고자 했던 테레즈의 내적 갈등이 고스란히 표현되고 있다. 원하는 것이 무엇이었냐는 남편의 질문에 그녀는 자신이 원하지 않았던 것으로 대답을 대신한다. 테레즈가 바랐던 것은 자신이 원하지 않는 것에 순응하지 않는 것, 그럼으로써 있는 그대로의 자신의 존재를 전체성 속으로의 상실로부터 지키는 것이었다. 그녀는 가족이라는 '전체'의 법에 스스로를 내어 맡김으로 외면만 남은 허수아비와 같은 존재가 되기를 거부한 것이다.[230]

테레즈는 부르주아 사회의 모든 가치, 즉 가정과 사회에 관련한 모든 법칙, 특히 개인의 존재를 말살시키는 법칙에 철저하게 저항한다. 가족 집단의 이름도 없는 노예로 종속되는 것을 거부하고, 현실적인 삶 속에서 자기를 찾고 자유로워지고자 한다. 하지만 이러한 그녀의 내면적인 욕구가 커질수록 가정의 억압 또한 더욱 무겁게 그녀를 짓누른다. 이러한 과정 속에서 테레즈가 느끼는 내적인 고통은 더욱 심화된다. 이처럼 내적으로 심화된 갈등은 남편에 대한 독살 기도라는 극단적인 결정에까지 이르게 된다. 테레즈의 내면을 사로잡고 있는 반항심이 범죄에의 유혹으로 이어지는 것이다. 테레즈의 범죄 행위는 고립된 집단으로부터의 해방과 자유에 대한 갈망의 표현임과 동시에 그것을 방해하는 현실, 억압적인 전체성에 대한 투쟁의

---

229) F. Mauriac, 『테레즈 데케루』, op.cit., p.181.

230) N, Cormeau, op.cit., p.60. "사회적 자아는 누구나 명백히 읽어 낼 수 있는 현상에 불과하다. 그것은 관습, 메커니즘, 예의, 직업 등으로 이루어진 외관이다. 그리고 이 외관 아래에는 그 자체로서의 사태 — 얼마나 잘 보전되어 있는가 — 가 모습을 숨기고 있다."

극단적인 표현이라고 할 수 있다. 나아가 그것은 진정한 자아, 자유로운 영혼을 가진 개인으로서의 자아, 어느 것으로의 흡수나 환원도 단호히 거부하는 개인으로서의 자아를 되찾고자 하는 의지의 표현이기도 하다.[231]

Non: rien à dire pour sa défense; pas même une raison à fournir; le plus simple sera de se taire, ou de répondre seulement aux questions. Que peut‐elle redouter? Cette nuit passera, comme toutes les nuits; le soleil se lèvera demain: elle est assurée d'en sortir, quoi qu'il arrive.[232]

아니, 자신을 변호하기 위해 아무 말도 할 필요가 없다. 이유를 덧붙일 필요도 없다. 가장 간단한 것은 입을 다무는 것이다. 아니면 묻는 말에만 대답하는 것이다. 무엇을 두려워할 필요가 있는가? 다른 모든 밤처럼 이날 밤도 지나갈 것이다. 내일은 태양이 떠오를 것이다. 그녀는 어떤 일이 일어나더라도 그것으로부터 벗어날 수 있다고 확신했다.

　재판을 받고 아르쥴르쥬로 돌아오는 길에서도 테레즈는 여전히 '벗어남'에 대한 강렬한 욕구를 느낀다. 자신의 존재를 짓누르는 무서운 침묵과 고독, 의사소통의 가능성 자체가 단절된 집단으로부터 벗어날 수 있는 가능성, 세계와 자기 존재 사이에 놓여 있는 극복할 수 없어 보이는 단절로부터 벗어날 수 있으리라는 막연한 희망이 그녀의 내면을 가득 채운다. 그녀는 자신도 모르는 사이에 자신이 알고 있는 바와는 다른 남편, 자신을 이해할 수 있으며, 최소한 이해하기 위해 노력하는 베르나르의 모습을 상상하기도 한다. 하지만 그를 다시 보게 되는 순간, 그녀의 이러한 희망들은 무참하게 깨지고 만다. 그녀의 앞에는 오직 자기 앞에 있는 '괴물'

---

231) *Ibid.,* p.114. "요컨대 그녀의 범죄는 하나의 거부 행위에 다름 아니다. 그녀는 가정, 일상, 하찮은 것의 포로가 되기를 거부한다. 그녀는 개인적 실존을 열망하면서도 그것에 어떤 의미를 부여하는 데까지 이르지는 못한다. 아이 속에서 자기 자신을 무화시키는 여성들, 개성을 모두 버리고 집단의 노예가 되는 것을 자연적 임무로 받아들이는 여성들과는 달리 그녀는 자신의 개성을 확증하고자 한다."

232) F. Mauriac, 『테레즈 데케루』, *op.cit.*, p.121.

을 죽을 때까지 억압하고 감금시킬 계획을 가지고 냉혹한 시선만을 던지는 현실의 베르나르만이 있을 뿐이다. 결국 그녀는 가족의 판결에 따라 감옥 속에 있는 죄수와 같이 고독한 감금 생활 속에 갇히고 만다.

> Être une femme seule dans Paris, qui gagne sa vie, qui ne dépend de personne…… Être sans famille: Ne laisser qu'à son cœur le soin de choisir les siens – non selon le sang, mais selon l'esprit, et selon la chair aussi; découvrir ses vrais parents, aussi rares, aussi disséminés fussent – ils……[233)]
>
> 파리에서 혼자 사는 여자. 자기 생활비를 버는 여자. 누구에게도 의지하지 않는 여자가 되는 것이다…… 가족이 없는 여자가 되는 것이다. 자기 마음대로 자기 가족을 결정한다. 핏줄에 따라서가 아니라 정신세계가 같은 사람끼리, 또 육체에 의해서도. 아무리 드물고 아무리 흩어져 있다 하더라도 진실로 자신과 유사한 사람들을 발견할 것이다……

완전한 자아소멸의 상황 속에서도 테레즈는 개인적 자아실현에의 희망을 포기하지 않는다. 그녀는 존재의 위기가 더욱 심화될수록 그만큼 더 전적으로 자기 자신과의 만남을 갈망한다. 위 예문에서 테레즈는 상상을 통해서나마 파리에서 누릴 수 있을 독립적이고 자유로운 삶을 기대한다. 스스로 생활비를 벌면서 그 누구나 어느 집단에도 종속되지 않는 삶, 특히 '가족'이 없는 삶을 그녀는 꿈꾼다. 가족이라는 집단에 의해 일방적으로 선택당하고, 자신의 삶 전체를 종속시키는 것이 아니라 반대로 자신의 의지에 따라서 가족을 선택할 수 있는 삶이 그것이다. 가족 집단의 억압적인 인습과 전체성을 상징하는 혈연을 떠나 오직 자신의 의지에 따라서 살아갈 수 있는 삶을 그녀는 갈망한다.

무감각과 존재 상실의 위기 속에 젖어 있던 테레즈로 하여금 자기 자신과의 구체적 관계 확립에의 욕구를 불러일으킨 결정적인 계기로 우리는 그녀와 장 아제베도와의 만남을 볼 수 있다.

---

233) *Ibid.,* p.152.

Jean Azévédo me décrivait Paris, ses camaraderies, et j'imaginais un royaume dont la loi eût été de "devenir soi-même".234)

장 아제베도는 내게 파리와 그의 동료들에 대해서 이야기해 주었고, 나는 오직 '자기 자신이 되는 것'을 법칙으로 하는 한 왕국을 꿈꾸었지.

테레즈는 안느와의 관계를 정리해 줄 것을 요구하기 위해 장이라는 청년을 직접 만나기로 결심한다. 장을 만나러 가는 그녀의 내면 속에는 타자를 표상으로 대하는 자기중심적 사고가 가득 차 있다.235) 그녀는 장이라는 인물을 만나기 전부터 그의 의지와는 무관하게 자신의 의지대로, 자신이 원하는 방향으로 그를 움직일 수 있으리라 확신한다. 이때의 테레즈는 베르나르 가의 사람들과 마찬가지로 타자를 수단으로만 여기는 사고방식과, 전체성의 이름으로 개인을 지배할 수 있으리라는 확신으로 가득 차 있다. 하지만 이러한 그녀의 확신은 장과의 만남, 그와의 대화가 시작된 순간부터 점차 깨지기 시작한다. 애초의 목적과는 달리 그와의 대화가 지속됨에 따라 오히려 테레즈가 심각한 내면의 변화에 직면하게 된다. 장은 테레즈의 내면에 자신을 숨기고 웅크리고 있던 자아실현에의 욕구를 일깨운다. 그는 그녀가 그 지방에 사는 여느 사람들, 자신의 자아실현을 포기하고 전체성 속에 존재의 모든 의미를 내어 맡기고 살아가는 사람들과 다르다는 점을 강조한다. 다른 사람이나, 외부의 어떤 가치에도 의지하지 않고 '자기 자신이 되는 것devenir soi-même'을 주장하는 장의 이야기는 테레즈의 내면에 커다란 동요를 가져온다.

"Ici vous êtes condamnée au mensonge jusqu'à la mort."…… C'était impossible, à l'entendre, que je puisse supporter ce climat étouffant: "Regardez, me disait-il, cette immense et uniforme surface de gel où toutes les âmes ici sont prises; parfois une crevasse découvre l'eau noire: quelqu'un s'est débattu, a disparu……

---

234) *Ibid.,* p.95.
235) *Ibid.,* p.94. "그녀는 즉시 계획을 떠올렸다. 이 계획은 차질 없이 진행될 것이었다. 장 아제베도는 안느에게 부드러운 어조로 모든 희망을 앗아가는 편지를 쓸 것이다."

car chacun, ici comme ailleurs, naît avec sa loi propre; ici comme ailleurs, chaque destinée est particulière; et pourtant, il faut se soumettre à ce morne destin commun; quelques‒uns résistent: d'où ces drames sur lesquels les familles font silences. Comme on dit ici: Il faut faire le silence."[236]

"당신은 이곳에서 죽을 때까지 거짓으로 살도록 강요받고 있어요."…… 그의 말을 듣고 있으면 내가 이 숨 막히는 분위기를 참을 수 있다는 게 불가능하게 생각되었다. 그가 말했다. "저것 좀 보세요. 이곳의 모든 것이 사로잡혀 있는 이 끝없고 단조로운 결빙 상태를 보세요. 때때로 약간 금이 가면 검은 물이 나오지요. 누군가가 투쟁을 벌인다 해도 곧 사라져버립니다…… 어디든 마찬가지이지만 여기서는 각자가 자기 자신만의 법칙을 가지고 태어납니다. 어디든 마찬가지겠지만 여기서도 각자의 운명은 특수합니다. 하지만 모두 이 음울한 공동의 운명에 복종해야 하지요. 몇 명이 반항을 하기도 합니다. 거기에서 비극이 일어나고 그 일에 대해 온 가족은 침묵을 지킵니다. '침묵을 지켜야만 한다.'라고 말하지요."

장 아제베도는 이른바 가족 정신과 공동의 운명, 즉 전체성에 무조건적인 복종을 강요하는 지방 부르주아 사회의 인습과 개인에 대한 억압을 비판한다. 그의 말에 따르면 어느 곳에서와 마찬가지로 아르쥴르쥬에서도 개인은 각자 자신의 법칙을 가지고 태어난다. 그것은 지극히 개별적이고 특별한 운명이고 법칙이다. 하지만 곧 집단의 법칙 앞에서 그들 각자가 가진 개인적 법칙은 소멸되기에 이른다. 거기에는 오직 전체 속으로의 흡수라는 원칙만이 존재할 뿐이다. 몇몇 개인들은 이러한 흡수에 저항을 시도하기도 하지만, 전체의 '침묵' 속에서 그들의 주체성은 결국 배척당하기에 이른다. 아울러 장은 테레즈에게 '자신과의 관계'를 맺을 것을 주장한다. 자기 자신이 되는 것은 곧 전체성에 의해 덧씌워진 가면을 벗고 어떠한 술책도 없이 자신과 대면함으로써 있는 그대로의 자기 자신을 받아들이는 것을 말한다. 즉 전체 속에 흡수됨으로 삶 전체를 거짓 속에서 살 수밖에 없는 상황을 벗어나 개인으로서의 자신의 존재를 바라보아야 한다는 것이다.

---

236) *Idem.*

Ses attaques contre les préjugés et les conformistes des familles bourgeoises ont aiguisé l'esprit critique de la jeune femme et avivé le feu de sa révolte.[237]

부르주아 가정들의 편견과 순응주의에 대한 그의 공격은 이 젊은 여인의 비판 정신을 날카롭게 했으며 반항심을 불러일으켰다.

위와 같은 장의 주장은 테레즈의 내면에 잠자고 있던 비판 정신을 날카롭게 하고 반항심을 일으킨다. 이제 그녀는 자신과의 만남조차 시도해 보지 못한 채 자신과 관련된 모든 것을 전체 속에 종속시켜 왔던 자신의 삶, 오직 가족에 대한 맹목적인 순응만 일관해 왔던 삶에 대해 깊은 회의를 느낀다. "자기 자신을 부인하는 것보다 더 나쁜 것은 없다."는 장의 주장은 테레즈에게 해방을 의미하는 행동을 촉발시켜 결국 베르나르에 대한 범죄의 기도에까지 이어진다.[238] 아울러 그녀는 각 개인이 '자기 자신이 되는 것'에 몰두할 수 있는 '다른 세계'인 파리에서의 생활에 대한 막연한 동경을 키워 나가게 된다.

Comment lui expliquer? Elle ne comprendrait pas que je suis remplie de moi−même, que je m'occupe tout entier······ Moi, il faut toujours que je me retrouve; je m'efforce de me rejoindre······ Les femmes de la famille aspirent à prendre toute existence individuelle. C'est beau, ce don total à l'espèce; je sens la beauté de cet effacement, de cet anéantissement······ Mais moi, mais moi······ je serais impatiente de me retrouver seule avec moi−même.[239]

어떻게 안느에게 설명할 수 있을까? 나는 나 자신으로 가득 차 있고, 전적으로 나 자신에게만 열중해 있다고 말해도 안느는 이해하지 못할 것이다······ 나는, 나는 언제나 나를 다시 찾아야만 한다. 다시 나 자신과 만나려고 애써야 한다······ 가정 속

---

237) A. Séailles, *op.cit.*, p.73.

238) F. Mauriac, 『밤의 끝』, *op.cit.*, pp.70−71. "다른 모든 것을 능가하는 그녀의 범죄는 분명 한 인간과 관련된 것이었다. 그것은 공동의 법칙을 따르고 순종하는 데에서 비롯된 것이다. 정작 그녀는 법칙을 벗어난 존재였는데 말이다."

239) F. Mauriac, 『테레즈 데케루』, *op.cit.*, pp.166−167.

의 여자들은 자기의 개인적인 생을 모두 잃고자 열망하고 있다. 이 종족에의 기여란 아름다운 것이다. 나도 이 자기 소멸, 자기 무화의 아름다움을 느낀다…… 하지만 나는, 하지만 나는…… 나는 혼자 나 자신과 다시 만날 수 있기만을 초조하게 기다리게 될 것이다.

끊임없는 자아각성의 욕구 속에서 테레즈는 시간이 흐를수록 오직 자기 자신의 존재에만 몰두하게 된다. 그녀는 자기 자신으로 가득 찬 삶을 동경한다. 나아가 그 어떠한 일보다도 자기를 되찾는 일을 중요하게 생각한다. 물론 테레즈는 한편으로는 타인들 속에서 자신의 존재가 부각되기를 바라기도 한다. 타인들 속에서 자유롭게 존재하며, 타인과의 이상적인 교류를 꿈꾸기도 하지만, 이미 그녀는 타인들과의 삶 속에서 진정한 자유와 자기 자신과의 관계를 맺을 수 없다고 생각한다. 아르쥴르쥬에서의 모든 관계는 타인과의 직접적인 대면이 아닌 전체성에 근거한 측면적 관계이기 때문이다. 자신의 모든 개인적 삶과 존재의 의미를 가정이라는 집단의 전체성 속에 내어 맡기는 여성들의 삶에도 가치와 의미가 있을 수 있겠지만, 테레즈에게는 그보다도 자기 자신과의 구체적인 관계를 통해 자기성을 확립하는 것이 더욱 절실하다.

Non, ce n'était pas l'argent que cet avare chérissait, ce n'était pas de vengeance que ce furieux avait faim. L'objet véritable de son amour, vous le connaîtrez si vous avez la force et le courage d'entendre cet homme jusqu'au dernier aveu, que la mort interrompt……240)

이 구두쇠가 애지중지했던 것은 돈이 아니었다. 이 맹렬한 사람이 굶주린 것은 복수에 대해서도 아니었다. 만약 여러분들이 힘과 용기를 가지고 이 사람의 이야기를 마지막까지, 죽음으로 인해 그칠 때까지 들어본다면 그가 사랑했던 진짜 대상이 무엇이었는지를 알게 될 것이다.

---

240) F. Mauriac, 『독사들의 매듭』, *op.cit.*, p.16.

『독사들의 매듭』의 서문을 이루는 위 예문은 루이의 욕망에 대해 정의하고 있다. 삶의 모든 관심을 재산에 종속시키는 인간 혐오자인 루이는 가정의 폭군이자 전형적인 의미의 수전노이다. 그리고 루이는 가족들과의 극한적인 투쟁에 빠지게 된다. 자신의 아내와 자식들로 이루어진 집단은 루이의 목을 조를 '독사들의 매듭'을 형성한다. 그런 만큼 루이의 소유 의식 역시 더욱 강화되어 맹목적으로 변해 간다. 그에게 물질에의 집착은 집단에 대항하여 스스로를 지키기 위한 가장 중요한 자기 방어의 수단이 된다. 하지만 위의 예문에서 볼 수 있듯이 루이의 극단적인 저항은 결국 자신의 돈을 지키기 위함도, 가족들에 대한 복수를 위함도 아니다. 그러한 것들은 단지 외면적으로 드러나는 현상에 불과하다. 모리악은 작품의 서두에서 바로 이 점을 강조하고 있다. 즉 루이의 절망적인 몸부림은 진정한 자신의 삶을 찾기 위한 역설적인 표현이자 소통을 갈망하는 외침이라는 것이다.

레비나스는 자아를 무엇보다도 독립적이고 자족적인 것으로 설명하고자 한다. 하지만 그는 자아를 단순히 차이나 대립의 관점에서 바라보는 것을 피하고자 하는데, 이러한 개념들은 모두 자아와 타자를 '전체성'의 관점에서 바라보는 것이기 때문이다. 자아를 타자와 단순히 '다른' 것이나 '대립되는 것'으로 바라보는 것은 그 둘을 초월하는 거대한 객관적인 관점이 있어서, 그로부터 각항의 특성들을 비교해 볼 수 있다는 것을 의미한다. 즉 대립의 관점에서 사유하는 것은 자아와 타자를 상호 관련 속에서 규정하는 동일한 전체성에 속하는 양면으로 생각하는 것에 지나지 않는다.[241]

---

241) 레비나스는 분리를 플라톤이 말하는 '참여participation'의 반대 개념으로 사용한다. 플라톤의 철학에서는 개물이 의미를 가지고, 이성적인 사물의 대상이 되기 위해서는 그것이 자신을 포괄하는 '유개념', 즉 '이데아'에 참여해야만 한다. 이러한 유개념에의 참여 정도에 따라 각 개물의 존재의 가치가 정해지는 것이다. 플라톤의 철학에서 개물의 존재 여부가 문제되는 것이 아니라 '얼마만큼' 존재하느냐 여부가 중요시되는 것도 이러한 점에 기인한다. 각각의 대상들은 언제나 동일한 유개념에 참여하고 있어야 하며, 그래야지만 대상들 사이의 모순이 생겨나지 않게 된다. 각 개물들 사이의 차이 역시도 유개념의 관점에서 본 동일성 내에서만 생각될 수 있다. 이러한 의미에서 레비나스는 그리스로부터 이어 내려온 형이상학을 "분리를 제거하고, 통일을 추구하고자 노력해 왔으며", 언제나 "통일성으로 환원되고, 그 통일성과 합일되는 것을 목적

……autrui dans le monde est l'objet de par son vêtement même. Nous avons affaire à des êtres habillés. L'homme a déjà pris un soin élémentaire de sa toilette. Il s'est regardé dans la glace et s'est vu. Il s'est lavé, a effacé la nuit de ses traits et les traces de sa permanence instinctive – il est propre et abstrait. La socialité est décente. Les relations sociales les plus délicates s'accomplissent dans les formes; elles sauvegardent les apparences qui prêtent un vêtement de sincérité à toutes les équivoques et les rendent mondaines. Ce qui est réfractaire aux formes est retranché du monde…… La simple nudité du corps que nous pouvons rencontrer ne change rien à l'universalité du vêtement. La nudité y perd sa signification. Les êtres humains au Conseil de révision sont traités comme du matériel humain. Ils sont revêtus d'une forme.[242]

세계 안에서 타인은 그가 입은 옷 자체에 지배되는 대상이다. 우리는 옷을 입은 존재들과 관계한다. 인간은 이미 자신의 옷차림을 기본적으로 돌본다. 그는 거울에 자신을 비추어 보았고 또 그 모습을 응시했다. 그는 씻었고 그가 지닌 영구적인 본능의 모습들과 흔적들의 밤을 지워 없앴다. 이제 그는 깨끗하고 추상적이다. 사회성이란 적절한 몸가짐을 하는 것이다. 가장 섬세한 사회적 관계들은 형식 속에서 이루어진다. 사회적 관계는 모든 불분명성에다 엄정성의 옷을 입히고 사교성을 부여하는 외관을 보호한다. 형식을 따르지 않는 것은 세계로부터 쫓겨난다…… 우리가 어쩌다 접하게 될지도 모르는 신체의 단순한 벌거벗음은 옷의 보편성을 조금도 뒤바꾸지 못한다. 옷의 보편성 속에서 벌거벗음은 그 의미를 잃는다. 인간 존재는 심사 위원회에서와 같이 인간 물질처럼 취급된다. 인간 존재는 하나의 형식을 입고 있다.

레비나스는 상위에 있는 전체성의 일부분으로서의 개인들, 즉 전체를 매개로 하여

으로 했다.”고 비판한다. 이러한 철학은 타자를 타자로서 사유하지 못하며, 타자의 타자성을 사유할 수 없다. 타자는 언제나 전체성의 한 부분으로서만 사유될 수 있기 때문이다. 이것은 ‘자아’에 있어서도 마찬가지로 독립적이고 자기와 관계를 맺을 수 있는 자아는 있을 수 없으며, 언제나 전체 속에 흡수된 자아만이 있을 수 있을 뿐이다. E. Levinas, 『전체성과 무한』, *op.cit.,* p.75–76, 서동욱, “타인과 초월”, 『존재에서 존재자로』, 옮긴이 해제, p.207.

242) E. Levinas, 『존재에서 존재자로』, *op.cit.,* pp.60–61.

타자와의 관계를 맺어 나가는 개인들을 '옷을 입은 존재들êtres habillés'이라고 지칭한다. 인간을 전체 속에 종속시키는 '체제institution'로 이루어진 세계는 언제나 인간들에게 가치와 의미를 덧입힌다. 이처럼 전체에 의해 가치를 부여받는 인간은 항상 그가 입은 '옷'에 의해 지배되는 대상으로 전락한다. 이른바 '사회성'이라고 불리는 것은 '적절한 몸가짐'을 하는 것을 의미하며, 그 자체로 하나의 절대적인 '형식'을 구성한다. 그리고 이러한 형식, 즉 전체에 의해 입혀진 '옷'은 언제나 '보편성'을 상징한다. 이때 옷을 입은 존재는 하나의 사물처럼 취급될 뿐이며, 각 존재들의 '벌거벗은' 모습, 즉 고유의 개별적 의미들은 그 보편성 속에서 소멸된다. 나아가 이러한 형식을 따르지 않는 자들은 가차 없이 세계로부터 추방당하기에 이른다.243)

La socialité dans le monde est communication ou communion…… C'est par une participation à quelque chose de commun, à une idée, à un intérêt, à une œuvre, à un repas, au <troisième homme> que s'établit le contact. Les personnes ne sont pas l'une devant l'autre. Simplement, elles sont les unes avec les autres autour de quelque chose. Le prochain, c'est le complice. Terme d'une relation le moi ne perd dans ce rapport rien de son ipséité. C'est pourquoi la civilisation en tant que relation avec humains est à la fois restée dans les formes décentes et n'a jamais pu surmonter l'individualisme: l'individu reste plainement moi.244)

세계 안의 사회성은 소통 또는 공동체이다…… 공통적인 어떤 것에 대한 참여, 하나의 이념, 하나의 관심, 하나의 작업, 하나의 식사, 그리고 '제삼자'에 대한 참여를 통해서 계약은 성립한다. 사람들은 한 사람이 그저 다른 한 사람과 마주 대하고 있는 그런 관계에 있지 않다. 그들은 어떤 것을 중간에 놓고 그 주위에 몰려 있다. 이웃은 공범자이다. 이런 관계의 한 항인 자아는 이 관계 속에서 자신의 자기성의 그 어떤 것도 잃지 않는다. 따라서 인간들과의 관계로서의 문명은 적절한 몸가짐을 갖추는 형식 속에서 유지되는 동시에 결코 개인주의를 극복할 수 없다. 개별자는 전적으로 자아로 머무른다.

---

243) 서동욱, 『차이와 타자』, *op.cit.,* pp.317‒318 참조.
244) E. Levinas, 『존재에서 존재자로』, *op.cit.,* pp.61‒62.

이른바 '옷을 입은 존재들'은 항상 제삼의 항을 매개로 해서만 타자와의 관계를 가질 수 있다. 따라서 그들은 항상 '보편'이 내세우는 특정 가치의 옷을 입은 타자만을 만날 수 있을 뿐, 결코 '벌거벗은' 타자, 즉 타자 자체로서의 타자와의 만남은 이루지 못한다. 이른바 '참여'의 개념하에서는 각 개인의 개별성은 상실되고 전체 속으로의 환원만이 의미를 가질 수 있다. 즉 사람들은 한 사람이 다른 한 사람과 있는 그대로의 모습으로 마주 대하는 직접적인 만남을 가질 수 없으며, 항상 그들 개인보다 우월한 그 무엇인가를 그들 사이에 위치시키고 그 주위에 몰려들게 된다. '옷을 입은 존재들'로 이루어진 세계에서는 공동의 항, 즉 보편적 전체성이 언제나 각 개인의 개별성보다 우위를 점하며, 이는 곧 전쟁과 같은 폭력과 갈등을 양산하는 전체주의적 이념으로 연결된다.

옷을 입은 존재들 역시 전체 속에서 자신의 '자기성ipséité'을 간직한다. 하지만 이때의 '자기성'이란 개별적 존재로서의 '단독성'이나 타자 그 자체로서의 '타자성'과는 다른 의미를 가진다. 그것은 곧 옷을 입은 존재들이 가지는 '자기중심적' 성격을 지칭한다. 따라서 이러한 존재들 사이의 관계로 이루어진 문명은 결코 '개인주의'를 극복할 수 없다. 개별자는 전적으로 자아로서 남아 있지만, 그 자아는 공동체에 의해 덧입혀진 옷을 벗어버리지 못한 자아, 전체로의 흡수로부터 벗어나 진정한 자기 자신으로서의 존재를 정립하지 못한 자아이며, 곧 타자와의 직접적인 만남을 가질 수 없는 자아이다. 이들 사이의 관계와 그러한 관계들로 이루어진 집단의 차원에서 갈등과 폭력이 끊임없이 악순환되는 이유도 여기에 있다. 모리악의 작품 속에 등장하는 수많은 인물들, 그중에서도 베르나르로 대표될 수 있는 전체 속으로의 무조건적인 흡수에 안주하는 인물들도 나름대로의 '자기성'을 가지고 있다. 하지만 그들이 가진 자기성은 그 자체로 '자기기만'이며, 그들은 진정한 타자에로의 초월에 이를 수 없다. 바로 이러한 점에서 우리는 모리악의 인물들 중 '괴물'과 같은 자들이 오히려 존재 변화와 구원의 가능성에 더욱 가까이 접근해 있다는 점을 이해할 수 있다. 나아가 그리스도의 모방자 역할을 하는 성직자가 전체에 의해 옷 입혀지기를 한결같이 거부하는 것도 같은 관점에서 이해할 수 있다. 레비나스의 표현을 빌리자면 그들에게 있어서 진정한 자기를 만나고 그것을 바탕으로 타자와의 직접적인 관계를 맺어 나가기 위해 무엇보다 필요한 것은 그들 스스로가 옷을 벗고 '벌거벗은' 존재가 되는 경험이다.245)

- 과거로의 회귀

모리악의 작품에서는 기차나 마차 등의 운송 수단이 인물들의 자기 성찰의 공간으로 나타나는 경우를 볼 수 있다. 테레즈의 경우 재판을 마치고 집으로 돌아오는 마차 안이 가장 강렬한 성찰의 시간으로 변용된다. B시에서부터 니장, 위제스트, 빌랑드로, 생-클레르, 아르쥴르쥬에 이르는 공간의 이동은 테레즈의 내면 속에서 이루어지는 과거로의 시간적 이동과 비례한다. 역으로 향하는 4륜마차 안에서 그리고 기차 안에서 테레즈는 남편에게 할 말과 자신을 정당화시키기 위한 변론을 준비한다. 그녀의 생각은 유년기와 학창 시절까지 거슬러 올라가는데 바로 그 시절부터 이후에 자신이 행하게 될 행위의 싹이 마련되어 있었다고 느끼기 때문이다. 현재 자신이 처해 있는 상황과 그것의 원인을 이해하기 위해 테레즈는 기억을 통해

---

245) 모리악에게 있어서 '작가'는 무엇보다 '진리'에 집중할 수 있어야 한다. 그리고 진리를 향한 작가의 글쓰기는 그 자체로 '무상적gratuit'인 것이다. 모리악에게 있어서 진정한 무상적 행위는 신 앞에 있는 그대로의 모습으로, 옷을 벗은 모습으로 선 개별자에게서 찾아볼 수 있다. p.Emmanuel, "소멸될 수 없는 신념을 위한 변함없는 예술Un art inaltérable au service d'une foi indestructible", 『르 피가로 리테레르Le Figaro Littéraire』, 1970년 9월 7/13일, in 『모리악과 논쟁Mauriac et la polémique』, Association internationale des amis de François mauriac, L'Harmattan, 2001, pp.61-62. "모리악보다 더 스스로 참이라고 믿는 것을 표현해 내고, 경우에 따라서는 반대되는 생각을 가진 자들에게 강력한 공격을 가하는 데 있어 작가로서의 재능을 적절히 사용한 사람은 없을 것이다…… 언어를 향한 이 같은 문학적 열정은 곧 진리에 대한 열정에 다름 아니었다…… 젊은 시절 이후로 그에게 있어서 글을 쓴다는 것은 무상적인 기능, 무상성의 기능 그 자체로 남아 있었다…… 진정한 무상적 행위, 그에게 있어서 그것은 곧 우리의 의지와는 무관하게 우리를 신 앞에 벌거벗고 진실한 모습으로 서게 만드는 이 드러냄이었던 것으로 보인다."

자신이 남편을 독살하려고 하기까지의 시간들을 재구성한다. 공간적으로 그녀가 아르쥴르쥬에 있는 베르나르의 집으로 가까이 다가갈수록 시간적으로는 범죄 행위가 일어난 시간이 더욱 가까이 다가온다. 아르쥴르쥬에서 안느와의 우정을 맺었던 시기(2, 3장)에서부터 베르나르와의 결혼과 신혼여행으로부터 돌아오는 길에 파리에서 장 아제베도에 대한 안느의 정열을 알게 된 일(4장), 생-클레르에서 안느가 비아리츠로 떠난 사실을 알게 된 일(5장), 아르쥴르쥬에서 장과 만나(6장) 안느에게 결별의 편지를 쓰게 만든 일(7장), 그리고 생-클레르에서 딸 마리를 낳은 일과 베르나르를 독살하려고 시도했던 일(8장) 등이 순차적으로 테레즈의 관점을 통해 정리된다.

『성년 의복』에서도 마찬가지의 모습을 볼 수 있다. 특히 운송 수단은 인물들을 낯선 곳으로부터 익숙한 곳, 즉 그들의 고향과 가정으로 실어 나르는 공간의 이동과 더불어, 유년기의 기억까지 자신의 삶 전체를 거슬러 올라갈 수 있는 시간의 이동을 보여준다.

> Les événements de ma vie, surtout ceux de la veille, occupaient mon esprit. Un voyage en chemin de fer est une retraite forcée, et nous oblige à méditer sur notre destinée. D'humbles détails bientôt m'inquiétèrent.[246]
> 내 삶의 사건들, 특히 지난밤의 사건들이 내 마음을 사로잡았다. 기차 여행은 일종의 강요된 회귀와 같다. 여행 중에 우리는 우리 자신의 운명에 대해 숙고하게 되기 때문이다. 삶의 세세한 면들이 곧 나를 염려스럽게 만들었다.

인물들은 이러한 운송 수단에 몸을 싣고 자신이 태어난 공간을 향해 나아간다. 동시에 그들은 과거의 근원적인 추억으로도 거슬러 올라간다. 가정으로 향하는 차 안에서 그들은 삶 전체를 되돌아보는 회상에 잠기고, 자신들의 운명에 대해 성찰한다. 이전까지는 알 수 없었던 사소한 과거의 기억들이 새로운 의미를 가지고 그들

---

246) F. Mauriac, 『성년 의복』, *op.cit.,* p.222.

182

에게 다가온다. 자연히 차 안은 익숙함을 벗어나는 외재성과의 만남과 그것을 통해 자아의 내재적인 모습을 통찰하는 공간이 된다.

> Le temps du récit n'épouse pas la succession des événements dans la durée, il n'est pas linéaire, mais fractionné.[247]
> 이야기의 시간은 사건의 지속적인 연속과 일치하지 않는다. 그것은 선적이지 않으며 분할되어 있다.

모리악의 작품 속에는 이와 같은 과거로의 회귀retour en arrière의 장면이 자주 나타난다. 모리악은 인물들의 현재와 과거 사이를 끊임없이 오가면서 그들의 자각 과정을 전달한다. 쥬네트가 '서술상의 아나크로니anachronie narrative'[248]라고 불렀던 이러한 기법, 즉 스토리의 순서ordre de l'histoire와 이야기의 순서ordre du récit 사이의 불일치를 통해 모리악은 인물들의 자기성 확립과 존재 변화를 위한 내적인 투쟁 과정과 그들을 둘러싸고 있는 갈등의 근본적인 원인에 대한 탐색을 병행한다. 주인공 루이의 회고록 형태를 띠고 있는 『독사들의 매듭』은 작품 자체가 오래된 과거와 가까운 과거, 그리고 루이가 글을 쓰는 서술의 현재 사이의 계속되는 왕복으로 구성되어 있다. 모리악은 이러한 과거와 현재 사이의 왕래를 통해 선적인 시간 구성으로는 불가능한 아이러니의 효과를 불러일으키며, 무엇보다도 루이의 자기 성찰introspection의 모습을 드러내고 있다.[249] 테레즈의 경우에서와 마찬가지로 루이가 기술하는 먼 과거passé éloigné는 그가 글을 쓰는 현재의 상황을 설명해 준다. 글 속에서 기술되는 과거의 사건들은 글의 재료일 뿐만 아니라 루이의 현재의 삶 자체를 구성하고 있는 요소들이다. 사랑받지 못한 자의 전형이었던 청소년기, 이자와의 결혼과 신혼 생활, 그리고 이자의 고백 등 과거의 회상이 대화 단절과 적대시

---

247) A. Séailles, *op.cit.*, 1972, p.44.

248) G. Genette, 『문채Ⅲ *Figure Ⅲ*』, Seuil, 1972, p.79.

249) H. Shillony, *op.cit.*, p.22.

의 현재를 설명해 주는 것이다.

Le poids des actes révolus l'écrase: en dépit de ses efforts les plus sincères et les plus frénétiques, elle demeure prisonnière du passé. Quoi qu'elle en ait, Thérèse poursuit sa mission perturbatrice et pernicieuse.250)
지나간 행위의 짐이 그녀를 짓누른다. 매우 진지하고도 격렬한 노력에도 불구하고 테레즈는 여전히 과거의 노예로 남아 있다. 부득이하게도 테레즈는 자신의 혼란스럽고도 위험한 임무를 계속해 나간다.

테레즈는 끊임없는 자기성찰의 과정 속에서 자기 자신과의 만남과 자각에 이르는 듯하다. 그녀는 자신의 벌거벗은 존재의 모습이 보여주는 연약함과 그것을 감추기 위해 그녀 자신이 존재에 덧입혔던 수많은 허상들을 바라본다. 하지만 그녀는 끝내 진정한 자각과 존재 변화에는 이르지 못한다. 자기성의 확립을 위해 집단의 끝없는 폭력에도 불구하고 개별자로서 끝까지 저항했던 테레즈이지만, 정작 자신이 지향하던 목적과는 거리가 먼 삶을 살아간다. 위 예문에서 우리는 그 이유를 엿볼 수 있다. 여러 작품에 걸쳐 테레즈는 한결같이 지나온 과거로부터 벗어나지 못하고 있음을 볼 수 있다. 지나간 행위들의 무게가 그녀를 항상 짓누른다. 미래를 소유하고자 하는 노력에도 불구하고 그녀는 여전히 과거의 노예로 남아 있다. 그녀의 삶과 사고는 과거와 미래 사이의 충돌로 이루어져 있다고 해도 과언이 아니다. 『테레즈 데케루』의 처음 장면에서부터 우리는 이러한 면을 찾아볼 수 있다. 재판을 마치고 집으로 돌아오는 그녀는 마차 안에서 끊임없이 과거의 돌이킬 수 없는 짐과 미래의 환상 사이에서 방황한다. 이러한 과거와 미래 사이의 오감 속에서 그녀는 정작 현재의 구체적인 삶을 가지지 못한다. 테레즈의 궁극적인 불행의 원인, 그녀가 그토록 바랐던 자기와의 진실한 만남에 이르지 못하는 이유가 여기에 있다. 자신과의 만남, 그 어떤 옷도 걸치지 않은 순수한 자기와의 만남은 '현재'에 가능한 것이

---

250) N. Cormeau, *op.cit.,* p.115.

기 때문이다. 현재의 기반 위에 자신의 두 발로 서지 못한다는 것은 그녀에게 끊임없는 절망과 권태를 가져다준다.

- 현재와 홀로서기

레비나스에 따르면 지금, 곧 '현재'는 단순히 지나간 과거와 아직 도래하지 않은 미래의 중간에 있는 이행기가 아니다. 현재는 우리가 우리 자신의 활동을 통해서 삶을 다시 시작하는 순간이다. 즉 그 어느 것에도 의지하지 않고, 옷을 벗은 자아의 모습으로 새롭게 다시 일어서는 순간이 바로 현재인 것이다.

> Liberté à l'égard du passé et de l'avenir, le présent est un enchaînement par rapport à soi. Le caractère matériel du présent ne tient pas au fait que le passé lui pèse ou qu'il s'inquiète de son avenir. Il tient au présent en tant que présent. Le présent a déchiré la trame de l'exister infini; il ignore l'histoire; il vient à partir de maintenant.[251]
> 과거와 미래에 대해서 자유인 현재는 자신과의 관계에서는 언제나 얽매임이다. 현재의 물질적 성격은 과거가 짓누른다거나 자신의 미래로 인해 불안하거나 하는 사실과는 아무런 상관이 없다. 그것은 현재가 현재인 한, 현재와 결부된다. 현재는 존재의 무한한 흐름에 균열을 만들었다. 따라서 현재는 역사를 모른다. 현재는 지금으로부터 나온다.

이러한 의미에서 레비나스는 현재를 '홀로서기hypostase'[252]의 시간이라고 지칭

---

251) E. Levinas, 『시간과 타자』, *op.cit.,* pp.36‒37.

252) '실체'를 의미하는 이 단어를 레비나스는 하이데거의 실존 개념 속에 포함된 '탈자적 Ek‒stase' 존재의 의미에 반대되는 개념으로 사용한다. 즉 레비나스는 자기 바깥에 선 자가 아니라 자기 내면을 지닌 독립적인 실체로서의 존재자의 탄생을 설명하고자 하는 것이다. E. Levinas, 『존재에서 존재자로』, *op.cit.,* pp.137‒142, 엠마뉘엘 레비나스, 『존재에서 존재자로』, 서동욱 역, 민음사, 2001, pp.136‒137 역자 주 참조.

한다. 현재는 과거와의 단절을 전제로 한다. 따라서 현재라는 순간에 인간은 홀로 설 수 있다. "현재는 항상 새로운 시작이고, 그렇기 때문에 그것은 과거와 미래 사이의 한 순간이기 이전에 자기 자신을 새로운 시작으로 긍정하는 그 무엇, 곧 자아와 관계한다. 자아는 현재 이 순간에 <바로 여기에 내가 존재한다.>고 말할 수 있다. 지금 이 순간은 레비나스에 따르면 자아 그 자체이다."253)

현재 속에서 우리는 우리의 과거를 수용하고 미래를 설계할 수 있다. 세계와 존재의 익명성으로부터 벗어나 '나'로서 땅 위에 두 발을 딛고 홀로 서는 순간, 진정한 '나'의 모습과 대면하는 순간은 현재의 순간이다. 그러므로 그것은 매 순간 새롭게 일어섬을 의미한다. 현재는 언제나 지나가기 때문에 우리 역시 언제나 홀로서기를 새롭게 하고 확인해야 하는 것이다. 현재라는 시간을 통해 자아는 익명적인 역사, 즉 전체성 속에 흡수된 부속품으로서의 존재를 벗어나 자기의 존재와 직접적으로 대면하고, 그럼으로써 그 누구의 것도 아닌 자기의 삶을 살아갈 수 있게 된다. 바로 이처럼 '현재'의 순간 속에서 만나게 되는 '자기성', 즉 '자아'와 '자기'의 피할 수 없는 연관, 모든 권태의 원천이자 숙명적인 연관으로부터 궁극적인 '초월'의 가능성이 이야기될 수 있다.

자기 자신에 대해 누구보다 잘 알고 있으면서도 진정한 자기성의 확립과 자각에 이르지 못하는 테레즈의 비밀이 여기에 있다. 테레즈는 자신을 괴롭히는 무한한 욕망과 그 욕망의 실체, 그리고 그것에 자신을 내어 맡겼을 때 이루어질 모든 결과들에 대해서도 인식하고 있다. 『밤의 끝』에서도 그녀가 가진 의식의 명철함은 변하지 않는 특징으로 제시되고 있다. 그녀는 그처럼 명석한 이성으로 끊임없이 자기 자신에 대해, 그리고 자신과 타인들 사이의 관계에 대해 성찰한다. 그녀는 자신이 '무슨 일을 저질렀는지'를 알고 있다. 나아가 그 행위 속에 숨겨진 의미도 인식하고 있으며, 때로는 스스로에게 고통스러운 통제를 가하기도 한다. 매 순간 그녀는 이

---

253) 강영안, "엠마뉘엘 레비나스: 타자성의 철학", 『철학과 현실』, 1995, 여름, "해설: 레비나스의 철학" in 엠마뉘엘 레비나스, 강영안 역, 『시간과 타자』, p.128.

른바 '자기포기'에 이르기 위해 노력한다. 그녀 자신 속에 자리잡고 있는 강력한 악의 힘을 억압하고자 노력한다.[254] 하지만 그녀는 결정적인 결단, 즉 현재의 순간에 '홀로 서는' 결단에는 이르지 못한다. 테레즈는 '과거'의 포로가 되어 있기 때문이다. 현재 순간 속에 확고한 자기정립이 없이 맞이하는 과거는 결코 지금의 나와 단절을 이룰 수 없는 과거이다. 그것은 끊임없이 현재 속에 침투하여 새로운 의미의 시작을 방해한다. 그것은 미래에 대한 계획까지도 자신의 색깔로 물들인다.

이와는 달리 『독사들의 매듭』에서는 루이의 자각과 존재 변화, 즉 본질적 자기와의 만남의 모습을 볼 수 있다. 루이는 테레즈와 같이 현재를 출발점으로만 삼지 않는다. 루이의 현재는 근본적 갈등의 원인과 자기 자신을 찾아 떠나는 여행의 시작일 뿐만 아니라 그 여행으로부터의 도착지이기도 하다. 그는 과거에 머물지 않으며, 회상을 통해 발견한 사실들을 가지고 현재로 되돌아온다. 앞선 장에서 우리는 편지 형식으로 이루어진 작품의 1부가 실제로는 과거가 지배적인 닫힌 세계의 전형을 구축하고 있음을 살펴본 바 있다. 물론 기본적으로 회고록의 형태를 띤 작품의 성격상 과거의 틀로부터 완전히 벗어나기란 불가능하다. 하지만 작품 속에서 우리는 중요한 변화나 고비의 순간마다 현재가 삽입되어 있는 것을 볼 수 있다. 외면적으로 현재의 사용은 부차적인 매개체 정도의 역할만을 가지는 것으로 보이지만, 실제 그것이 삽입되는 장면과 전·후의 상황을 고려할 때 잠시 동안의 현재의 삽입은 매우 중요한 의미를 가지고 있음을 알 수 있다. 예를 들어 과거가 지배적인 1부의 마지막 장에서 우리는 화자인 루이의 현재로 시간이 되돌아오는 것을 볼 수 있다. 이 현재의 삽입을 기점으로 작품은 대화를 가장한 독백인 편지의 형식에서 루이의 존재 변화와 자기성찰의 본격적인 장으로 변화된다. 바로 이러한 현재의 삽입을 통해 1부의 전체를 구성하고 있는 과거와 관련된 여러 가지 사건들과 행위들이 루이의 현재적 삶과 2부에서 나타나는 존재 변화의 근간으로 작용하게 되는 것이다. 마찬가지로 2부에서도 과거형으로 서술된 사건들의 기술 이후 12장의 마지

---

254) N. Cormeau, *op.cit.*, p.116.

막 부분에서 현재로 되돌아온다. 특히 자닌느와 함께 보낸 야회에 대한 회상에 이어 나오는 현재형의 글쓰기는 미래에 대한 새로운 관점을 열어줌과 동시에 이후에 진행될 루이의 변화와 직접적 소통의 시도를 가늠하게 해 준다. 자각의 순간 루이 자신의 변화된 모습의 기술 역시 현재로 이루어져 있다.[255]

모리악의 작품 속에서 인물들의 자각에 기초한 존재 변화에는 언제나 은총이 개입한다. 모리악의 문학 세계에서 은총의 개입은 절대적이고 필연적인 중요성을 가지고 있다. 그런데 작품 속에서 인물들이 존재의 궁극적인 변화를 체험하는 순간, 다시 말해 은총의 개입을 직접적으로, 또한 '몸'으로 체험하는 순간은 언제나 '현재'와 관련된다. 절대자와의 소통이 이루어지는 것은 '지금'이라는 '순간'이다. 그 순간 은총을 체험하는 인물들은 더 이상 과거 속에 머물지 않는다. 그들에게 과거는 단순히 지나온 시간일 뿐이다. 은총을 체험하는 '지금 이 순간'은 과거와의 단절을 바탕으로 한다. 뿐만 아니라 '지금' 은총을 체험하는 이들에게는 미래 역시 환상에서 벗어나 현재의 구체성 속으로 편입된다. 이러한 체험이 밑바탕 되었을 때에서야 비로소 각 인물들은 변화된 주체, 타자를 위한 주체로서 절대적 무한의 시간으로 '비약'하고 '초월'할 수 있다. 밤늦은 시간 교회에서 실제적이고도 직접적으로 절대성의 '얼굴'과의 만남을 경험하는 『성년 의복』의 자크[256]나, 버림받는 아이인 롤랑을 위해 헌신하는 과정 속에서 십자가를 지고 앞서 가는 그리스도의 모습을 목격한 『속죄양』의 그자비에[257]는 한결같이 '현재'의 결단 속에서 이러한 경험을 하게 된다. 반면 현재의 홀로서기를 감행하지 못하는 테레즈에게 있어서는 '은총' 역시 과거의 아련한 추억이나 미래에 대한 어렴풋한 환상 속에서 주어지는 실체 없는 허상으로 느껴지는 것이다.

---

255) F. Mauriac, 『독사들의 매듭』, *op.cit.,* p.146.

256) F. Mauriac, 『성년 의복』, *op.cit.,* p.119.

257) F. Mauriac, 『속죄양*L'Agneau*』, Flammarion, 1954, p.138.

Mais la puissance du crime ne le soutenait plus. Une peur hideuse domina peu à peu les mouvements confus de sa pensée. Une impression de solitude l'écrasait, telle qu'il ne l'avait jamais ressentie. Seul! qu'est devenue cette présence brûlante en lui? Où donc ce guide obscur, cette voix insidieuse, ce conseil toujours présent? Jusque－là, il avait été comme un aveugle: il serrait fort la laisse et le chien tirait. Maintenant le chien a rompu la corde, les yeux de l'aveugle se sont ouverts et il y voit malgré les ténèbres.258)

하지만 범죄의 힘은 더 이상 그를 지탱해 주지 못했다. 끔찍한 두려움이 그의 생각의 혼란스러운 움직임을 조금씩 지배해 갔다. 그가 일찍이 느껴보지 못한 고통의 감정이 그를 짓눌렀다. 혼자라는 것! 그의 내면에서 불타고 있는 이 존재는 무엇이 되었는가? 그 어두운 안내자, 그 교활한 목소리, 언제나 현존하던 그 충고는 어디 있는 것일까? 그때까지 그는 마치 장님과도 같았다. 그는 개의 끈을 단단히 쥐고 있었고 개가 그를 인도하고 다녔다. 이제 그 개가 줄을 끊고 도망가 버리고 장님의 눈이 뜨인 것이다. 그는 어둠에도 불구하고 볼 수 있게 된 것이다.

Gradère devait communier le lendemain matin, mais pris de panique, il éprouvait à chaque instant le besoin de se reconfesser quelque ignominie oubliée lui revenant en mémoire.259)

그라데르는 다음 날 아침 성체 배령을 하기로 했다. 하지만 그는 매 순간마다 이상한 공포에 사로잡혀 다시 고해하고 또 고해해야 한다고 느끼고 있는 것이다. 잊고 있었던 추악한 일들이 그의 기억 속에 떠오르고 있었기 때문이다.

『검은 천사들』에서 발췌한 위의 두 예문은 지금까지 우리가 살펴본 자기발견과 자각의 과정 그리고 존재 변화의 순간을 요약해서 보여주고 있다. '악의 화신'으로 그려지는 그라데르에게도 자각을 위한 조그마한 기회가 주어진다. 악의 심연까지 추락했던 그라데르는 그런 만큼 더욱 이 순간을 절실하게 받아들인다. 타인들, 특히 가족들로부터 버림받은 그 역시 고독이라는 형벌에 처해진다. 예문에서 드러나

---

258) F. Mauriac, 『검은 천사들』, *op.cit.*, p.198.
259) *Ibid.*, p.273.

듯이 고독의 경험, 그 누구와도 소통할 수 없고, 무엇에도 의지할 수 없는 철저한 익명성의 경험은 그의 삶에 있어서 전혀 새로운 것에의 경험으로 주어진다. 그에게 고독이 가져다주는 의미는 단지 시·공간적으로 홀로 있음에 국한되는 것이 아니라, 그 자체로 충만한 홀로 있음, 익명성으로 가득한 상태, 부재로 가득한 현존, 다시 말해 벌거벗은 자신과 대면하게 되는 순간을 의미한다. 이 순간 그가 지금껏 자기의 것으로 해 왔던 대상들은 일거에 무의미 속으로 침잠된다. 대신 무의미 자체가 자아와 세계를 설명할 수 없는 방식으로 가득 채운다. 그의 내면에서 끊임없이 요동치던 정열과 그를 어둠의 길로 안내하던 검은 천사의 은밀한 목소리도 이 익명적 무의미 속에 가라앉는다. 이제 그는 완전히 벌거벗겨진 상태로 자신과 대면한다. 그리고 벌거벗음의 상태를 통하여 자신을 둘러싸고 있던 '옷'들의 비밀을 깨닫게 된다. 그는 자신을 덧입히고 있던 그 옷들이 자신의 눈까지도 가리고 있었다는 사실을 알게 된다. 욕망의 대상에 스스로를 동일시하는 한 인간은 언제나 맹목적이다. 철저한 무지가 그들을 지배한다. 그리고 이 '무지' 속에서 폭력과 갈등이 스스로를 정당화한다. 개인의 사라짐과 전체성의 군림이 정당화되는 것이다.

이러한 진실을 직시하는 순간 그라데르의 목을 묶고 있던 끈이 끊어진다. 한곳에 뒤엉켜 풀 수 없는 매듭을 이루던 '독사들의 매듭'이 여기에서도 그 종말을 맞이하는 것이다. 그라데르의 닫혔던 눈이 열리면서 이전에는 볼 수 없었던 것, 알 수 없었던 사실이 모습을 드러낸다. 이제 그는 자신을 둘러싸고 있는 어둠 속에서도 그 어둠의 진실을 바라볼 수 있게 된 것이다. 위 예문에서 우리는 그라데르의 자각과 변화의 순간이 '지금', '현재'에 기초해 있다는 사실을 알 수 있다. 그에게 있어서 과거는 마치 개의 목을 감고 있듯 자신의 존재 전체를 붙들고 있었던 무지와 맹목의 시간이었다. 하지만 '지금maintenant' 이 순간에 그는 이 맹목의 진실을 바라보고 비약을 준비한다. 작품의 마지막 부분에서 그는 기억에 떠오르는 대로 과거의 모든 행위를 고백하고자 한다. 고백에의 욕구가 자각과 존재 변화에 기인한다는 것은 의문의 여지가 없다. 중요한 것은 그의 '고백' 역시 '매 순간chaque instant',

'현재'에 이루어져야 한다는 데에 있다. 매 순간 다시 고백하는 것, 그것은 곧 매번 새롭게 다가오는 '현재' 위에 홀로 서는 것, 새롭게 시작하는 것을 의미한다.

J'eus soudain la sensation aiguë, la certitude presque physique qu'il existait un autre monde, une réalité dont nous ne connaissions que l'ombre······
Ce ne fut qu'un instant, – et qui, au long de ma triste vie, se renouvela à de très rares intervalles.[260]
갑자기 나는 날카로운 감정, 우리가 그림자 밖에는 알지 못하는 또 다른 세계와 현실이 존재한다는 거의 물질적인 확신을 가지게 되었소······
그것은 한순간에 불과했지만 내 슬픈 삶의 여정에서 아주 가끔씩 새롭게 찾아오곤 하는 감정이었소.

Eh bien, je te dois cet aveu! C'est au contraire quand je me regarde, comme je fais depuis deux mois, avec une attention plus forte que mon dégoût, c'est lorsque je me sens le plus lucide, que la tentation chrétienne me tourmente. Je ne puis plus nier qu'une route existe en moi qui pourrait mener à ton Dieu. Si j'atteignais à me plaire à moi – même, je combattrais mieux cette exigence. Si je pouvais me mépriser sans arrière – pensée, la cause à jamais serait entendue.[261]
물론 이 고백은 당신 덕으로 시작한 거요. 하지만 내가 기독교의 유혹에 시달렸던 건 두 달 전부터 내가 그래왔듯이 혐오감보다 더욱 깊은 주의를 기울여 나 자신을 바라보았을 때, 내가 가장 명철하다고 느꼈던 바로 그때였소. 이제는 나를 당신이 믿는 하나님께로 이끌어 갈 수 있을 하나의 길이 존재한다는 사실을 더 이상 부인할 수 없소. 만약 내가 스스로 만족하는 데 이르게 된다면 이 요구에 더욱 잘 맞설 수 있을 거요. 내가 다른 생각 없이 스스로를 무시할 수 있다면 이 논쟁은 완전히 끝나게 될 거요.

루이는 후에 고백록으로 변해 갈 편지를 쓰는 과정 속에서 자신에게 찾아오는

---

260) F. Mauriac, 『독사들의 매듭』, op.cit., p.38.
261) Ibid., p.92.

변화를 감지한다. 사실상 『독사들의 매듭』은 루이의 존재 변화 과정 그 자체를 그리고 있다고 할 수 있다. 작품 자체가 루이의 고백록의 형식으로 이루어졌음이 이를 뒷받침한다. 루이의 글, 그것이 편지이건, 고백록이건 간에 그의 글은 오랫동안 그가 고통받아 온 실체이자 가장 깊숙한 내적 욕구의 발로인 소통을 위한 마지막 수단이다. 편지의 형식을 통한 소통의 시도는 시간이 지남에 따라 그의 내면 속에 감추어져 있던 자아와의 만남의 장으로 변화한다. 편지가 고백, 즉 자각의 수단이 되는 것이다. 따라서 고백록을 시작하는 순간부터 우리는 그의 존재가 변화하기 시작했다고 할 수 있다. 위 예문에서 볼 수 있는 것처럼 그는 지금껏 자신이 경험해 온 세계와는 다른 또 다른 세계, 또 다른 현실이 존재한다는 사실을 거의 물리적으로까지 느끼고 있다. 그것은 이 세계에 대한 그의 느낌이 그만큼 구체적이라는 점을 의미한다. 루이의 이러한 경험 역시 '순간'에 근거한다. 그것은 그의 명석한 이성으로도 재구성할 수 없는, 다시 말해 표상화하여 환원시킬 수 없는 살아 있는 순간이다. 그러기에 그것은 드물긴 하지만 그의 삶 속에서 매번 새롭게 시작되는se renouveler 경험이다. 이러한 경험을 통해 루이는 결국 자신을 바라보는 데se regarder 이르게 된다. 지금껏 경험하지 못했던 또 다른 세계, 맹목의 껍질이 벗겨진 진실한 세계에 대한 어렴풋한 느낌은 그의 글과 삶의 방향을 다름 아닌 자신 속으로 향하게 만든다. 자신의 벌거벗은 모습을 바라본 이후 그는 진정한 외부의 세계로 시선을 향할 수 있게 된다. 더 이상 외부 세계는 그의 존재 확립을 위한 '먹이'나 환원의 '수단'이 아닌 있는 그대로의 모습으로 그에게 나타난다. 바로 이 세계, 현재에 근거한 세계 위에서 그는 타자와의 소통 가능성을 되찾게 되고 자신에게로 향한 절대적 초월, 즉 구원의 빛을 발견하게 된다.

- 비 약

모리악 작품의 가장 큰 특징이라면 악의 한복판에서 고통받는 인물들이 자각과 절대적 은총의 개입을 통해 존재 변화와 구원의 길로 나아가는 비약적 초월의 장면이라고 할 수 있다. 모리악은 여러 번에 걸쳐 죄악에 물들어 있는 인물들, 이른바 '잃은 양'들에 대해 특별한 애정을 표현한 바 있는데, 이러한 자들에 대한 그의 관심은 그의 작품 세계 전체에 걸쳐 직·간접적으로 드러나고 있다.

La plupart des hommes font "les braves contre Dieu": c'est qu'ils ne croient pas en Lui. Ils se moquent d'un Dieu qui, pour eux, n'existe pas. Mais il en est d'une autre race‒celle que Don Juan représente‒qui touchent à chaque instant le surnaturel et qui, pourtant, refusent de courber le front······ Se repentir? Ils ne comprennent pas ce que cela signifie······ Même entre les mains de Dieu, même tenu en suspens au‒dessus de l'abîme. Don Juan ne pourrait être sauvé que malgré lui. Il faut que la grâce fasse tous les frais de sa conversion; qu'elle le change non de caractère, mais de nature; qu'ils redevienne un autre homme‒l'homme nouveau.[262]

대부분의 사람들이 신에 대항해 '허세를 부리는' 것은 그들이 신을 믿지 않기 때문입니다. 그들은 자신들에게 있어서는 존재하지 않는 신을 조롱합니다. 하지만 이와는 다른 부류의 사람들도 있습니다. 바로 동 주앙과 같이 매 순간마다 초자연적인 것과 접촉하지만, 굴복하기를 거부하는 사람들입니다······ 회개한다는 것이요? 그들은 그것이 무엇을 의미하는지 이해하지 못합니다······ 심지어 심연의 위에서 신의 손에 붙들려 있을 때조차도 말이지요. 동 주앙은 그 자신의 의도와는 다르게만 구원받을 수 있을 것입니다. 그의 개종을 위해서는 은총의 개입이 필요합니다. 은총에 의해서 성격이 아닌 본질 자체가 변화해야 하는 것이지요. 즉 다른 사람, 새로운 사람으로 변해야 하는 것입니다.

위 예문에서 볼 수 있는 동 주앙에 대한 모리악의 평가는 그의 작품 속 인물들에게도 그대로 투영된다. 외면적으로는 물질적, 육체적인 욕망에 의해 사로잡혀 있는 듯이 보일지라도 그 내면은 항상 초월적인 것을 추구하고 있는 인물들이야말로

---

262) F. Mauriac, 『잃어버린 말과 되찾은 말』, *op.cit.,* p.55.

모리악의 관점에서는 누구보다도 변화와 구원의 가능성에 가까이 다가서 있는 자들이다. 그들은 비록 '회개'가 무엇을 의미하는지도 알지 못하지만 끊임없이 존재의 비밀을 추구하는 내면의 운동을 통해 은밀히 개입하는 은총으로 인해 자신들도 알지 못하는 순간에 초월에 이르게 된다. 동일한 물질적 욕망에 사로잡혀 있다고 할지라도 내면의 결핍, 존재의 근본적인 결핍을 인식하고, 그것을 극복하기 위해 끊임없이 노력하는 영혼과 외적인 안락함 가운데 안주함으로써 영혼이 죽어버린 자들 사이에는 근본적인 차이가 있다. 외면으로 나타나는 악의 유형과는 상관없이 내적인 영혼의 상태에 있어서 깨어 있는 인물들이 무한으로의 초월에 이를 수 있는 가능성을 가진 자들이다. 초월을 경험하게 하는 변화는 단순히 '성격caractère'의 변화가 아닌 '본질nature'의 변화이다.

모리악의 작품에서 악에 빠져 있는 인물들은 기독교적 사랑으로부터 버림받은 자들이라기보다는 오히려 더욱 강력한 힘에 의해 은총에 붙들린 자들이다.263) 맹렬한 정열에 사로잡힌 자들, 채울 수 없는 욕망에 사로잡혀 있는 자들, 탐욕스러운 소유욕에 가득 차 있는 자들은 한결같이 내적인 결핍을 인식하고 누구보다 간절하게 그 결핍을 채우고자 하는 자들이다. 방법에 있어서 그들은 이러한 목적에 다다를 수 없는 것들에 의지하고 있지만 그들의 내적인 영혼은 초월과 무한을 향해 열려 있다. 그들은 타인과의 극심한 갈등관계 속에 있으면서도 여전히 그들과의 소통에 목말라한다. 소통을 갈망한다는 것은 그들의 영혼이 깨어 있다는 사실을 보여준다. 결국 그들은 특별한 계기를 통해, 그것이 우연적인 것이라 할지라도, 자신들에게 전해지는 은총의 손길을 민감하게 받아들일 수 있으며, 존재 변화에 이르는 비약의 가능성을 자신들의 것으로 할 수 있다.

---

263) F. Mauriac, 『하나님과 마몬』, *op.cit.,* p.122. "죄악에 빠진다는 것은 기독교로부터 완전히 벗어남을 의미하지 않는다. 어쩌면 그것은 보다 강력한 손길에 의해 기독교에 다시 연결된다는 것을 의미할 수도 있다."

Ces forcenés, d'un seul élan, bondissent du plan de la nature à celui de la Grâce. Et ces voraces, ces insatiables, se retrouvent tout à coup complètement dépouillés, dans une nudité rayonnante, dans un renoncement exalté.264)

이 광포한 자들은 단 한 번의 비약으로 자연의 차원에서 은총의 차원으로 도약한다. 이 탐식가들, 만족하지 못하는 자들은 한순간 빛나는 벌거벗음 속에서, 승화된 포기 속에서 자신이 완전히 옷을 벗고 있는 모습을 보게 된다.

악에 빠져 있으나 초월을 갈망하는 인물들은 단 한 번의 비약d'un seul élan을 통해 은총의 세계로 들어간다. 위 예문은 인물들의 초월에 내포되어 있는 역설적 측면, 특히 존재 변화의 본질적 내용에 대해 구체적으로 설명하고 있다. 은총의 세계로 들어서는 순간 그들은 벌거벗은 모습의 개인으로 서게 된다. 그들을 둘러싸고 있던 모든 왜곡된 대상들이 사라지게 되고 대상들에게 집중되어 있던 맹목적 환상도 깨어지게 되는 것이다. 하지만 맹목적 사로잡힘, 역설적 악순환으로부터 벗어난 벌거벗음은 빛나는 벌거벗음nudité rayonnante이며, 승화된 자기포기renoncement exalté이다.

모리악은 심지어 죄까지도 방황하는 인간들이 신의 사랑을 발견하게 만드는 내면의 호소라고 생각한다.265) 따라서 그는 작품 속에서 종종 타락한 인간의 내면 깊숙한 곳에 자리잡고 있는 '초월에의 지향'을 때로는 은밀하게, 때로는 직접적으로 보여준다. 즉 죄에 의한 타락과 고통이 신으로부터의 소외가 아니라 구원의 길에 더욱 가까이 연결되는 일임을 나타내는 것이다.266) 모리악은 끊임없이 무한에 이르고자 하는 고통스러운 노력, 비록 이 노력이 때로는 타락의 겉모습을 하고 있다고 할지라도 그 노력 자체를 중시한다. 바로 그러한 노력을 통해서만 어떠한 '옷'도 입지 않은 순수한 영혼의 초월을 향한 비약적 모험이 가능하기 때문이다. 모리악의

---

264) N. Cormeau, op.cit., p.188.

265) F. Mauriac, 『장 라신의 생애La Vie de Jean Racine』, Plon, 1928, p.17.

266) p.H. Simon, op.cit., p.78.

작품 속에서는 인물들에게 부여되는 고통, 종종 너무나 격렬하여 숨 막히게 그려지는 갈등의 상황, '욕망'이라는 표현으로 함축되는 다양한 내적 욕구들이 모두 인물들의 자각과 존재 변화를 위한 장치로 사용된다. 초월과 구원의 관점에서 본다면 불행의 모습까지도 궁극적인 선의 구성에 도움이 되는 것이다.[267]

> Au centre du terrestre et humain paradis qu'ils nous promettent, l'arbre de la connaissance du bien et du mal est devenu l'arbre de l'ignorance du bien et du mal. Mais cette ignorance même ne leur suffit plus; il faut atteindre à ce renversement, à cette transmutation: il faut que le mal devienne le bien, que le mal soit le bien. Pour nous composer une belle vie, tout doit servir et même le mensonge et même les instincts les plus tristes.[268]

그들이 우리에게 약속한 지상의 낙원, 인간의 낙원의 한복판에서 선악과는 선과 악을 모르게 하는 나무로 변했다. 하지만 이 무지만으로는 더 이상 충분하지 않다. 악이 선으로 변하고 악이 곧 선이 되는 이 전복, 이 변화에 이르러야 한다. 아름다운 삶을 만들기 위해서는 모든 것, 심지어 거짓이나 가장 서글픈 본성들까지도 사용되어야 한다.

절대적 무한의 관점에서는 불행과 고통의 모습까지도 각 개인의 존재 변화를 위한 도구로 사용된다. 모리악의 작품 속에서 자기포기를 통한 초월에 이르는 인물들은 항상 죄의 유혹 속에서 고통스럽게 투쟁하는 인물들이다. 고통의 양가성은 가장 낮은 곳에서 높은 곳으로의 비약을 가능하게 해 주는 요소이다.

인물들의 이러한 비약적 존재 변화의 배후에는 항상 보이지 않는 힘, 즉 은총이

---

267) J. Lacouture, 『프랑수아 모리악 1』, *op.cit.*, p.331. "삶을 살다 보면 우리 안에 있는 모든 것, 심지어 가장 훌륭한 요소들까지도 신에 대항하게 되는 몇몇 순간을 겪게 된다. 반대로 어떤 경우에는 신이 직접 그의 길로 우리를 끌어들이기 위하여 우리의 비참함을 사용하기도 한다······"

268) F. Mauriac, 『일기 1*Journal 1*』, Grasset, 1934, pp.120–121, N. Cormeau, op.cit., p.73에서 재인용.

개입하는 것으로 그려진다. 은총은 인물들 사이의 관계와 그들의 운명에 개입하여 궁극적인 초월의 가능성을 제시한다. 모리악의 작품 속에는 이야기 전체의 진행 속에서 그다지 비중 있게 다루어지지 않는 부분이 작품 전체에 결정적인 의미를 부여하는 경우가 자주 나타난다. 은총은 우연적인 사건에 희생의 의미를 부여하여 인물들의 자각과 존재 변화를 향한 비약에 직·간접적인 영향을 주는 필연적인 결과를 낳게 한다. 이처럼 은총은 인물들 사이에 외관상으로 드러나지 않는 관계망을 형성하여 어떠한 만남도 무용하지 않도록 의미를 부여한다. 『속죄양』에서 서술되고 있는 것처럼 이때 모든 사건은 그것이 아무리 우연적으로 보인다 할지라도 삶의 이면, 즉 보이지 않는 층위에서 인물들의 운명을 서로 교차시키는 보이지 않는 힘의 기호가 될 수 있다.[269] 모리악의 작품 속에서 이러한 은총의 개입은 오직 한 가지의 목적을 지향하고 있는 것으로 보인다. 그것은 곧 내적 갈등 속에서 인물들로 하여금 스스로의 모습을 직시하고, 존재 변화에 이르게 하는 것이다. 어느 것 하나도 버리지 않고 모든 것을 초월에 이르는 노정의 요소로 사용하는 힘, 가장 낮은 곳으로부터 가장 높은 곳으로의 비약을 가능하게 하는 힘이 곧 은총인 것이다.

Le Nœud de vipères est, en apparence, un drame de famille, mais dans son fond, c'est l'histoire d'une remontée. Je m'efforce de remonter le cours d'une destinée boueuse, et d'atteindre à la source toute pure. Le livre finit lorsque j'ai restitué à mon héros, à ce fils des ténèbres, ses droits à la lumière, à l'amour et, d'un mot, à Dieu.[270]

겉으로 보기에 『독사들의 매듭』은 한 가정의 비극이다. 하지만 더욱 깊숙이 들어가 보면 그것은 회복의 이야기이다. 나는 진흙투성이인 운명의 흐름을 거슬러 올라가 그것의 순수한 근원에 이르고자 애썼다. 작품은 내가 주인공에게, 그 어둠의 자식에게 빛과 사랑에의 권리, 다시 말해 신에게로 향할 수 있는 권리를 회복시킴으로 끝난다.

---

269) F. Mauriac, 『속죄양』, *op.cit.,* p.52.

270) F. Mauriac, 『소설가와 작중 인물들』, *op.cit.,* pp.102‐103.

『독사들의 매듭』은 모리악의 작품 중에서도 낮은 곳으로부터 높은 곳으로의 초월의 운동을 가장 잘 보여주고 있는 작품이다. '괴물'과 같은 인물로 그려지는 루이가 존재 변화와 구원에 이르는 비약적 상승의 과정이 작품 전체를 이루고 있다. 루이라는 인물을 통해 모리악은 끔찍한 소유욕과 타인들과의 갈등으로 인해 악의 심연에 빠져 있는 한 개인이 무한의 사랑과 빛을 발견할 수 있는 가능성을 구체적으로 보여준다. 루이의 '괴물'과 같은 속성, 모든 것을 자기에게로 환원하고자 하는 욕망과 명철함은 그 방향이 자기 자신을 향하면서 그의 변화를 가능하게 하는 요소로 탈바꿈한다. 루이는 일생을 완고하고 맹목적인 상태에서 보낸다. 하지만 가족들에 대한 그의 증오와 물질에 대한 집착이 강해질수록, 그가 사악한 계획의 실천을 반복할수록 그는 그만큼 존재의 결핍을 절실하게 느낀다. 그의 실망과 절망, 고통이 무한을 향한 열정으로 전환되는 것이다.

『독사들의 매듭』에서 루이는 아내인 이자를 수신인으로 상정한 채 편지를 시작하지만, 시간이 갈수록 이 글 자체가 일종의 자기 고백록이 되어 그 누구도 아닌 자기 자신과의 대화의 장으로 변화한다. 오랜 고통의 시간 끝에 루이는 이전까지 자신이 집착했던 물질과 소유욕이 허상으로 가득 찬 대상이었음을 인식하기에 이른다. 그는 자신이 집착했던 대상들과의 결정적인 분리를 이루어 낸다.[271) 마침내 그는 자신이 달을 보고 짖는 개와 같이 실체가 없는 환영에 유혹된 삶을 살아왔다는 사실, 즉 자신이 진정으로 바라는 것이 아니었던 정열의 노예가 되어 있었다는 사실을 고백한다.[272)

그런데 우리는 루이가 존재 변화에 이르는 과정에서 딸과 아내의 죽음이라는 우연적 사건이 중요한 요소로 작용하고 있음에 주목할 필요가 있다. 루이를 있는 그대로의 모습으로 받아들여 준 유일한 존재였던 딸 마리의 죽음은 루이에게 커다란 절망을 가져다준 동시에 그로 하여금 자각에 이르게 하는 결정적인 계기가 된다.

---

271) F. Mauriac, 『독사들의 매듭』, *op.cit.,* p.141.
272) *Ibid.,* p.142.

오랜 시간이 흐른 뒤 루이는 마리의 죽음에 대해 '성스러운 고통을 겪은 것'[273]으로, 그리고 자신을 향한 희생적 죽음으로[274] 회상하고 있다.

여기에 아내인 이자의 죽음 역시 루이에게 존재 변화의 또 다른 계기로 작용한다. 자신이 부인보다 먼저 죽게 될 것을 확신하고 자신의 사후에 부인이 읽어 보게 될 편지를 쓰던 루이에게 갑작스러운 부인의 죽음은 자신이 집착해 왔던 존재 정당화의 가능성을 앗아가는 사건으로 여겨진다. 편지의 형식을 통한 독백, 루이의 자기중심적 존재의 정당화 작업이었던 고백록이 유일한 수신자를 잃게 된 것이다.[275] 하지만 이러한 절망적인 상황은 루이에게 벌거벗은 자신의 모습과 자기중심적 욕망의 본질에 대해 돌아보게 한다. 아내의 죽음 이후 루이는 자신의 생애를 짓누르고 있던 증오가 사라지는 것을 느낀다.[276]

> Le nœud de vipères était enfin tranché: j'avancerais si vite dans leur amour qu'ils pleureraient en me fermant les yeux.[277]
> 마침내 독사들의 매듭이 끊어졌다. 이제 나는 죽음을 맞이할 때 그들이 내 눈을 감기며 울음을 터뜨릴 수 있을 정도로 그들의 사랑 속으로 빨리 들어가게 될 것이다.

루이는 딸과 아내의 죽음 이후에 비로소 가족들과의 단절된 대화를 재개하고자 결심한다. 더 이상 그는 가족들에 대해 어떠한 증오심도 느끼지 않는다. 그의 생애에서 처음으로 자녀들과 함께 저녁을 나눌 시간을 애타게 기다리는 자신을 발견하게 된다. 그는 자녀들을 기다리는 동안 평생 동안 느껴보지 못한 기쁨을 맛본다.

---

273) *Ibid.*, p.63.
274) *Ibid.*, p.159.
275) *Ibid.*, p.132.
276) *Ibid.*, p.138. "바로 그 순간, 나는 증오심이 사라졌다는 것을 알아챘다. 뿐만 아니라 복수의 욕망도 사라져 버렸다. 어쩌면 이것들은 벌써 오래전부터 죽어 있었는지도 모른다."
277) *Ibid.*, p.147.

위 예문을 통해 우리는 이미 루이라는 인물이 이전과는 다른 모습으로 변화했음을 볼 수 있다. 그의 내면을 지배하던 가족들에 대한 복수와 증오심, 물질에 대한 무모할 정도의 집착은 이미 사라졌다. 평생 동안 그를 자신도 알지 못하는 욕망과 갈등 속에 가두어 놓았던 독사들의 매듭이 끊어진 것이다.

Je sentais, je voyais, je touchais mon crime. Il ne tenait pas tout entier dans ce hideux nid de vipères: haine de mes enfants, désir de vengeance, amour de l'argent; mais dans mon refus de chercher au‐delà de ces vipères emmêlées. Je m'en étais tenu à ce nœud immonde comme s'il eût été mon cœur même, ‐ comme si les battements de ce cœur s'étaient confondus avec ces reptiles grouillants······ Jamais l'aspect des autres ne s'offrit à moi comme ce qu'il faut crever, comme ce qu'il faut traverser pour les atteindre······ Il n'est rien en moi, jusqu'à ma voix, à mes gestes, à mon rire, qui n'appartienne au monstre que j'ai dressé contre le monde et à qui j'ai donné mon nom.[278]

나는 내 죄를 느꼈고, 보았으며, 만질 수 있었다. 내 죄는 이 끔찍한 독사 둥지 속에만 있었던 것은 아니었다. 즉 자녀들에 대한 증오와 복수의 욕망, 돈에 대한 사랑 등이 그것이다. 오히려 내 죄는 내가 이 얽혀 있는 독사들을 초월하기 위한 시도를 거부했던 데 책임이 있었다. 나는 마치 그것이 내 마음 자체라도 되는 것처럼 이 흉한 매듭에 집착해 왔다. 마치 내 심장의 박동이 이 득실거리는 파충류들과 뒤섞여 있는 듯이······ 이제는 결코 타인들을 죽여야 하거나 다다르기 위해 관통해야 하는 대상으로 여기지 않는다······ 내 목소리와 행동, 웃음에 이르기까지 예전에 나 자신이 세계에 대항해 일으켜 세웠던, 그리고 그것에 내 이름을 부여했던 괴물에 속하는 것은 아무것도 남지 않았다.

루이는 자신의 삶을 방향 지어 온 알 수 없는 욕망의 정체에 대해 깨닫기 시작한다. 동시에 그로 하여금 가족들과의 끝없는 투쟁 속에서 빠져나올 수 없게끔 했던 '무지'가 깨어진다. 루이의 변화에 있어서 가장 중요한 점은 이전과는 달리 문

---

278) *Ibid.,* p.146.

제의 원인을 자기 자신 속에서 찾고 있다는 점이다. 위 예문에서 볼 수 있듯이 그는 더 이상 가족들의 '죄악'을 문제 삼지 않는다. 자신을 둘러싼 모든 갈등이 자기 외부의 어떤 것으로부터 비롯된 것이 아니었음을 고백한다. 자녀들에 대한 증오심과 복수의 의지, 자신의 존재를 확립하고 보호하기 위한 수단이라고 믿었던 돈에 대한 집착 등은 독사들의 매듭의 외관에 불과하다. 이제 루이는 스스로 이러한 독사들의 매듭으로부터 벗어나기를 거부해 왔었다는 사실을 알게 된다. 이처럼 벌거벗은 자기의 모습을 발견한 루이에게 타인들은 더 이상 증오나 적대의 대상이 아니다. 타인은 죽여야 할 대상도ce qu'il faut crever, 관통해야 할 대상도ce qu'il faut traverser 아니다. 즉 타자는 모든 속성들을 속속들이 관통해 그 본질에 다다를 수 있는 존재가 아니며, 그런 식으로 동일자에게로 환원시킬 수 있는 대상이 아니라는 것이다. 그는 괴물로서의 삶, 세계와 타인들을 향해 취해 왔던 괴물로서의 삶의 방식이 끝났음을 선언한다. 이제 그의 목소리와 행동 속에는 더 이상 어떠한 괴물의 모습도 남아 있지 않다.

Il est vrai que j'ai été un monstre de solitude et d'indifférence; mais il y avait aussi en moi un sentiment, une obscure certitude que cela ne sert à rien de révolutionner la face du monde; il faut atteindre le monde au cœur. Je cherche celui‐là seul qui accomplirait cette victoire; et il faudrait que lui‐même fût le Cœur des cœurs, le centre brûlant de tout amour. Désir, qui peut‐être était déjà prière.[279]

내가 고독과 무관심의 괴물이었던 것은 사실이다. 하지만 내 안에는 하나의 감정, 세상의 외관을 변혁시키는 것은 아무 도움도 되지 못한다는 어렴풋한 확신이 자리 잡고 있었다. 세상의 중심에 이르러야 한다. 나는 승리를 완성시켜 줄 바로 그 사람을 찾고 있다. 바로 그가 마음들 중의 마음, 모든 사랑의 뜨거운 중심이 되어야 한다. 아마도 욕망은 이미 기도였던 것이다.

---

279) *Ibid.,* p.149.

물질에 대한 욕망과 그로부터 발생한 가족들과의 끝없는 갈등 속에서 루이는 외면적으로 볼 때 신의 은총으로부터 가장 멀리 떨어져 있는 것 같은 삶을 살아왔다. 루이는 괴물과 같은 외적인 삶의 이면에서 끊임없이 존재의 결핍을 채워 줄 수 있는 무엇인가를 추구해 왔다. 이러한 절대에의 향수는 타인과의 관계 속에서 왜곡되어 갈등으로 나타났다. 하지만 내면에 무한을 향한 열망을 간직하고 있는 한 왜곡된 욕망조차도 기도로서, 내면의 회심과 은총의 수용을 위한 계기로 사용될 수 있다. 작품을 이루고 있는 루이의 일기, 아내에게 보내는 그의 내면 고백은 이미 그의 내면에 자리잡은 독사들의 얽힘을 풀기 위한, 다른 사람뿐만 아니라 자기 자신의 가면을 벗기 위한 노력에 다름 아니다. 결국 이러한 노력은 그를 짓누르고 있는 증오와 욕망을 넘어 신의 사랑을 인식하고 그 절대적 무한을 향해 초월을 감행하는 과정이라고 할 수 있다. 가장 낮은 곳으로부터 높은 곳을 향한 비약은 이렇게 진행되는 것이다.[280]

---

280) 사실상 모리악은 이러한 인물들의 비약을 작품이 시작되기 전부터 준비하고 있는 듯하다. 『독사들의 매듭』의 경우 모리악은 작품의 제사épigraphe를 사용하여 작품 전체에 걸쳐 루이가 알고자 하는 욕망의 비밀을 밝히고 있다. 모리악은 성녀 아빌라의 테레즈Sainte Thérèse d'Avila의 기도를 제사로 인용하여 루이의 자기발견과 존재 변화의 과정, 그리고 그의 영혼을 둘러싸고 있는 여러 겹의 욕망의 실체에 대해 보여주고 있다. "우리가 원하는 것을 알지 못하는 것, 우리가 욕망하는 것으로부터 무한히 멀어지는 것nous ne savons pas ce que nous voulons, et que nous nous éloignons infiniment de ce que nous désirons"에 대한 기도로 이루어진 이 작품의 제사는 모리악의 문학 세계 전반을 통찰하게 해 주는 것이기도 하다. 우리는 이와 비슷한 외침을 테레즈의 입을 통해서도 들을 수 있으며, 『지난날의 청소년Un Adolescent d'autrefois』에서도 유사한 내용의 제사를 찾아볼 수 있다. 카프카Kafka로부터 인용한 이 작품의 제사(나는 내가 말하는 것과는 다르게 쓴다. 나는 내가 생각하는 것과는 다르게 말한다. 나는 내가 생각해야 했던 것과는 다르게 생각한다. 이렇게 해서 어두움의 가장 깊은 곳까지 가게 되는 것이다.) 역시 영속화되는 욕망, 자기 자신도 알지 못하는 무엇인가의 존재, 이러한 미끄러짐으로부터 생겨나는 자기와의 만남의 어려움 등 모리악이 탐색하고자 하는 본질적인 주제를 암시하고 있다.

3. 수용성

모리악의 작품 속에서 혹독한 존재 변화의 과정을 통해 스스로를 타자에 대한 '열린 주체'로 정립한 인물들의 첫 번째 특징을 이야기한다면, 그것은 곧 타자를 있는 그대로의 모습으로 받아들이는 수용성이라고 할 수 있다. 특히 그리스도의 이미지를 대변하는 '성직자'들의 모습에서 우리는 타인을 향한 수용성의 전형을 살펴볼 수 있다. 『속죄양』의 그자비에, 『검은 천사들』의 알랭 포르카스 신부, 『바리새 여인』의 칼루 신부 등이 그 대표적인 예를 보여준다. 그들은 스스로 신의 대변인임을 자처하며 자신에게 '맡겨진' 영혼들을 자신의 의지에 따라 판단하고 억압하여 그들을 오히려 절망 속으로 빠뜨리는 이른바 '바리새인'들과는 모든 면에서 대조되는 모습을 보여준다. 그들은 타인들을 함부로 재단하거나 평가하지 않는다. 심지어 '악의 화신'으로 여겨지는 인물들에 대해서도 그들은 어떠한 '판단'도 내리지 않는다. 즉 그들은 타자를 표상으로 대하는 자기중심적 주체의 모습으로부터 벗어나 있는 것이다. 『검은 천사들』의 첫 부분을 장식하는 그라데르의 편지를 통해 볼 수 있듯이[281] 그들은 타자에 대해 철저하게 '개방되고 열려 있는' 주체로서 더할 수 없는 '악'의 모습까지도 모두 포용하는 태도를 보여준다.

- 노 출

열린 주체들의 개방성은 타인들의 고통과 상처까지도 자신의 것으로 할 수 있는 수용성을 특징으로 한다. 거의 '노출'이라고까지 할 수 있는 이러한 개방적인 태도는 종종 그들에게 '상처 입을 수 있는 가능성'이 되기도 하지만, 그 자체로 타인들, 악의 깊숙한 곳에서 절망하는 인물들을 구원의 길로 이끌어 내는 결정적인 역할을 한다. 앞서 예로 든 세 작품에서뿐만 아니라 이른바 진정한 성직자의 모습이 그려지는 모

---

281) F. Mauriac, 『속죄양』, *op.cit.*, pp.11 - 12.

든 작품에서 그들 주위에는 '악'을 구현하는 인물들이 포진하고 있다.『속죄양』의 장드 미르벨,『검은 천사들』의 그라데르,『바리새 여인』의 브리지트 피앙 등이 그들이다.『독사떼』의 루이 역시 순수한 개방성을 구현하는 성직자의 모습을 통해 변화의 한 계기를 맞이한다. 이들 성직자들은 갈등과 폭력의 한복판에서 고립되고 고통받는 인물들에게 거의 유일한 소통의 가능성을 보여준다. 그럼으로써 가장 낮은 곳에서 구원으로 '비약'할 수 있는 가능성을 제공한다. 그들은 자기 존재를 위해 타인을 이용하지 않으며, 오히려 타자의 삶 속에 자신을 완전히 내어 던진다. 심지어 목숨까지도 버릴 수 있는 희생의 자세를 통해 타인들의 삶을 은총으로 안내한다.

특히『속죄양』은 열린 주체의 존재 방식에 대한 대표적인 예를 보여준다. 그자비에는 오직 타인들을 위해 존재하는 인물로 그려진다. 그는 사소한 일에서도 자신의 삶과 교차하는 모든 타인들에 대해 무한한 책임을 느낀다. 그에게 '우연'이란 존재하지 않는다. 우연을 가장한 모든 사건과 만남들이 그에게는 일정한 의미를 가지고 있는 것처럼 받아들여진다. 그 의미는 곧 상대방에 대한 책임이다. 일단 자신의 삶 속에 들어온 타자를 그는 결코 놓치지 않는다. 자신의 삶과 관련된 순간부터 그가 누구이던 간에 그자비에는 그의 모든 짐을 대신 져야 할 책임을 느낀다.[282]

> Ce n'était pas lui qui existait mais les êtres vers lesquels il se sentait perpétuellement comme soulevé, pour leur donner sa vie. Ce qui venait de se passer entre cet étranger et lui se renouvellerait indéfiniment, même lorsqu'il serait marqué du signe sacerdotal. Jusqu'à l'agonie, jusqu'à cette dernière solitude.[283]
> 존재하고 있는 것은 그 자신이 아니라 그가 헌신하기로 마음먹은 존재들뿐이었다. 조금 전에 그와 이 낯선 사람 사이에서 일어났던 일은 앞으로도 무한하게 반복될 것이었다. 비록 그가 성직자가 되어 있을 때일지라도. 아니다. 임종의 단말마에 시달릴 때까지, 그 마지막 고독의 순간까지 계속될 것이었다.

---

282) *Ibid.,* p.62. "그는 어떤 존재가 일단 자신의 삶 속으로 들어오기만 하면 결코 그냥 내보내지 않으리라고 결심했다."

283) *Ibid.,* p.70.

예문에서 볼 수 있듯이 그자비에의 삶에는 자기 자신이 차지할 공간이 없다. 그의 모든 존재는 오직 타자들로만 채워져 있다. 타자의 의미 또한 자기 존재 확립이나 기만적 삶을 위한 대상으로서의 의미가 아니다. 그것은 그자비에 자신의 삶을 '그'를 위해 내어 던지는 데까지 이르는 헌신을 의미한다. 타인의 존재가 문제될 때 그의 선택은 언제나 자기를 '포기'하는 것으로 나타난다. 신학교로 향하는 길에서 장 드 미르벨을 만나 결국 그의 삶의 한복판으로 들어가게 되는 것도 이러한 선택에 기인한다. 그것은 곧 자신의 '가까이'에서 '도움'을 요청하는 타자를 위한 포기이다.

Il ne croyait pas au hasard. Ce n'était pas un hasard si, à peine commencé le voyage qui décidait de toute sa vie, Dieu l'avait laissé succomber à cette tentation, toujours la même, à sa tentation qu'il appelait <la tentation des autres>－cet insurmontable intérêt qu'ils éveillaient en lui. Et ce n'était pas non plus un hasard s'il traversait leur histoire, s'il y était mêlé: il les voyait, il les sentait; les inconnus le happaient…… Depuis l'enfance, il entendait son père et sa mère lui répéter: <De quoi te mêles－tu? Laisse les autres s'arranger……> Mais il fallait toujours qu'il mît son doigt entre l'arbre et l'écorce.[284]

그는 우연을 믿지 않았다. 자신의 일생을 결정할 여행길에 오르자마자 신이 그를 이 유혹에 빠뜨린 것은 결코 우연이 아니라고 생각했다. 항상 똑같은 유혹, 그 자신 <타인들의 유혹>이라고 이름 붙였던 이 어찌할 수 없는 관심이 그 두 남녀를 보는 순간 그의 마음속에 자리를 잡아 도저히 떨쳐버릴 수가 없었다. 그가 그 두 사람의 이야기를 듣고 거기에 개입한다 할지라도 그것 역시 단순한 우연은 아닌 것이다. 그들을 보면서 그 역시 그들이 느끼는 감정을 느끼고 있었다. 마치 그 미지의 사람들이 그를 물고 있는 것과 같았다…… 어린 시절부터 부모님은 항상 그에게 이렇게 타이르곤 했다. <무엇 때문에 네가 끼어들려고 하니? 다른 사람들의 일은 그들이 알아서 하게 내버려두렴……> 하지만 그자비에는 항상 남의 일에 개입하지 않으면 못 견디는 성미였다.

---

284) *Ibid.*, p.52.

그자비에는 스스로 주체할 수 없을 만큼 타인을 향한 관심과 책임감으로 넘친다. 그가 타인에 대해 가지는 관심은 필연적이고, 거의 절대적인 것으로서의 의미를 가진다. 그것은 타인에 대한 단순한 '호기심'이나 '동정'을 넘어선다. 그에게 타자에 대한 관심은 거역할 수 없는 '명령'에 가깝다. 이미 그의 존재는 자신의 희생과 응답을 필요로 하는 타자들로 가득하다. 그에게 타자는 차라리 하나의 '유혹'이다. '타인들의 유혹la tentation des autres'은 복종을 요구하는 신의 명령으로 그에게 다가온다.

그자비에는 모리악의 작품 중에서도 가장 이상적인 성직자의 이미지를 구현하는 인물이다. 물론 정확히 이야기하자면 작품 속 그자비에의 신분은 아직 '성직자'가 아니다. 그는 '성직자'가 될 기회조차 박탈당하고 만다. 신학교로 가는 기차 속에서 그 결심을 포기하고 마는 것이다. 그러나 그의 포기는 자신의 욕망을 실현하기 위한 기만적인 선택이 아니다. 오히려 그자비에는 제도로서의 성직의 길을 포기함으로써 신의 명령과 뜻에 복종하는 진정한 성직의 길로 들어서게 된다. 그의 유일한 존재 이유는 그리스도를 모방하는 데에 있으며, 오직 그러한 행동을 통해서만 그의 삶은 의미를 가질 수 있기 때문이다.[285]

그자비에는 기차 안에서 어머니 쪽의 친척인 미르벨을 만나게 된다. 부인과의 불화로 가정을 떠난 미르벨은 그자비에와의 이 만남에 매우 집착하며 그를 자신의 집으로 데려가고자 한다. 그가 보기에 그자비에는 자기 가정의 모든 갈등과 불화를 한 몸에 안을 수 있는 희생물로 적합한 조건을 가지고 있었던 것이다. 반면 그자비에의 입장에서 이것은 그리 중요한 문제가 아니다. 그에게는 자신의 옆자리에서 도움을 청하는 미르벨의 얼굴이 거절할 수 없는 '타자의 유혹'으로 여겨진다. 작품의 첫 부분에서부터 그자비에는 차창을 통해 미르벨과 미셸의 이별 장면을 바라본다. 그러면서 그는 누군지 알 수 없는 이들 부부 사이에 심각한 문제가 있음을 직감하

---

285) N. Takenaka, *op.cit.,* p.46. "이렇게 해서 그자비에는 다른 누구보다도 더 그리스도의 모방자로 자리잡는다. 그는 심지어 십자가에 달린 그리스도의 모습까지도 모방하려 한다."

며, 이 장면은 여행 내내 그의 뇌리에서 떠나지 않는다. 여기에 미르벨의 직접적인 요청이 더해진 것이다. 자신이 폭력의 희생양이 된다고 할지라도 그자비에는 이 요청을 거절할 수 없음을 느낀다.

> – Plus libre d'aimer.
> Xavier rougit faiblement et ajouta:
> – N'appartenir à personne pour appartenir à tous. Pouvoir se donner tout entier à chaque être sans trahir personne.[286]
> – 더욱 자유롭게 사랑하는 것이죠.
> 그자비에는 얼굴이 약간 붉어진 채 이렇게 덧붙였다.
> – 모두에게 속하기 위해서는 그 누구에게도 속하지 않아야 해요. 그 누구도 배반하지 않고 각자에게 자신의 모든 것을 줄 수 있으려면 말이죠.

미르벨과의 대화 중 그자비에는 성직자가 되고자 하는 이유에 대해 이야기한다. 그는 '자유롭기' 위해, 더 정확히 말하자면 타인을 '사랑'하는 데 있어서 더욱 자유롭기 위해 성직자가 되고자 한다. 어느 한 사람에게만 귀속되는 것이 아니라, 모두를 위해 존재하는 것, 그 누구도 배반하지 않고 자신에게 다가오는 모두를 위해 자신을 내어주는 것이 그자비에가 말하는 '자유'의 의미이다. 이는 곧 개방적 주체의 모습을 표현하고 있다. 어느 누군가에게만 귀속된다면 그를 제외한 다른 사람들에 대해서는 배타적인 것이 된다. 사실상 모리악의 작품 속에서 자기중심적 존재관 속에 갇혀 있는 거의 모든 인물들이 이와 같은 방식으로 살아간다. 맹목적인 종속과 환원의 관계에서 벗어날 때 비로소 개방적이고 대면적인 관계가 가능해지며, 진정한 의미에서의 대화와 소통이 시작될 수 있다.

Ainsi un Alain Forcas dans son cœur timide et son âme intrépide, ingénu, téméraire, inspiré, s'attache à sauver ce qui était perdu. Tremblante, sa jeunesse

---

286) F. Mauriac, 『속죄양』, *op.cit.*, p.60.

intacte touche aux plaies les plus affreuses, plonge au secret des plus tristes débauches, des drames les plus ténébreux. Et parfois l'inonde un sentiment d'angoisse inexprimable, d'impuissance et d'abandon. Mais alors même, au plus secret de son être, quelque chose d'indicible s'agite et s'affirme qui est un amour vivant.[287]

이처럼 알랭 포르카스는 자신의 소심한 마음과 순진한 영혼, 무모하면서도 영감 있는 영혼 속에서 잃어버린 자를 구하기 위해 전력을 기울인다. 이 순수한 젊은 성직자는 떨면서도 가장 끔찍한 상처를 만졌으며, 가장 서글픈 방탕함과 가장 어두운 비극의 비밀에까지 빠져든다. 종종 표현할 수 없는 고뇌의 감정, 무기력함과 버림받은 것 같은 감정이 그를 사로잡기도 한다. 하지만 그러한 순간에도 그의 존재 가장 깊숙한 곳에서는 말로 표현할 수 없는 무엇인가가 움직이며 모습을 드러내는데, 곧 살아 있는 사랑이 그것이다.

『검은 천사들』의 알랭 포르카스 신부 역시 그자비에와 동일한 존재 방식을 보여준다. 그는 성직자로서의 사명뿐만 아니라 자신의 존재 의미 자체를 '잃어버린 자 ce qui était perdu'를 구원으로 인도하는 데에 바친다. 순수한 영혼의 소유자인 그는 악의 심연 속에 빠져 고통받는 타인들과의 관계를 통해 수많은 절망과 고통을 경험한다. 하지만 그의 이와 같은 순수함은 그 자체로 존재의 개방성을 상징하는 것으로, 끊임없이 그를 '살아 있는 사랑un amour vivant'의 실천으로 인도한다. 그는 모든 존재에게 열려 있다. 어느 누구에 대해서도 존재의 본질을 규정하거나 판단하려고 하지 않는다. 마치 그리스도처럼 그는 있는 그대로의 모습으로 타자를 받아들이고 상대한다. 그럼으로써 가장 어두운 영혼의 소유자들까지도 자신에게만큼은 스스로를 드러내 보이고 대면적인 소통을 할 수 있도록 한다. 앞서 잠시 언급했듯이 '악의 화신'으로 그려지는 그라데르 역시 그에게만큼은 모든 자기 보호 장치를 제거한 채 있는 그대로의 모습으로 접근한다. 작품의 시작 역시 그라데르가 포르카스 신부에게 보내는 고백의 편지로 되어 있다. 자신도 모르는 사이 그라데르는

---

287) N. Cormeau, *op.cit.,* p.162.

신부에게서 자신이 지고 있는 모든 짐을 내려놓는 스스로의 모습을 발견하게 된다. 짐을 내려놓는다는 것은 곧 존재 변화의 가능성을 의미한다. 즉 포르카스 신부 한 명의 개방성은 그 자신뿐만 아니라 '검은 천사들'까지도 존재 변화에 이르게끔 하는 영향력을 가지고 있는 것이다. 물론 이 영향력은 브리지트 피앙에게서 볼 수 있는 억압적이거나 환원적인 방식과는 다르게 나타난다. 역설적이게도 그것은 타자에게 자신의 '힘'을 발휘하지 않는 것, 오히려 그 타자가 가진 어두운 힘을 있는 그대로 받아들이고 녹여 내는 개방성과 수용성으로부터 발산된다.

Parce que chrétien fervent, parce que profondément imbu d'une religion d'amour, il hait et accable cette âme coriace et comme corrodée d'aigreurs, cette tartufe terne de formalisme, ce cœur impitoyable et fermé à la signification rayonnante d'une charité qui, au contraire, doit se faire plus miséricordieuse et plus douce devant les égarés. Cette vertu ostentatoire, cette attachement pointilleux, rigide et féroce au Bien apparent, cette bienfaisance législatrice et sans grâce, sont les ennemis implacables des élans naturels et spontanés dans leur souplesse et leur tendre chaleur.[288]

열렬한 기독교인, 즉 사랑의 종교에 깊이 젖어든 그는 신랄함으로 침식된 것 같은 이 완고한 영혼, 형식주의에 빠져 생기를 잃어버린 이 위선자, 길을 어긋난 자들에 대해 더욱 관대하고 부드러워야 할 자비의 빛나는 의미에 대해 스스로를 닫아버린 이 잔인한 마음을 가진 사람을 증오하고 비판했다. 이 겉으로 드러내기 위한 미덕, 외면적인 선에 대한 꼼꼼하면서도 엄격하며 맹렬한 집착, 마치 입법자와 같은 입장에서 은총 없이 베푸는 선행은 부드러움과 따뜻한 애정 속으로의 자연적이고도 자발적인 도약을 막는 강력한 적들이다.

넬리 코르모에 따르면 모리악은 형식적인 바리새주의와 올바른 복음에 기초한 기독교를 구분하는 데 있어서 무엇보다 타자들, 특히 방황하는 자들les égarés에 대한 태도를 첫 번째 요소로 지적한다. 형식주의에 물들어 있는 자들은 타자에 대해

---

288) *Ibid.,* p.129.

'무자비하고impitoyable', '폐쇄적fermé'인 특징을 가지고 있다. 그들이 보기에 방황하는 타자들은 사랑과 수용의 대상이라기보다는 억압과 처벌의 대상이다. 자연히 이러한 자들은 자신뿐만 아니라 타자들에게 비치고 있는 은총의 빛을 바라보지 못한다. 그 빛은 근본적으로 방황하는 자들에 대한 '부드러움souplesse'과 '따뜻한 애정tendre chaleur'에 근거하고 있기 때문이다. 그들의 엄격하고 폐쇄적인 율법의 적용은 영혼의 깊은 곳을 관통하여 진정한 소통에 이르지 못하고 '외면적인 선Bien apparent'에 머무르게 된다. 그것은 또 하나의 자기중심적이고 환원적인 존재 방식에 다름 아니며, 있는 그대로의 모습으로 나아올 것을 요구하는 그리스도의 가르침에도 위배된다.

> Ainsi le prêtre apparait – il à la fois <préservé et menacé>, voué à assumer toutes les douleurs et toutes les souillures et cependant merveilleusement intact, protégé par une armure invisible.[289]
> 이처럼 성직자는 <보호받으면서 동시에 위협받는> 존재로 나타나며, 모든 고통과 오점들을 맡아질 운명을 가진 자들로 나타난다. 하지만 보이지 않는 갑옷으로 보호받는 그들은 경이로운 순수함을 유지하고 있다.

모리악의 작품 속 열린 주체들, 특히 앞서 언급한 성직자들의 개방성은 종종 외부로의 무방비한 노출과 상처 입을 수 있는 가능성으로 나타난다. 그들이 가진 순수함과 타자에 대한 관심은 『속죄양』의 경우에서 볼 수 있듯이 오히려 폭력의 희생물이 되기에 적합한 조건으로 작용하기도 한다. 하지만 위 예문과 같이 그들이 모든 고통과 갈등에 대해 무방비한 상태로 노출되어 있는 것은 사실일지라도, 그들은 결코 단순한 희생물의 역할을 하는 것으로 그치지 않는다. 우선 그들의 존재는 자기중심적인 기만 속에서 전체성 속으로 흡수되는 존재가 아니다. 따라서 같은 종류의 폭력과 고통을 겪는다 할지라도 그것의 의미는 다르게 나타난다. 이들 열린

---

289) *Ibid.,* p.162.

주체들의 고통은 타인을 위해 그들 스스로가 받아들인 고통으로서, 그 자체 속에 변화와 대속, 초월의 가능성을 내포하고 있는 고통이다. 또한 예문에서 이야기하는 바와 같이 그들은 눈에 보이지 않는 보호막에 둘러싸여 있는데, 곧 은총의 보호가 그것이다. 은총의 도움 역시 그 도움의 빛을 발견할 수 있는 개방적이고 열린 주체들에게서 더욱 분명히 나타난다.

<Moi, je n'ai pas eu peur du scandale quand j'étais dépouillé de mes vêtement, attaché nu à une colonne, cloué nu…… Tu n'as pas à comprendre, mais à me ressembler……> Alain Forcas se dit: <Je me parle à moi‐même……> et aussitôt la voix s'était tue.290)

<나는 옷을 벗기 우고, 벌거숭이 몸으로 기둥에 묶이고, 못 박힐 때 그 파렴치한 행위에 대해 두려워하지 않았노라…… 너는 이해하려고 할 것이 아니라 나를 닮으려고 노력하여라……> 알랭 포르카스는 <내 자신이 나에게 말하는 소리겠지>라고 생각했다. 그러자 그 목소리는 곧 사라지고 말았다.

전체성의 법칙과 성직자로서의 사명 사이에서 갈등하는 알랭 포르카스는 은밀하게 전해지는 그리스도의 음성을 듣는다. 그리스도의 속삭임은 자신의 길을 묵묵히 따르고 있는 포르카스의 내적 갈등을 완화시켜 준다. 특히 위 예문은 그리스도의 모방자들, 절대적 무한을 향한 존재 변화와 타자를 위한 존재로서의 자기포기를 실천하는 인물들에게 있어서 핵심적인 두 가지 요소를 이야기하고 있다. 첫째로는 "나를 이해할 것이 아니라 따르기만 하라."는 명령이다. 즉 그리스도의 삶을 따르는 것, 절대적 역설로서의 존재 변화의 삶을 사는 것은 '이해', 다시 말해 이성적 사유의 한계를 넘어서는 것이며, 오직 '수용'함으로써만 이를 수 있는 것이라는 점을 말해 주고 있다. 표상적 사유의 한계를 넘어 비약의 필요성이 다시 한번 확인되는 것이다. 다음으로는 완전한 '노출'이다. 타자를 위한 존재로 완전히 거듭나기 위

---

290) F. Mauriac, 『속죄양』, *op.cit.*, p.89.

해서는 자신의 옷이 모두 벗겨지는 고통, 타인들의 공격에 스스로를 완전히 노출시키는 태도가 필요하다는 것이다. 십자가 위에서 그리스도가 보여준 모습은 다양한 형태로 주어지는 세계의 모든 잔혹성에 완전한 노출être nu, être exposé로 대할 것을 가르치고 있다. 그리스도를 따르고자 하는 모든 이들은 박해자들의 공격 앞에 스스로를 완전히 무장해제être désarmé시킬 수 있어야 한다는 것이다.

- 감성적 주체

이러한 수용성과 관련하여 열린 주체들이 대부분 '감성적' 존재들이라는 점을 눈여겨보아야 할 것이다. 자기중심적이며 주인을 향한 욕망에 사로잡힌 주체의 특징이 '이성'이라면 타자에게로 열린 주체는 감성을 본질적인 성격으로 가지고 있다. 감성la sensibilité은 그 자체로 노출과 수용성을 특징으로 한다.

> La réflexion est avant tout un retour sur soi et dans ce retour sur soi la pensée discursive n'agit pas seule; quelle puissance y peuvent exercer aussi la sensibilité, l'expérience vécue: Aussi le mot de spiritualité nous semble‐t‐il défini de façon plus adéquate l'élément foncier de cet humanisme mauriacien qui unit Animus et Anima en d'étroites épousailles.[291]
> 성찰은 무엇보다도 자기에로의 회귀이다. 이 회귀 속에서는 논증적인 사고만이 작용하지 않는다. 감성과 체험된 경험 역시 큰 힘을 행사할 수 있다. 영성이라는 말 역시 아니무스와 아니마를 밀접하게 연관시키는 모리악적 휴머니즘의 근본적인 요소로서 더욱 적합하게 정의될 수 있을 것이다.

감성의 세계에서는 환원이나 흡수가 이야기될 수 없다. 우리의 모든 감성은 항상 외부를 향해 '열려' 있고, '노출' 되어 있다. 감성은 외부의 영향을 받아들이는 것으로서 지향성을 극복하고 타인들과의 사회적 상호 작용을 가능하게 한다. 또한 나

---

291) N. Cormeau, *op.cit.*, p.208.

의 의식을 초월하여 존재하는 다른 존재와의 관련 가능성을 보여준다. 모리악의 인물들, 특히 열린 주체들이 대부분 '감성적'인 존재들이라는 점도 이와 관련된다. 물론 그렇다고 해서 이성이 완전히 무시되는 것 또한 아니다. 자기 자신을 바라볼 수 있는 명석한 이성은 언제나 모리악의 문학 세계에서 핵심적인 요소로 그려진다. 그렇지만 열린 주체들의 경우 그들의 '명석함'은 말 그대로 '자각'의 도구로 사용될 뿐이며, 외부 세계와의 관계에 있어서는 감성의 통로가 지배적이다. 이들이 보여주는 외부로의 '노출' 역시 타인에게로의 무조건적인 흡수를 의미하지 않는다. 이들은 이미 있는 그대로의 자기발견에 이르렀기 때문이다. 따라서 이들을 통해 볼 수 있는 여러 '관계'들은 자아와 타자 사이의 적대적이고 이분법적인 관계의 두 항을 초월한 것이라 할 수 있다.

> Les explications raisonnables des théologiens touchant la présence du mal ne m'ont jamais persuadé, si raisonnables qu'elles soient, et justement parce qu'elles sont raisonnables. La réponse qui nous échappe relève d'un ordre qui n'est pas celui de la raison, mais de la charité.[292]
> 악의 현전에 대한 신학자들의 설명은 그것이 아무리 합리적인 것이라 할지라도, 오히려 그것이 합리적이기 때문에 저를 설득시킬 수 없습니다. 우리의 이해 범위를 벗어난 해답은 이성이 아닌 자비의 질서에 속해 있습니다.

모리악은 여러 차례에 걸쳐 타자를 위한 희생, 특히 기독교적 의미에서의 희생을 가능하게 하는 근본적인 요소로서 '사랑'과 '자비'를 언급한다. 물론 이때 그가 말하는 '사랑'은 단순히 인간적인 욕망이나 정열과 연관된 의미를 초월한 개념이라고 할 수 있다. 모리악은 이러한 사랑이나 자비와 같은 개념들이 결코 '이성'만으로는 이해할 수 없는 개념들임을 강조한다. 그것은 이성과 합리성의 범위를 넘어서는 것으로 이해의 대상이기보다는 수용의 대상이라고 할 수 있다.

---

292) F. Mauriac, 『잃어버린 말과 되찾은 말』, *op.cit.,* p.160.

Je ne suis pas un Dieu logicien. Il n'est rien de plus éloigné de moi que toute votre philosophie. Mon cœur a ses raisons qui échappent à votre raison, parce que je suis l'Amour. Hier c'était par amour que j'allumais devant vous ce brasier inextinguible et aujourd'hui, ce même amour vous annonce que je suis venu sauver ce qui était perdu.293)

나는 논리학의 신이 아니다. 너희들의 철학보다 더 내게서 멀리 떨어져 있는 것은 없다. 내 마음은 너희의 이성을 벗어나는 근거들을 가지고 있다. 나는 사랑이기 때문이다. 어제 나는 너희들 앞에 있는 꺼지지 않는 화로에 사랑으로 불을 붙였다. 그리고 오늘 바로 그 사랑이 너희들에게 내가 잃어버린 자를 구원하기 위해 왔음을 가르쳐 주고 있다.

La véritable Eglise ne devise pas l'homme, ne le traite pas comme un pur esprit. Elle capte en lui tout le sensible, source des plus grands crimes et des plus ardents dévouements.294)

진정한 교회는 인간을 구분하지 않으며, 하나의 순수한 정신으로만 대하지도 않는다. 진정한 교회는 인간 속에서 모든 감성적인 것을 끌어 모은다. 그것은 가장 큰 죄악의 원천임과 동시에 가장 열렬한 헌신의 원천이기도 하다.

상처를 입을 수 있을 정도로 타자에 대해 개방되어 있는 열린 주체들은 이성이 아닌 '감성적' 존재들로서의 특징을 공유하고 있다. 모리악은 자신의 인물들 중에서도 특히 '성직자'들에게 이러한 특성을 부여하고 있다. 또한 그리스도를 따르는 기독교와 순수한 신앙에 대해 언급할 때에도 '이성'이 가지고 있는 위험을 경계하고자 하는 모습을 자주 보인다.295) 그는 신과의 '논리적인' 관계를 경계한다. 논리적이고 이성적인 관계야말로 신으로부터 가장 멀리 떨어지는 것과 마찬가지이다. 그가 보기에 기독교의 하나님은 철학자들의 신이 아니다. 다시 말해 추상적인 관념

---

293) F. Mauriac, 『예수의 생애』, op.cit., pp.146-147.

294) F. Mauriac, 『성 목요일Le Jeudi-Saint』, Flammarion, 1931, p.39.

295) 『파스칼-모리악, 대화하는 작품Pascal-Mauriac, L'œuvre en dialogue』, Association Internationale des amis de François Mauriac, L'Harmattan, 2000, pp.35-36.

속에 존재하는 신이 아니라는 것이다. 그는 잃어버린 자를 구원하기 위해 '육체'를 가지고 구체적으로 모습을 드러낸 신이다. 그는 인간을 위한 자신의 절대적인 사랑을 '몸'을 통해 구현한 신이다. 바로 이러한 점에 있어서 우리의 이성은 전적으로 무력하다. 사실상 이 문제들을 '받아들이기' 위해서는 이성의 지력과 사고력을 동원하는 대신 정열과 의지력을 동원해야만 한다. 왜냐하면 그것은 우리 이성의 한계를 초월하는 초합리적인 이치일 뿐만 아니라, 이성의 견지에서 볼 때 비합리적이며 부조리한 '역설'이기 때문이다. 따라서 이러한 사실을 수용하고 '믿기' 위해서는 이성의 한계에 대한 자각뿐만 아니라 경우에 따라서는 이성을 완전히 포기해야 하는 것이 사실이다.

La joie de connaître, d'un coup d'aile, les emporte vers les cimes éblouissantes où ils goûtent la délectation radieuse de la lumière…… un plaisir de maîtres: la griserie du pouvoir exercé sur les autres esprits. Car la connaissance remplace la puissance selon le monde, pour qui ne détient pas celle－ci; bien mieux, la connaissance est, moins précaire, plus efficace, plus souveraine, une forme de puissance que rien ne saurait ébranler.296)

인식의 즐거움은 단번에 그들을 눈부신 정상으로 데려다 준다. 그곳에서 그들은 빛의 눈부신 환희를 맛본다…… 즉 주인의 즐거움, 다른 사람들의 정신에 행사하는 권력에의 심취가 그것이다. 사실상 인식은 그것을 가지고 있지 못한 세계에 있어서 힘을 상징한다. 불확실하지 않으면서 더욱 효과적이고 주권적인 인식은 어느 것도 흔들 수 없는 힘의 형태를 보여준다.

이성은 언제나 외부의 것을 자기 속으로 끌어들여 자기 안에서 그것을 재단하고 수정한다. 이해의 대상인 타자는 있는 그대로서의 모습이 아니라 나에게 비친 모습으로, 혹은 나의 의지에 따라 왜곡된 모습으로 나타난다. 이성은 철저하게 환원적인 방식으로 외부와 관계를 맺는다. 반면 감성은 외부에 대하여 거의 무조건적으로

---

296) N. Cormeau, *op.cit.,* p.186.

'열려' 있다. 따라서 나의 이기주의와 소유욕을 벗어난 타자와의 진정한 관계가 있기 위해서는 열려 있는 '감성'의 작용이 필수적이다. 인간은 결코 추상성의 차원에서 작용하는 '순수 사유'의 '자기동일화 운동'으로 환원될 수 없다. 인간은 시·공간 속, 현실 속에서 구체적으로 살아가는 고유한 개별자이기 때문이다. 인간은 현실의 공간 속에서 실제적으로 발생하는 무수한 상황들 속에서 단지 지성만이 아닌 감성 및 육체를 포함한 모든 기능들로 구체적으로 살아간다. 인간은 매 순간 자신의 모든 기능을 동원하여 여러 상황들에 대처한다. 따라서 인간을 어떤 한 가지의 공통분모 아래 획일화하고 이성의 지배하에 환원시키는 것은 인간이 가진 무한성의 가치를 상실시키는 폭력이다. 개개인은 그 어느 누구로도, 그 무엇으로도 대치할 수 없는 유일무이한 존재이기 때문이다.

레비나스 역시 인간이 유아론적인 경향을 벗어날 수 있는 근거를 타자를 있는 그대로 받아들일 수 있는 수용성, 즉 감성의 작용으로부터 찾는다. 그에 따르면 인간에게 있어서 이성보다 더욱 근원적인 것이 곧 감성이다. 감성은 직접적으로 타자와 접하고 있는 부분이며, 외부를 향해 '노출'되어 있는 영역이다. 인간에게 감성이 근원적인 것이라면 인간은 자연스럽게 타자와의 관계에 노출되어 있다. 바로 이러한 점에서 감성은 타자의 호소를 받아들이고 수용하는 역할을 한다. 인간이 이성 이전에 감성에 의해 영향받는다고 할 때, 타인의 존재와 호소를 결코 외면할 수 없는 입장에 서게 된다. 타인을 추론의 대상으로 삼아 개념화하고 이해하고자 하는 이성의 작용은 타인과의 관계에 있어서 측면적인 관계만 유지할 뿐이다. 반면 외부를 향해 노출되어 있는 감성은 타인에 대해 무관심할 수 없으며, 직접적으로 그를 대한다. 감성은 상처받을 수 있는 가능성까지 내포하고 있다.

Et aux yeux de la raison, le contentement de la sensibilité se rend ridicule. Mais la sensibilité n'est pas une raison aveugle et une folie. Elle est avant la raison; le sensible n'est point à rapporter à la totalité sur laquelle il se ferme. La sensibilité joue la séparation même de l'être, séparé et indépendant······ La sensibilité n'est pas une pensée qui s'ignore.[297]

이성의 입장에서 감성의 만족은 우스꽝스러운 것이다. 하지만 감성은 맹목적인 이성이나 광기가 아니다. 그것은 이성보다 앞서 있다. 감성적인 것은 스스로를 폐쇄시키는 전체성과 아무런 관련도 없다. 감성은 분리되고 독립적인 존재의 분리 자체를 수행한다…… 감성은 스스로를 알지 못하는 사유가 아니다.

레비나스는 철저하게 존재론에 의존해 온 서구의 이성 철학을 비판하면서, 감성의 철학을 구축하고자 한다. 그는 감각적인 차원에서의 경험은 어떤 이념이나 추상성으로도 환원시킬 수 없으며, 그에 따른 이론적인 명료성도 가질 수 없다고 주장한다. 감성은 단순히 표상의 계기가 아니다. 그것은 표상의 방향으로 가지도 않는다. 레비나스에 따르면 감성은 무엇보다도 삶에 직접적으로 연관되어 있는 것으로, 단순한 본능을 넘어 있으면서도 '이성보다 앞서 있는avant la raison' 반성되지 않은 상태의 자아의 직접성이다. 이성적인 시각에서 볼 때 감성은 일시적이고, 의심스러운 것에 불과하다. 때로는 감성이 우리로 하여금 객관적 인식으로 나아가지 못하게끔 하는 인식론적인 장애물로 폄하되기도 한다. 하지만 이와는 반대로 레비나스는 감성을 단순히 초보적이고 저차원적인 것이 아니라 이성보다 앞선 것, 즉 보다 근원적인 것으로 정의한다.

감성은 타자의 호소가 전달되는 통로이다.[298] 감성은 외부로부터 직접적으로 영향받고, 감동받으며, 외부의 자극을 받아들인다. 감성은 이성의 지향과는 반대로 철저하게 수용성으로 정의될 수 있으며, 비표상적인 것으로 설명된다.[299] 따라서 레

---

297) E. Levinas, 『전체성과 무한』, *op.cit.,* pp.146-147.

298) 김연숙, 『레비나스 타자윤리학』, 인간사랑, 2001, p. 63.

299) E. Levinas, 『존재와 다르게 또는 본질을 넘어서』, *op.cit.,* p.120. "감성은 타자에 대한 노출이다. 그것은 무기력한 수동성이 아니다. 그것은 또한 하나의 상태 ― 휴식 혹은 운동 ― 속에서의 지속이나 그로부터 생겨날 수 있는 명분을 받아들일 수 있는 능력이 아니다. 감성으로서의 노출은 보다 수동적이다. 존재의 자존성(conatus de l'esse)의 도치와 같은, 다시 말해 담보-없이-제공-됨(un avoir-été-offert-sans-retenue)은 어떤 상태의 일관성이나 정체성 속에서 보호물을 찾지 않는다."

비나스에게 있어서 감성적 차원은 나의 의식을 초월하여 존재하는 다른 존재, 즉 타자와의 직접적이고 대면적인 만남을 가능케 하는 근본적인 요소이다. 이러한 점에서 '사회성'의 의미 역시 이성이 아닌 '감성' 위에서 정립된다고 할 수 있다.[300] 나아가 타인과의 관계를 좌우하는 '윤리' 역시 감성에 기초한다. 그것은 우리의 이성과 의식을 넘어서는 것이다. 바로 이때 자아와 타자의 관계는 동일자의 전체성으로 포괄되는 대신에 서로 간에 타자의 타자성을 깨닫고 받아들이는 방식으로 향하게 된다. 능동적인 주체로서 이성이 보여주는 환원하고 흡수하는 작용과는 달리 타자의 이타성에 '노출'되어 있는 감성으로서의 '수용성'은 자아와 타자 사이의 폭력을 배제한 새로운 관계의 가능성을 제공해 준다.

수용성은 또한 외부로부터 '영향받을 수 있는 가능성', '상처 입을 수 있는 가능성'으로 연결된다.[301] 상처 입을 수 있는 것은 항상 감성이다. 이성의 작용에서 생겨나는 추상은 상처받지 않는다. 그것은 '상처 입을 수' 없다. 이에 반해 감성적인 것의 직접성은 '상처에 노출되는 것l'exposition aux blessures'이고, 상처를 드러내는 것이다. 레비나스는 인간의 인간됨, 즉 인간의 주체성을 바로 이러한 상처받을 수 있는 가능성, 상처에 노출될 수 있는 가능성, 타자에게 보이는 주체, 타자의 고통을 대신하고 타자를 위해 볼모로 잡힐 수 있는 존재로 설명한다. 상처에 맞닿은 채 책임을 감수하고, 타자를 위해 자신을 희생하는 자에게서 자아는 고통받는 존재이고 내어주는 존재이자 동시에 그 누구로도 대체할 수 없는 존재가 된다.[302]

---

300) 김연숙, *op. cit.*, p. 64.

301) *Ibid.*, p. 79.

302) E. Levinas, 『존재와 다르게 또는 본질을 넘어서』, *op. cit.*, p.167. "자기 자신…… 은 타자들에 대한 책임 속에서 환원될 수 없는 존재로 구성된다…… 상처와 모욕에의 노출 속에서, 책임의 통감 속에서 자기 자신은 그 무엇으로도 대체할 수 없고, 회피함이 없이 타자들에게 바쳐진 존재로 촉발된다. 즉 <스스로를 내어주기> 위해 ― 고통받고 주기 위해 ― 구현된 존재가 되는 것이다. 이렇게 해서 수동성 속에서 단번에 유일하고 고유한 존재가 된 자기 자신은 이와 같은 소명을 거부할 수 있는 그 무엇도 가지고 있지 않다."

Il avait raconté à Paule que sa vocation s'était décidée sur des états de sensibilité, des <touches de la Grâce> comme il disait, qu'il n'avais plus jamais ressenties, une fois tombé dans la nasse.[303]

그는 폴르에게 자신의 사명이 감성의 상태, 그의 말에 따르면 <은총의 접촉>에 근거해 결정되었으며, 덫에 한 번 빠진 이후로 그가 더 이상 그것을 경험할 수 없었다고 이야기했다.

『르 사구앵』에 등장하는 마을 보좌신부는 '개방성'을 특징으로 가진 인물로 마을의 갈등을 한 몸에 지고 가는 희생물의 역할까지 떠맡는다. 동시에 그는 자신의 개방적 존재의 비밀이 다름 아닌 '감성'에 근거를 두고 있음을 이야기한다. 그에게 있어서 감성은 사명의 문제와도 직결되는데, '은총' 역시 '감성의 상태états de sensibilité'에서 느끼고 받아들일 수 있기 때문이다. 그리고 이러한 감성의 상태는 그가 '덫nasse'에 빠져 있을 때에는 결코 느낄 수 없었던 것이다. 덫이란 곧 자기중심적 세계관 속에서 갈등을 형성하는 것을 의미하며, 자신에게 상처를 가하는 이들을 '적대시'함과 동시에 자신을 보호하고자 폐쇄적이고 닫힌 존재로 되돌아가는 것을 의미한다. 이것은 악순환되는 갈등의 메커니즘으로부터 벗어날 수 없는 '덫'과 같은 것이다. 이러한 덫에 사로잡혀 있을 때 사람은 결코 '감성적'으로 존재할 수 없다. 감성적으로 존재한다는 것은 어떠한 상처를 입더라도 외부에 스스로를 열어놓는 것을 의미하며, 나아가 그것은 '상처받을 수 있는 가능성'이기 때문이다. 상처받음 자체를 피하기 위하여 나와 외부 사이를 분리 짓는 보호막을 세운다는 것은 어디까지나 이성의 작용이다. 이성은 자기 앞에 있는 보호막을 통해, 그 보호막에 비친 표상화된 이미지만을 받아들인다.

Tandis que ses lèvres prononçait la formule admirable, il n'était attentif qu'à cette paix qu'il connaissait bien, et qui en lui, sourdait de partout comme un fleuve e······ oui, active, envahissante, conquérante, pareille aux eaux d'une crue. Et il savait, par expérience, qu'il ne fallait tenter aucune réflexion, ni céder à la fausse

---

303) F. Mauriac, 『르 사구앵』, *op.cit.,* p.31.

humilité qui fait dire: <Cela ne signifie rien, c'est une émotion à fleur de peau……> Non, ne rien dire, accepter; aucune angoisse ne subsistait……304)

그의 입술이 경이로운 기도문을 외우고 있는 한편, 그는 자신이 잘 알고 있는 이 평화, 그의 내부에서 마치 강물처럼 도처에서 솟아오르고 있는 이 평화에만 주의를 기울이고 있었다…… 그렇다, 그것은 능동적이고 침범하며, 정복하는 범람한 물과 같은 평화였다. 또한 그는 자신이 어떠한 성찰도 시도해서는 안 되며, <이것은 아무 것도 의미하지 않는다. 이것은 표면상의 감동이다……>라고 말하게 하는 거짓된 겸손에 굴복해서는 안 된다는 것을 경험을 통해 알고 있었다. 그렇다, 아무것도 말하지 않고 단지 받아들이는 것. 어떤 고뇌도 존속되지 않았다……

『프롱트낙 가의 신비』에서 그려지는 장-루이Jean-Louis의 체험과 같이 '받아들이기accepter' 위해서, 자신에게 오는 것의 의미를 미리 재단하지 않고 있는 그대로 받아들이기 위해서는 무엇보다도 '성찰réflexion'을 하려 하지 않는 것이 중요하다. 마치 홍수처럼 외부로부터 자신에게 엄습해 오는 것에 스스로를 내어 맡길 수 있어야 하는 것이다. 또한 이 작품에서 가장 감성적인 주체로 그려지는 이브 프롱트낙은 자신의 문학적 성공을 위한 파리 생활을 통해 스스로가 얼마나 외부 세계에 '열려' 있는 존재인가를 깨닫게 된다. 모리악의 자전적 요소와 자주 비교되는 이브 프롱트낙은 '늑대 무리 속으로 보냄 받은 어린 양'처럼 상처받을 수 있는 가능성으로 가득한 존재이다. 물론 그에게 상처를 줄 수 있는 세상의 반대편에는 그를 위해 희생해 온 어머니와 형 장-루이의 은덕이 자리잡고 있다. 하지만 상처를 줄 수 있는 세상을 향해 스스로를 열어 놓을 수 있는 것은 무엇보다도 이브라는 인물이 가진 태생적인 '수용성'에 기인한다고 할 수 있다.305)

Cela seulement lui importait: être retenu, ne pas céder au désir de descendre, d'ouvrir la porte, de faire disparaître la jonchée. Simple désir auquel tout homme

---

304) F. Mauriac, 『프롱트낙 가의 신비』, *op.cit.,* p.170.
305) *Ibid.,* p.181.

aurait eu le devoir de céder – tout autre homme que lui. Mais lui, il connaissait sa mission: ne jamais détourner la tête, ne rien refuser.306)

자신을 절제하여 밖으로 나가 문을 열고 나뭇잎과 꽃잎들을 치워버리고 싶은 욕망에 빠지지 않는 것, 그것만이 그에게는 중요했다. 그것은 모든 인간이 느낄 수 있는 단순한 욕망이었다. 하지만 다른 사람에게는 용납이 되어도 그에게는 안 되는 것이었다. 그는 자신의 사명을 알고 있었다. 결코 고개를 돌리지 말 것, 아무것도 거절하지 말 것.

『검은 천사들』의 예, 특히 타자를 대하는 포르카스 신부의 태도를 보여주는 위 예문은 모리악의 작품에서 드러나는 외부를 향한 열림, 단순한 열림이 아닌 거의 '노출'에 가까운 열림의 의미를 자세히 보여주고 있다. 포르카스 신부는 타인들의 공격, 집단적 갈등의 상황에 휩싸여 희생물을 찾고 있는 전체성의 폭력 앞에서 한 발 뒤로 물러섬으로 자신을 보호하고자 하는 욕구를 느낀다. 그것은 거의 모든 사람들이 가진 본능적인 욕구로 스스로를 지키기 위한 최소한의 폐쇄성만큼은 유지하고자 하는 것이다. 하지만 그는 이러한 본능적인 욕구마저도 거부하기에 이른다. 그는 최소한의 '닫힘'까지도 거부하는 것을 자신의 사명과 연관시킨다. 어떠한 상황 앞에서도 '고개를 돌리지 않는 것ne jamais détourner la tête', '그 어느 것도 거부하지 않는ne rien refuser' 완전한 '노출'이 성직자로서 그가 느끼는 첫 번째 사명인 것이다. 고개를 돌린다는 것은 타자와의 측면적이고 왜곡된 관계를 의미한다. 그는 폭력의 희생물이 된다 할지라도 타자와의 직접적이고 대면적인 관계, 얼굴 대 얼굴로서 소통하는 관계를 포기하지 않는다. 대면적 관계의 포기는 곧 '닫힌 주체', '자기중심적 주체'로의 회귀를 의미하기 때문이다. 심지어 자신에게 가해지는 고통과 상처까지도 거부하지 않고 받아들이는 거의 절대적인 '수용성'을 통해 그는 타자와의 진정한 관계, 그리스도의 가르침에 근거한 관계를 구현하고 있다.

모리악은 신앙, 바리새인들의 형식적 신앙이 아닌 본질적이고 구체적인 의미에서

---

306) F. Mauriac, 『검은 천사들』, *op.cit.,* p.90.

의 신앙에 있어서도 이성이 전적으로 무력한 것으로 그리고 있다. 때때로 인간 사회에서 통용되는 보편적인 윤리의 기준까지도 초월하는 것으로 묘사되는[307] 신앙은 한 개인이 하나의 인격으로서 절대자와 맺는 특수한 관계로 나타난다. 이러한 점에서 그것은 보편타당한 이성의 척도로는 이해할 수 없는 절대적인 역설이다.[308] 모리악의 인물들이 존재 변화의 결정적인 순간에 자신에게 전해지는 절대적 계시와 체험들을 통상적인 방법으로 타인에게 이해시키거나 전달할 수 없는 것도 이러한 점에 기인한다.

모리악의 작품 세계에서 신앙은 어디까지나 '노출'된 주체로서 받아들이고 수용하는 주체의 문제이지 스스로를 이성의 보호막으로 감싼 채 이해하고 환원하려는 주체의 몫은 아니다. 그것은 이성적 사유로는 전혀 이해할 수 없고 해명할 수도 없는 것이며, 그렇기 때문에 그것을 이해하기 위해서는 이해의 시도 자체, 이성을 포기해야만 한다. 기독교의 관점에서 볼 때 진리에 이르는 길은 이성의 사유와 성찰을 통한 점진적인 접근이 아닌 순간적인 신앙의 질적 비약, 즉 초월을 통해서 주어진다. 이성의 사유 활동, 환원하고 판단하는 이성의 활동이 중지되는 그곳에서 비로소 신앙적 초월이 시작되는 것이다. 이성은 보편성, 즉 인류 전체에게 보편타당하며 객관적인 사유와 판단의 척도를 뜻한다. 그러나 기독교 신앙은 객관적인 이성의 척도로는 납득할 수 없으며, 타인에게 납득시킬 수도 없는 매우 독특한 개인적 체험을 뜻한다. 그것은 결코 일반화할 수 없는 절대자와 나와의 인격적 관계를 뜻한다. 신앙의 내용은 인간이 고안한 어떠한 표상적 사유의 개념 속에 집어넣어질

---

307) 모리악의 이러한 입장은 유명한 피날리 사건에서도 그대로 드러난다. 레비나스는 이처럼 보편적 윤리성을 초월하는 무한성을 주장하는 모리악에 대해 비판의 글을 쓰기도 했는데, 그가 보기에 절대적 무한성, 특히 종교와 신앙과 관련한 무한성은 인간적 보편성의 범주와 일치해야 하는 것이었기 때문이다. 이와 관련해서는 M. A. Lescourret,『엠마뉘엘 레비나스Emmanuel Levinas』, Flammarion, 1994, pp.279–280 참조.

308) Cf. Roger Mehl,『타인의 만남: 소통의 문제에 대한 몇 가지 고찰La rencontre d'autrui: Remarques sur le problème de la communication』, Delachaux et Niestlé S. A., 1955, p.34.

수 없다. 그것은 지식의 대상이 아닌 것이다.

- 몸

감성과 관련한 논의는 자연스럽게 '몸'의 문제와 연관될 수 있다. 표상의 계기로 환원되지 않으면서 이성보다 근원적인 것으로, 총체성으로의 흡수가 아닌 존재의 분리로 작용하는 감성은 언제나 '감각적인 것'과 직접적인 관련을 가진다. 감각적인 것의 직접성을 통해 그것은 상처받을 수 있는 가능성으로 작용한다. 상처 입을 수 있는 '노출'은 피와 살을 가진 '몸'으로서의 주체성으로 연결된다. 몸은 무엇보다도 인간을 사유하는 존재로 규정해 온 전통적 관념론으로부터 벗어나 그 무엇으로도 환원되지 않는 '신체'를 통한 행위를 자기성의 근본으로 하는 사유의 핵심적인 부분을 차지한다.

근대 이후의 이른바 '반성' 철학은 인간을 '정신'으로 정의 내려 왔다. 인간이 자신과 다른 것을 구별할 수 있고, 스스로의 자기성을 의식할 수 있는 기본 조건은 바로 '사유의 능력'에서 비롯된 것으로 여겨졌다.[309] 인간의 자기성의 근간은 무엇인가를 '의식함'에 있다는 것이다. 이러한 관점에서 사유를 제외한 다른 모든 요소는 나를 나로서 규정하는 데 부수적이고 우연적인 것에 지나지 않는다. 특히 '감각'이나 '몸'에 관련된 것은 의심스러운 것으로 철저히 배제되어 왔다. 나의 존재를 떠받쳐 주는 것, 즉 나를 주체로서 근거 지어 주는 바탕은 '몸'이 아닌 '사유'에 있다는 것이 데카르트 이후 관념론의 공통된 주제였다. 하지만 앞서 살펴본 바와 같이 이러한 존재론은 언제나 자기중심적인 환원의 사고방식을 바탕으로 하고 있다. 반대로 우리의 '몸'은 외부를 향해 단지 '열려' 있다. 우리의 의식이 외부의 대상을 대할 때 언제나 그것을 바라보는 시선을 통해 표상하고, 그 표상화된 대상의 이미지, 즉 우리 의식에 의해 판단되고 재단된 것만을 받아들인다면, 우리의 '몸'은 세

---

309) 강영안, 『주체는 죽었는가』, *op.cit.*, p. 225.

계 속에 대상들과 '함께' 존재하는 것이다.

Quelqu'un est là et comble toute la capacité d'un être qui, d'ailleur, continue sa vie: il lit, travaille, cause avec un ami; mais jusque dans les fêtes du monde, un instant de recueillement suffit: c'est comme une main furtivement pressée, comme un souffle brûlant, et, au milieu de la foule, ce bref regard d'un amour que les autres ne voient pas; un signe de connivence, une miraculeuse sécurité. <Qui donc a osé écrire, me demanda‐t‐il, que le Christianisme ne fait pas sa part à la chair?> Je n'osai lui rappeler que c'était moi‐même et ne pus que baisser la tête.[310]

누군가가 거기에 있다. 그리고 그가 한편에서 자신의 삶을 살고 있는 한 존재를 가득 채운다. 그는 읽고 일하며, 친구와 이야기한다. 하지만 세상의 축제들에 이르기까지 단 한순간의 묵상이면 충분하다. 그것은 마치 남몰래 쥐는 손과 같고, 뜨거운 숨결과도 같다. 군중들의 한복판에서 다른 사람들은 보지 못하는 시선이 한순간 나를 향한다. 공모의 표시이자 기적과도 같은 안전함의 신호이다. 그가 내게 물었다. <감히 기독교는 몸과는 상관이 없다고 쓴 사람이 누구인가?> 감히 그것이 나였다고 대답할 수 없었던 나는 고개를 숙일 수밖에는 없었다.

모리악이 자신의 작품 세계 전체에 걸쳐 한결같이 추구했던 주제 중 하나로 우리는 육체와 신앙 사이의 갈등, 악마와 신을 향한 이율배반적인 갈망을 들 수 있다. 그런 만큼 '육체'와 관련된 문제는 모리악에게 있어서 매우 중요한 위치를 차지하고 있는 것이 사실이다. 사실상 모리악의 문학 세계에서 '몸'과 관련된 문제는 가장 접근하기 까다로운 문제라고 해도 과언이 아니다. 모리악 자신도 이 문제와 관련하여 끊임없이 갈등했다는 사실을 여러 부분을 통해 확인할 수 있다. 우선 모리악은 몸과 관련하여 그것이 이른바 '죄'의 문제와 직결되며, 따라서 억압의 대상이어야 한다는 전통적인 기독교적 논리를 따르고 있는 것으로 보인다. 『기독교인의 고통과 행복Souffrances et bonheur du chrétien』에서 그는 이와 같은 입장을 분명

---

310) F. Mauriac, 『하나님과 마몬』, *op.cit.,* pp.194‐195.

히 밝히고 있다.[311] 하지만 위 예문에서 우리는 『기독교인의 고통과 행복』에서 그 자신이 선언했던 '몸의 억압'에 대한 또 다른 시각을 엿볼 수 있다. 기독교적인 시각에 있어서도 몸이 단순한 억압의 대상일 수는 없다는 사실을 그는 위 예문에서 고백하고 있다. 여기에서 한 가지 분명히 해야 할 점은 모리악에게 있어서 중요한 것은 단순히 '몸'의 존재 자체를 억압하는 것이 아니라는 점이다. 서구의 전통적 사상에서 엿보이는 이성과 몸의 이분법적 분리와 그러한 사상에 입각해 몸을 무조건적인 배척의 대상으로 삼는 것에 그는 동의하지 않는다. 모리악에게 중요한 것은 단지 이성이냐 몸이냐는 이분법적인 문제가 아니라 '은총'과 '죄'의 문제와 관련해 그것들이 어떠한 의미를 지니느냐에 있다. 앞서 살펴본 것처럼 무엇에도 뒤떨어지지 않는 명석한 이성의 능력을 가진 사람이라 할지라도 그 이성 자체가 그로 하여금 타인과의 직접적인 만남을 방해하고, 나아가 타인을 자신의 노예로 만드는 수단으로 이용될 때, 그리하여 순수한 복음의 실천을 가로막고, 은총의 체험을 가로막는다면 그때의 이성은 배척해야 할 대상이 된다. 몸에 대해서도 마찬가지로, 모리악은 인간이 이 땅에 두 발을 딛고 사는 존재라는 점, 다시 말해 추상적인 관념의 세계가 아닌 구체적인 삶의 세계에 존재한다는 사실을 결코 부인하지 않는다. 즉 모리악은 인간이 세계 속에 무엇보다 '몸'으로 존재한다는 사실을 부정하지 않는 것이다.

> Mauriac, par ce terme(la chair), entendait clairement l'objet du désir sexuel. Il dénonçait, après Pascal et Bossuet, la <honteuse plaie> de la concupiscence et l'attrait de la <fragile et trompeuse beauté des corps>, la <folie qui nous porte à sacrifier l'éternel au périssable>…… La volupté, déclarait Mauriac, <signe la mort>, elle est une <fausse agonie>, <la recherche des abords immédiats du Néant>.[312]

---

311) F. Mauriac, 『기독교인의 고통과 행복*Souffrances et bonheur du chrétien*』, Grasset, 1931, p.23. "기독교는 몸과 아무런 상관이 없다. 기독교는 몸을 억제한다."

몸이라는 용어를 통해 모리악은 분명 성적인 욕망의 대상을 지칭했던 것으로 보인다. 파스칼과 보쉬에를 따라 그는 성적 욕망의 <부끄러운 상처>와 <연약하고 기만적인 몸의 아름다움>에 대한 매력, <우리로 하여금 멸망할 것을 위해 영원한 것을 희생하도록 만드는 광기>를 비난했다…… 모리악은 관능성을 <죽음의 기호>라고 선언했다. 그것은 <거짓된 고뇌>이자 <무에 대한 직접적인 접근의 추구>라는 것이다.

모리악이 억압의 대상으로서 이해하는 '몸'은 무엇보다도 성적 욕망과 관능의 대상으로서의 '몸'이다. 모리악은 인간의 심층부에 심겨져 있는 힘과 본능을 해부하고자 한다. 그러면서도 모리악은 완전한 자아에 이르기 위해 신앙을 떠났던 지드와는 달리 신앙의 보호막 아래 머물러 있으면서 신앙과 인간의 본능을 타협시키려고 시도한다. 바로 이러한 이원적인 인간의 이해가 그 자신뿐만 아니라 그가 창조한 인물들의 성격을 지배하고 있다. 그리고 여기에서부터 흔히 모리악적이라고 이야기할 수 있는 신과 악마를 향한 인간의 이율배반적인 갈등이 시작된다고 할 수 있다.[313]

하지만 모리악은 이와 같은 천국과 지상 사이의 이분법에 의지하여 세상 속에 살고 있는 인간들의 문제를 외면하지 않는다. 그는 가장 추악한 죄까지도 은총이 나타날 수 있는 배경을 마련해 줄 수 있다고 확신한다. 어둠이 짙을수록 빛이 강조되듯이 그의 작품에는 '죄'에 둘러싸여 있는 영혼에 나타나는 은총이 특히 강조된다. 모리악은 욕망의 발상지로서의 몸을 거부한다. 루이에게서 볼 수 있는 돈에 대한 욕망이든 아니면 단순한 성적인 욕망이든 이른바 '욕망'은 쾌락의 극한에 이르러서도 결코 채워질 수 없는 허무를 상징한다. 우리 논의의 맥락에서 볼 때 이러한 '욕망'은 어디까지나 '나'를 중심으로 한 것으로 외부의 대상을 수단으로 삼아 자신의 존재 정립에 이르고자 하는 목적을 가지고 있다. 그렇기 때문에 우리는 모리악에게 있어서 단순히 '몸'에 대한 억압만을 거론하는 것은 올바른 논의의 전개가 아니라고 확신한다.

---

312) M. Lioure, "클로델 극작품에서 본 기독교인의 고통과 행복Souffrances et bonheur du chrétien dans le théâtre de Claudel" in 『모리악-클로델』, *op.cit.*, p.148.

313) N. Cormeau, *op.cit.,* p.225.

몸이든 이성이든 인간을 은총으로부터 멀어지게 하고 타인들과의 끊임없이 갈등으로 몰아넣는 자기중심적 '욕망'의 단절이 문제이기 때문이다.

> Le Dieu qu'ils servent, ce Dieu qui leur a donné un cœur capable de le connaître et de l'aimer, s'est si peu détourné de la sanglante histoire des hommes qu'il s'y est engouffré: <Et le verbe s'est fait chair et il a habité parmi nous.> De sorte que bien loin qu'ils aient le droit de fuir les hommes en Dieu, il leur est enjoint de retrouver Dieu dans les hommes.314)
>
> 그들이 섬기는 신, 그들에게 자신을 알고 사랑할 수 있는 마음을 부여한 신은 인간들의 피 흘리는 역사를 외면하지 않으며, 오히려 거기에 개입한다. <말씀이 육신이 되어 우리 중에 거하시니.> 따라서 그들은 인간들을 신에게로 피하게 할 권리를 가지고 있다기보다는 오히려 인간들 속에서 신을 만나야 할 것이다.

넬리 코르모는 위 예문에 나오는 "인간 속에서 신의 모습을 찾을 수 있다retrouver Dieu dans les hommes"는 구절을 모리악의 전 생애와 모든 작품, 그리고 그가 보여 준 모든 참여의 열쇠가 되는 것으로 소개한 바 있다.315) 모리악이 생각하기에 신은 인간들의 피 흘리는 역사를 외면하지 않는다. 그것으로부터 무관한 채 추상적 관념 속에 머무르지도 않는다. 인간의 역사가 피 흘림의 역사라면 바로 그 구체적 현장의 한복판에서 우리는 신의 모습을 찾아볼 수 있다. 왜냐하면 위 예문에서도 소개되고 있는 요한복음의 구절처럼 기독교는 '말씀이 육신이 되어 우리 가운데 거하는' 신비 위에 자리잡고 있기 때문이다. 즉 절대자가 '몸'을 가진 존재로 성육신하여 피 흘림의 역사 한복판에서 가장 구체적이고 보편적인 희생을 실천한 것이다. 따라서 기독교는 무엇보다도 '이웃', 그것도 혼돈과 갈등의 역사 속에서 힘없이 피 흘리는 자들에 대한 사랑을 제외하고는 결코 성립할 수 없다. 바로 이러한 점에서 모리악은 '몸'이 가진 또 다른 의미를 인식하지 않을 수 없었으며, '몸'을 통한 구체적인 희생이라

---

314) F. Mauriac, 『검은 노트Le Cahier Noir』, Minuit, 1943, p.25.
315) N. Cormeau, *op.cit.,* p.203.

는 대타관계의 측면을 탐색하고자 한 것이다. 기독교의 '은총'은 이데아의 세계처럼 인간의 삶과 무관하게 존재하지 않는다. 은총의 본질적인 신비는 '말씀', 즉 로고스가 '육신'이 된 사건 속에서 구체적으로 드러난다. 그리스도의 복음은 결코 추상적인 개념들로 이루어져 있지 않다. 그것은 육체를 가지고 물질적인 세상 속에서 살아가는 구체적인 인간들을 대상으로 한다. 절대성 자체가 구체적인 육체의 모습으로 체화incarner하여, 구체적인 고통을 통해 구원의 가능성을 열었기 때문이다.

모리악의 작품 속에서 타자를 있는 그대로 받아들이는 주체들, 특히 그리스도의 이미지를 구현하는 것으로 그려지는 성직자들은 대부분 몸을 통한 구체적인 수용과 희생의 모습을 보여준다. 타자를 향한 개방성이 상처받을 수 있는 가능성으로 연결되는 것도 몸을 매개로 이루어진다. 타자로부터 상처받음에서 타자를 위한 희생을 근간으로 하는 보다 능동적인 의미의 새로운 주체성이 도출되는 데에도 몸을 통한 행위, 나아가 몸의 내어줌이라는 희생의 모습이 중요한 요소로 작용한다.

- 유년의 순수함

'열림'이나 '감성'과 관련하여 우리는 모리악에게서 특히 강조되는 '유년l'enfance'의 중요성에 대해서 살펴보아야 할 것이다. 실제 모리악의 삶에 있어서나 그의 작품 세계에 있어서 유년은 벗어날 수 없는 근원이자 원동력으로 작용한다. 그것은 바로 '유년'의 시기만큼 인간이 '순수함'을 간직할 수 있는 시기가 없기 때문이다. 잃어버린 '순수'에 대한 향수는 언제나 유년의 기억으로 귀착될 수밖에 없다. 모리악이 보기에 타인과의 평화적 관계, 인간 세계의 갈등의 해결책은 다름 아닌 한 명의 '어린아이'의 모습에서 찾아볼 수 있다. 천국은 항상 어린아이들과 같은 자들의 것이기 때문이다. 특히 어린아이들은 타자와의 열린 관계, 대면적 관계를 위해 필요한 거의 모든 요소들을 가지고 있다. 그들은 이성보다는 감성에 의해 타인과 관계를 맺는다. 외부 세계와 타인들을 이성의 빛으로 계산하고, 환원시켜 그들 위에 군림하고자 하는 것은 아이들의 욕망과는 거리가 멀다. 아이들은 단지 외부를 향해 '열려' 있을 뿐이다. 그들은 모든 것을 받아들인다. 유년기의 모습은 '노출'과 '수용성'을 바탕으로 한 구체적 실존의 전형을 보여준다. 모리악의 작품에서 타자를 향한 구체적 희생을 실천하는 인물들이 대부분 '유년기'의 특성을 유지하고 있는 것으로 그려지는 이유도 여기에 있다. 때로는 '순수함'이 일방적이고 집단적인 폭력을 집중시키기에 적합한 요소로 작용하기도 하지만, 자신을 향한 폭력까지도 초월하여 타인에 대한 '대속'으로 승화시킬 수 있는 힘을 유년의 순수함은 가지고 있다.

모리악의 작품 속에서 개방적이고 수용적인 인물들은 대부분 어린아이의 '순수함 la pureté'을 공통적인 특징으로 가지고 있다. 이들은 순수하고 거의 신성하기까지 한 영혼을 가진 자들로 타인들에 대한 대속적인 희생을 실천하는 역할을 수행한다. 이들이 가진 순수함은 무엇보다도 그들 자신에게 신의 평화를 가져다준다. 이러한 평화는 그들로 하여금 모든 인간적인 갈등과 비극의 한계를 넘어서게 하는 원동력이 된다.

> La pureté est l'un des thèmes essentiels de la psychologie mauriacienne. Elle baigne l'enfance comme l'eau d'une fontaine cristalline et sacrée et elle demeure, chez les adultes, comme la nostalgie lancinante d'un paradis perdu.[316]
> 순수함은 모리악적 심리학의 본질적인 주제들 중 하나이다. 그것은 투명하고 성스러운 샘물처럼 유년기를 가득 적시며, 어른들에게도 잃어버린 낙원에 대한 가슴 아픈 향수의 형태로 남아 있다.

모리악은 고통과 갈등을 초월하여 타자와의 소통과 화해의 가능성을 발견하고자 하는 인물들에게 특별히 순수에 대한 지향, 유년기의 순수함에 대한 지향을 부여한다. 이러한 인물들은 수적으로나 그들이 작품 속에서 담당하는 역할에 있어서나 그다지 큰 비중을 차지하지 못하는 경우가 대부분이다. 모리악은 이들을 작품의 주인

---

316) *Ibid.*, p.87.

공으로 등장시키지 않으며, 작품의 전면에 배치하지도 않는다. 그들은 인간적인 정열을 초월하여 갈등과 폭력의 장으로부터 한 걸음 물러서 있기 때문이다. 하지만 그들은 조용히 자신들에게 맡겨진 책임을 완수한다.

모리악의 작품 속에서 주로 이러한 역할은 순결한 어린아이들이나, 그리스도의 모방자로 그려지는 성직자들이 담당한다. 이들은 한결같이 순수함을 간직하고 있는 것으로 그려진다. 예문에서 볼 수 있듯이 어린아이의 순수함은 모리악의 소설 세계에 있어서 가장 근본적인 테마 가운데 하나이다. 그것은 그 자체로 화해와 평화, 개방성을 상징한다. 어린아이에게 있어서 순수함이란 본원적이며 핵심적인 것으로 신성의 신비로운 접촉과도 같다. 이미 유년기를 지난 인물들이 간직하고 있는 순수한 행복의 원천으로서의 유년에 대한 향수와 추억은 그들을 괴롭히는 현실의 고통을 완화시켜 주며, 그들로 하여금 갈등으로 오염된 세계에 파묻히지 않도록 막아주는 보호막과도 같다. 결정적인 순간에 이들로 하여금 존재 변화의 선택에 이르게 하는 데에도 그들이 간직한 순수함의 기억은 매우 중요한 역할을 담당한다.[317]

Il (notre cœur) demeure tout proche de l'enfance, il y baigne encore que déjà notre chair approche de la vieillesse. Vous savez que du point de vue de la foi, être dans l'amitié de Dieu, c'est être semblable à l'un de ces petits. Mais l'étrange est que les fautes de toute une vie ne détruisent pas, chez beaucoup d'hommes, ce regret, cette hantise de leurs purs commencements.[318]

우리의 마음은 유년기에 가까이 자리잡고 있습니다. 비록 우리의 몸이 노년에 가까워지고 있어도 마음만은 여전히 유년에 젖어들어 있습니다. 신앙의 관점에서 볼 때

---

317) *Ibid.,* p.198. "그것(유년)은 가장 어두운 삶을 사는 자들, 가장 타락한 자들, 범죄를 저지른 가브리엘 그라데르와 같은 자들에게 있어서도 섬광과 같은 기억의 형태로 남아 있다…… 알랭 포르카스, 이브 프롱트낙, 피에르 코스타도와 같은 인물들의 눈에 영감에 의한 환한 빛을 비추는 것도 바로 그것이다. 심지어 피에르 고르낙에게서도 마찬가지이다. 이 인물은 지독한 완고함에도 불구하고, 조심스레 간직되어 온 순수함을 통해 자신의 유년에 연결된 채로 살아가기 때문이다."

318) F. Mauriac, 『잃어버린 말과 되찾은 말』, *op.cit.,* pp.184‐185.

신의 우정 속에 거한다는 것은 이 어린아이들 중 한 명과 같다는 것임을 여러분도 알고 계실 것입니다. 신기한 것은 우리들이 인생 속에서 범한 잘못들이 이 순수한 출발에 대한 그리움과 고정관념을 파괴하지 못한다는 것입니다.

모리악은 기회가 있을 때마다 자신의 삶과 문학 세계에 있어서 유년의 기억이 가지고 있는 의미에 대해 언급한다. 사실상 시, 공간적인 현실과 무관하게 그에게 있어서 유년이 가지는 중요성과 의미는 한결같다. 보르도에서 보낸 유년 시절의 기억들은 고스란히 그의 작품 속에 스며들어 있다. 때로는 어린 시절에 엿볼 수 있었던 지방 부르주아 사회의 여러 가지 모순적이고 형식적인 관습들에 대한 비판의 수단으로 유년의 기억이 사용되기도 한다. 하지만 그에게 있어서 유년은 무엇보다도 '순수함'의 시기로 남아 있다. 그것은 인류 전체가 지향해야 할 잃어버린 낙원에 가깝다. 순수한 유년의 시절은 나와 타인 사이에 인위적인 분리의 장벽이 생겨나기 이전의 시기이다. 그것은 완전한 소통의 신비를 체험할 수 있었던 시기이다. 또한 예문에서 볼 수 있듯이 유년의 기억은 세월이 흐른 뒤에도 그 기억을 간직한 사람의 삶을 보호해 준다. 삶의 여러 과정들을 통해 우리가 범한 수많은 오류들과 갈등의 흔적들도 순수한 출발의 순간이었던 유년의 기억을 소멸시키지 못한다. 모든 사건과 선택의 이면에 숨은 듯이 자리잡고 있는 순수한 시절의 기억은 우리에게 거울과 같은 역할을 한다. 그것은 근원으로의 회귀를 의미함과 동시에 새로운 출발을 가능하게 한다. 따라서 모리악은 유년의 기억을 상실하는 것에서 진정한 절망의 징조를 찾고 있다. 유년의 기억을 상실한 자들은 삶의 방향과 의미를 제시해 주는 기준도, 새로운 출발을 향한 동기도 모두 상실한 자들이기 때문이다.

Il faut être pur parce que le Seigneur le veut et que son amour ne souffre pas de partage, mais il faut être pur aussi pour être libre de se donner aux autres – car l'amour du Christ, c'est l'amour des autres.[319]

---

319) *Ibid.,* p.213.

순수함을 간직해야 합니다. 주님이 그것을 원하시기 때문입니다. 그리고 그의 사랑은 나누어줌으로 고통을 겪지 않기 때문입니다. 또한 타인들에게 스스로를 더욱 자유롭게 내어주기 위해서도 순수해야 합니다. 그리스도의 사랑은 곧 타인들에 대한 사랑이기 때문입니다.

모리악에게 있어서 순수함은 타인과의 관계에 있어서 스스로를 내어주는 태도, 즉 무조건적인 희생과 대속을 통한 궁극적인 화해의 가능성을 제시해 주는 근본적인 요소이다. 사실상 신과의 관계, 즉 신의 사랑과 은총의 구체적인 체험과 타자에 대한 개방적 희생의 구체적 실천은 모리악의 작품에서는 불가분의 관계에 있으며, 이러한 점에서 순수함, 특히 어린아이의 순수함은 이 두 가지 차원을 서로 연결시켜 주는 역할을 한다.320) 신의 사랑은 곧 타인들에 대한 사랑이며, 이 사랑을 실천하기 위해 신은 스스로의 몸을 내어 주었다. 결국 신의 사랑을 체험하고 모방한다는 것은 타자에 대한 '내어줌'이며, 그것은 항상 '순수함', 상처 입을 수 있는 것으로서의 '개방성'과 '수용성'을 바탕으로 한다. 순수함이란 모든 것을 향해 '열려' 있는 개방적 상태를 의미하기 때문이다.

바로 이와 같은 이유 때문에 모리악의 작품에서는 유년의 순수함을 간직하고 있는 인물들이 집단적 폭력의 희생양이 되기도 한다. 순수함은 그 자체로 희생물 선택에 있어서 중요한 기준이 될 수 있다. 『속죄양』의 그자비에, 『검은 천사들』의 포르카스를 비롯한 기타 작품의 성직자들, 『문둥병자에게 입맞춤』의 장 펠루예르, 『르 사구앵』의 기유 등이 그 예를 보여주고 있다.321) 특히 『속죄양』에서 그려지는 그자비에의 모습

---

320) N. Cormeau, *op.cit.*, p.199. "어른들에게 자신의 유년기를 되찾을 것을 요구하는 이 종교, <악을 알지 못하는 연약함의 자유로움>을 되찾기를 요구하는 이 종교는 유년을 위해 만들어진 종교이다. 이 종교는 한 사람의 인생 전체를 통해 유년의 지워지지 않는 흔적을 계속해서 떠오르게 한다. 비록 그가 처음에는 유년의 기억을 조롱했을지라도 말이다."

321) 이와 관련해 우리는 유년에 물들어 있는 인물들이 흔히 집단으로부터 동떨어져 고독하고 '단독'적인 생활을 한다는 점을 잊어서는 안 될 것이다. Cf. *Ibid.*, p.90.

은 순수함이 가진 양면적 특성, 즉 상처받을 수 있는 가능성과 그 상처 입음을 통해 타자를 속죄의 길로 인도할 수 있는 원동력으로서의 측면을 자세히 보여주고 있다. 이 작품에서 그자비에는 우선 어린아이와 같은 인물로 제시된다.322) 그는 바리새인과 같은 종교적 형식주의에 물들지 않고, 신과 인간에 대해서 순수한 신앙을 실천하고자 노력한다. 하지만 그는 바로 이러한 순수함으로 인하여 종종 남들로부터 동떨어진 인물로 여겨지고,323) 심지어 가족들로부터도 고립을 당한다.324) 그에게 있어서는 순수함이 타인들로부터 공격당할 수 있는 희생의 징후로 작용하는 것이다. '남들과 같지 않음'은 가장 기본적인 희생물의 조건이 될 수 있으며, 그 '다름'이 근본적으로 '노출'과 '개방성'을 특징으로 하는 '순수함'으로 나타날 때 그것은 더욱 확고한 희생의 조건으로 여겨질 수 있다.

A l'enfant taciturne et solitaire qui, aux récréations, ne joue pas et qui, la nuit, pleure au dortoir, s'oppose la foule des jeunes bourgeois brutaux, féroces et stupides - et voilà la genèse du monde mauriacien.325)
과묵하고 고독한 어린아이, 휴식시간에 놀지도 않으며, 밤에는 공동침실에서 눈물 흘리는 어린아이에 대해 잔인하고 맹렬하며, 어리석은 젊은 부르주아 무리가 대립하는 것, 이것이 바로 모리악적 세계의 기원이다.

순수함을 특징으로 하는 어린아이, 특히 집단의 '악'에 물들지 않은 고독한 어린아이에 대한 난폭하고도 어리석은 부르주아 집단의 대립은 모리악 작품 세계의 근원을 이루고 있다고 해도 과언이 아니다. 특히 그자비에나 장 펠루예르와 같은 인물들, 어린아이와 같이 순수한 영혼을 가진 것으로 그려지는 인물들은 비록 그들이

---

322) F. Mauriac, 『속죄양』, *op.cit.*, p.62. "이 사람은 22세의 성인이 아니었다…… 여전히 유년에 푹 배어 있는 존재였다."

323) *Ibid.*, p.51. "한편, 모든 사람들이 그를 정신 나간 자라고 이야기했다."

324) *Ibid.*, p.65.

325) N. Cormeau, *op.cit.*, p.84.

집단적 갈등의 한복판에서 고통받기는 하지만, 동시에 그러한 갈등과 고통의 악순환적인 구조를 해결할 수 있는 가능성을 보여주고 있다. 앞서 제시한 예문에서도 보았듯이 타자와의 관계에 있어서 모리악이 순수함을 중요시하는 것은 무엇보다도 그것이 타자를 향한 희생, 즉 '내어줌'의 기본 요소이기 때문이다. 집단적 갈등과 폭력의 소용돌이 속에서 원하지 않는 희생물의 위치에 서게 되는 것과, 스스로의 선택에 의해 '내어줌'을 실천하는 것은 그 희생이 가져오는 결과에 있어서 큰 차이를 가지고 있다. 전자의 경우 집단적 위기의 완화를 가져다주는 '희생물victime'은 될 수 있지만, 이때의 희생이 가져오는 결과는 '일시적'일 뿐이다.326) 폭력에 참여하는 자들과 폭력을 당하는 자가 모두 맹목적인 무지 상태에 머무르기 때문이다. 반면 스스로 선택한 희생의 주인공들은 자신뿐만 아니라 타인들의 존재 변화와 구원의 가능성을 가져다주는 '속죄양'으로서의 역할을 담당할 수 있게 되는 것이다.

S'il est une beauté à laquelle je sois sensible, c'est celle de l'enfance. Là est la véritable sainteté.327)
제가 민감해하는 아름다움이 있다면, 그것은 유년의 아름다움입니다. 거기에 진정한

---

326) 르네 지라르에 따르면 각각의 개인들 사이에서 갈등의 고리를 만들어 내는 모방 욕망은 곧 그들이 속한 집단의 차원으로 번져나간다. 이때 집단은 흔히 무고한 희생물에게 전체의 위기를 집중시키는 폭력을 행사한다. 집단의 주변인, 누구도 그의 입장을 지지하지 않을 희생물에 대한 폭력을 통해 집단 전체를 위기로 몰아넣는 더 큰 폭력을 막기 위한 것이다. 하지만 집단의 의도대로 만장일치적 성격을 띤 폭력이 별다른 저항 없이 성공을 거둔 것처럼 보이는 상황에서도 갈등의 근원적인 원인은 여전히 남아서 또 다른 형태의 폭력을 불러일으킬 가능성을 가지고 있다. 외면적으로는 갈등을 불러온 문제가 집단의 희생양을 통해 해결된 것처럼 보일지라도 그것은 매우 일시적인 상황일 뿐이다. 애초에 갈등을 만들어 내었던 인물들의 욕망은 여전히 변하지 않고 남아 있기 때문이다. 인물들은 곧 또 다른 모델을 상대로 한 욕망의 지배를 받게 되고, 또 다른 폭력과 위기에 휘말리게 될 것이며, 또 다른 희생양을 찾아 집단적인 폭력을 행사하게 될 것이다. 결국 폭력과 갈등의 메커니즘은 그대로 남아서 인물들을 지배하게 되는 것이다. R. Girard, 『사탄이 번개처럼 떨어지는 것이 보이노라』, *op.cit.,* p.74.
327) F. Mauriac, 『말은 남아 있다』, *op.cit.,* p.76.

성스러움이 있습니다.

모리악은 '유년'이라는 단어 속에 '진정한 성스러움'이 담겨 있다고 생각한다. 유년이 가진 성스러움은 인간 사회를 지배하고 있는 갈등과 근본적으로 대립되는 성스러움이다. 집단적 폭력으로부터 '만들어진' 성스러움이 폭력의 흔적을 숨기기 위해, 즉 진실을 왜곡하고 사람들을 무지의 상태로 몰아넣음으로써 박해자들의 자기중심적 세계관을 정당화하기 위해 사용된다면,[328] 유년이 가진 성스러움, 성스러울 정도의 순수함은 오히려 그 무지를 깨뜨리고 모든 것을 '열어' 놓음으로써 사람들

---

[328] 르네 지라르에 따르면 폭력은 단순히 희생자를 유죄로 만드는 것만으로는 만족하지 못한다. 집단의 위기가 찾아올 때 다시 한번 희생물에 대한 폭력이 가능하기 위해서는 이전에 있었던 폭력의 흔적을 완전히 제거해야 한다는 전제가 선행된다. 폭력은 언제나 박해자들의 무지에 근거해서만 그 기능을 다할 수 있기 때문이다. 따라서 집단적 폭력이 행사되고 난 후, 그 폭력의 흔적이 지워지지 않는다면 그것은 언제든지 이전의 박해자들이 폭력의 진실을 깨닫게 될 가능성이 있음을 의미하며, 이처럼 구성원들이 무지에서 벗어나게 되면 더 이상 폭력은 그 기능을 할 수 없게 된다. 바로 이러한 이유 때문에 집단적 폭력이 행사되고 나면 언제나 희생자에게 또 한 번의 변형이 가해진다. 희생물에 대한 첫 번째 변형이 무죄한 자를 갈등의 책임이 있는 죄인으로 만드는 것이었다면, 두 번째 변형은 동일한 희생물에게 집단을 위기로부터 구해 준 영웅의 모습을 덧입히는 방향으로 진행된다. 이러한 변형 작업에 따라 이전에 집단이 가지고 있던 모든 갈등의 원인으로 여겨졌던 희생물은 이제 성스러운sacré 존재로 여겨지게 된다. 즉 집단의 위기를 불러온 자에 대한 만장일치적인 폭력과, 그 갈등을 해소시켜 준 자에 대한 만장일치적인 찬양이 겹쳐지는 것이다. 지라르는 희생양에게 가해지는 이와 같은 두 가지의 변형 작업을 '폭력과 성스러움'의 메커니즘으로 정의 내린다. 모든 성스러운 것 속에는 이전에 그것에 대해 행해졌던 폭력이 숨어 있다는 것이다. 희생물에 대한 두 번째 변형은 첫 번째 변형의 사실, 즉 무고한 자를 죄인으로 만들어 폭력을 행사했던 사실을 지워버린다. 이러한 변형 작업, 즉 희생당한 자를 성스러운 자로 만드는 작업은 박해자들에게 폭력의 진실을 감추어 버리는데, 바로 이전에 있었던 폭력과 그 폭력에 희생당한 불행한 희생물에 대한 진실을 제거하는 것이다. 이러한 작업을 통해 폭력의 진실은 사람들의 의식 저편으로 사라지게 되고, 폭력은 그 자체로 정당성을 얻게 된다. 따라서 이때의 '성스러움'이란 어디까지나 폭력을 정당화시키기 위한 거짓 결과물일 뿐이다. R. Girard, *Je vois Satan tomber comme l'éclair, op.cit.,* p.107, 116.

로 하여금 진실을 알게끔 하고 자각에 이르도록 한다.329) 이러한 점에서 보잘것없어 보이는 한 어린아이의 모습이야말로 인간이 나아가야 할 길을 제시해 주고 있다.330) 어린아이가 가진 아직 정형화되어 있지 않고, 결정되어 있지도 않은 존재는 곧 외부를 향해 환원적 사고의 보호막을 형성하기 이전의 상태, 있는 그대로의 모습으로 외부를 향해 '열려' 있는 상태를 의미한다. 그리고 이것은 갈등과 폭력의 발생을 처음부터 억제하는 힘을 가지고 있다. 폭력은 항상 개방성이 아닌 폐쇄성, 즉 내가 타자에게 다가감이 없이 타자를 나에게로 흡수하고 환원시키고자 하는 태도로부터 발생하기 때문이다. 모리악의 작품에서 청소년기를 시작하는 인물들, 다시 말해 유년의 끝에 선 인물들이 한결같이 '정복'이나 '힘'에의 욕구, 관능적 욕망을 통해 '주인'에의 욕구에 시달리는 것도 이 때문이다.331)

Où est le commencement de nos actes? Notre destin, quand nous voulons l'isoler, ressemble à ces plantes qu'il est impossible d'arracher avec toutes leurs racines. Thérèse remontera‑t‑elle jusqu'à son enfance? Mais l'enfance est elle‑même une fin, un aboutissement.332)

우리의 행동의 시작은 어디에 있는 것일까? 우리의 운명은 그것만을 떼어놓으려 하면 뿌리가 너무 넓게 퍼져 뽑을 수 없는 나무와 같다. 테레즈는 어린 시절까지 거슬러 올라갈 것인가? 하지만 어린 시절은 그 자체로 하나의 끝이고 도달점인 것이다.

---

329) N. Cormeau, *op.cit.,* p.91. "<시선을 내부로 돌리는 존재들>인 그들은 <자성의 취향, 자기의 의식을 살피는 열정>, 그리고 <자기 마음을 설명하고자 하는> 열정을 키워 나간다. 그들 중 많은 이들은 자기 자신에게서 눈을 돌릴 수 없는 감옥만을 원할 뿐이다."

330) F. Mauriac, 『말은 남아 있다』, *op.cit.,* p.85. "이 결정되지 않은 미완의 작은 존재에게서 우리는 미래의 인류가 나아가야 할 길을 볼 수 있다."

331) N. Cormeau, *op.cit.,* pp.89‑90. "이처럼 꿈 많고 걱정도 많은 유년기를 벗어나는 시점의 청소년들은 마치 하나의 통과 의례처럼 정복에의 도취, 힘의 매력, 디오니소스적이고 초인적인 초월의 매혹을 경험한다. 실존의 문턱에서 몸을 떠는 <이들은 관능과 향유, 욕망의 세계로 달려든다.> 이러한 힘, 이러한 영광, 이러한 부적을 가지고 그들은 무엇을 할 것인가?"

332) F. Mauriac, 『테레즈 데케루』, *op.cit.,* p.26.

갈등의 한복판에서 고통받는 인물들에게 있어서 유년에 대한 기억과 그리움은 맹목적인 욕망과 투쟁으로부터 벗어나 자신을 돌아볼 수 있는 가능성을 제시해 준다. 재판을 받은 후 돌아오는 길에 테레즈는 자신의 삶에서 가장 순수했던 시절을 떠올린다. 그러면서 그녀는 잃어버린 순수한 행복을 갈망하며, 갈등으로 얼룩진 현실을 벗어나고자 한다. 테레즈의 어린 시절, 특히 순수한 천사와 같았던[333] 여학교 시절은 돌아갈 수 없는 낙원처럼 그녀의 기억 속에 남아 있다. 그녀에게 어린 시절은 그 자체로 하나의 끝이자, 하나의 완성된 도달점과 같다. 그것은 가장 순수한 즐거움과 순결한 행복이 어우러진 시절로, 이러한 행복의 원천으로서의 순수했던 시절에 대한 회상은 한순간이나마 그녀를 정화시켜 주고 고통을 완화시켜 준다. 하지만 바로 그러한 시절의 순수함으로 돌아갈 수 없다는 사실, 그 시절 자체가 하나의 완결된 과거로 남아 있다는 사실에 테레즈의 비극이 존재한다. 순수한 시절을 회상하는 순간에도 그녀는 여전히 이미 저질러진 일의 숨겨진 동기를 찾는 것이 부질없다고 생각한다.[334] 그녀는 더 이상 과거의 순수하고 빛나던 존재가 아니다. 갈등과 고통으로 인해 절망에 허덕이는 한 여인의 모습만이 현재의 그녀가 가질 수 있는 몫일 뿐이다. 자신을 둘러싼 상황과 그 속에서 타인과 갈등을 이루는 자신에 대해 누구보다 명석한 이성의 빛을 비추고, 그 안에 감추어진 비밀을 찾고자 갈망하는 테레즈이지만 그녀는 결국 가장 중요한 비밀을 찾아내어 자기 것으로 하는 데 실패한다. 그것은 곧 유년의 순수함으로 자기 자신의 존재 방식과 타인들과의 관계를 근본적으로 변화시키는 원동력이다. 과거의 순수함을 현재의 차원으로 승화시키는 데 이르지 못한 테레즈는 무한으로의 초월의 기회 자체를 상실하고 만다.

……il y avait au contraire chez Marie, une ferreur touchante, une tendresse de cœur pour les domestiques, pour les métayers, pour les pauvres. On disait d'elle: <Elle donnerait tout ce qu'elle a; l'argent ne lui tient pas aux doigts……> On

---

333) *Ibid.*, p.28.
334) *Ibid.*, p.29.

disait encore: <Personne ne lui résiste, pas même son père.>[335]

반대로 마리에게는 하인들과 소작인들, 가난한 자들에 대한 애정 어린 마음과 감동 어린 열정이 있었소. 사람들은 그 아이에 대해 <모든 것을 다 줄 아이. 돈에 대해서는 관심도 없는 아이>라고 이야기했소. 또한 <그 애의 아버지를 포함해서 누구도 그 아이에게는 저항하지 못할 것>이라고도 했소.

모리악의 작품 속에서는 어린아이와 같은 순수함을 가진 자, 혹은 어린아이를 통해 주위의 인물들에게 변화와 구원의 가능성이 제시되는 경우를 흔히 볼 수 있다. 외면적으로는 작품 속에서 그다지 비중 있게 다루어지지 않는 이러한 장면들은 작품 전체, 나아가서는 모리악의 문학 세계 전체를 규정짓는다고 할 수 있을 만큼 중요한 의미를 가지고 있다. 대표적인 예로『독사들의 매듭』에서 그려지는 마리의 경우를 살펴볼 수 있다. 가족들을 포함해 타인들과의 관계에 있어서 불신과 증오심에 사로잡혀 있던 루이가 자각에 이르게 되는 계기는 바로 그가 유일하게 사랑했으며, 유일하게 사랑받음을 느낄 수 있는 존재였던 어린 딸 마리와의 추억과 그녀의 갑작스런 죽음이다. 마리는 가족들 중에서 유일하게 괴물과 같은 아버지를 두려워하지 않았던 아이였으며, 순수한 영혼이 타인에 대해 보여줄 수 있는 개방성의 정도를 명확하게 보여주는 존재였다. 순수한 주체는 곧 열린 주체이다. 그들이 보여주는 열림은 단순히 자신을 환대하는 이들에게만 국한되지 않는다. 그것은 자신과 상관없어 보이는 자들, 나아가 루이와 같이 두려움의 대상이 되는 자들까지도 구분하지 않는 절대적인 열림이다. 이러한 열림은 나와 타자 사이의 존재론적 거리 자체를 초월한다. 역설적으로 그것은 '가까움proximité'으로 가까움을 초월하는 것이다. 외부의 대상을 환원하려고 하지 않음으로써 이러한 순수한 주체는 가장 멀리 떨어져 있는 것같이 여겨지는 존재들까지 가까움의 영역 속으로 끌어들인다.

순수함은 차라리 타자를 포함한 외부를 대상으로 환원시키고 소유하고자 하는 자기중심적 주체의 형성 이전의 문제라고 할 수 있다. 그렇기 때문에 순수함의 전

---

335) F. Mauriac,『독사들의 매듭』, *op.cit.,* p.66.

형은 이른바 사회적이고 주체적인 자아가 탄생하기 이전인 유년 시절에서 찾아볼 수 있는 것이다. 이때의 주체는 모든 것의 근간이자 의미의 원천으로서 '아래에 있는 존재'라기보다는 문자 그대로 타인들의 '아래'에 있음으로 스스로 모든 짐을 자신의 어깨 위에 짊어지고자 하는 존재로서의 의미를 가진다. 이러한 무조건적인 수용성과 개방성은 종종 상처받을 수 있는 가능성으로 연결되기도 한다. 하지만 이때의 '노출'은 단지 수동적이기만 한 것은 아니다. 그것은 타인들의 폭력에 스스로를 내어 맡기기를 선택한다는 점에서 무엇보다 적극적이며 거스를 수 없는 힘을 가지고 있다. 수용성 속에서 누구도 거역할 수 없는 능동적 의미가 발생하는 것이다.

> Chez cet être tout instinct, ce qui me frappa davantage, à mesure qu'il grandissait, ce fut sa pureté, cette ignorance du mal, cette indifférence.[336]
> 이 존재가 성장해 감에 따라 나를 가장 놀라게 만든 것은 그가 순수함을 유지하고 있고, 악에 대해서 무지하다는 것, 그가 보여주는 악에 대한 무관심 그 자체였소.

『독사들의 매듭』에서 루이의 존재 변화에 기여하는 또 한 명의 순수한 존재로 우리는 마리네트의 아들인 뤼크에 대해서도 살펴볼 필요가 있다. 뤼크는 심지어 인간의 원죄로부터도 더럽혀지지 않은 것 같은 거의 신화적인 순수함을 간직한 존재로 그려진다. 그는 인간의 원천적인 '전락chute'이 있기 이전의 순수함, 은총, 기쁨으로 가득 차 있는 존재이다. 예문에서 나타나는 것처럼 그에게는 '악에 대한 무지', '악에 대한 무관심'으로 특징지어지는 순수함이 있다. 이와 같은 뤼크의 순수함 역시 마리의 경우와 마찬가지로 타인에 대한 개방성, 노출, 상처받을 수 있는 가능성, 악에 의해 더럽혀지지 않은 백지와 같은 상태, 근원적 샘물과 같은 이미지를 보여주고 있다. 이 순수함은 루이의 모습을 비추어 주는 거울과 같은 역할을 한다. 한 아이의 순수함이 루이의 자각에 결정적인 계기로 작용하는 것이다.[337] 뤼크

---

336) *Ibid.*, p.87.
337) *Ibid.*, p.88. "만일 당신이 상상하는 대로 인류가 옆구리에 근원적인 상처를 지니고 있

를 바라보면서 루이는 매우 특별한 고백을 한다. 뤼크에 대한 자신의 애정은 그의 모습 속에서 자기 자신의 모습을 찾아볼 수 없다는 점에서 기인한다는 것이다. 물질에 대한 욕망이나 힘에의 의지 등은 그에게서는 찾아볼 수 없는 속성들이다. 다시 말해 뤼크는 루이에게 있어서 환원시킬 수 없는 대상, 환원의 힘이 닿을 수 없는 순수의 결정체와 같은 존재이며, 자신의 존재 방식과는 근원적으로 '다른' 존재를 구현하고 있는 것이다.[338] 이와 같이 뤼크는 마리와 더불어 루이에게 근원적 '순수함', 잃어버린 낙원으로서의 순수함의 왕국을 보여준다. 그럼으로써 그들은 루이로 하여금 환원불능의 외적 존재, 즉 절대적 외재성과 무한성에의 초월 가능성을 엿볼 수 있게 해 주며, 궁극적으로는 이러한 무한성을 향한 루이의 '개종'을 이끌어 간다.[339]

알랭 포르카스, 칼루, 그자비에 등과 같은 성직자들은 비록 그들의 외모는 유년기를 넘어섰을지라도 그들의 영혼만은 유년기의 순수함을 간직하고 있는 것으로 그려진다. 특히 타자를 향한 그들의 눈물은 어린아이의 순수한 모습 그대로이다. 『바리새 여인』의 칼루 신부는 비록 60세가 넘은 노인이지만 은총의 길로부터 벗어나려고 하는 장 드 미르벨에 대해 아무것도 할 수 없다는 무력감 앞에서 어린아이와 같이 눈

다 할지라도, 적어도 뤼크에게서만큼은 어느 누구도 그 상처 자국을 발견할 수 없을 거요. 그는 때 묻지 않은 도기 제조인의 손에서부터, 완전한 은총으로부터 태어난 아이였소. 그에 반해 나는 그 아이 곁에서 나 자신의 추함만을 느낄 수 있을 뿐이었소."

338) *Idem.*: "내가 그 아이를 아들처럼 아꼈다고 이야기할 수 있을까? 아니오, 사실상 내가 그 아이에게서 사랑했던 것은 그에게서 내 모습을 찾아볼 수 없기 때문이었소. 위베르와 쥬느비에브가 나로부터 그 신랄한 성격과 물질적인 재산을 중시하는 마음, 남을 경멸하는 힘을 물려받았다는 것을 나는 잘 알고 있소. (쥬느비에브가 남편인 알프레드를 냉혹하게 대하는 모습에서 나 자신의 흔적을 보지 않을 수 없단 말이오.) 하지만 뤼크에게서만은 내가 나 자신과 충돌하지 않을 수 있다는 것이 확실했소."

339) *Ibid.*, p.89. "그렇소, 마리네트의 아들, 당신이 자그마한 야만인이라고 불렀던 그 아이에게서 나는 마리가 나를 위해 다시 태어난 듯한 느낌을 받았소. 어쩌면 마리에게서 솟아났던 그 샘물, 그 아이의 죽음과 함께 땅 속으로 들어가 버렸던 그 샘물이 다시 한번 내 발밑에서 흐르기 시작했다고 말해도 될 거요."

물을 터뜨린다.『속죄양』의 그자비에는 미르벨의 집에서 버림받은 롤랑에게 성서의 요셉 이야기를 들려주면서 순수한 눈물을 쏟는다. 성서의 이야기를 통해 눈물을 흘리는 그의 감수성은 이야기를 듣는 롤랑에게도 그대로 전달된다. 롤랑은 '이처럼 큰 어른이 여전히 눈물을 흘릴 수 있다는 사실'에 놀라워한다.

이 외에도 모리악의 작품에서 이른바 '속죄'의 희생양 역할을 하는 인물들 중에는 유년의 순수한 영혼을 간직하고 있는 것으로 그려지는 이들이 많다. 대표적인 예로 『문둥병자에게 입맞춤』의 장 펠루예르를 들 수 있는데, 그는 '생명력 있는 물결'과 같은 내면의 신비를 간직하고 있다. 『독사들의 매듭』의 마리와 뤼크의 경우에서와 같이 모리악은 이 작품에서도 유년의 순수한 영혼을 '생명을 간직한 물'의 이미지에 비유하고 있다. 『불의 강Le Fleuve de feu』의 마리 랑지낭그Marie Ransinangue 역시 '순수함candeur'을 특징으로 한다. 그녀는 다니엘 트라시Daniel Trasis의 내면에서 처음으로 순수함에 대한 갈망을 불러일으키는 계기로 작용한다.[340] 『운명들Destins』의 피에르 고르낙Pierre Gornac의 눈에서 흐르는 눈물 역시 '어린아이의 그것과 흡사한 것'으로 묘사되고 있다. '지고의 순수함'을 간직한 피에르 고르낙은 '여전히 유년기의 감성에 젖어 있는' 인물이다. 『검은 천사들』에서도 가브리엘 그라데르의 부인인 아딜라Adila는 '어린아이의 마음'을 가진 여인으로 그려진다. 이에 덧붙여 『독사들의 매듭』에서 잠시 언급되는 아르두앵 신부도 순수함에 젖어 있는 인물로 루이에게 적대적이지 않은 타자와의 소통 가능성, 순수한 사랑의 메시지를 전달해 준다.

> Cette persistance tenace de l'enfance, comme une fleur immarcescible et jusqu'au cœur des personnages les plus noirs, est l'un des éléments essentiels du climat

---

340) 모리악은 스스로 '가장 비기독교적이었던 기간'이라고 불렀던 시기를 벗어나면서 집필한 이 작품에 애초에는 『잃어버린 순수함La Purité perdue』이라는 제목을 붙이고자 했다. 이후 수정을 거듭하는 과정 속에서 결국 성 요한과 파스칼에게서 차용한 『불의 강』으로 제목을 바꾸게 된다. Cf. J. Lacouture, 『프랑수아 모리악 1』, *op.cit.*, pp.230 – 231.

mauriacien…… Au vrai, ce monde mauriacien que tant de lecteurs approximatifs taxent de malsain, de trouble et de troublant, que l'auteur lui−même voit empreint d'une couleur sulfureuse, combien−considéré d'un autre biais−il peut apparaître comme baigné, comme inondé par la candeur éblouissante de l'enfance![341]

마치 시들지 않는 꽃과 같이 가장 흉악한 인물들의 마음속에도 끊임없이 자리잡고 있는 유년기는 모리악 작품의 근본적인 배경 중의 하나이다…… 어렴풋하게 읽은 독자들이 건전하지 못하고 불순하며 혼란스럽게 만드는 것이라고 말하는 모리악의 세계, 작가 자신도 위험한 색채가 각인되어 있음을 보았던 그의 세계는 다른 관점에서 보면 유년의 눈부신 순수함으로 젖어들어 있는 세계이기도 한 것이다.

모리악의 작품 속에 뿌리 깊게 스며들어 있는 유년의 순수함에 대한 기억은 '악'에 대한 그의 끊임없는 투쟁과 맞물려 거의 초월적인 영향력을 행사한다. 심지어 가장 악에 물들어 있는 듯이 보이는 인물들에게 있어서도 이 근원적인 순수의 샘물은 지속적으로 살아남아 무한을 향한 초월의 가능성을 비추어 준다. 모리악의 작품이 수많은 갈등과 폭력, 인간 세계에서 드러나는 구체적인 '악'의 모습들로 가득차 있음에도 그 작품을 대하는 독자들이 항상 본질적인 화해와 구원에의 희망을 발견할 수 있는 것은 무엇보다도 작품의 배후에서 그 빛을 비추고 있는 순수함의 추억이 있기 때문일 것이다. 어린아이의 순수함을 간직한 인물들은 어른들의 세계에 만연한 '악'에 대해 무지한 자들이다. 그들은 '악'으로부터 분리되어 있다. '악'의 모습에 대해서까지 스스로를 '노출'시키는 순수함의 절대적 수용성이 역설적으로 그 주체들을 악으로부터 분리시키는 결과를 가져오는 것이다. 어른들의 세계가 자기중심적 욕망에서 비롯된 갈등의 메커니즘에 사로잡혀 '진실'에 대해 무지한 것과는 반대로 이들은 자신들의 존재 자체를 통해 진실을 드러낸다.

---

341) N. Cormeau, *op.cit.,* pp.197−198.

- 안식처로서의 가정

유년이 보여주는 수용성과 관련하여 우리는 모리악의 작품 속에서 가정이 가지는 또 하나의 의미에 대해서 살펴볼 필요가 있다. 모리악의 작품 속에서 가정은 양가적인 의미를 가지고 있는 것으로 제시된다. 앞서 살펴본 바와 같이 가정은 우선 개별적 주체들을 억압하고 흡수하는 전체성의 상징으로 나타난다. 반면 모리악의 작품 속에서는 보호와 수용성의 의미를 가진 긍정적인 가정의 의미도 찾아볼 수 있다. 이러한 점은 작가 모리악의 삶의 경험과 직접적인 연관을 가지고 있는 듯이 보인다. 실제로 모리악은 자신의 유년기를 회상함에 있어 항상 엄격하고 억압적인 분위기와 동시에 평생에 걸쳐 자신의 삶을 인도한 길잡이로서의 긍정적 의미를 이야기하고 있다. 격변하는 시대적 상황과 난립하는 사상과 이데올로기들의 충돌 속에서도 그가 지속적으로 한 가지 목표를 향해 나아갈 수 있었던 것은 다름 아닌 유년 시절을 통해 각인된 도덕적 규칙과 신앙의 보호 덕택이었음을 그 자신 여러 번에 걸쳐 고백하고 있다. 특히 신앙과 관련한 부분에 있어서 모리악이 자란 가정의 분위기가 그에게 끼친 영향은 지대하다.[342]

모리악의 작품 중에서 긍정적 가정의 모습을 보여주는 작품으로는 『프롱트낙 가의 신비』와 『성년의복』을 들 수 있다. 특히 『성년의복』은 닫힌 세계로서 배척과 억압을 행사하는 집단임과 동시에 개인에 대한 '보호'의 의미를 가진 가족의 양가적인 모습을 자세히 보여주고 있다. 이 작품의 주인공 자크Jacques는 독실한 할머니의 교육 아래 보르도에서 유년 시절을 보낸다. 다른 작품들에서와 마찬가지로 그가 자란 가정 역시 지방 부르주아 사회의 전형적인 특징을 보여준다. 자크의 가정은 전통적 관습, 특히 종교적 원칙들이 이른바 '가족의 법'을 이루어 각 구성원들

---

342) F. Mauriac, 『말은 남아 있다』, *op.cit.,* p.28. "심지어 기독교로부터 가장 멀리 떨어져 있다고 느낀 순간에도, 실제로 나는 신앙을 완전히 저버린 적이 한 번도 없었습니다. 기독교를 떠날 <자유>가 전혀 없었던 것이지요. 단 한순간도 나는 버림받았다고 느껴 본 적이 없습니다."

의 주위에 뛰어넘지 못할 울타리를 형성한다. 이러한 가정의 억압적인 분위기 속에서 어린 자크는 마치 어린 시절의 모리악의 모습과 마찬가지로 자유와 탈출에 대한 욕구와 그것이 발생시키는 내적 갈등과 함께 유년기를 보낸다. 특히 자크는 화가로서 먼 이국의 땅에서 생을 마친 아버지와 자유로운 삶의 전형을 보여주는 삼촌의 모습을 통해 막연한 탈출에의 욕구를 더욱 강화시킨다.

Cette loi qui pesait sur moi, je la sentais doucement raisonnable. Elle était austère, non inhumains. Bien loin de m'interdire la volupté, elle savait lui donner une discipline, des limites. Cette loi ne me servait pas de l'amour non plus que des caresses d'une femme; elle imposait au contraire l'éternité à cet amour et la fécondité à ces caresses. Bien loin qu'elle condamnât l'amour humain, elle l'élevait à la dignité d'un sacrement.[343]

나를 짓누르는 이 법을 나는 서서히 합리적인 것이라고 느꼈다. 그 법은 엄격했지만 결코 비인간적이지는 않았다. 그것은 내게 관능에 다가서지 못하게 금지시키는 것이 아니라 그것에 규율과 한계를 정해 주었다. 이 법은 내게 한 여자의 사랑이나 애무의 역할을 해 주진 않았지만, 반대로 그 사랑에 영원성을, 그 애무에 풍요로움을 불어넣어 주었다. 그것은 인간적 사랑을 비난하지 않았으며, 오히려 그것을 성스러움으로 고양시켰다.

자유로운 삶의 성지로 생각했던 파리에서 자크는 마치 둥지를 벗어난 새와 같이 새로운 두려움과 갈등에 직면한다. 파리에서의 갈등은 보르도에서 보냈던 유년 시절의 그것과는 전혀 다른 성격의 갈등이다. 자크에게 파리는 소통불능의 세계이자 순수함을 간직한 채 사물의 본질과 만날 수 있었던 유년과의 단절을 의미한다.[344] 특히 대도시의 화려한 외관은 이방인과 다름없는 자크에게 거역할 수 없는 유혹으로 다가온다. 파리에서의 생활 속에서 자크는 이전까지 한 번도 느껴보지 못했던

---

343) F. Mauriac, 『성년 의복』, *op.cit.,* p.243.
344) *Ibid.,* pp.224 - 225.

욕망, 즉 화려함에 대한 욕망과 그 화려함을 통해 타인들 위에 군림하고 싶은 욕망에 사로잡힌다. 고등사범학교에 입학한 사촌과의 경쟁으로 인한 갈등에 빠지는 것역시 파리라는 대도시의 유혹과 무관하지 않다. 이처럼 대도시에서 존재의 위기에직면한 자크에게 유년기의 기억, 특히 자신을 둘러싸고 있던 가족의 울타리는 거대한 유혹에 맞서서 자신을 지켜낼 수 있는 힘으로 작용한다. 억압과 배척의 부정적메커니즘으로만 여겨졌던 가족의 법이 그 울타리를 벗어난 자크에게는 안식처이자피난처로 변모되는 것이다. 예문에서 볼 수 있듯이 이제 자크는 가족의 법을 합리적인 것으로 느끼기 시작한다. 그것은 엄격하긴 하지만, 그렇다고 비인간적인 것은아니다. 특히 위 예문에서 주목해야 할 부분은 이 '법'이 이른바 '육체적인 욕망',즉 파리가 상징하는 유혹을 완전히 배척하지 않는다는 점이다. 그것은 이른바 인간적인 사랑을 영원성éternité, 즉 신적인 사랑으로 연결시켜 주는 가교이자, 신적 사랑의 울타리 안에서 인간적 사랑을 승화시키는 역할을 하는 것이다. 이와 같은 점,비인간적인 것이 아닌 엄격함, 인간에 속한 것을 초월로 연결시켜 줄 수 있는 힘으로서의 자크의 가정은 『테레즈 데케루』에서와 같이 부정적 의미로 가득 찬 가정의모습과 명확히 구분되는 특징을 가지고 있다.

A tous les climats que tu ignores, préfère cette maison et cette vigne et le vivier
où nous avons ri, ta mère et moi, dans la barque empêtrée d'herbes. Préfère aux
bouges obscurs où les hommes s'enivrent dans des ports inconnus, la chambre
nuptiale, de chastes voluptés.[345]
네가 알지 못하는 어떤 환경보다 이 집과 포도밭, 그 양어지, 풀들에 얽매여 있던
작은 배 안에서 네 엄마와 내가 함께 웃던 그곳을 더 좋아하길 바란다. 알지 못하
는 항구에서 사람들이 취해 있는 그 어두운 갑판보다는 정숙한 관능의 신방을 더
좋아하길 바란다.

---

345) *Ibid.,* pp.155－156.

자크가 가족의 법을 통해 긍정적인 보살핌의 의미를 느끼게 되는 데에는 미지의 세계에서 아버지가 보냈던 한 통의 편지가 중요한 역할을 한다. 그에게 아버지는 언제나 부재하는 결핍의 상징이었으며, 그의 내면에서 열린 세계를 향한 탈출과 무한에의 열망을 불러일으킨 존재이기도 하다. 하지만 할머니를 통해 건네받은 아버지의 편지, 자크로서는 이름도 알 수 없는 미지의 세계에서 아버지가 세상을 떠나기 전에 아들에게 보낸 편지는 그의 내면을 사로잡고 있는 벗어남의 욕망을 진정시킨다. 그의 아버지는 알지 못하는 외부의 세계보다는 가족들에 의해 둘러싸인 가정의 울타리 안에 머물 것을 아들에게 부탁한다. 아울러 사람들이 열병에 들떠 있는 어두운 도시들을 피할 것도 권하고 있다.

자크의 아버지가 보낸 편지의 일부분인 위의 예문에서 보르도의 '집'은 마치 어머니의 품과 같이 맹렬한 외부의 세계를 피해 편안하게 휴식을 취할 수 있는 이미지로 제시되고 있다. '신방chambre nuptiale', '정숙한 관능chastes voluptés' 등과 같은 표현들은 가정이라는 울타리의 보호 아래서 이루어지는 인간적 사랑과 신적 사랑의 숭고한 결합과 동시에 초월적인 안식처의 이미지를 보여주고 있다. 미지의 세계에서 일생을 마치게 된 자크의 아버지에게 있어서 보르도의 집은 그 자체로 '원형', 곧 '근원'이자, 탈주의 삶 가운데 잃어버린 본질적인 정체성에 대한 그리움의 표현이다. 이 편지 속에서 외부의 세계와 대립을 이루고 있는 '가정'은 더 이상 개인의 정체성을 빼앗아 가는 억압적인 실체가 아니라, 근원적인 쉼을 보장해 주는 '안식처'이자 '구원'의 가능성을 표현하는 태초의 낙원을 상징하고 있는 것이다.

외부 세계와의 분리를 통해 자신의 근원과 만나고, 자기 정체성의 확립 기회를 얻게 된다는 점에서 집과 가정은 '안식처'의 의미를 가지게 된다. 이때의 가정은 어머니의 몸속에서 느낄 수 있었던 원형적인 휴식과도 연관된다. 자연히 이러한 원형의 이미지로서의 가정은 인간의 삶에 있어서 '유년'과 밀접한 관련을 갖는다. 특히 '어머니'로 상징되는 보살핌의 모성과 연관된 유년기의 기억은 모리악의 작품 속에서도 긍정적인 의미의 가정, 즉 보호와 휴식의 근원인 안식처로서의 가정의 이미지와 직접적으로 연결된다. 『성년 의복』과 『프롱트낙 가의 신비』는 모두 '아버지'가 부재하는 가정의 모습, 다시 말해 어머니로 대표되는 독실하고 희생적인 '여성'들로 이루어진 가정이라는 점을 기억해야 할 것이다.[346] 이러한 점에서 모리악의 작품 속에 끊임없이 등장하는 여성, 즉 '어머니'의 이미지, 특히 위의 두 작품에서 제시되는 '여성'과 '가정'의 안식처로서의 기능은 인간과 세계를 향한 모리악의 관점의 출발점을 이루고 있다고 할 수 있다.

그렇다면 같은 지방의 부르주아 사회를 배경으로 하면서도 작품에 따라 '가정'이 가지는 의미가 상반되게 나타나는 것은 무엇 때문인가? 동일하게 '아버지'가 부재하고 '어머니', 즉 '모성'을 중심으로 이루어진 가정을 그리고 있는 『제니트릭스』와 『프롱트낙 가의 신비』에서 이처럼 가정이 가진 의미가 극명하게 구분되는 것은 또한 무엇 때문인가? 『테레즈 데케루』를 비롯한 여느 작품과 유사하게 철저하게 관습과 전통에 의지하며 '가족의 법'이라는 명목하에 닫힌 집단으로 제시되는 『성년 의복』의 가정이 그럼에도 불구하고 긍정적인 기능의 집단으로 제시되는 것은 무엇 때문인가?

첫째로 『성년의복』의 가정은 비록 전통과 인습에 기초한 닫힌 집단임에도 불구하고, 물질적인 이익을 바탕으로 한 전체성의 법칙에 이끌리지 않는 순수한 집단으로 제시되고 있다. 모리악의 작품 세계에서 '순수함'이란 곧 타자에 대한 수용성과 개방성을 나타내 주는 근본적인 요소로 이때 집단은 닫혀 있음 속에서도 구성원으로 하여금 무한성에 이를 수 있게 해 주는 안식처로서의 기능을 할 수 있게 된다. 다음으로 이 가정의 구성원들의 내면에 순수한 신앙에 기초한 타자에 대한 사랑이 자리잡

---

346) 레비나스 역시 타자와의 윤리적 관계를 위한 출발점으로서의 나의 독립된 주체성은 거주, 즉 '가장' 안에 거하는 것에 의해 형성된다고 주장하며, 가정 안에서 독립된 주체성이 형성되는 것은 무엇보다도 '여성'적인 타자의 얼굴에서 만나게 되는 평화로움, 친밀함과 다정함을 통해서라고 주장하고 있다. 즉 가정 안에서의 여성의 존재와 역할이 인간의 자기확립 및 타자를 위한 윤리적 행위의 능력을 갖추는 데 있어서 필수적인 조건이라는 것이다. Cf. E. Levinas, 『전체성과 무한』, *op.cit.*, pp.165-166.

고 있음을 들 수 있다. 이들의 신앙은 형식적 바리새주의에 물들지 않은 것으로, 집단 속에 '은총'의 개입이 가능하게 하는 통로 역할을 한다. 할머니의 죽음이라는 사건을 통해 구체적으로 형상화되는 은총의 개입은 이 죽음에 자크를 위한 '희생'의 의미를 부여함으로써, 가족의 법이 보살핌의 법으로 변화하게 해 주는 근거를 제공한다. 마지막으로 우리는 이 작품의 주인공인 자크가 세속적인 가치에 스스로를 내어 맡기는 자기기만적인 존재가 아니라는 점을 들 수 있다. 작품 속에서 드러나는 자크의 성장 과정은 끊임없는 내적 갈등을 통해 자기성 확립에 이르는 과정과 일치한다. 모리악의 작품 속에서 한 개인의 내적인 갈등은 그 자체로 초월의 근간이 되며, 내면 속에서 절대적 타자와의 만남을 가능하게 해 주는 요소가 된다. 게다가 『성년의복』에서는 자크의 이러한 자기성찰의 노력이 집단에 의해 무조건적으로 배척되거나 억압당하지 않는다. 물론 할머니로 대표되는 전통적 규칙이 그를 구속하고 있는 것은 사실이지만 그 구속은 『테레즈 데케루』에서 볼 수 있는 것과는 다른 구속이다. 그것은 차라리 보호에 가까운 구속이다. 무조건적인 배척이나 억압이 아닌 보호의 관점에서 이루어지는 보살핌과 끌어안음이 그것이다. 외부 세계와 자크 사이를 가로막는 장애물로서의 의미에도 가족의 이익이나 이해관계는 전혀 개입되지 않는다. 가족을 위한 자크의 희생이 아닌 가족 전체가 자크를 '위해' 움직이고 있는 것이다. 『성년의복』에서 볼 수 있는 이와 같은 긍정적인 요소들은 비단 이 작품뿐만 아니라, 모리악의 모든 작품 속에서 자기중심적 세계관을 벗어나 타자를 향한 희생과 대속의 세계로 향할 수 있는 기본적인 요소들로 나타난다.

지금까지 우리는 모리악의 작품 속에서 이른바 자기중심적이고 폐쇄적인 인물들이 자신들을 둘러싼 갈등으로부터 스스로의 모습을 발견하고 자각과 존재 변화에 이르는 과정을 살펴보았다. 또한 이러한 과정을 통해 스스로를 열린 주체로 정립한 인물들의 특징 역시 살펴보았다. 절망과 죽음에의 유혹까지 수반하는 존재 변화의 과정을 극복한 인물들, 개별적 주체로서 전체로부터 주어지는 폭력을 극복하고 자기성 확립에 이르는 인물들은 무한의 관점에서 스스로를 바라보게 된다. 자기중심적 욕망의 본질을 알게 된 그들은 자기 존재의 결핍을 외부의 대상의 소유를 통해 충족시킬 수 없다는 사실, 자신이 지금껏 무용한 정열과 욕망에 이끌려 왔다는 사실, 그러한 욕망으로는 진정한 타자와의 소통에 이를 수 없다는 사실을 깨닫는다. 이처럼 고립된 자아의 틀을 벗어난 인물들은 타자와의 관계에 있어서도 결정적인 변화를 체험하고, 자기 외부에 있는 타자를 발견한다.

　사실상 모리악의 작품에서 인물들에게 주어지는 궁극적인 목표는 곧 타자와의 직접적이고 대면적인 소통이라고 할 수 있다. 테레즈의 내면 고백에서 볼 수 있는 것처럼 자신의 의식 속에서 고착화된 대상이 아닌 살아 있는 인간과의 만남은 모리악의 인물들이 끊임없이 갈망하는 욕망의 실체이다.[347] 그들은 살아 있는 인간, 자신과 같이 피와 살을 가진 개별적 인간과의 만남을 절실하게 필요로 한다. 열린 주체로의 존재 변화의 과정도 환원의 관계를 떠난 구체적이고 대면적인 타자와의 만남을 궁극적인 지향점으로 삼고 있다. 이제 우리는 이러한 타자와의 만남이 작품 속에서 어떠한 경험으로 제시되는지, 그리고 그 경험이 어떠한 점에서 환원의 관계를 초월할 수 있는지를 살펴보아야 할 것이다.

---

347) F. Mauriac, 『테레즈 데케루』, *op.cit.*, pp.186－187. "이 고장이나 저 고장, 소나무나 단풍나무, 대양이나 평원을 사랑하는 것이 무슨 소용이 있는가? 살아 있는 것들 중에서 그녀의 관심을 끄는 것은 오직 피와 살을 가진 존재들뿐이었다. <내가 사랑한 것은 돌들로 이루어진 도시도, 강연회도, 박물관들도 아니다. 오히려 그곳에서 요동치는 살아 있는 숲, 그 어떤 폭풍우보다도 더 맹렬한 정열에 의해 움푹 파인 숲이야말로 내가 아끼는 것이다. 아르쥘르쥬의 소나무 숲, 그 도시의 밤은 오직 그것이 인간적이라고 여겨지기 때문에 감동적인 것이었다.>"

IV.

타자의 얼굴

1. 얼굴의 명령

모리악의 작품 속에서 존재 변화의 과정을 통해 스스로를 열린 주체로 정립한 인물들은 한결같이 고통받는 타인과의 직접적인 만남을 경험한다. 이들이 타인과 맺는 구체적인 관계는 타인이 당하는 고통을 기반으로 하며, 대부분의 경우 그 고통은 '얼굴'을 통해 형상화된다. 레비나스가 정초했던 개념과 같이 타자의 얼굴[348]은 그 스스로 벌거벗은 모습을 보여주는 것으로, 나에 대해 무한히 외재적이고 초월적으로 나타난다. 열린 주체로 스스로를 정립한 인물들은 자신을 바라보는 얼굴, 적으로서가

[348) 레비나스의 철학적 사유 속에서 제시되는 타자와 모리악의 작품 속에서 볼 수 있는 타자가 과연 같은 대상을 지칭하는 것인지에 대한 문제가 제기될 수 있다. 나아가 레비나스가 말하는 타자의 '얼굴'이 모리악의 작품 속에서 볼 수 있는 바와 같이 실제 생활 세계 속에서 접하게 되는 인간의 '얼굴'에 적용될 수 있는 개념인지에 대해서도 재론의 여지가 있는 것이 사실이다. 본문에서도 살펴보겠지만 레비나스가 사용하는 '얼굴'의 개념은 실제 인간의 '얼굴'을 지칭하면서 동시에 그것을 초월하는 개념이기 때문이다. 레비나스에게 있어서 중요한 것은 '절대 타자'로서 이때의 타자는 우리가 포착할 수 없는 것, 즉 환원시킬 수 없는 것이다. 이러한 점에서 타자는 우리에게 '흔적trace'으로만 나타난다. 마치 벽에 뚫린 구멍을 통해 햇빛이 들어오듯이 벽 너머에 있는 햇빛 자체를 볼 수는 없지만 빛의 '흔적'으로 그것을 알 수 있는 것과 같다. 그것은 분명 우리의 의지와는 상관없이 우리에게 오는 것으로, 이것이 곧 '얼굴'이라고 할 수 있다. 사실상 레비나스에게서 타자는 세계의 요소들, 타인, 에로스, 아들, 죽음 등 수많은 개념으로 사용되고 있으며, 우리는 이 모든 것을 궁극적인 절대 타자의 존재를 설명하기 위한 예들로 받아들일 수 있다. 여기에 실제 생활 세계에서 만날 수 있는 타인, 특히 고통받는 타인의 '얼굴' 또한 포함시킬 수 있다. 이 실제적인 얼굴 역시 절대 타자를 보여주는 하나의 예시가 될 수 있으며, 레비나스는 자신의 저서 여러 곳에서 실제 이방인, 헐벗은 자, 굶주린 자로 제시되는 타인의 얼굴을 언급하고 있다. 레비나스는 "내 입에 든 빵을 굶주린 자에게 나누어 주는 것"(E. Levinas, 『존재와 다르게 또는 본질을 넘어서』, op.cit., p.120.)을 이야기하며 실제 세계의 사람들과 사회가 가져야 할 도덕성을 강조한다. 사실상 우리는 실제 세계에서 볼 수 있는 고통받는 타인의 모습이 다른 어떠한 예보다도 레비나스에게 있어서 중요한 위치를 차지하고 있다고 생각할 수 있다. 레비나스의 사상은 2차 대전과 홀로코스트라는 시대적 아픔과 가족을 잃은 슬픔에서 기인하는 개인적 고통, '살아남은 자로서의 고통'의 기반 위에 정립된 것이기 때문이다.

아니라 자신에게 도움을 호소하는 얼굴, 특히 눈물로 형상화되는 고통받는 얼굴 속에서 환원의 관계를 넘어서는 대면적 관계의 가능성을 접하게 된다.

레비나스는 전통적인 동일자 중심의 사고, 즉 타인을 대상으로 취급하며 추상적이고 익명적인 것으로 여겨 왔던 시각에 반대하여 개체적인 인간의 고유성, 타자의 이타성 그 자체를 나타내어 주는 것으로 '얼굴'이라는 개념을 이용한다. 이와 관련해 모리악의 작품 속에서는 존재 변화에 이르렀거나 그리스도의 이미지를 나타내기 위해 '선택받은' 인물들 외에 여전히 자기중심적 삶의 방식으로부터 벗어나지 못하고 있는 인물들도 고통받는 타인의 얼굴과 직면해서는 적대감을 넘어 그에 대한 보답 없는 섬김의 실천을 보여준다는 점에서 '얼굴'과 관련한 논의는 우리에게 또 다른 차원을 열어줄 것이다.

타인의 얼굴, 특히 '고통받는' 타인의 얼굴은 그 자체로 동일자의 세계를 파괴하고 내가 가진 환원의 능력, 나의 능동성과 나의 자유를 문제시한다. 그것은 우리에게 '응답'을 요구하며, 나아가 우리에게 '책임'의 의무를 상기시킨다. 윤리적 명령을 내리는 타자의 힘은 그의 권력에 있는 것이 아니라 헐벗고 벌거벗은 모습 속에 있다는 레비나스의 주장은 그 자체로 모리악의 작품 세계와 연결될 수 있다. 이 주장 속에서 우리는 그리스도의 가르침의 반향을 들을 수 있기 때문이다.

- 고통받는 타자

모리악의 기독교적 윤리관에서 핵심적인 자리를 차지하고 있는 것은 '타자', 그것도 '고통받는' 타자에 대한 책임이라고 할 수 있다. 배척당하고 억압받는 자들, 폭력의 희생물로 전락해 누구도 돌보지 않는 어둠 속에서 고통받는 자들에 대한 책임 있는 응답은 모리악의 문학과 사회적인 참여를 관통하는 일관된 주제이다. 우선 모리악은 문학의 영역에서뿐만 아니라 정치, 사회적인 영역에서의 보다 구체적인 '참여'를 통해서도 고통받는 타자들에 대한 섬김의 의무를 주장한다.

C'est que l'intérêt française bien entendu exige que la France reste fidèle à sa vocation chrétienne, c'est-à-dire qu'en toute occasion elle garde le respect de la parole donnée, c'est qu'elle respecte, dans les hommes qui sont sous sa juridiction, même et soutout chez les plus pauvres, les plus abandonnés, et ici je pense au prolétariat nord-africain et plus particulièrement au prolétariat marocain, la liberté de travailler, de s'unir pour la défense de leurs intérêts. Nous ne supporterons pas sans protester qu'ils continuent d'être livrés sans défense et sans recours à tous les abus de la force, et même à la torture qui fut la honte des anciens régimes, que de nos jours le nazisme a ressuscitée et qu'il a laissée en héritage à toutes les polices du monde.[349]

프랑스의 이익은 당연히 프랑스가 기독교적인 소명에 충실할 것을 요구하고 있습니다. 즉 어떤 경우에도 약속에 대한 충실성을 간직해야 한다는 것입니다. 또한 프랑스의 관할하에 있는 사람들, 특히 가난하고 버림받은 사람들, 여기서 저는 북아프리카, 그중에서도 모로코의 프롤레타리아를 염두에 두고 있습니다만, 그들이 가진 일할 수 있는 자유와 이익을 지키기 위해 단결할 수 있는 자유를 존중해야 합니다. 우리는 그들이 아무런 방어책이나 의지할 곳도 없이 모든 종류의 힘의 남용에, 특히 앙시앙 레짐의 수치였던 고문, 오늘날에도 나치즘에 의해 부활되어 세계의 모든 경찰 기관에 유산으로 남은 고문에 넘겨지는 것을 묵과해서는 안 될 것입니다.

1954년 2월 13일 파리의 주간지인 『기독교의 증언Témoignage chrétien』 주최로 열린 모임의 연설을 통해 모리악은 강한 어조로 시대적 현안에 대한 자신의 입장을 피력한다. 예문에서 볼 수 있듯이 그가 주장하는 바는 다름 아닌 버림받고 억압받는 타자에 대한 책임과 그들을 위한 구체적인 행동의 필요성이다. 모리악은 이와 같은 윤리적 책임을 조국 프랑스의 사명, 나아가 그리스도를 따르는 사람들의 사명과 결부시키고 있다. 이 연설문을 통해 우리는 모리악의 문학 세계와 정치, 사회적인 참여, 그리고 기독교적 세계관을 하나로 잇는 연결점을 찾아볼 수 있다. 그것은 곧 고통받는 타자에 대한 책임이다. 특히 위 예문에서 우리는 그의 문학과 현실 참

---

349) F. Mauriac, 『잃어버린 말과 되찾은 말』, op.cit., p.213.

여를 관통하는 기독교적 세계관의 핵심적인 표현이 곧 타자, 그것도 고통받는 타자에 대한 응답임을 알 수 있다. 모리악에게 있어서 국가와 개인을 막론하고 기독교적 사명과 보편적 윤리에 충실하는 것은 곧 구체적인 현실 속에서 아무런 힘도 없이 내어 맡겨진 자들, 가난하고 버림받은 자들에 대한 존중으로 표현된다. 그렇다고 해서 이들에 대한 책임이 곧 '나'와 '우리'의 우월성을 의미하는 것은 아니다. 앞으로 더욱 자세히 살펴보겠지만 모리악이 말하는 윤리관은 철저하게 타자에 대한 '섬김'을 원칙으로 하고 있기 때문이다. 그것은 내가 아닌 타자를 주인의 자리에 위치시키는 것이고, 그 타자가 보내오는 비폭력적인 도움의 호소에 무조건적으로 응하는 것이다. 예문에서도 잠시 언급되지만 모리악은 2차 대전 중 유대인 학살에 대해서뿐만 아니라 전후 프랑스의 외교 정책에서 핵심적인 논쟁거리로 작용했던 모로코와 알제리 문제에 있어서도 고통받고 있는 '그들'의 입장에서 상황을 이해하고, '우리'가 저지르는 '부정의injustice'에 대항하고자 노력한다.[350]

고통받는 타자에 대한 모리악의 관심은 그의 작품 세계에도 그대로 반영되고 있다. 모리악 작품 속의 인물들, 특히 개방적 존재로서의 모습을 구현하는 인물들은 저마다 자기 자신의 고통과 타인의 고통에 대해 민감한 존재들로 그려진다. 그의 작품은 대부분 독자들까지도 숨 막히게 만드는 격렬한 분위기로 가득 차 있는데, 이것은 그의 인물들이 겪는 고통으로부터 직접적으로 전달되는 것이다. 모리악의 작품 속에서 고통의 주체들은 단순히 자신의 존재를 외적 요소에 동일시하여 그것을 통해 안주하려는 인물들이 아니며, 오히려 누구보다도 열렬한 영혼을 가진 자들

---

350) J. Lacouture, 『프랑수아 모리악 2』, op.cit., p.295. "사실을 말하자면 모로코 전투와 관련해 그는 단순히 한 민족이나 혈적을 위한 싸움이 아니라, 부정의에 대항해 싸움을 벌였던 것이다. 또한 정치와 종교가 서로 밀접하게 연결되어 있는 사건에 있어서 중요한 것은 신앙의 이름으로 진리가 승리하도록 하는 것이라고 생각했기 때문이다." p.302. "시간이 갈수록 그의 알제리 <독트린>이 모습을 드러냈다. 그것은 모로코 때와 거의 같은 모습이었다. 즉 학대당한 한 민족에 대한 이야기에 초점을 맞춘 것이었다. 정의, 평등, 동맹, 이것이야말로 이후에 그가 쓴 기사를 가득 채운 키워드들이다. 그의 글에서 더 이상 알제리와 모로코의 명분은 구분되지 않았다."

이다. 그렇기 때문에 그들이 느끼는 '고통'은 우리에게 더욱 생생하게 전해진다. 이 '고통'은 각 개인들의 내면에서 본질적인 변화를 불러일으키는 요소이자, 일종의 계시를 통해 외재적 타자의 모습을 구현하는 요소이기도 하다. 넬리 코르모의 지적처럼 모리악의 작품 세계에서는 거대한 고통보다 더 인간을 위대한 존재로 만드는 것은 없다.351) 고통은 그 자체로 자기확립을 바라는 인물들의 '스승maître'이다. 이 고통을 경험하지 않은 사람은 결코 스스로의 모습을 바라볼 수도, 존재의 변화를 꾀할 수도 없다.

> Car c'est notre douleur qui nous donne notre visage particulier; c'est notre croix qui fixe, qui arrête nos contours.352)
> 사실상 고통이 우리들에게 고유한 얼굴을 부여한다. 우리의 환경을 결정짓고 그것을 고정시키는 것은 우리의 십자가이다.

모리악의 작품에서는 모든 성찰, 인물들 사이의 모든 관계가 한결같이 '고통'을 포함하고 있다. 스스로에 대한 경멸과 그로 인한 타자와의 적대적인 관계는 물론이거니와 순수한 사랑의 추구에 이르기까지 고통은 모리악의 인물들의 내면에 깊숙이 스며들어 있다. 이러한 점에서 '고통'은 인간을 이루는 탁월한 요소들 중 하나이자, 모리악의 문학 세계를 지배하는 결정적인 요소이다. 위 예문에서 볼 수 있는 것처럼 고통은 우리로 하여금 우리 '고유의 얼굴visage particulier'을 가질 수 있게 한다. 고유의 얼굴이란 곧 그 어느 것에도 물들지 않은 벌거벗은 우리 자신의 모습, 우리의 본래적인 모습 자체를 의미하며, 동일자의 의지와는 상관없이 그 자신의 고유성을 계시하는 이타성의 적극적인 표현이다.

모리악의 거의 모든 작품, 특히 타자와의 갈등과 폭력의 문제를 다룬 작품에는 대부분 악순환 되는 갈등 속에서 방황하고 있는 자들, 진실에 대한 무지와 맹목적

---

351) N. Cormeau, *op.cit.,* p.220.
352) F. Mauriac, 『하나님과 마몬』, *op.cit.,* p.107.

전체성에의 추구 속에서 해결책 없이 고통받는 자들에게 은총의 빛, 즉 갈등의 궁극적 해결의 가능성을 제시해 주는 인물이나 사건이 개입된다. 앞서 살펴본 대로 개방성을 보여주는 인물들이 이러한 역할을 담당하는 대표적인 예가 될 수 있다. 이러한 인물들이 자발적으로 보여주는, 혹은 우연적 사건에 의해 자신도 모르는 사이에 실천하게 되는 고통받는 타자의 얼굴과의 만남과 그 얼굴의 호소에 대한 무조건적인 '섬김'의 모습은 모리악의 작품이 제시하는 인간 세계의 갈등에 대한 궁극적인 해결책을 암시하고 있다.

『밤의 끝』에서 테레즈는 고향의 집을 떠나 파리로 자신을 찾아온 딸 마리와의 만남을 통해 자신의 삶 전체를 지배하고 있던 주인과 노예의 이분법적이고 대립적인 존재 방식으로부터 벗어날 수 있는 가능성을 예감한다. 오랜 세월이 지난 이후 성장한 딸과의 만남에서 그녀는 자기 앞의 다른 누군가를 바라보면서도 그 시선이 적대적인 힘을 발휘하지 못하는 경험을 한다.[353] 타자이면서도 자기 자신인 아이와의 관계, 그리고 가족들과의 불화로 인해 고통받고 있는 타자와의 관계가 그녀에게 새로운 지평을 열어준다. 하지만 곧이어 이러한 열림에의 가능성 역시 갈등의 축을 이루고 있는 '적'에 대한 공통의 반감, 즉 동일한 대상에 대한 모방적 적대 관계에 기인하는 것임이 드러난다.[354] 결국 테레즈는 딸을 '위하여' 다시 한 번 다른 사람들과의 관계 속으로 돌입하지만 아르쥴르쥬에서와 마찬가지로 그녀의 개입은 또 다른 갈등을 형성하는 데 그치고 만다. 이미 그녀의 내면에서 오랫동안 숨죽이고 있던 주인에의 욕구가 다시 한 번 고개를 드는 것이다.[355] 그녀는 여전히 누군가를 사랑하기보다는 사랑받고자 하는 욕구, 다시 말해 인정받고자 하는 욕구로부터 벗어나지 못하

---

353) F. Mauriac, 『밤의 끝』, *op.cit.,* p.30. "그녀는 딸을 바라보았다. 그녀가 먹잇감이 아닌 한 존재를 사랑하는 것이다."

354) *Idem.*: "아이가 말을 했다. 그녀는 자기 아버지와 할머니에 대한 긴 비난에 빠져 들었다. 실로 복잡하게 얽힌 역사의 그물망이었다."

355) *Ibid.,* pp.179 – 180. "그녀는 자신의 적에게 일격을 가할 수 있는 약점을 찾아내었다고 확신했다. 그녀는 큰 기쁨 속에서 그가 고통받는 것을 느꼈다."

고 있다. 결과적으로 그녀는 딸을 '위하여'가 아니라 딸을 '이용하여' 그동안 숨겨 왔던 '역할', 기억 속에만 묻어두었던 '역할'을 되찾고자 하는 것이다.[356]

테레즈의 개입은 그녀 자신을 포함해 관련된 모든 인물들을 갈등의 정점으로 몰고 가며, 결국 그녀는 삶의 말년에 이르러 다시 한 번 커다란 상처를 입게 된다. 작품의 마지막 부분에서 그녀는 그토록 적대시했던 베르나르의 집으로 되돌아온다. 많은 세월이 흘렀음에도 불구하고 『밤의 끝』의 마지막 부분, 다시 아르쥴르쥬로 돌아온 테레즈에 대한 묘사는 『테레즈 데케루』에서의 그것과 거의 모든 면에서 동일하다. 주위의 모든 사람들, 심지어 새로운 관계의 가능성을 직감하게 해 주었던 딸 마리로부터도 적대받는 대상이 된 테레즈는 젊은 시절의 저항심마저 완전히 상실한 채 무기력한 모습으로 절대적인 '고독'에 파묻힌다.

Mais Marie s'interrompt au milieu d'un mot. Non! Cela ne peut faire partie d'un rôle, cet affreux tremblement qui secoue sa mère de la base au faîte, ni cette unique larme qui coule le long du nez et qu'elle n'essuie pas, ni le regard d'épouvante, et cette échine creuse de bête rendue……[357]
하지만 마리는 이야기를 하던 중 입을 다물고 말았다. 아니다! 연극을 하려고 저러는 게 아니었다. 어머니가 머리끝에서부터 발끝까지 끔찍스러울 정도로 떨고 있는 모습이며, 콧등을 따라 흘러내리는 한 줄기 눈물을 닦으려고 하지도 않는 모습이며, 공포에 떨고 있는 시선이며, 항복한 짐승처럼 등을 구부리고 있는 모습은……

예전 아르쥴르쥬에서 베르나르로 대표되었던 테레즈에 대한 적대는 이제 딸 마리의 몫이 된다. 자신의 사랑에 있어서까지 방해자의 역할을 담당한 어머니에 대해 마리는 참을 수 없는 적대감을 느낀다. 다시 아르쥴르쥬로 돌아와 무기력한 모습으로 회한에 잠긴 테레즈 앞에서도 마리는 끊임없이 비판의 말을 늘어놓는다. 하지만

---

356) *Ibid.*, p.79. "그녀는 자신의 역할을 되찾았다. 잊고 있었던 모든 제스처들이 머릿속에 떠올랐다. 이 부인이 다시 무대에 나서는 순간이었다."

357) *Ibid.*, p.205.

한순간 마리는 이제는 만인의 '먹잇감'이 된 테레즈에 대해 오히려 '공격자'인 자신이 '무기력'함을 느낀다. 더 이상 테레즈는 상대를 압도하는 이성의 명석함도, 주위의 모든 사람을 대상으로 삼았던 압도적인 '시선'의 힘도 가지고 있지 않지만, 바로 그처럼 철저하게 무기력한 희생자의 모습 속에서 마리는 거역할 수 없는 호소에 직면한다. 테레즈를 존재의 근본에서부터 뒤흔들고 있는 끔찍한 동요, 그녀의 얼굴을 적시는 희생자의 눈물, 환원적 힘이 아닌 공포에 질려 있는 시선은 그 자체로 마리에게 더 이상 '고통을 주지 말 것'을 요구하는 호소로 다가온다.

테레즈의 고통받는 얼굴 앞에서 마리는 자신도 모르는 사이에 신음을 내뱉으며 고개를 돌린다. 테레즈로부터 전해져 오는 알 수 없는 고통이 그녀를 사로잡는다. 테레즈의 고통과 하나가 된 마리는 이제 더 이상 자기 자신의 상처, 테레즈로부터 입었던 상처를 느끼지 못한다. 오직 고통받고 있는 테레즈를 돕고자 하는 충동만이 그녀의 의식을 가득 채운다. 결국 마리는 테레즈의 품에 안겨 눈물을 쏟는다. 그리고 자신의 품속에서 흘리는 딸의 눈물, 고통받는 타자로서 보여주는 딸 마리의 모습은 이번에는 테레즈로 하여금 자기 자신의 고통으로부터 벗어나 '그녀'의 고통에 집중하게 만든다. 이처럼 서로의 고통받는 모습은 각기 자기중심적 주체성 속에 갇혀 있던 테레즈와 마리의 존재를 변화시켜 타자에 대해 무조건적인 열림의 자세를 취하게끔 하는 계기로 작용한다.

Elle poussa un gémissement et se tourna contre le mur. Qu'est‒ce donc que cette douleur? Marie ne sentait plus sa propre blessure.[358]
테레즈는 신음 소리를 내뱉고 벽 쪽으로 몸을 돌렸다. 무엇 때문에 이렇게 괴로워하는 것인가? 마리는 더 이상 자기가 받은 상처를 느끼지 못했다.

Marie, d'un seul coup, s'était abandonnée aux larmes et par là, à son insu, secourait sa mère, la détournait de sa propre angoisse. Et c'était la malade qui

---

358) *Ibid.,* p.206.

maintenant, se faisait secourable.[359)]

마리는 단번에 눈물을 터뜨렸다. 그리고 자기도 모르게 어머니가 자신의 고통으로부터 다른 곳으로 생각을 돌리게 함으로 어머니를 구원하게 되었다. 이제는 도리어 상처 입은 테레즈가 마리를 위로하는 입장이 되었다.

　여기에서 우리는 테레즈와 마리가 모두 고통받는 상대방의 '얼굴'을 통해 이러한 변화를 경험하게 된다는 사실에 주목할 필요가 있다. 그들의 관심은 더 이상 자신을 대상화할 수 있는 타인의 '시선'에 있지 않다. 이미 고통 속에서 타인의 시선은 환원의 능력을 상실했기 때문이다. 고통과 두려움에 가득 찬 시선은 나에 대해 아무런 위협도 가져다주지 못한다. 하지만 무기력한 시선을 포함한 타인의 상처 입은 얼굴은 그 자체로 내가 거역할 수 없는 윤리적 호소를 포함하고 있다. 타인이 완전한 무방비 상태에 있다는 사실 자체가 오히려 그를 나보다 높은 곳에 위치시키고, 나로 하여금 그를 더 이상 공격하지 못하게 막는 것이다. 상처받고 고통받는 테레즈의 얼굴은 더 이상 어떠한 투쟁에도 임하지 못할 만큼 무기력한 상태에 있다. 하지만 정작 고통받는 그녀의 얼굴 앞에서 마리 역시 무기력한 존재가 되고 만다. 그리고 공격할 수 있는 자로서 마리가 가지는 무기력함은 타자의 상처받은 무기력함보다 더욱 큰 영향을 끼친다.
　레비나스에 따르면 타자의 얼굴은 우리를 바라보고 호소하며 스스로를 표현한다.[360)] 얼굴의 표현은 우리의 자기중심적 존재의 범위를 넘어서는 것이다. 따라서 우리는 그 얼굴의 표현에 대해 무기력할 수밖에 없다. 여기에서 나는 그를 언제든지 공격할 수 있지만 동시에 나는 결코 그를 공격할 수 없다는 역설이 생겨난다. 타자의 얼굴과 대면하는 순간 나는 자기중심적 주체로서의 모든 '힘'을 상실하고

---

359) *Ibid.*, p.211.
360) E. Levinas, 『전체성과 무한』, *op.cit.*, p.61. "얼굴은 하나의 살아 있는 현존이다. 그것은 표현이다. 표현의 삶은 자기 자신을 주제로 드러내는 존재자가 바로 그러한 주제로서의 드러냄을 통해 스스로를 감추는 형식을 해체시킨다. 얼굴의 현현은 이미 담론이다."

그를 도울 수밖에 없는 위치에 서게 되기 때문이다. 테레즈의 고통 어린 시선과 눈물로 가득 찬 얼굴 앞에서 마리가 느낀 알 수 없는 고통이 바로 이것이며, 마리와 테레즈 모두로 하여금 각자 자신의 고통을 잊도록 한 것 역시 이에 기인한다. 그들이 각자 가지고 있는 고통과 상처에 집중한다는 것은 타인과의 투쟁에 돌입해 있는 주체의 성격을 유지한다는 것을 의미한다. 그들이 느끼는 '자신'의 고통은 상대방, 즉 타자로부터 기인한 것으로, 이 고통에 집착한다는 것은 곧 상처를 입힌 타자와의 적대관계 속에 있음을 의미함과 동시에, 폭력으로 폭력에 맞서는 악순환의 시작이기도 하다. 반면 '상대방'의 고통에 집중한다는 것은 비난의 화살이 자기 자신에게로 돌아옴을 의미한다. 타자가 받는 고통의 근원에는 바로 내가 위치해 있기 때문이다.

타인의 얼굴이 우리에 대해 가지는 우월성, 그 힘은 역설적이게도 타인의 상처받을 수 있는 가능성에서 찾아볼 수 있다. 레비나스는 이처럼 나의 공격에 의해 상처받을 수 있고, 나를 포함한 외부의 힘을 막아낼 수 없기 때문에 타자의 얼굴에서 도덕적인 힘이 발생한다고 말한다. 고통 속에 헐벗은 채로 있는 인간은 바로 그 헐벗음과 고통받음을 통해 우리에게 호소한다.[361] 앞서 예로 들었던 테레즈의 눈빛, 희생자의 고통으로 가득 찬 눈빛, 근본에서부터 존재를 뒤흔드는 동요와 아무런 방어책 없이 박해자들에게 내어 던져진 희생자의 눈빛, 눈물로 가득한 그 얼굴은 이러한 관점에서 해석될 수 있다. 레비나스가 말하는 타인의 '무저항'은 단순히 나의 동정을 유발하는 '연약함'과는 다르다. 만약 타인이 연약하기 때문에 나에게 동정을 불러일으킨다면 그 순간 타인은 선의를 베풀고자 하는 나의 의지에 다시 한 번 종속될 것이기 때문이다. 그러할 경우 중심은 다시 나에게로 넘어오게 되고, 그에 대한 모든 판단 기준과 의미의 규정이 오로지 나에게 주어진다. 이것은 또 다른 의미의, 또 다른 차원에서의 환원에 다름 아닐 것이다.

---

361) *Ibid.*, p.83. "타인의 얼굴은 궁핍하다. 그는 내가 모든 것을 해 줄 수 있고, 모든 것을 빚지고 있는 가난한 자이다."

- 외재성

레비나스에 따르면 타자의 얼굴은 절대적으로 외재적인 것으로 나에 대하여 무한히 초월적으로 나타난다. 그것은 주체의 능동성에 기인한 의식의 지향적 대상으로 등장하는 것이 아니라 그 스스로 나의 감성에 작용하고 호소하며, 계시적으로 출현한다. 이러한 의미에서 레비나스는 얼굴의 나타남을 '현현épiphanie'이라는 용어로 표현한다. '현상'이 동일자의 의식의 대상으로서 나타난다면 '현현'은 동일자의 의도와 무관하게 타인이 그 스스로 벌거벗은 얼굴을 보여주는 것이다.[362] 이성이 타자를 '표상'으로서 측면적이고 간접적인 방식으로 바라보는 것이라면, 타자를 직접적이고 대면적으로 대한다고 할 때 우리는 필연적으로 그의 '얼굴'과 마주하게 된다.

> Autrui – absolument autre – paralyse la possession qu'il conteste par son épiphanie dans le visage. Il ne peut contester ma possession que parce qu'il m'aborde, non pas du dehors, mais de haut.[363]
> 절대적으로 다른 타인은 얼굴 속의 자신의 현현을 통해 소유를 거부하고 마비시킨다. 내 소유를 반대하는 것은 그가 외부로부터가 아니라 위로부터 나에게 말을 걸어왔기 때문이다.

얼굴의 현현은 현상학적 의식작용을 넘어서는 것으로 설명된다. 얼굴은 우리에게 직접적으로 자신을 드러낸다. 표상으로 환원할 수 없는 것, 벌거벗음, 결핍과 고통 속에서 얼굴은 자신을 나타낸다.[364] 얼굴의 외재성에 의해 계시되는 타자의 타자성은 내면성과 외재성, 주체와 객체 등의 전통적인 대립이나 변증법적 종합의 차원으로부터 벗어난다. 즉 레비나스는 타자의 얼굴을 통해 동일자에게로 환원 불가능한

---

362) 김연숙, *op. cit.*, p. 120.
363) E. Levinas, 『전체성과 무한』, *op. cit.*, p. 185.
364) 김연숙, *op. cit.*, p. 127.

외재적인 존재를 이야기하는 것이다. 타자가 동일자에게로 환원, 즉 포착되고 소유될 수 없는 이유는 얼굴을 통해 나와의 절대적 다름을 나타내고, 나아가 무한성의 차원을 드러내기 때문이다. 이러한 얼굴의 무한성은 자아의 폭력성, 자아의 비윤리적인 행위, 타자를 흡수하고 소유하려는 시도에 무한히 저항한다.

이러한 점에서 얼굴과의 만남은 우리가 시선을 통해 모든 것을 대상화하고 고착화시키는 것과는 근본적으로 다른 의미를 지닌다. "얼굴을 통해서 존재는 더 이상 그것의 형식에 갇혀 있지 않고 우리 자신 앞에 나타난다. 얼굴은 열려 있고, 깊이를 얻으며, 열려 있음을 통해서 개인적으로 자신을 보여준다. 얼굴은 존재가 그것의 동일성 속에서 스스로 나타내는, 다른 어떤 것으로 환원할 수 없는 방식이다."365) 즉 얼굴은 타자의 타자성, 내가 타자에 대해서 가질 수 있는 모든 개념들을 능가하는 타자의 외재성과 초월성을 나타내는 것이다. 이러한 점에서 타인의 얼굴은 인식의 대상으로 환원될 수 없다. 우리가 타인을 인식의 대상으로 취급한다는 것은 타인의 타자성을 소멸시키고, 나의 의식 속에서 그를 판단하고 고착화하는 것을 의미한다. 하지만 얼굴로 나타나는 타자는 나의 의지와 무관하게 내 앞에 '나타나는' 것으로, 나의 의식이 가지는 표상화의 범위를 뛰어넘는다. 따라서 이때 타자는 나의 장악 의도에도 환원되지 않는 이타성이자 외재성이다. 타자는 내 의식의 지향성, 시선의 환원하는 힘을 넘어서 있는 것이다. 테레즈와 마리의 경우를 통해 살펴보았듯이 타자의 얼굴, 그것도 고통받는 타자의 얼굴과 대면한 주체들은 자기 앞에 있는 타자를 의식의 대상으로 환원시킬 겨를도 없이 거의 즉각적으로 눈물의 호소에 응답하게 된다. 이때의 얼굴은 단순한 지각의 대상이 아니며, 따라서 '앎'의 대상 역시 아니다. 그것은 포착할 수 없는 것이기 때문이다.

모리악의 작품 속에서 고통받는 자들은 언제나 외재적인 존재로 나타난다. 이것은 곧 자아의 존재 정립을 위해 그들을 자아의 내부로 환원시킬 수 없음을 의미한다. 고통받는 타자와의 대면적 관계는 내가 어찌할 수 없는 존재, 내가 가진 환원

---

365) E. Levinas, 『어려운 자유*Difficile liberté*』, Albin Michel, 1976, p.20.

의 능력 '밖'에 있는 존재와의 관계이다. 심지어 자기중심적 세계관 속에서 타자와의 적대적이고 측면적인 관계를 유지하는 이들, 나아가 무고한 희생물에 대한 집단적 폭력에 참가하는 박해자들도 고통받는 타자와의 대면적 관계가 성립되는 순간에 있어서만큼은 주인이 되고자 하는 욕망을 포기하는 모습을 볼 수 있다. 타자의 고통받는 얼굴이 자신을 향할 때 그것은 더 이상 나의 '먹잇감'이 아니라 오히려 타자를 대상으로 삼는 나의 자유를 제한하는 절대적 명령과 같은 의미를 지닌다. 자아와 타자 사이의 갈등이 일어나기 위해서는 양쪽이 모두 자신의 존재 정립을 위해 '목숨을 건 투쟁lutte à mort'에 돌입해야 한다. 하지만 고통받는 타자의 모습은 이미 갈등의 한 축이 투쟁을 포기한 상황을 나타낸다. 애초부터 투쟁의 의지를 보이지 않거나 혹은 폭력의 희생물이 되어 상처 입고 고통받는 타자는 '항상 누군가를 적대시하는' 구도로부터 이미 벗어나 있는 것이다.

『검은 천사들』의 한 대목에서 우리는 아딜라의 고통받는 얼굴의 호소에 직면한 그라데르의 모습을 볼 수 있다. 테레즈의 경우에서와 마찬가지로 이 작품에서도 역시 그라데르가 어찌할 수 없는 것으로서 스스로를 현현하는 얼굴의 특징은 '눈물'로 나타난다. 눈물로 가득한 아딜라의 얼굴은 그 자체로 '고통받는 얼굴'을 의미하고 있다.

> Ses yeux s'emplirent de larmes…… Cette pauvre figure molle exprimait l'épouvante…… elle avait caché sa tête dans ses bras. Son gros corps était secoué de sanglots. S'il existe un sentiment qui me soit étranger, c'est bien la pitié…… Eh bien! j'avais d'elle, à ce moment-là, une pitié…… comment vous dire…… une pitié surnaturelle…… Une impulsion dont je n'aurais pu me défendre me jeta à genoux auprès d'elle…… Je revois cette figure tuméfiée, les mèches qui sortaient de la coiffe blanche…… Un moment de ma vie où je n'ai pas fais le mal, monsieur l'abbé, où j'ai fait le bien, où j'ai retenu cette âme au bord du désespoir…… Malgré moi, sans doute, malgré moi……[366]
> 그녀의 눈에는 눈물이 고였소…… 생기 없는 가엾은 얼굴에는 공포가 서리더군

요…… 두 팔로 머리를 감싸 안은 채 그녀의 커다란 체구가 흐느낌으로 들썩이고 있었소. 사실 내게 낯선 감정이 있다면 그것은 바로 동정심이오…… 그런데 그 순간 나는 그녀에게 연민을 느꼈습니다…… 어떻게 설명할지 모르겠는데…… 초자연적인 연민이랄까요…… 그 순간 나는 도저히 억제할 수 없는 강한 충동에 사로잡혀 그녀 곁에 무릎을 꿇었지요…… 나는 그 퉁퉁 부은 얼굴이며, 흰 모자 사이로 빠져나온 머리카락들을 다시 보았지요…… 내 생애에서 내가 나쁜 짓을 하지 않았던 한 순간, 오히려 착한 일을 했고, 그 여인의 영혼을 절망의 벼랑에서 끌어준 유일한 순간이었소…… 내 본의와는 다르게, 그렇소, 본의와는 다르게 말이오……

이 얼굴에서는 이미 타자를 적대시하는 시선의 힘은 가리어져 있으며, 이러한 무저항에 근거한 얼굴의 현현에 대면하여 자기중심적 주체의 전형을 보여주는 인물인 그라데르도 새로운 경험을 하게 된다. 그것은 곧 타자에 대한 '연민'의 감정을 가지게 되는 것이다. 위 예문에서는 그의 연민을 '초월적'인 것으로 묘사하고 있는데, 이것은 곧 연민이 그라데르의 자기중심적 세계관에서 벗어난 것, 그 환원적 사고관 '너머'에서 그에게 '주어진' 것, 즉 '외재적'인 것임을 말해 주고 있다. 이어서 그는 스스로도 억제할 수 없는 한 충동이 그로 하여금 아딜라의 고통받는 모습을 향해 달려 나가도록 만들었음을 고백하고 있다. 타인의 적대적인 시선을 내재화하고 살아가는 인물인 그라데르에게 있어서 고통받는 얼굴의 호소는 스스로 타인과의 관계에 세워 놓은 모든 장벽을 뛰어넘는 초월적인 힘을 가지고 있는 것이다. 이와 같이 타인의 얼굴에 응답했을 때 그라데르는 생애 처음으로 타인에 대한 '선'을 행할 수 있게 된다. 즉 아딜라의 눈물 젖은 얼굴은 그라데르라는 자기중심적 주체에게 폭력을 행사하지 말 것을 호소하면서 오히려 폭력의 자리에 고통받는 타자를 위한 무조건적인 도움의 당위성을 대치시키고 있는 것이다. 이러한 호소는 주체의 모든 환원적 사고방식에 '앞서' 작용하는 것이다. '선'으로 타자를 대했다는 말에서 알 수 있듯이 이 순간, 즉 타자의 얼굴을 향해 나아가는 순간 그라데르의 내면에는

---

366) F. Mauriac, 『검은 천사들』, *op.cit.,* pp.32‒34.

어떠한 폭력적, 환원적 의도도 자리잡고 있지 못하다. 그가 이성의 힘으로 타자를 판단하고 제압하기 '이전'에 일어나는 즉각적인 얼굴의 현현이 그를 사로잡았기 때문이다. 또한 위 예문에서 우리가 주목해야 할 부분은 얼굴 앞에서의 이러한 경험이 그라데르 자신의 의지와 무관하게, 특히 그의 의지에도 '불구하고' 이루어졌다는 사실이다. 타자의 얼굴은 나의 의지와 무관하게 나에게 '현현'한다. 그리고 타자를 대상으로 대하려는 나의 의지에 '반하여' 오히려 나에게 노예가 될 것을, 그에 대한 무한한 응답의 책임을 질 것을 요구한다.

> Jean Péloueyre, dans les ténèbres, devinait la rétraction du corps adoré et s'en éloigné le plus possible. Quelquefois, Noémi, avançant une main vers ce visage moins odieux puisqu'elle ne le voyait plus, y sentait de chaudes larmes. Alors, pleine de remords et de pitié, comme dans l'amphithéâtre une vierge chrétienne d'un seul élan se jetait vers la bête, les yeux fermés, les lèvres serrés, elle étreignait ce malheureux.[367]

장 펠루예르는 어둠 속에서 사랑하는 아내의 몸이 경련을 일으키는 것을 알아채고는 될 수 있는 한 멀리 떨어졌다. 노에미는 때때로 이제 눈에 보이지 않기 때문에 그다지 흉하게 여겨지지 않는 그 얼굴 쪽으로 손을 내밀고 그 얼굴에서 뜨거운 눈물을 느꼈다. 그러자 후회와 연민에 사로잡혀 마치 원형극장에서 기독교인 처녀가 야수에게 몸을 내던지듯 눈을 감고 입술을 다문 채 이 불행한 사람을 끌어안아 주었다.

『문둥병자에게 입맞춤』의 위 예문 역시 타자의 얼굴이 가지는 의미를 매우 함축적으로 보여주고 있다. 앞서 살펴보았던 바와 같이 장과 노에미는 본인들의 의지와 관계없이 이른바 정략적인 결혼을 하게 된다. 따라서 이들 사이의 관계는 갈등으로 빠져들 수 있는 여러 가지 위험을 내포하고 있다. 특히 장이 가진 결정적인 약점, 즉 추한 외모는 그로 하여금 노에미의 진정한 남편이 되기 어렵게 만드는 요소로 작용한다. 그러나 정작 작품 속에서 그려지는 이들 부부의 모습은 이처럼 관계를

---

367) F. Mauriac, 『문둥병자에게 입맞춤』, *op.cit.,* p.68.

악화시킬 수 있는 가능성에도 불구하고 진정한 의미에서의 화해와 공존의 가능성을 보여주는 쪽으로 나타난다. 역설적이게도 이들 부부 사이의 관계를 단순한 적대적 이분법을 넘어 초월적 화합의 차원으로 이끌어 가는 계기가 바로 '얼굴'이다. 장이라는 인물을 '사랑받지 못한 자'의 전형으로 만든 그의 얼굴이 진정한 사랑과 화해의 계기로 작용하는 것이다.

노에미는 장의 얼굴 그 자체, 즉 외면적 생김새를 포함한 물질적인 형식을 벗어나 그 얼굴의 표현을 받아들인다. 위의 예문에서 볼 수 있듯이 어두운 밤, 장의 얼굴을 볼 수 없는 상황에서 노에미는 그 얼굴의 표현, 즉 단순한 물질적 대상으로서의 얼굴이 아니라 초월적인 얼굴의 현현에 맞닥뜨린다. 그녀가 그의 얼굴을 '본다'는 것은 이미 물질적 대상으로서 그의 추한 외모, 그녀의 의식 속에서 견딜 수 없이 추한 것으로 고착된 외모에 집중함을 의미한다. 즉 이때의 얼굴의 봄은 얼굴의 표현이 아닌 하나의 대상으로서 얼굴을 바라보는 노에미의 '시선'에 중심이 놓여 있는 것이다. 반면 어둠 속에서 그녀는 그의 얼굴, 대상으로서의 얼굴을 '볼 수' 없다. 즉 장의 얼굴에 대한 노에미의 환원적 힘이 무력화되고 오직 그 얼굴의 표현만이 그녀에게 전달될 수 있는 배경이 곧 밤인 것이다. 앞선 예문에서 그녀가 장의 얼굴을 '볼 수'는 없지만 그 얼굴에서 흐르는 눈물을 '느낄 수' 있다는 사실은 곧 얼굴의 호소와 표현이 그녀에게 그대로 전달되고 있음을 보여준다. 바라보는 '시선'이 환원하는 힘을 상징한다면, 느낄 수 있는 '감성'은 외부에서 전달되는 표현을 있는 그대로 '수용'할 수 있는 '열린' 상태를 의미하기 때문이다. 『밤의 끝』에서 볼 수 있는 테레즈와 마리의 관계에서와 마찬가지로 이 작품에서도 우리는 '눈물'을 통해 초월적 얼굴, 고통받는 얼굴의 계시가 전달되고 있음을 볼 수 있다. 노에미는 그 '눈물', 즉 얼굴의 '호소' 앞에서 거의 무조건적인 응답, 복종에 가까운 응답을 하게 된다. 장의 추한 외모, 강압적인 결혼으로 인해 잠자리에서조차 그에게 다가갈 수 없었던 노에미는 이 얼굴의 호소에 직면한 순간 즉각적으로 '불행한 자ce malheuruex', 즉 고통받는 타자를 자신의 품속에 끌어안게 된다. 물론 이때 그녀의

'눈'은 감겨져 있는 상태이다(les yeux fermés).

> Seuls, mes enfants, muets de stupeur, contemplaient ce spectacle. Peut‐être ne m'avaient‐ils jamais vu pleurer, dans toute leur vie. Cette vieille figure hargneuse et redoutable, cette tête de Méduse dont aucun d'eux n'avait jamais pu soutenir le regard, se métamorphosait, devenait simplement humaine.[368]

놀라서 말문이 막힌 내 자녀들은 이 광경을 바라볼 뿐이었다. 아마도 그들이 살면서 내가 우는 장면을 보기는 그때가 처음이었을 것이다. 이 사납고도 두려운 노인의 얼굴, 그들 중 누구도 그 시선을 견뎌낼 수 없었던 메두사의 머리와 같았던 이 얼굴이 인간적인 모습으로 변화했던 것이다.

아내 이자의 죽음 이후 루이가 겪는 존재 변화의 모습 속에서도 우리는 자기중심적 존재의 상징인 시선이 '인간적'인 '얼굴'로 변하는 장면을 볼 수 있다. 아내의 죽음으로 인해 루이는 처음으로 자녀들이 보는 앞에서 눈물을 흘린다. 그리고 이 순간 항상 두려움의 대상이 되곤 했던 그의 얼굴, 메두사의 머리와 같았던 그의 얼굴이 '인간적'인 것으로 변화한다. 예문에서 정확하게 지적하고 있듯이 메두사의 머리는 곧 루이의 이전의 존재 방식, 자기중심적 주체로서 자기 외의 모든 것을 대상으로 환원시키는 유아론적 존재 방식을 의미한다. 그의 시선은 누구도 견뎌내지 못할 만큼 바라보는 모든 것을 객체로 만들어버리는 것이었다. 즉 자신의 시선에 와 닿는 모든 것을 돌로 변형시켜버리는 괴물 메두사의 시선과 같은 것이다. 그런데 바로 이러한 그의 모습, 메두사의 시선, 가족들에 대한 증오로 가득하던 그의 존재가 아내의 죽음 앞에서 눈물 흘리는 인간의 얼굴로 변화하는 것이다. 이 순간 루이는 자신의 존재뿐만 아니라 타인들, 특히 가족들과의 관계 역시 변화하기 시작함을 느낀다. 나아가 루이는 내면에서부터 가족들에 대한 애정이 솟아오르는 것을 느낀다. 동시에 눈물 흘리고 있는 루이의 얼굴, 지극히 인간적인 고통받는 타자의

---

368) F. Mauriac, 『독사들의 매듭』, *op.cit.,* p.133.

얼굴 앞에서 그의 가족들 역시 더 이상 그에 대한 공격의 의지를 갖지 못하는 것을 예문을 통해 확인할 수 있다.

레비나스는 시선, 즉 지각의 대상이 될 때 얼굴은 더 이상 주체에게 책임과 무한에의 가능성을 열어주는 외재성이 아니라는 점을 명확히 밝힌다. 그것은 다른 여러 대상과 마찬가지로 내 앞에 놓인 하나의 사물, 언제든지 나의 지각으로 환원될 수 있는 사물에 불과하다는 것이다.

> La meilleure manière de rencontrer autrui, c'est de ne pas même remarquer la couleur de ses yeux! Quand on observe la couleur des yeux, on n'est pas en relation sociale avec autrui. La relation avec le visage peut certes être dominée par la perception, mais ce qui spécifiquement visage, c'est ce qui ne s'y réduit pas.[369]
> 타인과 만나는 가장 좋은 방법은 그의 눈 색깔마저도 주목해 보지 않는 것이다. 눈의 색깔을 관찰할 때, 그것은 이미 타인과 사회적인 사귐의 관계에 있는 것이 아니다. 얼굴과의 관계는 물론 지각에 의해 지배당할 수도 있다. 하지만 얼굴의 특징적인 점은 지각으로 환원되지 않는다는 데에 있다.

한편으로 레비나스는 얼굴과의 관계가 언제든지 '지각에 의해 지배당할 수 있는 관계'가 될 수 있다는 사실 역시 언급하고 있다. 물론 이때의 얼굴은 물질적인 대상으로서의 얼굴을 말하며, 바로 여기에서 우리는 간과할 수 없는 중요한 문제에 봉착하게 된다. 즉 모리악의 작품 속에서 볼 수 있었던 것과 같이 얼굴이 실제의 생활 세계에서 마주칠 수 있는 구체적이고 지각 가능한 형태로 나타날 때, 그것도 고통받는 얼굴의 모습으로 나타날 때 그것이 하나의 대상으로 전락할 가능성이 없는가의 문제이다. 레비나스식으로 표현하자면 물질적 대상으로 포착될 수 있는 한 그것은 무한성을 계시하는 얼굴이 아닌 의식의 대상에 불과하다. 하지만 모리악의 작품 속에서는 그처럼 하나의 대상으로 환원시킬 수 있는 얼굴, 그것도 내 앞에 스

---

369) E. Levinas. 『윤리와 무한』, *op.cit.,* pp.79－80.

스로를 무장해제하고 무방비한 상태로 드러나 있는 얼굴 역시 나로 하여금 공격이 아닌 책임을 떠맡게 하는 비폭력적인 힘을 가지고 있는 것으로 그려지고 있다. 반대로 딸 마리 앞에서 무기력하게 눈물 흘리는 테레즈의 얼굴, 그라데르에게 선행을 요구하는 아딜라의 얼굴은 환원의 대상이 되기에도 적합한 얼굴은 아닌가? 고통받는 얼굴 앞에서 그를 돕는 것과 그에게 공격을 가하는 것은 순전히 그 얼굴에 대면한 주체의 몫으로 남아 있는 것인가?

> Autrui en tant qu'autrui n'est pas seulement un alter ego; il est ce que moi, je ne suis pas. Il l'est non pas en raison de son caractère, ou de sa physionomie, ou de sa psychologie, mais en raison de son altérité même. Il est, par exemple, le faible, le pauvre, <la veuve et l'orphelin>, alors que moi je suis le riche ou le puissant. On peut dire que l'espace intersubjectif n'est pas symétrique.[370]
> 타인으로서의 타인은 단지 하나의 다른 자아가 아니다. 타인은 내가 아닌 사람이다. 내가 아닌 사람으로서의 그인 것은 성격이나 외모, 심리상의 차이 때문이 아니라 그의 이타성 때문이다. 예를 들면 그는 약한 사람, 가난한 사람, <과부와 고아>이다. 하지만 나는 부자이고 강자이다. 상호 주관적인 공간은 대칭적이 아니라고 말할 수 있다.

레비나스가 나와 다른 자로서의 타인을 말할 때, 그가 가진 이타성의 특징은 내가 부자이고 강한 자임에 반해 그는 약하고 가난한 사람, 예를 들면 과부와 고아와 같다는 점에서 찾을 수 있다. 이것은 모리악의 작품에서 나타나는 타자의 얼굴이 주로 고통받는 타자, 나보다 약한 타자, 나를 공격할 수 있는 힘을 가지고 있지 않으며, 반대로 나에 대해 무한히 약한 타자의 모습으로 나타난다는 점과 직접적으로 연관된다. 모리악에게서 나에게 책임을 부과할 수 있는 타자는 언제나 내 공격에 무방비한 상태로 있는 고통받는 타자이다. 우리는 이미 그 고통받음의 상징으로서 '눈물'이 제시되고 있음을 살펴본 바 있다. 그렇다면 타자의 얼굴이 내 앞에 제시

---

370) E. Levinas, 『시간과 타자』, *op.cit.,* p.75.

될 때, 그것도 나보다 한없이 약한 자의 모습으로 제시될 때, 바로 그 얼굴이 나로 하여금 공격이 아닌 도움을 이끌어 내는 이유는 어디에서 찾아볼 수 있는가? 단순히 고통받는 모습 그 자체만을 이야기한다면 그 모습이 내게 가져다주는 책임은 무한으로의 통로라기보다는 여전히 나의 무한한 주체성을 가정하는 연민에 그치게 될 것이다. 실제로 레비나스 역시 이러한 가능성, 고통받는 타자의 얼굴이 그에 대한 나의 공격을 유발할 수 있는 가능성을 인정하고 있다. "얼굴은 위협 앞에 노출되어 있으며, 마치 폭력을 저지르도록 우리를 끌어들이는 듯하다."371)는 것이다.

여기에서 우리는 타자와 관련한 우리의 논의에 있어서 매우 중요한 문제를 만나게 된다. 사실상 이 문제는 타자에 대한 서구의 오래된 논의의 중심에 있으며, 레비나스가 주장하는 타자를 위한 존재의 윤리학의 근간을 제공하는 문제이기도 하다. 나아가 타자를 향한 적극적인 희생이라는 모리악의 구체적인 기독교 윤리관이 명확히 드러날 수 있는 지점이기도 하다. 먼저 우리는 내 앞에 있는 무기력하고 고통받는 타자, 모리악적인 표현으로 보자면 내 앞에서 눈물 흘리고 있는 타자에 대한 무조건적인 도움이 과연 윤리적인 측면에서의 당위성과 직접적으로 연결되는지에 대해 의문을 품어 보아야 할 것이다. 고통받는 타자에 대한 도움이 윤리적인 면에서 당연하다는 점은 이론의 여지가 없어 보인다. 하지만 문제는 현실 속 인간의 삶의 모습에서, 더 나아가 서구를 비롯한 인류 전체의 역사 속에서 그것이 과연 당연한 결과로만 나타났는지에 있다. 사고와 추론의 영역을 넘어 현실의 세계에서 고통받는 타자에 대한 도움이 결코 당연한 것으로만 나타나지 않았다는 점은 그 윤리적 당위성만큼이나 자명해 보인다. 내 앞에서 눈물 흘리는 타자는 레비나스의 표현과 같이 나보다 '약한 자'를 의미한다. 우리는 타자와의 존재론적인 갈등, 나아가 현실적인 갈등의 근본적인 원인을 성찰한 여러 이론들에서 타자를 최소한 나와 '동등한 자' 혹은 나보다 '강한 자'의 위치에 두고 있음을 알고 있다. 나와 동등하거나 나보다 강한 경우에도 인간은 자신이 타자의 대상이 되지 않기 위해서 언제나 '투쟁'

---

371) E. Levinas, 『윤리와 무한』, *op.cit.,* p.80.

에 임할 수밖에 없다는 것이 공통된 생각이었다. 그렇다면 하물며 나보다 '약한' 타자에 대해서는 어떠하겠는가? 실제로 우리는 인류의 역사가 약한 타자를 돕는 방향보다는 그를 억압하고 배척하여 나의 존재 의미를 격상시키기 위한 도구로 사용하여 왔다는 점을 너무나 잘 알고 있다. 흔히 '타자'라는 용어의 사용이 주로 사회적으로 억압당하고 배척당하는 주변적인 대상들, 다시 말해 사회적 약자를 지칭하기 위해 사용되어 왔다는 사실이 이를 반증하고 있다. 또한 모리악이나 레비나스에게 있어서 2차 대전 중에 자행된 유대인에 대한 학살은 약하고 헐벗은 자, 고통받는 타자에 대한 전체성의 무자비한 공격의 명확한 예를 보여주고 있음은 의심의 여지가 없다. 그렇다면 고통받는 약자로서의 타자에 대한 나의 무조건적인 도움이 현실 속에서도 윤리적 당위성을 인정받기 위해서는 무엇이 전제되어야 하는가? 레비나스의 표현대로 얼굴이 마치 폭력을 저지르도록 우리를 끌어들이는 듯이 위협 앞에 노출되어 있다면 그 얼굴 앞에서 폭력이 아닌 도움을 선택하도록 만드는 것은 무엇인가?

– 신의 현현

고통받는 타자, 눈물 흘리는 타자를 공격의 대상이 아닌 내가 책임져야 할 존재로 여기기 위해서는 무엇보다도 관계의 중심이 내가 아닌 타자에게 있어야 한다. 이것은 '위협에 노출된 얼굴에게 폭력을 가하든가 얼굴의 명령을 받아들이든가'의 선택과 맥을 같이한다. 여기에서 중요한 것은 어떻게 하면 이 선택의 두 항 가운데에서 후자를 선택할 수 있는지, 더 정확히 말해 후자를 선택할 수밖에 없는지의 문제이다. 이와 관련하여 레비나스는 타자가 나보다 '높은 곳de haut'에 위치해 있다는 점을 강조한다. 타자의 얼굴이 폭력의 대상이 아니기 위해서는 타자가 나보다 우월한 위치에 있어야 하며, 그럼으로써 타자의 호소가 나로서는 어찌할 수 없는 '명령commandement'으로 다가올 수 있어야 한다. 그리고 타자의 우월성은 그 자체로 비폭력에 근거하고 있어야 한다. 높은 곳에 있는 타자가 나에게 폭력을 행사한다면 그것은 또 다른 차원에서의 환원에 다름 아닐 것이며, 그 자체로 나로부터의 폭력을 유발하게 될 것이기 때문이다. 타자가 나에게 폭력을 행사할 수 없어야 한다는 점에서 자연히 그 타자의 이미지는 헐벗고 고통받는 자의 그것과 일치된다. 타자의 무방비한 노출 자체가 나에게 '공격하지 말 것'을 '명령'한다는 주장도 이러한 점에서 이해할 수 있다. 레비나스가 말하는 얼굴의 '현현' 역시 같은 맥락에서 기인한다. 앞서 살펴보았듯이 '현현'은 나의 의지와는 무관하게 철저하게 중심이 자신의 모습을 드러내는 타자에게 놓여 있음을 의미하기 때문이다.

> Le <Tu ne tueras point> est la première parole du visage. Or c'est un ordre. Il y a dans l'apparition du visage un commandement, comme si un maître me parlait.[372]
> 타자의 얼굴의 첫마디는 <너는 살인하지 말라>는 것이다. 그것은 하나의 명령이다. 마치 스승이 내게 이야기하듯 얼굴의 나타남 속에는 이러한 명령이 포함되어 있다.

레비나스가 말하는 얼굴은 내가 정의로워야 한다는 점을 요구한다. 얼굴의 무력함 자체가 곧 도움에 대한 명령이다. "얼굴은 직설법이 아니라 명령법으로, 한 존재가 우리와 접촉하는 방식이다. 그것을 통해 얼굴은 모든 범주를 벗어나 있다."[373] 얼굴은 타인의 무력함을 통해 그가 주인 됨을 계시한다. 가장 낮은 곳에 위치해 있는 그의 모습이 그 자체로 높은 것과 결합되는 것이다.[374] 타자는 타자로서 높음과 비천함의 차원에 스스로 처해 있다. 타자는 바로 이러한 비천함을 통해 '나의 자유를 정당화하라고 요구하는 주인'의 위치에 있게 된다.[375] 타자는 나와 동등한 자가 아니다. 그는 자신이 당하는 가난과 고통 속에서 나의 주인이 된다. 나는 내 자신을 벗어

---

372) *Ibid.,* p.83.

373) E. Levinas, 『어려운 자유』, *op.cit.,* p.270.

374) 강영안, 『주체는 죽었는가』, *op.cit.,* p. 238.

375) E. Levinas, 『전체성과 무한』, *op.cit.,* p.229.

나 그를 섬기고 모실 때 비로소 그와 동등할 수 있다. 타자를 처음부터 나와 동등한 자로 생각할 때, 그는 나에게 아무것도 요구하지 않고, 나와 마찬가지로 자기실현과 존재 정립을 추구하는 사람으로 나타난다. 따라서 레비나스는 타자와의 '비대칭성'이 인간들 사이의 평화와 화해의 기초라고 주장한 것이다.376)

타자의 얼굴은 나의 자발성과 힘의 한계 밖에 존재하며 나는 단지 그 얼굴의 현현과 호소를 맞아들일 수 있을 뿐이다. 얼굴을 통해 자기를 표현하는 타자는 초월의 영역으로부터 '낯선 사람'으로서 자기를 나타낸다. 따라서 얼굴과 대면하여 내가 할 일은 타자의 타자성을 있는 그대로 받아들이고 존중하면서, 그가 당하는 곤경과 고통에 책임을 느끼고, 그를 위해 내가 할 수 있는 일을 찾는 것이다. 타자의 얼굴에 주의를 기울인다는 것은 곧 타자로부터의 호소와 명령을 받아들이는 것이며, 이러한 윤리적 토대 위에서 타자와 관계함을 의미한다. 그리고 이때 초월성 안에서 나를 지배하는 타자, 나보다 높은 곳으로부터 '도움'의 명령을 내리는 타자는 내가 책임져야 할 고통받는 타자이다.377)

바로 이와 같은 관점으로부터 주체성에 대한 새로운 정의가 내려질 수 있다. 즉 진정한 주체성은 타인의 존재를 받아들이고 그와 윤리에 기초한 대면적 관계를 형성할 때에 가능하다는 것이다. 얼굴로서 현현하는 타자는 우리에게 새로운 존재의 의미를 열어줄 뿐만 아니라, 단순한 지배와 종속의 관계를 벗어나 서로를 섬기는 관계로의 전환을 가능하게 하기 때문이다. 이제 주체는 타인을 떠받치고 책임지는 의미로 변화한다. 주체는 타인에 대한 '종'이 되는 가운데 탄생한다. 나의 참다운 정체성은 타자에 대한 나의 '책임'으로부터 생겨난다. 자기의식 속에 자리잡은 주권적 자아를 자리에서 끌어내리는 것, 타자를 향한 책임을 통해 자신을 끌어내리는 것déposition으로부터 참된 내가 서게 되는 것이다. 이제 주체성은 더 이상 자기를 향한pour soi 것이 아니라 타자를 향한pour un autre 것으로 재정립될 수 있다.378)

---

376) *Ibid.*, p.190.
377) E. Levinas, 『윤리와 무한』, *op.cit.*, p.97.

모리악 역시 이와 유사한 입장을 나타내는 것으로 보인다. 즉 눈물에 젖은 타자의 얼굴이 내가 어찌할 수 없는 타자의 모습으로 받아들여지기 위해서는 그 타자의 존재 자체가 나보다 우위에 있어야 한다는 것이다. 이러한 사실이 전제될 때에만 '자기포기'가 가능할 수 있기 때문이다. 그런데 모리악은 레비나스에게 있어서보다 더욱 구체적인 해결책을 제시한다. 즉 타자의 얼굴이 나에게 '명령'을 내릴 수 있는 존재가 되기 위해서는 그 얼굴이 보다 구체적인 존재, 구체적으로 나보다 위에 있으며, 내게 명령을 내릴 수 있는 존재의 모습을 구현해야 한다는 것이다. 바로 여기에서 우리는 모리악과 레비나스가 서로 길을 달리하는 지점, 모리악이 주장하는 기독교적 타자 윤리의 핵심을 만날 수 있다.

Ne nous y trompons pas: <C'est à moi que vous l'avez fait> est d'une vérité d'un autre ordre mais aussi littérale que le <Ceci est mon corps, ceci est mon sang……> Ce prisonnier, cet étranger, ce métèque, c'est le Seigneur, c'est lui et doublement et triplement, s'il est attaché à la colonne, si sa face est meurtri de coups, s'il est souffleté et couvert de crachats; Ce n'est pas moi qui le dis, ce n'est pas un effet que je cherche; C'est la parole du Seigneur…… Il reste que cette présence réelle du Christ dans son frère humain étranger, prisonnier, torturé, engage notre attitude, ne nous permet pas de fermer les yeux sur certaines choses, ni de les couvrir par notre silence. Cette manifestation de la présence réelle du Seigneur dans les pauvres et dans les persécutés lui permet d'être atteint, d'être servi et d'être aimé même par ceux qui ne le connaissent pas.[379]
제대로 알아야 할 것이 있습니다. <그 일은 내게 한 것이다>는 말씀은 또 다른 차원에서의 진리이기도 하지만 <이것은 내 몸이고 내 피다……>라는 말씀처럼 문자 그대로의 진리이기도 한 것입니다. 이 죄수, 이 이방인, 이 외국인은 곧 주님입니다.

---

378) *Ibid.*, p.91. "'책임'은 주체성을 이루는 제1의 구조, 본질적이고 근원적인 구조이다. 주체성의 매듭이 형성되는 것은 책임으로 이해된 윤리 속에서이다." p.93. "주체성은 나를 위한 것이 아니다. 다시 한번 이야기하지만 그것은 애초부터 타자를 위한 것이다."

379) F. Mauriac, 『잃어버린 말과 되찾은 말』, *op.cit.*, p.222.

그들은 이중, 삼중의 의미에서 주님입니다. 십자가에 달리고, 얼굴은 맞아서 멍이들고, 얼굴에 침을 맞은 분이 곧 주님이시기 때문입니다. 이 말은 제가 하는 말이아닙니다. 또한 제가 어떤 효과를 바라고 이 말을 하는 것도 아닙니다. 이것은 주님의 말씀입니다…… 이제 이방인이고 죄수이며, 고문당하는 우리의 형제 속에 나타나는 그리스도의 실제적인 현전이 우리의 행동을 좌우하게 됩니다. 이제 우리는 몇몇 사건들에 대해 모른 척 눈을 감거나 침묵할 수 없습니다. 주님은 가난하고 박해받는 사람들 속에 실제적으로 현전하고 계십니다. 그리고 이를 통해 심지어 그를 모르는 사람들도 그에게 다가가 그를 섬기고 사랑할 수 있는 것입니다.

모리악에게서 고통받는 타자의 얼굴은 언제나 신의 이미지, 고통받는 그리스도의이미지와 연관된다. 우리의 이웃이나 고통받는 타자를 위한 섬김과 희생은 곧 우리자신의 삶을 주는 것, 우리 존재의 포기를 의미한다는 점에서, 그것은 십자가로 상징되는 그리스도의 이미지와 직접적으로 연결된다. 생각될 수 있는 모든 실재를 초월하는 하나님은 그 자신을 항상 작은 자로 계시한다. 즉 하나님은 십자가의 죽음에 처했던 그리스도의 모습에서 자기 자신을 계시하는데, 그가 섬김의 선택을 피하지 않고, 그것과 완전히 하나가 되었기 때문이다. 그리스도와의 만남은 가난한 자,고통받는 자, 이방인과의 만남이다. 그리스도의 현존은 본질적으로 감추어져 있다.우리 이웃의 현존은 그가 옆에 지나가심을 기억하는 일이며, 그의 오심을 기대하는것이다. 가난한 자는 언제나 '주의 이름'으로 우리에게 온다. 즉 그리스도는 권력과폭력의 질서를 훼방하는 이러한 거리를 통해 현존하는 것이다.

Mauriac voit dans l'amour humain un germe secret et sacré de la spiritualité.
C'est probablement à cause de cela que le renoncement à soi, l'abnégation, l'oubli
de soi, qui proviennent de l'amour ou de l'amitié sont comparés à la Passion du
Christ.[380]

모리악은 인간의 사랑 속에서 영성의 비밀스럽고도 성스러운 싹을 보았다. 바로 이

---

380) N. Takenaka, *op.cit.,* p.22.

러한 점 때문에 사랑이나 우정으로부터 비롯되는 자기포기나 자기희생, 자기망각 등이 그리스도의 수난에 비교될 수 있는 것이다.

모리악에게서는 하나님의 인간에 대한 사랑, 인간의 하나님에 대한 사랑, 그리고 각 사람의 타인에 대한 사랑이 서로 분리될 수 없는 것으로 제시된다. 모리악은 인간적 사랑 속에서 영적인 것, 즉 신적인 차원의 사랑의 비밀스럽고도 성스러운 싹을 발견하고자 한다. 즉 인간적 사랑의 범주 속에서 신의 사랑을 담고 있는 혹은 그것과 닮은 모습을 찾을 수 있다는 것이다. 신적인 차원의 영성을 포함한 사랑의 특징은 다름 아닌 '자기에 대한 포기'와 '자기망각'이다. 특히 "너희가 여기 내 형제자매 가운데, 지극히 보잘것없는 사람 하나에게 한 것이 곧 내게 한 것이다."[381]는 말씀은 끊임없이 그의 사유를 사로잡는다. 모리악이 생각하는 그리스도의 이미지는 항상 고통받는 이방인의 이미지와 동일시된다. 그렇기 때문에 그의 삶과 작품 세계에 있어서 그리스도의 현존은 매우 실제적réel이다. 우리의 주변에서 쉽게 만날 수 있는 이방인들, 고통받는 자들은 그들의 모습 자체로 우리의 행동을 유발시킨다. 우리는 그들의 고통받는 얼굴 앞에서 '눈을 감을 수' 없으며, '침묵을 지킬 수' 또한 없다. 그 얼굴 자체가 우리의 존재를 사로잡는 피할 수 없는 명령을 포함하고 있기 때문이다.[382]

『속죄양』의 그자비에는 고통받는 타자의 얼굴을 통해 거역할 수 없는 신의 명령을 받아들이는 구체적인 예를 보여준다. 그자비에는 미르벨의 집에 기거하는 롤랑

---

381) 마태복음 25장 40절.

382) 모리악은 그리스도의 이미지와 관련하여 무엇보다 '고통받는 얼굴'에 주목한다. 그가 보기에 그리스도는 영광스런 왕으로서의 모습 이전에 고통받는 하나님의 어린양이다. 그리스도의 외모와 관련해서도 모리악은 클로델과 같은 작가들과는 달리 이사야 53장의 말씀을 근거로 특별한 아름다움이나 두드러진 특징이 없다는 점을 강조한다. 그에게 있어서 그리스도는 '비천의 모범'으로서 고통받는 모습으로 각인되어 있으며, 그렇기 때문에 고통받는 타자의 얼굴은 그 자체로 '신'의 절대적 명령을 포함하는 것으로 받아들여진다. Cf. D. Millet‑Gérard, "모리악과 클로델에 있어서의 그리스도의 형상 La figure du Christ chez Mauriac et Claudel", 『모리악‑클로델』, op.cit., pp.27‑52.

이라는 고아에게서 고통받는 타자의 얼굴을 알아본다. 갈등으로 위기에 처한 집단의 희생 대체물로서 박해당하는 롤랑의 얼굴, 그 상처받기 쉬운 노출과 대면한 그자비에는 무조건적인 응답과 희생의 길로 들어선다. 그자비에의 롤랑에 대한 관심과 도움은 미르벨을 비롯한 모든 가족 구성원들의 질투와 경쟁심을 유발한다. 각자 자신의 존재를 위해 그자비에라는 먹잇감이 필요했던 사람들은 그가 이름도, 집도 없는 어린아이에게만 관심을 쏟는 데에 분노한다. 작품에 등장하는 미르벨과 미셸 그리고 브리지트 피앙은 한결같이 각자 내면의 존재 정립 욕구를 충족시키기 위해 그자비에를 제물로 삼고자 한다. 어떠한 이유에서건 그자비에는 그들 각자에게 환원되어야 할 타자이며, 존재 정립을 위한 '먹잇감'에 불과하다. 이러한 그가 롤랑이라는 어린아이에 의해 자신들의 영역 밖으로 나가 버리자 이들 세 인물들은 저마다의 방식대로 그자비에를 다시 자신들의 영역 안으로 끌어들이고자 노력한다. 동시에 그들 사이에는 달아나 버린 공통의 먹잇감에 대한 일종의 연대가 이루어진다. 하지만 그자비에는 자신을 대상으로 한 여러 가지 형태의 감시와 폭력을 무릅쓰면서까지 롤랑에 대한 자신의 책임을 외면하지 않는다. 『속죄양』은 롤랑을 위해 끝까지 헌신하던 그자비에가 결국 교통사고로 죽음을 맞이하는 것으로 결론지어진다. 즉 그자비에는 롤랑이라는 버림받은 아이, 그 고통받는 타자를 위해 목숨까지 희생하는 모습으로 그려지는 것이다. 그렇다면 그자비에가 이처럼 롤랑을 위해 자신의 삶 전체를 바치는 이유는 무엇인가? 무엇보다도 그것은 그가 롤랑의 얼굴에서 단순한 한 명의 타자의 얼굴을 넘어 절대적 타자의 모습, 절대자의 앞에 선 천사와 같은 얼굴을 바라보았기 때문이다. 롤랑의 고통받는 얼굴은 그 자체로 그자비에가 거역할 수 없는 절대적 '명령'을 담고 있는 것이다.

Toute une destinée était inscrite, et déjà déchiffrable, sur cette petite figure sombre…… Il n'était que souffrance et il appartenait à ce petit être, lié à lui pour la vie et au-delà de la vie.[383]
이 음울한 얼굴 위에 이미 운명의 모습이 뚜렷하게 새겨져 있었고 미리 점칠 수도 있었다…… 롤랑은 고통 그 자체였고, 그자비에는 이제 이 어린 생명에 자기가 속해 있음을 느꼈다. 그의 삶이 다하도록, 아니 그의 삶을 넘어서까지.

예문을 통해 우리는 고아인 롤랑의 고통받는 얼굴에 주목하는 그자비에의 모습을 볼 수 있다. 고통 속에 잠들어 있는 아이의 얼굴은 그자비에에게 그를 위해 삶 전체를 바칠 수도 있다는 결심을 하도록 만든다. 그자비에는 이 순간 이른바 '얼굴의 현현'과 마주친다. 롤랑의 얼굴에 나타난 무력함과 상처받을 수 있는 가능성은 그자비에에 대한 윤리적인 호소와 명령으로 이어진다. 롤랑의 얼굴에 주목하는 그자비에에게서는 피앙과 같이 자기 앞에 위치한 타자를 '먹이'로 바라보는 태도는 찾아볼 수 없다. 이미 그는 자신을 향한 얼굴의 호소에 스스로를 내어 맡기고 있기 때문이다.

La créature endormie sous ses yeux rendait de nouveau Dieu sensible à son cœur. Un corps humain, une âme humaine, il n'en fallait pas plus pour que vous fussiez là de nouveau, mon Dieu, pour que vous lui fussiez rendu. Il ne pouvait adresser aucune parole à cet enfant endormi, ni poser les lèvres sur son front; il ne pouvait rien faire que de vous parler de lui: quelle volonté passionnée de substitution! Toujours ce <prenez – moi à sa place>, toujours cette exigence d'assumer le pire d'un destin.[384]

그의 눈 아래에서 잠들어 있는 피조물이 다시 한번 그의 마음에 신의 존재를 느끼게 해 주었다. 인간의 육신 하나, 인간의 영혼 하나면, 하나님이시여, 당신이 거기에 임하시니 그곳에서 당신의 모습을 볼 수 있나이다. 그자비에는 잠들어 있는 롤랑에게 아무 말도 건넬 수 없었고, 이마에 입술도 댈 수 없었다. 그는 오직 하나님에게 그에 대해 이야기하는 일 외에는 아무것도 할 수 없었다. 이 얼마나 열정적인 대속의 의지인가! <그 자리에서 내 모습을 보라>는 그 말씀, 가장 가혹한 운명을 대신 담당하라는 이 요구.

---

383) F. Mauriac, 『속죄양』, *op.cit.,* p.140.
384) *Ibid.,* p.168.

타자의 얼굴은 나의 의식이나 시선의 대상으로 존재하지 않으며, 그 자체로 나와의 절대적인 다름, 절대적인 외재성을 의미한다. 즉 얼굴의 현현은 그 자체로 '무한성'을 계시하는 것이다. 이러한 타자의 얼굴을 통해 나는 무한을 향한 초월적 가능성을 인식하게 된다. 내 곁에 있는, 나와 마주하고 있는 고통받는 타인의 얼굴, 그 얼굴의 호소는 나를 무한으로서의 타자, 절대성으로서의 타자에게로 인도해 준다. 그자비에게 있어서 절대적 무한으로서의 타자는 곧 그가 열망하는 하나님이다. 끝없이 신을 갈구하면서도 그 실체를 알지 못했던 그는 뜻하지 않게도 미르벨의 집에서 만난 한 고아의 얼굴에서 신의 모습, 그 계시의 음성과 만나게 된 것이다. 롤랑의 얼굴이 계시하는 이 명령은 '폭력 없는' 명령이며, 환원의 관계를 초월한 명령이다. 얼굴과 대면하는 순간 그자비에는 롤랑을 '섬기는' 주체의 위치에 자리잡게 된다. 얼굴과의 대면 자체가 이러한 '비대칭성'을 만들어 낸다. 반대로 이 얼굴을 보지 못하는 미르벨과 브리지트 피앙은 스스로가 비대칭의 우위를 점하고자 노력한다. 그리고 이처럼 스스로 주인이 되고자 하는 욕망으로부터 폭력은 시작된다. "폭력은 이러한 비대칭성을 무시하고, 어떤 존재의 얼굴을 무시하고, 그 얼굴의 호소를 회피하는 데에서 성립된다."[385]

레비나스는 타자의 의미를 '무한Infini'의 개념으로 설명한다. 무한으로서의 타자는 유한한 자아의 사유 대상으로 삼아 표상으로 인식하거나 인식의 테두리 안으로 통합하여 내게로 흡수할 수 없는 절대적 외재성을 의미한다. 그는 타자가 일종의 '공동 존재existence commune'로 나와 더불어 참여하는 또 다른 나 자신이 아니라는 점을 강조한다. 그는 타자와의 관계를 '신비'로 정의 내리면서 타자의 외재성을 강조한다. 우리가 흔히 '조화relation harmonieuse'나 '공감sympathie'이라는 표현을 통해 기술하는 타자와의 관계는 본질적으로 전체성에 근거한 통합의 의미를 함축하고 있다. 이러한 관계 속에서 우리는 타자를 우리 자신과 비슷한 것으로 인식하

---

385) E. Levinas, "자유와 명령Liberté et commandement", 『형이상학과 도덕 잡지Revue de métaphysique et de morale』, 58, 1953, p.268.

면서 환원적 사고에 몰입하게 된다. '다른 자아alter ego'는 어디까지나 자아 속으로 흡수되고 통합된 대상으로서의 타인을 의미할 뿐, 나와 근본적으로 '다른' 타자를 의미하지는 않는다. 이러한 점에서 볼 때 폭력적 전체성으로 흡수되지 않는 타자와의 만남은 오직 초월과 무한의 차원에서만 가능하다. 우리가 세계의 중심으로서의 주체성, 모든 것을 의식의 대상으로 만들 수 있는 절대적 주체성의 차원에 머물고 있는 한 우리는 결코 갈등을 극복하지 못할 것이며, 존재를 넘어서는 삶의 충만성을 경험하지 못할 것이다.

> Mais cela indique précisément que l'autre n'est en aucune façon un autre moi‑même, participant avec moi à une existence commune. La relation avec l'autre n'est pas une idyllique et harmonieuse relation de communion, ni une sympathie par laquelle nous mettant à sa place, nous le reconnaissons comme semblable à nous, mais extérieur à nous; la relation avec l'autre est une relation avec un Mystère.[386]
> 하지만 이것은 타자가 나와 더불어 공동의 존재에 참여하고 있는 다른 자아가 아니라는 사실을 정확하게 보여주고 있다. 타자와의 관계는 공동체와의 전원적이고 조화로운 관계가 아니며, 우리가 타자의 입장에 처함으로써 우리 자신이 그와 유사하다고 인식하는 공감도 아니다. 그것은 우리에게 외재적인 관계이다. 타자와의 관계는 신비와의 관계이다.

바로 여기에서 우리는 완전한 외재성으로서의 타자와의 관계와 신과의 관계가 서로 연결될 수 있음을 알 수 있다. 나에게로 향유되는 물질적 대상의 타자성과는 달리 이른바 '열망되는' 타자성은 곧 신의 타자성과 맞닿아 있다.[387] 그것은 절대적으로 높이 있으며, 대상적 사물과는 달리 결코 자아로 통합되거나 동일시될 수 없다. 사실상 타자의 타자성과 신의 절대적 무한성의 발견은 '동시'에 이루어진다고 할 수 있다. 자기중심적 주체성을 극복하고 초월에 이를 때 이러한 절대적 타자성의 발견이

---

386) E. Levinas, 『시간과 타자』, *op.cit.,* p.63.
387) 김연숙, *op.cit.*, p. 105.

가능하기 때문이다.388)

모리악의 작품에서 타자와의 관계의 회복과 개인의 존재 변화, 그리고 절대적 은총의 체험 등이 하나로 맞물려 있는 것도 이러한 관점에서 설명될 수 있다. 루이와 그라데르의 경우에서는 절대적 은총이 개입하여 개인들의 자각과 존재 변화를 이끌어 가고, 이를 통해 타자와의 자연스러운 관계 회복의 가능성이 제시된다. 반면 그자비에의 경우는 롤랑이라는 아이를 통해 고통받는 타자의 얼굴과 만나게 되고, 이 만남 속에서, 그리고 롤랑을 위한 구체적 행위 속에서 신의 절대성을 체험하게 된다.

이러한 초월은 지속이 아닌 하나의 '순간'에 이루어진다. 우리가 우리 외의 다른 것, 우리 자신으로 통합될 수 없는 것을 받아들이는 순간, 그리고 이 초월적인 것에 이르기 위해 우리의 내재적 존재 방식을 포기하는 순간에 우리의 존재 변화와 함께 초월이 이루어진다. 모리악의 작품에서 이러한 초월은 그리스도의 모습을 내포하고 있는 고통받는 타자와의 구체적이고 대면적인 관계를 통해 이루어진다.

Si nous imitons le désintéressement divin, jamais le piège des rivalités mimétiques ne se refermera sur nous.389)
만약 우리가 신의 공평무사함을 모방한다면 모방 갈등의 덫이 우리를 덮쳐오는 일

---

388) E. Levinas, 『전체성과 무한』, *op.cit.*, pp.76-77. "신적인 것의 차원은 인간의 얼굴로부터 열린다. '초월자'와의 관계 ― 하지만 '초월자'의 모든 지배로부터 자유로운 ― 는 하나의 사회적 관계이다. '타인'의 가까움, 이웃의 가까움은 존재 속에서 계시, 스스로 표현하는 절대적 현전(즉 모든 관계로부터 벗어나 있는)의 불가결한 계기인 것이다. 타자의 현현은 그 자체로 '이방인'과 과부, 고아의 얼굴 속에 나타난 비참함을 통해 우리에게 간청하는 것으로 이루어진다. 인간과의 관계와 분리된 그 어떠한 신에 대한 '인식'도 있을 수 없다. '타인'은 형이상학적 진리의 장소이자, 내가 신과 맺는 관계에 없어서는 안 되는 진리의 장소이다. 타인은 매개자의 역할을 수행하지 않는다. 그는 신의 육화가 아니다. 정확히 말해 타인은 그의 얼굴을 통해 신이 탈육화되는 곳에서 신이 스스로를 계시하는 높이의 현현이다."

389) R. Girard, 『사탄이 번개처럼 떨어지는 것이 보이노라』, *op.cit.*, p.33.

은 결코 없을 것이다.

타자의 얼굴에서 신의 계시를 받아들일 것을 주장하는 모리악의 입장은 그리스도에의 모방을 통해 인간 사회에 내재적인 모방 갈등을 극복할 것을 주장하는 지라르의 입장과도 맥을 같이하고 있다. 지라르에 따르면 인간은 고유의 대상이 없는 상황에서 필연적으로 누군가를 모방하게 되어 있다. 다시 말해 인간에게 있어서 고유의 욕망은 없다고 할 수 있으며, 이러한 점에서 지라르는 욕망의 독립은 하나의 환영에 지나지 않는다고 주장한다. 이처럼 인간의 욕망이 모방을 그 근본적인 속성으로 가지고 있다고 할 때 그로 인해 생기는 갈등과 폭력을 방지하기 위해 가장 좋은 방법은 욕망 자체에 대한 금지, 대상에 대한 금지가 아니라, 인간들에게 갈등으로 귀착되지 않을 다른 욕망의 대상을 제공하는 것이다. 지라르는 폭력의 메커니즘을 극복한 모델로 그리스도를 제시하고 있다. 모든 타인을 위한 자기포기의 첫 모델이 된 그리스도에 대한 모방, 그리스도의 욕망을 모방함으로써 인간은 내재적인 폭력을 극복할 수 있다는 것이다.

2. 응답의 책임

절대적 명령을 가져오는 타인의 얼굴은 나에 대해 무한히 초월적인 거리를 유지하면서 나의 무한한 자유를 문제시한다. 타인의 얼굴에 직면하는 순간 나는 그 얼굴의 호소에 대해 무한한 책임을 떠맡는다. 타인에 대한 의무와 책임은 상호성이 없는 일방적 관계이다.[390] 여기에서 일방성의 방향은 언제나 타자에게서 나를 향한

---

390) E. Levinas, 『윤리와 무한』, *op.cit.,* pp.94‒95. "……상호 주체적 관계는 대칭적이지 않은 관계이다. 이러한 점에서 나는 대가를 바라지 않고 타자에 대해 책임을 지게 된다. 그것이 생명을 거는 일이라고 할지라도 말이다. 상호성, 즉 대가는 '그의 문제'이다. 정확히 말해 타인과 나 사이의 관계가 상호적이지 않다는 점에 있어서 나는 타인

다. 얼굴과의 대면에서 나는 오직 그 얼굴의 호소에 복종할 수밖에 없는 것이다. 얼굴과 대면하는 순간 내 자아는 타자에 대해 무한한 책임을 가진 주체로 변화하는 것이다.

– 수치심

앞서 살펴본 『문둥병자에게 입맞춤』의 예에서 우리는 눈물에 젖은 장의 얼굴의 호소에 직면한 노에미가 우선적으로 '회한remords'을 느끼는 장면을 볼 수 있다. 장의 고통받는 얼굴은 노에미에게 '연민pitié'을 갖게 하는 것이다. 하지만 모리악은 노에미의 연민을 이야기하기에 앞서 그녀가 느끼는 '죄책감'을 먼저 이야기하고 있다. 노에미의 연민은 스스로에 대한 자각과 죄책감에 기인하는 것이다. 이 말은 곧 그녀가 장에 대해 가지는 연민이 환원의 또 다른 형태가 아님을 암시한다.

연민의 감정은 자기중심적 주체들의 환원적 사고 속에서 한 축을 담당할 수도 있다. 흔히 희생자에 대해 박해자들이 가질 수 있는 연민이 그 예라고 할 수 있다. 이때 박해자들의 연민은 그들 자신의 변화에는 아무런 도움도 주지 못한다. 박해자들이 연민을 가진다는 것은 이미 희생자에 대해 그들이 우위에 있음을 확인시켜줄 뿐이다. 나아가 그들이 행사한 폭력의 진실을 왜곡하고, 폭력을 정당화하는 수단으로 이용될 수도 있다.

자신에 대한 돌아봄, 자각이 선행되지 않은 연민은 관계의 방향이 철저히 나에게서 타자에게로 향하는 이기성의 표현일 수밖에 없다. 그 연민 속에는 타자의 모습을 있는 그대로 받아들이려는 노력이 아닌 타자의 '고통'까지도 내 의식의 대상으로 삼고자 하는 의도가 숨어 있다. 이러한 점에서 자각과 죄책감에 기인한 노에미의 연민, 무엇보다 바라보는 주체에게 자신을 돌아보게 하고, 주체로서의 절대적인

의 종이다. 바로 이러한 점에서 나는 본질적으로 <주체>가 된다. 모든 것을 떠받치는 것은 바로 나이다."

자유를 문제 삼는 얼굴의 계시는 매우 중요한 의미를 가질 수 있다. 회한과 죄책감이 선행된, 혹은 적어도 동반된 노에미의 연민은 그 관계의 방향이 철저하게 타자로부터 자신에게로 향하고 있다. 장의 눈물 젖은 얼굴로부터 촉발된 그녀의 회한은 일종의 거부할 수 없는 명령과 같이 그녀를 완전히 사로잡는다. 나의 의식으로부터 발동해 타자를 평가하고 재단하던 시선이 이 경우에는 타자의 얼굴로부터 시작되어 나 자신을 향해 침투하는 것이다.

La conscience première de mon immoralité, n'est pas ma subordination au fait, mais à Autrui, à l'Infini······ La liberté pouvant avoir honte d'elle – même fonde la vérité (et ainsi la vérité ne se déduit pas de la vérité). Autrui n'est pas initialement *fait*, n'est pas *obstacle*, ne me menace pas de mort. Il est désiré dans ma honte······ C'est l'accueil d'Autrui, le commencement de la conscience morale, qui met en question ma liberté. Cette façon de se mesurer à la perfection de l'Infini, n'est donc pas une considération théorétique. Elle s'accomplit comme honte où la liberté se découvre meurtrière dans son exercice même. Elle s'accomplit dans la honte où la liberté, en même temps qu'elle se *découvre* dans la conscience de la honte, se *cache* dans la honte même.[391]

나의 비도덕성에 대한 첫 번째 의식은 사실에 대해서가 아닌 타인, 무한에 대한 나의 종속이다······ 그 자신에 대해 수치를 느낄 수 있는 자유가 진리를 근거 짓는다 (이렇게 해서 진리는 진리로부터 연역되지 않는다). 타인은 애초에 '만들어진' 것이 아니며, '장애물'도 아니다. 타인은 내게 죽음의 위험을 가하지도 않는다. 타인은 내 수치 속에서 욕망된다······ 도덕적 의식의 시초로서의 타인의 환대가 내 자유를 문제 삼는다. 이처럼 스스로를 완벽한 무한에 맞추어 나가는 방법은 사변적인 고찰이 아니다. 그것은 자유가 그것의 행사 속에서 스스로를 살인적이라고 생각하는 수치심으로 완성된다. 그것은 자유가 수치심의 의식 속에서 '스스로를 발견하는' 동시에 그것 자체 속에서 '스스로를 숨기는' 수치심 속에서 완성된다.

---

391) E. Levinas, 『전체성과 무한』, *op.cit.,* p.82.

타자의 얼굴의 현존은 나의 자기중심적인 존재 방식을 문제 삼는다. 나에게로 향한 타자의 얼굴, 그 고통받는 얼굴 앞에서 나의 자아, 이기적인 자아는 스스로에 대해 수치를 느끼게 된다. 타자의 얼굴이 지닌 비폭력적이고 무저항에 근거한 저항은 그 어떤 강한 자의 힘보다 더욱 강하게 우리의 자유를 문제 삼는다. 나는 비폭력적인 타자의 얼굴 앞에서 나의 자기실현과 존재 정립에의 시도를 근본적으로 돌아보게 된다. 얼굴의 현현을 통해 나의 자발성에 제동이 걸리는 것이다. 여기에서부터 나는 나 자신의 '비도덕성immoralité'을 의식하게 된다. 이 경험 속에서 나는 스스로가 '폭력적'이라는 사실을 인식하게 되고, 나아가 폭력의 계기였던 환원하는 힘은 스스로의 모습을 감추게 되는 것이다.

여기에서 우리는 '시선'을 통해 주어지는 수치심과 '얼굴'에 기인한 수치심을 비교해 볼 필요가 있다. 사르트르에 따르면 구체적인 타자의 시선이 나에게 던져졌을 때, 나의 비반성적인 의식은 '수치'를 느끼게 된다. 타자의 시선이 가지고 있는 판단의 힘, 타자의 심판 앞에 대상으로 서 있다는 사실에서 수치심이 발동되며, 바로 이 수치심을 통해 나의 의식은 나 자신을 대상으로 하는 반성적 의식이 될 수 있는 하나의 계기를 맞이하게 된다. 무제한적인 자유를 가지고 나 외의 다른 것의 존재에 의미를 부여하고 정립하던 내가 타자의 대상이 되면서 반성적 주체로서 서게 되는 것이다. "타자의 시선 앞에서의 '자아의 대상화'란 곧 자아라는 인격적 주체의 발생이며, 이러한 점에서 타자의 시선이 '나를 대상화한다'는 표현은 '나를 인격적 주체로 세운다'는 표현과 동일한 뜻을 지닌다."392) 사르트르는 이처럼 타자의 시선 앞에 놓인 자아의 대상화를 '노예화'라고 불렀다.393)

사르트르에 따르면 타자의 대상이 되는 것은 타자에 의해 나의 존재가 규정되고 판단되는 상황으로 나타난다.394) 이 상황은 타자의 출현으로 인해 나의 비반성적인

---

392) 서동욱, 『차이와 타자』, *op.cit.,* p.187.

393) J. p.Sartre, 『존재와 무』, *op.cit.,* p.326. "이처럼 보임은 나를 나의 것이 아닌 자유를 향한 방어 수단 없는 존재로 구성한다. 바로 이러한 점에서, 즉 타인에게 드러난다는 점에서 우리는 스스로를 <노예들>로 간주할 수 있다."

의식conscience irréfléchie이 반성적 의식conscience reflexive으로 변하는 순간이다. 타자의 시선을 느낄 때 내가 파악하는 것은 단순히 '누군가가 나를 본다'는 사실이 아니라, 나의 행위, 나의 존재 자체가 누군가에 의해 판단되고 규정될 수 있다는 것이다. 내가 타자에 의해 '보인다'는 사실은 '내가 상처받을 수 있는 존재'라는 것, 그러한 내가 무방비 상태로 타자의 심판대 앞에 서 있음을 의미하는 것이다.[395] 이때 내가 느끼는 고통의 구체적인 형태는 '수치심la honte'이다. 타자는 시선을 통해 나를 나에게 비추어 준다. 타자의 시선을 통해 나는 나 자신을 지향할 수 있게 된다. 한편 나는 타자 앞에 나타나는 나 자신에 대해 수치심을 느낀다. 타자의 시선이 나의 존재를 있는 그대로 드러내기 때문이다. 이제 나는 내 존재를 오직 나만의 것으로 갖지 못하고, 타자의 시선이 규정한 존재의 본질을 갖게 된다. 타자가 바라보고 평가하는 대상으로서의 나를 인정해야만 하는 것, 내가 타자의 시선 앞에 놓인 하나의 대상이 되었다는 것, 이러한 대상으로서의 자기 자신에 대한 감정이 곧 '수치심'이다.[396]

한편 레비나스는 타자의 얼굴 앞에서 느끼는 수치심을 타자를 위해 '볼모otage'가 되는 것이라고 부른다. 이것은 타자의 호소를 받아들이는 '수동적' 주체가 탄생하는 것을 말한다.[397] 레비나스에 따르면 타자와의 만남, 즉 타자의 얼굴과의 만남은 근본적으로 평화적이다. 동시에 그것은 동일자를 부정하지도 않으며, 동일자에

---

394) J. p.Sartre, 『실존주의는 휴머니즘이다L'Existentialisme est un humanisme』, Nagel, 1946, pp.66‒67. "자아에 대한 어떤 진리를 얻기 위해서는 타자를 통해야만 한다. 타자는 나의 존재에 필수불가결하다. 내가 나 자신에 대해 가지는 의식에 있어서도 마찬가지이다."

395) 사르트르는 이 순간의 상황을 유명한 '열쇠구멍 보기'의 예를 통해 설명하고 있다. J. p.Sartre, 『존재와 무』, op.cit., pp.317‒319.

396) Ibid., p.319. "……수치심……은 자기에 대한 수치심이다. 그것은 바로 나 자신이 타인에 의해 보이고 판단당하는 존재라는 사실에 대한 인정이다." 사르트르에게 있어서 시선과 수치심에 대해서는 변광배, 『존재와 무: 자유를 향한 실존적 탐색』, 살림, 2005, pp.178‒188 참조.

397) 서동욱, 『차이와 타자』, op.cit., p.194.

게 폭력을 행사하지도 않는다. 물론 타자의 얼굴은 타자를 환원시키는 나의 힘에 한계가 있다는 것을 드러냄으로 나의 존재, 자기중심적 존재를 문제 삼으며, 나로 하여금 세계가 나의 유일한 소유물이 아니라는 것, 내가 세계를 공유하고 있다는 사실을 깨닫게 해 준다. 하지만 얼굴은 자아를 '무화'시키지 않는다.398) 얼굴은 어느 한편으로의 흡수가 아닌 평화적인 공존의 계기로 작용하는 것이다.

　모리악의 작품에서도 이러한 의미의 수치심, 즉 자기중심적 주체로서의 자유를 제한하고, 타자의 호소에 응답하게끔 하는 자책감의 모습이 인물들의 존재 변화의 모습과 맞물려 드러나고 있는 것이 사실이다. 테레즈의 눈물 젖은 얼굴 앞에서 마리가 느낀 무기력함과 그 얼굴의 호소에 대한 무조건적인 응답, 또한 시선 자체가 무력화된 밤의 어둠 속에서 남편의 고통받는 얼굴을 '느낌'으로 죄책감과 함께 그 얼굴의 부름에 응답하는 노에미의 경우는 모두 이와 맥을 같이하고 있다. 그들에게 있어서 상대방의 얼굴은 공격의 대상이 아닌 연민과 도움의 대상이며, 나아가 자신들의 환원적 사고를 무기력하게 만드는 비폭력적이며 절대적인 존재의 의미를 열어준다. 중요한 것은 테레즈와 장의 '얼굴'을 뒤덮은 '눈물'이다. 희생자의 고통, 자기회한, 나아가 투쟁의 상대이기를 포기함을 의미하는 그들의 '눈물'은 그 자체로 환원 불가능한 고통받는 타자의 얼굴로서의 의미를 가지며, 자아와 타자 사이의 새로운 관계, 평화에 기초한 관계를 향한 출발점이다. 그들의 눈물은 자연스레 그들의 시선으로부터 나를 향하는 환원적 공격성을 제거해 버린다. 만약 그들이 얼굴이 아닌 시선을 통해 상대방에게 다가왔다면 그들 사이의 관계는 다시 한 번 투쟁과 갈등의 악순환 속으로 빠져들고 말 것이다. 하지만 눈물을 통해 상징되는 그들의 무저항과 비폭력적 호소는 이러한 투쟁의 가능성 자체를 소멸하며, 초월과 화해, 구원의 가능성을 제시해 준다.

---

398) E. Levinas, 『전체성과 무한』, *op.cit.*, p.215. "타자의 <저항>은 나에게 폭력을 행사하거나 부정적으로 작용하지 않는다. 그것은 긍정적인 구조를 가지고 있다. 바로 윤리학적 구조가 그것이다. 나는 얼굴 없는 신과 투쟁하는 것이 아니라, 그의 표현, 그의 계시에 응답하는 것이다."

– 자유와 책임

모리악의 문학 세계, 그중에서도 특히 그의 기독교적 세계관과 관련된 부분에서 흔히 논쟁의 대상이 되는 것이 장세니즘Jansénisme과 관련된 부분이다. 이와 관련해 우리 논의의 맥락에서 한 가지 사항에 주목하자면 그것은 바로 인간의 '자유'에 관한 부분이다.

Il est trop vrai que la passion, à un certain point de sa croissance, nous tient et que nous ne pouvons plus rien contre ce cancer. Mais il est vrai aussi qu'il fut un moment où nous demeurions le maître encore. Il y aurait une étude à écrire dont le titre serait: *De la volonté dans l'amour*. A une certaine minute, il nous était loisible encore d'arracher de nous ce germe. Rappelle‑toi cette période troublée: tu jouais avec le feu parce que tu te croyais maître du feu.[399]

정열이 우리를 사로잡고, 우리가 더 이상 이 암적인 것에 대해 아무것도 할 수 없게 되는 순간이 있음은 사실이다. 하지만 우리가 여전히 주인으로서 남아 있는 순간이 있다는 것 역시 사실이다. 『사랑 속에서의 의지에 대하여』라는 제목을 가진 한 연구를 진행할 수도 있을 것이다. 우리가 여전히 이 싹으로부터 우리 자신을 떼어놓을 수 있는 순간이 있다. 그 혼란스러웠던 시기를 회상해 보라. 당신은 스스로 불의 주인이라고 믿었기 때문에 불을 가지고 논 것이었다.

장세니즘의 전통에 의하면 인간의 의지나 자유에는 그다지 중요성이 주어지지 않는다. 그것은 다분히 결정론적인 입장을 나타내는 것으로 비치기도 한다. 모리악의 작품에서도 이러한 결정론적인 분위기를 자주 접할 수 있는 것이 사실이다. 특히 '정열'로 불리는 욕망의 노예가 된 인물들에 대한 묘사에서 이러한 입장이 드러나곤 한다. 대부분의 경우에 있어서 모리악이 창조한 인물들은 정열의 불길에 완전히 장악되는 모습을 보인다. 그들은 이 정열이 무엇인지도, 그것이 무엇으로부터

---

399) F. Mauriac, 『기독교인의 고통과 행복』, *op.cit.*, pp.67‑68.

시작된 것인지도, 나아가 그것이 무엇을 지향하고 있는지도 모른 채 그것에 이끌려 다닌다. 하지만 여기에서 지적해야 할 것은 그러한 정열이 처음부터 인물들을 사로잡는 피할 수 없는 운명으로 그려지지는 않는다는 것이다. 적어도 정열의 노예가 되기 전까지, 그 맹목적 환상에 사로잡히기 전까지 인물들은 '자유'이다. 그들은 그러한 정열의 불길 속에 스스로를 내어 던지지 않을 자유 역시 가지고 있다. 가장 맹렬한 정열에 사로잡힌 자들, 그리하여 가장 광적인 상태에 내몰리는 자들까지도 한결같이 스스로의 삶의 방향을 결정할 수 있는 기회를 맞이한다. 앞서 살펴보았던 '고독'과 그 안에서 그들에게 주어지는 자기성찰의 기회가 바로 그것이다. 결국 모리악은 그들에게 한 명의 인간, 스스로의 삶을 결정하고 만들어 나갈 수 있는 진정한 인간이 될 가능성을 부여하고 있으며, 또 그러하기를 요구한다. 일상의 삶 속에서 그들은 스스로의 결단과 실천에 의해 삶을 창조해 나가야 하며, 그럼으로써 자신들의 인격을 만들어 나가야 하는 것이다.400) 모리악의 작품이 라신Racine의 전통으로부터 멀어지는 결정적인 요소도 바로 여기에 있다고 할 수 있다.

물론 모리악의 작품에는 인물들의 삶의 궤적을 가로지르는 보이지 않는 힘이 존재하는 것이 사실이다. 인물들 사이의 운명을 상보적으로 만들어 그들을 구원의 길로 인도하는 은총의 개입이 대표적인 예이다. 그리고 이러한 은총의 역할은 흔히 전지적 작가의 개입과 연결되기도 한다.401) 실제로 모리악은 자신의 작품 속에서

---

400) N. Cormeau, *op.cit.,* p.210.

401) *Ibid.,* pp.81 – 82. "주인공과 그의 정열 사이에 프랑수아 모리악은 제3의 인물의 강력한 존재를 개입시킨다. 그것은 곧 의식으로, 이 의식의 형이상학적 투사는 신을 일컫는다. 다른 말로 설명하자면, 자크 리비에르의 『도덕주의와 문학』과 관련한 유명한 논쟁에서 라몽 페르난데즈가 '소설 인물의 제3의 차원'이라고 불렀던 것이 바로 여기에 해당된다." 모리악은 작품의 주인공들과 그들을 맹목적 추구로 내모는 정열 사이에 절대적 존재인 제3의 인물을 개입시킨다. '소설의 3차원적 인물'이라고 명명되는 이 존재는 모리악의 작품에서는 인물들의 배후에서 활동하는 '신'이다. 그의 작품에는 갈등에 시달리는 인물들의 영혼에 작용하는 신비한 은총의 개입, 신의 구원의 역사가 곳곳에 암시되고 있다. 물론 작품 속에서 이러한 은총의 개입은 그 자체로 작가인 모리악의 전지적 시점과 동일시된다. 잘 알려져 있는 바와 같이 사르트르는 이처럼 인물의 운명에 개입하는 작가의 의

관점을 자유롭게 이동하며 인물들이 겪는 갈등의 본질을 드러내는 데 주력한다. 그의 작품에서 우리는 인물의 관점에서 서술되는 이야기의 한복판에 화자의 설명이나 작가 자신의 개입이 삽입되는 장면을 흔히 접할 수 있다. 때로는 작가가 자신의 인물에게 직접적으로 말을 거는 경우도 볼 수 있다.402) 바로 이러한 점에 있어서

지나 그러한 의지의 표현인 관점의 자유로운 이동 등에 대해서 모리악을 공격한 바 있다. 하지만 사르트르 자신도 훗날 인정했듯이 이러한 비판의 정당성은 재론의 여지가 충분하다. 이 점에 관해서는 J. p.Sartre, "프랑수아 모리악 씨와 자유M. François Mauriac et La Liberté" in 『상황 1Situation 1』, Gallimard, 1947, pp.33‒52. "J. A. 밀레르와 사르트르의 대담Entretien de J.‒A. Miller avec Sartre" in 『젊음의 자유로운 노트les Cahiers libres de la jeunesse』, 『렉스프레스L'Express』, 1960년 3월 3일에 수록, G. Genette, 『문채 Ⅲ』, op.cit., p.211, B. Thompson, "장 폴 사르트르: 교살자인가 성인인가?Jean‒Paul Sartre: étrangleur ou saint?" in 『모리악과 논쟁』, op.cit., pp.169‒186, N. Cormeau, op.cit., pp.364‒380, J. Lacouture, 『프랑수아 모리악 1』, op.cit., pp.317‒322, F. Mauriac, 『되찾은 기억들』, op.cit., pp.84‒86, 141‒142, F. Mauriac, 『말은 남아 있다』, op.cit., pp.64‒66, 149‒150 참조.

402) 모리악은 작품의 제사와 이른바 '작가 서문'의 형태로 작품의 첫머리에 본 내용과 약간의 공간을 두고 자신의 의견을 덧붙이기도 한다. 이러한 작가의 개입은 공식적인 '서문'의 형태로 이루어지기도 하지만 『테레즈 데케루』에서 볼 수 있듯이 작가가 직접 자신의 인물에게 이야기하는 형태로 제시되기도 한다. 광인들을 위한 기도의 내용인 보들레르Baudelaire의 시를 제사로 인용하고 있는 『테레즈 데케루』는 제사에 바로 뒤이어 약한 페이지 정도의 분량으로 모리악 자신이 테레즈에게 보내는 편지 형식의 글로 시작된다. 이를 통해 모리악은 자신의 인물에 대한 규정과 그 인물을 통해 그가 보여주고자 하는 길을 작품을 시작하기에 앞서 미리 예고하는 듯하다. 이와 같은 작가의 발언이 흔히 소설의 집필 동기나 소설이 시작되는 시점 이전에 일어났던 사건, 그 밖의 예비지식 같은 것을 독자들에게 알려주기 위한 목적에서 사용된다고 할 때, 모리악의 작품에서는 단순한 지식 제공의 차원을 넘어 인물 내면의 본질적인 문제와 그것을 중심으로 이루어지는 작품의 핵심적인 장면들을 미리 보여준다. F. Mauriac, 『테레즈 데케루』, op.cit., pp.7‒8. "테레즈, 많은 사람들이 네가 존재하지 않는다고 말할 것이다. 하지만 나는 네가 존재한다는 것을 알고 있다. 수년 전부터 나는 너를 엿보아 왔고, 때로는 너의 길을 멈추게 하기도 했으며, 너의 본 모습을 드러내 왔다. 테레즈, 나는 고통이 너를 신께로 인도해 주기를 바랐는지도 모른다. 그리고 나는 네가 로퀴스트의 성녀의 이름에 걸맞은 인물이 되기를 오랫동안 원해 왔다. 하지만 어떤 이들, 심지어 고통받는 영혼의 추락과 대속을 믿는 이들까지고 이것이 신성모독이라고 소리 지르곤 했었다."

작가 모리악과 인물들의 자유에 대한 많은 논쟁이 있어 온 것 역시 사실이다.

하지만 은총과 관련된 부분에 있어서도 최종적으로 자신을 향한 은총의 빛을 받아들이거나 거부하는 것은 인물들 각자의 몫으로 남겨진다. 루이와 같이 은총의 개입을 받아들여 깊은 존재의 고독 속에서 빠져나오는 인물이 있는가 하면, 『제니트릭스』의 인물들처럼 자신에게 주어진 존재 변화의 기회를 끝내 붙잡지 못하는 자들도 있다. 테레즈 역시 이와 같은 경우에 해당된다고 볼 수 있다. 물론 테레즈와 관련해서는 사르트르의 비판이 그러했듯이 여러 가지 논란의 여지가 있는 것은 사실이지만, 어쨌든 모리악은 스스로 자기 자신과 동일시하기도 했던 인물, 그만큼 그가 가장 많은 애정을 쏟아 부었던 인물로부터 운명의 선택권을 빼앗지 않았던 것이 분명하다. 모리악의 작품 속에서 인물들은 스스로의 운명에 대해 자유이며, 스스로의 삶을 결정할 권리와 의지를 가지고 있다.[403]

모리악이 말하는 인물들의 자유, 인간 개개인의 자유는 결코 사르트르가 말하는 바와 같이 모든 것의 근본으로서의 주체의 본질을 이루는 요소로서의 자유, 거의 절대적인 의미를 가진 자유는 아니다. 자유롭다는 것은 항상 책임의 문제와 결부된다. 인물들 각자는 무엇보다 자신의 의지에 의한 선택과 그 결과에 대해 책임을 질 수 있어야 한다.

Etant libre, la créature humaine est responsable. Nos actes nous suivent. Tout ce qui est accompli l'a été avec la collaboration de notre vouloir et nous devons en assumer seuls le fardeau. Au moment où nous avons consenti tel geste qui devait infléchir notre vie ou celle d'un autre…… ce qu'a une fois déclenché notre volonté, nous devons en porter le poids, faire face à ses conséquences.[404]

---

403) N. Cormeau, *op.cit.*, p.212. "모든 것이 인물의 의지에 달려 있다. 따라서 인물은 자유로운 뿐만 아니라, 자기 자신에 대한 책임을 가지고 있다. 이것은 장세니스트적인 결정론과 무한히 떨어진 사실이다. 프랑수아 모리악은 여기에서 더욱 멀리 나아가 심지어 종교적 차원에서도 작용하는 이 자유를 우리에게 보여준다."

404) *Ibid.,* pp.212 - 213.

자유롭기 때문에 인간 존재는 책임을 가진다. 우리의 행동들이 우리를 뒤따라온다. 행해진 모든 것들은 우리의 의지에 의해 이루어진 것이며, 우리는 그 짐을 홀로 져야만 한다. 우리의 삶이나 타인의 삶에 영향을 줄 수 있는 어떤 행위에 동의하는 순간…… 즉 우리의 의지가 일단 작동하게 되면 우리는 그것의 짐을 져야만 하며, 그것의 결과에 맞서야 한다.

물론 이러한 점에 있어서는 사르트르가 이야기하는 자유의 개념과 큰 차이를 찾아볼 수 없다. 사르트르에게 있어서 '책임'의 문제는 온전히 '주체'에게만 해당되는 문제이다. 다시 말해 실존적 주체로서의 인간이 자신의 지향적 의식을 통해 가늠하고 viser, 선택하는choisir 것에 대해서만 책임의 문제가 이야기될 수 있다. 사르트르의 주장에 따르면 책임감이라는 것은 자유에 뒤따르는 일종의 부차적인 개념이다.[405] 즉 책임은 자유가 없다면 불가능하다는 것이다. 그가 말하는 '인간에 대한 책임감'도 인간이 운명 지어진, 선고받은 자유를 토대로 가능하다. 물론 사르트르 역시 우리가 우리 자신을 위해서만 선할 것을 선택할 수는 없다는 점을 이야기한다. 내가 어떠한 선한 가치를 선택한다면 이 가치는 또한 나의 이웃에게도 선한 것이다. 그러나 이러한 책임도 어디까지나 자유를 토대로 한 책임일 뿐, 사르트르는 자유를 초월한 책임에 대해서는 이야기하지 않는다. 자유라는 토대가 없다면 책임감은 부조리한 것이 되고 말 것이기 때문이다. 즉 사르트르에게 있어서 책임감은 항상 '내가 나 자신을 위해 선택하는 것'으로부터 비롯되는 것이라고 할 수 있다.[406]

반면에 모리악에게서는 나 자신을 위한 선택을 초월하는 책임의 개념을 찾아볼 수 있다. 이러한 차이는 바로 타자에 대한 상반된 개념으로부터 비롯된다고 할 수 있다. 사르트르에게 있어서 타자는 나와 적대적인 입장에 있을 수밖에 없다. 타자와 맞선 나는 주인과 노예의 투쟁에 임할 수밖에 없다. 사실상 이러한 '지옥'으로

---

405) 변광배, *op.cit.,* pp.150 – 166.

406) S. Habib, 『사르트르와 레비나스에 있어서의 책임*La Responsabilité chez Sartre et Levinas*』, L'Harmattan, 1998, pp.31 – 68 참조.

서의 타자의 개념은 역설적이게도 그의 '자유'에 대한 개념으로부터 도출되는 결과이다. 책임보다 앞선 자유, 모든 것의 토대로서의 자유를 내세운 사르트르는 이 개념을 타자와의 관계에도 그대로 적용시키고 있으며, 따라서 나와 타자가 가진 절대적 자유는 그 자유를 무력화시킬 수 있는 상대방 앞에서 적대적인 투쟁으로 이어질 수밖에 없는 것이다.[407] 반면 모리악에게서 책임의 영역은 나와 타자를 모두 포함하고 있다. 그렇기 때문에 나는 나의 자유를 행사함에 있어 나 자신과 관련된 결과뿐만 아니라, 그 선택이 타자에게 미치는 영향까지도 고려해야만 한다. 위의 예문에서 볼 수 있듯이 우리가 그 결과에 대해 책임져야 하는 자유는 우리 자신뿐만 아니라 타인의 삶(celle d'un autre)까지도 포함하고 있기 때문이다. 바로 이러한 책임의 개념을 바탕으로 모리악은 자기 자신을 위한 선택 자체를 포기할 수 있는 가능성을 이야기한다. 이때 우리의 자유는 우리 자신이 아닌 타인의 삶을 위한 것으로서 정초된다.

> Le visage où se présente l'Autre – absolument autre – ne nie pas le Même, ne le violente pas comme l'opinion où l'autorité ou le surnaturel thaumaturgique. Il reste à la mesure de celui qui accueille, il reste terrestre. Cette présentation est la non – violence par excellence, car au lieu de blesser ma liberté, elle l'appelle à la responsabilité et l'instaure. Non – violence, elle maintient cependant la pluralité du Même et de l'Autre. Elle est paix.[408]
>
> 절대적으로 다른 타자가 스스로를 드러내는 얼굴은 동일자를 부정하지 않으며, 권위나 초자연적인 것이 폭력을 행사하듯 의견으로서 동일자에게 폭력을 행사하지 않는다. 얼굴은 환대하는 자의 처분에 남아 있으며, 지상에 남아 있다. 이 얼굴의 드러남은 무엇보다 비폭력적이다. 그것은 내 자유를 침해하는 것이 아니라, 내 자유를 책임으로 부르며, 내 자유를 세우기 때문이다. 비폭력으로서의 얼굴의 드러남은 동일자와 타자의 다수성을 유지한다. 그것은 평화이다.

---

407) J. p.Sartre, 『존재와 무』, *op.cit.*, p.308. 반대로 그(이 존재)는 내 자유의 한계이자 그것의 이면이다. 마치 카드의 뒷면과 같이 그는 나에게 하나의 짐으로 주어진다. 나는 이제 그의 무게를 느끼지 않고는 그를 향해 눈을 돌려 그를 인식할 수 없게 된다.

408) E. Levinas, 『전체성과 무한』, *op.cit.*, p.222.

같은 맥락에서 레비나스 역시 존재는 자유하도록 선고받았다는 사르트르의 주장을 부정한다. 타인의 얼굴은 내 존재에 적합한 윤리적 토대를 제공해 준다. 선험적 자아는 언제나 자신의 지식, 행위와 의미들의 유일한 근원이 되고자 한다. 하지만 얼굴과의 만남은 이러한 성격을 가진 나의 자유가 자아중심적이고 독선적이며, 따라서 정당하지 않다는 사실을 보여준다. 이러한 점에서 오히려 자유는 타자를 통해 부여된 것이다. 얼굴과의 만남에서 타자는 나의 자유에 의미를 부여한다. 나의 자유, 대자적 존재이자 주체로서의 자유, 사르트르에 의하면 인간의 '근원적이고 존재론적인une liberté originelle et ontologique 자유'[409]가 다른 어떤 것이 아닌 그 자신에 대해 부끄러움을 느끼면서 나의 도덕적 의식이 발동되는 것이다.

Jamais entre eux de ces disputes qui séparent les amants. Ils se savaient trop blessés pour se porter des coups; la moindre offense se fût envenimée, eût été inguérissable. Chacun veillait à ne pas toucher la blessure de l'autre. Leurs gestes furent mesurés pour se faire moins souffrir…… Jean se croyait l'unique coupable; elle se haïssait de n'être pas une épouse selon Dieu. Jamais ils n'échangèrent un reproche même muet, mais d'un regard se demandaient l'un à l'autre pardon. Ils décidèrent de réciter ensemble leur prière.[410]

그들 사이에는 연인들을 이별시키는 그런 말다툼이라고는 결코 없었다. 그들은 서로를 공격하기에는 각자 너무 심한 상처를 입고 있음을 알고 있었다. 하찮은 공격이라고 해도 악화되어 회복할 수 없게 되었을 것이다. 각자가 상대방의 상처를 건드리지 않으려 노력했다. 행동 또한 되도록 상대방을 괴롭히지 않으려고 절제했다…… 장은 자기만이 유일한 죄인이라고 생각했다. 노에미는 자신이 신의 뜻에 따른 부인이 되지 못함을 한탄했다. 그들은 결코 서로에게 무언의 비난조차 한 적이 없었으며 다만 서로 눈으로 용서를 구할 따름이었다. 그들은 같이 기도를 올리기로 했다.

『문둥병자에게 입맞춤』에서 장과 노에미 부부가 서로 간의 희생을 통한 궁극적

---

409) J. p.Sartre, 『존재와 무』, *op.cit.*, p.529.
410) F. Mauriac, 『문둥병자에게 입맞춤』, *op.cit.*, p.73.

인 화해로 향할 수 있는 이유는 무엇보다도 이들이 상대방이 아닌 스스로의 잘못에 대해 자각하고 있다는 점에서 찾을 수 있다. 이들은 서로가 자기 자신을 상대방에 대한 박해자로 인식하고 바로 그러한 점 때문에 고통받는다. 즉 적대적인 타자의 시선이나, 자신에게로 향한 타자의 박해로 인해 고통받는 것이 아니라, 자신 때문에 상대가 고통을 받는다는 사실로 인해 고통받는 것이다. 이들은 아주 조그마한 공격에도 상대방이 큰 피해를 입을 수 있다는 사실을 알고 있다. 다시 말해 타자가 고통받고 있다는 사실, 그것도 바로 자신으로 인해 고통받고 있다는 사실, 그리고 타자가 자신의 공격에 대해 무방비한 상태로 '노출'되어 있다는 사실을 인식하고 있는 것이다. 그들은 보통의 부부 사이에서 흔히 볼 수 있는 사소한 다툼이나 갈등도 그들 사이의 관계를 돌이킬 수 없는 상태로 만들어 버릴 수 있다는 사실을, 동시에 상대방을 헤어 나오기 힘든 절망 속으로 몰아넣을 수 있다는 사실을 알고 있다. 따라서 장과 노에미는 상대방을 위해서, 또한 자기 자신을 위해서도 상대방에 대한 말 한 마디, 행동 하나마다 극심한 주의를 기울인다. 이들에게서는 자신을 위한 선택이라는 자유의 개념은 찾아볼 수 없으며, 오로지 자신의 행위가 타인에게 미치는 영향에 대한 책임만이 존재할 뿐이다. 상대방의 고통받는 얼굴이 그들 각자가 가진 자유의 자의적이고 폭력적인 성격을 드러내며, 이를 통해 이른바 윤리적 의식이 발동하도록 만드는 것이다. 바로 이러한 점으로 인해 이들 부부는 영적인 차원에서 초월적인 결합을 이룰 수 있게 되고, 박해자로부터 사랑받는 희생자의 위치에 있게 된다. 타자와의 관계에서 일어나는 갈등의 극복과 관련하여 장과 노에미 부부가 보여주는 입장은 이와 반대되는 모습을 보여주는 인물들과의 비교를 통해 더욱 명확히 드러날 수 있다.

Elle était sûre d'avoir découvert l'endroit où il fallait frapper son ennemi; elle le sentait souffrir avec une jouissance profonde.[411]

---

411) F. Mauriac, 『밤의 끝』, *op.cit.*, pp.179 - 180.

296

그녀는 적에게 타격을 입히기에 충분한 지점을 발견했다고 확신했다. 그녀는 그가 고통받는 것을 내심 즐겁게 느끼고 있었다.

Mais il faudra d'abord que nous ayons, vous et moi, une conversation sérieuse. Chaque chose en son temps, ajouta－t－elle, d'un air alléché comme une personne affamée, résolue à ménager la nourriture dont elle se trouve, tout d'un coup, pourvue.412)

우선 우리 두 사람이 진지하게 이야기를 나누어 볼 필요가 있는 것 같네. 모든 일에는 때가 있는 법이니. 이렇게 덧붙이면서 그녀는 자기에게 음식이 주어졌다는 것을 알아차리고 그것을 놓치지 않고 움켜쥐려는 배고픈 사람처럼 탐욕스러운 표정이 되었다.

『밤의 끝』과 『속죄양』에서 발췌한 위의 두 예문은 앞서 제시한 장과 노에미 부부의 모습과 전혀 다른 형태의 관계 유형을 보여주고 있다. 테레즈와 브리지트 피앙은 그 정도를 막론하고 자기중심적 세계관으로부터 벗어나지 못하는 인물들로, 이들이 타자를 대하는 방식은 주인이 되고자 하는 욕망, 타자를 투쟁의 대상으로 여기는 존재의 전형을 보여준다. 『밤의 끝』의 예문에서 테레즈는 여전히 타인을 자신의 '적'으로 바라보고 있다. 그녀에게 타인은 자신이 '책임'져야 할 사람이 아니라 공격하여 자신의 노예로 만들어야 할 대상이다. 테레즈는 '적'에게 타격을 입힐 수 있는 곳, 그의 취약한 결점을 발견하기 위해 노력한다. 결국 타자가 무방비 상태로 노출되어 있는 부분을 찾은 그녀는 '만족스럽게' 타자가 고통받는 것을 바라본다.

『속죄양』에서 볼 수 있는 브리지트 피앙의 모습 역시 마찬가지이다. 그녀는 그자비에라는 타자를 대하는 데에 있어서 테레즈와 같이 그의 약점을 찾기 위해 노력한다. 특히 색안경413) 속에 시선을 감추고 타자의 말과 행동을 관찰하는 그녀의 모

---

412) F. Mauriac, 『속죄양』, *op.cit.,* p.81.
413) 피앙이 쓰고 있는 색안경은 스스로는 보임을 당하지 않으면서 오직 자기만이 타인을

습은 이와 같은 태도를 상징적으로 보여주고 있다. 그자비에와 몇 마디 대화가 진행되지 않은 상황에서도 피앙은 곧 자신의 목적을 달성한다. 그의 가장 취약한 부분을 발견한 것이다. 이제 그녀는 탐욕스러운 승리의 미소를 짓는다. 먹이를 움켜쥔 굶주린 자의 탐욕스러운 표정이 그녀의 얼굴을 뒤덮는다.

장과 노에미가 상대방을 자신이 책임져야 할 존재로 여기는 반면 테레즈와 피앙은 타자를 자신들의 '적'이자 '먹이'로 바라본다. 장과 노에미가 자신이 타자에 대한 박해자임을 인식하고 스스로의 유죄성을 인정하는 반면에 이들은 타인의 약점을 찾기 위해서만 모든 주의를 기울인다. 장과 노에미에게 타인의 약점, 그가 가진 무방비 상태의 노출된 결점이 오히려 자신의 유죄성을 부각시키고 타인에 대한 책임을 불러일으키는 반면 이들에게 타인의 노출은 공격해야 할 부분에 지나지 않는다. 장과 노에미가 상대방의 고통받는 얼굴에서 자신보다 높은 곳에 있는 타자의 현현을 경험하는 반면, 테레즈에게 고통받는 타자는 '즐거움'으로 인식되며, 피앙에게는 자신의 '주인 됨'을 확인시켜 주는 구실로 작용한다. 이들에게서는 대화도 타자의 모습을 있는 그대로 받아들이고 그를 대면적으로 만나기 위한 노력이기보다는 측면적인 관계 속에서 타자의 약점을 찾기 위한 수단으로 전락하고 만다. 결국 장과 노에미가 자각과 자기포기를 넘어 타인을 위한 대속적 희생으로 나아가는 반면 테레즈와 피앙은 연속되는 갈등과 그로부터 비롯되는 존재의 고독감으로부터 벗어나지 못한다.

– 대면적 대화

타자의 얼굴은 대면적 대화와 직접적인 소통의 성립조건이기도 하다. 모리악의 작품 속에서 도움을 요청하는 얼굴은 그 자체로 대화의 시작으로 기능한다. 바로 이러한 얼굴의 표현에 응답하면서 우리는 타자와의 대면적 관계 속에 들어설 수 있다. 대

시선의 노예로 붙잡아두려는 의지를 보여주는 메타포로 해석할 수 있다.

화는 어디까지나 구체적인 얼굴을 가진 '너'를 상대로 할 때만 가능하다. 대화의 전제 조건은 항상 '너'를 있는 그대로 유지해야 한다는 것이다. 대화, 대면적 대화의 구조 자체가 이미 타인을 인정하고 유지시켜야 할 필연성을 전제로 하고 있다.414) 그럴 때에만 나와 외재적 타자 사이의 교제가 가능하다. 내 앞에 있는 타인을 흡수하고 환원시킬 경우 대화는 근본적으로 불가능하다. 그때에는 오직 측면적 관계 속에서의 독백만이 있을 뿐이다.

앞서 예로 든 모든 인물들, 즉 타자의 고통받는 얼굴의 계시를 맞이하여 그 타자의 호소에 무조건적으로 응답하는 인물들은 모두 타자와의 대면적인 소통communication de face à face을 경험한다. 이미 언급했던 바와 같이 타자의 얼굴은 그 자체로 하나의 '담론'이다. 따라서 얼굴의 표현에 즉각적으로 응답하는 것은 대화의 성립 조건이자, 대면적인 관계의 시작이라고 할 수 있다. 타자와의 직접적이고 대면적인 관계는 얼굴로 상징되는 있는 그대로의 타자, 비폭력에 근거한 타자를 '환대'하는 것과 동의어이다. 『독사들의 매듭』에서 루이의 존재 변화에 결정적인 역할을 하는 세 인물인 마리와 뤼크 그리고 아르두앵 신부는 한결같이 루이와 타인들 사이에 놓여 있던 '거리'를 파괴한다는 점에서 공통점을 찾아볼 수 있다. 그들은 모두 루이를 있는 그대로의 모습으로 받아들이고 환대한다. 그들은 루이에게 '괴물'이라는 표상의 산물을 덧입히지 않으며, 그러한 환원적 사고 속에서 경멸의 시선을 보내지도 않는다. 그들에게 루이는 그 자체로 자신들의 도움을 필요로 하며, 사랑에 목말라하는 고통받는 타자이기 때문이다. 아내를 비롯한 가족들과의 관계에서 무엇보다도 '대화'와 '소통'의 단절에 고통받아 온 루이에게 이들의 '응답'은 폭력적이고 측면적인 관계를 초월한 대면적 관계의 지평을 열어주는 계기로 작용한다. 『문둥병자에게 입맞춤』의 장과 노에미의 관계 역시 마찬가지이다. 시선이 상징하는 환원적 사고, 즉 장에게 덧입혀진 경멸받아 마땅한 존재로서의 의미는 더 이상 시선의 힘이 작용할 수 없는 밤의 어둠 속에서 눈물로 가득한 고통받는 장의 얼굴의 계시를 통해 사라진다. 얼굴의 호소와 명령에 응답한 노에

---

414) 김연숙, *op.cit.*, p. 147.

미는 자기중심적 세계를 초월해 영적인 소통의 세계로 나아가게 된다. 단 한 번도 있는 그대로의 모습으로 받아들여지지 못한 여인으로서, 타인의 시선으로부터 자신에게 덧입혀진 '옷'을 벗고, 진정한 자기성을 찾기 위해 몸부림치는 테레즈 역시 자신의 얼굴에서 시선의 힘이 사라지고 오직 무기력한 고통받는 타자의 얼굴이 드러날 때 딸과의 진정한 소통의 가능성을 경험하게 된다.

> Visage et discours sont liés. Le visage parle. Il parle, en ceci que c'est lui qui rend possible et commence tout discours······ c'est le discours et, plus exactement, la réponse ou la responsabilité, qui est cette relation authentique.[415]
> 얼굴과 담론은 서로 연결되어 있습니다. 얼굴은 말합니다. 모든 담론을 가능하게 하고 그것을 시작하는 것이 곧 얼굴이며, 그러한 점에서 얼굴은 말하는 것입니다······ 참된 관계란 바로 담론입니다. 더 정확히 말해서 응답 또는 책임인 것입니다.

타자의 얼굴은 표현이다. 다시 말해 그것은 바라보는 나에 의해 주어진 의미들로 환원되는 사물이 아니라 내가 알지 못하고 예상하지도 못한 외부로부터 나에게 다가오는 의미이다. 얼굴의 본질적 특징은 호명, 즉 타자가 나에게 전하는 거역할 수 없는 말이다. 그것은 단순히 고정되고 주어진 의미의 기호가 아니다. 그것은 하나의 계시이다. 이미 친숙한 것, 즉 말해진 것을 통한 의사소통이 아니라 새로운, 나로서는 전혀 기대하지 않은 의미들을 발생시키는 근원이다. 타자의 얼굴이 나에게 전하는 담론은 내가 가진 경험을 초월한 의미를 낳는다.[416] 그리고 그 담론을 통해 내가 세계의 배타적인 소유자가 아니라는 사실, 고유하게 나만의 것이라고 여겼던 것이 사실은 타자와 공유된 것이라는 사실을 나에게 가르친다.[417] 따라서 절대적인 경험, 무한의 경험으로서의 계시된 얼굴은 어떠한 '형식'이나 '형태'를 뛰어넘는 것

---

415) E. Levinas, 『윤리와 무한』, op.cit., p.82.
416) E. Levinas, 『전체성과 무한』, op.cit., pp.65 - 66.
417) Ibid., p.189.

이다. 일정한 형식 속에 갇혀 있는 한 그것은 다시 한 번 동일자로의 환원에 적합한 대상으로 고정될 것이기 때문이다.[418]

타자는 얼굴로 나에게 말을 걸어오며, 나는 그에게 환대와 응답으로써 말을 건넨다. 얼굴을 통한 대면적 만남은 전체성을 깨뜨리는 역할을 한다. 사실상 얼굴과 대화는 하나로 연결되어 있다. 얼굴의 계시는 그 자체로 거역할 수 없는 표현으로서, 모든 대화를 가능하게 하고 시작하도록 만든다. 나와 타자 사이의 진정한 관계는 대화의 가능성으로 나타나는 응답의 책임이다. 건네진 호소에 대한 응답의 가능성은 대화가 성립되기 위한 필수 조건이다. 대화는 언제나 상대방을 전제하고 있다. 대화에서의 주체성은 혼자서 하는 독백이 아니라 타자를 중심으로 나타난다. 레비나스에 따르면 대화는 타자로부터 자아에게로 온다. 대화에는 단순한 주 - 객 관계로 환원할 수 없는 타자의 계시가 있다. 대화는 구체적인 얼굴을 가진 타자를 상대로 해서만 가능하다. 대화의 전제 조건은 어떠한 상황에서든지 상대방을 유지해야 한다는 것이다.

Dire, c'est approcher le prochain, lui <bailler signifiance>. Ce qui ne s'épuise pas en <prestation de sens>, s'inscrivant, fables, dans le Dit······ Le Dire est communication certes, mais en tant que condition de toute communication, en tant qu'exposition. La communication ne se réduit pas au phénomène de la vérité et de la manifestation de la vérité conçues comme une combinaison d'éléments psychologiques······ Le déverrouillage de la communication - irréductible à la circulation d'informations qui le suppose - s'accomplit dans le Dire. Il ne tient pas aux contenus s'inscrivant dans le Dit et transmis à l'interprétation et au décodage effectué par l'Autre. Il est dans la découverte risquée de soi, dans la sincérité,

---

418) *Ibid.*, p.61. "절대적인 경험은 드러냄이 아니라 계시이다. 이것은 표현된 것과 표현하는 자의 일치이자, 그렇기 때문에 '타인'이 특권을 누리는 발현이자 형식 너머의 얼굴의 발현이다. 이러한 발현을 끊임없이 배반하고, 여러 가변적인 형태로 고정되는 경향이 있는 이 형식은 '동일자'에 적합하기 때문에 '타자'의 외재성을 소외시키게 된다. 얼굴은 살아 있는 현전이며, 표현이다."

dans la rupture de l'intériorité et l'abandon de tout abri, dans l'exposition au traumatisme, dans la vulnérabilité.[419]

말하기는 이웃에게 다가가는 것, 그에게 <의미를 주는 것>이다. 이것은 우화처럼 말해진 것 속에 기입되는 <의미부여>로 끝나지 않는다…… 말하기는 분명히 의사소통이지만 모든 의사소통의 조건으로서의 의사소통이요, 노출로서의 의사소통이다. 의사소통은 진리의 현상이나 심리적 요소들의 결합으로서 진리가 드러나는 현상으로 환원되지 않는다…… 소통의 풀림 ― 그것을 가정하는 정보들의 순환으로 환원되지 않는― 은 말하기 속에서 이루어진다. 그것은 말하기 속에 기입되는 내용들이나 타자에 의한 해석이나 해독에 맡겨진 내용들에 기인하지 않는다. 그것은 위험스러운 자기의 노출 속에, 신실함 속에, 내재성의 단절과 모든 피난처의 포기, 외상에의 노출, 상처받을 수 있음 속에 있다.

말을 한다는 것은 의사소통을 가져오는 것으로서의 의미뿐만 아니라 모든 의사소통을 위한 조건이자 '노출exposition' 그 자체이다. 다시 말해 말함의 중요성은 타자와의 만남, 타자에 대한 나의 노출이 발생하는 자리라는 점에서 찾을 수 있다. 말해진 것le Dit은 존재론이 탄생하는 장소이며, 고정화되고 굳어진 의미의 산실이다. 이에 반해 말함은 타자에로의 접근으로서, 바로 거기에서 우리는 무한으로의 초월을 모색할 수 있다. 말함은 얼굴을 마주하는 것이다. 그것은 단순히 얼굴을 관찰하고 대상화하는 것이 아니다. 말함은 타자를 환대하는 것이며, 그의 호소에 응답하는 것이다. 말함은 근본적으로 나와 타자를 모두 전제하는 것으로 이들의 교제는 타자에 대한 일자의 표상이 아니다.

예문에서 지적하고 있듯이 말함은 이웃에게 다가가는 것이고 그에게 '의미를 주는 것bailler signifiance'이다. 하지만 그것은 단순히 말해진 것 속에 기입된 '의미부여prestation de sens'로 끝나는 것이 아니다. 그것은 말해진 것 없는 말함le Dire sans Dit이다. 말해진 것 속에서 전달되는 의미signification와는 달리 말함은 그것 자체로 고유한 의미signifiance를 가지고 있다. 즉 그것은 말해진 것을 초월해 있으

---

419) E. Levinas, 『존재와 다르게 또는 본질을 넘어서』, *op.cit.,* pp.81 - 82.

며, 의미형성 자체를 가능하게 해 주는 의미이다. 이때의 주체는 타자와의 가까움에서 존재하고 '위험스런 자기 자신의 노출, 진실, 내면성의 해체, 모든 피난처의 포기, 상처받을 수 있는 가능성 속에서' 의사소통의 조건들을 획득하면서 타자에게 접근한다. 말함이 주제화될 수 있는 것을 말하는 한 그것은 단순히 '내가 여기에 있다'를 의미한다.[420] 하지만 말함의 근본적인 중요성은 여기에 있지 않다. 그것은 '나'를 말하기에 앞서 타자로부터의 계시를 받아들이는 것이며, 하나의 의미로 고착된 말의 의미를 전달하기에 앞서 호소에 대한 응답으로 말하는 것이다.[421]

말함 그 자체의 의미, 말해진 것에 앞서는 의미는 곧 '마주하는 것'으로서의 얼굴의 현현과 그에 대한 '무조건적인' 응답을 의미한다. 얼굴과 얼굴의 대면적인 윤리적 관계는 모든 관계 이전의 관계이고 근원적인 관계이다. 『독사들의 매듭』의 경우를 다시 한번 살펴보자. 루이는 가족들과의 대화 단절, 소통의 불가능성 속에서 고통받는다. 그는 이러한 고립된 위치로부터 벗어나기 위해 아내에게 회고록 형식의 '편지'를 쓴다. 물론 이 글이 점차 내적인 회고록의 형식을 띠면서 그의 자각과 존재 변화에 중요한 역할을 하는 것은 사실이지만, 애초에 루이가 바랐던 아내를 비롯한 가족들과의 소통을 열어주지는 못한다. 이미 그의 글은 대면적인 대화이기보다는 타자를 측면으로 대하는 '독백'에 그치고 있기 때문이다. 즉 타자에게 말을

---

420) *Ibid.*, p.228.

421) *Ibid.*, p.223. "말해진 것, 즉 말함을 뒤덮고, 약화시키고, 흡사하게 될 말해진 것의 소통이 아니라 어떠한 변명이나 도피, 알리바이도 없이 자신의 개방성을 그대로 유지하는 말함, 말해진 것에 대해 아무것도 말하지 않으면서 스스로를 내어주는 말함. 말함 자체를 말하는 것, 그것을 주제화하지 않고, 그것을 다시 한번 노출시키는 말함. 이처럼 말함은 노출의 의미 그 자체에 대한 기호가 된다…… 그것은 스스로를 노출시키기 위해 노력하는 것이고, 이러한 의미, 기호의 형상 자체 속에 자리잡은 그 의미 자체에 대한 기호이다." p.225. "말해진 어떤 것도 말함의 신실성에 비견될 수 없으며, 진실 앞의 진실성, 현존을 넘어선 접근, 가까움의 진실성에 어울리지 못한다. 따라서 신실성은 말해진 것 없는 말함일 것이다. 그것은 일견 <아무것도 말하지 않는 말함>이라고 할 수도 있다. <안녕하세요와 같이 단순한> 기호의 증여를 내가 타인에게 한다는 표시, 사실상 순수한 고백의 투명성이자 빚의 인정에 다름없는 증여를 한다는 표시이다."

건네면서도 그를 이미 알고 있다고 생각하여 그를 대면하지 않고, 내 안에서만 받아들이며, 타자로서의 그의 말을 듣지 않는 것이다. 루이의 글은 오로지 그 자신의 생각만을 담고 있을 뿐이다. 그의 글은 철저하게 '회상'에 근거하고 있는데, 그것은 어떠한 계시나 초월도 배제한다. 그것은 자기중심적인 성격에 근거하는 것으로, 내가 이미 알고 있는 것을 기억해 내는 것을 의미하기 때문이다. 반면 그를 이와 같은 자기중심적 세계로부터 벗어날 수 있게 해 준 경험들, 즉 마리와 뤼크, 아르두앵 신부와의 경험들은 한결같이 독백이 아닌 대면적 만남에 근거하고 있다. 그들이 보여준 '환대'와 '응답'에는 말해진 것 속에 응고되는 환원적 의미는 찾아볼 수 없다. 그들이 루이에게 보여주는 환대와 응답 그 자체가 '말함'으로서의 새로운 지평과 의미를 열어주기 때문이다.

『검은 천사들』의 알랭 포르카스 신부는 타자에 대한 책임을 진 존재로서의 모습을 보여주는 전형적인 인물이다. 특히 악의 심연에까지 내려가 절망적인 상태에 있는 그라데르를 맞아들이는 모습에서 우리는 타자를 '환대'함의 의미, 그 안에 내포된 응답의 의미가 무엇인지를 자세히 볼 수 있다.

> <Le voilà tel que vous me l'avez livré, celui que j'ai repoussé, et que cette nuit j'accueille enfin, ne pouvant rien faire d'autre que de l'accueiller.> Tout ce que cette présence sous son toit risque de déchaîner à nouveau, Alain l'accepte d'avance sans essayer de se le représenter.[422]
> <당신이 제게 맡겨주신 사람이 여기 있습니다. 제가 거부했던 자, 그러나 이 밤 오직 그를 맞이하는 것 이외에는 달리 어떠한 것도 할 수 없어서 마침내 받아들인 자가 여기 있습니다.> 이 사람이 사제관에 머물고 있음으로 인해 야기될지도 모르는 모든 위험에 대해서는 생각하지 않은 채 알랭은 우선 그를 받아들이기부터 했다.

우선 포르카스 신부는 괴물과 같은 인물인 그라데르와의 관계에 있어서 처음부터

---

422) F. Mauriac, 『검은 천사들』, *op.cit.,* p.257.

'대면적'인 자세를 취하고 있다. 그라데르에게 부여된 부정적 이미지들, 그를 측면적으로 대하게 만드는 모든 덧입혀진 의미들을 포르카스 신부는 외면한다. 예문에서 지적하고 있듯이 신부는 그라데르를 '표상'으로 대함 없이 '우선적으로d'avance' 받아들인다. 즉 있는 그대로의 그라데르를 인정하고 수용하는 것이다.

대면적인 관계에서 타자는 자신의 이타성을 유지한 채 자아에 동화됨이 없이 그 자신을 나타내며, 동시에 나를 부정하지도 않고 나에게 폭력적으로 나타나지도 않는다. 특히 그 타자가 '고통받는' 얼굴로 나타날 때에 이러한 특징은 더욱 두드러진다. 책임을 근거로 이루어지는 자아와 타자 사이의 관계는 흡수나 환원을 근본으로 하는 갈등의 관계가 아니라, 환대를 토대로 하는 '평화'적 관계이다. 그리고 이것이 곧 대면적 관계를 통해 드러나는 '대화', 말해진 것이 아닌 말함의 즉각적인 의미이다. 타자를 '표상'으로 대하는 것은 이미 그 타자에게 덧씌워진 의미를 바라보는 것이며, 타자에게 나로부터 발생하는 고정된 의미를 부여하는 것으로, 이때 타자에게 부여되는 의미와 그것을 바탕으로 한 모든 관계는 '말해진 것'을 중심으로 이루어지는 관계에 다름 아니다. 하지만 포르카스 신부의 경우처럼 타인을 표상으로 대하고자 하는 시도 없이, 더욱 정확히 말해 그러한 시도에 '앞서' 나로 하여금 그를 환대할 수밖에 없게 만드는 '얼굴'과의 관계에서는 바로 그 환대와 책임, 응답 속에서 '말함'의 새로운 의미가 탄생한다. 이미 절망의 끝까지 다다른 타자, 모든 이들로부터 버림받은 무기력한 타자, '괴물'이라는 오명을 뒤집어 쓴 채 고통받는 그라데르의 모습은 신부에게 그 자체로 거역할 수 없는 호소로 받아들여지며, 그에 대한 거의 무조건적인 응답의 실천을 통해 대면적인 '말함'의 관계가 새로이 성립되는 것이다. '그를 받아들이는 것 외에는 다른 아무것도 할 수 없는ne pouvant rien faire d'autre que de l'accueiller' 포르카스 신부의 입장은 고통받는 타자의 계시에 직면한 자아의 모습을 보여주고 있다. 이처럼 대면적 관계에서 나타나는 타자에 대한 응답의 책임성은 소통의 새로운 의미, 새로운 방향성을 드러낸다. 일반적으로 자기중심적 세계 속에서 발화가 주체의 능동적 행위로서, 바로 그 주체의 능동성을 보증해 주는 의미를 가졌다면, 얼굴과의 관계에서의 대화는 그 방향이 타자로부터 시작된다는 점에서 전혀 새로운 의미를 발생시킨다. 타자를 중심으로 할 때 소통의 의미는 주체의 능동성에 '앞서' 보다 근원적인 것, 즉 타자에게 응답해야 하는 주체의 수용성, 수동성의 측면을 드러내고 있는 것이다. 이러한 수동성은 주체의 죽음을 의미하는 구조주의적 의미에서의 그것이 아니라, 타자의 도덕적 요청에 따르는 응답의 책임성으로부터 오는 수동성이다.[423] 이때 주체는 '상실'되거나 '소멸'되지 않고, 타자에게 응답하는 자, 책임을 진 자로서 새로운 의미를 획득하게 된다.

- 노예의 변증법

모리악은 고통받는 타자의 얼굴 속에서 스스로를 계시하는 신의 명령을 들을 때, 그리고 그에 대한 무한한 책임 속에서 대면적 관계에 돌입할 때 우리가 공격적이고 자기중심적인 주체성을 포기할 수 있음을 보여준다. 이때 나는 더 이상 주인이 아닌 타자의 노예로서 존재하게 되며, 이는 곧 신의 노예가 됨을 의미한다. 여기에서 더 나아가 모리악은 이러한 노예의 상태를 통해서만 진정한 자유를 가질 수 있다는 역설을 주장한다. 고통받는 타자의 노예이기를 선택함으로 우리는 존재의 악순환적인 갈등을 초월한 자유인이 될 수 있다는 것이다. 우리는 그 구체적인 예를 『문둥병자에게 입맞춤』의 장 펠루예르를 통해 볼 수 있다.

> Jean Péloueyre dit à haute voix: <Il n'est pas de Maîtres; nous naissons tous esclaves et nous devenons vos affranchis, Seigneur.>[424]
> 장 펠루예르는 큰 소리로 외쳤다. <주인은 없다. 주님, 우리는 모두 노예로 태어나 당신의 자유인이 되는 것입니다.>

---

423) 김연숙, *op.cit.*, pp. 145-148.
424) F. Mauriac, 『문둥병자에게 입맞춤』, *op.cit.,* p.88.

『문둥병자에게 입맞춤』에서 장은 아버지의 서가에서 접한 니체의 글, '힘에의 의지'를 주장하는 글을 통해 극심한 내적 갈등에 휘말린다. '약함'의 감정을 존재의 가장 비난받을 만한 부류로 상정하면서 주인과 노예, 고귀한 것과 천한 것의 도덕을 구분하는 니체의 외침 앞에서 장은 스스로의 나약함을 구체적으로 바라보게 된다. 그는 자신이 니체의 글 속에서 칭송받는 '초인'과는 한없이 멀리 떨어진 존재라는 사실을 알고 있다. 나아가 자신이 비난받아야 할 존재의 부류인 '약함'의 전형적인 특징을 가지고 있다는 사실을 절감한다. 이처럼 스스로가 '노예'의 부류에 속해 있다는 자각과 함께 장의 내면에는 무서운 갈등이 휘몰아친다.

이러한 내적 갈등의 끝에서 장은 위 예문과 같이 스스로가 '노예'임을 선포한다. "우리 모두는 노예로 태어난다."는 그의 외침은 '약자의 멸망'을 부르짖는 니체의 외침과 정확히 대척을 이루고 있는 것으로 보인다.[425] 모리악이 바라보는 관점에서 이 세상에 태어난 모든 사람들은 한결같이 노예로 태어났을 뿐이다. 모두가 신과 같은 완벽한 존재에 이르기 위해, 타인의 주인이 되어 그의 인정을 얻고자 노력하지만 그러한 존재 방식, 즉 자기중심적 존재 방식의 한계 내에서 인간은 결코 완벽한 존재 정립의 목표에 다다를 수 없다. 대자 존재인 인간은 외부의 대상을 통해, 의식의 지향성을 채우는 '무화 작용'을 통해 이 세계, 타자를 포함한 세계와의 관계에서 하나의 중심을 형성하며, 그럼으로써 스스로 '주인'이라는 생각을 가지게 된다. 하지만 사르트르가 지적했던 바와 같이 바로 이러한 인간 존재의 구조는 인간으로 하여금 결코 완전한 '주인'의 위치에 설 수 없게 만드는 결정적인 '결핍'으로 작용한다.

Tu es libre de traîner dans le monde un cœur que je n'ai pas crée pour le monde; – libre de chercher sur la terre une nourriture qui ne t'est pas destinée –

---

425) F. Mauriac, 『되찾은 기억들』, *op.cit.,* p.149. "나는 장 펠루예르가 숭고한 존재라고 생각합니다. 장 펠루예르, 그는 일종의 니체에 대한 응답, 약간은 순박한 응답이라고 할 수 있습니다."

libre d'essayer d'assouvir une faim qui ne trouvera rien à sa mesure: toute les créature ne l'apaiseraient pas, et tu courras de l'une à l'autre.[426]

내가 세상을 위해서 창조하지 않았던 한 마음을 세상 속에서 네가 끌고 다니는 것은 네 자유이다. 너에게 주어지기로 예정되지 않은 양식을 땅 위에서 찾는 것도 네 자유이다. 결코 채워지지 않을 배고픔을 만족시키고자 하는 것도 네 자유이다. 하지만 모든 피조물들로도 그것은 채워지지 못할 것이다. 그리고 너는 하나에서 다른 하나로 끝없이 만족을 찾아 떠나게 될 것이다.

　모리악의 여러 인물들, 테레즈의 표현과 같이 '자신도 알지 못하는 욕망'에 이끌려 살아가는 인물들은 사실상 무용한 정열의 노예가 되어버린 자들이라고 규정지을 수 있다. 우리는 모리악의 작품에서 가장 중요한 주제로 등장하는 '욕망'이나 '정열'이 그 다양한 외면의 이면에는 모두 공통적인 특징을 가지고 있음을 살펴본 바 있다. 즉 불안한 자기 존재의 확립을 위해 자기 외적인 것에 집착하는 것이 그것이다. 루이와 같이 돈에 집착하는 경우나, 펠리시테와 같이 아들의 존재에 집착하는 경우, 브리지트 피앙과 같이 타인의 영혼을 지배하는 일에 집착하는 경우는 한결같이 내면의 결핍을 외부 대상의 소유를 통해 채우고자 하는 정열의 산물이다. 그들은 스스로가 자유인이며 주인으로서 자신이 선택한 대상을 '소유'하고 '지배'한다고 생각하지만, 그러한 소유와 지배에 대한 욕구가 결코 충족되지 못한다는 점을 생각할 때, 그들 모두는 동일한 '정열', 무용한 정열의 '노예'가 되어버린 자들에 다름 아니다. 서로가 자신의 존재 확립과 타자와의 관계에서 주인이 되고자 노력하는 가운데, 그들은 서로의 욕망을 모방하게 되고, 그 과정에서 그 욕망의 실체, 애초부터 그러한 욕망을 불러일으킨 원인에 대해서는 그 누구도 알지 못한 채 실체 없는 욕망의 노예가 되는 것이다. 이러한 사실을 직시하지 못하고 정열이라는 힘에 이끌려 다닐 때 그들은 결국 스스로와 타인을 모두 파괴하는 데에만 이를 뿐, 그들이 바라던 진정한 자유에는 결코 다다를 수 없다. 그들의 내적 결핍과 그로부

---

426) F. Mauriac, 『프롱트낙 가의 신비』, *op.cit.*, p.126.

터 발생한 욕망이 요구하는 것은 그들의 눈을 가려 맹목적 무지의 상태로 그들을 몰아넣는 원인이자, 그들 자신이 정성스럽게 만들어 놓은 하나의 보기 좋은 '환영'에 불과하다.

장 펠루예르는 인간 세계에 '주인'은 없으며, 모두가 '노예'로 태어날 뿐이라고 선언한다. 하지만 그는 이 사실에서 멈추지 않는다. 만약 그랬다면 그의 주장은 인간의 영원한 결핍을 주장한 것에 다르지 않을 것이다. 근본적으로 인간이 자기중심적이고, 내적인 결핍을 외부의 대상 속에서 채우려는 모순적인 태도를 취함으로써, 그 욕망 자체의 노예가 될 수밖에 없다는 사실은 명백하다. 장의 외침처럼 이러한 원리로부터 예외가 될 수 있는 사람은 없다. 그러한 점에서는 '모두'가 노예일 수밖에 없다. 반면에 장은 이어지는 문장에서 바로 그러한 사실, 우리가 노예라는 사실이 우리를 '해방된 자유인affranchi'으로 만들 수 있음을 이야기하고 있다. 진정한 '주인'이 될 수 있는 유일한 가능성을 찾는다면 그것은 역설적으로 '주인'이 되기를 스스로 '포기'하는 데에 있을 수 있다는 것이다. 더 나아가 스스로 '노예'의 자리에 위치할 때에만 '노예'의 자리에서 벗어날 수 있다는 것이다.

타자의 얼굴이 표현하는 윤리적 명령과 그 얼굴이 차지하고 있는 우월성을 뒤집어 생각해 보면 자아와 타자 사이에서 갈등이 일어나는 이유는 근본적으로 관계의 중심이 자기에게 놓여 있기 때문임을 알 수 있다. 즉 의식 주체로서의 인간, 욕망하는 인간이 자신의 불안정한 존재를 정당화시키고자 하는 데에서 모든 문제가 시작되는 것이다. '나'는 '나' 자신의 존재 정립을 위해 '타자'가 필요한 것이고, 마찬가지로 '그'의 입장에서도 그 자신의 존재 정립을 위해 '나'라는 존재, 타자로서의 내가 필요한 것이다.

Peut-être devons-nous choisir, dix Xavier. Tuer ce que nous aimons ou mourir pour ce que nous aimons.[427]

---

427) F. Mauriac, 『속죄양』, *op.cit.,* p.172.

아마도 우리는 선택을 해야 할 겁니다. 그자비에가 말했다. 우리가 사랑하는 대상을 죽이든가 아니면 사랑하는 대상을 위해 우리 자신이 죽든가 말입니다.

『속죄양』에서 우리는 자아와 타자 사이의 갈등과 관련한 문제에 있어서 필연적인 선택의 문제를 그자비에의 입을 통해 들을 수 있다. 나와 타자 사이에서 갈등이 일어나는 이유는 바로 관련된 주체들이 한결같이 자기의 존재에 중심을 두고 있기 때문이다. 결국 이러한 관계 속에서는 나와 타자 사이의 갈등을 피할 수 없다. 나와 타인 사이의 관계는 둘 중의 누가 희생을 하느냐의 문제로 귀착된다. "사랑하는 사람을 위해 스스로를 희생하느냐, 아니면 자기 자신을 위해 상대방을 희생시키느냐."는 문제가 그것이다. 모리악의 작품 속에 등장하는 모든 인물들, 나아가 타인과의 관계 속에서만 삶을 살아갈 수 있는 모든 사람들 앞에 놓여 있는 선택의 문제가 이것이다. 누구나가 공통적으로 직면하는 상황 앞에서 무엇을 선택하느냐가 문제인 것이다. 장 펠루예르, 그자비에 등으로 대표될 수 있는 인물들이 전자, 즉 자신을 희생하기로 선택하는 반면, 펠리시테와 같은 인물들은 자신을 위해 타인을 희생시키는 것을 선택한 것이다.[428]

『장 라신의 생애La Vie de Jean Racine』에서도 우리는 일관된 모리악의 입장을 살펴볼 수 있다. 그에 따르면 우리가 우리 자신을 상실하는 데에는 두 가지 방식이 있을 수 있다.[429] 우선 타자에 '의해par' 우리를 상실하는 것으로, 이것은 곧 타자의 존재 속으로 흡수당하는 것을 의미한다. 또한 타자와의 투쟁에 의해 곧바로 우

---

428) F. Mauriac, 『되찾은 기억들』, *op.cit.,* p.151. "그것은 하나의 정도를 벗어난 사랑입니다. 하지만 우리는 이처럼 다양한 감정들을 지칭하기 위해 단 하나의 단어, <사랑>이라는 단 하나의 단어만을 가지고 있을 뿐입니다. 그것은 본질적으로 이기적인 사랑입니다. 한 존재 속에서 자기 자신을 사랑하는 것이지요. 이러한 점에서 자기를 희생시키지 않고 오히려 사랑받는 대상을 희생시키는 사랑 역시 우리는 사랑이라고 부를 수밖에 없습니다. 하지만 그것은 거의 반어법에 가까운 것이지요."

429) F. Mauriac, 『장 라신의 생애』, *op.cit.,* p.199. "우리가 우리 자신을 상실하는 것은 항상 타자에 의해서, 그리고 타자를 위해서이다."

리가 그의 노예로 전락하지 않더라도, 서로의 존재 정립을 위한 투쟁은 그 자체로 각자의 존재, 내면의 자기성을 상실하게 만든다. 타자와의 갈등은 단 한 번으로 끝나지 않고 반복되고 악순환된다. 이러한 과정 속에서 각각의 주체들은 너나 할 것 없이 애초에 갈등을 불러일으킨 근본적인 원인에 대해서는 무지한 상태로 내몰린다. 당장 눈앞에서 벌어지는 타자와의 갈등, 헤겔의 표현대로 '목숨을 건 투쟁'에 모든 관심이 집중되기 때문이다. 결국 오랜 시간이 흐른 뒤 갈등의 주체들에게 남는 것은 아무것도 없다. 당장에 타자와의 투쟁에서 승리하여 그를 나의 노예로 만들었다고 할지라도 우리가 궁극적으로 바라는 존재 정립에는 이를 수 없다. 노예가 된 타자는 더 이상 내 존재의 비밀을 알려줄 수 있는 위치에 있지 않기 때문이다. 다른 한편으로 우리는 언제 이러한 주객 관계가 역전될지 모르는 상황에서 끊임없이 불안에 시달려야 한다. 주인과 노예의 관계는 항상 역전 가능함을 특징으로 하기 때문이다. 관계의 역전이 가능할수록 각 주체들은 더욱더 극심한 투쟁에 몰두하게 된다. 이제 그들에게는 근본적인 목적, 자기성 확립과 존재 정립이라는 목적은 완전히 감추어진다. 주인의 위치에 있는 자는 계속해서 타자를 노예의 상태로 유지시키고 자신이 그러한 상태로 '강등'되지 않기 위해서, 노예의 위치에 있는 자는 관계를 역전시켜 자신의 주체성을 회복하고 주인의 자리에 오르기 위해서 오직 계속되는 투쟁에만 집중하게 될 것이다. 루이와 테레즈의 고백처럼 그들은 실체가 무엇인지 모르는 욕망에 이끌리게 될 것이고, 결국에는 '스스로가 원하는 것이 무엇인지도 모르는' 상황 속에서 주인과 노예의 위치와는 상관없이 공히 스스로를 상실하는 결과에 이르게 될 것이다.

반면 타자를 '위해pour' 스스로를 잃는 경우는 이와 다르다. 이것은 스스로의 선택에 의해 타자를 위한 책임을 진 주체로서 변화하는 것을 의미한다. 즉 자기포기의 결단을 통해 타자와의 투쟁의 가능성 자체를 소멸시킨 채 타자의 '노예'로 스스로를 내어주는 것을 말한다. 이러한 선택의 결과 포기가 함축하고 있는 역설을 통해 우리는 새로운 의미의 '주체', 모든 것을 밑에서 '떠받치는' 의미에서의 '주체',

'신하'로서의 '주체'로 우리 자신을 정립시킬 수 있게 될 것이다. 동시에 타자와의 대면적인 관계를 통해 '무한'으로의 '초월'의 가능성을 경험하게 될 것이다.430)

우리는 어떤 방식으로든 우리 '자신'을 정립하거나 완벽한 주체로서 불변하는 자리를 잡을 수 없다. 타자에 '의해'서건 타자를 '위해'서건 우리는 스스로의 존재를 상실하게 된다. 더 정확히 말하자면 애초부터 '결핍' 그 자체였던 우리는 결코 그것을 완벽하게 채울 수 없다. '나'를 잃지 않으려고 할수록 그만큼 '나'로부터 멀어지게 되는 것이 우리의 근본적인 결핍이고 불안이다. 반면 '나'를 포기할 경우 그만큼 '나'를 구성하고 있는 비밀스러운 진실에 가까워질 수 있다는 것이 우리 존재의 역설이다.

<Il faut se renoncer pour vivre>, proclame déjà l'Enfant chargé de chaînes et cette exigence s'en va se répercutant à travers toute l'œuvre romanesque tantôt comme un exemple – tels Jean Péloueyre et Noémi, l'abbé Calou, Alain Forcas – tantôt comme aspiration ou un conseil. Thérèse Desqueyroux elle – même ne préconise – t – elle pas <un mépris total et sagace de soi> et Alain Forcas ne prêche – t – il pas un dépassement suprême, qui semble contradictoire en son fond? Lorsqu'on aime beaucoup, il faut aimer plus encore: renoncer à ce qu'on aime.431) <살기 위해서는 자기를 포기해야만 한다>고 쇠사슬에 묶인 아이가 이미 선언한 바 있다. 그리고 이 요구는 때로는 장 펠루예르와 노에미, 칼루 신부, 알랭 포르카스 등과 같은 인물들을 통해 하나의 모범으로, 때로는 하나의 갈망 혹은 충고의 형태로 이후 모리악의 거의 모든 작품에서 반복적으로 나타나고 있다. 테레즈 데케루 역시 <자기에 대한 완전하고도 명민한 경멸>을 이야기했으며 알랭 포르카스는 자신의 내

---

430) E. Levinas, 『존재와 다르게 또는 본질을 넘어서』, op.cit., pp.186 – 187. "개인 상호 간 모든 칭송, 보답, 처벌과 마찬가지로 모든 비난과 박해는 자아의 주체성과 대체를 전제한다. 대체란 곧 자기를 타자의 입장에 위치시키는 것으로, 이를 통해 <타자에 의해>가 <타자를 위해>로 변화된다. 또한 박해 속에서 타자에 의해 강제된 모욕은 자아에 의한 그의 잘못의 속죄로 변화하게 된다."

431) N. Cormeau, op.cit., p.189.

면에서 모순적으로 느껴지는 숭고한 초월을 전파하지 않았던가? 깊은 사랑을 할 때 우리는 그보다 더 사랑할 수 있어야 한다. 즉 우리가 사랑하는 것을 포기할 수 있어야 하는 것이다.

자기포기의 선택은 숭고한 초월이다. 포기를 선택함으로써 우리는 그토록 갈망했던 존재 확립에 이를 수 있다. 타자에 대해 헌신하는 존재, 그에 대해 무한한 책임을 지는 존재로서의 의미가 그것이다. "살기 위해서는 자신을 포기해야만 한다."는 선언, 그 자체 역설적인 이 명제는 그럼에도 불구하고 진실을 우리에게 보여준다. 사실상 이 진실은 모리악의 거의 모든 작품에서 선언되고 있다. 때로는 주인공들의 실천을 통해 이러한 진실이 명백한 모범으로 우리에게 주어지기도 한다. 넬리 코르모의 지적처럼 장 펠루예르와 노에미 그리고 칼루와 포르카스 신부 등이 그 대표적인 예이며, 여기에 『속죄양』의 그자비에를 덧붙일 수 있을 것이다. 때로는 명백히 드러나지는 않지만, 작품의 곳곳에 암시적으로 이 선택의 중요성이 강조되기도 한다. 자기포기에 이르지 못한 인물들, 예를 들면 테레즈와 같은 인물들을 통해서도 모리악은 동일한 진실을 강조한다. 우리가 사랑하는 것, 무엇보다도 가장 중요한 위치를 차지하고 있는 사랑의 대상인 자기 자신을 포기함으로써 우리는 오히려 그것에 더욱 다가갈 수 있다.

바로 이러한 점에서 모리악은 '사랑'에 있어서도 '자기포기'를 이상적 근거로 내세운다. 이것은 사랑 속에서 내가 타자의 '노예'가 되어 그에게 헌신하고 그를 섬기는 것을 의미한다. 그리고 이처럼 스스로의 존재를 포기하고 타인을 향해 나아갈 때, 우리는 역설적으로 '주인'의 자리에 위치하게 된다. '노예'가 됨으로써 우리는 우리 존재를 끊임없이 얽어매고 갈등 속으로 몰아넣는 정열로부터 벗어날 수 있다. 그 정열의 근본적인 원인이 '내 존재'의 정립에 있다고 할 때, 우리가 존재의 정립을 '포기'하고 '노예'이고자 한다면, 타자를 대상으로 삼아 존재 정립에 이르고자 했던 정열은 더 이상 힘을 발휘할 수 없게 된다. 즉 '노예'가 되면서 우리는 무용한 정열의 비밀을 알게 되고, 그로부터 발생하는 악순환의 고리를 깰 수 있게 되는

것이다. 바로 여기에 자기포기가 가져다주는 역설, 책임을 통해 주어지는 자유의
역설이 존재한다.432)

3. 대속적 희생

모리악은 수용성과 개방성을 근거로 한 인물들의 존재 변화에서 한 걸음 더 나
아가 보다 적극적인 의미에서의 타자를 위한 주체의 탄생을 이야기한다. 주체의 자
각과 존재 변화가 단순히 한 개인의 차원을 넘어 보편적인 차원으로 확대되기 위
해서는 타자를 위한 희생이라는 적극적인 개념, 타자를 위한 것으로서의 주체성의
실천이 요구된다.

자기포기의 실천은 타자를 위한 대속으로 이어진다. 모리악의 작품 속에서는 한
인물의 희생이 반드시 외부로 영향을 끼치게 되는데, 그것은 희생을 불러일으킨 박
해자들의 변화와 속죄까지도 포함하고 있다. 타자를 향한 욕망에 스스로를 내어 맡
긴 주체들은 단순히 그들 곁에 있는 고통받는 자들을 위해서뿐만 아니라 자신에게
고통을 안겨주는 박해자들을 위해서도 스스로를 내어 준다. 박해자의 잘못에 대한
희생자의 속죄를 통해 모리악은 자신의 인물들, 타자와의 구체적이고 대면적인 관
계를 형성하는 인물들을 더욱더 그리스도의 이미지에 가깝게 연결시키고, 이를 통
해 대속이라는 적극적인 희생의 개념을 이야기한다. 대속의 주체들은 타자에 대한
무제한적인 책임 속에서 레비나스의 표현처럼 자신을 타자의 '볼모'로 잡힐 만큼
타자를 '위해서만' 존재한다. 타자에 '의한' 희생으로부터 타자를 '위한' 희생으로
의 전환은 바로 이러한 과정, 즉 타자에 의해 고통받는다는 사실에 대한 분노로부

---

432) *Idem.*: "자기 자신을 상실하는 것? 그것은 물론 스스로 자기를 상실하는 것을 의미한
다. 하지만 그것은 동시에 <무한한 존재 속에서 자기 자신을 되찾기 위한> 것이다.
<자기의 자율성에 대한 포기>…… 는 <신비로운 해방을 이루어내는 예속>이다."

터 그의 잘못을 대신 짐으로의 전환을 의미한다.

– 박해자를 위한 희생

『문둥병자에게 입맞춤』은 한 주체가 타인들의 적대적인 시선으로 인한 부정적 의미의 자기경멸에서 타자를 위한 자기포기로, 더 나아가 타자를 위한 자발적인 희생으로 전환해 가는 과정을 비교적 상세히 보여주고 있다.

> Toujours on avait dit de lui: <c'est un pauvre être.> Et jamais il n'avait douté qu'il en fût un. Le regard en arrière sur l'eau grise de sa vie l'entretenait dans le mépris de soi. Quelle stagnation! Mais sous ces eaux dormantes avait frémi un secret courant d'eau vive, et voici qu'ayant vécu comme un mort, il mourait comme s'il renaissait.[433]
>
> 언제나 사람들은 그를 <불쌍한 녀석>이라고 말했다. 그 자신 역시 스스로 그런 사람이라는 것을 의심해 본 적이 없었다. 흙탕물 같은 인생을 되돌아볼 때면 그는 자기경멸에 사로잡히곤 했다. 이 무슨 침체란 말인가! 하지만 이 잠자는 물밑에는 생동하는 비밀의 물줄기가 유동하고 있었다. 그리고 죽은 존재로 살아왔던 그는 이제 다시 살아나듯 죽어 가는 것이었다.

장 펠루예르는 추한 외모로 인해 평생을 경멸 어린 타인들의 시선과 더불어 살아가는 인물이다. 적대적인 타자의 시선은 그의 내면 속에서 내재화되어 어느 곳에서나 그는 감시의 시선을 느끼며 지독한 자기경멸감에 시달린다. 오직 자신만이 알고 있는 장소, 타자와의 교류의 가능성 자체가 없는 장소만이 그에게 잠시 동안의 휴식을 가져다줄 뿐이다. 언제나 '불쌍한 존재un pauvre être'라는 타인들의 규정이 그를 따라다니며 괴롭힌다. 이러한 정의는 때로는 동정으로, 때로는 조롱과 비웃음으로 그를 견딜 수 없는 수치 속으로 몰아넣는다. 하지만 장은 단지 이러한 타인들

---

433) F. Mauriac, 『문둥병자에게 입맞춤』, *op.cit.*, p.113.

의 규정에 안주하거나, 반대로 증오심을 품지 않는다. 니체의 글과 관련된 예에서 보았듯이 그는 자신의 '약함' 자체를 인정하고 스스로 타인에 대한 책임을 진 노예이기를 선택함으로써 역설적으로 약자의 범주, 노예의 범주로부터 벗어난다.

이러한 점에서 위 예문은 장의 내적인 변화의 과정을 함축적으로 보여주고 있다. 장에게 항상 붙어 다니는 '불쌍한 존재'라는 타인들의 정의는 그대로 장의 내면 속에 내재화되어 그 역시 자신이 그러한 존재의 부류에 속한다는 사실을 의심하지 않는다. 그리고 이와 같은 인식은 자기에 대한 경멸mépris de soi로 이어진다. 모리악은 이러한 자기경멸의 상태를 '잠자는 물eaux dormantes'로 상징화하고 있다. 즉 물이 장의 영혼의 상태를 상징한다면 잠자는 물은 그의 내면이 생기 없는 죽음의 상태에 가깝다는 것을 의미한다. 타인들의 적대적인 시선이 내재화되어 자기경멸로 이어질 경우 완전한 존재의 무력감이나 타인들에 대한 복수심과 증오심으로 이어지게 됨은 앞서 살펴본 바와 같다. 하지만 위 예문에서 장의 내적인 상태는 '잠자는 물'의 상징에서 멈추지 않는다. 그 이면에 비밀스럽지만 살아 숨 쉬는 물eau vive이 흐르고 있기 때문이다. 이 순간 장의 내면을 감싸고 있던 죽음과 같은 무력감은 삶의 생동감으로 변화한다. 타인의 시선에 짓눌린 노예였던 그가 죽음과 같은 객체 상태로부터 벗어나는 것이다. 그렇다면 과연 무엇이 장의 내면에 이러한 변화를 일으켰는가? 예문에서 우리는 간접적인 해답을 얻을 수 있다. 모리악은 장이 다시 태어나는 것renaître, 즉 그의 존재가 새로운 의미를 가지고 새롭게 변화하는 것을 그가 '죽는 것'과 관련지어 이야기하고 있다. 죽은 자와 같았던 그는 지금 이 순간 "마치 다시 태어나듯이 죽어 가고 있다." 이 말은 곧 그가 '죽은 자'와 같았던 이전의 자신의 모습을 '죽임'으로써 다시 태어나고 있음을 의미한다. 타자의 적대적인 시선에 사로잡혀 있던 과거의 장, 살아 있지만 적대적인 시선 앞에서 객체로 강등되어 경멸의 대상으로서 죽은 자와 다름없었던 장은 바로 그러한 자기 자신을 죽임으로써, 다시 말해 '포기'하면서 새로운 존재로 거듭나고 있는 것이다. 그를 부정적인 존재로 만들었던 자기경멸은 긍정적이고 적극적인 의미의 자기포기로 바뀌었으며, 자기를 포기함으로 진정한 자기를 얻을 수 있는 역설적 변화가 그의 내부에서 일어난다.

이 작품에서 가장 핵심적인 장면은 장이 노에미를 위해 희생적으로 죽어 가는 장면일 것이다. 하지만 장의 희생에 앞서 한 가지 주목해야 할 점은 그 희생이 단지 그 혼자만의 노력에 의한 것이 아니라는 점이다. 작품 속에서 우리는 노에미 역시 그에 못지않게 장에 대한 책임감 속에서 희생하는 모습을 볼 수 있다.[434] 이들 사이에는 말로 표현하기 어려운 신비하고 숭고한 연결 고리가 존재한다. 그들이 서로를 피하고자 노력하는 것 역시 자기중심적인 욕망에 근거하고 있다기보다는 오히려 상대방에게 고통을 주지 않기 위한 노력으로 그려지고 있다. 이들은 일반적인 갈등의 상황에서는 찾아볼 수 없는 새로운 관계의 전형을 보여준다. 각자가 상대방에 대해 박해자이자 희생자가 되고 있음은 분명하지만, 동시에 그들은 희생자를 위해 고통받는 박해자이자 박해자로부터 사랑받는 희생자들이다.[435]

> Peut‑être Jean eût‑il préféré les ténèbres de la chambre pour y cacher son agonie, mais il avait choisi de mourir au jardin afin que Noémi fût moins exposée à la contagion.[436]
> 아마도 장은 자신의 고뇌를 숨기기 위해 어두운 방을 좋아했겠지만, 노에미에게 전염이 덜 되도록 하기 위해서 뜰에서 죽기를 선택했다.

부인의 고통에 대해 죄책감을 느낀 장은 부인이 자신의 모습을 바라보아야 하는 시간을 줄이고자 노력한다. 아침 일찍 사냥터에 나가서 해가 진 이후에야 돌아오는 것도 이러한 노력의 일환이다. 본당 신부의 권유를 받아 연구를 핑계로 가족들의 만류에도 불구하고 주저 없이 파리로 향하는 것 역시 부인을 향한 책임으로부터

---

434) *Ibid.,* p.63.
435) *Ibid.,* p.70.
436) *Ibid.,* p.111.

비롯된 결정이다. 남편의 외모에 대한 혐오감과 그것으로 인한 죄책감에 시달리던 노에미는 실제로 장이 파리로 떠난 후 마치 '봄을 맞아 피어오르는 꽃처럼' 예전의 생기를 되찾는다. 그러나 시아버지의 치료를 위해 그 집을 방문한 젊고 미남인 의사와의 만남에서 불길한 예감을 느낀 노에미는 장에게 돌아올 것을 부탁하는 편지를 보낸다. 파리로부터 돌아온 장은 여전히 자신의 존재가 부인에게 고통을 주고 있다는 사실, 그리고 이에 대한 노에미의 죄책감으로 자신 역시 고통받고 있다는 사실을 인식하고 그녀를 위한 마지막 희생의 길로 들어선다.

장은 폐결핵 말기로 고통받고 있는 친구의 집을 매일같이 방문해 간호한다. 그러던 중에 그는 친구의 병에 감염되고, 치료를 거부한 채 희생적으로 죽어 간다. 죽어 가는 순간까지도 자신의 고통을 숨기고, 부인에게 병이 감염되지 않도록 노력하는 장의 모습을 우리는 앞의 예문에서 볼 수 있다. 이와 같은 장의 희생적 죽음은 이후 노에미의 존재를 완전히 사로잡는다. 그는 죽음을 통해 부인과의 완전한 결합을 이루어 내며, 자신뿐만 아니라 노에미를 비롯한 가족들 전체의 화해를 가져다준다.437)

모리악은 장 펠루예르라는 주인공의 죽음을 '희생'으로 정의 내리며, 자신을 포함한 모든 기독교인들의 모범을 보여준 것으로 이야기한 바 있다.438) 이는 곧 그가 제시하고 있는 자기포기와 희생의 윤리가 그가 가진 기독교 사상과 세계에 대한 관점에 근거하고 있다는 사실을 의미한다. 모리악은 이처럼 그리스도의 모범을 따른 자라는 의미에서 장 펠루예르를 '순교자'로 정의 내린다.439) 모리악에게 있어서

---

437) *Ibid.*, p.120. "그녀는 고개를 흔들었다. 그녀는 장이 자기를 위해 죽었다는 사실 외에 다른 어떤 것도 알지 못했다. 그는 숭고하고 위대한 존재였던 것이다!"

438) F. Mauriac, 『되찾은 기억들』, *op.cit.*, p.143. "『문둥병자에게 입맞춤』의 인물, 즉 자신과 결혼한 부인의 행복을 위해 스스로를 희생시키고 자발적으로 죽어 가는 이 인물은 자기의 내면 깊숙한 곳에 항상 희생이라는 이 관념, 증여와 자기포기라는 이 관념을 간직하고 있었습니다. 기독교인인 나 역시도, 나아가 스스로 기독교인임을 제대로 인식하지 못하고 있는 사람들을 포함한 기독교인들 역시 이 관념을 내면 깊숙한 곳에 간직하고 있습니다."

439) *Ibid.*, p.145.

그리스도의 이미지, 특히 십자가를 진 고난받는 그리스도의 이미지는 기독교인들의 세계뿐만 아니라 전 인류를 향한 희생의 전형이다. 그리스도의 행적 속에서 우리는 고통받는 타자를 위한 책임, 박해자들을 위한 속죄, 이방인들과 낯선 이들을 향한 희생, 완전한 자기포기와 그것을 통한 인류 전체의 구원이라는 구체적이고도 결정적인 해답을 찾을 수 있다. 사실상 모리악의 작품에 나타나는 모든 희생의 모습은 그 다양한 양상을 막론하고 그리스도의 희생에 근거를 두고 있음을 주목해야 할 것이다. 타자의 얼굴과의 대면적 만남에서부터 완전한 자기포기와 희생에 이르는 모든 과정은 주체의 자기중심적 의지를 뛰어넘는 절대적이고도 무한한 초월의 경험이며, 이러한 의미에서 존재 정립에의 욕망에 사로잡혀 있는 자로서는 가능성의 영역 밖에 있는 것으로 여겨질 수 있다. 그러나 이러한 초월적 행위의 실천이 또한 가능한 것은 바로 같은 인간의 자격으로 그것을 먼저 실천한 사람이 있기 때문이며, 그가 곧 그리스도이다. 동시에 우리가 인자(人子)인 그리스도의 모범을 따르면서, 즉 자기를 희생하면서 무한과의 만남을 경험할 수 있는 것은 곧 모범이 되는 그리스도가 무한을 계시하는 절대자이기 때문이다. 이러한 역설은 사실상 인간의 이해 가능성의 범위를 넘어서 있다. 키에르케고르의 주장처럼 무한자인 신이 유한자인 인간, 근본적으로 결핍을 가지고 있는 인간을 위해, 직접 유한자로 현현하여 희생한다는 것 자체가 인간의 의식의 한계를 넘어서는 '절대적'인 역설이다. 하지만 그렇기 때문에 그것은 타자를 환원과 표상의 대상으로 삼으려는 우리의 자기중심적 의지를 초월한다. 대속적 자기포기와 관련된 초월과 역설의 모든 비밀이 바로 여기에 있는 것이다.[440]

모리악은 1934년 7월 3일 앙리 기유맹에게 보낸 편지에서 "기독교 신자는 가령 그의 적들이 공산주의자라 할지라도 그들을 사랑해야만 한다."라고 적고 있다.[441]

---

440) F. Mauriac, 『잃어버린 말과 되찾은 말』, op.cit., p.185. "수난과 부활의 이야기는 유한한 인간들에게 죽지 않을 수 있다는 거대한 희망을 가져다준 것 이상의 의미를 가지고 있습니다. 그것은 가장 고귀한 영혼을 가진 자들 사이에 이웃을 위해 자기를 포기하고자 하는 거의 광적인 경쟁을 불러일으켰습니다."

이러한 주장을 통해 그는 기독교인으로서, 한 명의 윤리주의자로서의 입장을 드러내 보여주고 있다. 즉 타자와의 관계에서 갈등이 아닌 평화를 바라는 자, 특히 그리스도를 따르는 자는 상대가 자신에게 박해와 폭력을 행사하는 자라고 할지라도 그들을 사랑할 수 있어야 한다는 것이다.

우리는 박해자들 앞에서 침묵으로 일관하는 그리스도의 모습을 『속죄양』의 그자비에와 『검은 천사들』의 알랭 포르카스에게서 찾아볼 수 있다. 브리지트 피앙의 시선 앞에 선 그자비에는 '예수는 침묵하셨다'는 말씀을 되뇌며 묵묵히 바리새 여인의 공격을 받아들인다. 특히 모리악은 이 장면에서 'Jésus autem tacebat'라는 복음서의 구절을 그대로 인용하면서 그자비에의 모습을 그리스도의 모습과 직접적으로 연결시킨다. 『검은 천사들』에서 그라데르에 의해 그려지는 포르카스 신부의 모습 역시 이와 흡사하다. 그 역시 그리스도를 따라 박해자들의 공격을 받아들이면서 자신을 향한 모든 비난과 모욕에 대해 침묵을 지킨다. 때로는 소리 높여서 자신의 무죄를 주장하고 싶은 욕구를 느끼기도 하지만 그는 끝까지 침묵을 유지하며 자기 자신을 타인을 위해 완전히 내어 준다.

포르카스 신부는 소심하고 상처받기 쉬운 성격의 소유자임에도 불구하고 잃어버린 자들을 찾기 위해 자신을 내어 바친다. 잃어버린 자들에게로 다가서기 위해서는 순수한 영혼을 유지하고 있는 그 스스로가 가장 어둡고 추악한 곳으로 눈길을 돌려야만 한다. 이 과정에서 때로는 형언할 수 없는 감정, 무기력함과 마치 버림받는 것 같은 감정이 그를 사로잡기도 한다. 하지만 바로 그 순간에도 그의 내면 깊숙한 곳에서는 살아 있는 사랑의 실천을 향한 뜨거운 무엇인가가 용솟음친다. 그는 '삶의 어두운 면을 정면으로 바라봄으로써' 가장 비천한 곳에 있는 자들, 경멸의 대상이 되며, 모든 사람들로부터 적대받는 자들, 악의 한복판에 있는 자들을 위해 자신을 내어 준다.

---

441) J. Lacouture, 『프랑수아 모리악 2』, *op.cit.,* p.31.

Il est la risée du village. Il est accablé de ridicule, de honte. Un lâche: on le couvre de crachats et il se tait. On le mènerait à la boucherie et il ne pousserait pas le moindre bêlement. Les autres le chargent de tous les actes immondes qu'eux－mêmes accomplissent dans le secret, et il consent à les assumer. Il résiste au désir de crier que ce n'est pas lui: un pauvre rebut humain, un souffre－douleur dont tout le monde se moque, et il ne trouve rien à répondre.[442]

그 신부는 마을의 웃음거리야. 그는 조롱과 수치로 짓눌려 있지. 비열한 자야. 사람들이 자기에게 침을 뱉어도 침묵만 지키고 있어. 사람들이 자기를 도살장으로 끌고 가도 신음소리 한 번 안 지를 사람이야. 다른 사람들이 남몰래 숨어서 저지른 추잡한 짓들을 다 그에게 덮어씌워도 그는 기꺼이 그 악행을 자기가 짊어지고 있어. 그는 자기가 한 짓이 아니라고 소리 지르고 싶은 충동을 억제하고 있는 거야. 모든 사람들에게 비웃음이나 당하고 고민하는 짐을 진 인간쓰레기지. 그래도 그는 대답할 아무 말도 찾지 못하고 있어.

타자에 대한 절대적인 책임을 실천하고자 하는 포르카스 신부는 바로 그러한 점 때문에 마을 사람들로부터 박해를 당한다. 스스로를 속죄의 희생양으로 내어 주는 그에게 사람들은 경멸과 조롱의 시선을 던진다. 그는 곧 마을의 웃음거리로 전락하고 비열한 자로 낙인찍힌다. 사람들이 자기에게 침을 뱉어도 그는 침묵만을 지킨다. 심지어 사람들이 자기를 도살장으로 끌고 간다 해도 그는 저항의 비명 한 마디 지르지 않을 것이다. 사람들은 자신들이 은밀히 저지른 온갖 추악한 짓들을 전부 그에게 떠넘긴다. 하지만 그는 그 모든 것을 짊어지는 데 순순히 응한다. 그것이 자신이 한 일이 아니라고 소리치고 싶은 충동까지도 그는 억제한다. 자신을 조롱하는 자들, 심지어 모든 추문과 악행까지 자신에게 떠넘기는 자들, 그러면서 자기에게 침을 뱉는 자들, 즉 자신을 박해하는 자들에 대해서까지 포르카스 신부는 스스로를 내어 주기로, 스스로 그들의 모든 짐을 지기로, 다시 말해 그들을 향한 대속적 희생의 길을 가기로 결심한다.

---

442) F. Mauriac, 『검은 천사들』, *op.cit.*, p.214.

포르카스 신부의 절대적인 희생의 실천은 수많은 고통에도 불구하고 결국 결실을 맺기에 이른다. 작품 속에서 가장 깊은 악에 빠져 있는 것으로 그려지는 인물, 예를 들어 가브리엘 그라데르와 같은 인물이 결국 그의 헌신에 스스로를 의지하고 자신이 감당하기 어려운 짐을 내려놓기에 이르는 것이다. 타자를 위한 고통에 스스로를 노출시키며 박해의 고통까지도 감수하는 이 젊은 신부는 그를 '기도와 대속적 고통의 거대한 망으로 감싸 안으며', 그를 강압적으로 사로잡고 있던 모든 범죄의 짐을 대신 지고 간다. 채울 수 없는 욕망과 갈등의 한복판에서 절망했던 그라데르는 무조건적인 환대와 희생을 보여주는 신부의 곁에서 '평생 맛보지 못했던 평화'를 경험한다.443) 결국 지독한 '괴물'이었던 그라데르는 '평화'를 외치며 구원받은 자의 죽음을 맞이한다.444)

레비나스에 따르면 타자의 무한성을 체험하는 주체는 더 이상 '나를 위해' 타자를 필요로 하는 것이 아니라 오히려 자신이 '타자를 위해' 존재한다. 그는 타자의 행위와 심지어 그의 악행에 대해서까지도 책임적이다. 그래서 나의 책임은 타자가 나에게 행할 수 있는 폭력을 수용하는 데까지 확대된다. '박해받은 사람은 박해한 사람에 대해서 책임적이기 쉽기' 때문이다.445) 박해자들에 대한 책임을 통해 '속죄'의 가능성이 제시된다. 앞서 살펴본 포르카스 신부의 경우뿐만 아니라 『속죄양』의 그자비에의 존재는 '타자를 위한 존재être pour autrui', 박해자들에 대한 책임까지도 감당하는 존재의 구체적인 모습을 보여준다.

　- Nous souffrons…… Mais dans la paix. Tu l'as reconnu toi‑même; il t'a donné sa paix! Est‑ce que ce n'est pas vrai?
　Jean hésita avant de répondre à voix basse:
　- Oui, c'est vrai. Oui, je souffre plus que je n'ai jamais souffert et pourtant je

443) *Ibid.,* p.257.
444) *Ibid.,* p.277.
445) E. Levinas, 『존재와 다르게 또는 본질을 넘어서』, *op.cit.,* p.176.

suis en paix, moi qui ne le fus jamais, moi qui ai été un enfant battu par une brute et qui, à seize ans, ai surpris la mère que j'adorais……
……

- Oui, Michel. Je sais maintenant que l'amour existe en ce monde; mais il y est crucifié, et nous avec lui.446)

- 우린 괴로워하고 있어요…… 하지만 평화 속에서예요. 당신도 그 사실은 인정했 잖아요. 그는 당신에게 평화를 주고 갔어요. 안 그래요?
장은 잠시 망설이다가 낮은 목소리로 대답했다.

- 그건 사실이야. 나는 지금 내 생애 어느 때보다도 더 괴로워하고 있어. 하지만 난 평화 속에 있어. 지금까지 한 번도 이렇게 평화로웠던 적은 없었어. 짐승 같은 여자에게 시달림을 당해 왔던 내가 말이야. 열여섯 살에 그토록 좋아했던 어머니를 속였고……
……

- 그래, 미셸. 난 이제야 세상에 사랑이 존재한다는 것을 알게 되었어. 하지만 그 는 이 사랑을 위해 십자가에 달린 거야. 그와 함께 우리도 말이야.

　그자비에의 타자에 대한 관심은 단지 롤랑과 같이 동정심을 유발하고 보호를 필 요로 하는 이들에게만 국한되지 않는다. 그것은 자신을 제물로 삼고자 하는 사람 들, 자신에게 박해를 가하는 사람들에게까지도 손을 내미는 관심이다. 예문에서 볼 수 있듯이 그자비에는 자신을 희생양으로 삼고자 했던 미르벨에게도 평화를 가져 다준다. 미르벨은 그자비에의 죽음 이후에 바로 그를 통해서, 그의 희생을 통해서 자신이 애초에 그에게서 원했던 것 이상의 평화가 자신에게 주어졌음을 깨닫는다. 자기중심적 사고에 사로잡혀 있던 미르벨로서는 타자를 환원의 대상으로 삼는 자 신의 존재론적 욕망의 한계를 알지 못했을 뿐이다. 그는 그자비에가 자기 때문에 신학교행까지도 포기했었다는 사실을 잊고 있었던 것이다. 이제 그는 롤랑을 위한 그자비에의 희생이 롤랑을 박해하던 자신을 위한 희생이라는 사실을 알게 된다.
　미르벨과 미셸 부부의 관계도 그자비에의 희생 이후 화해가 이루어졌음을 볼 수

---

446) F. Mauriac, 『속죄양』, *op.cit.,* pp.129‑130.

있다. 만약 미르벨의 애초의 의도대로 그자비에가 단지 집단적 갈등을 떠안는 희생물 역할만을 했다면 이러한 결과에는 결코 이르지 못했을 것이다. 집단적 폭력의 메커니즘하에서 이루어지는 희생은 어디까지나 일시적인 화해만을 가져올 뿐이기 때문이다. 자신이 그자비에를 십자가에 매어 달았다는 사실, 나아가 자신까지도 그와 함께 십자가에 매달리게 되었다는 미르벨의 고백은 곧 그자비에의 타자에 대한 책임이 '속죄'의 의미에까지 이르렀음을 가르쳐 주고 있다.

- 그리스도의 모방

모리악에게서 자기포기와 희생의 문제는 언제나 그리스도의 이미지와 연결된다. 앞서 언급했듯이 모리악의 작품에서는 사실상 모든 박해와 희생, 속죄의 예가 모델로서의 그리스도의 모습으로 집중된다고 해도 과언이 아니다.[447] 자신을 타자의 '노예'로 내어줌으로써 스스로뿐만 아니라 타자까지도 초월에 이르게 할 수 있는 역설은 그리스도가 보여준 외적인 패배défaite apparente와 그 안에 감추어진 승리 victoire profonde et cachée 사이의 역설에 의해 설명될 수 있다. 또한 자기포기의 완전한 실천 역시 헐벗고 굶주린 자들을 통해 스스로를 계시하는 그리스도의 모습을 통해 가능해진다. 모리악에게서는 헐벗은 타자와의 만남이 곧 그리스도와의 만남을 의미하며, 그들에 대한 사랑과 섬김이 그리스도에 대한 섬김과 동일한 의미를 가지는 것이다.

Le but avoué est de séduire les lecteurs pour leur révéler ce rapport précis qui est celui de Mauriac lui-même au Christ: <son pouvoir de s'installer en eux, de s'établir au secret de l'être>; il s'agit surtout de ne pas les affrayer par l'évocation d'un Christ <hiératique, royal, glorifié>, -inaccessible à la faiblesse humaine.[448]

447) N. Cormeau, op.cit., p.361.
448) D. Millet-Gérard, "모리악과 클로델에 있어서의 그리스도의 형상", 『모리악-클로델』,

그가 공언한 바 있는 목적은 독자들로 하여금 모리악 자신과 그리스도 사이의 관계를 정확히 볼 수 있도록 하는 것이었다. 즉 <사람들 속에 자리잡고, 존재의 비밀스러운 곳에 거하는 그의 힘>이 그것이다. 무엇보다 중요한 것은 <엄격하고 완전하며 신성한> 그리스도의 모습, 즉 나약한 인간으로서는 다가갈 수 없는 모습을 부각시켜서 그들을 겁먹게 하지 않는 것이었다.

모리악에게서 그리스도의 모방자들의 모습은 어떠한 것인가? 모방자들의 모습을 논하기에 앞서 모리악의 작품 속에 나타나는 그리스도의 이미지는 어떠한가? 위 예문에서 볼 수 있듯이 모리악은 무엇보다도 고통받은 그리스도, 인류를 위한 속죄양으로 고난당한 그리스도의 모습을 중시한다. 물론 그렇다고 해서 모리악이 신으로서의 그리스도, 영광스러운 모습의 그리스도의 이미지를 도외시했던 것은 아니다. 사실상 수난당한 그리스도와 그 박해를 통해 인류의 구원자로서 영광스러운 자리에 앉은 그리스도는 하나의 모습이다. 하지만 모리악은 그리스도의 모습에 있어서 무엇보다도 그가 당한 고난에 초점을 맞춘다. 그리스도가 이 땅에 성육신한 목적 자체가 인류를 대신해 고난을 당하기 위함이었으며, 바로 그 고난을 통해 영광스러운 구원자가 되었기 때문이다. 또한 그리스도의 고난, 완전한 자기포기와 보편자를 위한 절대적 희생은 그 자체로 갈등과 폭력에 사로잡혀 있는 세계에 그것을 극복할 수 있는 모델이 된다. 위 예문에서 우리는 모리악이 고통받은 그리스도의 모습에 주목하는 또 한 가지의 이유를 볼 수 있는데, 바로 그러한 모습을 통해 연약하고 죄로 인해 고통받는 인간에게 절대자인 신이 다가갈 수 있기 때문이다. 그리스도가 절대자로서 인류를 심판하는 자리에만 있었다면 인간들 중 어느 누구도 그의 은총을 체험할 수 없었을 것이다. 모리악이 볼 때 기독교의 핵심에는 절대적 무한자가 유한자의 몸을 입고 직접 비천의 자리에 임했다는 역설, 이성의 한계를 뛰어넘는 절대적 역설의 실현이 있는 것이다.

모리악이 바라보는 그리스도는 곧 비천과 고난의 그리스도이며, 따라서 그리스도

---

op.cit., p.38.

인이란 이 비천과 고난의 그리스도를 모범으로 삼아 그의 발자취를 따르는 자, 그러기 위해서 그의 비천이나 고난과 동시성을 이루며 사는 자이다. 예수는 비천의 사람이었으며, 땅 위에서의 그의 전 생애는 섬기는 자의 비천한 모습으로 가난과 비참 중에 살아간 역사였다. 하지만 이 비천은 인간을 위해 자신의 뜻으로 택한 세상에서의 그리스도의 모습이었다. 즉 예수는 그리스도로서, 그리스도이기 위하여 스스로 비천의 삶을 선택했던 것이다. 이처럼 고난받고 고통받는 자와 같은 자리에 임함으로써 그는 세상의 모든 사람들, 특별히 죄의 굴레 속에서 고통당하는 사람들을 자신과 마찬가지로 영광스러운 초월의 길로 안내할 수 있는 것이다.

그리스도의 비천은 동시에 무서운 고뇌와 고독의 계기이기도 했다. 우선 자체의 역설로 인해 무서운 고뇌의 짐이 그에게 주어진다. 무한의 절대자가 인간이 되었다는 사실로부터 고뇌가 시작된다. 그리스도의 입장에서 그것은 곧 자기의 본질을 부정하는 것이었기 때문이다. 또한 그리스도는 스스로가 진리이기 때문에, 세상에 의해 감추어진 진리를 드러내기 위해 이 땅에 임했다는 이유로 세상으로부터 더욱 심한 박해와 고난을 당해야 했다. 진리이며, 진리를 드러낸다는 것 자체로 박해의 이유가 되는 것이다. 왜냐하면 이 세상은 이미 진리를 알지 못하는 세상이기 때문이다.[449] 비진리와 거짓의 메커니즘이 지배하는 세상에서 진리를 드러냄은 세상을 지금까지 움직여 온 폭력과 갈등의 메커니즘을 중단시키는 힘을 가지고 있는 것이다. 다시 말해 그리스도의 고난은 그가 곧 진리였기 때문에, 그가 진리 이외의 것이 되려 하지 않았기 때문에, 그럼으로써 폭력의 진실을 숨기는 것을 근본으로 하는 세상의 메커니즘, 지라르의 표현을 빌리자면 사탄의 메커니즘을 깨뜨렸기 때문에 더욱 극심하게 주어졌다.[450] 이러한 점에서 그리스도의 고난은 진리란 세상에서 고난받는 것이며, 그 고난을 통해 비로소 진리를 향한 비약적 존재 변화와 초월이 가능함을 보여주는 모델이 된다.

---

449) R. Girard, 『사탄이 번개처럼 떨어지는 것이 보이노라』, *op.cit.*, p.74.
450) *Ibid.*, pp.61 – 80.

한편 그리스도의 비천과 고난은 단순한 폭력의 희생물로서의 고난이 아니라 초월에 이르는 영광의 길이라는 점을 기억해야 한다. 그리스도의 영광은 권력으로 상징되는 지상적인 것이 아니라 오히려 지상적인 영광을 부정하는 것이다. 이러한 점에서 르네 지라르는 그리스도의 죽음을 사탄의 계산을 좌절시킨 것으로 이야기한다.[451] 중요한 점은 비천의 고뇌가 없이는 초월의 영광이 있을 수 없고, 영광은 비천의 고통을 내용으로 할 때에만 완전한 의미를 가진다는 점이다. 말구유에서 태어난 그리스도는 비천의 모범으로서 이 땅에서의 삶을 시작했으며, 끝까지 비천 속에서 살았다. 그리스도는 이 세상에서 세상의 방법으로 결코 승리하려고 하지 않았다. 그것은 곧 타인을 노예로 만드는 것을 의미하기 때문이다. 반대로 그는 고뇌하기 위해, 박해받기 위해 세상에 강림했다. 그리고 그것이 곧 세상을 이긴 승리의 비결이 되었다.

그리스도의 모방과 관련하여 특히 성직자와 관련된 차이점은 우리를 매우 어렵게 만드는 것이 사실이다. 동일한 그리스도를 섬기고, 동일한 종교적 원칙 속에서 살아가는 인물들이 그 실천에 있어서 서로 만날 수 없는 대척을 이루는 것은 어떻게 이해할 수 있는가? 여기에서 우리는 다시 한번 '바리새인'의 문제와 만나지 않을 수 없으며, 이른바 형식적 신앙에 물든 바리새인과 진정한 의미에서의 그리스도의 모방자들 사이의 차이를 생각하지 않을 수 없다. 사실상 모리악의 문학 세계에서 '사랑'이라는 단어가 그 모호성을 벗어나 보다 확고한 의미를 가지는 것도 『바리새 여인』의 출간과 때를 같이하고 있다는 사실을 기억할 필요가 있다.[452]

---

451) *Ibid.*, p.68.

452) A. Dabezies, "클로델과 모리악: 인간적 사랑에서 신적 사랑으로Claudel et Mauriac: de l'amour humain à l'amour divin" in 『모리악 – 클로델』, *op.cit.*, p.144. "<사랑하다>는 동사는 조금씩 모호성을 벗어버리기 시작한다. 하지만 <중요한 것은 공덕을 쌓는 것이 아니라 사랑하는 것>이라는 주장을 분명히 확인하기 위해서는 『바리새 여인』이 출간된 1940년까지 기다려야 했다. 바로 이 소설에서 비천한 사제로 그려지는 칼루는 다음과 같이 주장한다. <누군가를 사랑하는 것은 타자를 위함 속에 있는 눈에 보이지 않는 경이를 볼 수 있게 된다는 것을 의미한다.>"

Car ils sont chrétiens, ces bourgeois. Mais ils ignorent le sens premier, le sens élémentaire de ce beau mot: <charité>; ils ne savent pas que <charité> c'est grâce et c'est amour······ Respectueux des rites, exacts à remplir leurs devoirs religieux, ils sont plus éloignés du recueillement d'une piété grave, de l'élan d'une véritable ferveur que le plus agnostique des intellectuels. Ils vont régulièrement à la messe mais le semblant de foi qu'ils professent est bien moins conscient, bien moins profond, bien moins réellement vécu que l'athéisme le plus délibéré······ Ces <chrétiens d'estrade et d'antichambre> trouvent dans la religion une arme et une armure tout à la fois.[453]

물론 그들, 이 부르주아들은 기독교인들이다. 하지만 그들은 <자비>라는 이 아름다운 단어의 첫 번째 의미, 본질적인 의미를 알지 못한다. 그들은 <자비>가 곧 은총이자 사랑이라는 것을 모른다······ 그들은 제의들을 지키고 종교적 의무를 정확히 수행하지만 진정으로 경건한 신앙심에서 우러나온 명상이나 진정한 열정에서 비롯된 비약에 있어서는 지식인들 중에서도 가장 불가지론적인 사람들보다도 더 멀리 떨어져 있다. 그들은 규칙적으로 미사에 참가하지만 그들이 공언하는 신앙의 외관은 가장 단호한 무신론보다도 훨씬 덜 의식적이고, 덜 심오하며, 실제적인 체험도 덜한 것이다······ 이 <연단과 부속실의 기독교인들>은 곧 종교 속에서 무기와 갑옷을 동시에 찾는 사람들이다.

모리악의 작품 속에서 비난받는 바리새인들, 특히 지방의 부르주아 계층으로 대표되곤 하는 이들 형식적 신앙인들은 그 본질에 있어서 자신들이 믿는 종교를 잘못 이해하고 있다. 그들은 기독교가 가르치는 제일의 의미, 근본적인 의미인 '자비 charité'에 대해 알지 못한다. 즉 자비가 의미하는 바가 은총과 타인에 대한 사랑에 있다는 사실을 알지 못하는 것이다. 그들은 종교적 예식이나 의무들에는 충실하지만, 진정한 수용성으로서의 그리스도의 가르침에는 무관심하다. 오히려 그들은 신앙을 자신들의 '무기'로 삼으며 자신들의 목적을 쉽게 달성하기 위한 '수단'으로 이용한다. 이미 그들의 내면에는 타자를 '적'으로 바라보고, 타자와의 투쟁에서 이

---

453) N. Cormeau, *op.cit.,* pp.151 - 152.

기고자 하는 자기중심적 주인에의 욕망이 자리잡고 있기 때문이다.

바리새인의 전형으로 그려지는 브리지트 피앙과 진정한 그리스도의 '종'으로 그려지는 그자비에는 동일하게 신앙의 길을 가는 인물들이며, 타인의 삶에 대한 간섭을 거의 필연적인 것으로 믿고 있는 인물들이다. 하지만 실제 그들의 행동은 거의 모든 면에서 서로 상반되게 나타난다. 피앙이 타인에게 발휘하는 힘은 그 타인을 완전히 제압하여 무기력하게 만드는 것을 목적으로 한다. 그리고 그것이 바로 피앙이 말하는 '자비'이다.[454] 반면에 앞서 보았듯이 그자비에가 타인의 삶에 간섭하는 것은 그에 대한 '책임'으로부터 연유한다.

타인의 삶에 간섭하는 방식에 있어서도 이 두 인물은 대조를 이룬다. 피앙과 그자비에는 모두 타인들이 자신의 도움을 필요로 한다고 생각한다. 그러나 그들은 전혀 다른 관점에서 타인들을 바라본다. 피앙은 타인들이 자신의 삶을 모방하고 자신이 그들에게 제시하는 길을 따르기를 바라며, 그것을 강요한다. 만약 타인이 그 길을 거부할 경우 그녀는 일순간 억압적으로 바뀌고, 그에 대한 박해까지도 서슴지 않는다. 박해를 통해서라도 타인을 자신이 원하는 방향으로 이끌고자 하는 것이 그녀의 확신이다. 그녀는 철저하게 타인의 삶을 제어하고 조종하길 바란다. 이러한 확신의 이면에는 타인을 자신의 먹잇감으로, 즉 지배와 환원의 대상으로 바라보는 시각이 자리잡고 있음에는 의심의 여지가 없다.

이와는 반대로 그자비에는 타인이 가는 길에 자신이 직접 동참한다. 그는 결코 타인을 강제로 자신이 원하는 방향으로 이끌려고 하지 않는다. 타인이 자신에게 도움을 구하러 오기를 바라지도 않는다. 단지 타인의 고통이 보이면 직접 나서서 그의 고통을 덜어주고자 한다. 타인의 고통을 덜어주는 방법도 자신이 그 고통을 함께 나누어지고자 하는 것으로 나타난다.[455] 그는 고통받는 타자의 얼굴에 무조건적

---

454) F. Mauriac, 『속죄양』, *op.cit.*, p.119. "너와 같은 인간을 향한 가장 큰 자비는 바로 그를 대수롭지 않은 자로 만드는 것이지."

455) *Ibid.*, p.164. "그리고 그자비에가 이야기했다: 저는 당신이 당신 자신의 십자가를 지는 것을 돕기 위해 왔습니다…… 어쩌면 당신 대신에 그것을 지려고 왔는지도 모르지요."

으로 응답한다. 즉 타인의 삶에 개입하는 목적 자체가 피앙에게 있어서는 타인을 지배하기 위한 것이라면, 그자비에에게는 타인을 섬기기 위한 것으로 나타난다. 다시 말해 피앙은 스스로가 '주인'이 되기 위해 타인을 필요로 하며, 그자비에는 스스로 타인의 '노예'가 되고자 하는 것이다. 이것은 신앙에 있어서도 마찬가지로 피앙이 그리스도를 하나의 '수단'으로 필요로 한다면 그자비에는 그리스도를 '따르고' 있는 것이다.

『속죄양』에서 우리는 두 인물이 타인을 대하는 모습에서 드러나는 차이점을 구체적으로 살펴볼 수 있다. 특히 피앙과 그자비에가 처음 만나는 장면은 매우 상징적이다. 앞서 살펴본 바 있듯이 이 장면에서 피앙은 그자비에를 자신의 시선의 '노예'로 붙잡아 두고자 한다. 피앙과 그자비에의 대화는 대면적인 것이라기보다는 마치 재판정의 한 장면을 연상시킬 만큼 강압적이고 무거운 분위기에 휩싸여 있다. 피앙은 그자비에의 어머니가 보낸 편지로부터 알게 된 그와 관련된 상세한 사실들, 특히 그의 약점들을 조금씩 파고 들어가며 그의 영혼을 억압한다. 그녀가 그를 바라보는 시선은 냉혹함과 잔인한 호기심으로 가득 차 있다.[456] 피앙은 신학교행을 포기한 젊은이의 영혼을 안정시키기보다는 그것을 약점으로 삼아 그로 하여금 모든 선택을 포기하고 자신의 지배 아래로 순순히 들어오게끔 하고자 한다.

Il ne répondait pas, debout, comme hors du temps, devant une créature sans sexe et sans âge. Il s'efforçait de chasser les trois mots du récit de la Passion qui l'obsédaient: <Jésus autem tacebat> (mais Jésus demeurait silencieux).[457]
그는 나이도 성의 구별도 없는 한 피조물 앞에서, 마치 시간을 뛰어넘어 존재하는 사람처럼 망연히 서서 아무 대답도 하지 않았다. 그는 지금 이 순간 머리에서 떠나지 않는 수난에 대한 세 마디의 구절을 지워버리려고 애쓰고 있었다<그러나 예수는 침묵하셨다>.

---

456) *Ibid.,* p.126.
457) *Idem.*

그자비에는 피앙의 이러한 공격에 오직 침묵으로만 일관한다. 그는 자신의 선택을 변명하려고도 하지 않으며, 피앙의 공격에 저항도 하지 않는다. 그는 피앙의 공격을 모두 받아들인다. 마치 자신의 존재가 관통당하는 듯한 고통에도 불구하고 그는 피앙의 시선에 스스로 '노출'되기를 선택한다. 위 예문에서 볼 수 있는 것처럼 피앙의 공격 앞에서 침묵으로 일관하는 그자비에의 모습은 마치 대제사장의 심문에 침묵으로 일관하는 그리스도의 모습을 연상시킨다. 앞서 포르카스 신부의 예에서도 보았듯이 그자비에의 침묵 역시 자신에 대한 박해까지도 수용하고 박해자들을 위한 대속적 희생을 자처하는 타자를 위한 존재의 적극적인 표현인 것이다.

그리스도의 모방은 단순히 추상적 개념으로서의 대상이 아니다. 그것은 그리스도와의 '동시성'을 이룬다는 의미로 구체적인 인격으로서의 그리스도와 전인적으로 만나는 것을 의미한다. 이러한 만남을 통해 그리스도의 모방자들은 그리스도에 대한 주체적인 신뢰를 가지게 되고, 그의 가르침과 자신 사이에 구체적이고 실존적인 관계를 형성할 수 있게 된다.458)

타자와의 갈등의 문제를 근본적으로 해결하기 위해 모리악이 보여주는 기독교적 윤리관은 무엇보다도 추상적 신앙이 아닌 구체적 실천으로서의 신앙에 근거한다. "말씀을 듣고 행하는 자가 되고, 듣기만 하여 자신을 속이는 자가 되지 말라."는 말씀은 모리악의 문한 세계가 가진 실천적 윤리의 핵심을 이루고 있다.459) 그는 전인적 행위로서의 신앙을 주장하며, 그런 만큼 그의 작품 속에서 실천적 모델로서 그리스도가 가지는 의미는 더욱 중요하다. 모리악의 인물들, 그중에서도 자기포기와 타자를 위한 존재로서의 희생을 실천하는 인물들은 한결같이 그리스도를 삶의 모델로 삼는다. 모리악의 작품에서 진정한 자기포기의 근원은 그리스도로 나타난다. 모리악의 관점에서 신의 은총이 결여된 희생은 진정한 희생이 아니라고 할 수 있다. 그자비에나 장 펠루예르가 타자를 위한 완전한 희생에 이를 수 있었던 것은

---

458) 『파스칼 - 모리악』, *op.cit.,* pp.30 - 31.

459) N. Takenaka, *op.cit.,* p.17.

바로 그들의 순수하고 바리새주의에 물들지 않은 '신앙'에 근거한다. 이들이 타인을 위해 목숨까지도 버릴 수 있었던 것은 초월의 경험과 구원에의 확신에서 비롯된 것이며, 그 확신은 다름 아닌 그리스도를 모방하는 것으로부터 시작된 것이라고 할 수 있다.

La croix, ce n'était pas, comme il s'en était persuadé, un amour refusé, une inclination lancinante, une humiliation, un échec; mais réellement, un bois écrasant une épaule blessée, cette pierre et cette terre qui, en ce moment, écorchaient la peau de ses pieds. Dans une tension atroce, il avançait, et croyait voir bouger devant lui un dos maigre; il en discernait les vertèbres, les côtes soulevées par un halètement précipité, et le sillon violet des vieilles flagellations: l'esclave de tous les temps, l'esclave éternel.460)

지금까지 그가 확신하고 있던 것처럼 십자가는 거부된 사랑이나 육체적 고통의 감수, 굴욕, 실패가 아니었다. 실제로 그것은 상처 입은 어깨를 짓누르는 나무토막이며, 그의 발바닥의 살갗을 벗겨 내는 돌멩이와 거친 땅바닥이었다. 처절한 절박감 속에서 앞으로 나아가던 그는 자기 앞에서 한 사람의 벌거벗은 등이 움직이는 것을 보았다고 생각했다. 뼈가 다 드러나 있는 그 등, 급히 숨을 몰아쉴 때마다 들썩이는 갈비뼈, 오래된 태형의 보랏빛 상처 자국들을 뚜렷이 볼 수 있었다. 모든 시대의 노예, 영원한 노예!

『속죄양』에서 그자비에는 미르벨의 집에서 천대받는 롤랑을 위해 헌신하기로 마음먹는다. 롤랑을 위한 그자비에의 여러 가지 노력 중에서도 특별히 우리의 주목을 끄는 장면이 바로 위 예문에서 제시되고 있는 장면이다. 그것은 타자를 위한 구체적 행위에 관한 것으로서, 추상적인 개념으로서의 윤리적 가르침이나 이론이 아닌 배고픈 사람에게 음식을 나누어주고 헐벗은 자에게 자신의 옷을 벗어줄 수 있는 구체적 행위를 말한다. 바로 이러한 행위를 통해 그자비에는 피앙과 같은 바리새인

---

460) F. Mauriac, 『속죄양』, *op.cit.,* p.138.

과 달리 그리스도의 모방자로서의 모습을 정립한다.

유일한 사랑의 대상이었던 도미니크가 떠난 것에 대해 절망적인 상태에 빠져 울부짖는 롤랑을 미르벨은 2층의 방에 가두고 가족들 중 누구도 그의 곁에 있는 것을 금지한다. 그러나 오직 롤랑에 대한 관심으로 가득 차 있던 그자비에는 가족들이 모두 잠든 깊은 밤을 틈타 롤랑의 방에 몰래 들어가 그를 지켜 주기로 결심한다. 잠겨 있는 롤랑의 방에 들어가기 위해 그자비에는 사다리를 타고 창문을 통해 들어가고자 한다. 잠들어 있는 사람들을 깨우지 않기 위해 맨발로 사다리가 있는 창고로 나선 그의 발은 오가는 길에 상처로 온통 피투성이가 된다. 사다리 역시 그가 생각했던 것보다 훨씬 길고 무거운 것이었다. 그는 사다리를 어깨에 메었지만 이내 더 이상 메고 갈 수 없게 되자 내려서 끌고 가기에 이른다. 사다리를 끌고 한 걸음씩 내디딜 때마다 그의 발에 난 상처는 더욱 커진다. 무거운 사다리를 양 어깨로 바꾸어지기 위해 멈추는 일도 점점 잦아진다. 솔방울들이 살에 박힐 때마다 그는 주저앉고 싶은 고통을 느낀다.

누구의 관심도 끌지 못하는 버림받은 고아를 위해 살갗이 찢기는 고통 가운데 사다리를 메고 오는 그자비에의 모습은 곧 십자가를 지고 인간의 구원을 위해 골고다에 오르는 그리스도의 모습과 하나가 된다. 처절한 절박함 속에서 발걸음을 떼어 놓던 그는 자기 앞에서 한 사람의 벌거벗은 등이 움직이는 것을 본다. 뼈가 모두 드러나 있는 그 등, 오래된 보랏빛 상처 자국을 뚜렷이 볼 수 있는 그 등, 모든 시대의 노예, 인간을 위해 노예가 된 그리스도의 등이다. 여기에서 그자비에는 매우 중요한 사실, 그리스도를 따라 타인을 위해 헌신하는 존재로서 잊어서는 안 되는 핵심적인 사실을 깨닫는다. 위 예문에서 볼 수 있듯이 타자를 위한 행위는 자신의 '몸'에 전해져 오는 구체적인 고통과 그 몸을 통한 구체적 실천을 통해 의미를 가질 수 있다는 것이다. 애초에 신학교에 가고자 했던 그자비에는 십자가에 대해서 항상 이야기해 왔으며, 그 십자가를 명상의 대상으로 삼아 자신의 신앙이 성숙해 왔다고 믿고 있었다. 하지만 이날 밤 어깨를 짓누르는 나무와 발을 찌르는 가시 사이에서 그는 지금까지 십자가를 잘못 이해하고 있었음을, 실제로 십자가의 길을 가지도 못했다는 사실을 깨닫는다. 십자가는 타자를 위한 길을 가는 자신의 어깨를 숨 막히게 짓누르는 고통스러운 나무토막, 아주 구체적인 고통의 실체이며, 그의 발바닥의 살갗을 찢는 돌과 가시밭길이었던 것이다.

> Le jeune prêtre appuyait sa tête suante contre le montant de la croisée. (Que de fois, durant ses nuits de veille, avait-il vu et adoré cette croix que la fenêtre dessinait sur la nuit!) A son front, il sentit la meurtrissure du clou énorme, et le sang tiède qui, ruisselant des pieds sacrés, mouillait ses cheveux.[461]
> 이 젊은 신부는 땀에 흥건히 젖은 머리를 창문의 십자형 문설주에 기댔다. (밤을 지 새웠던 그 많은 날들 동안, 얼마나 여러 번 그는 그 창문이 밤하늘에 그려주는 십 자가의 모습을 보았고 찬미했던가!) 문득 그는 자신의 이마에 거대한 못이 박힌 자국이 와 닿음을 느꼈고, 그 성스러운 두 발에서 흘러내리는 미지근한 피가 자신의 머리카락을 적시는 것을 느꼈다.

『검은 천사들』에서도 우리는 그자비에의 경험과 유사한 장면을 만날 수 있다. 죄와 절망 속에서 버림받는 인물, '괴물'과 같은 정열의 화신인 그라데르를 위해 자신의 모든 것을 내어주기로 결심한 포르카스 신부는 이 괴물과 같은 인물이 신의 은총 속에서 평화롭게 죽음을 맞이하는 순간 그리스도의 구체적인 모습, 여태껏 그가 알아온 것과는 전혀 다른 구체적인 십자가의 경험을 하게 된다. 그라데르의 구원을 위해 헌신하던 이 젊은 신부가 땀에 젖은 머리를 창문의 십자형 문설주에 기대는 순간 거대한 못 자국이 있는 손이 그의 이마에 와 닿는다. 그리고 성스러운 두 발에서 흘러내리는 미지근한 피가 그의 머리카락을 적시는 듯한 느낌을 받는다. 그 누구로부터도 인정받지 못하는 상황, 오히려 조롱과 멸시를 당하는 가운데 실천해 온 타자를 위한 구체적 헌신 속에서 지치고 고뇌하는 그에게 십자가에 달렸던 성스러운 절대자가 다가온 것이다. 포르카스 신부 역시 이 경험을 통해 그가 따르

---

461) F. Mauriac, 『검은 천사들』, *op.cit.,* p.277.

는 길, 그리스도의 모방자로서의 길, 구체적 헌신의 길이 무엇인지를 깨닫는다. 고통과 고뇌 속에 밤을 지새웠던 그 많은 날들에 셀 수 없이 그는 이 창문이 밤하늘에 그려주는 십자가의 모습을 보고 찬미해 왔다. 그리고 지금 이 순간 그가 찬미해 온 십자가, 그 십자가에 못 박힌 손이 그의 '몸'에 와 닿는다. 십자가에서 흘린 피가 그의 몸을 적신다. 절대적 사랑이 숨이 막힐 정도로 자신의 몸을 휘감는 것을 느낀 그는 바로 '이 세례를 받기 위해 세상에 태어났음'을 깨닫는다. 그리스도를 따르는 자로서의 세례는 형식과 추상 속에 머무르는 관례가 아니라 그를 따르는 구체적 행위와 고통 속에서 체험하는 실제적인 것임을 알게 된 것이다.

– 악순환의 차단

『프롱트낙가의 신비』의 이브 프롱트낙은 우연히 숲 속에서 서로 먹고 먹히는 투쟁을 벌이는 개미귀신과 개미의 먹이사슬을 목격한다. 이브는 이 장면을 통해 세상에 만연해 있는, 특히 인간 세계에도 여지없이 그 법칙이 적용되는 '악'의 문제에 대해 고민한다.

> Il suffisait à détruire la nécessité aveugle, à rompre cette chaîne sans fin de monstres tour à tour dévorants et dévorés; il pouvait la briser, le moindre mouvement d'amour la brisait. Dans l'ordre affreux du monde, l'amour introduisait son adorable bouleversement. C'est le mystère du Christ et de ceux qui imitent le Christ.[462]
>
> 맹목적인 필연성을 파괴하는 것, 차례로 먹고 먹히는 괴물들의 그 끝없는 사슬을 끊어버리는 것으로 족했다. 그는 그것을 깨뜨릴 수 있었다. 가장 작은 사랑의 움직임으로도 깨뜨릴 수 있었다. 세상의 무서운 질서 속에 사랑은 숭배할 만한 전복을 밀어 넣었다. 그것은 그리스도의, 그리고 그리스도를 모방하는 사람들의 신비이다.

---

462) F. Mauriac, 『프롱트낙 가의 신비』, *op.cit.,* p.125.

개미귀신의 함정에 빠진 개미는 그 함정으로부터 벗어나려고 발버둥치지만 그럴수록 더욱 깊은 곳으로 빠져 들어간다. 개미가 움직임에 따라 안쪽의 벽들이 무너지고, 안쪽에 자리잡고 있는 괴물은 끊임없이 개미를 향해 모래를 던진다. 가까스로 함정의 가장자리까지 기어오르는 순간 이미 탈출의 노력에 지친 그 개미는 다시 아래로 미끄러지고 만다. 그 순간 아래쪽으로부터 개미귀신이 개미의 다리 하나를 붙잡는다. 개미는 발버둥을 쳐 보지만 괴물에 의해 땅 밑으로 천천히 끌어내려진다.

열여섯 살의 이브, 자신의 자유와 사명 사이에서, 문학적 영감의 유무 사이에서 고뇌하던 젊은 작가 이브는 이 미물들의 필사적인 투쟁을 바라보며 악의 문제에 대해 질문을 던진다.463) 함정에 빠진 먹이의 필사적인 탈출의 시도와 추락, 그리고 그 먹이의 다리를 물고 늘어지는 괴물은 그 자체로 하나의 '체계système'를 이루고 있다.464) 함정 안의 괴물 역시 자신이 살기 위하여, 자신이 나비가 되기 위해 희생물을 필요로 한다. 결국 자신이 살아남기 위해서는 타자의 존재, 타자의 생명을 필요로 하는 근본적인 존재의 문제가 이브에게 악의 본질로서 다가오고 있는 것이다. 서로의 존재 정립을 위해 타자의 존재를 필요로 하는 것, 타자가 가진 존재의 능력을 빼앗아 그를 대상화시킴으로 그의 주인으로서 내 존재의 결핍을 충족시키고자 하는 욕망, 서로가 타자의 대상으로 전락하지 않기 위해 벌이는 투쟁, 그리고 끊임없이 이어지는 이러한 욕망의 악순환이 바로 그것이다. 예문에서 제시되고 있는 것처럼 차례로 먹고 먹히는 '괴물'들의 끝없는 먹이사슬을 끊어버리는 것이 문제이다. 그것을 부수어 버릴 수 있는 것은 어떤 거대한 힘이나 체계가 아닌 아주 작은 사랑의 움직임이다. 세상의 무시무시한 질서 속에서 사랑은 그 폭력의 악순환을 전복시킨다. 그것은 곧 그리스도의 사랑이고 그리스도를 따르고 모방하는 사람들이 가진 신비한 힘이다. 즉 타자의 고통을 내면화하고 그를 '대신'하는 것이다.

예문에 이어지는 부분에서 어린 이브의 내면에는 자기 자신의 소리인지, 초월적

---

463) *Ibid.,* p.124.
464) *Idem.*

존재의 소리인지 알 수 없는 한 목소리가 들려온다. "너는 그것을 위해 선택되었다…… 나는 모든 것을 어긋나게 하기 위해 너를 선택했다."는 소리가 그것이다.[465] 작가로서의 이브의 소명, 나아가 모리악 자신이 간직하고 있는 소명이 표현되고 있는 것이다. 그 소명이란 바로 위에서 말한 '전복'에 목적이 있다. 폭력과 갈등, 서로가 먹고 먹혀야 하는 먹이사슬의 악순환을 끊어버리는 전복, 또 다른 폭력을 통해서가 아니라 자기 자신을 내어주는 사랑, 그리스도가 실천해 보인 사랑을 통한 폭력적 질서의 전복이 그것이다. '모든 것을 어긋나게 만드는 것'이란 곧 먹이사슬과 같은 갈등의 악순환, 그 존재론적 갈등의 체계를 깨뜨림을 의미한다.

> Si Dieu a permis à Satan de régner un certain temps sur l'humanité c'est parce qu'il savait à l'avance que le moment venu, le Christ aurait raison de cet adversaire en mouvant sur la Croix.[466]
> 하나님이 사탄에게 일정한 시간 동안 인류 위에 군림할 것을 허락하셨다면 그것은 때가 오면 그리스도가 십자가를 짐으로 이 적을 이길 것이라는 사실을 미리 알고 계셨기 때문이다.

> La ruse dont Satan est la victime ne comporte ni la moindre violence ni la moindre dissimulation de la part de Dieu. Ce n'est pas vraiment une ruse, c'est l'impuissance du prince de ce monde à comprendre l'amour divin…… C'est Satan qui transforme lui-même son propre mécanisme en un piège dans lequel il tombe. Dieu ne se conduit pas d'une manière déloyale même envers Satan mais il se laisse crucifier pour le salut des hommes, ce que Satan ne peut absolument pas concevoir.[467]
> 사탄을 희생자로 만든 술책은 하나님의 편에서 보면 약간의 폭력이나 숨김도 포함되지 않은 것이다. 실제로 그것은 하나의 술책이 아니며, 이 세상의 왕자가 신의 사

---

465) *Ibid.,* p.126.
466) R. Girard, 『사탄이 번개처럼 떨어지는 것이 보이노라』, *op.cit.,* p.233.
467) *Ibid.,* p.235.

랑을 이해할 수 없는 데에서 기인한 것이다…… 사탄은 스스로 자신의 메커니즘을 덫으로 변화시켜 거기에 빠지고 말았다. 하나님은 심지어 사탄에 대해서도 불성실한 방식으로 행하지 않으신다. 그는 인간의 구원을 위해 스스로를 십자가에 못 박히도록 내어 주었다. 바로 이것이 사탄의 입장에서는 절대로 이해할 수 없는 것이다.

'모든 것을 어긋나게 하는' 사랑의 힘과 관련하여 우리는 르네 지라르의 위와 같은 주장을 살펴볼 필요가 있다. 지라르는 이 땅에 만연되어 있는 갈등, 집단적 폭력, 그리고 이러한 폭력의 악순환을 통틀어 사탄의 메커니즘이라고 정의 내린다. 그는 이러한 사탄의 메커니즘이 여러 가지 수단을 동원하여 그 기원에 있는 폭력을 숨기고 사람들을 맹목적 무지의 상태로 몰고 가는 반면, 성서에 기록된 그리스도의 모습은 철저하게 그 가리어진 진실을 '드러냄'으로 악순환의 사슬을 끊는다고 주장한다. 희생양 메커니즘은 물론이거니와 모든 폭력의 맹목적 확산이 가능하기 위해서는 무엇보다 그것에 참여하는 사람들이 그 메커니즘의 본질에 대해 알지 못해야 하는데, 그리스도가 바로 이러한 무지를 깨뜨렸다는 것이다. 이 세상의 왕자인 사탄은 폭력의 주범이면서도 그 폭력을 통해 공동체에 일시적인 안정을 가져오는 메커니즘 뒤에 숨어 자신의 실체를 드러내지 않는다. 하지만 십자가는 사탄으로부터 바로 이러한 힘을 빼앗아 버렸다. 그리스도로 인해 이 메커니즘 자체가 십자가에 못 박히게 된 것이다. 복음서에서는 희생양, 무죄한 희생양에 대한 거짓 고발 자체가, 그리고 거짓말하는 박해자들과 그들의 뒤에 숨은 사탄의 모습이 있는 그대로 드러나고 있다. 이처럼 폭력적 메커니즘의 진실을 드러내면서 복음서는 사람들에게 그들이 볼 수 없었던 진실, 그들 자신이 갇혀 있던 함정의 모습을 알 수 있게 해 주고, 자각과 회개, 즉 존재 변화의 필요성을 이해하게 해 주었다. 요한복음에서는 '악마의 자식'이라는 표현으로 갈등과 폭력의 거짓 '체계' 속에 갇혀 있는 사람들의 현실을 이야기한다. 사탄은 그리스도에 대해서도 동일한 폭력을 가하면서 여느 때와 같이 자신의 왕국을 보호한다고 여겼으나, 결과는 정반대로 나타났다. 위 예문에서 이야기하고 있는 바와 같이 사탄은 인류의 구원을 위해 스스로를 십자가에 못 박히도록 내어주는 신의 사랑을 이해할 수 없었기 때문이다. 바로 이러한 점에서 바울은 "만약 세상의 왕자들이 하나님의 뜻을 알았더라면 결코 그리스도를 십자가에 못 박지 않았을 것"468)이라고 말하고 있다. 복음서의 곳곳에서 드러나듯이 그리스도가 가는 곳마다 신화적인 만장일치, 폭력의 맹목적 메커니즘이 깨어지는 것을 볼 수 있는 것도 같은 이유에서이다. 특히 요한이 여러 번에 걸쳐 지적하고 있듯이 그리스도의 개입이 있은 후 중인들, 즉 맹목에 휩싸인 사람들이 그들 내부에서 분열되는 모습은 위에서 본 폭력에 근거한 '체계'의 전복, 사랑에 의한 전복, '모든 것을 어긋나게 만드는' 자기포기의 사랑을 이야기하고 있다. "나는 평화가 아닌 검을 주고자 왔다."469)는 복음서의 말씀 역시 같은 맥락에서 이해할 수 있다.『독사들의 매듭』에서 자각의 순간에 루이가 외친 고백과 같이 중요한 것은 욕망과 갈등의 메커니즘이 만들어 내는 거짓된 평화와 행복에의 환상으로부터 벗어나는 것이고, 그러기 위해서는 무엇보다 그 악순환의 매듭, 독사들의 매듭을 잘라버릴 수 있는 검이 필요하기 때문이다.470)

– 보편적 타자로의 열림

자기 자신을 타자를 위한 볼모로 내어주는 행위는 단순한 '나와 너'의 관계를 넘어 보편적인 의미를 획득하게 된다. 자아 밖에 있는 다른 사람들을 지칭하는 타인의 범주 안에는 단지 '가족'이나 '친밀한 사람'만이 놓이지 않는다. 얼굴 자체로 계시하는 자는 우리와 아는 사람, 우리와 가까이 있는 사람뿐만 아니라 우리가 알지

---

468) 고린도전서 2:8.
469) 마태복음 10:34.
470) F. Mauriac,『독사들의 매듭』, *op.cit.*, p.93. "나는 내 마음을, 이 마음을, 이 독사들의 매듭을 알고 있소. 내 마음은 독사들 아래에 짓눌려 있고, 그것들의 독으로 가득 채워져 있지만, 그 우글거리는 독사들 아래에서 계속해서 뛰고 있소. 이 독사들의 매듭, 그것을 풀어 헤칠 수는 없소. 그것은 한 칼로, 일격의 검으로 잘라 버리지 않으면 안 되오. <나는 평화가 아닌 검을 주고자 왔노라>."

못하는 사람, 외국인, 이방인 등의 모든 인간 존재자들을 포함한다. 윤리적 호소를 보내는 타자는 단순히 친밀한 관계의 사람으로만 제한되지 않으며, 이때 우리 존재는 타자를 위해 봉사하는 무한한 과제와 관련된다. 무한으로서의 타자의 계시는 그 타자의 벌거벗음 자체에 있을 뿐, 다른 특수한 모습이 있는 것이 아니기 때문이다.

> Mauriac accorde la vocation de souffrir, de mourir et de racheter, non seulement à ces personnages qui acceptent volontairement de se sacrifier, mais encore à ceux qui sont plutôt des victimes innocentes de la cruauté du monde. Quiconque souffre, désarmé devant l'atrocité de la vie, même sans se rendre compte du sens et de la valeur de ses épreuves, a la vocation de marcher sur la trace du Crucifié.[471]
> 모리악은 자발적으로 희생을 받아들이는 인물들에게뿐만 아니라 세상의 잔혹함에 의해 무고하게 희생당한 자들에게도 고통받고, 죽고, 속죄하는 소명을 부여한다. 세상의 잔혹함 앞에서 무방비 상태로 고통받는 자들, 심지어 자신의 시련이 가지는 의미와 가치도 알지 못하는 자들이라도 누구나 그리스도의 길을 따라가는 소명을 가지고 있다.

모리악은 타자의 계시에 직면하여 스스로 자기희생의 길을 가는 인물들뿐만 아니라, 자기도 모르는 사이에, 혹은 자신의 의지와는 무관하게 고통받고 희생당하는 인물들에게도 십자가의 길을 걸어가는 자들의 의미를 부여한다. 때로는 희생당하는 자들의 의지와는 상관없이 그들이 당하는 고통과 희생이 초월적 의미를 가지기도 하며, 그 영향이 무한히 확대되기도 하는 것이다. 때로는 그들이 당하는 고통이 전혀 상관없는 이들에게 초월적 얼굴의 명령으로 다가올 수도 있다. 예를 들어 세상의 악에 물들고, 부인과의 불화와 갈등으로 고통받는 장 드 미르벨의 얼굴, 비록 그 자신은 어떠한 희생의 의지나 자기포기의 의미가 담긴 책임을 느끼고 있지 않다고 해도, 그 얼굴의 현현, 그가 받는 고통의 그림자가 그자비에로 하여금 그에

---

471) N. Takenaka, *op.cit.,* p.43.

대한 책임을 지도록 요구하는 경우가 그것이다.[472] 앞서 살펴보았듯이 때로는 무고한 이들의 죽음이나 고통이 외면적인 희생의 의미 없이도 보이지 않는 힘에 의해 자기포기와 희생과 같은 영향을 주는 경우도 있다.

> Ce Xavier, quelle contrefaçon du Dieu qu'il aimait! Être tout entier à tous et à chacun: toi, d'abord, puis moi, puis tous les autres que nous avons trouvés à Larjuzon en débarquant, et jusqu'à ce gosse![473]
>
> 이 그자비에는 그가 사랑했던 신의 모조물이었어. 모든 사람에게 완전히 속해 있으면서 또한 각자에게 속해야 하는 것. 처음엔 당신에게, 다음엔 나에게, 그리고는 우리가 라르쥐종에 내리면서 만났던 모든 다른 사람들에게, 그 꼬마 녀석에게까지 말이야.

그자비에는 자신을 필요로 하는 '모두'를 위해 스스로를 희생할 준비가 되어 있다. 그는 장 드 미르벨, 미셸, 도미니크, 롤랑, 그리고 신앙의 회의에 빠져 있는 본당 신부에 이르기까지 고통받는 타자 모두를 위한 책임을 가진 주체이다. 그는 어느 누구도 배척하거나 포기하지 않는다. 그의 삶 전체가 타자를 위한 것이고, 특히 무거운 짐을 지고 고통받는 타인을 위한 것이다. 그자비에는 미르벨의 집으로 향하게 된 최초의 동기와는 달리 전혀 다른 곳에서 희생을 실천한다. 그리고 그의 희생은 미르벨뿐만 아니라 그를 둘러싼 '모든' 사람들, 그의 희생과 상관이 없어 보이는 자들에게까지 영향을 끼친다.

> Xavier, par un effort de tout son vouloir, s'arracha à cette vision. Il ne finirait jamais de remonter cette pente, il retomberait indéfiniment sur les êtres, ceux qui

---

472) F. Mauriac, 『속죄양』, *op.cit.,* p.73. "그자비에는 마치 바닷가에 앉아 멀리서 들리는 뭐라고 이름 붙일 수 없는 비탄의 호소를, 밤에 울부짖는 바다의 요정들의 외침을 듣는 것 같았다."

473) *Ibid.,* p.77.

ne lui étaient rien, à qui il n'était uni par aucun lien de chair et dont il ignorait tout, hors ce qu'il pressentait, <ce qu'il reniflait>, comme il disait.474)

그자비에는 의지의 힘을 총동원하여 그 환상에서 빠져나왔다. 그는 어쩌면 평생 동안 그 고된 작업을 되풀이하게 될지도 모른다. 그는 끊임없이 인간들에게 관심을 가질 것이다. 그것도 그와는 아무 상관도 없는 사람들, 혈육관계도 아니고, 단지 <그들은 뭔가 심상치 않다>고 느끼는 것 외에는 아는 바도 전혀 없는 사람들에게 말이다.

그자비에에게 '타인의 유혹'은 항상 같은 방식으로 그를 사로잡는 거의 절대적인 유혹이다. 타인들, 그와 아무런 상관도 없는 타인들에 대한 관심은 그에게서 떠나지 않는다. 끊임없이 타인들에게 관심을 가지는 것은 그의 천성이라고 할 만큼 그의 존재 자체를 형성하고 있다. 예문에서 볼 수 있듯이 그가 관심을 가지는 자들이란 사실상 그와는 아무 상관도 없는ceux qui ne lui étaient rien 존재들이다. 그자비에는 그들과 아무런 혈육관계도 아니고, 그들에 대해 아는 바도 없다. 하지만 그는 이처럼 아무 상관도 없는 자들에게서 종종 '무엇인가 심상치 않은 것'을 예감으로 느끼고, 바로 그러한 예감이 그로 하여금 그들에 대한 책임을 지도록 종용한다.

Pour cette créature chétive et sans nom, j'ai toujours cru que Xavier avait offert sa part de bonheur terrestre, il renonçait à Dominique, il lui donnait Dominique······475)

성도 모르는 허약한 존재에게 그자비에는 지상에서의 자기 행복의 몫을 주었어. 그는 도미니크도 포기했을 뿐 아니라 그에게 도미니크를 주었어.

그자비에가 미르벨의 집에서 만난 버림받은 아이 롤랑 역시 그와는 아무런 관련도 없는 제3자에 불과하다. 하지만 그는 성도 모르는 그 병약한 어린아이에게 자신의 몫, 이 세상의 행복의 귀중한 부분을 준다. 낯선 자이고 이방인인 한 고아를 위

---

474) *Ibid.,* p.53.
475) *Ibid.,* p.128.

한 무한한 책임 속에서 자기를 포기하는 희생을 실천하는 것이다. 미르벨의 고백에서도 드러나듯이 그자비에가 롤랑에게 관심을 가지기 시작한 것은 '단지 그 애가 좋아서가 아니라 그 어린아이가 위협을 받고 있는 불쌍한 존재라는 생각이 들었기' 때문이다.[476]

레비나스에 따르면 나와 친밀한 가까움을 유지하고 있는 사람 외에도 모든 사람이 나에게 책임을 계시하는 타자의 위치에 있을 수 있다. 게다가 그의 상황이 나의 도움을 필요로 할수록 그가 보내는 윤리적 호소, 고통받는 타자로서의 호소의 크기와 내가 느끼는 책임감 역시 증가한다. 내게 얼굴로 호소하는 타자의 범주에는 이방인, 과부, 고아 등 나와 아무 상관이 없는 약자들이 모두 포함될 수 있다. 이 모든 사람들이 나에게 윤리적으로 행동할 것을 명령하는 타자들이다. 나아가 타자는 단순히 나와 너의 친밀한 관계로 용해될 수 있는 자가 아니다. 그는 항상 나에게 거리를 두고 있고, 나에게 낯선 이로 나타나며, 나의 삶에 완전히 포섭되고 흡수될 수 없는 자로 남아 있다. 바로 이러한 점에서 타자가 가진 '무한'의 의미가 발생한다. 즉 내가 나 아닌 다른 모든 사람들과 지금 여기에 부재하는 제3자와 맺을 수 있는 관계의 가능성이 곧 무한성이다. 타자는 나와 마주한 '너'를 넘어 제3자, 즉 '그'의 범주로 확대된다. 낯선 이로서의 타자, 고아나 과부와 같은 고통받는 타자의 얼굴은 이러한 점에서 보편적 인류애를 향한 초석이 된다. 타자의 얼굴과 마주할 때, 나는 거기에서 내 앞에 있는 한 사람 이외의 모든 사람들을 만날 수 있으며, 그 고통받는 얼굴의 호소를 받아들임으로써 보편적 인간에 대한 사랑으로 나아갈 수 있다. 그렇다고 해서 이와 같은 타자의 보편성이 단순한 측면적 관계를 의미하는 것은 아니다. 나와 타자의 본질적인 관계는 '대면'에 있으며, 이 차원에 보편성이 개입하는 것이다.

나와 타자와의 윤리적 관계는 어디까지나 나에게만 과해진 의무이자 책임이다. 즉 내가 타자를 섬김의 대상으로 바라볼 때 거기에는 보답으로 무엇인가를 기대하

---

476) *Idem.*

는 마음은 포함되지 않는다. 내가 타자를 위해 죽을 준비가 되어 있다는 것은 그 자체로 완성된 명제이다. 그 역시 나를 위해 죽을 준비가 되어 있어야 한다는 명제는 앞의 것과 아무 상관이 없다. 만약 이 두 가지가 필연적으로 결합된다면 그것은 또 하나의 전체성으로 귀착될 뿐, 어떠한 화해나 공존의 가능성도 가져다주지 못할 것이다. 이처럼 타자에 대한 책임이 철저하게 나에게만 주어진 것으로 여겨질 때 그 책임의 관계는 '너'를 넘어 보편적 타자에게로 확대될 수 있다.

얼굴과 얼굴의 만남은 나의 외부에 있는 외재성으로서의 세계 전체를 나에게 보여준다. 그렇기 때문에 내가 타자를 발견할 때, 즉 고통받는 얼굴을 통해 타자의 주인 됨을 인정할 때 거기에는 수많은 타자들의 잠재적 현존이 있는 것이다. 레비나스의 주장에서 볼 수 있듯이 벌거벗음 속에 있는 타자의 얼굴은 나에게 그 얼굴의 주체 한 사람뿐만 아니라 가난한 사람과 이방인이라는 보편적 타자, 고통받는 타자의 모습을 드러내어 준다. 이때 가난한 사람과 이방인은 스스로를 평등한 존재로 드러낸다. 이와 같은 타자와 제3자의 동시적 계시는 사회적 관계에 있어서의 윤리적 토대를 가능하게 해 준다.

Le tiers me regarde dans les yeux d'autrui – le langage est justice. Non pas qu'il y ait visage d'abord et qu'ensuite l'être qu'il manifeste ou exprime, se soucie de justice. L'épiphanie du visage comme visage, ouvre l'humanité. Le visage dans sa nudité de visage me présente le dénuement du pauvre et de l'étranger; mais cette pauvreté et cet exil qui en appellent à mes pouvoirs, me visent, ne se livrent pas à ces pouvoirs comme des donnés, restent expression de visage. Le pauvre, l'étranger, se présente comme égal. Son égalité dans cette pauvreté essentielle, consiste à se référer au tiers, ainsi présent à la rencontre et que, au sein de sa misère, Autrui sert déjà.[477]

제삼자는 타인의 눈으로 나를 쳐다본다. – 언어는 정의이다. 먼저 얼굴이 있고, 그리고 나서 얼굴이 드러내거나 표현하는 존재가 정의를 염려하는 것이 아니다. 얼굴로

---

477) E. Levinas, 『전체성과 무한』, *op.cit.*, p.234.

서의 얼굴의 현현은 인간성을 열어준다. 벌거벗음 속에 있는 얼굴은 나에게 가난한 사람과 이방인의 궁핍을 보여준다. 그러나 내 권력에 호소하고 나를 겨냥하는 이 궁핍과 유배는 주어진 것으로서의 이 권력에 스스로를 양도하지 않고 얼굴의 표현으로 남아 있다. 가난한 사람, 이방인은 스스로를 평등한 자로 드러낸다. 이 물질적 궁핍 속에서의 그의 평등성은 만남에 현존하며 그의 비참함 속에서 타인이 이미 섬기고 있는 제삼자와 관계되어 있다.

제3자는 언제나 잠재적으로 타자의 가까움 속에 현존한다. 즉 가까움을 통해 나와 대면하는 타자는 타자들의 가능성을 이미 함축하고 있는 것이다. 이때 내 앞의 타자는 단순히 '나'의 타자가 되지 않으며, 나 역시 그 타자들에 대해 스스로 하나의 타자가 된다.[478] 제3자는 나와 타자와의 관계가 자기 폐쇄적으로 변하는 것, 즉 '우리'로서 또 다른 동일성의 집단을 이루는 것을 막아준다. 그럼으로써 나는 타자가 단순히 나를 위해 존재하지 않으며, 나의 이웃이 동시에 제3자에게도 이웃이 된다는 것, 나아가 나 역시 그들에게 이웃이자 제3자가 된다는 것을 깨닫게 된다.

C'est moi qui supporte tout. Vous connaissez cette phrase de Dostoïevski: <Nous sommes tous coupables de tout et de tous devant tous, et moi plus que les autres.> Non pas à cause de telle ou telle culpabilité effectivement mienne, à cause de fautes que j'aurais commises; mais parce que je suis responsable d'une responsabilité totale, qui répond de tous les autres et de tout chez les autres, même de leur responsabilité. Le moi a toujours une responsabilité de plus que tous les autres.[479]

모든 것을 떠받치는 것은 나입니다. 아시겠지만 도스토예프스키는 이렇게 말했습니

---

478) E. Levinas, 『존재와 다르게 또는 본질을 넘어서』, *op.cit.,* p.245. "제3자는 이웃이 아닌 또 다른 존재이면서, 동시에 또 다른 이웃이기도 하다. 나아가 제3자는 단지 타자와 닮은 자가 아니라, 타자의 이웃이다. 그렇다면 타자와 제3자는 서로에 대해 어떤 존재인가? 그들은 서로에게 무엇을 하는가? 누가 먼저인가? 타자는 제3자와의 관계 속에 존재한다."

479) E. Levinas, 『윤리와 무한』, *op.cit.,* p.95.

다. <우리 모두는 모든 것에 대해 죄인들이다. 우리 모두 앞에 있는 모든 사람들에 대해서도 우리는 죄인들이다. 그리고 다른 사람들보다 내 탓이 더욱 크다.> 내가 범한 실제적인 이러저러한 죄 때문도 아니고, 내가 범할지 모르는 잘못들 때문도 아닙니다. 오히려 내가 다른 모든 사람들과 그들의 모든 것, 심지어 그들의 책임까지도 떠맡는 총체적인 책임을 가지고 있기 때문입니다. 나는 항상 다른 모든 사람들보다도 더 많은 책임을 가지고 있습니다.

레비나스는 내 앞의 사람 말고도 제3자가 있다는 사실을 통해 정의가 생겨난다고 주장한다. 이 세계에 나와 내 앞의 사람만 존재한다면 나는 그에게만 책임을 질 것이다. 하지만 세계는 내가 알지 못하는 또 다른 타자들로 가득하다. 따라서 나는 다른 사람과 맺은 책임에 기초한 윤리적 관계를 그 밖의 다른 사람들과도 맺어야 한다. 이미 타자에 대한 책임 속에는 나와 상관없는 것에 대한 책임이라는 의미가 담겨져 있다. 하지만 그것은 동시에 나와 관계가 있고, 나에게 얼굴로 다가오는 것에 대한 책임이다. 이러한 점에서 나는 그에게 빚을 지고 있으며, 그 외에 모든 고통받는 얼굴, 언젠가 나에게 계시될 수 있는 모든 얼굴에 대해 빚을 진 자가 된다. 타인 역시 나에 대해 책임이 있는 것은 당연하다. 하지만 그것은 어디까지나 '그의' 일이다. 앞서 살펴보았듯이 개인들 사이의 관계, 얼굴의 현현을 통해 이루어지는 대면적 관계는 상호적인 것이 아니다. 그것은 '비대칭성'을 근거로 하고 있다. 즉 나는 언제나 타자의 '밑'에서 그의 '종'이 되는sujetion 관계이다. 도스토예프스키의 『카라마조프가의 형제들』에서 인용된 위의 구절은480) 우리 앞에 있는 모든 이들의 현실을 포함해 모든 것이 우리의 탓임을 이야기하고 있다. 나는 다른 모든 사람을 책임지고, 그들의 모든 것을 책임지며, 그들의 책임까지도 나의 책임으로 한다. 나는 언제나 다른 사람보다 더 많은 책임을 진다. 내가 범했을지도 모르는 잘못에 대해서까지 나는 책임이 있다. 얼굴과 대면한 나는 그 순간부터 '종'으로서

---

480) F. Dostoïevski, 『카라마조프가의 형제들』, É. Guertik 번역, Librairie Générale française, 1972, p.186, 332, 333, 343.

의 '주체'가 되기 때문이다.

Des quatre têtes levées vers lui, deux étaient sans béret. Son regard allait de l'un à l'autre. D'où lui venait cet amour disproportionné. Cet absurde amour? Il ne les connaissait pas, il ne les reverrait jamais. Et pourtant, il aurait voulu les appeler par leur prénom, les retenir, entrer dans la vie de chacun d'eux, les garder de tout péril, leur faire un rempart de son corps. Passion monstrueuse, passion divine, oui! C'était cela! Passion d'un Dieu pour sa créature.[481]

그를 향해 고개를 치켜든 네 명 중에서 두 아이의 머리에는 베레모가 없었다. 그는 아이들을 차례로 둘러보았다. 이 지나칠 정도로 크고 부조리한 사랑은 어디에서 나오는 것인가? 그는 그 아이들을 알지 못했다. 앞으로 그들을 다시 볼 일도 없을 것이다. 하지만 그는 그들의 이름을 불러주고, 그들을 붙들어주며, 그들 각자의 삶에 개입해 모든 위험으로부터 막아주고, 자신의 몸으로 요새를 만들어 주고 싶었다. 어마어마한 열정, 그렇다. 성스러운 열정이었다. 피조물에 대한 신의 열정과 같은 것이었다.

그자비에는 미르벨의 가정과 관련된 사람들뿐만 아니라, 누군지 전혀 알지 못하는 아이들, 다시 만날 수 있는 기약도 없는 아이들에 대해서도 책임을 느낀다. 그자비에의 관심은 이처럼 자신을 둘러싼 사람들의 범위를 벗어나 보편적 타자에게로 향해 간다. 그의 존재는 오로지 타자에게 헌신하는 무한한 과제와 관련된다. 무한의 계시는 타자의 벌거벗음, 보호해 주어야 할 연약한 모습 그 자체에 있을 뿐, 다른 특수한 모습에서 기인하는 것이 아니다.

『문둥병자에게 입맞춤』에서도 우리는 이와 비슷한 모습을 찾아볼 수 있다. 외면적으로 볼 때 장 펠루예르의 희생은 자신으로 인해 고통받는 부인을 위한 것으로 그려진다. 하지만 막상 그 희생의 영향은 단지 노에미에게만 해당되지 않고, 더욱 큰 범위로 확대된다. 그의 희생은 직접적인 당사자였던 노에미로부터 시작하여 아버지 장을 비롯한 가족 전체에 평화를 가져다주며, 나아가 마을의 신부에게도 '세

---

481) F. Mauriac, 『속죄양』, *op.cit.,* p.155.

상 어디에서도 찾을 수 없었던 평화'[482])를 준다. 조금 뒤에서는 그의 죽음이 '다수의 사람들'을 위한 희생으로 그려지기도 한다.[483] 장의 죽음이 그리스도의 죽음을 부분적으로 상징하고 있음을 보여주는 장면이다.

앞의 예문에서 볼 수 있듯이 그자비에의 타자에 대한 열정은 피조물에 대한 신의 열정과 같은 것으로 묘사된다. 장 펠루예르 역시 그리스도의 이미지를 상징하는 일종의 순교자로 그려지고 있음에는 의문의 여지가 없다. 사실상 모리악에게서는 자기포기와 타자를 위한 주체로서의 무한 책임을 가지는 것은 결국 그 범위가 보편적 타자에게로 확대될 수 있을 때 궁극적인 목적에 도달하게 된다. 그렇게 되기 위해서는 대가 없는 무조건적인 내어줌이 필요하다. 내가 타자에 대한 책임을 가질 때 상대방으로부터의 일정한 대가를 전제로 한다면 그것은 결코 보편적인 의미로 확대될 수 없다. 왜냐하면 대가의 의미 속에는 이미 나와 너 사이의 상호성의 의미가 포함되어 있기 때문이다. 이러한 점에서 그리스도의 희생은 우리에게 무조건적이고 무제한적인 타자에 대한 책임의 전형을 보여준다. 그것은 특정한 어느 누구만을 향하는 것이 아니라 보편적 타자, 다음 시대에 태어날 사람을 포함한 모든 인류를 대상으로 하는 희생이며, 그렇기 때문에 자기포기의 순간 자체가 '무한'으로 연결되는 희생이다. 이처럼 무한을 향한 책임의 확대가 전제되어 있을 때 역설적으로 그 희생은 영향을 받는 개개인에게도 고유하고 특별한 의미로 다가올 수 있다.

Se donner aux âmes, c'est la vocation de tout chrétien. Dure loi, mais qui ne nous exile pas de l'amour, qui nous y introduit au contraire, qui fonde notre vie sur une double conquête spirituelle: la nôtre d'abord et puis celle des êtres que le Seigneur met sur notre route, non pour que nous abusions d'eux, mais pour que nous les sauvions.[484]

---

482) F. Mauriac, 『문둥병자에게 입맞춤』, *op.cit.,* p.117.

483) *Idem.*

484) F. Mauriac, 『잃어버린 말과 되찾은 말』, *op.cit.,* p.233.

영혼들을 위해 스스로를 내어주는 것이야말로 모든 기독교인들의 소명입니다. 그것은 가혹한 법칙이지만, 우리를 사랑으로부터 멀어지게 하는 것이 아니라 반대로 우리를 사랑으로 인도해 주며, 우리의 삶을 이중의 영적인 정복 위에 정립하는 법칙입니다. 곧 먼저 우리 자신을 정복하고 그러고 나서 주님이 우리로 하여금 만나게 하신 존재들을 정복하는 것입니다. 물론 그것은 우리가 그들을 멋대로 대한다는 의미에서가 아니라 그들을 구원하기 위해서이지요.

모리악은 1959년 2월 19일 글라시에르 거리에 있는 도미니크 수도회에서 "젊음의 순수함La pureté de la jeunesse"을 주제로 강연을 했다. 이 자리에서 그는 세상과의 '싸움'에 임하게 될 젊은이들, 특히 '기독교인'으로서 삶을 살아갈 이들에게 가장 중요한 덕목으로 '타인을 위한 희생'을 이야기한다.

사실상 예문으로 제시한 이 강연의 내용은 우리가 앞서 살펴본 모리악의 세계관 전체를 요약하고 있는 듯하다. 타자를 위한 희생이 있기 위해서는 먼저 두 가지 사항이 전제되어야 한다. 자기 자신과 타인들의 영혼을 정복하는 것이 그것이다. 우선 타인의 영혼에로 향하기 위해서는 자기 자신의 발견이 선행되어야 한다. 특히 영적인 측면에서 우리 '자신'을 정복한다는 것은 '벌거벗은' 자신의 모습과 대면함을 의미한다. 그 이후에 우리는 타인들의 영혼을 바라볼 수 있다. 예문에서도 지적하고 있듯이 여기에서 '정복'이라는 말은 단어의 외면적인 의미가 가리키듯 단순히 타인을 '지배'하는 것, 다시 말해 타인을 나에게로 환원하고 흡수하는 것을 의미하지 않는다. 그것은 우리 삶의 여정 속에서 만나게 되는 자들을 '구원'의 길로 인도함을 의미한다. 모리악에게서 타인을 '구원'으로 '안내'하는 것은 결코 주체로서의 '자기'에게 초점이 맞추어진 일이 아니다. 그것은 어디까지나 '그'를 위해 '나'를 내어 던지는 구체적인 행위를 통해서만 가능하다.

나는 박해자에 대해서까지 책임을 져야 하는 절대적 종속의 위치에 있다. 심지어 나는 박해자의 행위에 대한 대속으로까지 확대되는 책임의 무한성에도 불구하고 그에 대한 대가조차 요구할 수 없다. 하지만 내가 타자들에 대한 또 한 명의 타자라는 사실로 인해 이러한 비대칭성을 보상받을 수 있다. 타자에 대한 나의 책임은 나에 대한 타자의 상호적 책임과 연관되지 않으며, 나는 어떤 식으로든지 타자와 비교될 수 없다. 그러나 보편적 타자에로의 책임의 확대가 이러한 점을 보상한다. 타자는 다른 자아alter ego가 될 수 없지만, 나는 또 다른 타자가 될 수 있는 것이다.485) 모리악의 여러 작품에서 나타나듯이 한 개인의 타자를 위한 희생은 그 희생의 대상이 되는 자를 마찬가지로 무한한 책임을 가진 주체로 변형시킨다. 누군가가 나를 위해 희생하는 순간 나는 또 다른 누군가를 위해 희생해야 할 책임을 가지게 되는 것이다. 이러한 식으로 자기포기와 타자에 대한 무한한 책임은 보편적 차원으로 확대될 수 있는 것이다. 장의 희생이 노에미에게 끼친 영향, 노에미를 통해 또 다시 실천되는 무한한 책임의 모습, 그자비에의 희생이 장 드 미르벨의 존재를 변화시킴으로써 또 다른 변화의 가능성을 암시하는 모습들은 이러한 자기희생의 확대를 보여주고 있다.

르네 지라르에 따르면 인간의 욕망은 근본적으로 '모방'의 성격을 가지고 있으며, 따라서 인간의 욕망과 그로 인한 갈등까지도 항상 주위로 '전염'되어 나가게 마련이다. 모방의 속성이 이처럼 인간에게 있어서 근본적인 속성이라면, 그것은 타자를 위한 '섬김' 역시 모방되고 전염될 수 있다는 사실을 의미한다. 희생과 화해가 나와 너 사이의 상호 관계를 넘어 보편적인 타자에게로 열릴 수 있다면, 그 안에는 바로 이러한 모방의 원리가 긍정적인 의미에서 작용하는 것을 볼 수 있다. 모리악의 인물들은 모방의 모델을 그리스도로 삼음으로써, 섬김과 희생, 나아가 보편적 타자를 위한 희생의 확대를 실천한다. 이때 인물들에게 주어진 책임은 문자 그대로 '무한'한 것이 되며, 이러한 무제한적 책임을 바탕으로 이루어지는 관계는 모든 인류에게로 확대될 수 있을 것이다.

485) E. Levinas, 『시간과 타자』, op.cit., p.75. "우리의 사회적 삶을 특징짓는 타자와의 관계 속에서도 이타성은 비상호적인 관계, 다시 말해 동시대성과 뚜렷이 구분되는 관계로 나타난다. 타인으로서의 타인은 단지 한 명의 타아가 아니다. 그는 나와는 다른 존재이다."

V.

맺는말

서론에서 우리는 대표적인 전쟁 세대의 지성으로서의 모리악과 시대적 상황과는 무관해 보이는 상황들을 그려낸 작가 모리악 사이의 괴리의 문제를 언급한 바 있다. 지금까지 살펴본 바와 같이 그의 작품들이 주로 프랑스의 지방 부르주아 사회, 그것도 한 가정 내에서 일어나는 갈등을 중심으로 전개되고 있으며, 거기에서 전쟁을 비롯한 시대사적 관심사들에 대한 직접적인 언급은 거의 찾아볼 수 없는 것은 사실이다. 사상적 중심 자체를 거부하는 여러 사조들의 태동과 더불어 기존의 서구 기독교적 전통 자체가 근본부터 위협받는 상황에서 이처럼 시대와 동떨어져 보이는 모리악의 작품이 우리에게 다소 생소하게 느껴지는 것 역시 사실이다. 하지만 이러한 점에도 불구하고 그의 작품 속에는 인간 존재의 가장 깊고 내밀한 지점을 집요하게 파고드는 힘이 있다는 사실 역시 부정할 수 없다. 모리악은 전쟁과 같은 큰 규모의 사건 이면에는 가장 기본적인 인간 개개인의 문제가 내재되어 있는 것으로 보았다. 즉 그는 인간 개개인, 그리고 그들이 모인 가장 작은 단위의 집단에서 볼 수 있는 갈등의 가장 근본적인 원인을 밝혀내는 데 중점을 두었던 것이다.

　타자의 문제와 관련하여 모리악이 보여주고 있는 해결책은 그리 멀리 있는 것이 아니라는 것이 우리의 생각이다. 복음의 순수성으로 돌아가는 것, 그리하여 스스로 '주인'이기를 포기하고 '노예'의 길을 자청하는 것, 나를 위한 타자의 존재가 아닌 타자를 위한 내가 되는 것, 그럼으로써 너와 내가 함께 공존하며 함께 '주인'이 되는 것, 이것이 바로 전쟁의 사상에 대항하여 모리악이 제시하고 있는 방법이다. 그러기 위해서 모리악은 먼저 타인과의 관계를 형성하는 개인이 갈등의 원인이 되는 자기만의 틀로부터 벗어나야만 한다고 주장한다. 즉 개인이 먼저 '정화'된 후 '타자에로의 전향'이 있어야 한다는 것이다. 사실상 타자에 대해 열린 주체가 되기 위해서는 자기중심적인 욕망으로부터의 정화 작업이 선결되어야 함은 분명하다. 이러한 점에서 모리악은 전체성을 나타내는 집단에의 무조건적인 흡수에 저항하는 개별적 인물들에 대해 깊은 애정을 나타낸다. 테레즈를 비롯해 그의 작품 세계에서 이른바 '괴물'의 부류에 속하는 인물들은 모두 개인적 자아와 집단 사이에 존재하는 역설로 인해 고뇌하는 인물들이다. 이 과정을 통해 인물들은 자기 존재와 세계에 대한 구체적이고 주체적인 성찰에 다가서게 된다.

서론에서 언급했던 바와 같이 모리악의 문학 세계는 두 차례에 걸친 전쟁으로 인해 인간에 대한 본질적인 회의가 팽배하던 시기에 자리잡고 있다. 이러한 시대적 분위기 속에서도 여전히 모리악은 인간 존재의 본질적인 문제야말로 문학이 추구해야 할 본연의 가치이며, 바로 인간의 문제를 통해서만 전쟁과 같은 사회적 현상의 원인을 파악할 수 있다고 생각했다. 모리악은 인간 내면의 문제를 통해 외적인 현상을 분석하고자 했으며, 가장 본원적이고 구체적인 경험을 통해 보편의 문제를 이야기하고자 했다. 이러한 점에서 그의 작품은 언제나 사건이나 스토리의 긴장감보다는 인물들이 느끼는 감정에 있어서의 긴장감을 전달하는 데 집중하고 있다. 사건은 단지 인물들에게 내적 갈등과 존재 변화의 기회를 제공하는 요소에 불과하다. 모리악에게 중요한 것은 영혼의 변화와 그것을 드러내는 것이었기 때문이다. 따라서 모리악의 작품은 인간에 대한 가장 보편적이고도 일반적인 주제들로 가득 채워져 있다. 하지만 그의 글을 읽는 독자들은 이처럼 일반적인 상황의 서술 속에서 그들 자신이 생을 통해 접하게 되는 문제들, 그 정확한 실체를 표현하기 어려운 문제들, 형이상학적인 문제들, 나아가 한 사회나 국가가 가진 본질적인 문제들의 반향을 접할 수 있으며, 바로 여기에서 우리는 모리악의 문학이 가진 가장 큰 특징을 찾아볼 수 있다.

이처럼 모리악 문학의 본원을 이루는 인간 내면의 문제를 중심으로 우리는 그의 문학 세계와 시대적 현실, 그리고 형이상학적 개념들 사이를 연결 지을 수 있는 구체적인 주제로 타자의 문제를 선택했다. 특히 우리는 레비나스나 지라르와 같이 종교적 성향을 띤 학자들의 이론과 모리악의 작품 세계와의 대화를 시도해 보았다. 이를 통해 우리는 모리악의 작품에 대한 전통적인 해석의 지평이 확대될 수 있기를 기대한다. 하지만 동시에 이러한 시도는 본 연구가 가진 한계와 앞으로의 과제를 보여주고 있기도 하다.

모리악의 작품은 근본적으로 기독교 사상을 바탕으로 하고 있다. 이러한 특징은 작품 구성에 있어서 이분법적 대립 구도가 지배하는 결과로 나타난다. 모리악의 문학 세계는 사실상 영과 육, 선과 악, 개인과 집단 등 극명하게 구분된 두 가지 실체들의 짝으로 이루어져 있다고 해도 과언이 아니다. 이러한 특징은 각각의 개별적 요소들의 내부에서도 그대로 나타난다. 악의 세계에 빠져 있는 개인들에게 있어서도 자기성 확립의 욕구를 가지고 있음으로 해서 초월의 가능성을 보유한 것으로 그려지는 개인이 있는가 하면, 집단의 전체성 속에 스스로를 내어 맡김으로 인해 존재 변화의 가능성까지 박탈당한 것처럼 보이는 개인들도 있다. 이러한 점에서 볼 때 자유의 문제를 들어 모리악의 문학 세계를 비판했던 사르트르의 논거도 타당성이 있는 것이 사실이다. 하지만 모리악의 작품 세계 전체가 이러한 극단적이고 선험적인 이분법 속에 갇혀 있다고 주장하는 것은 또 다른 논리의 비약이 될 수 있다. 왜냐하면 모리악이 궁극적으로 지향하는 바는 낮은 곳으로부터 높은 곳으로의 초월의 가능성이기 때문이다. 실제로 앞서 제시한 이중적인 요소들은 한 명의 개인이나 하나의 집단이 동시에 가지고 있는 양면성을 나타내고 있으며, 그 개인과 집단의 내부에서 이러한 두 가지, 혹은 다중적인 요소들이 일종의 변증법적인 활동을 통해 궁극적인 합일과 초월로 나아가게 된다. 악의 모습도 궁극적인 선의 구성에 필요한 요소로 사용된다. 모리악의 인물들은 선험적인 결정론의 노예가 아니라 끊임없는 내적 갈등과 자기성찰을 통해 변증법적 합일의 과정으로 나아가는 성장 중에 있는 주체들이라고 할 수 있다.

　　바로 이러한 점에서 우리는 본 연구가 가지고 있는 한계와 앞으로 모리악의 작품에 적용할 수 있는 새로운 분석의 지평들을 찾아볼 수 있다. 본 연구에서 우리는 분석의 도구로 유대·기독교 사상과 직·간접적으로 연관되는 사유들을 주로 사용하였다. 물론 이러한 분석의 시도는 모리악의 작품이 가진 근본적인 의미를 훼손시키지 않으면서 그 의미의 지평을 새로운 학문의 영역으로 확대 적용시킬 수 있다는 장점을 가지고 있는 것으로 보인다. 동시에 논의의 초점이 흐려지지 않은 채 모리악의 작품이 내세우는 기독교 사상을 깊이 있게 파고들 수 있다는 점 역시 장점으로 작용한다. 하지만 이와 같은 시도는 그것의 관점에 있어서 모리악의 문학 세계가 가진 풍요로운 의미 영역들 가운데 한 가지 면에만 집중하게 된다는 한계를 가지고 있다. 즉 모리악이 보여주는 변증법적 합일의 과정을 분석하는 데 있어서 그것의 한 항목에만 중심을 두고 있는 것이다.

이와 같은 한계는 우리가 주요 분석 도구로 사용한 레비나스의 이론과 그것의 적용에 있어서의 실제적인 문제와도 연관된다. 주지의 사실이다시피 레비나스의 사유는 유대교적 전통과 후설의 현상학이라는 두 가지 기원을 바탕으로 두고 있다. 정확히 말하자면 유대교적 사유가 가진 윤리학의 요소들을 강조하여 후설의 현상학, 나아가 주체의 의식 활동을 세계의 근간으로 삼는 철학적 전통을 극복하고자 하는 것이 레비나스의 사유가 가진 특징이라고 할 수 있다. 여기에 아우슈비츠로 대표되는 유대인 학살의 근원을 선험적 관념론의 문명 속에서 찾고자 하는 목적 역시 덧붙일 수 있다. 여기에서 우리는 레비나스의 사유가 보여줄 수 있는 한계를 직감할 수 있다. 그는 이른바 전체성으로 통합될 수 있는 모든 사유의 요소들을 극복하고자 했지만 정작 그러한 시도 자체가 또 다른 일원적 사유를 바탕으로 하고 있는 것은 아닌지에 대한 문제가 그것이다.

우리는 모리악과 레비나스가 가진 내적인 모순에 대해서도 생각해 볼 수 있다. 레비나스는 절대적 타자로서의 신의 개념과 주체의 자율성의 문제 사이에서 결론을 내리지 못하고 있는 것으로 보인다. 만약 종교적 의미에서의 신, 즉 존재론적인 신을 인정한다면 그의 사유는 그가 극복하고자 했던 전체성의 덫에 다시 빠지게 될 것이다. 반면 절대적 타자의 무한성이 주체의 자율성에 책임을 부여하지 못한다면 또 다시 우리는 타자와의 갈등관계로 빠져들게 될 것이다. 우리는 이와 같은 면을 '얼굴의 명령'과 관련하여 이미 살펴본 바 있다. 나아가 이러한 문제는 폴 리쾨르Paul Ricœur가 『타자로서의 자기 자신Soi-même comme un autre』에서 지적한 바와 같이 동일자와 타자 사이의 운동 방향에 대한 문제로도 발전할 수 있다. 레비나스가 타인의 이타성이 나에게로 통합될 수 없는 것임을 주장하고, 타자에게서 나에게로 향하는 일방적 관계를 이야기하면서, 동시에 그 타자에 대한 구체적인 정의 역시 내릴 수 없는 것으로 본다면 무엇보다도 다음과 같은 두 가지의 문제가 제기될 수 있다. 나에게서 타자로 향하는 행위, 즉 레비나스에 따르면 무조건적인 응답의 의미는 어떻게 설명될 수 있는지의 문제와, 도대체 누구에 의해 부과된 책임이기에 주체가 그 호소 혹은 명령을 따를 수밖에 없느냐의 문제가 그것이다. 나에게 명령을 내리는 타자는 누구인가? 타인인가? 신인가? 신이라면 살아 있는 신인가? 존재하지 않는 신인가? 나아가 후설이 말하는 동일자에서 타자로의 움직임과 레비나스가 말하는 타자로부터 동일자로의 움직임은 결코 결합될 수 없는 것인가?[486]

사실상 레비나스의 사유가 가지고 있는 이러한 문제는 기독교 세계관을 바탕으로 구성된 모리악의 문학 세계에도 그대로 적용될 수 있을 것으로 보인다. 나아가 모리악은 레비나스가 거부하고자 했던 존재론적인 신의 관념을 인정하고 있다. 그렇다면 우리는 다음과 같은 본질적인 물음을 제기해 볼 수 있다. 모리악의 인물들이 가진 자유는 어디까지인가? 그들이 내적 성찰과 자각의 과정을 통해 새로운 존재로 변화한다면 그것은 주체의 자율성에 의한 것인가, 아니면 은총으로 제시되는 절대적 실체에 의해 움직여지는 것에 불과한가? 앞서 잠시 언급했듯이 모리악 역시 인간의 자유와 장세니스트적인 결정론 사이에서 갈등했던 것이 사실이다. 레비나스가 철저하게 타인과의 윤리적 관계에 바탕을 둔 신의 개념을 이야기했다면 모리악은 때로는 윤리적 관계까지도 초월한 신앙의 관점을 내세우기도 한다. 앞서 살펴보았듯이 타인의 얼굴이 주체로서는 거부할 수 없는 명령을 담고 있다는 면에서는 모리악이 보여주는 구체적인 신의 개념이 더욱 효과적으로 보인다. 하지만 절대적인 신의 개념이 강조될 경우 위와 같은 문제에 봉착할 수밖에 없는 것 역시 사실이다. 이것은 곧 레비나스의 이론과 모리악의 작품 사이의 대화가 가진 한계일

---

486) p.Ricœur, 『타자로서의 자기 자신 *Soi‒même comme un autre*』, Seuil, 1990, p.382, 393, 409 참조.

수도 있을 것이다.

　모리악의 작품 세계와 레비나스의 사유는 그 형이상학적 기원과 시대적 배경, 그리고 지향하는 목적에 있어서 분명 맥을 같이하고 있다. 하지만 우리의 시도가 더욱더 넓은 지평을 확보하기 위해서는 우선 각자가 가진 내적인 모순점들과 상호간의 모순점들을 더욱 깊이 고찰할 필요성이 주어진다. 기독교 작가로서 모리악이 보여주는 내적 모순에 대한 보다 깊이 있는 탐색을 위해서는 모리악과 동시대를 경험했으며, 동일한 사유의 근간을 바탕으로 작품 활동을 했던 작가들, 예를 들면 베르나노스나 클로델 등과 같은 작가들과의 비교 연구가 요구되는 것이 사실이다. 이와 더불어 모리악의 작품이 가진 의미 영역을 충분히 확대시키고, 방법론이 가진 일원성의 한계를 극복하기 위해서는 모리악의 사상과 대척을 이루고 있는 작가나 이론가들과의 대화의 시도 역시 절실하게 요구되는 것이 사실이다. 이러한 시도는 각각의 사유가 가진 한계 극복과 더불어 모리악의 문학 세계가 내포하고 있는 의미, 심지어 모리악 자신이 생각하지 못했던 의미의 지평까지도 열어 보일 수 있을 것이다. 진정한 합일에 이르기 위해서는 적합한 '반'의 개념이 필요하다는 데에는 의문의 여지가 없을 것이다.

　여기에 덧붙여 모리악의 작품이 가진 문학성을 더욱 깊이 있게 살피기 위해서는 형식적 측면에서의 특징들과 주요 테마들 사이의 비교 연구 역시 병행되어야 할 것이다. 모리악은 시적인 문체의 서정성을 소설에 도입한 작가로도 널리 알려져 있다. 이러한 특성은 보르도와 랑드 지방을 중심으로 한 배경, 즉 물리적 세계와 인간의 내면이 서로 소통하게끔 하는 문체의 동력으로 작용한다. 사방이 포도밭과 광야로 둘러싸인 지방의 조그마한 가정 내에서 커다란 외적인 특징도 가지고 있지 못한 인물들이 느끼는 섬세한 심리적 갈등이 독자들의 내면에 반향을 불러일으키고, 시대를 둘러싼 사유의 흐름과도 맥을 같이할 수 있는 것은 모리악의 글쓰기가 가진 힘이라고 할 수 있다. 사실상 본 연구와 관련하여서도 모리악의 글쓰기가 보여주는 몇 가지 특징들을 생각해 볼 수 있다. 본문에서 잠시 살펴보았듯이 각 인물들의 내면, 특히 자신도 알지 못하는 욕망의 지배를 받는 인물들의 갈등의 근원을 찾아내기 위해 모리악은 연대기적 시간의 단조로운 구성을 버리고 인물들의 현재와 과거를 끊임없이 오고가는 기법을 사용한다. 이 과정에서 모리악은 소설의 관점도 자유롭게 변화시킨다. 모리악의 작품 속에서 우리는 화자와 작중 인물, 그리고 전지적 작가의 관점이 혼용되는 것을 흔히 접할 수 있다. 이러한 관점의 이동 역시 인물들의 내면의 상태와 욕망의 근원을 파헤치기 위한 수단으로 사용된다. 또한 모리악이 보여주는 간결한 문체 역시 본질을 탐색하고자 하는 목적과 연관을 가지고 있는 듯이 보인다. 같은 맥락에서 모리악은 작품의 제사나 작가 서문을 활용하기도 하며, 때로는 자신의 인물들과 독자들에게 직접 말을 건네기도 한다.

반면에 타자의 문제와 관련하여 모리악의 글쓰기가 보여주는 특징들은 우리에게 하나의 장애가 되기도 한다. 타자를 주제로 한 글쓰기가 흔히 파편적이면서도 해체적인 특징을 가지고 있다고 할 때, 모리악의 글쓰기는 이러한 특징들과는 다소 멀리 떨어져 있는 것이 사실이다. 그가 연대기적인 시간의 순서를 흐트러뜨렸던 것은 사실이지만, 이 역시 전통적 글쓰기의 흐름 자체를 해체시키는 시도와는 거리가 멀다. 오히려 모리악은 소설에 있어서 전통적인 형식을 중요시했던 것이 사실이다. 그의 작품은 확고한 주제를 중심으로 전개되며, 작품 속에서 그가 사용하는 모든 기법들은 철저하게 하나의 목적에 종속되어 있다고 해도 과언이 아니다. 나아가 본질의 탐구를 위해 사용되는 기법들, 특히 관점의 자유로운 이동과 작가의 개입 등은 작가 자신을 작품의 절대적인 주관자의 위치에까지 끌어올리기도 한다. 작품 속에서 모리악은 종종 신의 위치에서 인물들의 운명을 좌우하는 것으로 보일 때도 있다. 개인의 자유와 절대적인 신의 섭리 사이의 왕래가 그의 글쓰기에서도 재현되고 있는 것이다. 또한 타자를 위한 글쓰기가 대화를 중요한 특징으로 한다면, 모리악의 작품은 대화체의 사용보다는 인물의 독백이나 화자에 의한 내면의 묘사에 더욱 초점이 맞추어져 있다. 이러한 문제들에 직면하여 우리는 주제와 관련된 몇 가지 이미지들과 글쓰기의 특징들을 제외하고는 모리악의 작품 세계 전체를 통괄하는 주제적 측면과 형식적 측면 사이의 근본적인 대화에까지 본 연구의 범위를 확대시키지 못한 것이 사실이다. 타자의 문제와 관련하여 모리악의 글쓰기가 보여주는 특징들, 특히 주제의 측면과 일견 모순을 이루는 것처럼 보이는 특징들을 통합하여 살펴볼 수 있는 더욱 큰 연구의 틀을 모색해야 할 과제가 우리 앞에 놓여 있다.

우리의 연구가 타자의 개념을 중심으로 모리악의 문학 세계에 대한 새로운 비평의 관점을 제시하고, 그 세계가 품고 있는 하나의 지평을 열었다면 우리 앞에는 다가가야 할 더욱 무한한 지평이 기다리고 있는 것 역시 사실이다. 나와 타자의 휴머니즘, 신의 절대성에 대한 개념들, 나아가 이러한 개념들을 표현하는 기법의 문제들이 진정한 합일에 이를 수 있는 연구의 시도를 기대해 본다.

|참고문헌|

1. Œuvres de F. Mauriac

Œuvres romanesques et théâtrales complètes, Gallimard, Paris, Col. Biblioth que de la Pliade, t. Ⅰ, 1978, t. Ⅱ, 1979, t. Ⅲ, 1981, t. Ⅳ, 1985.

Œuvres autobiographiques, Gallimard, Paris, Col. Biblioth que de la Pliade, 1990.

L'Enfant chargé de chaînes, Grasset, Paris, 1913.

La Robe prétexte, Grasset, Paris, 1914.

Préséances, mile – Paul, Paris, 1921.

Le Baiser au lépreux, Grasset, Paris, 1922.

Génitrix, Grasset, Paris, 1923.

Le Fleuve de feu, Grasset, Paris, 1923.

Le Désert de l'amour, Grasset, Paris, 1925.

Thérèse Desqueyroux, Grasset, Paris, 1927.

Le Roman, L'Artisan du livre, 1928.

La Vie de Jean Racine, Plon, Paris, 1928.

Diet et Mammon, Le Capitole, Paris, 1929.

Trois Récits, Grasset, Paris, 1929.

Souffrances et bonheur du chrétien, Grasset, Paris, 1931.

Le Jeudi – Saint, Flammarion, Paris, 1931.

Le Nœud de vipères, Grasset, Paris, 1932.

Le Mystère Frontenac, Grasset, Paris, 1933.

Le Romancier et ses personnages, Corréa, Paris, 1933.

Journal Ⅰ, Grasset, Paris, 1934.

La Fin de la nuit, Grasset, Paris, 1935.

Vie de Jésus, Flammarion, Paris, 1936.

Les Anges noirs, Grasset, Paris, 1936.

Journal Ⅱ, Grasset, Paris, 1937.

Asmodée, Grasset, Paris, 1937.

Journal Ⅲ, Grasset, 1940.

La Pharisienne, Grasset, Paris, 1941.

Le Cahier Noir, Minuit, Paris, 1943.

Les Mal -Aimés, Grasset, Paris, 1945.

Le Sagouin, Plon, Paris, 1951.

L'Agneau, Flammarion, Paris, 1954.

Un Adolescent d'autrefois, Flammarion, Paris, 1969.

Mémoires intérieurs et Nouveaux Mémoires intérieurs, Flammarion, Paris, 1985.

Souvenirs retrouvés, Fayard, Paris, 1985.

Les Paroles restent, Grasset, Paris, 1985

Paroles perdues et retrouvées, Grasset, 1986.

Bloc -notes, t. Ⅰ(1952~1957), t. Ⅱ(1958~1960), t. Ⅲ(1961~1964), t. Ⅳ(1965~ 1967), t. Ⅴ(1968~1970), ditions du Seuil, Paris, 1993.

『사랑의 沙漠, 毒蛇의 집』, 정명환 역, 세계문학사, 세계문학대계 vol.4, 서울, 1971.

『불의 江』, 손석린 역, 서문당, 서울, 1975.

『고독한 자에게 보내는 키스』, 오증자 역, 성바오로 출판사, 서울, 1977.

『어둠의 천사들, 속죄양』, 신현숙 역, 학원사, 서울, 1982.

『예수의 생애』, 김신순 역, 종로서적, 서울, 1983.

『어느 시골 신부의 일기, 바리사이 여인』, 안응렬 역, 삼성출판사, 삼성판 세계문학전집 vol.43, 서울, 1984.

『프롱뜨낙 가의 신비』, 최병곤 역, 만남, 서울, 2004.

2. Études sur F. Mauriac

ANGLARD(V ronique), *Thérèse Desqueyroux: Études littéraires,* P.U.F., Paris, 1992.

BERSANI(Jacques), *Mauriac du côté de chez Proust,* Grasset, Paris, 1976.

CABANIS(Jose), *Mauriac, le roman et Dieu,* Gallimard, Paris, 1991.

CASSEVILLE(Caroline), *Mauriac sous le regard de Sartre,* Klincksieck, Paris, 1975.

CATTAN O(Bernard), *François Mauriac, Aux sources de l'Amour,* Jean Curutchet, Helette, 1998.

CHOCHON(Bernard), *François Mauriac ou la passion de la terre,* Lettres modernes, Paris, 1972.

CHOCHON(Bernard), *Le Bloc‑notes de Mauriac, une poésie du temps,* L'Harmattan, Paris, 2002.

CORMEAU(Nelly), *L'Art de François Mauriac,* Grasset, Paris, 1951.

CROC(Paul), *Destins de François Mauriac,* Hachette, Paris, 1972.

ESCALLIER(Claude), *Mauriac et l'Evangile,* Beauchêsne, Paris, 1993.

GRALL(Xavier), *François Mauriac journaliste,* dition du cerf, Paris, 1960.

HOURDIN(Georges), *Mauriac, romancier chrétien,* dition du temps prsent, Paris, 1945.

KUSHNER(Eva), *François Mauriac,* Descle de Brouwer, Paris, 1972.

KUSHNIR(Slava Maria), *Mauriac journaliste,* Lettres modernes, Paris, 1979.

LACOUTURE(Jean), *François Mauriac,* t. Ⅰ, t. Ⅱ, ditions du Seuil, Paris, 1980.

LACOUTURE(Jean), *La Raison de l'autre sur Montaigne, Montesquieu et Mauriac,* Confluences, Bordeaux, 2002.

LAURANT(Jacques), *Mauriac sous de Gaulle,* La Table ronde, Paris, 1964.

MAJAULT(Joseph), *Mauriac et l'art du roman,* R. Laffont, Paris, 1946.

MAURIAC(Claude), *François Mauriac, sa vie, son œuvre,* Frdric, Birr, Paris, 1985.

MAURIAC(Pierre), *François Mauriac, mon frère,* L'Esprit du temps, Bordeaux, 1997.

MASSENET(Violaine), *François Mauriac,* Flammarion, Paris, 2000.

MONFRIER(Jacques), *Présence de François Mauriac,* Presses Universitaires de Bordeaux, Bordeaux, 1986.

SCOTT(Malcolm), *Mauriac et de Gaulle,* L'Esprit du temps, Bordeaux, 1999.

SEAILLES(Andr), *Mauriac, Bordas,* Paris, 1972.

SHILLONY(Helena), *Le Roman contradictoire: une lecture du Nœud de vipères de Mauriac,* Lettres modernes, Paris, 1978.

SIMON(Pierre − Henri), *Mauriac par lui − même,* Seuil, Paris, 1953.

TAKENAKA(Nozomi), *Le Sacrifice et la communion des saints dans les œuvres de François Mauriac,* Lettres Modernes, Paris, 1996.

TOUZOT(Jean), *Mauriac sous l'Occupation,* La Manufacture, Bordeaux, 1980.

TOUZOT(Jean), *François Mauriac, une configuration romanesque: rhétorique et stylistique,* Minard, Paris, 1985.

QUONIAM(Thodore), *François Mauriac, du péché à la rédemption,* Tqui, Paris, 1984.

장 라쿠튀르, 『모리악』 1 − 2, 최병곤 역, 책세상, 서울, 2002.

François Mauriac devant le problème du mal, Association internationale des amis de Franois mauriac, Klincksieck, Paris, 1994.

Mauriac entre la gauche et la droite, Association internationale des amis de Franois mauriac, Klincksieck, Paris, 2000.

Pascal, Mauriac, l'Œuvre en dialogue, Association internationale des amis de François Mauriac, L'Harmattan, Paris, 2000.

Mauriac et la polémique, Association internationale des amis de Franois mauriac, L'Harmattan, Paris, 2001.

Mauriac – Claudel, le désir de l'infini, Association internationale des amis de François Mauriac, L'Harmattan, Paris, 2003.

3. Autres livres consultés

BAKHTINE(Mikhail), *La Poétique de Dostoïevsky,* l'ge d'homme, Lausanne, 1973.

BALLIGAND(Ccile), *Pourquoi la méchanceté selon Spinoza, Sartre et Girard,* De Boeck – Wesmael, Bruxelles, 2002.

BOURNEUF(Roland), OUELLET (Ral), *L'Univers du roman,* P.U.F., Paris, 1972.

BUBER(Martin), *Je et tu,* trad., par G. Bianquis, Aubier, Neuchtel, 1992.

CARPENTIER(Raymond), *La Connaissance d'autrui,* P.U.F., Paris, 1968.

CLAIR(Andr), *Kierkegaard, penser le singulier,* Le Cerf, Paris, 1993.

CLAIR(Andr), *Kierkegaard,* P.U.F., Paris, 1997.

DEBS(Joseph), *Levinas, L'approche de l'autre,* Les ditions de l'Atelier, Paris, 2000.

DECOMBES(Vincent), *Le Même et l'autre,* Minuit, Paris, 1979.

DEGUE(Michel), DUPUY (Jean – Pierre), *René Girard et Le problème du mal,* Grasset, Paris, 1982.

DERRIDA(Jacques), *L'Ecriture et la différence,* Seuil, Paris, 1967.

DOSTOEVSKI(Fdor), *Les Frères Karamazov,* trad., par E. Guertik, Librairie Gnrale franaise, Paris, 1972.

DUMOUCHEL(Paul), *Violence et vérité autour de René Girard,* Grasset, Paris, 1985.

DUPUIS(Michel), *Lévinas en contrastes,* De Boeck – Wesmael, Bruxelles, 1994.

GENETTE, *Figure Ⅲ, Seuil,* Paris, 1972.

GIRARD(Ren), *Mensonge romantique et vérité romanesque,* Grasset, Paris, 1961.

GIRARD(Ren), *La Violence et le sacré,* Grasset, Paris, 1972.

GIRARD(Ren), *Critique dans un souterrain,* L'ge d'Homme, Lausanne, 1976.

GIRARD(Ren), *Des Choses cachées depuis la fondation du monde,* Grasset, Paris, 1978.

GIRARD(Ren), *Le Bouc émissaire,* Grasset, Paris, 1982.

GIRARD(Ren), *La Route antique des hommes pervers,* Grasset, Paris, 1985.

GIRARD(Ren), *Shakespeare, les feux de l'envie,* Grasset, Paris, 1990.

GIRARD(Ren), *Je vois Satan tomber comme l'éclair,* Grasset, Paris, 1999.

HABIB(Stphane), *La Responsabilité chez Sartre et Levinas,* L'Harmattan, Paris, 1998.

HEGEL(Georg Wilhelm Friedrich), *Préface de la Phénoménologie de l'esprit,* trad., par J. V. Lefebvre, Flammarion, Paris, 1996.

JOLIVET(Rgis), *Aux Sources de l'existentialisme chrétien,* Fayard, Paris, 1958.

KIERKEGAARD(Sren), *Ou bien.. ou bien,* trad., par F. Prior, M. H. Guignot, Gallimard, Paris, 1984.

KIERKEGAARD(Sren), *Traité du désespoir,* trad., par K. Ferlov, J. – J. Gateau, Gallimard, Paris, 1988.

KIERKEGAARD(Sren), *Le Journal d'un séducteur,* trad., par F. Prior, Gallimard, Paris, 1990.

KIERKEGAARD(Sren), *Crainte et Tremblement,* trad., par C. Le Blanc, Payet & Rivages, Paris, 2000.

KOJVE(Alexandre), *Introduction à la lecture de Hegel,* Gallimard, Paris, 1968.

LVI – VALENSI(lian Amado), *La Communication,* P.U.F., Paris, 1967.

LVINAS(Emmanuel), *Totalité et infini: Essai sur l'extériorité,* Martinus Nijhoff, The Hague, 1971.

LVINAS(Emmanuel), *Autrement qu'être ou au−delà de l'essence,* Martinus Nijhoff, The Hague, 1974,

LVINAS(Emmanuel), *Du Sacré au saint: Cinq nouvelles lectures talmudiques,* Minuit, Paris, 1977.

LVINAS(Emmanuel), *De l'existence à l'existant,* Vrin, Paris, 1978.

LVINAS(Emmanuel), *En découvrant l'existence avec Husserl et Heidegger,* Vrin, Paris, 1978.

LVINAS(Emmanuel), *Le Temps et l'autre,* Fata Morgana, Montpellier, 1979.

LVINAS(Emmanuel), *De l'évasion,* Fata Morgana, Montpellier, 1982.

LVINAS(Emmanuel), *Éthique et Infini,* Fayard, Paris, 1982.

LVINAS(Emmanuel), *Hors sujet,* Fata Morgana, Montpellier, 1987.

LVINAS(Emmanuel), *La Mort et le temps,* L'Herne, Paris, 1991.

LVINAS(Emmanuel), *Entre nous: Essai sur le penser−à l'autre,* Grasset, Paris, 1991.

LVINAS(Emmanuel), *L'Éthique comme philosophie première,* Les ditions du cerf, Paris, 1993.

LVINAS(Emmanuel), *Les Imprévus de l'histoire,* Fata Morgana, Montpellier, 1994.

LESCOURRET(Marie−Anne), *Emmanuel Levinas,* Flammarion, Paris, 1994.

MEHL(Roger), *La Rencontre d'autrui: Remarque sur le problème de la communication,* Delachaux & Niestl S. A., Neuchtel, 1955.

MERLEAU−PONTY(Maurice), *Phénoménologie de la perception,* Gallimard, Paris, 1945.

MOSS(Stphane), *Système et Révélation,* Seuil, Paris, 1982.

NIETZSCHE(Friedrich), *Ainsi parlait Zarathoustra,* trad., par M. de Gandillac,

Gallimard, Paris, 1985.

NIETZSCHE(Friedrich), *La Généalogie de la morale,* trad., par I. Hidenbrand, J. Gratien, Gallimard, Paris, 1987.

NIETZSCHE(Friedrich), *Le Gai savoir,* trad., par p.Klossowski, Gallimard, Paris, 1990.

NIETZSCHE(Friedrich), *L'antéchrist, Ecce homo,* trad., par J.‑C. Hmery, Gallimard, Paris, 1990.

NIETZSCHE(Friedrich), *Par‑delà le bien et le mal,* trad., par p.Wotling, Flammarion, Paris, 2000.

PLOURDE(Simonne), *Emmanuel Levinas: Altérité et responsabilité,* Les ditions du cerf, Paris, 1996.

PONZIO(Augusto), *Sujet et Altérité sur Emmanuel Levinas,* L'Harmattan, 1996.

POULETTE(Claude), *Sartre ou les aventures du sujet,* L'Harmattan, Paris, 2001.

SARTRE(Jean‑Paul), *L'Être et le néant: Éssai d'ontologie phénoménologique,* Gallimard, coll. Tel, Paris, 1943.

SARTRE(Jean‑Paul), "M. Franois Mauriac et La Libert", in *Situations Ⅰ,* Gallimard, Paris, 1947, pp.33‑52.

STAROBINSKI(Jean), *L'Œil vivant,* Gallimard, Paris, 1999.

STAROBINSKI(Jean), *La Poésie et la guerre,* Zoe, Genève, 2000.

STAROBINSKI(Jean), *La Relation critique,* Gallimard, Paris, 2001.

SZYMKOWIAK(Mildred), *Autrui,* Flammarion, Paris, 1999.

TODOROV(Tzvetan), *Nous et les autres,* Seuil, Paris, 1992.

ZIELINSKI(Agata), *Lecture de Merleau‑Ponty et Levinas: le corps, le monde, l'autre,* P.U.F., Paris, 2002.

강영안, 『주체는 죽었는가』, 문예 출판사, 서울, 1996.

김정현, 『니체의 몸철학』, 지성의샘, 서울, 1995.

김상환, 『해체론 시대의 철학』, 문학과 지성사, 서울, 1996.

김상환 외, 『니체가 뒤흔든 철학 100년』, 민음사, 서울, 2000.

김연숙, 『레비나스 타자윤리학』, 인간사랑, 서울, 2001.

김욱동, 『포스트모더니즘과 포스트구조주의』, 현암사, 서울, 1991.

김욱동 외, 『포스트모더니즘과 예술』, 청하, 서울, 1991.

김 현, 『르네 지라르 혹은 폭력의 구조』, 나남, 서울, 1987.

박정자, 『사르트르의 실존주의』, 상명여자대학교출판부, 서울, 1991.

변광배, 『장 폴 사르트르: 시선과 타자』, 살림, 서울, 2004.

변광배, 『존재와 무: 자유를 향한 실존적 탐색』, 살림, 서울, 2005.

변광배, "사르트르, 지라르, 그리고 폭력", 『문학과 사회』, 문학과 지성사, 서울, 2005, 여름.

서동욱, 『차이와 타자』, 문학과 지성사, 서울, 2000.

서동욱, 『사르트르의 현재성』, 『문학과 사회』, 문학과 지성사, 2005, 여름.

신응철, 『해석학과 문예비평』, 예림기획, 서울, 2001.

윤호녕 외, 『주체 개념의 비판』, 서울대학교 출판부, 서울, 1999.

이경재, 『현대문예비평과 신학』, 호산, 서울, 1996.

이광래, 『프랑스 철학사』, 문예 출판사, 서울, 1996.

이상빈, 『아우슈비츠 이후 예술은 어디로 가야 하는가』, 책세상, 서울, 2001.

이양호, 『초월의 행보: 칸트, 키에르케고르, 셸러의 길』, 담론사, 서울, 1998.

이진우, 『이성은 죽었는가 – 포스트모더니즘의 철학』, 문예 출판사, 서울, 1998.

표재명, 『키에르케고어 연구』, 지성의샘, 서울, 1995.

황태연, 『헤겔 정신현상학 해설』, 이삭, 서울, 1983.

서양철학사연구회 편, 『反철학으로서의 철학』, 지성의샘, 서울, 1994.

『현대시사상』, 1996, 겨울, 고려원.

한국현상학회 편, 『보살핌의 현상학』, 철학과 현실사, 서울, 2002.

로날드 내쉬, 『현대의 철학적 신론』, 박찬호 역, 살림, 서울, 2003.

롤랑 부르뇌프, 레알 월레, 『현대소설론』, 김화영 편역, 현대문학, 1996.

르네 지라르, 『폭력과 성스러움』, 김진식, 박무호 역, 민음사, 1993.

르네 지라르, 『희생양』, 김진식 역, 민음사, 1998.

르네 지라르, 『낭만적 거짓과 소설적 진실』, 김치수, 송의경 역, 한길사, 2001.

르네 지라르, 『나는 사탄이 번개처럼 떨어지는 것을 본다』, 김진식 역, 문학과 지성사, 2004.

반 리이센 외, 『니체, 사르트르, 프로이트, 키르케고르』, 이창우 역, 종로서적, 서울, 1983.

베른하르트 타우렉, 『레비나스』, 변순용 역, 인간사랑, 고양시, 2004.

빌헬름 바이셰델, 『철학자들의 신』, 최상욱 역, 동문선, 서울, 2003.

앨런 메길, 『극단의 예언자들: 니체, 하이데거, 푸코, 데리다』, 정일준, 조형준 역, 새물결, 서울, 1996.

엠마뉘엘 레비나스, 『시간과 타자』, 강영안 역, 문예 출판사, 1996.

엠마뉘엘 레비나스, 『윤리와 무한』, 양명수 역, 다산글방, 2000.

엠마뉘엘 레비나스, 『존재에서 존재자로』, 서동욱 역, 민음사, 2003.

월터라우리, 『키에르케고르, 생애와 사상』, 이학 역, 청목, 서울, 1988.

장 폴 사르트르, 『존재와 무』 1-2, 손우성 역, 삼성출판사, 삼성판 세계사상전집 vol.49, 50, 1990.

콜린 데이비스, 『엠마누엘 레비나스-타자를 향한 욕망』, 김성호 역, 다산글방, 서울, 2001.

· 저자 ·

김모세   •약 력•

한국외대 불어과 졸업
같은 대학 대학원에서 프랑수아 모리악에 대한 연구로 석사, 박사학위 취득
현재 한국외대 불어과에 출강중이며
프랑스 인문학 연구모임 시지프 연구원으로 활동 중

•주요논저•

논문으로는 <프랑수아 모리악과 욕망의 모방성>, <프랑수아 모리악과 타자 : 시선의
개념을 중심으로> 등
역서로는 <레비나스 평전>, <인간의 대지>, <모자이크 사회> 등

프랑수아 모리악의
작품에 나타난 타자의 문제

• 초판 인쇄	2008년 5월 30일
• 초판 발행	2008년 5월 30일
• 지 은 이	김모세
• 펴 낸 이	채종준
• 펴 낸 곳	한국학술정보㈜
	경기도 파주시 교하읍 문발리 513-5
	파주출판문화정보산업단지
	전화 031) 908-3181(대표) · 팩스 031) 908-3189
	홈페이지 http://www.kstudy.com
	e-mail(출판사업부) publish@kstudy.com
• 등 록	제일산-115호(2000. 6. 19)
• 가 격	24,000원

ISBN   978-89-534-9199-1 93860 (Paper Book)
       978-89-534-9200-4 98860 (e-Book)